U1018740

人物纪念册

田珍颖 著

作家出版社

目 录

CONTENTS

第三章　低谷篇

序

“纪实文学的人物塑造”三人论

论　者：

阎　纲（评论家 《中国文化报》原副总编，兼写评论、散文和杂文）

李炳银（评论家 中国报告文学学会常务副会长 《中国报告文学》杂志主编）

丁晓原（评论家 中国报告文学学会副会长　苏州大学文学院博士生导师）

主持人：

田珍颖（本书作者）

主持人：

一本书的序，可以就书论书，也可以伸张理念。本书采取后者。

本书所选作品，是写人物单篇的纪实文学。所以，请三位评论家以“纪实文学的人物塑造”为题，展开评论。

首先，请谈谈人物塑造在纪实文学创作中的重要性。

丁晓原：

人物是叙事文学最为重要的元素，同样也是报告文学的基本构件。曾有一个时期，报告文学创作中有一种淡化人物，甚至放弃人物的倾向，尤其是一些集纳全景式作品，网罗诸事，纠合百态，常常见事不见人。这一方面使报告文学创作丢失了本体应有的体性，另一方面由于它的越俎代庖，负荷超重，使报告文学创作陷入一种不自在的境地。虽然常闻轰动，然而它却是一种短期效应。与小说可以依据典型化原则对人物做虚构处理不同，报告文学只能选择真实的人物，根据实际写作的需要，取其自身存在的重要部分加以呈示。因此对于生活中有写作价值的人物的发现、选择和再现，是报告文学写作中的重要环节。发现、选择，显现着作者的观察力和判断力，而再现，则反映了作者的艺术能力。作者要善于从时代的高度和人性的尺度观照对象，取事选人，同时又能从强化作品表现力的角度艺术地再现人物。这样既使人物具有丰富的时代内容、历史意义，同时又使作品更具艺术的形神，由此使报告与文学融为一体，真正成为文学范畴中的独特一体。在对人物的具体表现上，作者要注重做特质化、性格化的再现。

李炳银：

在我的印象里，中国式的灾难文学，尤其是报告文学，似乎更关注群体的显性行为。

汶川大地震过后，相关文学作品成千上万，而以中短篇报告文学胜出的青年作家李春雷不足4000字的短篇报告文学《夜宿棚花村》，无疑是特别获得好评的一篇。他没有写山崩地裂的大场面，没有写抢险救灾的众英雄，而是把视角瞄向了一个小山村，一个普通的农村妇女，切入点很小，很独特。用一个普通妇女在面临巨大灾难后对生活的认真，折射全川，用文学温静、细腻的笔法写出灾民从无序到有序、由慌乱到镇静，进而逐渐走出灾难、走向阳光的过程，其艺术价值有别那些正面普泛报告、翔实叙述说教的长篇报告文学。

文学说到底也是人学。短篇报告文学以重大的社会新闻事件为背景，展现给读者的是活生生的贴近生活的小人物的生存状态，那里的一草一木、一人一物，都融入了作者的情感和思考，融入了作者对生活、人性和社会的深刻理解，并用“善于发现美的眼睛”去发现普通事物中的闪光点、文学地捕捉闪光点、艺术地报告闪光点，让报告文学的写实魅力，在浓烈的审美鉴赏中凸显一种精神震撼力。作者要深谙写作中的“大”与“小”的辩证关系，从大处着眼、小处切入，艺术而巧妙地以小喻大，收到见微知著、以少胜多的艺术效果。

主持人：我们由纪实文学中的人物塑造的重要性，再扩延开来，谈谈传记文学中的人物塑造。近年来，传记文学创作之兴盛，是纪实文学大门类中不可忽视的。

阎　纲：

不论是报告文学还是传记文学，都归于纪实文学，有两句话不得不说：一、纪实文学的大忌在讳——为权者讳，为上者讳，为尊者讳，为名者讳，甚至为贿者讳，假“国情”之名为家丑讳；二、纪实文学的悲剧在于鬼使神差的颂圣文化。韩愈说：“不平则鸣”，又说：“臣罪当诛兮，天王圣明。”百姓希望“明君”救社稷，“一句顶一万句”，殊不知，殷鉴不远，“颂圣文化”和文字狱联袂以往，其与封建专制俱荣而偕亡。

大转折时代，众声喧哗，兴国之道蜂起，只要作家真正贴近实际、贴近群众、深入生活、深入灵魂，就一定深有同感或者心生疑虑，除非你看到的一切十全十美。陆九渊说得好：“为学者无不疑，疑则有进。”不去洞察舆情，不敢坚守自己的发现，不敢独立创作、自主创新，把主体的批判与社会批判结合起来，把道德批判与历史批判结合起来，安于“舆论一律”，好好好，一切皆好，人云亦云，怎么保险怎么来，所剩的那一点“艺术家的勇气”（恩格斯），不是远逊于当今独立思考的亿万网民们么！

社会永远在真善美与假恶丑的内心冲突中亮起灯火，在发现与创造的博弈中曲折前进，居安思危恰恰是纪实文学文体的强势所在，哪怕冒点风险。

原来的纪实文学，集中写一件、几件事，一个人、几个人，现在大兴“全景式”的制作之风，不少“遵命”报告，事无巨细，好话多说，最后变味了，变成“信息注水”“资料汇编”“流水账”。精品少了，无冲突论抬头，越拉越长，纪实文学正面临又一次的“文艺复兴”。

毛泽东的这句话说得好：“缺乏艺术性的作品，无论政治上怎样进步，也是没有力量的。”强化纪实文学内涵思想的文学性，就是强化纪实文学的艺术感染力，保卫纪实文学不被狭隘的功利和钱袋所异化。

从《史记》到唐宋八大家，群星闪烁，我国是一个传记文学大国，很值得骄傲。思想解放以来，现历史真相，还真人真面，传记文学光彩照人。

传记文学以史为骨、以诗为肉，是史的诗、诗的史，是以私史为经、国史为纬、亲历为鉴的心路历程，素有“礼失而求诸野”的美誉。一个人反映一个时代，传记就是史记。

在一个民族的文学中，传记文学的地位是很高的，未尝不能知兴亡、辨真伪，以至于呼声很高的作品往往因犯忌而息声。传记文学的写作遇到了障碍。

我深感传记文学的写作有三个难点亟待突破：

第一，人和史的关系。尊重传主，忠于历史，以人修史，以史论人；以历史的批判精神审视个人的生命流程，以个人的秘史叩问民族的信史；融入作家的感悟和判断，洋溢着主体的智慧和才情。基于史，发乎情，述而作，臻于文，不容大话戏说，才称得上是传记文学。

信仰不同、视角不同、尺度不同，判断也会不同。沧海桑田、瞬息万变，往事如烟人事非，传主的遭逢与心境他自己未必穷尽其妙。作家可以合理地想象，通过各种实证进行百家争鸣式的探索和发现，揣度传主的形状和心理，尽管传记文学体裁本身赋予作家的艺术想象空间极其有限。传记文学作品里不但有人、有史，而且有“我”。

庸史纪事，良史诛意，“较大的思想深度和意识到历史的内容”要求担当思想家和史学家双重使命的传记文学作家自觉担当、刻骨铭心。

第二，传主和作者的关系。平视、俯视、仰视还是跪视？

传记面前，一律平等，立传自由，各有自己的尊严和角度。不管你标榜自己如何伟大，不管你对传主如何崇敬、激情如火，但在传记文学的麾下一概接受现实和历史的检验。好处说好，坏处说坏；什么地方好，什么地方不好，必须如实道来，依其对人民的态度以及在历史上有无进步作用，大胆立言，“我注六经”同时“六经注我”，重铸一个或许不完全被世俗认同的真“魂”。文学的高度是美学和历史。

第三，纪实作品之大忌在“讳”，各种各样的讳，讳疾忌医。作者经过深入的“田野调查”、实证研究和理性思考，十分明确人物的是非曲直和历史价值，然而，在“国情”之于“稳定”的面前步履维艰，怕犯讳，造成“真”的缺失。作家要么是不明就里，褒贬失当，要么是心里明白，笔下打哆嗦。

李炳银：

近几十年来，伴随着政治上的巨大变革和思想上的解放脚步，中国的政治环境和思想文化环境也出现了很大的进步变化。过去，对于领袖人物的个人写作几乎是无法进行，对于领袖人物的情感生活给予关注描写更是禁区的情形，也有了很大的改变。

必须指出，对于历史人物的所有精神或情感的表现，任何的解析判断必须要还原历史的环境和人物的特殊生活行动，绝不能简单粗暴地用自己或者后来者的私识与现今的感觉轻易地臧否历史人物。更不可以以政治情绪化的态度歪曲和亵污本来是高尚纯洁，即使是因特殊复杂环境带有某些瑕疵的历史对象。

主持人：

纪实文学中人物的塑造，并不仅仅是个技巧问题，各位读过不少报告文学作品，从理论上，可为纪实文学的人物塑造做出指导。再请三位就纪实文学如何塑造人物，发表高见。

丁晓原：

报告文学文本的叙事性，是其作为叙事文学样式的重要命意。故事的主体是人物。关于报告文学的人物表现，我想起英国小说理论家福斯特在《小说面面观》中将人物分为圆形人物和扁形人物。报告文学虽异于小说，但于此却是相通的。报告文学叙写的人物应当是圆形的，因为生活中的人物本身是圆形的，圆形人物比扁形人物，形象更丰满，意涵更丰富，更具审美功能。圆形人物，其性格并不只有单一的一面，而是有着主导面的多维性格的组合。报告文学的人物叙写也要像小说的人物塑造一样，去"扁平人物"，求"圆形人物"，既写出人物性格主导的一面，也要写出其多面的、变化的特点，写出人物本有的故事性。写人，贵在求真。画其形，易；求其神，难；言人长，易；道人短，难。示人本貌，兼备形神，见其人性，这是报告文学人物表现的高境界。长期以来，正面人物报告文学片面地求取人物的高大全，使作品几近简单的好人好事表扬稿。这种做法，导致人物的严重失真，违背了报告文学创作必须恪守的第一原则——真实，也易使读者对人物产生反感，影响作品叙事功能的实现。

李炳银：

对于爱国情愫的赞赏，对于科学目标的追求，对于困厄的见证和抗争，对于文明的渴望等，这些似乎是一个古老传统的文学主题。可是，在中国的社会生活经历了长期的极"左"思想禁锢和像"文化大革命"这样的十年浩劫灾难的情况下，本该跨越更新的主题，却必须从这些传统基本的地方重新开始。徐迟的《哥德巴赫猜想》等报告文学，正是在中国社会处于"拨乱反正"的时期，率先表达这些传统正义文明精神和行为主题而得到人们广泛接受和肯定的。当1976年10月的春雷震响之后，伴随着中国大地的复苏，徐迟说自己"似乎已经从长久以来的冬蛰中苏醒过来"，突然就出现了激情潮涌的时刻。他首先撰写了欣赏和赞美地质学家李四光以自己的独特认识理论推进中国地质学发展情形的《地质之光》，表现出炽热的科学情怀。但是，对于像李四光这样一直处于相对平衡和被护佑位置上的人物来说，其生活和经历是不足以显示出社会的深刻矛盾与动荡的。而到了写《哥德巴赫猜想》的时候，徐迟对于科学的情怀明显地带有一种痛憾、愤怒、拯救和激情推动的自觉力量。特别是对陈景润在处于“文化大革命”那样是非颠倒、社会生活严重动乱的环境，却绝不放弃科学追求攀登的精神，并获得令世人瞩目的高端成果，徐迟给予了非常真诚和隆重的夸赞，将很多足以诱惑、摇动、激励和靠近科学追求热情的词汇，都通过对陈景润的赞美描述了出来。什么“白专道路典型”，什么“臭老九”，什么“伪科学”，什么“寄生虫”等莫须有的“帽子”，都统统见鬼去吧！陈景润是拼死要探取数学皇冠上的珍珠的攀登勇士，是不顾一切投身科学追求的无畏典型，是中国科学家的骄傲。陈景润“一身清白。白得像一只仙鹤。鹤羽上污点沾不上去。”倒是那个给他泼了一身脏水的动乱社会环境和很多无知丑陋的人们才是一些病入膏肓的对象。严厉的社会批判和大胆的事实颠倒与更正，是《哥德巴赫猜想》以陈景润为典型对象，勇敢和诗情文学地、对于当时社会现实的有力针砭和纠正。正是在积极地介入社会矛盾，并在矛盾的文学展露中明晰和真诚诗意地表现出自我正确倾向与主张的行动，使《哥德巴赫猜想》获得巨大成功。《哥德巴赫猜想》一时洛阳纸贵，成为中国报告文学的经典。徐迟也因此成为当时最受社会瞩目的作家之一。

阎　纲：

“为生者立传”也好，“为死者立传”也好，死了的、活着的，都写，都试图“盖棺论定”。

这使我想起鲁迅，仅仅一篇短短的《范爱农》，极省俭地为一波三折的悲剧命运画了像，也为一代悲欣交集的知识分子立了传。特别是“自杀”后族人争夺捐款的一笔，穿透世态，寒彻心骨。鲁迅一生主张“立人”，为了“立人”而为人“立传”，而且很短。

鲁迅写刘半农，囊括其今生一世，怎么由“革命者”转而为“无聊文人”，“盖棺论定”，总是投以历史的眼光：“我爱十年前的半农，而憎恶他的近几年”，更憎恶“将他先前光荣和死尸一同拖入烂泥的深渊”。这正好应了先贤们的诗训：“向使当初身便死，一生真伪复谁知?”“莫道古人多玉碎，盖棺定论未嫌迟。”

然“盖棺”未必“论定”。鲁迅说过：“倘要完全的书，天下可读的书怕要绝无，倘要完全的人，天下配活的人也就有限。”

时代精神在曲折中发展，人性本质在颠沛中起伏。人的认识由片面而全面，永无止境，“立论”必须经受历史的检验。传记作者对传主的认识只能是阶段性的，只具有相对性的褒贬度。不站在现代理性的高度，不清除历史虚无主义，争论喋喋不休，永远扯不清。

寄语“为生者立传”的倡导者：“为生者”“为死者”各有其优势和局限，两条腿走路，才能轰轰烈烈。“庸史纪事，良史诛意”，良史、信史，有待于来日、后世连续不断地修订或改写，以便让传主的灵魂尽可能出壳，历史的真貌进一步显现。

请看胡耀邦1976年3月19日写长信回复郭小川儿子郭小林的一段话：

仔细地看了中组部对你爸爸的丧事安排报告和悼词全文。……悼词是不是还可以多写一些话，是不是还可以评价再高些？这当然是可以再讨论的问题。但我认为，问题不在这里。问题在于：革命队伍中，对一个人，生前往往有这样那样的鉴定，死后往往有这样那样的评论，有时对了，有时错了，有时高了，有时低了，可靠吗？可信吗？又可靠可信，又不可靠可信，因为鉴定评论终归要人民、要群众、要后代子孙来做，人民、群众、子孙并不记得什么鉴定和悼词，记得的是那些有血有肉的史实。……假若你们要组织上给你们再做个好悼词，当作一个传家宝，那对你们来说，就可能转化为包袱了。如果我误会了你的意思，说得不对，那就请你原谅，我是出于一片好心的。

敬爱的耀邦同志，您追溯动荡的往事，平反冤假错案，将人的评价置于历史的长河，即便“盖棺”也留有余地，感人至深啊！

李炳银：

捕捉真实独特的个性语言和细节，是报告文学描绘人物最最重要的手段之一。所以，报告文学作家，在开始采访的时候，就需要留心观察，需要仔细地体会收集这些真实对象身上那些不同于他人的东西。而细节的表现，是所有文艺作品最富有血肉和质感的内容。细节可以是人的标志和符号，也足以成为人物性格命运的标记。如“武松打虎”、“诸葛亮借东风”、“黛玉葬花”等故事细节，就是以个性的细节成就了人物的形象，表达出人物的精神性格和情感内容。所以，报告文学要有发现的眼光，要十分注意细节故事的收集，才好将人物文学式地表现出来。

丁晓原：

细节是叙事作品艺术生命的细胞，没有细节的描写，就没有真正的叙事文学。作家最起码的艺术功夫就是善于用细节来说话；文学作品最起码的形象思维就是以细节进行思维。运用细节表现人物，不仅可以防止淡化报告文学的形象性，更主要的还在于有益于增强人物形象的真实感、立体感，从而强化艺术形象的感染力。由于报告文学写作的独特性，不能像小说那样可以虚拟符合艺术真实规律的生活细节，作家必须保证作品所写的内容，包括细节，具有严格的生活真实性，因此，作家没有创造细节的自由，只有运用非虚构叙事艺术的眼光去选择生活中有质量的细节。

阎　纲：

再不要把报告文学和传记文学搅在一起了。

二者确有共通的地方，比如说严格恪守高度真实的写作原则，这一点肯定无疑，但是，二者有区别，区别在于报告文学是新闻的衍生物，重事件，以写事为主，如时下社会的热点痛点、世态的炎凉冷暖、迫切的时代精神等等（当然，事在人为）。传记文学是历史的衍生物，着重写人，写人的历史，人的心灵史，人的私密（当然，私密放料是有限度的，特别是活着的人，又特别是活人的晚节和性爱婚变。经后人发掘考证，立传人隐恶扬善者岂在少数?）。

报告文学是现代社会出现的新文体。50年代中期，苏联冰河解冻，以“干预生活”为社会热点命名的“特写”（也是新闻特写衍生物）的新文体震惊世界文坛。

有人问：人家已经收听到快捷的新闻，为什么还要你写报告文学呢？是不是因为新闻还不透明？新闻透明以后报告文学是否继续存在？还存在，老九不能走！理由有三：信息量更大，主体意识更强，开掘更深，笔下生花常带感情。不然，在突发事件天下瞬息可闻的信息时代，哪有报告文学立足之地?

传记文学就不同了，固然在真实性方面也有极严格的要求，但是不强求时效性，不然，历史人物没法写了。传记文学重在写人，写人的心灵史，把人的私史和社会历史结合起来，把史和文相糅合，文质彬彬，这个太重要了。王蒙说他写《王蒙自传》是“化私人机密为国家日记”，有意思！

李炳银：

报告文学是被划在了文学的范围内，自然是在它新闻的真实性和社会性之外，同样需要有人物命运及形象性格的描写。只是这样的描写要尊重真实的对象事实，不能够像小说、戏剧家那样虚构罢了。有人怀疑，不能够拥有虚构的手段，就不可能实现人物的性格命运描述的生动与文学化。这是一种固化和主观性的认识理解。“真实是文艺最上等的原料”，在有作为和具有高超的文学把控能力的作家手里，事实的真实对象，经过作家艺术的结构、叙述、处理、描绘等手法处理，时常会产生更加真实强烈的感染力量。徐迟笔下的陈景润、黄宗英笔下的徐凤翔，等等，都是在真实社会生活环境和基础上书写出的个性鲜明、命运感很强的人物形象，其包含的内容，一点也不输于很多通过虚构方式书写的人物。所以，将虚构与文学艺术性简单等同的认识是错误的。报告文学和纪实文学类的作品是可以也应该在人物形象命运性格描写的过程中寻到自己的特殊途径。

主持人：

研究“纪实文学的人物塑造”，是一个大课题，也是促进纪实文学更上一层楼所应关注的重要问题。过去，评论界对这一点关注不够，论结构多、论思想多、论事件多，当我们专注地将纪实文学中的人物塑造的研究推进得更深更细时，我们才能真正地认识纪实文学的魅力。谢谢三位评论家。

2016年10月

第一章 怀念篇

对一位远行者的人格描述

——纪念学界前辈费孝通百年诞辰

引　子

想写费孝通伯伯的心思，早已有之，但却迟迟未敢动笔。

我和费伯伯的女儿宗惠，是中学同学，我们在北京女十二中（原贝满女中）同窗六年，相近相知，又都有过年少时的政治坎坷。但我虽与宗惠相近，对费伯伯却依然敬远。因为他在我心目中太深厚——社会学家、人类学家、民族学家。其学术光辉，闪耀中外，并著作等身；他也太庞大——除了许多学术头衔外，他有全国人大副委员长、全国政协副主席及民盟中央主席等令人仰视的职务，地位十分显赫。

2005年，费伯伯病重住院，我父亲亦已病危，两位老人的病房，楼层相隔，我和宗惠，又常在住院部的电梯里相遇。不久，费伯伯先，我父亲后，辞世于同一年中。那时，人的生命随风飘去的脆弱之象，令我凄痛怆然，长久难以平复。

今年，到了费伯伯百年诞辰之时，我有了提笔的冲动，不是我对他有了精深的研究和了解，而是我想以一个晚辈的心意，书写我对他的景仰，哪怕只写到他一生中的某个片段。

为了阅读的习惯，我在下文中将改称费伯伯为“费孝通”“费先生”或“费老”。

时间的玄机

1957年，时间没有在这里停顿，但它受到了巨大的震荡——这一年，中国的历史上，被重笔写下了四个字——“反右运动”。

在“反右运动”中，社会学家、人类学家、民族学家费孝通，被划为

“右派”。

右派，当时的社会认定是“反党反社会主义”；后来的阶级划分是“地富反坏右”，大知识分子费孝通当时就在此列中。

使他“获罪”的，是他的一篇文章：《知识分子的早春天气》，发表在1957年3月24日的《人民日报》上。据说，那一天的《人民日报》成了洛阳纸贵的抢手货。

按下这篇文章的内容不表，先来说说此文写作和发表的背景。这又是需要用时间排列才能说清的：

1956年春天，“百花齐放，百家争鸣”的方针，一俟问世，举国皆庆。文艺界、知识界人士激情尤甚。当年4月，国务院发出《关于改善高级知识分子的工作条件的通知》；随后，国务院成立了专家局，专门研究和处理知识分子问题，费孝通被任命为副局长；他当时另有一个职务是民盟中央常委兼文教部副部长，正是对知识分子工作的部门。于是，1956年下半年，费老远赴西南等地进行社会调查，出门半年，至春节前回京。

时至1957年初春，他将调查结果口头向专家局及民盟中央汇报。一星期后，民盟文教委员会召开座谈会，讨论费孝通的口头汇报，以期全面了解一下知识分子的当前境况。在这个会上，费孝通用了“春寒”二字来形容自己了解到的情况。但稍顿，他即觉这个词“用得还是不妥当”，“没有把知识分子冒出来的积极性托出来”，他觉得当前知识分子所遇到的情况“春意是主要的，加上了个寒字，未免走了拍”。于是，将“春寒”改为“早春”。

民盟的会议上，大家都鼓励费孝通为知识分子说说话，于是，他决定写《知识分子的早春天气》这篇文章，并于2月中旬，完成初稿，又反复修改，再经复写若干，送给民盟的朋友们，以听取意见。

此时，一位朋友告诉他：毛泽东批判了王蒙的《组织部新来的年轻人》，看形势是要收了。劝费孝通不要发表这篇“早春”的文章。但又有人传讯，说不是“收”，而是“放”，连费孝通的老师潘光旦也听说了“放”的信息。犹豫不定时，一位记者说：传达下来了，百家争鸣出了问题。但坚信是“放”的朋友，又纷纷表态，鼓励费孝通把文章送出去。

几经沉浮的心情中，费孝通慎重而认真地将文章修改了一遍，他说：“改写实际是磨角。”修改后的文章被他毅然送交《人民日报》。他知道当天有个最高国务扩大会，据说毛泽东可能讲话。但他当天有接待外宾的任务，也就顾不了什么会议了。

当天晚上，他的老师潘光旦兴冲冲地跑来，说毛的讲话是“放”，不是“收”。于是大家释然。

有一位著名报人，详细地记录了那个会议上毛的讲话。他叫徐铸成，历任《大公报》总编、《文汇报》主笔。在他的回忆录中，记录了当时在北京的政协礼堂，听毛在最高国务扩大会上的讲话录音，很清晰。毛说：国内形势急风暴雨式的阶级斗争时代已经过去了，党内命令主义、官僚主义、关门主义等还很严重，中共中央决定早日开始整风，希望党外朋友帮助。徐铸成回忆说：毛主席讲话一向很风趣，如谈到整风时，说，这不再是狂风大雨，也不是中雨，是小雨，是“毛毛雨”，下个不停的和风细雨。徐回忆，录音中传来的会场气氛愉快轻松，谈笑风生，我们听了也感到兴奋舒畅。（引自《书摘》2010年第6期，原载《徐铸成回忆录（修正版）》，三联书店2010.1出版）

当然，徐铸成后来在上海也被划作右派，只是费孝通是在北京，他们共同经历了那个玄机深藏的时代。

潘光旦先生当晚告诉费孝通的就是这个讲话。潘在北京，不管是直接还是间接，他都会得到这个讲话的真传版，许多人像徐铸成那样“兴奋、舒畅”。第二天一早，费孝通又拿出《早春》的底稿，把文章的后半部重写了一遍，再次送去，直到发表，又经历了两个星期的时间。

这之后，费孝通又到了乡下，开始他重访江村的行程。在江村住了二十多天，对城里之事，全然不知。返城后，于5月18日，写完了他那篇著名的长文《重访江村》。此时，他对时局的变化，并无察觉。乃至于5月31日，他又在《光明日报》上发表了《“早春”前后》，以更明朗的态度阐发了《知识分子的早春天气》中的未尽之处。

查阅当时的资料，我觉得《“早春”前后》的发表，似有两个“诱因”。一是当年4月的杭州会议上，毛泽东明确提出：“共产党的缺点是没有紧密地团结好知识分子……我们必须改善同知识分子的关系。”又说：“百花齐放、百家争鸣是争取知识分子的方针。”二是周恩来对《知识分子的早春天气》称赞有加，他说：“费孝通先生的一篇文章，把知识分子心灵的一些想法都说出来了。共产党内也有不少能写文章的知识分子，但这样的文章我看是写不出来的，就是有这种想法也是不写的。”

在第一篇《早春》发表后的1个月零3天，即4月27日，中共中央发出了《关于整风运动的指示》；5月4日，又发表了毛泽东起草的《关于党外人士帮助整风的指示》，其中明确指出：“党外人士参加我党整风座谈会和整风小组，是请他们向我们提意见，作批评。”于是，大鸣大放，全国各地风起云涌，北京更是风云之中心。

此时的费孝通，是在去江村的途中，或已住在江村调查。资料显示，他是4月17日离京，24日下乡，5月15日回苏州。这期间，他说在乡下看不到北京的报纸，回到城里（苏州）才补看。

接着，事态的变化，就令人惊悸不已了。先是5月15日，毛泽东写了《事情正在起变化》的文章，下发党内高级干部阅读。但很快，这篇下决心反击右派的文章精神，就随风传开。这篇文章下达的这一天——5月15日，费孝通恰从乡下回到苏州，在以后的时间里，他应当对此有耳闻。但查遍他的文集，看不到他当时对时局的重新估计。只看到5月31日，他仍然在《光明日报》上的重笔直书的《“早春”前后》，他自称：此篇比《人民日报》那篇“更加厉害”。

更令人不解的是，当时任《光明日报》总编辑的储安平先生，其岗位就在舆论的风口浪尖上。但在毛泽东的《事情正在起变化》的气氛下，也会嗅不出一丝寒意，而仍书生意气地向费孝通约稿，并发表了他的《“早春”前后》，从而埋下了两位知识分子同一悲剧的伏笔。

又是时间提醒了人们：《关于整风运动的指示》公布于世，到《事情正在起变化》党内传达之间，仅仅只有18天。在这18天里，“大鸣大放”曾使知识分子们兴奋于其中；而变化之起，却是政治家的谋略。这之间，没有博弈。参与“鸣放”的知识分子们，注定要败下阵来，只是，18天就鸣金收兵，这战略转移之突然，让当时中国的知识分子皆目瞪口呆。

惊天霹雳在6月8日降临。《人民日报》一篇题为《这是为什么》的社论一下扭转了形势，让毫无防备之心的费孝通们，于措手不及间，成了“反党反社会主义”的“右派分子”。

据称，《光明日报》在刊发费孝通的《“早春”前后》之后，不几天，储安平那篇令朝野震惊的“党天下”的发言又公诸天下，回击他的，当然是6

月8日那篇《人民日报》的社论。

那些日子里，特别是在发起“整风”，又骤然收住的18天里，每天几乎都发生着“事情”，敏感者早已退避，可费、储等学人却勇往直前地谏言不止。

我们今天看待往日事端，只能感叹时间设下的迷宫，费、储等学者们，行走其中，只顾谈论思想，而无心寻路，于是，他们一起迷路了，乃至掉下了“陷阱”。

6月8日《人民日报》社论《这是为什么》发表，当日下午1时30分，储安平辞去了《光明日报》总编辑的职位，（那时，他上任不过70天）这事，对当时茫然失措的费孝通，其打击是不言而喻的。时间倏然而过，到1966年10月，“文革”风暴已猛于当年“反右”，储安平未留一字而消失踪迹，留给学界的怅然，至今不散。

费孝通在年近九旬时，曾谈及储安平，他称储是“学界先进人物”。他说，储安平“在政治上讲真话，能直言，态度与我相近”。说到储安平被打成右派，已白发两鬓的费孝通神思忧伤，用了“在劫难逃，生不逢时”八个字来怀念老友。

但1957年时的费孝通，是来不及理清自己的思路和身边突发的种种事情的。他绝不会想到，自己从此会沉寂了23年。

翻开《费孝通文集》第七卷，扉页标明，所收文章为“1957—1980”。逐页翻去，只见1957年的文章，止于6月11日所写的《一则以喜，一则以忧》，这与6月8日那篇惊天动地的社论《这是为什么》，只错后三天。文中充满了“复杂的心情”，“有时很激动，有时很沉重”。再往后，则是写于1970年2月至1972年9月的22封《干校家书》。再往后，则是到了1976年11月，才有关于民族问题的文章见之。

时间分秒不差地走了，可是，费孝通却站在1957年的界限上，望着前面不知何处为终点的空白，嗟叹不已！

于是，我们只能将笔触移到距那时30年后的1987年，是年10月，费孝通接受美国教授巴博德的采访，曾追忆了1957年“反右”的状况，这或许是那一段空白中，唯一出自费孝通口述历史的语言文字：

费孝通：我突然被召回北京。

费孝通：1957年，气氛突然改变。我不知道这一变化背后是什么，但是我发觉自己落入陷阱。甚至现在我们也不真正了解那个突然变化的背后是什么？……从那时起我进入了一生中完全不同的一个时期。

费孝通：1959年他们摘掉了我这顶右派帽子……但没有人会出版我写的任何东西。理论上我是恢复了名誉，但实际上我没有改变。这时，我被称作“摘帽右派”，所以事实上我仍是一个“右派分子”。“摘帽右派”成为像我这样人的特殊称号，我们还是被当作“右派分子”对待，被剥夺许多权利……这是阶级斗争。

费孝通：我不再是同一个费孝通。

费孝通：我真的混乱了……我真的相信自己要改造。

费孝通：我的思想很混乱。我在这些共产党人身上看到的力量简直压倒了我。

这时，费孝通的名字，是与“批判”连在一起的，他被要求参加大小不等的批判会。没有人打他，但他说，自己的“思想停滞了”，“智力停滞了”，因此，他无法写作。一些人抨击他，甚至人身攻击，大多数朋友和同事，都谴责他批判他。有资料表明，那年9月下旬，中科院扩大会议上，主要用来批判费孝通的发言稿，编辑成文件，共有七百多页。他感到从未有过的错乱：人人都说你错了，你会没错吗？他感到孤立，“因为别人见了你都转过脸去”。

我们能找到的关于“反右”期间费孝通的资料，实在有限。于是，我反转来求助于他的女儿宗惠。不料，宗惠颇费思量。她说，那时，她住校，周末才回家。在学校里，老师同学没有人当她面谈过“反右”的事，她虽心中惴惴，但这种气氛中，她并没有太大压力。周末回到家里，父母也不谈这场政治风暴，妈妈忙忙碌碌做家务，爸爸一脸平静地看书。宗惠知道，父母都不愿让她担忧。但她知道，政治这东西是无情的，她面临高考，躲不开这个“阶级斗争”。那时，大伯伯费振东也被打成右派，隔壁的潘光旦公公、吴文藻公公都未能幸免，他们和爸爸一样，成了人民的“敌人”。面对这一切，宗惠决定不考大学了，她知道自己过不了“政审”这一关。于是，在同学们都复习备考时，她读小说，打篮球。但是，一位姓秦的同学制止了她的自暴自弃，让她一定要参加高考，每天拉着她复习。最终，她选择了一个学农机的普通院校，以很高的分数被录取，但，高三毕业时的操行鉴定，她却被班主任划为“丙”级，宗惠心中凄然，却不敢告诉父母。但这操行评语会影响大学录取呀！倒是有热心的同学和老师出面为她说话，才勉强地改为“乙”级。这位学业好品行好的右派分子的女儿，就这样结束了她的中学生活。当父亲戴着右派的帽子，从学术的巅峰走向谷底时，她也默默地去到她并不心仪的大学报到。她说，那时，她心情很平静，因为她知道，她要陪着爸爸，渡过这个人生的难关。

在前文提到的1987年，美国教授巴博德对费孝通的采访记录中，费先生特别谈到了女儿高考时的遭遇，并提到自己的长兄费振东因为同情他，也被打成右派。在费孝通的谈话或文字中，少有提到自己家人，这是例外中的一次，“反右”对费孝通自己及波及家人的伤害，是何等刻骨铭心！

在费孝通的侄子费皖的一篇文章中，他披露了这伤害的延伸：费孝通的二哥费青（我们在下一节会提到他），“反右”时正是哮喘病重康复时，当得知自己的哥哥和弟弟都被打成右派时，他悲愤难忍，终于病症加重，继而逝世。

费孝通先生是不愿意回顾这段历史的。当“右派”的帽子压在他和他的老师潘光旦头上时，他们一起转向历史文献。文献一页页，无声静悄悄。他们终于只能和文献，一起默默地度过每天分秒不停的时间。

刚柔真性情

温厚的费孝通先生，很少作色于人。但他确有怒发冲冠、拍案而起的一页，火烈烈地记在西南联大的历史上。

那是1945年抗战胜利的时候。费先生于前一年初次访美回国后，回到云南昆明。八年战乱后的祖国，并未安定下来，内战的信号，频发不停。

这时，蒋介石用武力改组了云南省政府，敏感的爱国知识分子，嗅到了独裁的血腥；这时，费先生经老师潘光旦引荐，加入了中国民主同盟，这个拥护团结、实行民主、反对内战的组织，以它明朗的政治主张，影响着回国不久的费孝通，他毅然站在了“民主教授”的行列中。

举起“反内战”大旗的是西南联大的师生们，教授们的支持，成为这队伍中有力的一翼。据说，蒋介石对教授们的行为极其恼恨，有“乱了我天下”的“总裁训词”流传于云南昆明。人们看到，白色恐怖张牙舞爪悬于西南的天空。进步教授的名单被特务们有意公布出来，以形成恐吓之势。费孝通的名字已列其中。那时，李公朴、闻一多教授，已接到恐吓信，而费孝通的家中，也已被特务闯入骚扰，他们还在费先生屋舍后面的城墙上，肆意挖开一个大洞，特务们随意穿行，做出分秒可进费家的威吓形势。

“形势凶险！”这是当时教授见面时同说的一句话。费孝通先生已在这“凶险”的包围之中。特务们想让他噤声；师生们想听到他和许多教授的声音。

终于，11月25日晚，在西南联大的草坪上，费孝通和钱端升等几位教授，热血沸腾地发出了他们的声音。

这是师生们组织的一场名为“时事晚会”的活动。闻讯而来的，竟聚集了六千余人。大会由西南联大、云南大学、中法大学及英专四所学校的学生会发起。主题是“反对内战”。原定在云南大学的至公堂召开，由于国民党当局步步阻挠，才不得不移至西南联大的草坪。当时，校墙外，已是军警林立，各路特务也早已待命。手无寸铁的师生们，也将学生纠察队集中，以应付可能发生的最坏局面。第一个讲演的是钱端升教授，他言辞慷慨地说：“内战必将毁灭中国！”会场上，掌声四起时，墙外也响起了枪声，它预示着军队已包围了学校。但是，大会的主持者毫不慌乱，他们稳定了会场的秩序，听众们依然把雷鸣般的掌声，送给演讲的教授们。特务们突然切断了电源，一片漆黑笼罩了会场。但人们在岿然稳定中，看着工作人员点起早已准备好的汽灯。此时，电源也被很快接通，一片光明与雷鸣般的欢呼声，让特务们败了第一个回合。轮到费孝通先生演讲了。他起身向台上走去时，墙外又枪声四起。他非但没有停步，反而选择了会场中的最高处，大声疾呼：“不但在黑暗中我们呼吁和平，在枪声中我们还要呼吁和平！”他振臂高呼：“我们要用正义的呼声，压倒枪声！”

这个大会之后，云南昆明发生了震惊世界的“一二·一惨案”，爱国师生死伤于校门之前，闻一多等教授痛哭不已。

转到1946年7月11日，李公朴被暗杀；李教授血迹未干的四天后，闻一多先生喋血街头。反动派已不顾天下舆论，大开杀戒。在极其危险之时，美国领事馆开车接走费孝通先生，但这个保护不久就无法持续，费先生面临的是必须离开昆明。他远在英国的朋友们，此时，正为他的安危忧心忡忡。眼见他离开美国领事馆之后的危境，英国朋友想方设法用一个文化交流的邀请，让他远赴英伦，而脱离了生死之险。

在英国逗留半年多以后，1947年2月，费孝通返回北京，继续在清华大学任教。但三尺讲台，却在风浪颠簸之中。他又一次拍案而起了。

事情的起源是“沈崇事件”。此事发生在费孝通在英国避险时，两名美国兵强暴北大女生沈崇。此事激起全国各层人士的愤慨。费孝通的二哥费青，当时已是法学界著名律师。他做了大量的工作，力推此案的公开审理，并准备担任原告方的首席律师，出庭辩论。但当局一再阻挠，非但案件不能公开审理，连涉案的两个美国兵竟也被释放。事件发展至此，全国民众的愤慨不可遏止，学生运动更是浪潮迭起。而国民党当局竟倒行逆施，从2月17日夜开始，逮捕了一两千名进步师生。为了扭转局势声援学生，中共地下党找到费青，希望一些进步教授出面，为学生说话。刚回国不久的费孝通，西南联大演讲的激情尚在胸中，李、闻二教授的鲜血如历历在目，遇到进步师生又遭镇压的现实，他立刻拍案而起。费家兄弟联合了潘光旦、许德珩、朱自清、钱端升等12名著名教授，联合发表了《保障人权公开抗议宣言》。宣言既发，举国震动。声援学生的呼声此起彼伏；舆论亦四起，矛头直指反动当局，慑于这股强大的民主压力，他们不得不释放了被捕的学生和进步人士。

以上这两段经历，见之的文章已不多，但，凡写此事之文章，皆文字铿锵，语言畅达，使人读后如临其境，可见当时之费先生其英雄气概给人印象之深。

距昆明“一二·一”事件50年后，1995年12月1日，云南省纪念“一二·一”运动的大会上，85岁的费先生应邀讲话，回忆起当年在枪声中呼吁和平的情景，他说：“这个呼声仍然在耳际萦绕。”说到当时师生牺牲的经过，这位年已近百的老人，仍“心潮澎湃，十分激动”。

在费先生逝世后，有后学者写纪念文章，以“一棵大树”喻先生之品格、形象，真可谓深得其要。1988年，费先生有诗，其中有“多经暴雷雨”之句，又可谓是大树的自白。诗不是写大树的，但却可以借来喻大树之经历，喻“暴雷雨”之劫难，亦喻“暴雷雨”中，大树的坚忍。

想起1957年，费先生被迫在人大的会议上做检讨，真是经历大树折枝断杈之痛，辛酸唯有树自知。但于辛酸之中的隐忍，又是一种沉然的坚忍。这番“难复愈”的“心殇”，又延续到1966年的“文革”时。

“文革”之始，费先生已年近花甲。凶涛恶浪袭来时，他的恩师潘光旦先生对他说：“大运动来了，要避风躲雨啊！”这位年届古稀老人告诫他最关爱的学生：“愁剧须凭酒，时危莫论文。”师生二人，已熬过1957年的“反右”之灾，想来这“文革”也熬得出来。但谁料这时除了如1957年那样的被批判之苦，还要经受人格之辱、皮肉之苦。那种批斗游街，挂牌戴帽，乃至跟着“革命群众”高喊打倒自己的口号，却曾使这两位老人不堪忍受。费孝通冒死将妻子送回老家，潘光旦亦是家人四散，两人想：大不了一死了之！但又在彻夜长谈中期盼着时局的逆转，于是，搀扶着踉跄在校园里，今日在这里拔草，明日在那里扫地。这一景况，学院里的人看惯了，连居心叵测的人也不敢妄加干涉——谁都会想，这两位老人还有什么路可走呢？

于是，每天清晨，费先生会扶着潘先生走甬路穿树林地去劳动。潘先生自幼伤残只剩一只腿支撑。这时，他每走一步，都靠着费孝通膀力的支撑。对费先生来说，潘先生是一种精神，是一个灵魂，永远是神圣而智慧的化身。

潘先生在早年清华就读时，受教于国学大师梁启超，他虽肢残，但却才智超群，且坚忍乐观，因此，备受梁启超赞赏。后来，费孝通求学清华，也成了潘先生的门生。

费孝通在后来谈及自己的学术思想形成的过程时，特别提到吴文藻和潘光旦两位老师对他的影响。他说自己关于“人文世界”的重要概念，就是从潘光旦的思想里演化出来的。

在他的生涯中，潘光旦是老师、朋友、手足，是比邻相居的一家人。连他的《知识分子的早春天气》，也是与潘光旦一字一句地相磨相磋而成。所以，患难中的相依，是两位老人生命的共同历程。

费家被抄了家。那拨红卫兵虽也破坏，但没有贴条封门，费孝通尚可有吃住之处。抄潘家的那拨红卫兵，则十分“彻底”，他们抄了东西，封了门，只留一间小厨房给潘先生，粮本、户口本全被封在屋里，潘先生只能在水泥地上躺卧。费孝通见状，痛彻肺腑，忙抽出自家的床垫，给老师送去，让他的残体少些痛楚。家中有妻子平日攒下的粗粮杂豆，且做潘费二人之炊，先对付了辘辘饥肠。每天，费孝通安置了老师的劳动，自己还要清扫厕所，还得去为家属院的厕所生炉子，免得水管冻裂。这样土头灰脸地干一天，就再去照顾年老体弱的潘先生。最难的是拔草，红卫兵不许独腿的潘光旦坐在小凳上拔草，他只好坐在潮湿的草地上，艰难地支撑着身体，拖着一条腿爬行。他患有严重的前列腺炎，这样的劳动折磨，使他的病发展为尿毒症，却又不许治疗，拖延至不起，直到去世。重压下的费孝通，对重病的老师，“日夜旁侍，无力拯救”，直到老师死在自己的怀中。后来涉及老师之死，费先生已欲哭无泪，只说当时是“凄风惨雨，徒呼奈何”！

恩师之死，使费孝通痛至心碎。但他依然每天推着小车载着工具去扫厕所，扫遍校园里所有的厕所。身边少了需要扶将的恩师潘光旦，却多了一份坚忍的沉默。那时，他可能看到了人生的尽头，反而能转过身来，面对惨无人道的现实。在失去了潘光旦先生的日子里，费孝通苦挨了两年多，1969年10月，他和民院的老师们被下放到湖北干校。

在干校的三年岁月，其实是费孝通寻找生命的另一种形式的过程，这种寻找，像是挖矿者的掘进，艰难、缓慢，却得步步为营；但又有一种置之死地而后生的深潜于心的激越。

在干校里，费先生干任何活计都不偷懒、不懈怠，“很卖力气”几乎是所有人对他的评价。他能干大田的活儿，种棉花的全部程序，他都得心应手，播种、间苗、打药、摘花、打杈，直到收棉、拢秆。盖房搭屋，他干的是最脏最累的洗石灰的活儿，粉尘飞扬，他又有哮喘的老病根，但居然就戴着口罩，把石灰用水洗成了石灰膏；在伙房的劳动里，他洗菜、切菜、炒菜，无所不能，做饭、轧面条、搬粮、运菜，他全部亲手操作过。他当报纸的分发员，认真得顾不上吃饭。这一切，使他忙碌得脚步不停。雨天或歇工时，他会洗上一盆脏衣服，会去地里寻野菜、煮芥菜汤，甚至骑上车，到干校之外的镇上吃碗大肉面。连织毛衣这样的事情，他也尝试着。人们看见了他的健壮和乐观，仅此而已，但，他的生命的脉搏到底在哪里跳动呢?

说到干校的劳动，他说，趁筋骨还健，能劳动时，多去体验中国绝大多数人的生活。

说到自己的处境，他说，毁誉在人口，沉浮意自扬。

在回顾茫然不知何日为终时，他说，自己在干校成为一个好的劳动者，但却看不到希望。但他又说，有在干校待下去的打算。

他说，在旷野里劳动，呼吸万里，感觉到人生的真实。而密集的团体生活，较之旧生活，似乎更有意义。

这些只在家信中流露的话，是他的思量、他的寻找。生存的形式变了，但生命犹在。

从另外的地方，我们听到了他的心的律动——

他要家里人给他寄软铅笔、颜色、画纸。他说自己虽与声韵无缘，却于形象色彩有一定想象力，所以他要“发展一下”，而且是“先写生，再创造”。

在另一封家信中，他谈到《战争与和平》中的男主角——“老年统帅”。他说，别人都看他像根木头，就是退、退、退！但托尔斯泰笔下却流出了这根木头内心的凄凉和奋激，“他正在待机”。

仔细聆听，这是费孝通在湖北田野上所发出的生命的信号。

他是一个不倒的人！

正因此，1972年他被从干校调回后，能奋力投入知识的海洋；正因此，他在1980年被“改正”而彻底雪五七年之耻后，会“踏遍青山人未老”。

写费孝通先生的这些经历，并非想复现“文革”中尽人皆知的非人道。侧笔写这个历史磨难的知识分子，他的品性和人格，仍是本文的主线。于是，我的思路，仍照此延续下去。

费孝通出生在一个大家庭，所谓“吴江费氏”，乃名门传代。但费孝通自己的小家，却人口简单。他，妻子孟吟，女儿宗惠，再加上后来的女婿张荣华。但是，这个家却有一种传奇的色彩——有一个人，早已故去，但却几十年被这个家庭视为亲人，这就是费孝通的第一位妻子王同惠。

费孝通与王同惠在燕京大学同读社会学系，同是我国第一代社会学者吴文藻的学生。1935年8月，这两位志同道合的年轻人，在燕京大学举行了婚礼，婚礼的主持人是当时的世界名人司徒雷登。婚后，和着蜜月的节拍，他们辗转行程，向目的地大瑶山出发。

前赴大瑶山的使命，是神圣的。当时，社会人类学在中国是一个刚刚起步的学科，未及社会重视。费、王认为，只有在实践中才能推动这门学科的发展。恰逢当时广西省政府有研究“特种民族”的课题，机会难得，费、王二人虽知前路艰难，但为“雄心所驱”，就“不顾一切地走入了瑶山”。

但仅仅四个月后，当他们的老师吴文藻和同学们盼望他们调查完成后圆满归来的时候，他们却在瑶山的古道上一死一伤。

那是一个凄美哀婉的故事：黄昏暮霭，他们在深林中迷路，费孝通误坠当地人为野兽设的陷阱，机关一踏，木石俱下，重石压身，生命垂危；王同惠在搬掉一些石头，使费孝通得以喘息时，便只身寻路求救。寒夜过后，次日黎明，未见动静，费孝通自感凶多吉少，他决定忍痛向外爬行，但一天之内，竟未见人迹，直到又一个黄昏来临，才遇村民。而王同惠的遗体，却是全体瑶村人搜救7天后，在一处山涧急流中发现的，此地叫罗运，正是费、王二人准备前去的下一个调查地点。王同惠的死去，使费孝通一时难以自持。男儿有泪，滂沱如雨，他曾求得一死，与妻子同葬，但村民们护佑着他，抚慰着他。在当时当地所能达到的条件下，他厚葬了妻子。他发誓，要用“一人的体力来做二人的工作”，以告慰亡灵。

从此，王同惠和她的精神，便渗透在费孝通的情感和事业中。

1939年，费孝通迎接了自己的第二位妻子孟吟。孟吟的清纯、勤劳、善良乃至宽容，使费孝通常常得意自己对婚姻的又一次选择。多年来，孟吟为费孝通建设和管理着一个温馨而宽广的“港湾”。孟吟并非普通女子，她年轻时，曾因逃婚而远走印尼，并在那里创业生存，直到做到小学校长。她没有王同惠那般天赋才情，但孟吟出奇的宽厚，却常使朋友们惊诧得难以叙说。1940年12月，孟吟待产。昆明的家中，房屋已在日寇的飞机的轰炸下中弹，他们只好到呈贡附近，租住村民的小屋。费孝通无钱送孟吟进医院，女儿就在这简陋的小屋中出生。费孝通提议女儿名叫“宗惠”，孟吟点头。她知道王同惠在丈夫心中的分量，她知道，王同惠的惨烈之死，是丈夫一生“打不醒的噩梦”。她尊重丈夫这份感情，因为她也景仰同惠的勇敢和奋进。

女儿宗惠从记事起，就知道自己还有另一个妈妈，她在天上。于是，“同惠妈妈”的称谓，就自然地流动在这个三口之家中。

1957年，“同惠妈妈”给这个小家庭带来了不小的震动。那时妻子孟吟、女儿宗惠正同费孝通经历着“反右”的急风暴雨。一封来自广西梧州的信，意外地投到了当时住在民族学院宿舍南二排的费家。写信人叫张文芬。还在抗日战争时的敌机轰炸时，张文芬为避轰炸而来到当地的教堂，无意中发现了教堂公墓中的王同惠的墓，从此，张文芬常去拜谒王同惠之墓，这个24岁即为事业而死的河北女儿常使张文芬记挂于心。1957年，当费孝通处在政治风暴的中心挣扎时，这个埋葬着王同惠的偏僻之乡，却面临着迁坟之难，在当地无亲无故的王同惠何处安身？张文芬从报纸上看到了大右派费孝通的动向，立即写信告知他迁坟之事。

以后的事情，略去程序不写。结果是王同惠的骨灰安放在费家的客厅里。宗惠说，父母常去擦拭骨灰盒，逢节时，会以果品祭奠。

费老没有记录这件事情的文字。但朋友们说起这事，无不为孟吟的温厚之心及宽广的胸怀所感动。“同惠妈妈”的骨灰盒摆放在家里，长至7年之久，伴随着费家的日出日落。直到1964年，吴文藻先生的母亲去世，吴家欲觅一墓地安葬老人。这时费家才一同将王同惠的骨灰，安葬在吴老夫人墓旁，修得一座永久性的墓穴。而清明寒食之时，孟吟会想着去祭奠这位如家中血亲般的故人。

孟吟与费老相扶五十余年，她从来都默默地做事，笑吟吟地迎送费老的师长同事学生朋友。但1988年，灾难袭向这位一生能承担重压的82岁的老人。她由长期重病，转化为意识不清的瘫痪者，卧床不起，近若植物人。那时，她住在医院里，医疗陪护条件都好。但78岁的费老却有他自己的打算。他对女儿女婿说：妈妈虽意识不清，但需要亲情的温暖，接回家来，有我们大家在旁，她反而能多活几年。于是，意识模糊的孟吟老人回到了自己的家中。费老认为，不管她是否清醒，儿孙绕膝的温暖，她是能感觉到的。于是，全家人的照料，都几乎围着年老的孟吟。而费老更是不信她无意识，每日出门，必到她床前告示，说要到哪里去，几点回来。孟吟直直地睁着眼，直到费老出门。回家时，费老的第一件事就是到孟吟床前，问她一日的起居饮食，有时还会说说会见老朋友的情况。孟吟老人毫无反应地“听”着，费老却说，孟吟的眼神表示她听见了。

这样，费家的日子里，最温暖的时刻就是大家围坐在孟吟老人的床边，听费老讲家里家外的事。直到6年后，劳顿一生、深情一生、仁厚一生的孟吟老人，安详地闭上了眼睛。

写完孟吟老人，我们又回笔写到王同惠。1978年，费孝通有机会重访大瑶山。43年前王同惠殉难的悲剧，如昨日情景，让他悲痛不已。回京后，他发表了《四十三年后重访大瑶山》的文章，读者众多，广西梧州的中学教师邱艾军见到文章后，比别人多了一层兴奋。原来“文革”中，王同惠的墓碑，几乎被红卫兵砸毁，是邱艾军冒险收藏了它。看到费孝通的文章，邱艾军立刻写信，告诉费老墓碑之事。至1988年，费孝通再赴瑶山，带着外孙女张勤在碑前肃立并祭奠。百感交集的78岁的费先生，赋诗曰："石碑埋又立，荣辱任来去。白鹤展翼处，落日隈远墟。"这是他在垂暮之年又获重生后，与王同惠的心灵对话。

朋友们皆知，费先生是个用情很深的人。他虽西学数年，却心怀中国传统文化的"仁爱"二字。对师长、对学生、对朋友、对家人，他无不以爱心奉献。

翻开纪念费孝通先生的一本本文章汇集，那些文章几乎是用"仁爱"二字，连成了他的人脉：

在国民党白色恐怖下，他让被军警追捕的一位学生，藏在自己家中。他和夫人孟吟，日夜守护，直至与另外几位教授联手相救，使这位学生逃离险境。

他在昆明"魁阁"的研究室里，就以爱护学生而得到称颂。一位英年早逝的学生，令他终生牵挂，直至他已到垂老之年集文成书时，还特意收进这位学生生前的论文，并亲自字句校读，使之成书。

他对自己的师长吴文藻、潘光旦等，敬爱之心，终生不减。他们生前，他悉心关照；他们去世后，他常写纪念文章，或组织学术研讨会，动情地表达自己的怀念，宣扬他们的学识和人格，感激他们对自己的恩泽。

他的姐姐费达生、姐夫郑辟疆，一生都埋头在农村开展缫丝工业的实际试验，他们是费孝通做人和做事的引导，他对他们既爱又敬佩，他写纪念他们的文章，情感浓烈，溢于字表。

他与民盟的许多前辈，皆成忘年之交。尤其是大学者梁漱溟，被他称为"思想家"。他仰慕梁先生是"最认真求知的人"，是一个"无顾虑、无畏惧、坚持说真话的人"。1996年，他去山东调研时，特别往邹平谒梁先生之墓，到墓地要上二百多级台阶，他在别人的搀扶下，勉力而登，为梁先生献花致意，久久不离陵墓。

他有许多普通人的朋友，以及边远地区的穷朋友。他家一位保姆从农村来，他让她和全家人同桌吃饭，绝不疏冷轻视，他还忙中偷闲，带保姆去天安门等处游玩。他回江村，回大瑶山，到定西，到凉山，坐在农民家里，喝着农民的粗茶，听着农民说粮食，说副业，说孩子上学，乃至婆媳矛盾。他如同亲人般地微笑着，记下了这些农民朋友、穷朋友，下次他若再来，仍记挂着这些人，一眼认出他们，双手就紧紧握住。

这些充满温馨的记忆，在回忆费孝通老人的百年一生中，是说不尽、写不完的。

一个深爱着许多人的人，他也会被许多人更深地爱着。

思想的大树

毛泽东曾在“反右”的前和后，两次请费孝通吃饭。席间，毛泽东说，我是研究农民问题的，你也是研究农民问题的。毛泽东特别称赞费孝通的文章写得好。说起“帽子”问题，毛说，帽子没关系，我也戴过帽子。

周恩来更是直率地称赞费的《知识分子的早春天气》，是共产党内的知识分子写不出来的。

领导者的说法，自是政治家的居高而论啊！其实，费孝通自青年时代就写得一手漂亮文章。

40年代后半期，费孝通是十分活跃的专栏作家。当时美国的《纽约时报》曾称费为“中国第一个专栏作家”，是“中国最杰出的政治分析家”。《时代》周刊也称他是“中国最深刻的政治评论家之一”。那时，费孝通被列为16位名作家之一，与巴金、胡适等的照片一起出现在《大公报》上。

无可讳言，费先生的文章一直是和“社会”有关。好文章，是因为有流畅的思想。流畅，就是鲜活的、创造性的、深刻的。

其实，细读《知识分子的早春天气》，就能读出个中的思想来。费孝通把知识分子几经运动的狂风暴雨，如今“鸣放”的重重顾虑，比作“早春天气”，是“乍暖还寒”，是“最难将息”，是“草色遥看近却无”，在这生动的文学比喻中，喻出的是政治状况、社会状况和作者对知识分子现状的思虑。

当时，对这种文章持批判观点的人，只是从纸面上说它“对党的知识分子政策的进攻”，却忽视或回避了这篇文章不可动摇的根基，即：它来自费孝通近半年社会考察的积累，及他身处知识分子阵营的先天优势。

费孝通的文章，并不着字华彩，却透着强韧的说服力，这就是他著文前立足于社会实况，又直达于事实所做的文字后盾。说到这一点，就必须从他涉足社会学这个学科追溯起，这个学科首先教给他的是：脚踏实地。

他的第一位老师吴文藻，是著名作家冰心的丈夫。他在美国哥伦比亚大学取得博士学位后回国效力，1929年任教于燕京大学，教授社会学的有关科目。吴文藻是中国社会学的开创者，他提出的“社会学要中国化”的主张，影响了费孝通的一生。在治学方法上，他力推要到社会实践中做系统的调查。费孝通是用自己的一生坚持实地调查，成为吴文藻学术主张的超群的继承人。费孝通在做吴文藻学生期间，几乎读遍了吴文藻书架上所有的书。他在后来的回忆中确认，他的坚实的知识基础，正是在这几年这样的读书钻研中打下的，使他受用终生。

当费孝通转而深造时，他的老师是俄国人史国禄。在俄国帝国科学院里，他是一名引人注目的后起之秀，26岁时即当选院士。他的足迹遍及西伯利亚、蒙古、满洲，他的实地调查的丰硕成果，使他在人类学领域里，蜚声世界。但，俄国的十月革命后，史国禄命运逆转，他无法再回到俄国做他理想中的种种调查，只好远走他乡，在清华园里传道授业。

对于费孝通来说，当时社会学的实地调查已使他兴趣盎然，而史国禄教授人类学所用的实地调查的方法，使他十分向往。但，在国内因政治形势失意的史国禄，在清华园里是个孤僻古怪的人。他除了上课，就闭门写作。每天傍晚与夫人携手散步，是他留给清华园人的唯一的温暖的一瞥。要做他的学生，费孝通是经过了严格的考试，合格后，是吴文藻先生亲自陪他到史国禄的家中，进行面试。从那双深邃而冷峻的蓝色眼睛中，直到透出一丝温和的眼神，费孝通才确定被史国禄录取。

史先生对学生的严格治学，在学界是出名的，他绝不手把手地教你，而是提出课题目标，并创造各种条件，让学生自己走路，他为费孝通申请了一个实验室。白天，费孝通专心做试验，晚上回宿舍后，史国禄会到实验室看这位学生留下的种种试验报告或有关资料，在不合格的报告上，会重重地写上“重做”，于是，第二天，费孝通就从零开始地再做试验。

当学业进行到一定阶段时，史国禄为学生费孝通安排了到兵营的实地调查。他能设法让兵营提供马匹，费孝通总是骑马到兵营，对士兵做人体测量，并取得准确的数据；而后，是去监狱调查并测量犯人的体重。这样积累下来，费孝通掌握了近六百人的人体数据，为自己的硕士论文积累好了材料。

严格的史国禄是个生活经验丰富的学者，他只许费孝通用算盘和算尺这两种简单的工具进行计算。当费对此提出疑问时，史先生严肃地回答：你得准备在最艰难的条件下，还能继续你的研究工作。这句话，一语成谶，在1957年被划作右派时，费孝通才真正懂得了它对人生的意义。

正是史国禄的力促，费孝通和新婚妻子王同惠，一同踏上了瑶山之行。临行时，史国禄特意为他们制作了皮靴等装备，这使费孝通坠入瑶山陷阱时，虽身受重伤，却幸免了双腿残疾的后果。

去瑶山调查之前，费孝通已决定赴英国，投在国际社会人类学权威马林诺斯基门下，继续深造，这也是吴文藻先生为他设计好的深造之路。在经历了失去同惠的瑶山之痛后，费孝通努力调整自己，终于在1936年10月，来到英国伦敦。

在伦敦这个人生地疏的地方，26岁的中国学生费孝通开始并未如期望的那样，来到马林诺斯基门下，而只是被马氏的一位博士生收为学生。其时马到美国去参加一个会议。正是这个会议，改变了费孝通在伦敦的命运。原来，吴文藻先生也去参加同一个会议，并见到了马林诺斯基，吴先生不失时机地推荐了自己的学生费孝通，使马林诺斯基在会后回到伦敦时，立刻将费孝通收到自己门下。

这个高度近视的光头老人，已是六十开外的年纪，但却思想敏锐，言辞犀利。折服于他的人，并非只是他的学生。他丧妻多年，生活无人照料，也就少有规律可言。但他的家里到处是书、是稿纸、是杂志。他不许别人乱动这些东西，这些看来杂乱的书稿，他虽深度近视，却一伸手就可准确地拿来。老师的渊博，深深地打动了来自中国的费孝通。

除了学识之外，马林诺斯基留给费孝通的，是“席明纳”（音译。Seminar）这种教学方法。这种可以称作讨论会的形式，经常在马氏家里举行，来者众多。马氏会预先制定课题，布置一两个主要发言，由此引起讨论、争辩。这种高水平的学术讨论，锤炼了费孝通的思路、分析能力、思考能力。但一开始参加“席明纳”时，他语言生疏，对论题也感难以攀及，只是一个挤在角落里喷着烟雾的听客。年轻的费孝通知道自己远赴英伦的目的，所以，他努力跟上这高水平的讨论，不甘人后地在马氏指导下，度过每天的留学生生活。更使他受益的，是马氏书房中的奇特教育。那是让你参与老师书写并修改自己著作的过程；在那个书房里，年轻的费孝通看到了一个大学者成熟的过程。

马林诺斯基，是学生心目中的“奇才”，他从不指定学生去读哪本书，他常常追问的是学生们实地调查的过程和形成的结果。费孝通记得，在老师的家里，他要向这位深度近视的老师读自己写的文章，老师是躺在床上，用旧布蒙起眼睛听。有时念着念着，老师毫无动静，费孝通以为老师睡着了，但又不敢停下来。果然，老师会突然从床上跳起来，说他的文章哪一段写得不对，哪一段还有什么缺陷。每当这种时候，费孝通又惊又喜，他常常被老师突然的指责吓一跳，又常常在听老师的批评指教时，如干旱时吮吸雨露。

马林诺斯基也是太喜欢自己这位中国学生了，他看到费孝通基础知识的牢固、勤学不辍的韧性和聪颖过人的悟性。他亲自指导自己这位中国学生完成了《江村经济》的博士论文，并在伦敦出书难的景况下，出版了这本书。他又在费孝通结业考试时，请来了另一位首屈一指的东方学者助阵，使费孝通在权威们的肯定下，获得博士学位。在费孝通这篇论文成书时，马林诺斯基作序，热情盛赞这本书，是“人类学实地调查和理论工作发展中的一个里程碑”。这个评价，是对年轻的费孝通在人类学界学术地位的奠定。

1938年10月底，费孝通回国，并辗转来到昆明。那时，昆明已集聚了一大批中国优秀的知识分子。费孝通见到了吴文藻先生。当时，吴文藻已在云南大学建立了社会学系，并成立了一个云大—燕大社会学实地调查工作站，费孝通则以云南大学教授的名义，主持这个工作站的工作。

这时的费孝通，怀着对人类社会学“承上启下”的责任感投入了中国自己的社会学的建设。

师从吴、史、马的经历，在费孝通的经历记录中，不过是短短的几行文字，但从他的全部生涯来看，这是钢铁炼成的过程，是一个学者所能企及的最高的学术平台。

翻开我们的社会学历史——不管它在史料中，还是留存在亲历者的记忆中，前文中提到的这个“社会学研究所”，都会与两个字连在一起，即“魁阁”。知道那段历史的人，在任何时候，都会带着向往不忘的深情，用“魁阁时代”，或“魁阁精神”，向你叙述那段难忘的经历。“魁阁”，是学术探究中，艰难与快乐并存的代名词，是奋进与追求的特写。

当时，日本人的飞机频繁轰炸昆明，社会学工作站不得不迁往乡下，一个名为“魁星阁”的小小的三层楼，被工作站租下来，遂有后来的“魁阁”之称。简陋的环境，与当时学人的热情是成反比的。在那个艰难的岁月里，学术的研究精神，使这些中国社会学的先锐部队，变得生气勃勃。他们人人有选题，有十分强烈的务实色彩。频繁而深入的田野调查，并由此引出的专题讨论和辩论，使他们兴奋不已。这时的费孝通，对年轻的学生们，是“亲自带着走，亲自带着看”。马林诺斯基的“席明纳”式的传授，扎根于这些中国学人之中，它使每个讨论的题目，都变得如此单纯，如此专有，又如此丰润地滋养着这群年轻人。那时的费孝通，也才是而立之年啊！

美国的中国问题学者费正清曾著文描述“魁阁”说：“费孝通是头儿和灵魂，他有将朝气蓬勃的青年吸引到他周围的天才。”

他的夫人费慰梅亲眼看到工作站及周边那“有枪眼的村墙”“狭窄的石子路”，以及横在前面的菜摊。她感慨着中国学人的坚忍，她证实说：艰苦的工作精神和青年人明确的目标，给人以深刻的印象。

身兼工作站站长的费孝通，担负的不仅是自己的研究课题，他肩负的是建立中国社会学研究队伍的重担，于是，他亲自为学生的著作刻蜡版、印刷，他亲自去组织每个学生论文的研讨会。在那个战乱的年代里，他和他的同事、学生们，已形成了一个有才华有能力的学者团体。费孝通也像他的老师一样，把自己的学生一个个或推向国际的学术平台，或昭示于学界，让他们早早成才。

这股从“魁阁”而来的学术力量，从战乱中走向新中国的成立，他们企望自己是一棵大树的枝叶。但十几年后的1951年，社会学却从中国大陆消失。那时，正是大学里的院系调整时，社会学被有些人视为“资产阶级的”“无用的”，于是一个行政命令，它被取消了。

费孝通在自己学术道路的起点上就认为：学术就是有用的知识，是为民族生存的必需。在社会学被从大陆取消的时候，他为“魁阁”记下了一个不灭的日子：1938年11月15日，这是“魁阁”在当年云南农村调查开始的日子。

时间是不能重复的，但历史就常常被重复。1979年，胡乔木的指示，传达给了费孝通：尽快恢复社会学。时任社科院院长的胡乔木，在一次讲话中说，要赶快带徒弟、教学生，即在大学里恢复社会学系。他注意到许多学过社会学的人已经老了。于是他迫切地说，我们希望从我们这次开会到有些大学设立起社会学系，这中间不要开追悼会。

这时，费孝通已经69岁，他的“右派”问题，只是摘了帽子，并未改正；这时，费孝通就职于民族研究所，他的关于少数民族问题的调查研究正在深入之时。

但是，他放下了一切正在进行的工作，承担了这个重担。对此，他有一段动人的表白：“我这余生可以说是得之意外。我应该好好地用它来在事实上证明：社会学是一门可以为人民服务的学科。”他掷地有声地说：“为了给前人昭雪，为了实现我早年的夙愿，也为了使后人不背上包袱，一种责任感，成了一种内在的力量。”已是暮年的费孝通表示：我要在我的晚年为社会学的重建尽点力。

“魁阁”的当年，此时一定在他眼前再现。为了这40年后的社会学重建，他招收学生、调集老师，用办训练班、研讨班的方式，一届一届地为社会学的重建准备人力资源，那时，受到培训的有近百人。他利用出访，了解他国社会学的现状，以做“他山之石”，而为己用。他特别请来美国和香港的社会学专家，为学员们讲课，以了解西方社会学的内涵。而在此基础上，他又亲自授课，向学员讲授“建立新中国社会学”的要旨。

所有的筹备工作，对年近古稀的费老，可谓“紧锣密鼓”，甚至社会学研究所刚成立时，连办公的几间平房，都是他向民盟借的，更何况一桌一椅、一帚一壶。那时，费老家中也只一张书桌，还要照顾到让小外孙写作业用。

后来，他受教育部委托，带领8名学生编写《社会学概论》，将要付梓时，有人认为主编署费孝通的名字，影响不好，只用了“编写小组”的名字。有不平者统计，在初稿、一稿、二稿的讨论中，费老发言有百次以上，意见中肯，功不可没，为何不能署名主编呢？对此，费老毫无怨言，他给同事赠送《概论》一书的题词这样写：“这是我们共同劳动的成果，是一项先行者的脚印。”其襟怀之大、情感之诚，令人不得不仰望。

1980年，这一年在费老70岁的高龄时，姗姗来迟。这一年，统战部在一次座谈会上宣布：费孝通等六教授错划右派，予以“改正”。这个在当年8月16日被新华社对全世界报道的消息，对费孝通等六教授意味了什么？

我曾翻遍各类资料，想寻找记录那个“改正”会情况的文字，但却茫无着落。只在少有的几篇文章里，看到这样的记录：“费孝通当场表示，我口袋里只有10块钱了，不该随意零星地买些花生米吃，而要集中地买一件心爱的东西才是。”

这话一经传出，有人说：辛酸，悲愤；有人说：豪气万丈，坚忍不拔！

这“10块钱”，是老人喻指自己生命可能延续的时间——10年！

他惦记的“心爱的东西”是什么？

在另一个场合，有人问他一生最要致力的事是什么？他脱口而出：志在富民。这就是费老一生的“心爱”。

“民”为何物？费老认为：“要正确认识中国，必须首先认识占人口80%的农民。”这个认识，贯穿了社会学家费孝通的一生——学术和实践，和心灵，和结果。他就心怀这样的认识，当年与王同惠一起走入瑶山，又怀着失妻之痛，后来走进江村，并著写了后来被国际人类学、社会学当作必读文本的《江村经济》。当他承载马林诺斯基的关于《江村经济》的评判回国时，他已不再沉浸在导师那句“里程碑”的预言中，他更在于马氏赞扬他：“一个土生土长的人在本乡人民中间进行工作的成果”，“一个实地调查工作者最珍贵的成就”。于是，回国时，一路风尘未消，他就投入了禄村调查，并在烽火连天的两年实地调查中写出《禄村农田》。

至于在“反右”的风雨欲来时发表的《重访江村》，他提出了“乡村工业”的主张，尽管他预感“提出这个主张和当前的趋势是不合的”，但是他亲眼看到亲自经历了江村农民粮食不够吃和农村副业萎缩的现状，知识分子的良知，使他秉书直言。而后是这篇文章与《早春》一样，沦为“反党反社会主义的毒草”。

当然，这一切都是“反右”使他“沉寂”经年的过去的事了。而现在，1980年已使他年岁增至古稀时，企盼延长的10年，他的“10块钱”究竟价值几何？

我们略去对他在这些年的专业著述的罗列，只从资料中选取另外一些记录。不能忽视的是，这时的费老，已有全国政协副主席及全国人大常委会副委员长的令人仰视的国家领导人的职位。

在费老90华诞时，他的学生在一篇文章中，统计他自1980年以来，社会调查的行程——三访温州，三访民权，四访贵州，五上瑶山，六访河南，七访山东，八访甘肃，二十八访家乡江村……

在另一篇文章中，公布了费老1995年全年实地调查的日程表，自年初的3月22日始，至年尾12月2日止，他每月都有赴外地调查的活动，累计时间为148天，行程八万余里。

随着这些调查不止的脚步之后，便是他笔耕不辍的篇篇文章、部部巨著，共计百万余字。

在这般不停步的行程中，一向谦逊的费老，却留下了许多颇有神奇色彩的传说，令同行者说得神采飞扬。

比如，他能从远处的烟囱，大致判断当地的工业发展情况；他能从农民的穿着（质地、式样等）大致估算农民的收入情况。陪同他调查的人员，多次对他的估算做过查证，几无误错。

一次，在山东全境调查，车到菏泽，已是暮色四合。第二天上午，费老即与菏泽领导开会交流。费老说："你们种了泡桐，但密度不够，邻近的民权，泡桐种得多，又搞加工，农民收入就增加了。"主人惊讶费老未及出宾馆，怎知地里泡桐的疏密？原来，进入市区前的暮色中，费老透过车窗，早将菏泽田野尽收眼底。

又一次，由海口到通什，在盘旋而坎坷的山路上，车子的上下颠簸，令随行人员叫苦不迭。至目的地与主人交谈时，费老缓缓地说："农民的生活有些改善，但不大——路边还有不少草房；种植经济作物，是个好路子，你们原来都是橡胶林，现在种茶树了。"连同行者都惊讶：一路上哪来茶树？回程时，大家特意看着车窗外，才发现，确有茶树间于林间山坡，但疏而小，根本不易察觉，怎就被费老一眼看见？

这些颇为传奇的故事，似乎轻松了费老社会调查中蹒跚艰难的脚步，其实，这"10块钱"的生命旅途中，他是如"夸父追日"般地急速、艰难、坚忍。

80年代初，沿海经济眼看如日中天，在此期间，费老和当初崭露头角的"乡土工业"，经历了一场改革大潮的洗礼。那时，费老有一个头衔：中国乡镇企业协会的总顾问。在"乡镇企业"还满身泥土的时候，费老生动地说它是乡村里长起的"草根工业"。看着它有了名正言顺的"乡镇企业"名目后，费老热情地赞颂说：乡镇企业是中国农民的伟大创造。在“苏南模式”“温州模式”“珠江模式”一路高歌猛进时，费老却从这些繁荣之地，转眼于西部的贫困地区。他说，人家是少壮东南走，我是老马西北行，哪儿穷就到哪儿去。

于是1984年秋天，他第一次来到“苦甲天下”的甘肃定西。站在石家岔的山顶，这里已是海拔2300米的地方，费老望着荒凉的大地，感叹270万定西人民的贫穷。

他深入农户，一家家地访问，他特别访问了那些养鸡、磨面、种花、开修理厂的专业户。他告诉定西人：种草种树是第一位的，但还要转到工业和服务业上去。

以后，费老每到甘肃必到定西去一次，看望农民老朋友，讨论致富的路子。直到1988年，他第四次到定西，得知定西的工业产值已占农村总产值的相当比例，且产品已远销香港时，老人如释重负地说：我一辈子关心穷朋友，定西是个穷地方，所以我多次地来，要是以后的定西变化还是这样大，我也就可以不再来了。

说这番话时，费老已是87岁高龄，他还要去更多的如定西一样贫穷的地方，直至花完他口袋里的“10块钱”。

2005年，费老以95岁高龄，停止了他“行行重行行”的生命选择。

《费孝通文集》的责任编辑吴志实先生，曾用文字准确地勾勒出费老的一生。他说：在本世纪的人文学者中，几乎无人能像他那样，把学问做到浅近而平易；无人能像他那样，将学人话语化为经世致用的行动；而且无人能以一生的心力，像他那样能孜孜不倦追求并且实现着“富民”理想。

这或许是后来人对先辈费老最一致的怀念心声。

结　尾

重读以上文字后，觉得这只能够是“片段”之文。

费老在人生最后时日，学术却上了一个很高的平台，那就是他在90年代初提出的“文化自觉”，他又以“各美其美，美人之美，美美与共，天下大同”这16个字，作为“文化自觉”历程的概括和诠释。

费老说，人类的现代化是一个“文化自觉”的过程，即人类从相互交往中获得对自己和“异己”的认识，创造文化上的兼容并蓄及和平共处的局面。

他当时是站在20世纪的时间长河里，把思想的枝叶伸向未来的21世纪。他说，从“文化自觉”的角度来理解“现代化”，人们就应当对20世纪世界“战国争雄”的局面有一个透彻的反思，避免在未来的日子里，“现代化”的口号继续成为人与人、文化与文化、族与族、国家与国家利益争夺的借口。费老深情地寄语人类：我们应当拥有一个理智的情怀，来拥抱人类创造的各种人文类型的价值。

这是一段极深奥的理论。费老用一生的学术和实践，建造了它。但一字一句读下来，又觉得它贴近在我们的心上。一个毕生把学问做到浅近而平易的哲人，他留给我们这般语重心长的话语，怎么会是读不懂的符号！

让我们抬首仰望，那个“文化自觉”的巅峰高高矗起，费老就是在那里，向我们，向人世，挥手永别。

我除了录上那个巅峰上的一些文字外，却无法用文学的手段形象具体地表述它。即使这样，我也把那些贴近着全人类的文字，抄录下来，传达给景仰费老的人们。

费伯伯，百年诞辰，生日快乐！

2010年6月炎日中

---

* 本文写作中参考了：《费孝通文集》（六）（七）；张冠生著《乡土足音》；李重庵、张荣华、高栓平编《一棵大树一座富矿》；张荣华编《薪火相传》等书目。在此对作者、编者一并感谢。

附 后

这篇作品，写于2010年费孝通先生诞辰百年之时。刊载于当年《中国报告文学》杂志第2期，收录于费孝通百年诞辰的纪念文集。

费孝通（1910—2005）江苏吴江市人。著名的社会学家、人类学家和社会活动家。职位至全国政协副主席和全国人大常委会副委员长，而他最钟爱的身份是大学教授。

费老去世后，安葬于他的家乡江苏吴江市。市内的松陵公园，绿树荫荫，公园的西北角有座小山，山下的松林中，便是费老的陵墓。墓的主体是一块很大的天然石头，正面刻着一行醒目的大字："逝者如斯而未尝往也，生命劳动和乡土结合在一起就不怕时间的冲洗了——费孝通"。费老的这句墓志铭，是他一生奋斗经历的写照。

我和费老唯一的女儿费宗惠在北京女十二中同学六年，高中三年更是同班。宗惠聪明、健康、乐观，是大家都愿接近的朋友。但自1957年"反右"以后，宗惠从宿舍到教室，常常独来独往；或是放学后，独自一人在篮球场上运球投篮。

同学们知道费老划为右派后带给她的压力，都想关心她，但她对谁也不倾诉心声，自己默默地承受着。

高三时，大家都备考大学，她却放弃高考，一到课余，就独自到篮球场上去，直到汗流浃背，也不停休。知道她的心思，大家劝她甚至强迫她回到书桌旁，她才答应参加高考。这期间，班主任写给每位同学的评语发下来，看了评语，她又沉默了。原来，那评语将一个积极向上的她，写得消极而落后。后来，经过了解她的老师的斡旋，评语才做了一些修改，她才在同学们的鼓励下参加了高考。高考的分数是优秀的，却只能去上录取分最低的大学。人家还跟她说：要不是你分数高，我们不会录取你。

五年寒窗后，宗惠被分配到吉林省公主岭的一所学校去教书。路途遥远，幸有寒暑假可借以回京照顾父母。直到1976年唐山大地震后，费老工作加多，而费伯母却瘫痪在床，宗惠和爱人张荣华才带着一儿一女回到北京，依然是在学校教书，但却可照顾年老的父母。

在费老晚年的工作中，宗惠夫妇的作用是不可替代的，他们常扶助八十多的父亲往来于甘肃边远地区视察和调查，帮助费老查找资料、整理文稿。尤其是宗惠以她带病的身体，参加整理了800万字的《费孝通文集》，一路细心操作，直到它出版。

费老身后，还留下了几项以他名字命名的奖学金。宗惠以接近八十岁的年龄，要参与这些奖学金的评选发放，以完成父亲生前之遗愿。她说：父亲留给我们的遗产就是可摆满几个房间的书籍，还有每年要按期发放的奖学金。这些事，我们做到生命终止也做不完呀！

她常想，父亲在1980年恢复名誉时，已是70岁的老人。那时，费老说，我口袋里只剩“10块钱”了，不能随便花，要买点心爱的东西。费老想用10年生命弥补回失去的23年的年华。他从那时起，又辛苦奔波了20年。

宗惠比喻着自己说，我不知自己口袋还有多少元钱，但我会一天一天地小心计算着花，让它为父亲事业的传承，多做些贡献。

2016年9月

心中的一片阳光

——忆师长

“一日为师，终身为父。”这代代传下来的古训，是我们这个民族对师道的敬畏。

“父”存在于血脉中，“师”存在于精神里。

我的师长们在我的精神园地里，永远是一片灿烂的阳光。当我业绩有进时，他们光亮而温暖地照耀着我，为我的长进而快乐；当我遇挫难行时，他们更加光芒四射地照耀着我，唤我奋进，催我前行。

我心里记着每一位教过我的师长，然而我却始终没有攒够笔力来描绘他们。他们太平凡，然而却平凡得深厚。我只能选择几位师长，记于此文，以完成我对师道的敬畏和感恩。

先从小学说起，我要写的是一位姓党的老师。

那时，西安古城已经解放了。我在第二实验小学上学，正好要从小学四年级升入五年级。我们班同学听说要换班主任，着实在教室里敲桌拍凳地欢闹了一阵。因为我们被四年级时的吴老师“统治”得太苦了。吴老师，男，冬天穿件黑布棉大衣（我们因此给他起外号叫“黑大敞”）。他从师范刚毕业，年轻气盛。经常体罚我们，轻则靠墙站，重则全体下跪。发起脾气来，教鞭“哗哗”地敲着讲台，嘴里常带脏字，他常常无端地发火，弄得我们不知所措，连我这个班长也常得躲着他。一听说他调到别的学校了，最欢喜的是我们班。但新来的老师咋样？无人知晓。

所以，上课铃一响，我们“嗖嗖”地跑回自己课桌，静静地等待着。

或者是惯性作祟，我们被吴老师训练得一听见上课铃，超速度坐好，低着头，谁也不敢正眼看党老师。

党老师是怎么走上讲台的？事后，没有人能说清。

第一堂课，就这么心平气和地上下来了。党老师只用教鞭指着黑板上的生词，带着我们念几遍，就轻轻地放下教鞭（后来，党老师教我们两年的时间里，教鞭就只这一个用处）。下课了，望着党老师走出的背影，我们才正眼打量了这位老师——五短身材，眉毛特黑，一身蓝色家织粗布的制服，圆口家做的布鞋，他就这么服饰简单地来上课了。

党老师是披着春天的阳光来的。那时，我们的学制是从春天开始第一学期。党老师爱笑，从不虎着脸训人。以前，吴老师看到我们没把扫除工具摆好，过去就是一脚，踢飞了笤帚，踢翻了簸箕，然后就是大声呵斥，罚站罚跪。可党老师从不这样，他看到扫除工具摆乱了，一声不响地去扶正摆好。第二天，我们的生活委员就会照他摆的样子让笤帚簸箕归位。

党老师经常叫哪个同学到办公室去，准是这同学作业乱写或错误百出。以前吴老师会当着全班的面，把作业本摔到你脸上，然后把你骂哭。可是，从党老师办公室回来的同学，没一个抹眼泪的，总是赶快趴在书桌上把作业重新写好，再跑跑颠颠地给党老师送去。

我们班真像沐浴在阳光里，天天觉得暖融融。

就这样，我幸福的五年级生活让我天天咧着嘴笑。

但不久，我就遇到了从未遇过的难事。

那天中午，我们提前到校的同学，都会在校门前的大影壁前停留，几个布告栏、报纸栏在影壁两旁，我们都会习惯地浏览一番。我是经常早到校的。这一天我正在报栏前看报，旁边响过一道声音，在叫我的名字。扭头一看，是校长。

他姓李，矮矮的个子，说话是川贵一带口音，他穿着军管会的灰制服，是解放军进城后，派到我们学校当校长的。

他当然认识我，因为我是少先队大队主席。他叫了我的名字后，就毫不避讳旁边的同学，说："你爸妈现在该是在监狱里吧？"

我如五雷轰顶地怔住了，竟没注意到李校长和周围同学是怎样离开的。

放学回到家，我哭着向祖母诉说了经过。那时，我们偌大的家里，只剩祖母、我和一位保姆。父母在3年前，已开始将家业从西安转到上海，只剩这空宅尚待处理。此时，西安就解放了。

祖母听完我的诉说，十分平静地说：娃，别怕，你爸妈好好的。说着从抽屉里取出一个信封，里面装着前些时候爸妈从上海寄来的照片，照片上的他们穿着列宁服，满面笑容。祖母让我把照片交给校长。

第二天中午，我拿着照片早早到校，在校长室前的过道里，静静地等着李校长从宿舍走向这里。我靠着墙，低着头，没看见党老师何时走到我跟前。他问我站在这里干啥？我小声地诉说原委，尽量不让眼泪掉下来。他听完后，毫不犹豫地说：这事你别管了，把照片给我，我转给李校长。说完从我手里抽走装照片的信封。

我忐忑地过了两三天，党老师叫我去办公室，把照片还给我，说：没啥事，以后再有人跟你说这事，让他找我来！

后来，大队辅导员史老师对我说，党老师拿着照片去质问李校长：凭啥说人家爸妈坐监狱了？还跟校长说：我班的学生有啥问题，你为啥不通过我这班主任，直接就找学生说？十几岁个碎娃懂个啥？

史老师说完，哈哈笑说，老党真够这个！说毕伸出大拇指。

又过了几个月，李校长因犯生活作风的错误被调走了。党老师特别告诉我这事，还说：以后就不要为这事有负担，你爸妈是你爸妈，你是你。

这是我一生中经历的第一次政治风波，党老师替我遮挡了风雨。后来，我走入社会，屡经风雨，再没有遇到像我的党老师这样的人能站在我身边！

党老师于我之恩，还在于他发现并启发了我的才华，在小学五六年级时，是我一生中成长速度最快的时候。

记得，有一个周末下午，学校组织少先队的大、中、小队长去看一个电影，是什么“历险记”。看完电影，我们排队回校，临解散时，大队辅导员史老师忽然对我说：礼拜一升旗仪式时，你向全校介绍这个电影，还要说说观后感。

我十分为难，却不敢说“不”，犹豫间，我走进学校，来到党老师宿舍门口。

那时，家属宿舍在学校角落的一排房子里。党老师刚刚挑回一担水，正往门外的缸里倒；师娘在一旁洗衣服。

顺便说一句，师娘从乡下来，她比党老师高半头，壮壮实实的。党老师常带她上街，从不回避两个人身高的差距。

看我来了，党老师递给我一个小板凳，自己坐在另一个小凳子上，顺手拿起旁边菜筐里的芹菜，边择菜边问我有啥事。我嗫嗫嚅嚅地说着自己的为难。党老师笑了，说：我当啥难事？这事能难倒你？

接着他说，你平时回答问题，表达得那么清楚；你作文写得篇篇五分，叙述个电影有啥做不成？他教我，回去先把要说的写下来，再记熟。“但是，不是硬背，是记在脑子里，说话一样，说出来！”他强调着，还一只手伸开，做了个手势。最后，他一笑，说：“就像我讲课一样，从不翻备课本。”

我听懂了。我想起他讲课的样子。我回家照他说的写了，又反复记住。

但星期一，该我上台讲话了，我仍然紧张得手心冒汗，手里紧攥着稿子。我从队伍最后向升旗台走去，正好经过党老师身边。他一把抽走我手里的稿子，一挥手，小声说：放开讲，没问题！

我毫无退路，只有勇敢地面对全校，一努力，竟声音洪亮吐字清楚地讲了这个电影故事，并赢得了一片掌声。

从此，我变得口若悬河，多次参加讲演比赛，并拿到好名次。直到我成年时站在讲台上讲课，直到我双鬓染白在研讨会上发言，我都是脱稿侃侃而谈，这常使我得到“出口成章”的赞扬。这时，我都会想起和感激党老师，他抽掉我手中稿子的一瞬间，那是如同让花儿绽放的一瞬间，是为我排除胆怯、注满信心和勇气的一瞬间。那一瞬间，他托举起一个少年美丽的梦，开启了我一生滔滔不绝的演讲才能。

在党老师当我们班主任的两年里，我除了担任少先队大队主席外，还是班长。党老师经常毫不教条地教给我如何做人、如何工作。记得我们班有个非常调皮的焦同学。他经常在放学回家的路队中捣乱，全不把我这个队长放在眼里。我们路队经常因为他边走边玩，而不得不停下来等他，耽误了一队同学回家的时间。

我向党老师告他的状。党老师非常耐心地听我说完，问我：你知道他家的情况吗？我摇头。

于是，党老师把焦同学家的情况告诉我。原来他父亲打零工，母亲卧病在床，每天勉力糊些纸盒贴补家用。焦同学不懂事、贪玩，一回家就得帮着糊纸盒。他不愿回家，总想在路上多玩会儿。

党老师动员我说，你带几个同学，放学后到他家看看，帮着糊糊纸盒、做做家务，他或许就听你指挥了。

我照做了。果然焦同学再不在路上捣乱了。我和几个同学经常到他家帮忙干活，他在班上也变得守纪律了。

我们班在被学校评为先进班级，在总结经验时，特别以焦同学的转变为例。党老师对我们班干部说：要想领导人，先去打动人。这话，质朴而厚实，我记了一生，也用了一生。

小学毕业后，我离开了西安，来到北京，考上了女十二中，一上就是6年。

这是一所百年老校。新中国成立前是一所教会学校，叫贝满女中，创始人是教会的贝满夫人。新中国成立后，改为公立学校，命名为第十二女子中学。

在女十二中上学的6年，是我世界观、品性、风骨形成的重要阶段。

那是1952年，和我们年轻的共和国一样，我们是踏着有节奏的步子走进女十二中的。围着绿色松树的操场，庄重的灰色小楼，庭院中如盖的树荫，教室旁闪闪烁烁的小花……我们的初中生活，童话般地揭开了第一页。

我们静静地坐在教室里等待班主任。我在心中勾画着她的形象。事先早已听到了关于她的许许多多的传说：高中毕业刚留校的优等生，18岁，能指挥合唱，还会朗诵。

当她站在教室门口那一刹那，我不知道她是否有人们常说的紧张和激动，然而从她那浅浅的一笑里，我感到一股自信的力量从她心中升起。我望着她：白衣、蓝裤、短发，单调的色彩和朴实的气质和谐地融为一体。我不记得她当时发表了怎样的"就职演说"，只是当下课全体起立时，我从她那绝不威严的外表里，感到了一种威严的内在。我十分感叹：她只有18岁啊！

这就是我中学时代第一个班主任蒋雯先生。

我是她班上的中队主席，调皮，骄傲。然而，却由衷地崇拜着我的班主任。为了这个，我写了一首诗，记不清诗里的句子了，只记得至少有二三十行。为了把这首诗献给我的班主任，我在灯下一笔一画地抄写着，那张白纸上事先已用铅笔打好了格子；抄完后，又画上了黄色的小鸟、绿色的柳枝，还有杂花相映。当时，自以为是极其漂亮了。第二天，在下课的间隙里，趁蒋雯老师刚刚走出教室，我便将那折得极方正的纸递给了她，她竟问也不问地接过去。过了一天，也是在下课时，她小声对我说："那诗我贴在宿舍墙上了。"说完眯着眼笑着。我并不怀疑她的话，但我却固执地想要证明它。于是，一天自习课时，我借故溜出了教室，悄悄地走进那个静静的小楼——我知道蒋雯老师住在这里，我蹑手蹑脚地走着，因为这座小楼学生们并不能随便进来。宿舍门虚掩着，轻轻一推，便闪出一道小缝，恰恰够我一只眼睛向里望。我一眼便看到那张整洁的小窗前的墙上，果真贴着我的“杰作”。我高兴得几乎跳起来。一个孩子幼稚的心，得到了这样的呵护，那是何等快乐的事呀！

那时，蒋雯老师更主要的职务是少先队的总辅导员，统领着全校的红领巾们。她总是脚步匆匆，但又总是朝气蓬勃。在大队日时，她站在操场正前方的高台上，举起右臂，领着我们高呼“时刻准备着”，她那洪亮而充满激情的声音，会感染得我们热血沸腾。在这个岗位上，她工作了8年之久，于是，在我的关于女十二中的记忆中，她永远是胸前飘着红领巾的意气风发的样子。

我高中毕业后，上了大学，而后又走上工作岗位，但无论何时何地，我总能听到她的消息，因为她桃李满天下，又因为她许多学生都那么由衷地爱着她，敬着她。

十年浩劫中，我曾在母校门口徘徊，到处可见的大字报，让我心中无比美丽的校园，变得满目疮痍。我没有看到蒋雯先生，或其他我熟悉的先生。一位校友告诉我：蒋先生是被“打倒”的走资派，大字报上说她“疯狂地发展执行了修正主义路线”，说她在教育中大搞“人性论”，说她用“纪律”把学生变成“驯服的绵羊”。这所有在当时流行于社会的罪名，横加于为教育事业鞠躬尽瘁的蒋先生的头上，她承受得了这份重压吗？我怅然地从母校门口离开时，心中陡然感到一阵悲凉，想到：如蒋先生这样的许多优秀的老师们，就被埋没在这层层叠叠的大字报之中了，我们心中的女十二中岂不也随他们的埋没而消失了！

十年浩劫的结束，让我们去追寻第二个春天。此时，我们见到的蒋先生，已两鬓染白，眼神中透出一种岁月铸就的严峻，而那严峻的后面，仍是当年那种激情四溢，她和我们的母校一起经历了一场生命的历练。她又走到学校的领导岗位上，又用她洪亮的声音感染着花朵般的孩子们。她不再如年轻时高呼“时刻准备着”，但她在总结半生的工作时，仍充满激情地说：“少先队是我生命中的一束火焰。”当她成为一名大学教师，主讲教育理论时，她的“中学教育管理”的专题，最早导入的思考，就是从少先队工作开始的。

如同许多优秀教师一样，蒋先生关心着她历届的学生们。学生们走入社会后，无论是名人，或是普通劳动者，在蒋先生心中都是同样可爱。

我在《十月》杂志担任副主编时，曾觉得文学的覆盖面很局限，因此和中学老师校友聚会时，很少说文学。但蒋先生却令我意外地经常议论到《十月》发表过的作品。不少有我任责任编辑的作品，蒋先生都饶有兴趣地去阅读了。当长篇小说《废都》获得法国女评委文学奖，其作者贾平凹获得法国最高文学奖时，蒋先生都是最早打电话给我的人，她那永远洪亮的声音，那由衷高兴的心情，从电波传导过来，其感染力依旧不减当年。当我出版了新书赠予蒋先生时，她脸上的笑容，总让我想起年轻时的她，她用这种笑容面对了历届学生的成就。最近，我将刚出版的长篇报告文学《金色生命》赠给蒋先生，她手抚着书的封面，竟然说："我会好好拜读，你是我的老师。"当时，我惶恐得难以言述，我看着她的白发，心想：这是一个怎样的老师啊！

是啊，这是一个怎样的老师呢？——奋笔至此，我却难以有个明确的结论了。这时，我忽然想起，1992年蒋先生从教40年时，学生们为她隆重地庆祝。就在那时她朗读了自己创作的一首诗。诗太长了，一共四十八行，但跳出来的句子，却让她自己和听着的学生们不禁热泪盈眶。她在诗中说："我们每个人就像一棵树，经历了春夏秋冬。"她说这棵树，"曾在风雨中挺拔，也尽情地在阳光中潇洒，献给了人间营养，也带给世界芬芳。"她说："最美丽的是事业地久天长。"她说："不求功名卓著，不慕荣华富贵。"她说："生命只要再有一分钟未来，就让它实现六十秒的延伸，延伸出根再增加养分，延伸出果实去占有第二个春天。"读罢这些诗句，答案油然而出——这就是我们的蒋先生，也是我们所有的老师们的写照，他们是我们心目中永远的老师。

我曾经想过，蒋雯先生教我时间甚短，但她是我心中的"永远"，她给我的难道仅仅是"勤奋工作、永不停步"吗？

其实，在这八个字的后面，有一个坚强厚实的支撑，那就是一个人生命力的旺盛，如火山爆发、岩浆喷射一样。

上帝在赋予蒋雯先生一切才华时，也把一个负担给了她，那就是由于母亲的日本人血统，而带给她的矮小的身材。她只及我班小个子女同学的身高。她没有美丽的脸庞，没有浓密的头发让她扎成当时流行的辫子。但在一群比她身高的人们中，她永远是那个声音最洪亮、情绪最激昂，并能让这群人跟在她后面齐步走的人，她永远在精神上领导着她的同事们、同学们。这就是生命力，它能冲开一切外形的缺陷，让你昂首走在人生的道路上。

如今，女十二中已走过150年的路程，在“文革”中改为男女合校的166中。无论它的称谓如何变，但每次校庆时，各年级不相识的同学最多的相问是：蒋雯先生来了吗？

这就是“永远”，永远的记忆，永远的老师。

上高一时，我遇到了在我当学生的历史中，对我最严的一位语文老师——余觉今先生，他在我作文本上留下的红笔书写的“4”分，成为我一生的警钟。我习惯了在作文课上余先生把我的习作当范文读，评点优长。但那一次，我惦着下课后的朗诵活动，写作文时，笔下稍显仓促，不想瞒不过余先生那双眼睛，一个“4”分，落在我从小学到大学的作文史上，让我终生铭记。

回想那次发作文时，我看到那个“4”分，顿感吃惊，心中还有些不满。余先生读着赵广建（作家赵树理的女儿）的作文，边分析，边从眼镜框上看我一眼。他一定看到了我装作漫不经心而实际心中不服的神情，就愈加分析广建作文的细致之处。待他分析完了，我也心平气和了，觉得自己的作文确有粗疏之处。

余先生从不正面批评我们，他温厚待人，在修正我们的错误时，常常是点到为止，手下留情。比如，上课时，哪个同学走神儿了，他一定恰当其时地点着名，叫你回答问题。然后不管你答对答错，他都会轻轻地说声“坐下”。我常被他点名，也常在他轻声地“坐下”后，不敢再有造次。

余先生不苟言笑，师道在他身上体现着十分尊严。但他的尊严绝不冷峻，他把师道的尊严，化作一种温暖，缓缓地输向我们，让我们既感到师道的不可动摇的尊严，又感到那尊严中深厚的暖意，于是，这种带着温度的故事，常发生在余先生和我们这些高中生之间。

比如：我们的文娱委员李维玲，多才多艺的一个女孩，却从初中三年级起，让作文像铁栅栏似的挡住了路。她看了不少有关作文的书，每篇作文都费力地布局谋篇，但就是写不好，分数也上不去。待到余先生教语文，维玲的作文仍无长进，她觉得自己在作文课上一定是余先生不予关注的学生。忽然，有一次余先生让我们自由命题地写一个场面。这种看似简单的练习，并不比一篇结构完整的作文容易写。维玲苦思冥想，忽然想起自己经历过的一次迎宾的场面：外宾如何满面春风地出现，群众如何自发地迎上去，孩子们跳着挥舞鲜花，女孩儿们辫子都甩起来等。发作文时，维玲意外地看到了一个大大的红“5”分。余先生长长的评语中，告诉她：写自己熟悉的，写生活中发生过的……从此，维玲面前那扇铁栅栏移开了。她写作文就如她唱歌一样欢畅。她在作文本前再不皱眉了，因为她知道，余先生关注着每个同学的每篇作文。

还有一个关于余先生的故事，主角是语文课代表张彦。这是个爱笑的女孩儿，一笑两个酒窝，而常常这笑是被余先生引出来的。原来，余先生对课代表张彦的“指示”，总是用一张字条传来。字条上工整地写着：“张彦同学：×××同学没交作业，请催交”等等。署名永远是字体漂亮的“余觉今”三字。余先生在写好这个字条时，常在教研室从玻璃窗向外看，一见有我们班同学经过，他就两步奔出教研室，让我们谁把字条带给张彦。这样的次数多了，带字条成为我们班一道风景。拿字条的人，一进教室，就大呼张彦，然后，当众大声读着字条上的内容。最后，更大声地读着“余觉今”。这时，教室里一片善意的笑声，张彦更是一边笑出两个酒窝，一边忙不迭地满教室收作业，然后，急匆匆地奔向余先生的教研室。我们班特别喜欢余先生的字条带给我们的欢笑。小小的字条是那样地将余先生的温暖带给我们。

在讲着上面的故事时，张彦和维玲已经76岁，而我长她们一岁。我们仨争着你一句我一句地讲着，心情都回到那个属于我们和余先生的时代，仿佛先生还在我们身边。

高中二年级时，我们的语文老师换成蒋震先生，他还是我们的班主任。

蒋震先生是我在前文中写到的蒋雯先生的同父异母的哥哥。师母杨中平，是与蒋雯老师同级毕业又同时留校任教的老师。他们一起在女十二中的园地里，培养着我们。

蒋震先生，也是不苟言笑，但表情中总带着文静的深意。他讲课的风格，沉稳、发人深思，甚至在课文的激烈处，他也不加快语速或提高声调，而是从不动声色中，将他发掘的思想，输送给你。

记得他讲鲁迅的《药》，即使是刑场上的鲜血淋淋、人血馒头的惨不忍睹，他也是用深沉的语调叙述着，绝不刻意渲染。只是一字一顿中，让你体会到深处融入潜流的内涵。

他讲李白的《梦游天姥吟留别》时，从范读中，就清晰吐字，缓缓读来，绝不用朗诵的腔调表演内容。一堂课讲下来，这首长诗中的许多句子，我都可以背诵。

蒋震先生讲课时的情感激越，常常在他龙飞凤舞的板书中透露出来，这时是他平息激动的时候，而他这样的板书内容，又恰恰是他要传送给你的激越情感。我在蒋先生教授语文的一年里，懂得了什么叫“潜移默化”，懂得授业者传达给我们的，不仅仅是技巧，那在技巧之后的内质，才是影响我们一辈子的财富。

与余觉今先生一样，蒋先生也从不正面批评我们，他不大注意我们外露的细节，却一点也不放过对我们品质的修正和滋养。

蒋先生和我有过一次令我难忘的谈话。起因是，我们班的一位钟同学（化名），喜欢我的爽朗干练，而希望和我成为好朋友。但我偏不喜欢她的做作，也嫌她有哮喘病，终年喉中有痰，而有意地疏远她冷落她。她苦恼地向蒋先生诉说了她的心绪。于是，一个冬天的下午，蒋先生叫我到教研室，他和我围炉而坐，他一边用铁通条拨开炉中的煤球，让炉火旺盛，一边拉家常般语调平平地直说钟同学的苦恼。待听完我的申诉，他娓娓而谈，说友情对人生的温暖；说一个人要学会和各种人相处才为俊杰；说一个人心胸如海，才能容得别人的不足，而使自己生活在相互通融的气氛中……

那次谈话，必是我终生该铭记的。因为我当时就体会出了蒋先生的细致用心：他是用钟同学的事做引子，把我引入一个做人的大境界中。而他说的那些，正是我的缺陷。

蒋先生是位博学、并因博学而眼界开阔的人，他经常拿些课外的文章读给我们听。一次，他拿着吴祖光先生的文章读给我们听，吴先生在那篇文章中抨击一个解放军用枪击毙一只猴王的事。

这件事是蒋先生在90年代末去世时，我班的同学倪乃先想起的。而读那篇文章后不久就是“反右”，那时我们听说，如果女十二中的右派数目再增加一二，蒋震先生一定网列其中。

说到“反右”，我又想起那位钟同学。蒋先生那样关顾着她，去说服我以友情为重后，钟同学竟在“反右”中给蒋先生贴大字报，批判他的“资产阶级思想”等。那时，我们的风雨操场里，挂满了大字报，“反右”之风吹遍这个一向平静的百年名校。我没有问过蒋先生在看到钟同学的大字报时作何感想，但我看到那时老师们又开会又看大字报，却又如平常那样给我们上课。蒋先生仍如以往，手指捏根粉笔，腋下夹着备课本，走上讲台，用他那永不改变的声音，沉静而和缓地讲着诗文。我相信，那时他有一个强大如海的内心。

或许在我笔下，只触到蒋先生的沉稳。其实我们有时也会看到他的活跃，那是在球场上。才艺多样的蒋先生会打网球、踢足球等。而在学校的篮球场上，他的表演，则成了我们班的骄傲。那时，体育老师为了训练校篮球队的女孩子们，常将男老师临时组织起来，与校队展开对抗赛。这时，蒋先生就是教师队的主力，而我班的倪乃先，又是校队的主力，看他俩在场上互不相让地夺球，是我们全班最开心的事。我们在场外，一会儿为蒋先生加油，一会儿又为乃先鼓劲，把场外搅得喊声此起彼伏。那时场上的蒋先生，身手不凡，对乃先毫不相让。真让我们看到了另一个蒋先生，或者说，看到了一个内心十分丰富的蒋先生。

听到蒋先生去世的消息时，已经是20世纪末。我打电话给师母杨先生，问及为何蒋先生病重时没有告诉我们，杨先生叹曰：他不让，他病得变了样子，不愿别人看到……

我相信这定是蒋先生的心迹，一个那样直立而尊严的人，到死也是尊严的。

当我未曾在上一段的末尾画上句号时，时间的隧道载我驶向七十多年前的时光，我沉浸在做少年和青年时的兴奋中，我眼前微笑着的是我的许多老师，我快步奔向他们，表现着我年少时的欢乐；

然后，当我为上一段画上句号时，我从时间隧道里骤然返回，但现实并不凄寂，因为我带回了七十年前的那片阳光。我的许多老师至今早已离世，在这篇文章中写到的老师中，只有蒋雯老师健在。但我的怀念，并不哀切，因为我怀念的师长们，都化作一片阳光，照耀和温暖着我和他们所有的学生们，我们只要翻开记忆的这一页，就会看到这片永远灿烂的阳光。

2017年1月　紫芳园

附后

小学五六年级，我在西安第二实验小学完成了我最初的学业。“二实”是这个学校的简称，它位于夏家什字。因此，新中国成立后改名夏家什字小学。以后，我离开古城西安，40年未能回去过。20世纪90年代初，我因公回到古城，曾寻找我家的旧址和“二实”，但竟然没有找到。

近几年，我惊喜地从百度地图上找到了夏家什字，并顺踪看到标示出的“莲湖区第二实验小学”，再向西寻，看到了我小时上学必经的“白鹭湾”。继而前行，竟然找到“南马道巷”的标识——这是我家在西安时的旧址。

这一系列的寻踪，让我萌发了年过古稀再回古城的想法，我知道我很难找到七十多年前的遗迹，但我相信，我一定能找到当年的那种味道——清新、温暖，永远充满生气的味道。

至于我的中学——女十二中，它就在眼前，北京东城区灯市口大街。但我不仅找不到当年的遗迹，连当年的味道也荡然无存。

这个创立于1864年的百年老校，如今在楼顶的最高处，用霓虹灯标出一条历史的线路：“贝满女中——女十二中——166中”。

原来的初中部，在灯市口大街上，现已划归他校。原来的高中部，在大街东口的同福夹道里。在近旁景山学校新兴校舍的对比下，它已显不出旧时的风光来。

当它被叫作贝满女中和女十二中时，它是我国第一个引进西方教学理念，将数理化分科教学的中学；1954年，它被列为市重点中学。许多东城的显贵，尤其是大知识分子，都把子女送到这里。冰心老人就曾是这里的学生。她对母校情意深笃。晚年时，她因身体情况，常常谢客，但却嘱咐保姆：只要女十二中来人，一定要见。我得此便利，多次拜访她老人家。有一次，她听说：已经改称为166中的母校，要合并到景山学校去，急忙向我们打听原委。待知道只是传闻时，才松了一口气。还嘱咐我们说，倘真有此事，需要写信申诉，她一定要参加。

新中国成立后，私立贝满女中交付人民，改为公立学校，排列为第十二女子中学。那时，北京有女校十三所，大多数都是人所向往的好学校。同时亦有男校若干所，男女合校若干所。治校各有所长，各校自得其所。

不幸，在“文革”中，所有女中、男中，一律被革除，而改为男女合校。女十二中也被排列为166中。这个“革命”的决定，不知出自何人，但它正经受着历史和时间的检验。今天当我们的教育面临问题重重的现实中，或许女校、男校的恢复，是提不到日程上的。但当时间无情地向前推移时，它的正误的鉴别还会很远吗？

2014年，当以166中的名义纪念“贝满女中——女十二中——166中”建校150周年校庆时，主席台上出现了一位美国人，他是贝满女中创始人贝满夫人的后代。他从美国远渡重洋来到这个由他的先辈创立的百年老校，他带来了什么信息？他的满脸的笑容，能给我们以答案吗？

2017年1月　紫芳园

秋 思

——忆祖母

我们老家称呼祖母为婆。

我婆，1887年生人，历经四个朝代，即：清朝末年；辛亥革命及军阀割据时期；国民党执政时期；新中国成立直到“文革”。

我婆与许多普通的中国妇女一样，柴米油盐地度过一生；但她又因环境的特殊，时代的风雨洒满她的衣襟，她经常要抖搂它们，才能不沉重地走进另一个新的生命阶段。

一

我婆的娘家姓王，殷实人家。王家太祖育有二女，即我婆和她的姐姐（我的姨婆），她们的名字里都嵌有一个“秋”字，足见王家先祖对她们命运丰盈如秋日收获--样的期望。

但是，这两个女儿，嫁出之后，却命运多舛，充满了大起大落。尤其是我婆。

王家长女（我姨婆），嫁给了古城名士彭云超。彭家是古城的名门望族。彭云超自幼饱读诗书，成年后，更是地位显赫。辛亥革命起，陕西起义军张翔初当了督军，彭氏则任督军府的参谋长。在古城，彭云超是年轻人亦师亦友的人物，在他周围聚集着许多追求革命的青年，田家二公子西轩就是其中的一个。田西轩曾读过陕西陆军学堂，为人正直，思想敏锐，深得彭云超钟爱，并将自己的妻妹（王家二女儿）嫁给了田西轩，这就是我婆和我爷爷的姻缘，当时为许多人所看好。

但，这个美满的家庭，维系了大约五六年，便被一排枪声所击碎。

这排枪响的背后，是记录于史的“耿直起义”。当时，正值辛亥革命后的军阀混战。耿直在陕西屡任军职，又是孙中山委任的陕西靖国军讨伐使，遂组织陕西革命力量，讨伐当时代表军阀力量的陈树藩。耿直军队与陈军在城中激战3天，失败而撤出城去。

我爷爷田西轩与彭家爷爷彭云超均是耿直好友。而我爷爷当时正在陈树藩属下任骑兵团长。陈树藩早有除掉我爷爷在内的这些革命人士的打算，于是，借耿直起义失败之时，有意派我爷爷带兵追击。命令既下，第二天即出征。我爷爷与彭云超爷爷商议：带兵出城，绝不返回。

第二天一早，我爷爷一身戎装，从家向军营走去，不想途中早有陈树藩布军一连人的埋伏。见我爷爷出现，即有人命令射击。第一排枪，只射中手指；第二排枪即射中腹部，顿时，鲜血喷涌，急送医院抢救，爷爷只用最后气息，向部下托孤，随即气绝。

当我婆慌忙赶到遗体旁时，爷爷已在血泊中难辨面目。据说，我婆没有立即大哭，而是要来清水净布，一口一口地咽着泪水，一抹一抹地擦拭着爷爷满身的血迹，并着卫士取来新衣，亲手为爷爷穿上，系好每一颗扣子。当棺木抬来，遗体入殓，要钉棺时，她忽然撕裂般地大哭一声，晕倒在棺旁。

当时，我父亲只有3岁，我婆还怀有遗腹子。

爷爷的棺木，暂停城中小庙卧龙寺。这里的住持曾得我婆接济，愿护守我爷爷灵柩，解我婆一时之困。我婆牵着3岁幼儿（我爸）离开小寺时，已觉天地茫茫不知去处。

这时，被我父亲后来称为“田家恩人”的彭云超爷爷为这孤儿寡母撑起了遮蔽风雨的大伞。彭爷爷和我姨婆（我婆的姐姐）将悲恸欲绝的母子接到他们家中，除了抚慰，又严肃地对我婆说，这个孩子要留在城里念书，我们供他上学。

他们所说，原因是另有所指。原来在爷爷遇害之前，他的母亲（田家的太婆）就从古城回到县城经营祖产：田地和商铺。太婆年老，看中了二儿媳（我婆）的能干，有意让她回去主持家务。但为了我爸读书，我爷爷和我婆都未答应。彭家爷爷和我姨婆担心在眼下这个困境中，我婆会带着孩子回到县城去，就有了上面那个严肃的说法。

不想我婆比他们还坚决，说，我即使为佣挣钱，也不会断了孩子读书的路。

我婆处理了自己的家事，带着儿子搬到彭家的院子里，纺线织布做女红，维持着节俭的生活。

噩耗传到县城，自己最钟爱的儿子如此死于非命，年迈的太婆，一病不起，整日与药为伴，她急速托人捎信，让我婆带着孩子回县城，说家里衣食无虑，别在古城飘零。但回信是我婆已带着孩子搬到彭家，太婆不仅病情加重，而且也不派人力运回我爷爷的灵柩。

时光流转，近三年过去，我爷爷的灵柩仍在寺中，引得我婆常去祭奠哭诉。有一日，我爷爷的一位部下魏旅长来看望我婆，听说灵柩之事，立即承诺带兵护送。消息传到县城，太婆打起精神，安排了迎灵大事，爷爷才得以安葬在县城边的田家墓地里。

丧事已毕，我婆侍奉我太婆，除一日三餐，还为她做了四季衣裳鞋袜，清扫房间，缝被做褥。太婆十分感念儿媳的周到，但我婆始终不介入佃户商铺的事务。

时光快过去一年，婆提出辞行。她在太婆的怒斥中，细细陈述她守寡育儿的意向，坚守让儿子在城里读书的初衷，多次诉说到动情处，她不止一次地跪下求太婆放行。太婆被她的坚定所感动，给她60块银元，送她上路。

回古城的路上，极不平安，婆一手抱着刚3岁的遗腹女儿，一手牵着幼小的儿子，乘一辆骡车颠簸上路。不想，途中真遇到强人，一队衣装杂乱亦兵亦匪的人拦住车，搜了包袱，抢走了那60块银元。我婆情急之下携儿女向带队的长官陈词，一再说，我们是回古城的，一路花费不少，恳请还回银元。那为首的说，谁见了你60块银元？看你可怜，给你10块，赶路吧！

婆携带儿女赶紧转身赶路。那时，刚6岁的我爸，愤愤地说：妈，咋不说咱们认识魏旅长，把他们吓走？

婆捂住他的嘴，悄声说：娃呀，兵匪不分，常是抢了钱就灭口，我提魏旅长，必被灭口呀！我口口声声说回古城，是让他们放心我们不去告发他们。

父亲在我们长大时叙述这段经历说：你婆遇乱不惊，常能化险为夷呀！

回到古城，在彭家爷爷和我姨婆的关照下，送我爸上了小学。有一年，彭家爷爷要到渭北长住一年，我婆竟执拗地说服我姨婆，让她带子女住进了基督教的一个半工半读的学校。她一边学文化一边做工，养育子女。这一年，婆和儿女都得到了锻炼，他们走入了复杂的社会，看尽别人的冷眼；但他们咬牙坚持着，想走一条自立的路。直到一年后，彭家爷爷回到古城，说他们这样住不安全，硬要他们回到彭家来。后来，彭家爷爷常带着他的女儿毓恒（我姑妈）和我爸去书店，又常督促他们临帖写字，还常给他们讲做人的道理、做事的规矩等。特别教育我爸，说：要学你妈妈，她是个坚强的人。

这段相处，给我爸留下了温暖的印象。他在晚年写的回忆录《风风雨雨八十年》中，深情地记录了彭家爷爷对他的呵护和培养。

不想，横祸飞来，彭家也遭遇了天塌地陷之灾。

那是1924年，之前，陕西军阀刘镇华曾亲临彭府，请彭云超到军中任职，被婉拒。刘怀恨在心，蓄意报复。机会出现在刘军与另一军队的交战中，双方对峙，各不相让，在商议谈判时，刘镇华险恶地要求对方：必须请彭云超出面调停。彭爷爷只想，战火使生灵涂炭，百姓不宁，出面调停，德在于民，就慨然前往军营。不想，刚迈进刘军大门，刘镇华埋伏的枪手就迎面射击，彭家爷爷当即倒在血泊中。

这个事件，震惊三秦。两年后，原靖国军总司令于右任回陕，亲自主持公祭，追悼彭云超将军，并为之建陵修墓，彰扬其革命精神。

但虽如此哀荣极备，我的姨婆却身心难以支持。这困境中，挡在前面的是我婆。据说，彭爷爷遗体安葬前，都是我婆代表家属，指派各路人士，一一顺理安排。夜晚她要去姨婆屋中，安抚悲伤的姐姐入睡；白天，一切举丧事务，均在她亲自过问下。我姨婆抱着自己的妹妹说：咱这家，多亏有你呀！

姨婆身体日渐衰弱，北京亲友接她们母女易地休养。于是，姨婆把彭家大院完全交给了我婆，说：你守着咱家吧！等我回来。

能等着什么呢？彭家的经济状况急骤变化，再没有彭家爷爷的支撑了，于是，留在彭家大院里的孤儿寡母，又要开始新一轮的艰难经历。

迎面而来的，是古城历史上最为惨烈的“杨虎城坚守古城八个月”。

当时，全国的局势是，北伐战争即将爆发，但北洋军阀派系仍在做最后的挣扎。那个杀害我彭家爷爷的西北军阀刘镇华，即将进军古城，想为北洋军阀留有一个退可守的城池。就在刘的军队急急调集，并行进到能望见古城城垛时，一支来自渭北的队伍，以急行军速度，开往古城，先于军阀刘镇华之军，从古城西门进入后，立即与当时古城守军联合布防，将刘镇华阻击在城门之外。从此，刘军围住古城，两军对战炮火连天。一方围困，另一方坚守，达8个月之久。

这支进城坚守的队伍就是杨虎城的靖国军。杨将军为人刚烈，不失气节，他在革命力量面临困难时，不怕牺牲，以坚守古城的壮烈行为，策应了北伐战争，做出难以磨灭的贡献。

然而在守城8个月的战争中，古城军民做出的牺牲，是应永记史册的。

当时古城居民10万人，粮食仅够3个月，在用粮极限被突破时，古城内一片慌乱，树皮野菜是好食物，军争民粮已到了无可阻止的地步。偏街陋巷，常有饿殍卧地。数以万计的军民饿死在这8个月的壮烈岁月中。

对于我家来说，这本是个灭顶之灾的时期。远在守城战争开始前，姨婆将这个大宅交给我婆而远行北京时，我婆就在姨婆走了的第二天，将自己一双年幼的儿女叫到厅里，说：姨夫“走”了，姨妈病了，这家现在要由我们支撑了；没有人再像姨夫姨妈那样接济我们了。相反，我们娘儿三人，要把姨妈和毓恒姐姐养起来。我爸和我姑姑效恒，郑重地点头应诺。于是，他们在这彭家的深宅大院里，谨慎相守，俭朴度日，想要相依为命地过个平安日子。

谁能想到日子会变成守城的战争？

但，谁又能想到，当我婆在这之前一直踉踉跄跄带着一双儿女艰难举步时，在这8个月战争的灾难来临前，上苍却把她打扮成一个富有的菩萨，让她在饿殍遍地时，赈济苍生？

这是杨虎城守城前的一个月，有一天，彭宅门外有人使劲敲门，并大喊着我爸的名字；我爸跑出一看，原来是县城太婆派人送粮的四轮马车。我婆闻讯出来，喜极而跌坐在门口的上马石上。要知道，从埋葬了我爷爷，至今五六年，县城的我太婆，从未接济过我婆一文钱，太婆是嗔怪这个儿媳宁可吃苦，也不回老家主持家务。但，现在却鬼使神差地送来了一车粮食。太婆怎知一个月后，古城要变成一座死城呢？

有了这车粮食，婆的善良和大度，如菩萨的神光般地放射出来。

战争既起，她节俭使用每一粒粮，把粮食藏在瓶瓶罐罐里，再埋入树下；她用力把着院中的井绳辘轳，把我爸用木桶吊下去，在井壁挖洞，以藏粮食，防止军队搜抢；她带领儿女在院中开田种菜，以省粮度日。上苍还派来一个孙连长，送来骡肉，这人是我爷爷的部下，经常关照着我婆我爸。他的出现，让士兵不敢进来骚扰。于是，我婆勉力地爱惜着每一颗粮食，并把它们无私地奉献给来我家的亲朋好友。

那时，彭爷爷的朋友李文兰夫妇带着儿子来到彭府，他们无食无房，正在落难之中。我婆慨然接纳了他们，并在围城8个月的困境中，供给他全家饮食住宿。

在围城时我爸的最大收获是认识了一些进步的兄长，他参加他们的活动，排练“打倒列强”的大合唱和小话剧，并到会馆场所去演出。还集合开会组织西安市儿童团。常常没有活动场地，我爸就把大家带到彭府。有时排练时间长，孩子们饥肠辘辘，婆就悄悄端出热馍热汤，让他们吃，嘱咐说，动静小些，别让大兵听见。

我爸那时是年轻人中的活跃分子，为安全起见，有些谈话、会商就在家中举行，我婆依然会拿出馒头招待。

那时，古城中粮食匮乏至极。战前，一个银元可以买几十斤麦子，而此时，一个银元买不来一个馒头；再说谁家那时还有那么多银元买馒头。所以，一个馒头在那时是救命的滋养。那些吃过我婆馈赠饭食的人，新中国成立后，都位居高职，他们都记得那时的恩德，不时来我家看望我婆，都叫着“田妈”，送衣送食。这是我婆生命中最有光彩的一段经历，也是她心中最温暖的一段时日。我爸说，那时，从人的饥饿和食后的满足中，他看到了婆深厚的善良和博大的无私。我爸说，这品质影响了他的一生。

当围城在8个月，被于右任带兵解围后；当杨虎城将军掩埋了万计的兵民，对守城之役悼为“功满三秦，怨满三秦”离古城而去时；当古城人们从饥饿中走出，欢庆北伐战争胜利时，我婆也抖搂了满身辛苦的尘埃，朝着安定的日子走去。因为，从那之后的3年里，我爸考上并读完了初中，虽因无钱外出京沪上学，但他随老师找到了一份小学教员的工作，从此，可以挣钱养家了。婆欣慰地看着儿女长大，一日三餐地周详地安排着日子，又照顾着从北京回来的我姨婆和我毓恒姑妈。据说，姨婆回来后，看到庭院清洁、草木扶疏、窗明几净时，在当天全家的晚餐上，举杯向我婆敬酒说：为死去的和活着的亲人，你当得起我敬的这杯酒。

灿烂的阳光照射着我婆和彭家院子里的家人，我婆在一种刚有的起死回生的感觉中，接受了一位伟大人物的贵重的馈赠，那就是，杨虎城将军核准，资助我爸赴京上学。

当16岁的我爸，背上行囊，将东出潼关时，我婆望着他走出家门的背影，无端地心跳“咚咚”，不知是喜是悲。

或许，命运的过程，就是大起和大落，就是得到和失去。我婆在放飞了我爸后，猝不及防地被命运的旋转撞倒了。

我爸离家前后，我婆就不断地被太婆叫回县城，处理各种家务之事，鞍马劳顿，她只能以此报答那大车粮食的救命之恩。

这一次，她像平常一样地往县城走了，12岁的女儿照例丢在家中，与毓恒姑妈为伴。但噩耗几乎是在一夜间唤醒了她，当她日夜兼程赶回古城时，眼前只是郊外的一座小小的新坟。她失声地说：娃！你咋睡在这冷地方！

我姑效恒，在我婆走后第二天，突患白喉，救治无效而逝。后来听毓恒姑妈说，我婆从此每晚睡在女儿的小床上，她说，梦里能见到效恒。

这时，她的宝贵的儿子在北京，正遭遇宪兵的追缉，在逃亡南通，转而去上海的路上。我爸是在逃亡途中知道我姑去世的消息，他顿足捶胸，却无法脱开危险，回去分担母亲的痛苦。

几乎是过了一年多以后，我爸才得以回到古城。母子相见，一言未发，抱头痛哭。我爸后来回忆说，我婆从午后相见，直哭到傍晚日落，后来哭得直呕吐。姨婆说，那吐的都是苦胆汁呀！

其实，我爸此次归来，是杨虎城将军要约见他，事毕，他仍要匆匆离去。我婆听后无言，只是她觉得儿子已经长大，他从当儿童团长到现在，已经长出一双扑棱棱的翅膀，当妈的，再也捉不住他了！

二

毓恒姑妈曾对我说：你婆心里有个准星，她不负一个好人，也不交一个坏人。

我顺着这个准星去回忆我婆。

首先，出现在我笔下的是兰姨婆。

上章提到在8个月围城时投奔彭府的李文兰，就是我们后来称为兰姨婆的人，我爸称她为“兰姨”。我婆在全家命运未卜时，接纳了兰姨婆全家。婆后来对姨婆说：文兰家风正，为人正，那一家落难的可怜样子，咋能不救？

当时，婆把彭府最敞亮的房子腾出来，给兰姨婆全家住；一日三餐，从不怠慢。婆还给他们全家做单衣、缝棉衣，兰姨婆穿上婆缝的对襟袄说：美得很！他们生活平稳下来不久，兰姨婆就往外跑，说去找人。婆从不问她找什么人。再后来，兰姨婆会带人回来，在她屋里小声说话。婆也从不打扰，倒是时时到大门口望望风。后来，兰姨婆让婆送过信，约过人，婆都照办了，但没多问一句话。直到8个月后，古城解围，兰姨婆全家搬往别处，我婆知道那是共产党在古城办事的地方。但她仍不提一字。兰姨婆回来看她，吵着要吃她擀的面，要拿几个她蒸的馍，婆一一照办了，仍不多话。兰姨婆憋不住了，问我婆：二姐，你知道我是啥人？我婆悠悠一笑说：你是个好人！兰姨婆搂着我婆说：二姐，你才是最大的好人呀！

兰姨婆搬走后，经常来彭府。有几天不来，我婆心里发慌，赶紧让我爸去看。眼前的情景，让我爸心惊：家里衣物乱七八糟，只有保姆方妈在家。方妈说，兰姨婆夫妇，上午匆匆回来，烧了文件，拿了些衣物就走了，说是去河南，让方妈等着他们的儿子宝成放学回来，交代他快回老家。我爸陪方妈等到过午，宝成回来，见家中情景大哭，我爸安慰着把他带回我家。我婆见了，忙给孩子洗脸，安排吃饭，说在这儿住下，打听有顺人再送娃走。几天后，有人回宝成老家，我婆送孩子上路时，宝成扑到我婆怀里说：田妈，我不想走，我想跟着你。这时，就是历史有记载的“四一二”政变时期。

新中国成立后，兰姨婆身居要职，却常来看婆。就是50年代，我家搬到北京，每逢来京开会，她必来我们家，一进门就喊“二姐”，把双手提满的礼品，一把堆到我婆的桌子上，两人就手拉手地坐在床边说话，说得对我们送茶都顾不上一理。

汪中祥是我要写的第二个人，他与我家的关系，比兰姨婆要紧密和复杂得多。

汪中祥，年轻的共产党人。杨虎城守城时，他和几个青年学生常到我家来，也常吃我婆做的饭，或带走我婆蒸的馍。大革命失败后，他和兰姨婆一样被追捕，于是，我家成了他的藏身之地，我婆经常在他慌慌张张跑来时，让他住到后院小屋里，等风声平息了再送他出门，有时一躲就住好几天。紧急时，我婆代他去送信，或联络什么人，完全重复着对待兰姨婆的那一套程序。他的妻子叫冬梅，一个规规矩矩的女人，平时来往也得我婆的喜爱。

有一次，冬梅在南院门一带被特务盯上了。她只好匆匆前行，想甩开特务，但特务们紧跟不放。冬梅走到一个点心铺，闪身进去，正好看到我婆买完点心要离去，她抓住我婆的手，一个眼神，我婆明白了她的危境，迅速用自己的大围巾包住冬梅的头，又将点心包递到她手中，一手牵着她从点心铺侧门出去了；出门后，我婆并不向前走，而是拉着冬梅进了近旁一个小泡馍店，两人对坐，点了饭食，慢慢地掰起馍，直拖了两三个小时，我婆才带冬梅回到我家，当晚住下，第二天才送她回去。

新中国成立后，有一次冬梅连比带画地叙述这件事，在场的人听着大笑，冬梅却一本正经地说，我妈就是个神！

我婆和汪中祥一家的情缘，结在他们最危急的时刻。那是冬梅要生产第一个孩子时，快临产了，汪中祥却被追捕而不能回家。那天邻居冒险送信给他，说冬梅即将临产，已呻吟了半夜。这时，汪中祥家的门口，布满了特务，亲友们无人敢出面。情急之下，汪中祥满脸汗水地跑到我家，上气不接下气地对我婆陈述危情。我婆不待他说完，立刻出了门，找了接生的人，就奔汪中祥家。门口的特务，无法阻拦。我婆帮着接生的医生，在冬梅已无力挣扎时，将孩子接生下来，并急救奄奄一息的冬梅，让他们母子平安。冬梅和汪中祥都感激地说，我婆救了他家两条命。

当时，有人提醒我婆，注意汪中祥的“中共”身份。婆说：女人要生孩子，这就是最紧要的事。

接下来，我婆看冬梅无汤无水，就索性搬过来住，照顾她坐了月子。事后，汪中祥和冬梅认我婆为义母，冬梅叫我婆为妈，我们从此多了一个冬梅姑妈。

冬梅姑妈待婆特别亲，经常来为我婆洗衣做饭，过年过节，更是像回娘家似的及时看望。汪中祥对我家也特别照顾。当我爸小学毕业无力升学而当小学教员时，是他及时告诉了时任要职的张汉民先生，才引出杨虎城官费资助我爸进京上学的佳话。我婆和我爸更是感激汪中祥的这一引荐，两家人如一家人似的互相照顾着。但是这门亲戚只做到解放初期。那时，汪中祥在古城已身居要职。当时，我爸和他在原则问题上发生了严重分歧，两人从此断了来往。这事初发时，冬梅姑妈照常来看望我婆，只是，双方都话少了。这情形继续了大约半年，有一次，在冬梅姑妈为我婆洗完头发照镜梳理时，我婆平静地说：冬梅，妈不能让你为难，以后我娃就不要来了。你想，房梁都塌了，咱拾一堆破砖烂瓦有啥用？冬梅姑妈哭着走了。

后来，我爸知道了这事，对我婆说：妈，我处理我的事，与你跟冬梅没关系！

我婆沉着脸说：咋没关系？你的事就是妈的事；妈知道，你占理。60年代初，汪中祥获罪入狱，我把这事告诉婆，她停顿良久，才说，不知你冬梅姑妈咋样了？我说：婆，你还管那么多？婆神情凄然地说：冬梅是我的女子呀！我默然。我看到了婆心灵深处的波澜，听到她心声的碰撞。

由汪中祥自然牵出另一个对我婆我爸至关重要的人物，他叫张汉民。我家提起他时，婆和爸都不让我们直呼其名，而是要叫“汉民伯伯”。

1930年，在时局十分复杂时，杨虎城打回古城，并任陕西省主席，张汉民即任警卫营少校营长，很得杨虎城器重。二十多岁的张汉民，当时已是中共党员，在杨虎城的队伍中是个举足轻重的人物。而汪中祥正在他属下任职。一日，两个共产党员商议如何在部队中培养人才，遍列古城青年才俊，张汉民突然想起几年前在组建西安市儿童团时那个小团长。他记得小团长的干练，还记得小团长曾夺得讲演比赛第一名。这个小团长就是我爸。汪中祥跟我家亲密无间，就将我爸情况据实以告。不想，张汉民求才心切，提议立即去家里访访这个小团长。这是张汉民伯伯第一次到我家。我爸有些惶恐；我婆即进茶迎客。

那一晚谈得很久，张汉民不断提出问题，我爸一一作答。从北伐战争说到眼下；从8个月守城的意义说到古城得失；又从蒋介石、冯玉祥，说到杨虎城将军。我爸那时虽十几岁，但已在政治风云的裹挟下打了几个滚。他对眼前这位长兄，十分亲近，就毫无顾忌地敞开心扉。张汉民伯伯细心听讲，听到中意处，连连大口喝茶，我婆则默不作声地不断给他续水。夜深了，虽然双方都无倦意，张汉民还是起身告辞，临走时对我爸说：兄弟，等我的消息！他走后，我姨婆、毓恒姑妈、效恒姑姑都聚到一起，猜测汉民伯伯此行之意。

过了两天，汉民伯伯骑着自行车来到彭府，一进门喊着我爸的名字，忙叫跟他走。又对我婆说，田妈，我带兄弟去见杨主任。杨主任就是杨虎城将军呀！我婆立时怔住了。

我爸坐在汉民伯伯自行车的后座上，只听汉民伯伯说，见了杨主任，问你啥，都照实回答，不用半点虚的。

就这样，在汉民伯伯的引见下，我爸第一次拜谒了杨虎城将军，并获准杨将军官费助他赴京读书，从而完成了他生命经历中最重要的一个关键过程。

我爸赴京读书的前一晚，汉民伯伯亲自到家送行，嘱他说：好好学本领，学成回来，在咱部队干！并对我婆说，田妈，这娃你交给我，交给杨主任的部队，自此，你放心吧！

我婆在我爸背着行李出门时，忍着眼泪说，师友，报恩要讲信用，早些回来跟你汉民哥干！

我爸走后，汉民伯伯常来我家看望婆，赶上饭时，拿起筷子端起碗就吃。他一来，彭家院子里，欢笑一片。

后来，我爸在北京遭宪兵追捕的消息传来，我婆失去女儿的悲痛未消，儿子的危境又让她心急如焚。汉民伯伯看她那熬煎的样子，一边让汪中祥找来我爸的好友同学，轮流陪伴我婆，一边急派人打听我爸的情况。知道我爸辗转上海，已经脱险，他亲自来告诉我婆，让她老人家放下心来。

1934年夏，汉民伯伯要我爸回陕，并由他安排，我爸再次见到杨虎城将军，畅谈自己在外的经历和感受。

之前，在外几年，我爸经常写信报告自己的情况，但终不如这次有时间长谈，使彼此间了解更深，并坚定了我爸革命的信念。

1935年5月间，汉民伯伯嘱我爸回古城等他，他带兵至陕南山区回来后，即共商大事。

他在此次出发前，曾向我婆辞行。我婆包了饺子为他送行，并约定，他回来后，擀面为他接风。临走时，他飞身上了自行车，还回头向我婆招手，说：田妈，回来就看你。

不想，这是汉民伯伯留给我婆的最后印象。不久，就传来他被红二十五军徐海东部所俘，并在得知他是共产党人时，仍遭枪杀。

从他被俘起，那些日子，我婆每天催我爸外出打探消息，全家人如坐针毡。待证实汉民伯伯被害后，我婆双手颤颤巍巍地为汉民伯伯设起了灵堂，按照民俗，天天献鲜果，七日一祭奠，还在每餐饭时，为汉民伯伯摆上一副碗筷。这个仪式，婆为我爷爷、彭爷爷、我效恒姑姑都举行过，今日却为一无亲无故的人悼祭，可见汉民伯伯在她心中的地位。

后来，中共中央追认汉民伯伯为烈士，杨虎城将军为其公祭等，婆都关心着。到了60年代时，红二十五军有的领导当年在报上发文，仍称汉民伯伯为“敌人”。我爸回家说起此事，气得拍桌子，全家愤然。我婆一声长叹后，突然说：中央在“七大”上不是追认为烈士吗？能不算数吗？我们惊愕地看着婆，不知她从哪里知道了“七大”的决议。

后来，我问爸，婆为啥对汉民伯伯的事这么心重？

我爸说：你婆觉得，咱受人这么大恩惠，却报答不了，你婆受的是大恩难报的煎熬。

我想，婆还对汉民伯伯的被枪杀心里有着特殊的感受，我爷爷、我彭爷爷都是在枪杀下死于非命，而汉民伯伯这样一个在婆心目中顶尖的好人，竟在自己同志的枪杀中倒下，我婆的心痛，定与别人不同！一个旧式传统妇女的悲天悯人的情怀，是发自内心并持久不散的。

古城解放时，婆已62岁。她拄着拐杖走路已久了。但朝代的遽然转换，会使这个已经历了三个朝代的老人，怎样看天地之变和日月流转呢？

那时，我爸妈已将实业理想的实践转向上海，婆独守古城南马道巷那座豪宅。许多人随着解放的锣鼓声来到我家。有的是报告我婆，城门已开，解放军进来的喜讯；有的是看望我婆在这个大转化的日子里是否平安。这些人中，大多是在新中国成立前受过婆的帮助或呵护的。

但有一位不速之客，却闯上门来。此人外表文明，不满二十岁，身穿军管会的灰制服，自称是田家的亲戚，叫田书金。他提起的长辈的名字，婆也从未听说过。婆冷静以待，问他有啥事？来人明说，工作需要，要块手表，还指定了牌子。婆答应了，约定3天后来取。

3天后，田书金如约拿走了手表。毓恒姑妈知道后，说：既是军管会的，我去查查。婆拦住她说：不急。当下局势没稳，咱不能自己先乱了营，等些日子看看再说。

大约一个多月后，田书金在一个中午匆匆来见婆，说：田妈，上面查这表呢！我说我是你亲戚，你送给我的，田妈，一定会有人找你调查，你照我的话说，就把我救下了；要不，我就完了……说完，就给我婆下跪。他见我婆态度不明，径自磕头，把额头在地上撞得“砰砰”响。我婆挡着他，问他：我这回饶了你，你明天又去向别人要金条？田书金痛哭流涕，说，田妈，我再不敢了，还赌咒发誓地求婆放过他；说要是这次调查核准了，他得脱下官服回乡下种地。

说话中，才知他是县城外几十里一个村子的，他村有人是田家的佃户，才知田家有钱。他参加了工作，到了古城，就打听着奔田家来了。

婆见这是个年轻娃娃，就说，你要再犯别的事，咱就连这次的事一块儿揭。田书金连连称是而去。

不久，就有军管会的人来调查这事，婆撒个谎，救了这娃。

大约半年后，田书金借中秋节来看我婆，进门就跪下磕一个头，说：田妈，你救了我，我一辈子不忘。然后，搁下了手表。

自此，这娃经常来看婆，吃完油泼辣子面，就说自己被保送去读书等事。

50年代中期，我家从上海搬到北京，婆也从古城来到北京。一天，田书金突然来访，他说他调到北京工作了。临离古城时向别人打听了地址，特来看望。后来，他就成了我家的常客。“文革”即将爆发时，他还坐着小卧车来看我婆，说是在部队提升了。“文革”中，我家遭难，他还在一个晚上便服来访，关照我婆要小心行事，留下些吃食和钱，悄悄走了。

再见到田书金时，婆已去世，只留下一个小小房间和一架旧床。他向那架小床深深鞠了一躬，说他调到外地任职，告辞走了。

田书金默默离去时，惹出我一串眼泪，因为那一刻，我希望在天国里的婆，能看到她当年善心救了的这个“娃”，已长成一个好人了。

这一节的内容，是我在婆去世后，和毓恒姑妈追忆我婆的谈话实录。

姑妈说着这些人这些事，语言悠缓，她最后说：看，你婆心里还没准星？她一辈子少言少语，可是那一双眼一看你，就全明白了，还用说啥！

三

我婆，自有一种从内向外的大气。她待人接物，从琐事到大事，都透着这股特有的气质。

说到这气质，我得先郑重地交代：我婆是个小脚女人，她24岁前，是清朝末年的百姓，那时的缠足，是惯常的事。但对每个缠足的女人来说，这双小脚，都是一辈子难卸的重负。

我婆就是这样，迈着骨肉变形的小脚，走在如前两节所写的世道中。

写我婆这样凡人的大气，偏是要从小事写起，因为她一辈子没大事。

最小的事，是进饭馆点菜吃饭。

古城一条大街上，有个设置着厢座的西餐厅，门庭冷落，但我婆却是常客。新中国成立前，她拄着拐杖，带我进去，轩昂而坐，男侍应毕恭毕敬地奉上菜单。新中国成立后，她到了北京，西单的大地餐厅离我家最近，她带上我小妹，从容地迈动一双小脚走进去。东华门要上几级台阶的华宫西餐厅等，她都照进不误。要知道，在她出入这些地方时，她永远穿着自己亲手做的大襟袄、黑布鞋，平平整整的衣饰，干干净净的外貌，拐杖“笃笃”地就进去了。她从未为那一双小脚神情畏缩过，也从不注意旁人是否注意她旧式的服饰。一位从清末走来的如此旧式的老年妇女，却如此自如地消费着西方的餐饮文化，还不算大气吗？

再从小事往大了说，是我婆和我妈的关系。她们二老都已仙逝，我知道用纪实文字来写人，应为先人讳、为死人讳……但我婆我妈的相处，都是无讳可讳的，我便可以秉笔直书。

从我妈踏进田家门的第一步起，我婆和我妈便各有心结系起。这事要从我婆说起：她在年轻守寡养儿育女的艰辛中，忽略了从我爸十五六岁走出古城，便再无法像过去那样，一日三餐地在她的安排之下、程序不变的生活。我婆惯性地在我爸当婚的年龄，给他选了对象。我长大后见过这位阿姨，短发齐耳，细眉大眼，面孔白净，温柔儒雅。很像我毓恒姑妈，是我婆十分喜爱的。但我爸却远离古城，在上海读大学，学成回来，带着我妈，并说已经结婚了。

我婆冷静地接受了这个现实，让漂亮的我妈成了儿媳。但却并不搬去和他们一起住，推说要在彭府照顾我姨婆和我姑妈。

接着我妈生了两个女儿，我婆也远远地看着，然后借我太婆年老生病，回了县城，管起了春种秋收的田亩出租和大小商铺的经营。

20世纪40年代初，我爸我妈在古城横空出世，又是银行，又是煤矿，还盖起了几进院落、带着花园菜园的豪宅。我爸从县城接我婆来看，说是哪个院子都任她挑，我婆上下转完，说“好得很”，然后仍回县城，经营祖业，并买了胶轮大车，搞起运输的行当。

直到五六年后，我爸我妈要到上海去办实业，把个偌大的豪宅搬空了，我婆才答应收拾了县城的祖业，到古城独守豪宅。

我婆的这种曲线生活当然是因为我妈进了门。冬梅姑妈那时对毓恒姑妈说：咱去劝劝妈，别赌这口气！

可是，毓恒姑妈说，她哪里是赌气，她是让儿子解脱呢！你想，她老人家下这么大狠心地躲开儿子，她心里不疼吗？

我婆实在不喜欢我妈，但她绝不由着性子去肆意毁坏儿子的婚姻。冷静地规避而成全了儿子，能说不是大气吗？

新中国成立后，古城的豪宅要捐给国家，婆只能到北京来和全家同住，那时，爸妈已有六个儿女，他们买了一个四合院，养育着我们。每人的房间都是十多平方米，婆来了，住得惯吗？

那时，姨婆已病逝，毓恒姑妈已调到北京工作。姑妈说我婆住惯了高屋大厦，到这四合院住得惯吗？她特意回古城与婆商量。对于房间之小，婆挥手排除说，没啥关系！姑妈又说起和我妈相处的事来，婆更是大手一挥说，没啥关系！我这辈子啥事没经过？

就这样，婆坐火车到了北京，并住进了为她准备的不足二十平方米的房间。

这时，婆已六十有余，她将怎样对待同一院落的我妈？

这婆媳二人，很少彼此过话，要说话时，自有家人代劳。该吃饭了，婆会对我妹说，娃，叫你妈来吃饭！妈如果晚上加班，会对我弟说，娃，告诉你婆晚饭别等我！

星期日，我家常会大扫除，不用讨论，只要我妈去清扫卫生间，我婆准去收拾厨房；我婆最怕来苏水的味，我妈却爱在墙角、厕所洒上消毒，这时我婆定会拄上拐杖，到西单商店去逛，一两个小时过去，提着天源的酱菜，拿着六部口小店热乎乎的豆馅烧饼回来了；我妈最怕闻豆豉的味儿，但这是我婆年年要做的，只要我婆把豆豉一晒到院子，我妈会一声不响地关上门窗不出来。

我婆对毓恒姑妈说，两人说不到一块儿，就不说吧！这算啥大不了的事！

就这样，我婆我妈都以极大的克制维护着这个家庭的安宁，让我们快乐地长大，又像我爸当年那样飞走；她们共同经历了“文革”的苦难，又一起在这个院子里慢慢变老。虽然她们从不互相温存，但她们也从未大声吵过一次架，少有的语言上别扭两句，就算是公开的冲突了。她们像两条平行的铁轨，各走各的，永不交集，却让我们家庭的列车平稳前行。两个女人，这样的一生一世，就都是难得的大气之人了。

那么，她们不觉得委屈吗？

不！委屈是小女人的心绪，她们的大气彻底地排开了委屈。

我婆是个有朴素唯物思想的人，她奉行“物尽其用”，并“物为人用”。在她眼里，任何物都是可以由人并为人支配调动，比如：围城8个月的困难中，一车麦子虽极为珍贵，在她看来，它们为人所用了才是真正的珍贵，所以她能在困境中把馒头分给每个到我家来的饥饿者，造就了她生命中最辉煌的一个段落。

在北京的小院落里，她失去了以往的高屋大厦的广阔感，于是，她走出小院，向这个陌生的城市寻找“物”的最大量。那时，她每个星期日都穿戴整齐，早早出门，坐人力车到北海公园，拄杖在公园窗口用她永不改变的古城方言买了票，走进去在一个临水的茶座占了位，点了茶点，安静地等待一个人。这人就是晚年与她相依为命的毓恒姑妈。姑妈年轻丧偶，终身独居，在姨婆去世后，她就和她的亲姨（我婆）相依靠着，每个星期天，就这样过着她们的日子，直到傍晚，送我婆上了人力车，她们才挥手而等待下一个星期日。到天凉了，北海到处落叶纷纷，娘儿两个即转向姑妈的家里，姑妈平日吃食堂，但自己的小厨房炊具齐全，婆会在窗外雪花飘飘的日子里，为姑妈烹饪她年幼时在彭府的饭食。两人讲究地铺桌排碟，举杯推盏，过上冬天里的温暖日子。

这就是婆的“物质”观了。她不无谓地节俭克己，她一定会让能为她所用的“物质”（包括环境），一个也不从她手中逃过。所以，她艰难时并不忧愁，挫折时也不踉跄。

处理跟儿媳妇的关系，虽然缠绕了她一生，但随着生命的被历练被锻造，这事儿就越来越不算事儿，被她淡定掉了。因此，我们虽始终生活在婆和妈相互的冷漠（不是冷战）中，但从不担忧这个家庭的列车哪天会搁浅。

我写的这些我婆的琐事，和那些“宏大叙事”的文字比，真是琐碎得很，但对一个个体的生命来说，它们就是生命中的一个个链环呀！连时代变迁的大世道中，我能寻找到的我婆的生命轨迹，仍是些琐事。但我从不吝惜用“大气”形容琐事中的我婆。

古城解放是大手笔们记载的历史，但对我婆来说，她仍像处理日子中的所遇一样，去面对着这样的世道大变。

那时，没有激战，古城就城门洞开地迎进了解放军。许是地下工作者组织的锣鼓队的喧闹，让我婆这个从清末走来的旧式妇女听到了街上的动静，这是她生命历程中的第四个朝代。六十多岁的我婆，拄着拐杖，站在院子里对保姆说，去，把大门打开，军队会来号房子。

一会儿，来了号房子的军人，从大门迈进前院，看到站在那里的我婆，婆手指画一个弧形说，这些房子够吗？带兵的人眼中闪着惊愕说，有10间吧？够了，大娘。

过一会儿，部队进来，抱了稻草，铺满了每间房。有个年长的军人问我婆：水呢？我婆指指背后说：得从这里到后面花园去打。说着打开堂屋的门，示意打水的路线。带兵的人犹豫了：哪能穿堂而过呀！他左看右看，发现了靠墙的一个堆满杂物的过道。我婆顺着他的眼光明白了他的意思，说：我们把这里的东西搬走，你们可以从这儿去打水。说着就和保姆动手搬东西。当兵的几个人一步抢过来，说：大娘，我们来。于是，军队顺利地住下来了。

没过一会儿，一个长发黑胡子穿着旧衣的人从大门急喘喘地走进来，和我婆打了个招呼，就到部队住的房子里，和士兵们席地而坐，聊起了家常。这人叫王士祺，也是8个月围城时我婆照顾过的人，他刚从国民党的监狱出来，想到部队会入住我家，就急急赶来。从士兵的房子里出来，他摘着身上的稻草，举着大拇指对我婆说：田妈，你老人家了不起呀！许是听到了军队对我婆的夸赞。

我婆和这支号房的军队和和气气地度过了近一个月的时光，部队搬走了。

不久，我四爷（我爸的四叔）带着他唯一的儿子从县城惶惶地来到我家。一进门，就诉说农村要土改的惊惶情况。我婆安排他们住下。四爷是我爷爷的亲弟弟，自小规矩而怕事，一直在太婆身边种田。我婆是与他年龄差十几岁的老嫂子，从来都呵护着他。

往后的一天深夜，我家前后门都有人喊叫，我婆翻身起床，叫醒保姆，让她把几个屋子的灯都打开，挑火烧水；同时叫起了四爷，说，穿暖和些，少说话，是乡下来的人。保姆和婆开门迎客，果然是乡下土改队的，都是便常衣服，婆认不出其中有无我家的佃户。

双方几句交话，婆就说：人是一定会让你们带走的，你看，天正黑着，你们也一路辛苦，能不能烤烤火，吃碗热面，天明再上路？

几人点头，坐在火盆旁烤火。他们示意四爷坐在他们近旁，我婆忙把四爷拉到他们身边。喝着热茶，吃完热饭，婆和他们已论着乡党和谐相处了。天已快亮，婆收拾了两个包袱，对土改队的说：这是他的衣服。又递过另一个包袱说，这是带给你们路上的吃食。就问他们咋样来的。知道是搭顺车，回去还无着落时，婆商量着说：我家有一挂大车，牲口也现成，你们赶回去，就不用送回来了，村上留着用吧！一场惊心动魄的阶级斗争，让婆不费大事化解得顺顺当当。后来听说只给四爷划了个富农，还说，人家田家的老太太配合着呢！

时代的风雨怎么会不落上婆的衣襟？只不过是，它白天落满了，婆晚上抖搂掉，静静地等着第二天太阳升起。

在我婆最后的生命中，令她应接不暇的是史无前例的“文革”的风雨。在她的生命经验中，这不是改朝换代，但它是激烈于婆所经历的任何改朝换代。我婆用自己生命余额的8个年头，应对着它。

“文革”刚开始时，在我婆的眼里，它可能重复着解放军号房子、土改队围院子，因为，起初就是街道造反派出出进进地看我家的房子。那时，我爸我妈都被关在了各自单位，一溜五间北房，亮堂堂暖融融地空着。这时，正值冬天。街道造反派说要借这屋子开会。已经79岁的我婆，颤颤巍巍地生起了炉火，沏好了茶水，开门迎客。造反派十几个人，天天进屋开会，一开就是大半天。透过玻璃窗，我婆看到他们有歪在沙发上的，有靠在椅子上的，甚至卧室里的床，也被他们午休着。每天人一走，婆就一手拄杖，一手拿笤帚去打扫，满地板的烟头、瓜子皮、花生壳，有时还有人干脆住下了，让婆感到了来者不善。这样的日子继续了好长时间，还不断地换着人。忽然一天早上造反派们吆喝着，搬着家具进了院子，宣布只给我家留了三间小南屋（共24平方米），我婆终于住进了她一生中最小的屋子，这院子就归了造反派，不知他们是几家，总之是连厨房也放上了床，卫生间放满了小凳子、木板子，院子也被占得七零八落。我婆只好一声不响地退让着，把自家的蜂窝煤费力地一块块地搬放到窗台上，把做饭的火炉子挤到屋檐下。我偶然回家看婆，对此情况脸有愤色。婆却平静地说：那家的老人就是个修鞋的，你咋计较？娃呀，占得一分地，结得两家怨，咱值得？

在造反派占房之前，我和爱人的家被我单位的造反派抄了，带头是我的同事，亦是我大学同学。气势汹汹而来，无非是为私怨报复，拿几个本本悻悻而回。我怕她到一街之隔的我婆那里去捣乱，急匆匆赶了过去，不想碰到我妈被造反派批准回来拿衣服，正要出门赶回单位。我转身送我妈到公交站，又赶回去看我婆。并告诉她，我单位有个女人来抄家，让她滚回去！告诉她们这不是我田某人的家！我还骂了“混蛋”“泼妇”一类的话。婆按我坐下，说，让他们来抄吧！你爸单位前些天已抄过了，顶棚捅了洞，院里挖了坑，抄出啥了？咱家从不犯法，怕谁抄？婆的声音从未这样颤抖过，我觉出了她承担之重，毕竟这是她在其他朝代未曾经历过的呀！

时局一天天地恶化，婆的身体一天天地衰弱。忽然有一天，我妈被放回来了；再过一些日子，我爸的单位来人宣布了我爸也可以晚上回家住了。我婆欣喜地等着这一天。这时，家里的晚辈中有人提出在胡同里租间小房，让婆和爸出去住。大约是表示划清界限吧！这提议被其他晚辈否决了。此时，我不在现场，事后听说了，我问婆，他们这么安排，你去吗？婆毫不犹豫地说：咋不去？我到北京来就是投奔我儿子的，我儿子到哪儿，我都会跟去。

我听得流了泪，抚着婆那青筋突起的干枯的手，无言。因为我不知道她需要怎样的安慰，才能掩住这句话里流着的血！

我爸终于在造反派的押送下回来了。没有五花大绑，却让他一路低着头。造反派在胡同里召开居民大会，说明我爸虽可回家，仍是反革命分子，群众要擦亮眼睛等等，这才让我爸回了家。在逼仄的小南屋里，我婆和她的儿子是怎样庆幸着这母子的团聚呢？

第二天，我爸一早去单位继续接受批斗。我婆却被窗外的喧闹惊醒。原来是我爸单位的造反派把大字报贴满我家门口，大约怕昨天的居民大会时过境迁，大字报下方还写了“永久保留”。胡同里的邻居们边看边议论：谁家的人呀！反革命分子呀！……灌满了我婆的耳朵。她老人家竟一反常态地沉不住气了，一手拄拐一手扶墙走出大门，向着看大字报的人们说，这是给我儿子贴的大字报。邻居多是认识我婆的，看老太太这样出得门来，就散去了。还有很熟稔的妇女，过来搀着我婆，送回家门。

后来我说婆，您这不是惹事吗？婆回我说，这咋是惹事？邻居们多数是善心的，平时咱家在胡同里没结过仇，他们看是咱家的事，还议论个啥？

在这个人妖颠倒的乱世里，我婆这样固执地寻找和企盼善意善行的存在，让我对她的深重怜惜中，又交织进难以言说的敬佩之情。

在逼仄无阳光的小南屋里，婆度过多少个白天和黑夜？她那经历了四个朝代的脑子里，想着什么呢？

1971年，林彪坠机于温都尔汗。我婆做了一个惊人之举。

那时，南屋的墙上挂着几个镜框，里面是毛泽东、朱德、周恩来、林彪的照片。这些照片是我爸1937年去延安时拍的。因为是伟人的像，即使造反派，也不敢指指摘摘。

林彪的坠亡，震惊全国。这消息单位一传达，我就想起了家里墙上的那张像，心里十分紧张。下班后，直奔娘家，推门进了婆的小屋。婆躺在床上，静静地养神，看我慌张的样子，她笑了，指指墙上，我一看，空了！没有了林彪那相框。我忙问：谁摘下的？

婆倚床不动，手指向自己的鼻子。

我忙问：你怎么摘的？

她指了指床边的方凳。

我顿时一身冷汗！要知道，她当时已是84岁的高龄，拄杖还不稳，怎样登高从墙上取物？

我急急地说：这用得着你吗？你摔了怎么办？

婆望我一眼，疲惫地闭上双眼，安详地笑着，并抬抬手，一个字也没说。我感受着她双手的冰凉，我知道，她受到惊吓了，她又奋力地从惊吓中挣扎出来，用全身心的力气去够摘那张让她觉得危险的照片。她累坏了，从心里到身体都累坏了，这个经历了四个朝代更迭的老人呀！她在那个孤独的夜晚里，听着时代惊人的声音——我知道，只有一个旧的收音机放在她枕边，她怎能不心惊肉跳！

婆的日子，就这样有惊无险地过着，她内心的力量集聚在一起，铸成了她今生最后一个希望，那就是等待我爸从干校的归来。这个脉动，在“文革”那有风有雨的日子里，我是偶尔才捕捉到的。

那是一个冬日的中午，单位传达室的师傅说，刚有公用电话打来，叫我快回家，我婆病了。我急急赶回，我婆有些气喘，她指着嘴里说疼，不知是牙，还是喉？我去打公用电话，让我爱人推着自行车来送婆去医院。我把自己的毛围巾围在婆的脖子上，她身体轻得让我心颤。到了医院，大夫给了些消炎药，说：回去老人想吃什么就给她吃什么吧！

我惶惶地和爱人送婆回到家，扶婆躺下后，就忧忧地坐在床边。婆却抬起手要水杯，说是先吃药。吃完药，她说：娃呀！别愁，婆没事，我听懂大夫的话了，婆不会那么快走，婆要等你爸回来！从此，婆不拄拐杖了。她用一个方凳代替了拐杖，说是这样稳当得多。

那时，我看到年逾八十的我婆，用瘦弱的双臂，奋力挽着生命的缆绳。她还有一个生命的最后主题没有完成，那就是：等待！

天黑天明，一个365天，又一个365天……我87岁的婆终于等到了她的近六十岁的儿子的归来。望着我爸的旧衣旧裤和枯干的脸庞，我婆昏黄的眼睛里，和被皱纹掩盖的笑容里，充满了异常的平静……

自此，在她一生中住过的最逼仄最昏暗的小屋里，生活奇迹般地重复了从前——是那个我爸16岁扑棱棱飞走的从前。我87岁的婆和我将要六十岁的爸，平静地过着与世不争的日子。冬天，他们就着小小的蜂窝煤炉子，吃一碗打卤面，拭去额头上沁出的汗珠，相视默然一笑；夏日，拌一盘黄瓜西红柿，摇着蒲扇，驱走酷暑的炎热。

这时，我婆手中生命的缆绳在一寸一寸地松掉，她任由它们的离去，无意也无力挽回一分一寸。

终于，有一天，当我闻讯急慌地赶到我婆身旁时，她衰弱地靠在床头，不睁眼也不言语了。我紧抓她的双手，唤着她，她手指微微一动，算是对我的回应。然后，清泪长流地慢慢停止了气息。

我为她擦拭全身，从满是褶皱和衰弱的枯干的躯体上，看到她难过的煎熬。当我脱下她的袜子，想拭净她的双脚时，我震惊地咬紧了牙关——我第一次看到我婆那双伤折变形的脚，这一生中，我婆从不让任何人给她洗脚（包括我和毓恒姑妈、冬梅姑妈），她从来都是穿好鞋袜，站在我们面前。而在她生命终止的这一瞬间，这双脚这样无遗地向我显示了我婆的艰难、曲折，和山一般的沉重。

我紧紧抱住这双冰冷了的脚，泣不成声。

我知道，我婆在这一刻撒开了手中生命的缆绳，一切在冰凉中消失无剩……

2016年深秋　紫芳园

附 后

母亲生下我第11天，就把我交到我婆的手上。我婆稀罕地用小棉被包好了我，把我抱到她的住所。

这是一个冬天的午后。一路上，积雪掩盖着她的一双盈把小脚。

从此，我婆和我开始了一生一世的祖孙情。

当我刚会舞文弄墨的时候，我就想写我婆，但我一次也没有写成功，因为从我撕碎的片片稿纸中，我只看到眼泪浸湿字里行间，却看不到坚强刚硬的我婆的棱角。

从此，我开始怀疑一种惯性的教导，说是：只有感动自己的，才能感动别人。其实，感动自己，只是一种生活中最动情的感受；距离感动别人，还有千里万里的创作路程。当我开始读了我父亲的回忆录《风风雨雨八十年》（香港文化教育出版社，内部发行）后，我才开始真正地从我爸的经历中，了解我婆。当时代的风云作为背景，让我婆向我走来时，我才真正地看清了我婆博大的内心世界。

从小写大，很困难；从一个经过四个朝代的旧式妇女，写时代的变迁，更是困难。我自觉没有这样的笔力，于是，老老实实回到创作的起点上：写我婆，一个平常的人。

这样，我就解脱了自己，不用老想着怎样写出大手笔的样子来；如此，我也放飞了我的思维，让它满天飞扬着为我构思真实的我婆。这样，一路写来，顺笔顺墨，没有拗折的障碍。有时，写到动神时，忽然看到：呀！这笔下写的世界真大！有时写到动情处，也会泪流满面或呜咽不止。

总之，写我婆，我经历了一个真实的写作过程，不受桎梏束缚的创作过程，这就是写作的自由，一个写作者的自由！一篇作品粉墨问世的自由！

原来，写作的自由，是要自己寻找呀！

2016年深秋 紫芳园

名人费路路

一

寻找她的足迹吗？

在北京高级人民法院明亮的办公室里；在工读学生的饭桌旁、宿舍里、课堂上；在通往哪个工厂、机关的马路上；在北京市政协庄严的会议上；在家里案头堆满信件、公文的书桌旁……

她尚未白发苍苍，却已走完了“耳顺”之年的路程。伴随她在人生旅途上跋涉的，始终是她那颗赤子之心——对党、对人民、对生活的信念。她知道“人生七十古来稀”的谚语，却仍要风尘仆仆地走那未走完的路……

1979年的除夕，人们照例是在严寒中寻觅春天。

费路路的家里，从下午就人来人往。房间里，连空气都在欢乐地跳荡。干脆敞开大门吧——费路路知道，这种热烘烘的气氛，一直会弥散到午夜。是啊，几年来都是这样，每当除夕，她这平日的两口之家，会突然膨胀起来，到处是一张张笑脸。今天，这么多人，都是来陪伴费路路老两口度过除夕之夜的。“我的春天，全在这些朋友的心上。”费路路这样想着，笑着，却不时要跑到洗漱间去，悄悄擦掉自己那两行长流的热泪。

——电话！法院打来的，说是法院的领导要来她家里，给她“平反”！

放下电话，费路路掠了掠自己的头发，一动不动地坐着。此刻，她忽然希望周围的一切都静下来，静下来——她要平息一下刹那间翻滚起来的心潮，那按捺了21年的心潮啊！

可是，周围在倏然沉寂后，又蓦地沸腾了：一张张笑脸，一挂挂鞭炮，哪里找来的一条彩练，所有的电灯都开了，桌上摆满糖果，茶杯里热气袅袅……

法院的领导来了，“文革”中历经磨难的老院长也在其中。鞭炮噼噼啪啪地响着，人们笑着，喊着，鼓着掌。然而，费路路呢？她用21个年华换来的这一纸文件，理当重比千钧！为了它，此刻她也许会痛哭失声，或者会扬眉吐气、一展笑颜——可是，她却沉默着，神情庄严地沉默着。她只在心里重复着一句话，一句多少年来只对自己说的、充满辛酸而又深情的话："党没有忘记我！"这是一句语法结构多么简单的话，可是，只有她知道它层层叠叠的内涵。它，并非是她天长日久的感慨，它是她的灵魂、她的信念——支撑她走过21年坎坷之路的信念！

此刻，她无须去细听那划为右派的决定"应予改正"，也无须去记录那"里通外国"的诬陷"应予推倒"。她说过："即使死后，我也不会被党忘记！"她坚信这一点。

人走灯灭，当窗外最后一缕除夕的焰火熄灭时，费路路面窗而坐，任思绪飞向四面八方。

过去的事，就像发生在遥远的无垠的天边——

那是昌平的清凉洞吧。从汽车站这里，几十里山路。21年前，那崎岖的路上，留下了"右派分子"费路路的蹒跚的步履。清凉洞这小小的山村里，她当年推过的碾子、用过的簸箕、筛过的箩，可曾还在？还有，那头听话的小毛驴。那时，她每天要推出一百多个"右派分子"的口粮。围着一个圆心，走着一个半径，从早到晚，她轻轻地吆喝着小毛驴，竟从没有厌烦过——她觉得，自己毕竟还是个有用的人。

她在清凉洞养过蚕。两张蚕纸，今天变，明天长，以后竟占满了三间房，要让十几个小伙子打桑叶呢！县里评比，她这个"右派"评上了第一。当那奖品——一袋小米递在她手上时，她知道，那是善良的人们沉甸甸的心意。回到住处，夜深人静，她透过窗棂上撕破了的白纸，望着清凉洞群星闪烁的夜空，双手插过那黄澄澄的小米中，搓呀，搓呀，把自己的泪水一起搓进那米粒中。那一刻，她心里咀嚼着一句话："党没有忘记我！"

那时，正当年盛。她不怕劳累，却害怕孤独。她渴望在茫茫人海中，有她的一个位置，哪怕是在角落里。于是，在偏僻的清凉洞，当那张小小的选民证送到她手上时，她凑近它，沿着笔顺，仔细看着"费路路"三个字的每一笔每一画。那时，在彻夜不眠的激动中，重复在她心里的，仍是那句话："党没有忘记我！"于是，在庆祝举行普选的群众大会上，她登台表演了自编歌词的独唱，唱她那套驴推碾的生活，唱她那心里还能复苏的欢乐："真是乐死人！真是乐死人！”——一片掌声，引出她一串串眼泪。站在台上，她真想对人们说：“我，和你们一样，是个公民……”

剪断那“理还乱”的思绪吧！一生中会有几个如1979年这样的除夕？

今天，应当为自己画一个句号了——她打开那崭新的本子的第一页，颤抖着重重地写下了如下的一行字：

365天 × 21（年）=7665天！

她平静地望着这个小学生也会演算的算式，轻轻地合上了本子……

窗外，除旧迎新的爆竹响了——人们这样迫不及待地呼唤着一个新的黎明！

当明亮的阳光普照大地时，费路路觉得早春的太阳对她有特别的恩典。那缕缕金色的光线，透过窗棂，从她的头上一直泼洒到脚下。几天里，她21年来第一次登门拜访了她的老首长、老同事、老朋友，她迎送了一批又一批盈门的宾客。她感谢着人们的祝贺，倾听着朋友的嘱咐。然而，她很快地从兴奋的陶醉中走出来，她只给自己留下了这样两句对话：

“你，还是你！”老领导、老朋友都这样说。

“我，还是我！”她这样回答，声音平静如水。

确实还是当年的“你”或“我”，是保留了不甘消沉的勇气的“你”或“我”。

是啊，外面，爆竹的碎屑还飞扬在街头巷尾，花花绿绿的色彩使人们流连在节日的喜气中，可是，费路路却坐在桌前，戴上花镜。看看这本摊在她面前的英语书吧，看看这个写满英文及汉字的备课本吧，这一切记载着费路路多少个不甘消沉的春秋啊！

也许，祸福相倚是天经地义的。“文革”中，当人们愚昧的狂热只剩下些余温时，费路路因心力衰竭换得了“造反派”们的释放令。那天，当她意识到自己是躺在家里的床上时，她下意识地望了望窗外——那里，没有了盯视的眼睛。立时，一股自由的欢畅攫住了她。她终于慢慢地伸展着僵直的四肢……

几天了，她都有一个强烈的意识：我要活下去！我要站起来！——她觉得，正是这个意识，起搏着她那跳动微弱的心脏。

一天，有人轻轻地敲着费路路家的门——是一个朋友的孩子。先是小心地探探头，然后就站在费路路面前，用那吞吞吐吐的语言，诉说着无所事事的愁闷。末了，说想“试试”学英语——他知道费路路精通英语。那双稚气的眼睛望着费路路，眼神是试探的……

送走那孩子，费路路激动地走来走去。她像从密密云层的缝隙中看到了一线阳光，挣扎在全身的生机勃然而发。她抑制住自己的激动，决定分文不取，来者不拒，教他十个、百个。不要让这些苗苗也在这“史无前例”的劫难中枯萎了……她终于从病床上站到地面上了。那时，当她提笔准备书写第一个英语单词时，她想：今后的时光，也许比逝去的岁月还要长！

于是，这个从来没有在讲台上站过的老人，在自己的家里筑造了一个庄严的“讲台”：她不出家门一步，却被许多孩子、青年人、中年人亲切地称为“费老师”了。可惜啊，费老师竟未想到给她的学生们造个花名册！她只大致知道，他们来自医院、学校、外事部门、科研机关。一个学生带着另一个新来的学生，向费路路说：“老师，他也来上课。”费路路笑着，点点头——欢迎他入学。就这样，两个，三个，变成了二十个、三十个，变成了上百个……

她从他们听讲时专注的神情，感动于他们的刻苦，于是，按程度，把学生分成了几个组。而每个晚上，她要为第二天准备好几个教案；她从他们的满身尘埃，理解了他们业余学习的艰难，于是把上课时间分成了每周一、三、五和二、四、六，还不够？那就把星期日也排上课程！可是，从此，她就没有了自己的星期天。这样的情况，延续了十年；啊，就这样，十年了，她忙碌着，分文不取地奉献着，舒心地笑着。

说来也怪，她始终未能一一记住学生们的姓名，倒是他们记住了她。她来到一个医院的急诊室，一位年轻的女大夫笑吟吟地迎上来：“费老师，我是您的学生。”一位要出国的中年人来向她告别，恭敬地说：“我永远是您的学生。”她去医院空腹抽血，刚抽完血，一位大夫递上一个饭盒：蛋糕、肉肠、面包，送饭人又是她的学生……

这是一股股热血在交流啊！每当费路路听到这“费老师”的声声呼唤时，她就深深地体味到为他人贡献后的欢乐，她在贡献中找到了“自己”！

世界上，任何事情的结束，都应当有各自的方式，正像它们的开始各自不同一样。

这是1979年的清明节，费路路早已等待着这一天：清晨，她已来到西郊万安公墓，站到自己父母那小小的坟座前，她捧着一束鲜花，像幼时捧着自己那“100分”的成绩单一样，轻轻地奉献给父母。她端立着，抑制着，然而，还是扑在坟上，失声痛哭了……

那白色的鲜花，静静地倾听着她；那跌落的手杖，无声地依傍着她；那颤巍的野草轻轻地抚摸着她。她要说什么呢——向冥冥九泉的父母……

她想说，许多年没来扫墓了。不是做女儿的不孝，而是那人世间说不清的诬陷，连九泉下的双亲也会为之心寒……

她想说，她爱父母，因为父母理解做女儿的心——当1941年，28岁的她参加了党的地下工作时，她就这样想……

她想说，那次，日本人“强化治安”的恐怖中，本不该让父母那样担惊。但是，形势险恶。那时，自己不是父母膝前的娇弱女儿，而是革命战士“902”，奉命掩护一位地下党的领导同志，女儿怎能顾及个人和亲人。当女儿历尽艰险，将这位领导同志，护送进一家妇产医院的单身病房后，女儿是那样担心父母的安危……

也许，还应当告诉父母那次只身闯虎穴的实情。那被扣的十几辆马车上，是解放区运来的换药品的羊毛。为了这，女儿情愿挑起千斤担——单身闯入敌人的关卡，推出一沓沓钞票，送上一捆捆烟酒，十几辆装羊毛的马车才安然而去……

当女儿历尽艰险，转移到晋察冀解放区时，党让女儿当了省医院的副院长。女儿亲身经历了战争，亲眼看见了流血和牺牲，终于明白了自己投身的事业竟如此重于山岳，自幼的孱弱，就在难眠的寒夜里、行军的马背上，一扫而光了……

过去了，全都过去了！如今，女儿已没有了风火般的青春，生出了缕缕白发。然而，自1941年起步的那条路，女儿却至今不悔——那是女儿用一颗赤子之心铺设的路啊！

是啊，倔强的老人！你流的该是21年的眼泪，而且，选择这样一个地方！然而，你在来这里之前就对自己说，你要把几十年的委屈、哀愁全“结束”在这里，只留下向前走的勇气……

走吧，你的步履并不趔趄；走吧，走你认定的那条路，那是一条永远铺在你心上的路……

二

30年前，费路路随着解放大军进入天津。她由衷地喜悦，那充满丑恶的旧时代，一去不返了！生活中到处都是美好的。她忘不了行军路上，首长、同志们对她的无微不至的照顾，她知道那是革命情谊——人和人之间崭新的关系。她甚至常常回忆起生活会上同志间善意而严肃的批评——这里，再不会有旧时代的尔虞我诈，人人都希望别人好。她感动于张思德为革命的全心全意，她景仰白求恩为中国战士奉献自己的高尚精神。她在革命队伍中看到了许多美好的东西，而她认为其中最美的是“为他人”的无私精神。她相信，为他人，是一个正直人的道德准则。

于是，她选取了她认为最美的这颗种子——为他人，撒播在她生活的苗圃中。

尽人皆知，费路路的家从来都是两口之家。可是翻开她家的户口簿，却分明有着第三张卡片。上书：杨芮，女，78岁。

杨芮是谁？

“是我的姐妹！”费路路从来都这样回答。

这是什么样的姐妹呢？

当年轻的费路路在自己家里，与地下党的领导同志研究应变措施时，是年轻的杨芮在门外放哨；当早年丧夫的杨芮拖累着四个孩子在旧社会挣扎着时，是费路路力助她把儿女抚养成人；杨芮从小一字不识，在白色恐怖中，费路路头挨着头，悄悄教她唱会了《八路好》。国民党的魔爪伸向费路路，她到处躲藏着，是杨芮冒险从家里运出衣物，送她远行；费路路发配清凉洞，杨芮操持了这个风雨飘摇中的家庭；“文革”中，“造反派”咄咄威逼：“划清界限！”杨芮只有一句话：“老费是好人！”……她们是用彼此心灵的感知，填平了那条“主仆”分界的鸿沟，她们几十年来都情同手足。

细心的人们会记起，前几年，费路路家里多了一个坐在轮椅上的老人，那就是她常常思念的杨芮。

那时，杨芮已告老回到自己京郊的家里。她偶然摔伤，股骨折断，疼痛难忍地躺在床上。告急的信，首先是写给费路路的，这封信牵起了费路路多少焦虑——她知道延误治疗会引起瘫痪，她不能让杨芮晚年有这样的不幸。她亲自送杨芮住进了积水潭医院。她做主：按医生的方案——动手术！她把杨芮的子女媳婿从四面八方接到北京，住在她的家里。她对他们说："动手术是妈妈的一件大事，你们都要在她身边，都要为她尽心！"她安排他们轮流到医院守护，回到家里，她又惦记起杨芮的饮食冷暖。"腊八"了——她从不注意这个节气，可是，"杨芮会记起！"她清晨三点起床，挑红枣，拣豆子，文火熬好腊八粥，赶在医院的早饭前给杨芮送去；除夕了，她早早地包着饺子，两种馅，煮好了，再用油煎，热腾腾地送到杨芮的病床前；手术那天，她早早来到杨芮床前，挨着杨芮身边，细声慢语地劝她别紧张。还说："我动过四次手术，这不，越活越硬朗！"几句话，杨芮笑展了脸上的皱纹。可是，当她扶着杨芮的推车一直到手术室门口时，杨芮却又眼巴巴地望着她。费路路凑近杨芮耳边，对她笑着："放心！我就在这手术室门外，一直等你出来……"于是，三个多小时，她不时贴近手术室门上的玻璃……

每次大夫来查房，杨芮的裤子褪下、穿上，然后是疼得出一头冷汗。儿女们拿来毛巾，为她擦去那层汗；费路路呢？她默不作声——那汗，流在她的心上！回家后，她连夜画呀，裁呀，缝制了一条特殊的裤子——左腿的裤缝裁开了，缝上了一条尼龙搭扣。杨芮抚着这条奇特的裤子，任眼泪滴在费路路的手上……

同室的病友羡慕杨芮："你这姐妹多么贴心！"

杨芮出院了。住院费一共要600元。不必等杨芮说话，也不需她的儿女表示什么，费路路把600元钞票递进了收费处的窗口。然后，她对杨芮说："这些钱，应当由我拿！"

杨芮出院后，还要继续治疗。费路路腾出了小客厅，让杨芮舒舒服服地养病。杨芮治疗9个月，费路路服侍她270天：一日端上三餐，早上送去洗脸水，晚上端来洗脚盆。每天晚上，当费路路蹲在杨芮床边，为她洗脚、擦澡时，老人用颤抖的手抚着费路路日渐花白的头发，眼泪总是成串成串地沾满衣襟，不停地念叨着："老费呀，我照顾了你小，你养了我的老！"费路路对她笑着，临走时，还要为她放好枕头。

每每夜深人静时，杨芮不止一次地屈指数念，那三间北房，那屋里的沙发，那装满衣服的五斗橱，那皮袄、皮背心、毛毯，都是费路路买的呀！八月节不到，月饼送来了；天刚转冷，又捎来止咳定喘的药；每月寄来粮票，还要附上买粮食的钱；连屋里的窗帘，都是费路路亲手量了尺寸，亲自买来挂上……“谁能这样养我的老哟！”可是，费路路在给了杨芮这一切后，从来都说：“这是我应当的，应当的！”

“是应当的！”费路路对谁都这样说。她觉得，对杨芮，她有尽不完的心意。于是，当杨芮能离开病床时，她扶杨芮坐在轮椅上：“该透透气了，出去晒晒太阳！”她把轮椅推到阳光灿烂的甬路上，到林荫夹道的马路旁。附近的人望着：“老费推的是谁呀？”过路的人送来一笑：“好有福气的老太太！可那推车的……”是啊，那推车的，也已双鬓染雪！

9个月后，杨芮是带着眼泪回去的。临走，她不停地用那粗糙的手指，抚着那副新买的架拐——那拐把上是费路路一针一线缝上的棉垫垫。她每月托人给费路路写封信，信上总要写上这句话：“别惦记我！”费路路也从不忘给她写回信，信上也总要写上另一句话：“我挂念你！”

杨芮同村的人们说：看人家这干部，不忘恩负义啊！是啊，人们祝愿这古朴的情谊地久天长。

有人说：费路路对杨芮，一半报恩，一半施舍。继而有人说：费路路对穷人就是施舍，但另一件事，却替她做了个有力的答辩——

从距今十几年前始，有一个三十多岁的工人，经常出入于费路路的家。他径直走向大门口，掏出一把钥匙，“咔嚓”一声，大门开了。有人疑惑地注意过他。但是，却总见费路路夫妇热情地送他出来，他们又是握手，又是笑吟吟地比画着……

他叫张全胜，一个综合修理部的修车工人，是个先进工作者。费路路夫妇修车时认识了他。他满身油污，满脸汗水，任谁的车，都修得一心一意。末了，人家真心地说：“谢谢！”他只笑笑，摇摇头——他是个聋哑人。费路路满心钦佩这个年轻人。于是，不用语言交流，全凭心息的相通。她把他带到了同仁医院，请知名的大夫为他检查——她希望他的聋哑有一线治愈的希望，然而大夫们只能惋惜地对她摇摇头；她带着失望同他走出医院，又带着希望把他领进王府井医疗器械商店——要买一个最好的助听器。他挨着她站着，一身满是油泥的衣裳。迎着营业员疑惑的眼光，他使劲地打着手势：“她是我的妈妈；我是她的儿子！”营业员望着低头付钱的“妈妈”：这是一个有着怎样心肠的“妈妈”！临走，“妈妈”一遍一遍地嘱托：“以后他来换电池，请多照顾，多照顾！”

费路路有了这样一个“儿子”，一个让她钦佩的“儿子”，她把他的悲喜冷暖全放在心上：冬天，摸摸他的棉衣薄，她买了两件棉猴，送给全胜和他的妻子；她同情他听不到这世界上的声音，买个电视机送给他，那荧光屏上“无声”的世界，也会让他一天劳累后，笑上一笑；她注意到他经常望着太阳估算时间，连忙去买了块新手表，给他戴在腕上，让这个珍惜时间的人更好地掌握时间。望着那表盘上转动的秒针，全胜好像听出了“铮铮”的声音；全胜的孩子病了，连夜把费路路叫去：“奶奶做主吧！”她为慌乱中的他们做主，一直到孩子住院。

他们无法互相诉说一句话，但是却彼此深深相知。费路路拿出一把家门的钥匙，递到全胜手上：“常来吧，这里也是你的家！”

费路路并非在“自我完善”，她相信明天会比今天美好，因而，她执着地为明天播种着美的种子：那远在黑龙江杜尔伯特的陈立峰，是费路路在医院候诊室相识的，她对这位当时躺在担架上的年轻人鼎力相助；那密云卸甲屯公社一位不知姓名的妇女，腹痛卧于路旁，费路路救助了她；还有那含冤30年的老人，那在“书写反革命标语”铁案下的干部，费路路是在自己还戴着“帽子”时，连夜为他们赶写申诉材料……她心甘情愿地把美的情感、美的心灵奉献给了他人。

这些年，她无班可上，她有了白发，生了皱纹，却没有“空回首”的怅惘。她不停地为他人忙碌着，虽然驱赶不尽那时时泛起的哀愁，但却忙碌得充实。有时，她曾这样想：如果有一天，自己又有个工作岗位了，领导和同志们问自己，“这些年，你干什么啦？”她将这样回答：我一直在工作着。

当然，也有这样的闲话：“费路路有钱，她自然可以去助人为乐！”这是一个多么荒唐的逻辑！费路路只能在皱皱眉头后，付诸一笑。她的钱的确多一些，但钱多的人就一定能助人为乐吗？也有一些钱虽多却一毛不拔的吝啬鬼。费路路对钱有自己的看法。“金钱，那是身外之物！”她会一挥手这样告诉你，“买来个百货大楼，我也只能穿一身，戴一件！”

她不愿去追述新中国成立后，自己有多少次将产业、现金、工厂、设备捐献给党；她从未在闲暇时掐指算算她捐出的金钱到底是几位数字。在党组织要她写的一个材料上，提到这些事，她只笼统地用了二十几个字概括了。

那么，她的寄托在哪里呢？“在生活中的真善美！”她会毫不迟疑地这样回答。在坎坷的人生旅途中，是生活中的真善美呼唤着她，引导着她，启迪着她。

你听，她会如数家珍地向你敞开她记忆宝库中这件件往事：

那是她当“右派”时，患肺炎，住进阜外医院。有人写信“告发”：她是右派。可是，大夫说：“她是病人。”……

她在南口农场劳改时，一个叫道尔吉的善良的蒙古族喇嘛，一次借机塞给她一个小小的纸卷，她悄悄打开，里面包着一块水果糖——一块糖纸已经磨坏的普通水果糖……

“文革”中，她深夜从医院看病出来，末班车早已过去。可是，当她忐忑地走向西四电车调度室时，那调度员说：“别急，我给你拦个回厂车！”……

“文革”时和她同在牛棚中的一位老领导，有幸离开牛棚，临行前，悄悄给她送来一根小香肠。那无言的对视，给她留下了忍受煎熬的力量……

当费路路向你讲述这些往事时，她是动情的。她由衷地相信，生活中确有一块花圃般的净土，它在我们人民的心中。她会准确无误地重复马克思这句话：“社会的进步就是人类对美的追求的结晶。”她愿意为这“结晶”贡献出自己的心血。

在今后有限的岁月中，费路路仍将寻求生活中美的踪迹，撒下那颗最美的种子——为他人。

三

“夕阳无限好，只是近黄昏。”费路路幼时便听家里的老人读过这首诗。那时，她对老人读诗时眼光中的呆滞，大惑不解。而今，她也读着，她感知了那诗中的惋惜和依恋之情。当她望着镜中的白发和手上的青筋时，一种从未有过的紧迫感油然而生，使她从惋惜和依恋中自省，振作，起步……

1979年平反之后，当她重新走进北京市高级人民法院的大楼时，一种陡然而来的生疏感使她脚步迟疑，这是21年前自己曾献身过的那个庄严所在么？

坐在明亮的办公室里，看着宽大的办公桌上摆着的文件、简报、《参考消息》。应当感到满意了，“北京市高级人民法院办公室顾问”！“北京市政协委员”！这是她21年后的今天获得的新头衔。可是，这个新来的顾问，却这般坐立不宁——她摊开报纸，又合上；她信笔写着，又划掉；听到脚步声她忙去开门，可来人却不找她。唉，她竟无事可做了！

早上，她挤在公共汽车里，准8点，气喘吁吁地推开办公室的门。可是，同事们说：“您何必这么准点？”

她病了，交上假条，人家笑笑：顾问嘛，谁记您的考勤！

唉！她从来没有这么自由过，可也从来没有感到过这么不自在。

一连几天了，费路路一到办公室，就总愿意站在窗前，向外出神地望着。她思索着，寻求着，她决心要为自己在生活中“挤”一个位置，像她每天挤在公共汽车上一样……

于是，不久前，曾随政协参观过的工读学校，一下子迎面站在她的眼前。她，能在这个特殊的地方，为自己找到一个“位置”吗？

她想起解放初期坐在审判员席上，审理过那令人怵目的“十三太保”“一龙二凤”的案件，她感慨过这些犯罪者的年轻；她也曾仔细审视过一个13岁犯人的眼睛，她惊异那明亮的眸子里竟能掠过阵阵阴冷。今天，当她看到那些有轻微犯罪行为的少年，想起这些幼苗在浩劫年代遭受的摧残时，每每在心里喊着：“为什么不能早早救救这些孩子！”现在，她又想到不久前见到过的那些工读学校的学生，想起他们那一双双并不回避生人的眼睛，那眼睛后面，有一颗怎样的心呢？

“不要再瞻前顾后了！”于是，拄着手杖，怀揣着法院党委的介绍信，她越过了有限之年的起跑线。她来到这个地处偏远的工读学校，她知道这个学校仅仅初具规模。

“我能为你们做点儿什么呢？”她倾听着校长对情况的介绍，她要从那平常的语调中，寻找自己该做的事情。

情况介绍完了。像我们的国家一样，这里也是百废待兴。有几十件该做的事情。费路路在稍一沉吟后，就选择了这样一件工作：为这里的孩子们捐赠一个小小的阅览室。她坚信，知识能在荒芜了的心田上种植花草……当小小的阅览室筹备就绪时，有人说，就以“费路路”的名字命名。她却挑选了最普通的两个字："育苗"。

"我还能为他们做点儿什么呢？"

休息时，她来到这里——"孩子们两周回家一次，不回家的这个星期日，他们会寂寞吗？"于是，她带来糖果，带来花生，也带来欢乐：把闷在宿舍里的孩子们叫出来。院子里，排上桌，摆上凳，一起做个游戏吧——"圆圆坐一圈，耳目问神仙，有人知魔术，快来把手牵！"费路路像唱歌般地念着，又和那事先约定好的小"同伴"挤眉弄眼，然后煞有介事地想呀，猜呀。"哟，准是你！"她指着那个被猜中的孩子。刹那间，爆发起掌声、笑声，孩子们高兴得捶打着、推搡着，争相猜测着这个"神仙"的奥秘。然后，又是"圆圆坐一圈……"一圈稚气的笑脸，一圈明亮的眼睛，他们此刻想了些什么呢？在忘情的欢乐里，望着眼前这位慈祥的老人，会想起溺爱自己的奶奶、操心自己的妈妈？不，也许他们根本没有想起——他们之中的大多数，久已失去了这样的温暖，连家里人都把他们当痈疽，他们咽下去的嫌恶和冷漠太多了。然而，今天，这个不同姓氏的奶奶，却这样熨帖着他们孤独的心。孩子们在感动中享受着欢乐，费路路和孩子们一起笑着，连脸上的皱纹里都溢满了笑意。她看到多少颗受伤的心灵在温暖中苏醒！

费路路竟成了工读学校孩子们的亲人。他们盼望她，就像盼望自己的母亲。他们会攥着一把瓜子对她说："费奶奶，我和您，对半分！"他们会悄悄地对她抹着眼泪，告诉她，父母对自己怎样从宠爱到厌恶；他们会把信寄到她的家里，报告自己得到表扬的消息，末尾署名是"您的不争气的孩子"。他们会希望她在工读学校住几天，好争着一大早为她打壶开水……

哦，费路路有一副母亲的柔肠——许多人都这样感叹呢！然而，费路路却更有一个事业家的胸怀。

她从迈进工读学校这一天起，就提出一个主张：

"对这些孩子，应当严。但严要在爱的基础上。必须首先去爱他们。"

她来到孩子们的饭桌旁，给这个夹一箸菜，劝那个多添些饭。

她惦记着两个进了工读学校的孤儿弟兄，怎么能让他们在工读学校里重新起步？应当先让他们相信，父母失去了，可是人间的温暖却长在。于是，她买了两个铝盒，里面配置了十几样东西：小剪子，小顶针，各型的针，各种扣子，各色的线，连风纪扣也没有忘记，再加上尼龙线、小布头，满满地一盒子。她将这盒子送到他们手上，把着他们的手，教他们穿针引线缝扣子。那两个孩子贴近她站着，看着那盒里摆着的一样一样东西，听着她嘱咐的一句一句话语，那小小的心房里，装下了人间多少盛情！

这是爱，这爱又确不同于母亲的亲子之情。费路路以她教育家的眼光，相信这爱的力量，却从未将它当作终止。

她仔细观察着这些孩子的一举一动，那瞟人的眼神，那粗鲁的语言，那走路时晃动的肩膀，都让她看到了那心灵上的污垢。她知道，这并非一天的尘埃，需要一点一点擦拭：

她为工读生送来看球赛、看演出的票。“这是文明教育！”她说。然而，这个教育尚未开始——演出前，她又送来了一包糖。“要告诉他们，糖纸放到自己的口袋里，不能乱扔！”她嘱咐着。她知道，工读的孩子们，对这小小的一举是多么陌生。

孩子们给她写信，一条、两条地保证，还能列上好几个“决心”。她赞扬他们的热情，也鼓励他们实现自己的保证。至于对他们的要求嘛，她只这样写：“我首先要求你们做到：说话不带脏字。”而且相约，过些日子，她要去检查他们是否做到。封好信，费路路笑了，她知道她给孩子们提了一个极小而又极难的要求。

她在一个工读学校的校园里随便走走，看到一群孩子围着一位老师在闲谈。老师点着一支烟，学生们的眼睛便随着那悠悠的烟气转。事后，她请来老师，对他说：“这支烟，对他们有多大的诱惑。他们没有那么强的自制力！”是啊，她早就注意到他们曾把烟偷偷塞进袜筒里。

有人会嗤笑这教育的琐碎。然而，费路路认为，那宏大的理想教育，恰应当寓于这千万个“小”之中。她认为，这些“小”，在日积月累之中，会于一瞬间闪出火花。教育者的顽强在于能积累那千千万万个“小”，而教育者的高明恰在于能捕捉这瞬间的闪光。于是，她在日益积累那“小”的时候，又精心地寻找那一现的火花：

一个孩子买了本书，送给班上，那本书恰恰是教育青年写好自己的历史。费路路相信，这行动的决定，这书的选择，是这孩子心灵的袒露。她立刻鼓励他：“你终于懂得正视自己的过去，这是个天翻地覆的变化！”孩子激动地半晌不抬起头来。

几个孩子，为一个没钱买鞋的同伴凑了钱，他们还不懂得为自己的行为骄傲。可是费路路却诚恳地对这几个孩子说："从哥们儿义气，到助人为乐，你们有了不起的变化啊！"孩子们感激地望着她。

于是，费路路以她事业家的精神赢得了人们的尊敬。有的工读学校隆重地举行仪式，聘请她为名誉校长。

费路路说："在有限的岁月里，我还要有一段驰骋！"

她开始了一段多么艰难的"驰骋"——

面对工读生毕业后难找工作的现状，费路路意识到她的脚步得迈出工读学校的校门。

一个风雨交加的早晨，她正行走在丰台镇上。伞顶着迎面的风雨，背上的衣服已经淋湿。她艰难地走着，看不清前面的路，也看不清脚下的路。她摔了一跤。当她浑身是水地慢慢爬起来时，她竟没有想到去揉揉跌疼了的膝盖，竟没有闪过后退的念头，她照直朝前走了……

工厂的党委办公室里，一身泥水的费路路和厂领导谈话：

"不是照顾本厂职工子女吗？为什么不收这个工读学校的孩子？"费路路问得直截了当。

"那么多好孩子还收不了，工读生……"厂长直言不讳。

"应当按文件精神办！"费路路说。

"是按文件办。我们对工读生，一不歧视，二不优待。"那语调理直气壮。

"怎么叫不歧视？同是职工子女，偏不收工读生。照这样，工读教育岂不前功尽弃！……"费路路慷慨而谈，又是"不安定因素"，又是"大局观念"……

时间过去了多少？不知道；最后，厂长无可奈何地笑了："收！"

不久，费路路又满身风尘地出现在南苑一个工厂的办公室里。谈话早已开始，厂长掌握着主动权：

"您知道吗，生产用的银子，就放在车间里！"

"您知道吗，一人出事，整个车间的奖金全扣！"

费路路却希望他不光是看到银子和奖金，还应该首先看到"人"！活生生的存在于社会的"人"。

谈话几经周折，厂长以退为进：

“那，如果我们收下这个工读生，谁敢为他担保呢？”

“我！”厂长话音刚落，费路路的答复立刻跳出嘴边。

怎样担保？费路路一口气数了八条！除了团支部、街道、原工读学校、家长以外，费路路留给自己的就有三条：

学生每月到法院向我汇报；

学生记日记，并跟我通信；

我和工厂、街道、学校每月碰头一次，交换情况。

于是，在后来的日子里，她又拄着手杖，来往于街道、工读学校、孩子的家庭……

有的朋友劝她：“为了一个工读生这样奔波，有何必要？”费路路坦然地说：“‘不积跬步，无以至千里；不积小流，无以成江海。’100个工读生，安排一个，就剩99！”

几年来，她这样四处奔波，为16个工读生安排了工作。而且，不知什么时候，她又把步子迈得这样大：

你看，她去打扰颐和园了——为了一个工读学校的公益劳动和绿化；她在北京市政协的会议上做了一个提案——为一个工读学校的搬迁，两天时间办完了两年中未能办成的事情；她把李万春、魏喜奎和许多演员请到工读学校了，她说她的工读孩子们是懂得艺术的；她把青艺的编剧白峰溪请来了，“帮我的孩子们排个小话剧！”她拿着北京市7个工读学校的介绍信，来到尚未正式开幕的北京市少年儿童活动中心：“请照顾一下，这都是工读学生！”她兴奋地告诉她的同事、朋友：“胡乔木同志看望工读学校的师生们了！”她觉得全社会都应当关心工读教育。

她就这样，奔忙着，操心着，焦虑着，也高兴着……

“嘀嗒嘀嗒”，费路路床头的小钟24小时总是这样地响着，它真像这几年来费路路生活步伐的节奏。可是，当朋友们掐指算算她的年龄，想起她那衰弱的心脏时，不禁担心了。但是，当费路路从病床上起来时，她又拄着手杖，走出了家门——为了工读教育，她实在难以安分！

她把82岁的孙敬修老人、76岁的高士其老人，还有中国的保尔、年已65岁的吴运铎同志请到家里，商量支持工读学校的事。三位老人一致支持她的建议：为工读学校的孩子们，要向社会齐声呼吁！

客人走后，费路路久久平静不了。她摊开一个绿色封面的本子，一笔一画地写下了这样两行字："一个人的价值，应当看他贡献什么，而不应当看他取得什么。"这句爱因斯坦的名言，如今正被千万个年轻人抄录着。而她，一个70岁的老人，也遵循着这样的座右铭！

于是，在一个个工读学校的大会上，费路路与孙敬修、高士其、吴运铎老人一起坐在主席台上；于是，应这四位老人邀请，京剧团为一个又一个工读学校义演……

有人说，这是一个使人激情骤生的四老小组。费路路说："我愿跟着这三位老党员，多为党做些事情。"

像我们许多淳朴的老一代一样，费路路一生都在想着为党多做些事情。翻翻她的台历，打开她的本子，那上面记满了她要做的事情：

她筹划着一个工读学校搬入新址后的蓝图；她要利用工厂机器更新的时机，四处奔走，为几个工读学校建校办工厂；她想把已经写好的九篇关于工读教育的论文和调查报告再修正一番，然后，还要写完《法律自问丛书》……

她要做的事排满了她的今天、明天、后天；今年、明年、后年……

哦，只需一曲最淳朴的歌，不要华彩的乐段，不要激扬的旋律，只要能唱出坎坷和信念、奋争和力量、追求和希望——为了这深深的赤子之情。

1982年11月

附 后

这篇作品原题目为《赤子情》，发表在《当代》大型文学双月刊1983年第3期上。收入本集时，改题目为《名人费路路》。

第一次见到费路路大姐，是在一次工读学校的活动中。

费大姐那时就出入在监狱、少管所和工读学校之间，做她灵魂拯救的神圣工作。

那次，她正在那个工读学校组织教育活动。学生们在操场上，都坐着小板凳，费大姐和会讲故事的孙敬修老人、“中国的保尔”吴运铎老人、身残志不残的科学家高士其老人，都坐在主席台上。他们四人依次给学生们讲励志的故事。

那天，阳光明媚，台上台下情绪都很高昂，会场上掌声不断。

我站在老师群里，听他们说，四老常来，每次都是费老联系好学校，再去一一接了三老来到学校。这些事，不用学校做，费老全安排好，说是给学校减轻负担。

后来，女剧作家白峰溪竭力促使我写费大姐。她讲的一个故事，深深地打动了我。

原来，小白认识费大姐也是在一个活动中。费大姐听说小白是中国青年艺术剧院的，就主动找小白，谈工读学校排话剧没人指导的事。小白义不容辞地答应了。工读学校很远，要住两三天。小白也慨然应允。

但到了工读学校，那简陋的环境让小白吃了一惊：屋子是两床一桌，要自己生煤球炉子，饭食也粗糙简单。小白是多次下乡演出过，她是担心像费大姐这样“养尊处优”的人能否适应。

不想，费大姐毫不在意这里的艰苦，教小白生炉子；每天一早，还抢着用铁壶烧开水。到了指导排练时，小白讲，并做示范，费大姐在一旁拿个本子密密麻麻记了一页又一页。一遍讲完了，费大姐怕小白太累，就自己对着记录本，一次一次地给学生们讲，帮助学生做表演……

小白讲完这个故事，拍着我的肩说：这样的人，名利全不要，还不值得你写?

就这样，我开始了对费路路大姐的采访。

文章写成并在《当代》发表后，听说有作家要写费大姐的传记，足见名人费路路的影响。

后来多年未联系费大姐，只是从报纸上能寻到她的踪迹。

再后来，小白和我都觉得费大姐名气越来越大，我们别去打扰她了。这么一想，费大姐从她二里沟的别墅式的房子搬走时，我和小白都不知道；等我们再去原址找她时，那房子已变成一座幼儿园。打听之下，才知道是费大姐向幼儿园捐了这座房子，搬到别处了。没人知道搬向哪里。

我和小白，对着幼儿园长叹；站在房子外面，掐指算费大姐的年龄。1941年28岁的她参加革命，眼下的2000年，她该是快九十岁的高寿了。

在我写着以上文字时，我仍掐指算着费大姐的年龄；我知道她如今已过百岁。但我还会算着她的年龄来纪念她。

2016年初冬　紫芳园

冬天的记忆

母亲的生日，是阴历腊月二十三，祭灶那天。

母亲的忌日是大年初二。

就这样，在冬天向春天转换的十天里，有关母亲的记忆密集着，在我们心里，留下一道奇特而温暖的情感轨迹。

一

母亲留给我记忆中的第一个故事，是这样的——她说，她的生母早早去世了。当她的继母给她冷脸时，家里的门环便会“哗哗”地响个不停，直到继母收起恶相。

这个故事，是我对母亲身世的最早了解。

我的外爷（我们西安人将姥爷叫外爷）生在一个小康之家。当他和我的外婆生育了两个女儿后，幸运降临于他——他被委以重任，到青海西宁的什么地方，当邮政局局长。外爷虽去较偏僻的地方任职，但，那是个肥差。毕竟西宁遥远，他将西安家中的妻女安顿好，独自前去赴任。

但后来，那条有他连接的邮政线上，传来了不好的消息，它使我的母亲切断了一个少女的天真，勇敢地走上了她生命中的第一次抗争。

这坏消息就是外爷在西宁另娶新人，并且有了一个儿子。

在几天几夜的慌乱、痛苦之后，我的外婆和母亲做了一个亲戚们都十分震惊的决定：到遥远的西宁去，找外爷讨个公道。

我永远想象不出在那个交通不发达的年代里，她们母女是怎样地火车、汽车、徒步、人力车交替着，走完了从西安到西宁的千里长路，颠颠簸簸地来到了外爷面前。

外爷的新妇，是当地富绅的女儿。母亲后来告诉我们，西宁那个家，雕梁画柱，富丽堂皇。更多的过程，她却从来不说，只是告诉我们故事的结局——外爷内疚，给了一笔钱，打发她们母女返回西安。

孤独有时会将惊恐放大。但那时，年幼的母亲在疲惫与艰难中，来不及惊恐，就被几个强盗挡住了路。钱被那些人翻出来的一瞬间，母亲勇敢地跳到强盗的面前，大声诉说她们的遭遇，伤心处声泪俱下。那几个衣着褴褛的强盗竟撂下抢到手的钱，悄悄地走了。

这个故事，母亲每讲到这里，我们姐妹都会拍手称快，扑到母亲怀里，欢庆胜利。

但此刻，当我写到这里时，我却泪流满面，因为我眼前闪现的是当年母亲那副瘦弱的肩膀——那是个刚上初中的女孩的肩膀啊！

有了这笔钱，外婆想就此过安静的日子。但母亲不肯，她有一颗很大的心。她要独自去北京求学，将来改换门庭，让外婆过上富裕的日子。杨虎城将军在陕西设立的官费助学金帮助母亲实现着她的理想。

但，曲折的求学路，尚未走完时，外婆却在西安病危了。母亲千难万难地赶回西安，却只见到永远不再睁眼的外婆。她用手抚着外婆的脸，传递过来的冰冷，让她永生痛彻肺腑。

其实，对母亲来说，比幼年遭遇更难愈合的伤口，是我大姐的死。

大姐是在北平刚解放时去世的。从那时，到母亲去世的50年里，我家的人，在母亲面前，绝口不提大姐的名字。

那时，北平和上海都刚解放，为了孩子们受到更好的教育，父母决定全家从上海移居北平。父亲先到北平安排。接着，大姐为不耽误学业而匆匆登上了火车。母亲则带着其他几个孩子，留在上海，打理房产变卖等大量的家事。

14岁的姐姐在火车上靠窗而坐，她太喜欢窗外的风吹来的凉爽的感觉，不想，一到北京，就感冒发烧。第二天送到医院，一针盘尼西林，夺去了她美丽的生命。她临死前，清晰地对父亲说：爸，我是让针打死的。

这回，父亲惊呆了，他看着女儿在自己眼前这么快地闭上了双眼，他不知道怎样对母亲和孩子们交代。

但母亲似有预感。大姐去世的当天，上海家中并不知噩耗，妹妹却梦见大姐从一座如教堂般圆顶的白房子走出，下了两个台阶，走到一处草地上。

母亲到北平时，父亲还试图瞒着她，说外地有个好学堂，送大姐去了。

母亲一言不发地安排着孩子们的房间，她的沉默使父亲再也无法隐瞒实情。听完大姐死去的情况后，母亲把自己关在屋中，无泪却号啕着，任谁也听不懂她在呼喊什么。

第二天，她来到东直门外一个教堂的公墓，那里，绿草茵茵。她按照妹妹梦见的景象，为大姐修了一座圆顶的水泥坟墓。墓碑背面，刻上她手书的四个字：母泪不干。

几年后，不满一岁的小弟的夭折，把母亲又一次抛到失子的痛苦深渊中。

小弟是先天性心脏病。那时，母亲下班回来的第一件事，就是把他紧紧地抱在怀里；他无力地将头靠在母亲的肩上。母亲望着他，那慈爱的眼光中流动着忧伤。

小弟是在一个初春的明媚阳光中，悄悄地离去的。母亲抱着他的小棺木，独自乘一辆三轮车，去往大姐的墓地。那时，爸爸不在国内，但母亲不让我们跟随。只是傍晚从墓地回来时，她回到自己房间，关灭了灯。

第二天一早，母亲就上班去了。

母亲抱着小弟的棺木、满脸满衣襟的泪水，那形象却在我心中驻留至今。

二

上节提到的那个门环“哗哗”响的故事，不久，便被母亲延展了。

那是放寒假中的一天，我们从外面玩得满头大汗地跑回家，刚进堂屋，就怔住了。那个在门环响时才收住恶相的继外婆，就坐在堂屋里。令我吃惊的是，她是一个满脸麻子的丑女人。这之前，母亲的故事里只说“恶相”，没说过麻脸。母亲让我们叫外婆。我们小声叫了。“麻脸外婆”身旁站着一个脸色苍白、身材瘦高的小伙子。这自然就是那个生在西宁的“舅舅”。

在他们到来之前，我们已经知道，外爷在西宁落魄而回，他失势的岳父，使他也从邮政局局长的位子上掉下来，只好将西宁的家搬回西安，待母亲与我父亲结婚后，外爷无颜见事业发达的女婿女儿，就从不到我家这座新院落来。母亲只好经常回去照看和接济这个败落的娘家。不久，外爷去世，“麻脸外婆”母子俩勉强支撑了一阵，这才按我母亲的安排，搬到我家来。那个沉默寡言的舅舅，染着肺结核，母亲怕他传染了我们，又怕太在意而冷落了他。倒是舅舅很自觉，每次吃饭，拣好菜饭，躲回自己房间去吃。麻脸外婆因此在餐桌边坐卧不宁。母亲看出她的为难，从此，给他们母子将饭菜送到房间去。

母亲说，外婆也可怜，西宁娘家没人了，你外爷也先走了，你舅舅又有病，她能靠谁呢？继外婆从此依靠我母亲，度过她孤寂的晚年。

我不知道母亲是怎样完成了对继外婆的从怨到宽容的转化，但当我们看到继外婆的笑脸时，我们不再感到她那麻脸的丑陋，而是和母亲一样，怜惜她。

和继外婆一样，让母亲应当有怨的，还有一个女人，她是母亲在北京求学时的挚友，我们叫她Z姑姑。

大姐的死，使这位Z姑姑成了我们拒绝见到的人。因为，恰恰是她的安排导致了大姐的死。发着高烧的大姐，被Z姑姑送到一家在南池子的私人医院，那医生是Z姑姑在基督教会的朋友。正是这个医生，一针过期的盘尼西林，使大姐在4个小时中匆匆离世。

在我们都拒绝见Z姑姑时，母亲却平静地接待了她，并说，娃有娃的命，能怪谁呢？

Z姑姑后来仍常与母亲来往。“文革”结束时，母亲决意移居香港，我家在西单的住房空下来，母亲还请Z姑姑去住，并对我们解释说，Z姑姑独身一人，让她住宽敞些，安度晚年吧！

这种人性的天然，就这样被母亲不断地演绎着。

但，当时间迅速地推到了“文革”时，母亲却看到了那深厚的人性，是怎样破碎的。

母亲那时在一个部委的幼儿园任园长，这个幼儿园是母亲奉命一手创建的。在这之前，她在这个部委的人事部门工作。这个由她创建的幼儿园，在“文革”中翻天覆地的变化，动摇了母亲“人之初，性本善”的原始理念。她看到那一张张往日里笑容盈盈的脸，一夜之间都变得冰冷而凶狠。大字报上，她的名字被打上红×；批斗会天天开着，人们声嘶力竭地揭发她控诉她；口号震天地对她喊着“打倒”“砸烂”，让她交代她本没有的“问题”。她本来有病的心脏，已不堪重负，批斗会后，常常是等在幼儿园门外的妹妹，搀着她去乘公交车回家。我曾拿着母亲已写了7页的“交代材料”，替她“修改”，帮她“上纲上线”。有一天晚上，幼儿园的一位工人刘叔叔找到我家，进门就拉着我们的手说，他们真不该这样对待秦园长呀！倒是母亲劝慰着他，让他少说话，保护好自己。

“文革”中的又一天，我的同事（亦是我和爱人大学同窗），打着“造反派”的旗号，抄了我和爱人的家。那时，我们与婆婆同住；而前些时候，婆婆被街道红卫兵指为“地主”，我们整日担心着抄家批斗的灾难会突然而来。明知这位“造反派”同窗是为泄私愤而来，我们却因婆婆之事，决定忍了这口气。愤怒的爱人被挡在同院陈姓邻居家，抄家者进入我们屋内。或许自知是怀着鬼胎的，抄家者理不直气不壮地只顾两只手急速地翻找，全无了平日“造反派”的气焰，装不出个“革命”的样儿来；最后只拣了些本册纸片，败兴而去。对方刚走，爱人却告诫我：来者不善，会不会又到对面旧帘子的家中折腾。他指的是我父母的家，和我婆家仅隔西长安街而南北相望。那时，这个家的亲人已四处离散，只留下年迈的祖母苦守独院。

我赶到家门口时，恰逢母亲出来。她被造反派允许回家取衣物，但必须限时归园。我随着送她去公交车站，一路上向她诉说被抄家的经过。她听到抄家者的身份时，眉毛扬了一下，问我：还是大学同学？不等我回答，她就神色黯然地摇摇头。我说担心殃及这里才忙着跑过来看。母亲像突然觉到了什么，拉着我的衣袖说：娃呀，你多回来几趟吧！尽量别让造反派占了咱家的房子，要那样，孩子们回来，住在哪儿呢！我知道她仍不顾及自己的安危，唯一惦着的就是我们的小院——那个到处弥散着她的温暖的家，那是她和我们的居所呀！但，一时情急，我竟脱口说：妈，造反派连部长的房子都敢占，何况咱家！母亲顿时无言，轻轻地拉着我的手，我们默默地走向车站。她的手无力而冰凉，让我感到她内心的伤感和无望！

母亲在打扫卫生的繁重劳动中喘息着，但不久，一纸通知，让她到广东英德的干校去“锻炼”。出发那天，母亲在站台上向我们摆摆手，蹒跚着走向火车那坚硬无比的踏板。拥挤的车厢里，哪里有人给她这个有“问题”的人让座。但她衰弱已极，只好躺在车厢的地板上，在日夜不停的车轮声中，颠簸48小时，才挨到英德干校。

那一幕，使母亲的儿女们肝肠寸断。母亲佝偻的背、弯曲的腰，从那时起，就难以再直起来。

住笔此处，我并不想写母亲后来的苦难，因为她自己是坚强的。当她几年后从干校回来，我家的小院早已被“红五类”住满，母亲只好在儿女的家里支起一张床。不久，又等到一纸退休通知，她平静地对通知者说：明天我就去办手续。

但，细细咀嚼母亲的这一次宽仁，却不见丝毫的柔软温情。因为不久后，她断然地决定：南下香港。这是她年过60后的生存选择。在她一生中，父亲多次工作不在国内，她都拒绝相随，她有自己的事业，有儿女们护卫成的天地。但这次，她却义无反顾地离开了她在北京的家。并且，在香港家中的新房子里，她一脚踏入，望着落地窗外漫漫的海水，自言自语地说：终此一生，不再搬家！

我没有看到在罗湖界限上，母亲迈出那一步的情景，但我想，她一定是摆摆手，头也不回地走了。

想着她的背影，我心怅然。

三

我常想，母亲一生追求什么？

如“理想”这样光辉灿烂的字眼，母亲并未对我们讲过。但究其一生，她是个最有追求最有理想的女性呀！

她追求的首要，是做一个合格的母亲，因而，她要一个家，一个富裕、温暖而快乐的家。这个追求，从她和父亲成家的那天起，就明确在她心间。随着孩子们的出生，这个家日渐壮大，母亲和父亲都自觉感到责任之重，因而，他们一直努力着，把这个家推向一个又一个高度。

在这个家里，母亲的角色尤为重要，因为她是离孩子们最近的人。我们知道，离开了她，我们就难以快乐地成长。

除了上班外，母亲的时间，全部用在使我们快乐的各种活动中。春天，她带我们跑遍北京的公园，去听花开的声音；夏天，她划着船，让我们在昆明湖上亲近着水；秋天我们去看菊花展，捧着她买来的菊花快乐地回家；冬天，我们的院子里常站立着各种各样的雪人。那时，钓鱼台附近有一处小树林，林中流着小溪水，母亲带着我们蹚着水去捉蝌蚪捕小鱼。

母亲在婚后就这样扶持着我们，护卫着我们。

母亲长时期都处在较富裕的生活中，但她“上得厅堂，下得厨房”。她从不养尊处优地鄙视家务事。母亲最注意卫生间的清洁，每个星期日，她都亲自刷洗马桶、擦净浴缸，把来苏水洒到角落里消毒。

做着这些“俗事”的母亲，转身就会优雅地弹起钢琴，带着我们唱“小鸟在前面带路”，或是“蓝蓝的天上白云飘”什么的。

但，对一个家的贡献，并不是母亲追求的全部。她的生涯中，有许多节奏很急速的乐章。在那些有着风暴的日子里，母亲展现了她的另一个追求，那就是：良知。

母亲的良知，自幼年始。他们那一代人，看到军阀混战，民不聊生；看到外敌侮我，政府却退让不争。于是，在她上小学时，便担任了本校的儿童团长，与担任西安市儿童团长而后来成为我父亲的人，一起举起小旗，喊着“打倒列强”的口号，开会或游行。

后来，她成年了，成为人妻、人母，但她与社会相连的良知，仍在心中被滋养着。

“西安事变”的第二天，父亲应召入伍，军衔少校。他的领导就是时任西北民众运动指导委员会主任委员的王炳南。王炳南是“西安事变”中周恩来与张学良、杨虎城的联络人，在事变中起着举足轻重的作用。入伍后的父亲，便夜以继日地在外忙碌着。“西安事变”后第四天，即12月16日，西安人民举行拥护张、杨两将军抗日救国的群众大会，会后举行全市大游行。父亲被任命为大会司仪，并兼游行总指挥。那时，西安古城内，秩序混乱，治安堪忧。母亲为父亲的安危日夜难眠。16日的群众大会，母亲亲自前往。群众大游行开始后，她在游行队伍中紧随父亲的左右，高呼口号，直到游行结束。

“西安事变”的结果，使许多人扼腕叹息。西安古城内的革命力量，也面临着急剧的调整和保存。

在这样的危急关头，1937年2月4日下午，父亲接到王炳南的紧急命令，指示他将“西安事变”中成立的民运会武装纠察队立即撤到渭北，使他们安全回到红军部队中去。

此时，“西安事变”的结束，使这支纠察队备受关注，已有人蓄意策反，企图使这支队伍留在西安，等待中央军的接收。

王炳南在2月4日下午的命令，是刻不容缓的，因为2月5日晨，即要使这支队伍离开西安。父亲受命，想到当晚可能出现的险情，急回到家中，让母亲将三间房子铺上干草，等待纠察队夜宿。母亲忙派人张罗去买干草，铺地铺，竟在不到半天的时间里，准备停当。在夜色苍茫中，母亲像接待自己亲人似的，将纠察队员们一一引进房中，端上热汤热饭。第二天凌晨，这支队伍即将出发前，列队向母亲敬礼。那时，母亲只有23岁。

母亲走向社会的步伐加速着。一个对她和父亲都至关重要的人物，出现在“西安事变”后，他们正寻找新出路的时刻。这就是杜斌丞先生。

生于1888年的杜老先生，此时已是西北各界的革命领袖之一。他在杨虎城将军的部队中，历任要职。“西安事变”中，他不仅是重要的参与者、策划者，还是坚决提出“要与共产党联合”的主张者。“西安事变”后，他出任陕西省政府秘书长，曾委任我父亲代表省政府赴延安，与边区政府协商安排一批流民的工作。父亲由延安返回复命时，带回了他亲自为毛泽东、朱德、周恩来等十几名中共领导人一一拍摄的照片，杜老十分高兴。

从此，父亲和母亲成为杜老府上少有的晚辈客人。母亲写得一手好字，常为杜老抄写文件资料，或传送些重要信件。杜老忙得废寝忘食时，母亲会从家里做些可口的饭菜送过去，一如家人。“西安事变”后，政局变得险恶莫测，这时的杜老，反而明确了他为民主运动奋斗终生的志向。蒋介石亲令要制裁他，他遂时时被特务跟踪并威胁。

后来，杜老被软禁，母亲曾见他最后一面。那天，她盛装而行，来到杜老的住地，说是来给老人送饭。门口的特务还来不及阻挡，母亲已昂首走进院中，并径直进到杜老的居室。语言之间的无自由，使母亲泪流满面。她照看老人吃了饭，又悄悄藏起杜老委托转交的信件，才告别出来。母亲那时还对时局向光明转化抱有希望。她觉得如杜老这样德高望重的人物，蒋介石不敢动手杀害。于是，她与杜老告别时，还许以“再见”。

但不久后，在胡宗南占领延安的第二天，蒋介石下令将杜老投入狱中。父亲和母亲几经努力，也未能再见杜老。直至狱中7个月酷刑折磨后，杜老英勇地在西安玉祥门外就义。

杜斌丞老先生是离母亲最近的革命者。他的教导，使母亲渐渐成长起来，她自觉地选择了为革命工作的道路。

在这里，我要记录的是1938年的一件事。它几乎涂不上太多的政治色彩，但良知的光辉，却使我的母亲成为我们心目中光芒四射的人：

经过“西安事变”，父亲和母亲，犹如受了一场革命的洗礼。他们的人生变得复杂而激越。

1938年年初，父亲按叶剑英指示，为延安运送军火，他代陕西一家煤矿购买的钢材，只好搁浅在武汉的一个仓库里。此时，抗日战争正烽火连天，日军已进逼武汉。仓库一方通知，撤退在即，速速抢运。而购买钢材的煤矿，是陕西境内为前线生产物资的唯一一家煤源。

此时，父亲已在陕西省政府任公职，实难脱身前往；而情况急、风险大，一时很难找人代替。母亲忽然果断地说：我去！父亲怔住，他看着母亲怀孕数个月的身态，连忙摇头。母亲冷静地分析说，我们代人购货，不交货，无信誉，这不是我们的为人之道；再说，如果矿上停产，损失的不光是钱！父亲无路可走，更知母亲一向是想定了的事就不可逆转。于是，他含泪送母亲上了火车。那是在战时，凭父亲的职位，临时乘车，也只能给母亲安排了一个三等座票。三十多个小时的车程，平汉铁路上天天有来轰炸骚扰的日本飞机……这一切，父亲竟是在母亲上火车后才想起，他后悔莫及，但那时通信落后，怎知母亲的安危呢？果然，车行途中，警报响起，满当当一车人纷纷跳车，四散到两旁的庄稼地里。母亲有孕在身，如何跳得了车。在空荡荡的车厢里，她孤独无援地躲在一个角落。过了许久，警报解除，日机并未来炸，而母亲已是冷汗浸湿衣衫。到了武汉，见到先期在这里工作的王炳南先生及他的德国夫人王安娜，他们见母亲任务繁重、身体艰难，忙向她介绍了武汉的危难时局，希望她量力。这些情况反而加快了母亲办事的步伐。她查看仓库，又四处奔跑联系车皮，她不顾一切地奔忙，最终打动了武汉火车站的站长。站长称她为“女同志”（这是北伐军的遗风），果断地说，我一定帮助你，并举手向母亲敬礼表示敬意。

站长在千难万难中调来了车皮，并动员全站职工“向这位女同志学习”，帮忙将钢材装车，并分文不收。

母亲的奔忙，还感动了王炳南夫妇。

她临行当天，王炳南先生找到与母亲同车出发的国际友人艾黎先生，他简述情况，请求艾黎先生代为保护这个“勇敢的女人”。艾黎先生紧紧握住母亲的手，将她引到自己的车厢，一路平安地回到西安。

事后，煤矿的人从百里之外赶来西安，一定要设宴感谢母亲，说是全矿上下都一致说，感谢秦先生（西安的友人一向这样称呼母亲）。

我想象，在那个宴会上，母亲一如一位美丽的女神。

这个故事，在父亲第一次讲给我们后，母亲问我们：那个在我肚子里坐火车的小家伙是谁呀？我们傻呆呆地面面相觑。还是聪明的大姐先醒悟，她指着我的鼻子说：那不就是你呀！

后来，我长大了，想起母亲的这段经历的艰难，竟泪如雨下，辛酸的感觉凝伫心头，难以化开。

这是我第一次动笔写母亲的武汉之行。她是一名普通的女性，没有人会在什么革命回忆录之中记下她。但，我们——她的儿女们却要说，我们的母亲，是一位有良知的母亲，良知就是她生命的光芒。

母亲因胃癌而去世，不止一个庸医误了她，这其中有最不该误她的人。

至今，母亲去世已近二十年。过几天，就是她的生日；她的生日后，我们才过春节。这段时间，我们的日子里充满对母亲的回忆，伤感但又温暖。

2012年冬　紫芳园

附　后

这篇作品发表于《北京文学》2014年第1期，并获第七届老舍散文奖。

授奖辞如下："怀人散文的典范文本，写出了一个母亲的伟大、坚忍、普通、平和。有着高端知识女性和民间传统温良女子的双重美德，这样的女性形象，在中国散文长廊里弥足珍贵。个人故事和重大历史事件穿插、组合，再现时代风雨，使作品更具震撼力。"

作品发表后，被多部散文选本所选录，并收入由北京文学月刊社主编的《第七届老舍散文奖获奖作品集》。

其实，这篇作品的缘起，是由冯立三、梁晓声主编的《母亲》（两卷本，作家出版社出版）约稿，而动了写作之意。投稿于《北京文学》时，由于报刊的版面有限，一些材料未写进去；而《母亲》出版时，我则补充了许多材料，并易名为《素描我母亲》。

即使这样，我仍然未将母亲的故事写完整。

在"老舍散文奖"的授奖辞中，说这篇作品是将"个人故事与重大历史事件穿插、组合"，这句获奖之词，使我十分惭愧，因为这正是我想努力做到，却未能做好的地方。

母亲曾在西安我们的家里，安排过杜斌丞、杨明轩等进步人士，召开西北民盟总部建立的筹备会议。她和父亲安排家里的厨师、清洁工、司机等，把守了大院的前后门，维护着与会者的安全，并亲临现场，见证了这次历史性的会议。

母亲和父亲，还亲身经历上海解放过程，他们看到解放军深夜进城，露宿里弄，并迎着黎明的曙光走上街头，欢呼解放。

这些重大历史事件的经历，都铸成了母亲后来作为一名国家干部的忠于职守，以及坚强地经受在"文革"的挫折中身心重创的生命历程。

写母亲的过程，使我进一步思考纪实文学的许多问题。比如：人物塑造在纪实文学中的地位；纪实文学创作中事件与人物的创作协调等。这些问题，我在思考和创作中均未完成好，这成为一个课题，留在我今后的研究中。

2016年9月

第二章　锦绣篇

荒原多情

——关于北大荒、大学生和知识价值的探讨

当火车呼啸着扑入一片浓绿时，有人指着窗外说：这就是北大荒。那绿，铺展到天的边际地的尽头。望着这铺天盖地的绿，我惊诧它的广袤、它的浓重，更惊诧它的茂盛和勃勃生机——那是茫茫无尽正待开镰的麦田。于是，一句极生动的歌词跳出来："汗珠子滚太阳。"我的心绪从绿的陶醉沉入到对绿的肃然。

此行是为写报告文学去的。目的地——总后嫩江基地，恰在这北大荒浓郁的绿色之中。于是，我的眼前演幻出各种图景。联合收割机的仰天吼叫，麦场上没日没夜的轮番劳作，绿色军装融入绿色田野的龙腾虎跃，以及由此奏出的慨而慷的战歌。

我真的不曾想到我会如此动情地描绘他们——北大荒军营中屈指可数的大学毕业生们。与那些在麦田里晒得红透黑透虎虎生气的战士们比，与那些掌管一方气魄宏伟的军官们比，他们或许会显得黯淡而平常。

但是，基地政治部主任马明利说：这是我们的大学生，我们的！

或许就是这句话和由这句话溢出的情感，引发了我写作的情绪。

基地干部科的王振兴科长，向我介绍着这里的大学生。他对他们，了若指掌。除了有时说不准哪个人参军或上大学的时间，需要翻一下手里那个小红本，其余的情况，包括他们哪个人妻子的概况，他都能说得让你足以对那个人产生印象。末了，他也如马主任那样说：这是我们的大学生。他还说：尽管现在人数不多，但这支队伍会越来越壮大的。

他指着一张表格让我看。那表格上标示：1964年，第一名本科大学毕业生分配到此。而由此往后，各年度后面的格子里的最大数字也不过是"1"；直到80年代中期以后，格子里才出现了两位数。

这表格的确显示了这支队伍的逐渐壮大。这壮大，如此艰难，又如此坚忍而不可动摇。我仿佛此刻才理解了马主任他们在说"我们的"这三个字

时，浸润着的浓烈的珍惜之情。

那1964年来到这里的第一个大学生，有着一个普通的名字：王金龙。如今，他早已退休了。但是，他的价值在于他是一个开端的标识，在他以后，大学生与北大荒联系在一起这个事实，变得无可辩驳而绝无荒谬的色彩。

于是，我的笔触伸向了偌大北大荒中穿着军装的大学生们。

一

用青春做成火把，擎着它，走入这无极无尽的荒原，去点燃希望；道路越泥泞，方越显出他们脚印的清晰；如今他们说：我们的前半生，值得！

一到基地，总听人说起黄总。

黄贻玉，基地的总农艺师。

一问他的去向，不是下场，就是去开会了，办公室空着。

我只好到展览室的图片上去寻访他的足迹。

放大了的图片，把历史倒转了近三十年。

那是1962年，在全国大饥馑中，黄贻玉随同他所在的部队挺进北大荒。一夜之间，在师部作战科任绘图员的黄贻玉，和他的战友们一起，面对茫茫雪原，变成了北大荒人。

在这个地处北大荒的松嫩平原上，人们可以从史书上找到新石器时代的遗迹，也可以找到作为“边外七镇”的嫩江镇至关重要的地理位置。可这一切都无法替代这个高寒地区仅有100天的无霜期，和积雪掩盖下杂草丛生的荒芜。三月的嫩江，严严实实地封冻着，可是，几部旧式拖拉机硬是吼醒了这冬眠的未垦地。醒来的雪原虽然睡眼惺忪，却以它奇大无比的身躯，威慑着垦荒者们，几部拖拉机的耕耘显得那么有限。于是，呼啦几万人站在雪原的胸脯上。种大豆工具是自制的小铲和削尖的木棍，挎包里是豆种，挖一个坑，点几粒豆，硬是一步一步踏出几十条、几百条、几千条垄来。那时，黄贻玉就在这开荒播种的行列里。没有井水，化雪水喝，粮食从大雨滂沱泥泞缠膝中收获上来，种粮的人仍是高粱米就咸菜，勒紧着裤带去种第二年的麦——粮食运到全军、运到全国，帮亿万人去度过大饥馑的灾荒年。

穿军装的第一代北大荒人，负着如此沉重又如此神圣的历史和民族的使命。

后来，见到黄贻玉时，听他话当年，笑呵呵的。而那当年的苦就变得历历在目。他说：晚上睡觉，脚头的被子要用绳子扎起来，不然，天寒地冻，睡一夜脚仍冰凉；大头鞋睡前脱下，第二天起床时，它早和地面冻成一坨，得用力拔起鞋来；还有，大皮帽不离头，白天干活戴，晚上睡觉更要戴，不然保不住耳朵；运输物资，无车无路，靠人背，第二年修了公路，只要能坐一次大卡车，怎么颠簸，心里都高兴……说完，又呵呵地笑。

在展览室放大的照片上，展现着转动着的年轮和不转动的历史。历史中的黄贻玉，总和严冬臃肿的棉衣、酷夏遮阳的草帽在一起，让你只能寻到他的足迹，却体味不出他的个性。及至见到当今的总农艺师黄贻玉大校时，我才豁然开朗，理解了他何以能从历史的昨天，大踏步地走到现实的今天。

黄贻玉是这样走进来的：熨帖的军装，挺直的腰杆，一身英武之气。一举一动，棱角分明，一派训练有素的当代军人的风度。你只能从他的白发去为他58岁的年龄寻到证据，但当他侃侃谈起他和北大荒近三十年休戚与共的经历时，那白发却又是智慧与知识、经验的标志。

这个1951年在剿匪中参军的广西青年，是如何从版图之南走到了相对的北端？

年轻人，就要自己去闯，创业，没有吃不得的苦。黄贻玉右手一挥，这样归纳了他如火青春的内涵。

十几岁的黄贻玉，带着军装上剿匪的硝烟，来到由李先念任总指挥的荆江分洪的工地上；然后，泥水未洗地千里行军来到海南岛；新草鞋尚未打好时，抗美援朝的炮火在万里之外呼唤着，并把他送到了朝鲜战场。死的威胁时时笼罩着他年轻的生命，他却传奇般地活下来——那次，到炸坏的桥上去测量，敌机俯冲下来轰炸，抬头的瞬间，看见炸弹在空中像个黑圆点，记起老兵的经验，就地几个滚翻开去，炸弹在身旁五米处开了花；另一次过南江桥，背着一百七十多斤的米，敌人照明弹撒满南江，如同白昼，敌机不断轰炸，几分钟一次。屏住气，一溜小跑冒死也要送过粮食去。刚跑过桥，身后一个炸弹响了……

如今，旧事重提，像讲故事一样轻松，时间磨去了当年的沉重，谁也不再设身处地去重温当年的危急和艰难。但，对黄贻玉来说，这是他不能割断的青春的段落，他就是这样踏着生与死、苦与乐的节奏，来到这陌生的北大荒的。并且，继续着他人生的历程，直到今天。

生命的分量并不只在于耐得住艰难，那辉煌的光点是在冲出这艰难，寻到另一个新起点的地方。黄贻玉是个站在今天望得见明天的人。当他面对沉默的北大荒时，他已想到绿浪起伏开镰收割的欢快。他建议搞农业试验站，去引进良种，去推广化肥的使用，去做传统农业从未做过的事。当这片刚开垦的处女地能亩产200斤却仍摆不脱靠天吃饭的命运时，他奉命研究探索高寒地区粮食的潜力。从此，许多陌生而高深的资料摞在他的办公桌上，这个入伍时只有初中毕业水平的年轻人，到了而立之年以后，却经历着一场专业科学的强行军。当他拿到东北农学院农经系那张文凭时，他的大学学业早在北大荒的几十万亩农田中完成了。

说到知识和北大荒的缘分，黄贻玉说：知识在这里几倍地升值，因为它要不断地创新。教科书上只告诉我们：大豆播种温度是8—10°C，可是这里无霜期只有一百多天，必须提前播才够生长期。可是专家和书本都判定：早播会烂种！一切都交给实践吧，我们早播又浅播，再使种与肥分开，结果高产了。我们在北大荒填补了教科书上的空白。黄总对这些成就，说得自豪。几年来，他得过六项科技奖，发表过多篇论文，并担任全军农业序列高级职称评定委员会的评委，可谓是个颇有成就的大知识分子了，可是，他说：在北大荒，知识不够用，总有新的问题在前面等着你，你就总得去学新的知识……他说着并用手做着不断向前推动的手势。

在离开北大荒前的几天里，我就很难找到和黄总谈话的机会了。麦田待割，开镰时间的判定，如一发千钧，他的身影来往于四十多万亩的金色之中。

临行前的清晨，我赶到他的办公室，公务员歉意地笑着：他一大早就下场了。我被迎进他的办公室。各种技术杂志摆满书架，书橱中的各类书籍也都高深得令人咋舌。我从挂着大幅地图的墙上，看到四个行书大字：无欲则刚。遒劲的笔力中，饱满地凝聚着个性。另一旁，工笔小楷，抄录着曹操的《龟虽寿》。公务员忙说：这都是黄总的书法。我想起他说过这幅小楷的《龟虽寿》，是去年写的，而且是有感而写。此刻，我懊悔当时未能问清他所感为何？但当那千古名句“老骥伏枥，志在千里”八个字跳入我眼帘时，我又释然。我断定他永远会使他的千里之志，始于足下。这办公室里的一切资料，连同他无数次地一大早就匆匆奔向田野，在他成为北大荒人的近三十年中，不断地重复着，但又不断地是一个新的起点，一个新的生命的光点。

在初具规模的基地医院里，几位黄贻玉的同代人，异口同声地向我描述着知识在北大荒的辉煌光彩。这座由卫生队、卫生所演化成的医院，医疗大楼矗立在嫩江县城的主干道上，显得分外惹眼。更惹眼的是，这里集中了32名本科大学生和39名大专、中专毕业生，可谓知识分子成堆。

来这里看病的除了基地的官兵职工外，方圆几百里的驻军和百姓也都慕名而来。200张病床和已经起步的新医疗设施，使这里弥散着现代化的氛围。人们仰首望着这座医院的明天，那几里之外的当年医院的旧址，已难得有人记起。但是，张福祥却难忘那几排旧平房，难忘当年医护员一手捅炉子一手拿着体温表查房的情景。

苦吗？谁说不苦！但25年我不悔。这位身材魁梧的东北汉子说得掷地有声。

1967年，带着第四军医大学的毕业证书和对“文革”的迷茫，张福祥来到北大荒。北大荒对社会变革缄默着，大学生张福祥照样去当兵锻炼。大学文凭换来的职务是班长。班长也和战士一样，一手拿小红书，一手拿铁锄头，吃饭时得蹲着，晚上和战士一起睡大通铺。大学生爱看书，端个小板凳凑近灯去看，没人干涉。新中国成立前当过长工的张福祥，耐得这样的苦。但，他不是为受苦来的。光为受苦，他何必去上大学？他要当医生，而且要当得名副其实，业绩赫赫。

在北大荒当大夫，比吃苦难。简陋的医疗条件和贫穷而危重的病人，迫使医生的医术和医德都要达到很高的标准。望而却步者，一事无成。张福祥有一腔奋进激昂的热血。他望准了医术和医德两座高耸的顶峰，攀登不已。

1974年10月，北大荒已近飘雪季节。探家刚回的张福祥，一路风尘。或许就在他乘坐的火车鸣笛进站之时，嫩江农民张林正驾着火焰熊熊的拖拉机，从场院几十万斤粮食的堆囤旁，风驰而过。二里地之外仍在人们的视野内，拖拉机和呼呼的烈火，都骤然停在那里。当张福祥罩上白大褂时，张林已气息奄奄。烧伤面积50%，三度烧伤30%。军医张福祥，没有无菌的病房，没有应该有的许多条件，在农民们近乎哀求的眼光下，他沉着地走近伤员张林。抗休克，抗感染，切痂，植皮……整整52天，张福祥的脑子里只有张林和张林的烧伤。张林痊愈出院了；张福祥合上那份厚厚的病案，又打开另一份病案……

1979年，嫩江的冰层刚传来开冻的毕剥声。上午十一点多，头部受伤的战士刘付永被抬进医院，伤口缝合后，他突然重度昏迷，瞳孔散大，大小便失禁。危重的病情，几乎不容人犹豫，张福祥和大夫们疾步进入手术室。开颅！急性硬膜外血肿！手术和伤员的生命同在艰难与危险中。而更危险的是术后刘付永整整一个月的昏迷。当时间的渐移冲淡了人们对刘付永生命的期望时，他却在一个月后慢慢地睁开了眼睛。当他重看到人间时，他首先看到的是张福祥和大夫、护士们血丝布满的双眼。后来，他活泼泼地出院了，没留下什么后遗症；但他几乎不知道在他昏迷的日日夜夜里，张福祥就住在病房旁的办公室里，每天来往于他的床边。再后来，他的奇迹般的复活轰动了全基地，他自己也复员回到了大城市天津；但他几乎不知道在张福祥他们每天为他记录病案时，科学和知识的胜利，曾使医生们多么兴奋多么自豪。

1982年5月，战士周友林因车祸受伤，伤情危重。他所在的场部距离医院一百多公里路程，伤员难耐任何颠簸。张福祥和医护人员立即上车赶往场部。可张福祥这天的上午已腹泻了12次。两小时后，他们已站到场卫生室由两个办公桌并成的手术台旁。周友林沉沉地昏迷着，血压计上指示数已届危线。膀胱破裂！骨盆粉碎性骨折！后尿道断裂！周友林微弱的生存希望与巨大的死亡危险，同时存在于张福祥他们的手术流程中。膀胱修补，尿道断裂吻合术……此时，周友林的生命高于一切。直到手术进行两小时多，张福祥摇晃着高大的身躯晕倒时，人们才想起他12次的腹泻。也许张福祥在晕倒的瞬间，意识中仍是周友林的垂危生命，所以他必须尽快支撑起自己。又过了3小时，当张福祥放下手中最后一个手术器械时，他发现和他共同进行这场手术之战的同志们，都已精力殆尽。

周友林从岌岌可危中，活过来了；

张福祥的档案上，有了“三等功”的记载；

但他看重的，是又一次医术的突破，又一次医德境界的升高。

我曾想过，面对这些危重病人，他们死亡的危险大大超过复生的希望，张福祥他们就不怕担责任吗？我把这个想法告诉了张福祥。

他严肃地想想，说：是有个责任问题。但是，当时比责任更重要的是，你不立即抢救，病人就面对立即死亡，一个医生，能怕负责任而见死不救吗？

我深深地点点头，为这个貌不惊人的北大荒人的高尚而感动。我想起他两次记功，又被树为基地先进标兵的经历；想起他发表了多篇论文，有一篇曾在一个学术研究会上被采用的成绩；想起他担任副院长职务7年之久的辛苦；最后，他留给我的印象是，霜染两鬓，埋头于专家门诊的对事业的潜心。

但是，当我用我笨拙的笔，尽力地勾画出张福祥的形象时，我发现，我写的不是“一个人”，而是一个群体，一个同是踏着北大荒的风雪走了半生历程的群体。

46岁的基地医院院长董加胜，自报家门，说：我是北大荒人，是北大荒自己的知识分子。

18岁穿上军装的同时，就脚踏着北大荒的冰雪，站到了创业者的行列里。当时，60年代初同来的近五百人，在近三十年的岁月嬗递中，一批一批流走了，剩下屈指可数的8个人，董加胜就是八分之一。踏碎坎坷，踏碎艰苦，留下的是岁月凝成的坚忍。董加胜一坐在我的对面，几句话，就露出了难以掩饰的自豪，为能耐艰苦，能经磨炼。

当董加胜放下绣着红十字的挎包，坐在军医大学医疗系的教室时，他觉得青春变得更加美丽。在绿色弥漫的北大荒，将有他——一个白衣战士的身影，面对伤病危重的战友和嫩江县贫穷而闭塞的父老乡亲，卫生员董加胜再也不必为自己因知识的匮乏无力救助他们而歉疚。大学几年，苦苦地读书，为的是回到北大荒以后的日子。当大学生董加胜毕业回来时，他作为医生的新起点，仍然是他离开前的卫生所，简陋而破旧。但是，尿道断裂后的缝合修补，肺刺伤后的缝合止血，血气胸的清创、缝合、引流，以及肋骨复位等难度大的手术，这一切，都使董加胜在这边疆的医院里，成为一个难得的医生。

当我问及他从卫生员到院长的经历时，他憨然一笑，说。工作需要呗！30年的历程，就这么淡淡一句话，酸甜苦辣全勾销了。

可我知道，他曾经几次有机会调到天津、沈阳这样的大城市；在他30岁时，家里曾几次三番地催他调回家乡去，他却固执地恋着北大荒，及至把爱人调来，彻底在这里安营扎寨。但不善表述自己的董加胜，只把光彩留在手术台旁。

你听，他又自豪地说：昨晚上，我们一下收了9名外伤病人，全是方圆几百里的老百姓，他们相信我们，我们是尽心尽力地治病，许多疑难病我们都治好了……

我带着遗憾结束了对他的采访。他那能写成一部长篇小说的30年经历，被他留在了昨天。今天和明天，他都属于他的病人，属于他这个从卫生队起步的医院。

关于知识在北大荒的价值的问题，董加胜院长说：不够用，学多少也不够用。那腔调，恰似总农艺师黄贻玉。

与黄贻玉同龄的李学武大校，对于这个问题的回答就更加肯定。

名字和气质形成如此大反差的李学武，是位学者、医生，他并无尚武之气。言谈举止及至风度外貌，都文质彬彬。1965年从大学毕业时，他的勃勃的事业，从大城市大医院开始，但是，到他知天命的50岁时，天命却让他面临着移向嫩江这个边远小城的转折。

原医院整编，有30人要从齐齐哈尔到嫩江来。调我来，我没有什么想法，我是院长，哪怕只调一个人，也应当是我。李学武平平淡淡地叙述了这个从城到乡的转折。

同来的许多人，调走了；本来就在嫩江的人，也调走了；还有不少年轻的、不年轻的，正忙着想方设法地调走，但是，李学武却从未提过调走的要求。年轻人面对这个整天忙着看病的老院长，生出许多不解：他的爱人患脑血栓，生活不能自理，老院长安排了家务，仍整日埋头在医院里；连最小的儿子，也留在嫩江基地当排长。

李学武仍是平平淡淡地说：搞业务的，心要专；老想着逛大街，还搞什么业务！

于是，经常是他刚刚回到家，医院就来电话；他放下电话，转身就往医院走。在这样的无数次循环中，李学武白发依旧，步履依旧。

于是，手术台上，他用自己的心和手挽救了一个又一个濒于危亡的病人，常常一站就是几个小时。他只是说：在手术台边并不累，下来才累！有人琢磨这句话里的荒谬，可是，他笑笑，说：这是真的！

把一个由卫生队而卫生所、而又医院的担子肩起来，李学武也是默默地当着他的院长，费着他的心血；如今，自然规律推着他的年岁走：57岁的他卸下院长的担子，却仍是医生、专家，是大家心目中的权威。李学武依然是每天从家里到医院，平静地看病，平静地工作。

或许有人感叹他生活的单调。

当医生的，不看病，还干什么！李学武大校平静地这样回答了关于“单调”与否的探讨。

对黄贻玉这一代人，我也产生过“单一”“单调”的疑虑。但是，当我体会到他们是把吃苦当一种职责从而产生一种难得而终生不渝的自豪感时，我理解了他们情怀的高尚。“高尚”这个词，似乎也被人们留在了北大荒。但是，它至今作为一种情操顽强地存在着，这是人类进步文明史上的幸事。让北大荒的创业者们，在无垠的原野上，在远离闹市的旷野上，播种这文明吧，他们不会徒劳！

二

当世界忽然色彩缤纷时，他们以军人的铁血，选择了绿色的奉献。奉献了春夏秋冬，奉献了青春和年富力强，奉献了亲人和情感，奉献了身躯和心血。他们拥有一切，他们又一无所有！

两株红艳如火的夹竹桃，骄傲地伫立在办公楼的门口；由此向外延伸到场部大门长达几十米的甬路上，近百数的盆栽整齐地摆在两侧，沐浴着北大荒最佳季节的阳光。我想由这些花构成的第一个印象猜测这里——四场指挥者的性格，却难有答案。

场长李万福不在办公楼里，而在操场。吉普车一个急转弯，载我离开这花的门口，在颠簸的土路上，驰向操场。那里正在召开运动会。

操场上，如火如荼——场上竞赛的，场外助威的，都如此。李万福从这如火如荼中走来，脚下生风，身躯如塔。那惊人的红透黑透的肤色，实难与刚才见过的精巧俏丽的花团锦簇相连。4个近三十米高的烘干塔金属粮仓，高山似的凭天而立，恰成衬托李万福的背景。一股强大的张力激荡在李万福和他周围的战士之中，让你觉得，这是一群能翻天覆地的人。

基地一位首长曾开玩笑地说：李万福，人称“土匪头儿”，没他不敢上的刀山，没他不敢下的火海。

眼前这个“土匪头儿”，举止得体，礼貌中不掩英武之气，一派大将风度。他不讳言肤色的黝黑，说：去年到北京开会，住在京丰宾馆，服务员指着他的背影悄悄说：整个一个黑种人！后来，去理发，一位老师傅看他半天，试探着问：怎么这么粗糙？他朗声答：咱是北大荒的。老师傅“哦”了一声，认可：是得这么黑！说着这些趣事，李万福放声笑了，笑得酣畅而自豪。

我说：北大荒无霜期才一百多天，太阳唯独对你这么慷慨！

他说：我每年大忙季节要晒脱两层皮，可脱了皮，还是黑的。老这么黑，就不觉得黑了。

我想起战士们形容大忙季节的话：凌晨三点半，晚上看不见——这里天黑到看不见时，已是晚上近十点钟。

他的年轻的妻子说：他本来并不这么黑，这几年，越来越黑。

他本来也可以不这么黑，只要不下场，还坐在他的办公室里，安分守已地干知识分子的那份工作。可是，他偏从已具规模的基地机关，从工作有条不紊的办公室里，来到场里，和黑土地摽在一起，干起了出大力流大汗的工作。

1979年，他拿着铁道兵工程学院机械系的毕业证书，分配到嫩江，在基地机关当教员。那时，基地的大学生太少，分来一个，几个部门都想要。李万福从小聪明刻苦，从小学到大学，学业始终优秀。当教员，培养一批一批的农机骨干，他干得得心应手。但是，谁也没有注意到，这个年轻的吉林小伙子，在平静如水的教员工作中，竟躁动着一颗跃跃欲试的心。终于，有一天他提出到基层去到场里去。待不少人还来不及琢磨他这不安分的要求时，他的背包已撂到四场一个中队的宿舍里；而第二天战士们看到队列前站着新来的副连长李万福。从此，北大荒的太阳一年365天一刻不少地注视着这个穿军装的大学生。

我说：你可算得上自找苦吃。

他说：我想干一番事业，我觉得浑身都是劲——精力，才智，能力，我想狠狠地干，发挥充分，我不怕苦！

有人说，青春要找到一种风采。或许李万福就是在寻找青春的风采。

1982年7月31日——“八一”建军节的前夕，李万福副连长开始了寻找风采的历程，起跑线是在整年汗水不干的基层连队。大学生当教员称职，带兵可绝非易事，带着兵去搞农业生产更绝非易事。那是我最困难的日子！——李万福如今回忆9年前的起步时，仍是感喟不已。当年，没有人注意他的脸是什么时候晒成那么黑的颜色，可所有的人都注意到自他下基层的第二年起，连续三年，他所在的中队粮食产量跃居全基地第一。

生活也从另一面引诱过李万福。他探亲回家，当年的同学，有的已经当了县长——他那时不过是个营长，人家说：回来干吧，给你安排个好工作。李万福动过心思。可回到基地，领导说：你走不了！李万福又转身回到自己农场的黑土地。咱是军人，无条件地奉献。李万福对上级、对自己、对战士都这么说。

奉献是什么？奉献并不只意味着自己能吃苦。1988年，当34岁的李万福当了四场的场长时，“奉献”向他展开的内涵竟是如此广博深沉。如果说这么年轻就当了正团级的场长，是一种荣誉的话，李万福却宁可把它当成一个责任，一副重担。面对六万多亩耕地，几百名战士，几十台机械；面对天灾，尤其面对如军令般的产量指标，李万福掂得出这场长的分量。这是个系统工程——李万福这么说。我这个当场长的，上至天文下至地理，全得懂。

这种机械化的大农业，绝非父辈们二亩地一头牛的传统耕作所能比。机械、种子、耕作技术、肥料等等，如同万花筒一样，不断地甚至飞快地更新着，机械系毕业生李万福并不等于农场场长李万福。场长李万福经常要在田间的劳累后，翻开一本本崭新的书籍，读懂一篇篇崭新的文章。待它们还未变为陈旧时，另一批“崭新”又拥到面前。知识的更新，在场长李万福的日程表上，是无限期无终点的。

可惜，报告文学是写人写事。否则，李万福津津乐道的抗灾保粮措施、良种推广、化学灭草、机械化喷洒、机械更新，以及知识相通的见解，等等，足够写上几大篇，并令你叹服他这个场长的脑子里竟能装满这么多属于当今先进的知识。

在我的这篇文章里，李万福是个文学形象，我的笔触应当探及他的性格和内心：据说，李万福什么农业机械都会摆弄，开起联合收割机什么的，多高明的机手都服他。场里对耕作技术要求严，500米长的一条垄，打弯不得超过3—5厘米。卡尺一量，不合格的，重干。谁要强调个客观，不用李万福虎着脸训你，他二话不说开上拖拉机“轰轰”地走一趟，你一量，再不敢对这3—5厘米的标准说句俏皮话了。

李万福说：这不光是个“3—5”的技术标准，这里，还有个人的素质的标准，干什么也不能光往低标准溜。人的标准和机械效率成正比。这最后一句，是李万福的名言。在和他并不长的谈话中，他几次这么说。

农业技术员李继权用浓重的四川口音说：场长，真狠！对他自己，对工作，都狠。一忙上来，不分白天黑夜，十有九天吃不上一顿正经饭，我们搞农艺农机的，也得跟着他这么连轴转。大忙季节，他只睡两个多小时，早上三点钟就得起床下连队，我们揉着眼睛困得不行，他可早就挺精神地往那儿一站，让你立即也跟他精神起来。大忙时，他又是领导，又是战士，一边指挥还得一边干。那时候你要找场长，绝对找不着！——他跟战士一个样儿，除了牙齿是白的，全身从头到脚都是灰的！问起一年这么连轴转的日子有多少？小李掰着指头数：春播，田间管理，收麦，收豆，冬天粮食打包运走，场长也照样扛麻袋。

外表文静的中尉郝彦飞，曾被李万福训得掉眼泪。谈起这段往事，他笑着直摇头，说：场长对我们严着呢！你们是军人，不是老百姓——场长总这么说。

那次，开庆功会，场长事先说了不让请假，郝彦飞连里有两名战士去火车站送复员兵，而没有到会。李万福虎着脸，当着十几个干部的面，把年轻的指导员郝彦飞训得抬不起头，还让他会后写了检查。

我说：那你不觉得委屈？

他笑了，却说起另一件事：一位连长，爱人在农村，计划生育超生了。场里处理很严厉。正连降到正排，留党察看。后来，这个干部有机会调到别的场里去，可是，他不去！说完这件事，郝彦飞说：场长要求严，我们服。他是为了提高部队的素质。有时开干部会，政委讲话，政治思想工作，挺重要。可有的干部打瞌睡，场长就说：你站起来听！这事看着挺不近人情，可你看看场长，他可一直瞪大眼睛听着。场长这人，标准的军人，他特别不容忍稀稀拉拉的作风。

血气方刚的李万福，几年里成绩赫赫，但也写有败笔——那次，基地政委贾润兴严肃地批评他：感情用事！对于这件“乱弹琴”的事，李万福是深以为训、绝不辩驳的。但他对我说起这件事，是为了引出在他事业中一个至关重要的人物——农场的政委傅克明。

好像为了与李万福的刚烈互相辉映，政委傅克明是个性格温厚、风度沉稳的人。

那件“感情用事”的事件，可是李万福自己一手酿成的。三名干部，都是农场里难得的骨干，终年风里雨里地苦干，从来不叫苦。可是，每人家里都困难重重，以至于都能拉他们的后腿让他们脱下军装回家。可是，他们又都不够家属随军的条件。于是，李万福万般为难之后，决定让他们的家属名为来部队探亲，实则在场里安排了长期居住。这个安排，傅克明事先是明朗地表示了反对的。可是李万福对兄长般的政委磨着，说：出了事，我负责。但是，基地首长的批评既出，几乎在李万福承担责任的同时，傅克明也朗然表示：我承担责任，我分管干部，我的工作没做好。并且事后对这件事做了严肃地维护纪律的处理。

李万福说：学做人，也是一门学问，政委教我；光有张大学文凭就想干成一番事业，那文凭，真是薄纸一张。

傅克明说：人生在世，难得相聚，我看重李万福的才能和事业心，我们是拧在一起干的，我看重这种合力，我珍惜这种同一目标的共事的机会。

傅克明的办公室，墙上一个镜框里，工笔写着十六个字：以理服人，以章管人，以情感人，以身先人。我武断地判定，李万福的办公室里，也会有这十六个醒目的大字，以自律，以律人，这一对事业上的搭档有同样的步调。

站在办公楼门前那两株骄傲的红色夹竹桃旁，李万福指着周围说：明年，各中队的楼房一盖成，栅栏围墙一拦，前面修路一条，路灯一装，我们这儿就是一座新城，看着多自豪！傅克明说：有自豪感，我们这北大荒就能留住人才！

当送我离去的吉普车刚刚启动时，高高的李万福脚跟一并，右手举起——一个标准的军礼。我向他挥手告别。车行百米之外，我回头，仍望见尘雾中立正着的他，和那火红欲燃的夹竹桃。我想，对这个载誉重重的年轻人，什么最重要呢？三个三等功，一个二等功，“边陲优秀儿女”的称号，优秀基层干部的荣誉，国庆节进京观礼，天安门上、中南海里都留下这个北大荒年轻军人的荣誉。但，这是最重要的吗？

重要的是，他看重生命的意义。为此，他从肌肉到性格，从性格到心灵，都经受了锤炼。

八场的场长黄永龙，戴着一副眼镜，举止文雅，颇有学者风度。一口普通话，减去了他的四川乡音。从1968年参军到此，由战士、技术员、连长、营长，到如今的正团级场长，他一直就在八场这几万亩土地上。

武汉水利电力工程学院农田水利工程系的大学生黄永龙，是穿着军装上学的；在这之前，他在八场整日琢磨农业机械。两个专业不一样，可黄永龙认为：知识，触类旁通，学多了不会没用。任何新的学科的产生，都是受其他学科的启发，也长在其他学科的根基上——黄永龙对知识的见解，是他性格的阐释。他从不相信固有的会永恒不变，他认为今天必会繁衍出明天。这种颇有哲理的透视，铸就了他做人的标准，他笃信：人的质量，并非不变，取决于自身的追求。

他说不清自何年何月这样透彻地解释了人生。但他记得，自他当新兵时，他就不让自己在不适应时走下坡路。那时，他刚18岁，登上装新兵的闷罐车时，满眼是天府之国的碧绿；一下火车，却踏在北国雪原上。几天的高粱米、干菜，难以下咽，全场唯一的一所砖瓦房，更显出这八场的边远和荒凉。可是，他咬咬牙，第一年就被评为五好战士，第二年又是五好，第三年是学毛著积极分子。当他戴上大红花时，他心里已能咀嚼出人生的一些真谛。

机遇不是侥幸遇到的幸运，机遇也要在创造人生中寻找——黄永龙总能说出这类警句式的体会。他当技术员、助理工程师，也干了十多年。时间是悠长的，但标准却是一个：事事都要干好。十几年如一日地“事事都干好”，积累成他38岁时的正团级场长，其间没有捷径可走。如果从中讨取经验，那也只有去探求他对做人的质量的严格。

温和的黄永龙，却有不少训人的故事。如果按时间顺序排，将是如下的记录：

1988年，某中队收大豆。此时北大荒的节气，早已抛开了人们通常想象的金黄色的秋天，雪花已在高空中集结。时间就是粮食！300亩豆子，打夜班收割。一夜辛苦，却撒落了不少豆粒，那浪费的情景，让一向沉稳的黄永龙立时涨红了脸。他下令全场干部来现场开会，指着那些躺在黑土地上的豆子，愤愤地训斥起来。中队长听着低下了头，但嘀嘀咕咕地说：晚上收，就是这样。黄永龙绷着脸把他带到别的中队的地边，指着说：这也是打夜班干的活儿……事后，场长黄永龙又蹲在那撒落大豆的地边，和刚训得低下头的中队长一起琢磨着补救措施。

1989年，收麦子。某中队的麦田边，出现了场长黄永龙。他从左走到右，细细观察着，终于发了火：地里扔这么多麦子，这是战士的血汗！他召集干部开会，指着这没收净的麦田，讲一个军人的良心、一个干部的责任。事后，中队长写检查，黄永龙又责令扣减他的奖金。

1990年，大忙季节。干部、战士24小时不停地干，吃饭喝水都顾不上。这边正火急火燎地等着收麦子，那边的联合收割机轰轰隆隆开着，忽然歪到了沟里。黄永龙火冒三丈，一边组织人把收割机开上来，一边沙哑着嗓子训着这个节骨眼上出事故的机手。这种节候，人人忙得累得从里往外冒火，谁都能理解场长事出有因的训斥。可事后，场长找到了机手，道了歉，说自己批评时太粗暴。可同时也说，节骨眼上贻误时机，是不能原谅的。

我曾和黄永龙就这些训人的事探讨过。我说：这是你的性格？

他对我的话未置可否，却自顾自地说：我从不愿意降低工作标准，在我的场里，任何人对工作也不能敷衍。

于是，我又去采访，得知他的另外几件事——

大忙收麦，一个战士连续干了10个小时，却没吃上一口饭——送饭的时候，他正在收割机上，下不来，没赶上吃饭。黄永龙看着这个连续10小时干活不叫苦的战士，心里感动，连忙叫人给战士拿来包子。战士摊开两只乌黑的脏手，没法接包子。黄永龙一手拿过包子，送到战士的嘴边，还嘱咐他：慢慢吃……

冬季运输，紧张而劳累，大麻袋扛上扛下，到了火车站，要等安排车皮装运，能等几天几夜。零下30—40°C的温度，值班的战士只能在临时安排的简陋小屋里避风。黄永龙是和战士一起扛麻包的。然后，他又到小屋里给战士们生炉子，教给他们怎么才能让炉子不熄火。战士们围着他，裹着棉大衣，谈天说地……

今年6月份，一场雹灾，两个中队的豆子毁了。望着长得挺壮的豆苗砸烂在地里，干部和战士几天没了欢笑声。有的战士，一言不发，只掉着眼泪。黄永龙懂得从黑土地的泥里水里滋养的那种深情，他懂得汗水咸泪水更咸的那份对集体对事业的深情，他珍惜这些。这些比粮食更珍贵的情感，是人的质量的显示。他及时地到受灾的中队去，对大家说：天灾我们无法全部抗拒，场里会考虑你们的困难。然后，在中队长们研究种油菜等补救措施时，场长黄永龙总在他们之中。

当我罗列这两组相对的事例后，我已跳出了对黄永龙性格探究的框框。我归纳出了如下的一个长句：在这以机械化集群生产为标志又具有军队特点的现代化大农业生产中，这两组事例，是黄永龙作为指挥者质量的显示，是他张弛相兼的指挥能力和指挥艺术的显示。

至于他的性格呢？有一次晚饭后，大家兴致很好，马明利主任出主意要每个人出个节目，我们都推诿着要逃脱，不想席间文质彬彬一直沉默的黄永龙站起来，清清嗓子，放开嗓音地唱了段京戏，竟是《智斗》中胡传魁的那段。唱时，眼望前方，旁若无人。唱完，又文文静静地正襟危坐，与刚才的"胡传魁"判若两人。于是，我顿悟：寻找他的性格，将使我的采访彻底走入泥淖。他只让我看到他事业的脚印，那无异于告诉我，性格服从事业，因而无关紧要。

那天，望着高远的蓝天白云，我说：你的水利专业，算是没用了吧？

他扶扶眼镜，说：知识，看得太实用了，就会狭隘；所有的知识，都会变成我的统筹能力和运筹能力。

我觉得，他头脑里有一部清晰而通达的思维机器。

1988年5月16日，北大荒春天中普通的一天。一个高达二三十米的庞大的蓝色罐体，巍然矗立起来，它是这辽阔原野上骄傲的现代化标志——嫩江基地的浸油厂，隆隆的机器运转起来。那长长的传送带，那凭空而下的管道，带着一种神秘的速度，搅动着这个古荒原的宁静。

1983年考察；1986年筹建；1987年动工；1988年投产。时间记录了一个现代化生产诞生的程序，历史却记下了几个当代人的奉献。

奉献者的行列里，有两名大学生：陈学武和吴兆平。两人都是铁道兵学院机械系的毕业生。如今的陈学武和吴兆平，都是浸油厂的副厂长；1986年，他们先后奉调到浸油厂创业时，一个31岁，一个29岁。

在沈阳长大的吴兆平，从不吸收北大荒骄阳的紫外线，至今保持着白皙的肤色，他只埋头把自己的智慧种在黑土地上。一听说基地要建浸油厂，他就兴奋。这么大的项目，一辈子也难遇到，吸引力太大了——至今话当年，他也未泯兴奋之情。于是，带着大学本科毕业证书，他又扎扎实实地到郑州粮食学院去进修，脑子里早画好了浸油厂的蓝图。

年长两岁的陈学武并不那么兴奋。1986年8月6日——他清清楚楚地记着那个日子，早晨六点半，北大荒早早地亮了天，领导打来电话说：你调到浸油厂。陈学武不愿意去，他当了7年教员，干得好好的；他实事求是地说，他承担不了浸油厂这么复杂的工作。可是，这是党委的决定。军人，服从！

于是，他们来到这个陌生的现代化的领域，干一项从未干过的事业。

历史把我们推到这个位置上了，我们就得干。陈学武和吴兆平都爱说这句话，说时的神情，自豪和谦虚各半。

被历史推上这位置的，竟然只是他们俩，加上一位中专水平的协理员。于是，在叮叮哐哐的建厂房的同时，他们三人，头挤着头地琢磨着图纸和资料，开始了如同拓荒的创业史。假如仅仅是建起一个普通的工厂，这部创业史只需记录一个“苦”字。但是，浸油厂的心脏车间却潜藏着一个难以排除的危险——爆炸！一颗小钉、一丝化纤都会因静电而成为火源。同类的工厂已有过先例，人员伤亡，经济损失。这偶尔发生却长期存在的危险，给这两个年轻人的创业史上增加了一种神圣。望着那矗立在厂区的庞大的罐体，那蓝色的外表，与蓝天浑然，陈学武像兄长一样拍拍吴兆平的肩膀说：开始了，咱们的事业。那时，他们觉得那罐体上蓝莹莹的颜色，是他们用自己青春涂上去的，清纯而明亮。

陈学武带我参观正在检修的心脏车间。厂区内的一方围墙里，甬路上鲜花丛丛，进门处仅有的一个通道，警卫肃然。换衣换鞋，一切可能的火源消灭于此；车间里条条规章及操作要求，严格得不容一丝疏忽。陈学武说：要靠严格而科学的现代化管理保证生产，保障安全。这里，当然不排除人的因素，比如：纪律性差的，技术差的，不能进此车间，甚至临时心情不好的，也不能进这个车间。

我说：又管生产又管人，你们双肩挑啊！

他俩笑了，说：哪方面管不好都不行。

战士，什么脾性都有，每年都有几个油盐不进的——这是文静的吴兆平说的，我们就得对症下药。有个战士，平时散漫，心里惦着家，工作不安心，我们批评，也扣过奖金，但谈心时是推心置腹的，他慢慢懂得我们严格管理的道理，后来工厂正忙时，他有病住院了，住了一天，就跑回来进车间干活儿去了。

年轻的副厂长，自己尚未脱年轻的天性，却要以正规的现代化管理的手段，去管理一批比自己更年轻的人。于是，当第一个规章制度制定之时，他们已开始步入现代化生产管理学的领域。

产品在商品经济的大海中游弋。厂长们，穿着军装，去学会经营吧！商品经济是无情的，从不怜惜大兵们的不易。于是，打出去，请进来，全国上百家单位进入年轻的浸油厂的客户联络网。陈学武是管经营的，他从当代经营学中，去寻找自己独特的经营之道。想起参军时，父母都反对，以致一年内五十多岁的双亲都为这穿上军装的游子白了头发。如今，这游子更是天南海北地闯天下了。穿着军装，干现代化生产，搞商品经济。一生务农的父母，怎会想到儿子在这人如大海的世界上，永远不会走回故乡的二亩地里了。

吴兆平永远相信知识的力量。浸油厂的技术是他肩上的担子，挑得好沉重。但是他总是面不改色地冷静地指挥着那些复杂的机器和同样复杂的人。刚投产的第一年，隆隆的机器声中总酝酿着不稳定，他几乎天天蹲在车间里，即使在紧张的吃饭和休息时，机器声也会呼唤他尽快地回到车间去。设备自身的缺陷，使浸油器漏油。问过三十多个厂的同类车间，都漏。连全国赫赫有名的大企业，也只能把漏油当保留节目。可吴兆平容不得这么粗疏的生产。他翻资料，他试验，他失败……最后，他成功——浸油器终于点滴不漏。一个反复的科学的过程，显示了他的执着他的韧劲，和他由知识得来的自信。

吴兆平有个温暖的家，但却要坐五个多小时的汽车才能到。于是，他24小时在厂里，那机器的转动与他心脏的跳动同步。对这么紧张而单调的生活，他却怡然——他有书，书在他心目中是多彩的。早上五点多就开始学英语，他能自如地翻译各种技术资料，当今先进的科技，在他的斗室之中与他心息相通。

问起他们的生活，他俩一起笑了。生活指什么？陈学武反问。早上7点半以前进厂，晚上安排战士学习、看《新闻联播》——不看不行，他们必须心中有世界！然后，晚上回到家，最早的钟点是八九点钟。

吴兆平慢悠悠地说：我不用回家，连吃饭都进食堂——厂里严禁烟火，任何人都不能私自起伙做饭，我也不例外。这样，倒省了我的时间。战士三班倒，我呢，随叫随到！

于是，那每年几百万吨的产量几百万元的利润，和这两个年轻的副厂长的青春、智慧，一起奉献给国家和人类。

如今，吴兆平的书桌上又满是一摞摞有关的资料。我说：你是个聪明人，哪行都精通。他说：其实，知识的精通，在于你思路开阔，知识自身并不局限！——又一个闪着哲理光芒的警句。这几位北大荒穿军装的大学生们，人人都有一个哲人的头脑！

如同当初创建浸油厂一样，他们又在考察一项新的生产——微肥。这是创业史的续篇，还是另一个事业的新起步？他们没有回答。

合上采访本，眼前仍然是李万福的威武、黄永龙的沉稳、陈学武的干练、吴兆平的智慧。在人生的道路上，他们属于那种步子迈得很大的人。或许，人们在看到他们职务的辉煌时，羡慕他们的幸福。但是，不是人人都能把辛劳当作一种幸福、一种追求。而奉献，对于他们来说，不只是一种广而泛之的精神，它已成了一种情愫。情愫是要深入肌肤嵌入筋骨的。

奉献，令人景仰！

三

带着年轻的岁月，带着年轻的智慧，带着年轻的梦，他们到北大荒寻找人生。年轻着，是美丽的；年轻着，也是艰难的。

30岁出头的邹国清，总是笑眯眯的，即使说起艰苦得令人咋舌的事，也是那副神情。那笑，把一口湖南乡音，融得更浓重了。

说起邹国清，人家都会先介绍这么个情况：他上过两次大学，第二次是自费的。所以，一见到他，我就问起此事。他笑弯了眼，说：一次是铁道兵工程学院机械系，后来觉得知识太少，1984年，又考上农业经济管理干部学院，黑龙江省才4个名额，每年学费900元，我硬考上的。他说着，就笑了。自费，我也去。不过，回来后，学费给我报了，政委批准的。

这个当兵后喂过猪的战士，是靠清醒的头脑一次又一次走进高等学府的课堂的——他相信知识，相信兴农业靠科技。刚到北大荒时，几顿高粱米饭，就消去了他刚穿上军装的兴奋，他为吃不下饭而偷偷地哭鼻子。但是，几乎与哭鼻子同时，他就去思考在没有那么多大米的北大荒，他该怎么迈开第一步。高中毕业的文化水平，使他比许多战士都更快地接受了“科技兴农”的思想，他不想只靠吃苦去充实青春。其实青春不能只是一种颜色，于是，他喂猪时，他当材料员、统计员时，他当排长、指导员时，他都不失时机地用知识充实着自己，他把机械、种子、化肥，等等，全纳入了他的青春，他要在和它们打交道中，把人生的路走得宽广一些。

两个大学上下来，瘦弱的邹国清显得成熟了，连那常有的笑，也显得那么饱满。他当了五场的农艺师。政委马志勇和场长赵清阳，惜才如命，让他在全场这五万多亩耕地上，放开手脚地干。

邹国清在五场搞起了植物保护标本室，全基地独一无二。多少年北大荒的种种收收，多少种病虫的灾害，多少与庄稼争长的杂草，此时，由这个年轻的农艺师，把它们纳入科学的序列，分门别类地标志出来。还有，各类种子及它们的特性，各类肥料及农药，又是一路排列，展示了人在种植业中的主动性。30平方米的展室并不宽敞，可是，走进展室，你却被科学的精神所感染，继而，就会感动于这个年轻的有心人。

至于建立这展室的一年过程，文字的表述却十分枯燥。业余时间，寻找标本，筛选鉴别，到哈尔滨市去请专家判定，深夜寻资料，写卡片……每个标本都有这个过程。邹国清笑眯眯地几句话，就把这一年的辛劳归纳了。只有一个小小的情节是十分动人的：那次，远隔千里的爱人来北大荒探亲，邹国清却正在哈尔滨忙着买一个标本，五天后他回来了，对着等待他的妻子满是愧疚——有什么用呢？每年一个月的探亲假，硬是咫尺天涯地减去了五天！

然而，到了冬季，要进行科技兴农的普及教育时，农艺师邹国清站在每个标本前讲解着，再看不到听讲的战士们那迷茫的眼神。此刻，人们会想起农艺师平日的辛苦。每年他都要推广化肥推广良种推广一切有关农业生产的新科技，农艺师在推广中为科学呐喊。

那年，邹国清几经比较，认定北京农大的增产菌是有效的。但农艺师的推广不是行政命令，而队长们又都有生产指标的规定，谁敢轻易拿产量去试验，加上各队都人力紧缺，支持农艺师的增产菌，实在心余而力乏。邹国清体谅这难处，他相信比较之下科技的威力。于是，他说服了一个队的队长和教导员，终于让人家同意拨出入力和耕地来试验这增产菌。结果，大豆的长势出人意料的好，产量也高。农场领导组织全场来开现场会。增产菌在邹国清笑眯眯的推广下被北大荒接受了。

邹国清总是笑眯眯地忙着。到各中队去推广化肥啦，又讲成分又讲效果，队长们都信任这个科学的农艺师；业余时间，还要写论文啦，虽然发表了三篇，但他还有好几篇即将完成；他还琢磨搞各种大小试验，基地总农艺师黄贻玉把大豆小品种试验的任务交给了他，一百多亩试验田，全部机械化耕作，场里的领导支持他，基地的首长也关注着。邹国清知道：试验成功，将使大豆产量提高15%，对全基地的大豆产量来说，这是一个喜人的大数。于是，这一百多亩试验田，又是邹国清生命中的一缕色彩，他笑眯眯地相信：那颜色一定是很美丽的。

张雅臣是基地有一定知名度的人物——全军优秀基层干部。这个1987年从沈阳农学院毕业的大学生，学的是农产品加工机械。但近几年，他却潜心攻读各类企业管理学。

他说，现代化大农业生产的管理，与工业企业管理的原理是相通的。他力求有理论指导的主动的管理，他不想跟着感觉走，去搞遇到什么事解决什么事那一类平庸的管理。

他大学毕业回来，分到二场一个中队，先当连指导员，后当中队长。标准化作业的关键是标准化的人——张雅臣的管理理论是清楚的。下车伊始，张雅臣一言不发；两个月后，摸清了情况，他果断地提出四个方面的计划，开始在这个基础挺差的中队，实施他的现代化管理。其成绩是：第二年中队成为全场先进，第三年跃居全基地先进，第四年粮食产量居全基地第一。他成功了。

张雅臣年轻，却稳稳当当地调动了全中队的干部和战士。他认为，生产管理者的决策要有预见性。他组织了一个“诸葛亮班子”，十多个人，全是生产的行家。每年播种收割的决策前，集中这些人的智慧，研究时机、人力布置、机力调配。1989年那场抢时间的播种，就是“诸葛亮会”根据气候预测了可能发生的情况，建议抢种。结果，刚播种完，一场雪纷纷扬扬而来，地里泥泞，机器三四天开不进去。而那年，张雅臣的中队粮食产量却提高了30%。

张雅臣说，管理者要有一个博大的胸怀，要善于接近每一个被你领导的人，不管他性格如何，使他信任你，他才能与你产生合力。

有个志愿兵，性格极倔，生产却是能手。张雅臣常找他唠家常，生产上的事情也常听他的意见。知道他家里缺钱，自己带头捐钱，又动员党支部集钱给他；连他爱抽烟却抽不起烟的难处，张雅臣也观察到了，经常分烟给他。他是什么时候对中队的工作事事操心的，张雅臣也说不清。但那年春播时，这个志愿兵发烧39°C，却硬是不声不响地从早干到晚。他又患淋巴结核，多次动员他开刀，他怕误农时，坚持不去。直到临转业前，张雅臣才硬是安排他去住了院。离开部队时，他哭，大家也哭。他说：中队长带领咱们干出现在这成绩，实在来之不易，大伙要珍惜呀！他把一个老兵对集体的感情，留在全中队的心里。张雅臣说：这就是凝聚力。

尊重人，是张雅臣调动人的积极性的前提。立过三等功的张宝庆，整地是专家。对生产上的事，张雅臣从不忘征求他的意见。想一年之内把中队搞上去的愿望，张雅臣也真诚地对他说。张宝庆被中队长的事业心感动，他说：我今年不探家，把机器全检修好，等粮食丰产了，我再休假。春播中，他患胆囊炎，疼得在床上滚，张雅臣他们用拖拉机送他去医院，一住院就挂上吊瓶。可是第二天他又出现在收割机旁，医院找到他，也没办法再让他回去。张雅臣感动得说不出话，派人赶快给他买最好的药，他硬是白天干活，晚上挂吊瓶，一直到春播完。

当调动干部和战士的积极性时，张雅臣十分注意一个管理者的形象。你要让人家相信你能管理——张雅臣说，让人家相信，并不容易，你的毅力、能力，你决策的正确性等，从各方面构成你的形象，你得向大家亮相，从各方面亮相，人家看清了，看准了，才能相信你。

他刚当中队长，情况摸清，决策既定，就说：这一年，二中队上不去，年底我辞职。一言既出，如立军令状，全中队的心跟着他开始沸腾。

刚上任，面对着混乱的局面，他着手整顿时，也动之以情，但语言铿锵。他指着近万亩土地对全中队说：我们是军人，看着这么大片土地，打不出粮食，对得起谁？我们年轻，要这么混日子，还不如回家去种地！说得不少人低下头。

有了失误，要勇于修正和补救——这也是张雅臣的管理经验。那次，正是大忙，战士小段刚进伙房，伸手从笼屉里抓了个包子大嚼起来，正被张雅臣看见。中队长一向严格管理，连宿舍里鞋子放得不正都不行，何况这种随便抓饭就吃！张雅臣板下脸来训斥，厉声让小段放下包子；然后，悻悻地去找小段的排长，追究他管理不严的责任。排长一梗脖子说：小段从早上干到现在，送的饭不够，他没吃，一天才吃一顿饭，你还说他！张雅臣默然。他转身回到伙房，让炊事员煮了鸡蛋面条，自己双手端着去找小段。小段抹着眼泪说：中队长，要是当时你是我，你心里什么滋味！张雅臣任小段数落着，拍拍他的肩膀说：我什么都不说了，这回是队长我对不住你！

这件事是张雅臣亲口对我讲的。讲时，他很动感情，时时停顿。他说：这类教训，我还有不少，但是，我及时修正自己，教训仍然变成我的财富，我认为，修正自己的错误，是管理者的一种品质，也是一种能力。

现在张雅臣已经调任为农场生产科的科长。全农场七万多亩地的农事，将引他走入又一个领域。他曾挺风趣地对我说，我挺喜欢电影里那种歪戴着帽而指挥才能卓越的将军。

我想，当张雅臣在二中队的业绩中展现了他的管理才能时，他一定认为：一切刚刚开始。

千亩鱼塘，水面浩渺。

苏玉军，大连水产学院学淡水渔业的本科毕业生，就是被这片辽阔的鱼塘吸引来的。他指着这鱼塘说：这么大的鱼塘，全国都少有，我是学淡水养鱼的，正对口，学业不浪费，分来后立即投入实践，真是如鱼得水。苏玉军一副神清气爽的样子。

人家都说我不像个大学生。初次见到苏玉军，他扯扯军装的衣襟，挺腼腆地说。

我说：你也不大像个军人。

他看看两侧的肩章，说：您说的，可能对，我1988年毕业，就分到这儿了，没到新兵连。这里是基地综合场的渔业队。苏玉军一来就任队长。他上大学时当过班长，这经验却无助于他带兵。带兵难，场长李跃平教给他：先抓老兵。他照着去做，果然见效。以前，晚上去鱼塘看鱼，是个苦活儿，有的战士不愿意去。苏玉军说：蚊虫再咬，也得看鱼。他自己带头，再发动党员和老兵去，于是，调皮的战士也就跟着去了。干活儿是大家的事，把鱼的产量搞上去也是大家的事。苏玉军先得学会把这个渔业队的“大家”管理好。

他照着李场长的样子做。场长是副团级，40岁出头了，工作忙起来，一两个月不回家。其实，家就在基地，坐火车半小时。工作中，场长严肃，娱乐时，场长如兄长。苏玉军照着场长的样子，学着当领导。“我是个性格挺鲁莽的人，可是，我学会了和战士们处好关系。”苏玉军说着，神采飞扬，“现在战士们到嫩江县城去，到我家吃饭就跟到饭馆一样，随到随吃，想吃啥就弄啥。”

大学生苏玉军彻底放下了架子，黑土地接纳了他，军人们接纳了他。于是，他能让他的专业知识插上翅膀。正在进行的网箱养鱼的试验，已使他预感到成功的兴奋。这个高寒地区，应当使鱼快速生长。苏玉军1988年一到北大荒，短短的天晴气暖之后，就看着十月飘雪的景象。他委实被这里的低气温吓了一跳。于是，面对那诱人的千亩鱼塘，他琢磨着网箱养鱼的试验。

现在，成功在望。当大豆收割之前，网箱养鱼的喜讯会先给北大荒渲染一个丰收的气氛。苏玉军和场长他们计算过：现在鱼塘每亩只有二百多斤的产量；而网箱养鱼，则会把每亩的鱼产量猛增到十几倍，嫩江地区偌大范围内的吃鱼问题可望解决，鱼塘的经济效益也要以“万”为单位计算。何况还具有管理方便、节约饲料等优点。

大学生苏玉军沉浸在事业的发展中。他是个很实际的人，坚信工作有突破，活得就有价值。他对好高骛远很不以为然。他说：人，总是要实实在在地生活。

他喜爱这千亩鱼塘，他就下决心扎下营盘来。于是，他在嫩江县的姑娘中寻找自己的伴侣——一位中学女教师成了他的妻子。他平日住在场里，晚饭后打打篮球，然后读书。星期六下午坐半小时火车回到家里，和妻子团聚；星期一上午再回到场里来。

对于人生，大学生苏玉军是豁达的。他说：每个人应当找到适合自己的最佳位置，要量体裁衣。有人说，大学毕业分到研究所好；可我想，那里论资排辈，不如这里能施展，于是，我就到北大荒来了。有人说，分到机关比在基层好；可我想，在机关，我的专业还有什么用？所以，我就到这鱼塘来了。

深奥的人生，被苏玉军剖析得浅显直白。他会在这一目了然的人生里，一目了然地走自己的路。

基地的医院里，云集着大学生们，光80年代分来的，就有二十多人。

医院政委刘汉祥说着这个数字，颇为自豪。这个在农场里屡屡立功的战将，1989年调到医院当政委时，竟然让领导谈了四次话才服从了分配。如今，知识分子包围了他，他从医院特有的气氛中，去理解和爱护着这群从高等学府到北大荒的人。

说起近几年分来的大学生，他说：他们有特点，有优点，不能完全认为什么都是个人主义；他们文化层次高，对事物的分析能力强；更主要的是，要看到，他们能来到北大荒，这一步迈得很不容易！

我采访了年轻的中尉军医王建中，确感到这人生的第一步，他们迈得并不轻松。

28岁的王建中，热情坦率，说话的速度快，且说且笑。1986年，从第四军医大学毕业后，分配到嫩江基地，打听了半天，才搞清这是个当兵的种庄稼的农场。心想：有个门诊部就不错了。报到后一看，医院走廊里，下雨还得打伞，漏得淅淅沥沥。在城市里生城市里长的王建中，让北大荒这边远、这艰苦搞得打不起精神。更加上新来的大学生都得到基层锻炼，王建中背着药箱到了七场，心里却十分不情愿。搽红药水抹碘酒的事，不是医疗系毕业生干的，卫生员就行了。

下农场后的第11天，一个烧伤的战士，让王建中思考了好多好多。那时，10月的北大荒已是地道的冬季。一辆拖拉机突然着火，泡沫灭火弹在一个战士的手中爆炸。烟火消去，王建中看到了淋漓的鲜血。这样重的烧伤，场里的医疗条件处理起来是困难的；但是，送到基地医院坐火车也要1小时。容不得犹豫，王建中托起那只血肉模糊的手。清创，缝合，14针。王建中的第一例手术在北大荒一间简易的临时病房里完成了。术后，没有感染。那天，年轻的军医守护在伤员的身旁时，想了今后，想了职责，也想了艰苦……

在这里，每天面临着许多危重病人，让你觉得，在他们心目中，你这医生就是“上帝”。王建中很严肃地说。出血热，是这里的地方病，病人昏迷不醒，好容易抢救过来，可是，又有并发症，有时，挺年轻的生命，就这么死了，当医生的，看着心里真难过。面对这样的病人，王建中会挺长时间心绪不好。

还有，贫困。王建中遇到一个这样的病人，18岁，住院后怀疑是胃部肿瘤，可不待检查诊断，病人悄悄走了——没有钱治！

这一切，都是在白色的医疗楼里，生活给年轻的军医上的课。在这里，年轻人成熟得快，因为生活太多地给他们列出了职责和奉献这类很严肃的课题。

比王建中晚一年分来的高伟，是1987年从第三军医大学毕业的。对于分配到的嫩江基地，高伟一片茫然。他说查地图，找到齐齐哈尔，顺着往北，才看到小小的“嫩江”二字。火车一路呼啸，到嫩江时正值半夜，冷得他赶快打开行李找出件厚衣服穿上。八月的嫩江用如此低的气温，迎接了在天津长大的高伟。

下到农场时，他到场部的菜园拔草，留下高的绿的，把小的黄的拔掉。一位老战士看着，哭笑不得，说他真是五谷不分，拔掉的全是苗。

高伟曾为后顾之忧而苦恼过。他曾有四个家：他的父母在天津，爱人在重庆，岳父母在昆明，他独自在嫩江。于是，每年他从北到南跑一趟，爱人从南到北跑一趟。这么跑着，他总安不下心来。于是，他决定把爱人从重庆调到嫩江来。尽管父母都反对，但年轻人按自己的意愿做了，爱人调到基地医院的血库工作了。

两居室一套的新房子，是医院分给高伟夫妇的，他搬进新居时，想到自己成了北大荒人。

对于这一代年轻人，年老的北大荒人都把希望寄托在他们身上。院长董加胜说。他们想干好，主流是积极向上的。前任副院长张福祥总爱和他们聊，批评他们时也那么慈祥，还说：80年代、90年代了，知识更新了，我得向你们学。

军队的医院，就有军队的特点。每星期一、三、五早上出操，二、四、六早上搞卫生，新来的大学生都得经过这道关。男医生头发太长了，会有人提醒你；做事吊儿郎当，在这里是要受指责的；随便吃病人给的东西，是绝不允许的，等等，一系列的规定，都是为造就一个正规的军医。意志不减的人，是能经得起这些锻炼的。

诚然，北大荒不能留住所有到这里来工作的人，每年都有申请调走的，北大荒对他们宽厚地沉默着，并记住了他们留给北大荒的一切。同样，也总有人被这个广阔天地所吸引，他们正是为北大荒的无边无垠而来的。

我采访张文辉时，他刚到六场报到没几天，军装还没穿上。从哈尔滨的东北农学院毕业，到北大荒穿上军装干农业，他跨了人生道路的一大步。

张文辉，一副少年老成的样子，但思维却清晰异常。讷于言表，却心中有数。本来他的学习成绩在全班名列第十，他有机会挑选去研究单位工作从而留在大城市。但是，他自愿到嫩江基地来。

研究单位，人才济济，大项目摊不到我们这些刚毕业的。张文辉缓缓地说。几年里论资排辈，对青春不也是一种浪费吗？

但是，对他的抉择，支持者甚少。同学中有人不理解他为什么不留恋安逸，非跑到北大荒；回到家，邻里乡亲也说：你从农村考上了大学，现在毕业了又去种地，何苦呢？对这一切，张文辉只默默一笑，他心中自有鸿鹄之志。

去年，他别着大学校徽来过基地，那时，他是来实习的。北大荒的辽阔，着实让这个年轻人大吃一惊。小时候在家里，一家二户，小小的几亩地，哪见过这么大的天地！要在这么大的土地上施展才能，可真有一种自豪感——张文辉有着年轻人的浪漫。而最终让他下决心来基地的原因，是这里的机械化和现代化的大农业生产。这里的军人们已经向天灾挑战了，烘干中心，驱云防雹的设施，以及先进的生产技术，全国其他地方几十年也赶不上。张文辉是学农业机械化的。他觉得到这里工作，起点高，大学里的专业，不仅不浪费，而且不够用。这个嫩江基地，将是他张文辉事业的基地。他看准了这是个大有作为的地方。实习时萌发的想法，在毕业时变成行动，张文辉的第一步迈得挺稳。

我问他，来了几天，适应吗？

他憨然一笑。到农场时，是晚上。第二天出操，我往那儿一站，穿着便装，人家全看我。我心想，你们不也是从别的地方到北大荒的？看两天，就不眼生了。那天，我特意往地边一站，嗬，地边比天边还远，我挺自豪的。

写到此，觉得笔下的年轻人，似乎不够高大，不够豪迈，不够业绩赫赫。可再一想，他们刚刚披上北大荒的霜雪，刚刚开始在黑土地上迈步。过几年再写他们，那会是另一番情景。让他们美丽的青春，艰难些，那会使更多人成为栋梁；也让他们经历得艰难，美丽些，生活本来就应当是美丽的。

四

有人说，男人的太阳是事业；女人的太阳是爱情。北大荒的女人们说：我们的太阳，是事业+爱情。

这一节，写女人。但，这不是节外生枝，旁逸斜出；也不是人家说的“戏不够，女人凑”。男人和女人，到底谁是谁的一半，无人公断。可是，北大荒穿军装的男性大学生们，却把男性责任的那一半，丢给了他们的女人。于是她们替他们担起了该由他们担的那一半。

总农艺师黄贻玉，提起他的爱人，只说她也在基地工作，就不再多说一句。我料定他偷工减料。于是，径直通过干部科找到他的爱人。

那双广西人独有的眼睛，依然明亮。服饰朴素，纤尘不染。岁月的痕迹，没有留在她的外表，全留在她的心底。一提黄总，她第一句话就说：跟他一辈子，遭罪死了。说毕却笑个不停。于是，一场对于几十年苦和累的回顾，就在这笑声中展开。

广西，四季葱绿。可到了北大荒，一个冬天，全是白茫茫，雪下得大，堵住屋门开不了，去上班的路上，雪埋到膝盖。漫长的冬季，封冻着这个广西女子。她偶然在邻居家看到一盆草花，就天天借故去看一次，直到第二年天一暖，她赶快找花盆种草种花，准备冲淡冬天那刺眼的白色。

没随军时，她在广西银行里工作。结婚、生孩子，她都不靠黄总这个丈夫。用微薄的工资，应付了自己和孩子的吃穿，挤出点钱，这个月买盆，下个月买桶，凑成个简单的家。夫妻分居两地，钱都花在每年南来北往的探亲上，何况黄总家里有老人和未成年的妹妹。她生性贤淑，从不为钱的事让黄总为难。

黄总有他的事业，每年30天探亲假，他一天都不超过。她也有她的事业，她在银行工作15年，是个精细的干部。可是，她最害怕到北大荒探亲，路途遥远，带着孩子，那份担心和劳累，谁也没她体会深。“文革”中探亲，路上车开车停，走了十几天。在北京，车一停就是好几天，她带着4岁的儿子，就睡在候车室的地上，她困得打了个盹儿，一睁眼，儿子丢了。她发疯般地找呀，好容易找到了，她搂着儿子说：咱们回广西，再不去北大荒了。可是，过几天，她还是上了北去的火车。

随军以后，她在地方银行工作，是管钱库，整天提心吊胆怕钱款出事。白天兢兢业业地上班，晚上回家操持家务，除了吃不惯高粱米整天煮玉米面粥以外，还得学着做厚厚的棉衣棉裤。高寒地带的低温折磨着她，头晕，吐，消瘦，连洗手绢的力气都没有；回广西待些日子，就全好了。于是，再回来，再病……有一次她晕倒在办公室。但她从没请过假。

他是把什么都交给北大荒了，连晚上还经常去办公室。她这么说黄总，一副无奈的神情。大儿子在广西长到7岁，全由她一人带大。女儿生下后，她弱，孩子也弱，可都得经受北大荒的考验。她白天去上班，3岁的女儿就在基地大院里到处“流浪”，不时溜到办公楼附近，望一眼爸爸下班没有，待爸爸的身影一出现，跑过去，就只一句话：爸爸，给我4分钱，买个冰棍。如今女儿从医专毕业，回到基地医院工作；儿子长大了，就地参军，现在是综合场的指导员。儿女就这么都成了北大荒人。在许多人设法让子女奔出北大荒时，黄总从来没动过这个心思。

他把我们都变成北大荒人，他高兴得很。她说。儿子在广西找了个对象，是学服装设计的，黄总说，调到这儿来吧，这儿需要这样的人才；这不是，儿子刚回广西去，和姑娘商量调动的事。你看，我们全家都得围着他这个老头子转。

在她的心目中，北大荒的广袤永远无法取代广西的碧绿，但是，她却把心牢牢地系在北大荒了。她说黄总这人，爱好很多，能拉会唱，可是，琴挂在家里，一年摸不了几回，他整天往地里跑，要不就整天泡在办公室。她敛起笑容，不无担忧地说，他有病，血压高，动脉硬化，糖尿病，胆结石，高血脂，可是，一大早，刚五点多钟，他就猛地一起床，赶着和郑主任他们去农场。这个年纪了，猛地一起，多危险……

我知道她也有病，几乎从头到脚都是病。坐月子得的风湿，到北大荒后得的气管炎，肺气肿，如今又是心脏病，血脂是4个“+”号。

她思念故乡的碧绿，可是，她必须伴着北大荒的广袤。

她有一个艳若朝霞的名字，人也长得俏丽。一身浅花的绸衣裙，飘飘逸逸的；一头披肩的黑发，倒让你看不出她的准确年龄。

见她时，在四场的场部。那天，四场开运动会，又是麦子开镰前的动员会，到处喜气洋洋的。她也喜气洋洋的，刚从吉林探望父母回来，又带着儿子坐了1小时汽车到四场来和丈夫团聚。她经常礼拜天带着儿子坐汽车到场里来。丈夫一两个月也不回家，就住在场部办公室里。从住在基地的家到这场部，没有公共汽车——这里是北大荒，公共汽车这个概念还很陌生，她只能搭车。好在这搭车是她和儿子礼拜天的经常内容，已经不难了，几年里搭来搭去，和好多司机都混熟了，谁都知道她是四场场长李万福的妻子。

四场的上上下下都熟悉她，战士们管她叫嫂子。中午连队要改善伙食，哪个连队都有人叫她。10岁的儿子也成了四场的人，一到场部，和爸爸亲热一会儿，一溜烟儿就找战士们去了。

她是吉林人。刚来时，她难得有笑容，夫妻俩常关起门吵架。

我开始不愿意来，想叫他调回去。她坦率地说，我对他说，看咱俩谁的吸引力大！我给他在武装部联系好了，他的同学也叫他回去，可是，他就是不离开这儿。最后，我只好来了，我对他说，看来还是你的吸引力大。

可是，来了，也不习惯。李万福从早忙到晚，每天都是晚上九点多回家。开始家安在场部，屋前开个小菜园，两年里李万福一脚也没迈进去过。妻子急了，流着眼泪数落他，他一跺脚说：没菜吃我去吃食堂。吵完他还是不顾家。她实在奈何不得他。有时深更半夜他还不回来，她一赌气插上门；可他一叫，她还是开了门，见他一身泥一身水的，她能老抱怨他吗？他也累呀！

李万福会说话，经常对她和儿子说：实在对不起，等将来我退休了，所有的家务活儿我一个人干，补上这几年的。她听了只有一笑。

儿子到了这里，水土不服，身体不好，经常病，几次住院，都是我陪着。他连孩子今年上几年级都不知道。她叹口气，又说：可是还是人家父子亲，孩子一病就只念叨：爸爸能来看看我吗？

去年，正是看《渴望》那会儿，大伙儿整天议论慧芳呀大成呀，正巧，有天晚上我发高烧，40度，半夜里邻居找车把我送到医院，我烧得昏沉沉地挂上吊瓶，打电话通知他，他第二天夜里1点钟才火急火燎地赶回来看我，天一亮又匆匆忙忙地回场里去了。我躺在床上，看着他大步流星地走了，有什么办法呢？他忙，真忙。她说着，有些伤感，但很快又调整了情绪。

对父母，李万福也是那句话：等我退休了，一定好好侍候二老。父母听了，苦笑一下；李万福也只有苦笑一下。当军人的，忠孝不能两全呀！——李万福很动感情地说这句话。

政委傅克明的家也在基地，他和李万福一样难得回去。有时，他对李万福说，咱们回家也得做点儿奉献。于是，回到家傅克明系上围裙下了厨房；李万福也学着这么奉献。但常常是奉献不了什么，就又得匆匆赶回场里去。

李万福说到妻子：她现在理解我了，也支持我工作了，可时不时地说那么几句话，让你没法辩驳。比如，我一回家，她一边忙着给我做饭，还得说：住旅馆来啦，吃饭店来啦。要不就说：咱们可真是“半月谈”啦，牛郎织女鹊桥会啦……

说起李万福，她戏谑地说：他只有看着场里那几万亩地，心里才舒坦！

我说：那你现在该安心了？

她说：不安心也得安心，谁让我嫁给他呢？他是我哥的同学，我父母说他有出息。他让我调到这儿来，我父母都支持他。

她在管理处当出纳，每天8小时工作，准时准点。回到家，要照顾年老的公公婆婆，和年幼的儿子，还要惦记每个礼拜天带上儿子搭上顺路的车，去看望忙得回不了家的丈夫。

她还年轻，只有35岁！一个如花的年龄。

那天晚上，我到张福祥大夫家去，想和他爱人聊聊。我知道她在铁路系统做医护工作，她工作得辛苦勤恳，因而，她被评为铁路分局的劳动模范。

可是她不在家。明天一早的火车，带孩子回老家去给老公公贺80大寿，今晚还有没安排好的事，九点多钟了，还不见人影。环视这间屋子，想看到一张“全家福”什么的，从照片上认识她。可是没有。

她的二女儿说：我妈可显老了，刚49岁，都是累的，家里家外都得干。

她的父亲去世早。15岁的她就挑起了养活母亲和两个弟弟的担子。每月不到三十元的工资，多少年她和全家凭这点钱以活命。贫困使她坚忍。

1980年，她带着三个孩子随军来到北大荒，安下了家。在这之前，她一人支撑着家，把孩子带大，给弟弟完了婚，还有，照顾年事已高只能弯着腰走路的老母亲。来到丈夫身边，并没有结束她的劳累。不过是另一个劳累的开始——她要工作，又要照顾全家人。

张福祥说：我们都要工作。她好强，从不在工作上马虎，这样，我们就欠了孩子的情。

二女儿说：我们来到北大荒11年了，我妈我爸没有不忙的时候。那时，我上托儿所，天天是小朋友早就被接走了，阿姨还陪着我一个人，有时，太晚了，阿姨把我带到家里去。我从小老记着：不是我爸有手术，就是我妈值夜班……二女儿说得很委屈，她一身白色衣裙，白色凉鞋，正是女孩子青春蓬勃的年龄，但看得出她的单薄与瘦弱。她很健谈，也开朗，又说起小妹来：妹妹小的时候，挺可怜的，净被锁在屋里，那时医院就在我们这屋子前边，我爸上着班抽空回来看她一眼，又走了……

大学毕业的张福祥，只把自己的知识留在医院的病房里，无暇过问儿女们的学习，做母亲的也一样把力气用在工作上，从不向别人讲起家里的困难，别人不能值班时，她都替人去值，自己的孩子只能委屈了。孩子们是自己长大的，看着父母的劳累，他们从小就明白要自己管自己。

二女儿说：我们家做饭，从来是糊弄。妈妈拖着沉重的步子回来了，做什么饭，大家就吃什么，谁忍心让她在锅台边再受累？冬天，你上学，我上班，晚上回到屋里，冻得直跺脚，现生火，四面墙上，都挂着霜。

顺着二女儿的手指，我有机会仔细地环顾了这个医生之家。门上，一张红纸上写着“福”字，倒贴着，纸的颜色依然鲜红，算算那该是春节贴的，怎么过了半年多，还那么鲜亮！墙角放着一个旧脸盆，是漏雨时接雨水的。红砖的地面，泛着潮气。还有，最惹眼的是那一盘炕，它或许最能记清这个家庭的11年的经历。

二女儿说：医院的宿舍楼正在盖，盖好了，我们就搬进楼房去。她孩子气的眼神里满是憧憬。

张福祥说：我们住的这房，比原来旧医院的房子好多了，我爱人和我在生活上都要求不高，都能凑合。

走到他家的院子里，满是茂盛的农家作物，月光、星光、灯光在枝叶上洒下光点，一跳一跳的。这是张福祥去年超龄卸下副院长职务后，种下的西红柿什么的。我指着这些，笑着说他：这是你对家里的奉献。他笑笑，没答话。却说：我爱人好强，家里家外，她比我累。说得感慨万端。

我终于没能等到她回来，但我已感受到她脚步的沉重和坚毅。她不是北大荒人，但却是北大荒的骄傲。

邹国清的妻子，远在千里之外的湖南。但说起她来，小邹像是说昨天的事情那么历历在目。

那年，小邹探亲回到家，一路风尘，进家门时，妻子黯然的神情把他吓了一跳——家里被盗了，贼是撬开门锁进来的。小邹并不虑及财物损失，他们本来就没有太值钱的东西，他是顾虑妻子和儿子的安危，这本来是他这个做丈夫做父亲的男子汉的责任。可是，这已经是第二次被盗了，年轻的妻子自己承担着，没有写信告诉他。

一个难得的妻子。小邹知道自己是幸福的。

妻子是师范大学毕业的。分到中学后，教高中数学。小邹和妻子谈过随军问题。可是妻子想了想说：我正是事业的高峰期；我们都还年轻，过几年再说吧！

小邹知道妻子的性格，她不会在事业上放松一点儿。妻子发表的论文比小邹还多，各种奖状，装点着妻子的青春，她在事业上是充实的。回家探亲的日子，小邹看到了妻子工作的忙碌，学生们一本本的作业上，都有妻子留下的红色的笔迹；小邹也看到在妻子的生活中，学生们是一部分，他们到家里来看望她，向她诉说自己的苦恼，妻子像大姐姐一样地爱护着他们引导着他们。有时妻子会眉飞色舞地给小邹讲学生们的事，讲得津津有味。连妻子暑假来北大荒时，也经常挂念她的学生，经常说起哪个学生又怎样了。小邹心里明白：现在把妻子从她的学生身边拉开，是不容易的。

可是，家呢？妻子说：你放心搞你的事业，家，我来撑着。老人、孩子，都交给了妻子。每回看着妻子瘦弱的肩膀，小邹心里都十分愧疚。于是，每次回到家，他恨不能把家里的活儿都干完。打煤饼是小邹回家要干的第一个重活儿，他几天几天地打呀，一脸一身的煤末。妻子领了他的情，说：别打了，你也不能打出一年的煤饼呀！小邹又爬上房去修房，南方雨多，房是旧的，总漏，妻子经常望着漏雨的房顶，黯然神伤。可是，要分房子，没有门路不行。不是所有的人都看重奖状多的，更不是所有的人都能体谅军人妻子的苦衷。于是，别人启发小邹：得送礼。小邹皱着眉头在这间旧房子里踱来踱去，最后，只能托别人去送礼。

妻子也哭过。孩子生病了；家里房漏了；老人有病了……她一个人，忙了工作忙家里。还有，看到别人下班后成双成对地逛大街、逛商店，她只有把眼泪咽下去。

妻子对他说：你调回来吧！

他沉默着。一想到那次回家时，4岁的孩子不认得，把他叫舅舅，他心里总是难过。

可是，他是穿军装的，他是农艺师，他在北大荒有他的事业。一站在那无边无沿的庄稼地里，事业心的涌动，总能冲淡他对远在南方的妻子和儿子的思念。

妻子也有寄托。一站在课堂上，她的神圣感就掩盖了对丈夫的思念。于是，他每次探亲回湖南，一天也没超过假；于是，妻子每次到部队来，假期未满就赶回去准备开学。

农艺师和教师，都要树起自己事业的丰碑。

有人说，一个成功的男人后面都站着一个忠实的女人。其实，女人并非都愿意站在男人的业绩的后面，女人有自己的事业。只是，为了爱情，她们必须承担得更多。爱，是一种情感，可对北大荒军人的妻子们，爱，还是一种责任。

北大荒穿军装的大学生们一如其他的男人们一样，让妻子们做了更多的奉献。

八场的场长黄永龙把妻子调来了，学水利的妻子去搞财会。家安在场部，他忙，妻子、儿子也跟着他忙。场部没学校，虑及儿子的前途，送回老家住在亲戚家里去上学，7岁的儿子经受了远离亲人之苦。妻子在繁忙的工作之余，添了思念儿子的愁绪。场长黄永龙呢？连给儿子写封像样子的信，也没时间，每封信都是“学习好，身体好”几句。

二场的工程师刘世明，把妻子调来了，家也安在场里，可是孩子呢？场里只有找个有文化的家属带着几个孩子，那能代替学校吗？妻子一说起这事就发愁。刘世明也愁，但是，他离不开机器，一年四季，大修小修，他总是满身油污。

刚分来几年的大学生们，在奋斗事业的同时，也不能不忧虑刚出世的孩子的前途。大城市的孩子们，什么任天堂游戏机，什么游乐园，大人捧着这些“小皇帝”，可我们北大荒的孩子们呢？

这确乎是一个短期内无法拉近的差距。尽管基地想方设法建立子弟学校，倾尽全力去为教育投资。但北大荒是一部历史，一部旷日长久的历史，谁能使它一天等于二十年呢？

但是，北大荒的妻子和孩子们，却都打上了丈夫和父亲奉献的烙印。穿军装的男大学生们，并不只奉献出一张大学文凭和自己的智慧、精力，他们的奉献如同任何一个军人一样，是彻底而无私的。

在这一节里，我没有写出任何一位军人的妻子的名字，因为我知道她们中的任何人都不愿借丈夫的光辉照亮自己，她们有自己的光芒。

一次，在去二场的火车上，我和政治部陈征友副主任凭窗而坐，望着窗外飞快掠过的绿色原野，谈起了北大荒和它的知识分子。

年轻的陈副主任是个沉稳而实事求是的人。他说：我们重知识，我们相信科技兴农，知识分子是我们的财富。可惜，愿意到我们这里来的知识分子，太少了。

我告诉他：我想采访的正是这些“太少了”的大学生们。

他立刻说：应当写他们，他们为北大荒做出了很大的贡献。他又告诉我，几年来，基地如何投资办教育，搞函授，北大荒早已不是不毛之地，它的今天，恰是科技兴农的果实。

北大荒人，写着他们自己的文明史。

1991年8月

附 后

这篇作品发表于1992年《人民文学》杂志第2期。为鼓励我写作，编辑部将此篇排在头条。

此篇还收入由北京出版社出版的《辉煌的黑土地》一书，这本书是一次笔会的集锦。

笔会在1991年7月举办，是由《十月》杂志和解放军总后勤部创作室共同组织的，军内外22名作家参加了这次活动，其中有王宗仁、曹岩、陆星儿、石湾等作家，笔会的地点是黑龙江省总后勤部嫩江基地。

我们从齐齐哈尔下火车后，即坐汽车行走半天时间，才到基地，但一路毫无疲劳之感，因为车窗外一望无际的浓绿的庄稼地，让我们胸臆开放，只想大声唱歌。

基地的宣传部门早已准备好采访资料，供作家们阅读和挑选；选定采访对象，就由部队的宣传干事将作家送到采访对象所在的农场，或哪个单位；这一去，可能半天、一天，我们都互相见不着；晚上回来，每个人最感慨的话就是：呀！这地方太辽阔了；那收割机简直是庞然大物呀；那粮仓太大了……

采访后将材料带回北京去写；再由我将稿件集中审读编辑成《辉煌的黑土地》一书，交由出版社出版。

这本书里，收录了王宗仁的《船夫曲》、曹岩的《永远的黑土地》、石湾的《永远的财产》、陆星儿的《基地的基地》、傅溪鹏的《有这样一个兵》等篇作品。书籍出版时，当时任解放军总后勤部政委的周克玉同志，特别为这本书写了“序”。在“序”中，他盛赞黑土地上这些特别的官兵们，他写道：“如果有人问我，嫩江之行，印象深刻的是什么？我要告诉他，是手，是几千官兵的几千双手。”

这本书在第二年的4月出版，我们在7月份又组织了一次评论家和编辑家的嫩江基地之行，将这本书的研讨会开在嫩江基地的礼堂里，和几千名官兵一起开。基地领导特别重视这次别开生面的研讨活动，不仅亲切接见了我们，还到会讲话，并安排我们参加多种参观活动。参加这次研讨会的，除了王宗仁和我以外，还有《人民日报》文艺部主任缪俊杰、《文艺报》朱辉、《人民文学》杨筠、工人出版社付绪文、《十月》杂志陈东捷等人。

7月19日的《人民日报》发表了我为此书写的评论《创业者的艰辛与辉煌》。那时，为编好一本书，推广一本书，我们是十分认真和努力的，总想让它把“书”的作用发挥尽致。

这两次嫩江之行，基地都组织我们到黑河对面的前苏联布拉戈维申斯克去体验生活。石湾将这次经历写在他后来的书中，称这是他第一次“出国”。

布拉戈维申斯克与我国黑河隔黑龙江相望，那时这是原来的“社会主义”被消融时期。那里有自由市场，交易的物品，有的摆在沿街的人行道上，有的搭了棚子，集中摆放。俄国人用生活用具如餐具等，换取中国人的“的确良”衬衣和冒牌的“阿迪达斯”旅游鞋；我们则钟爱他们的望远镜、邮票、毛呢大衣等。那里的治安并不好，我们被告知：不要靠人行道的外沿走，有人会驾驶摩托车从后面飞掠你的挎包；那些摊主们也有行坑蒙拐骗之事的，让你在语言不通中无法争辩。

当然，这种“出国”之行，只是我们在基地活动中的小插曲。我们的主要时间，都在各场参观，和官兵交流。

我所写的这篇《荒原多情》，其材料在宣传部门准备之外，是我自己提出要采访基地中的知识分子。于是，基地临时为我的采访做了特别的安排。因为基地的知识分子不集中在一处，于是，我便各单位地跑，有时会搭上哪个作家采访地点的便车；有时不顺路，就坐拖拉机等去采访，很辛苦，也很兴奋。因为这里的知识分子，一律是黑红黑红的脸庞，说起“奉献”二字，一律是那么热情满腔。对他们的采访是我写报告文学中，情绪最兴奋的采访。

在这篇作品将收入我的报告文学选集中时，我特别向总后创作室的作家曹岩打听，二十多年前黑土地上那些官兵朋友们今在何处？不想她回答我说：好几年前，这个基地按中央的规划，整体交给了地方，总后的嫩江基地不复存在。

听了她的话，我有些怅然。但一想，这不就是改革开放的一排浪吗？他们随海水前行，他们永远是大海中的一部分。

愿黑土地上曾经流血流汗的官兵们，永远辉煌。

2016年12月　紫芳园

第一滴水

——记我国第一个电视播音员沈力

我想采访她——沈力。

她回答说："写我？过重了。"

采访的地点，约在电视台——我想看看她的工作环境。

她带着我进入电视大楼——这是电视屏幕外的人深感神秘的地方。她推开一个房间的门：有人……一直走到走廊的尽头。她让我在楼道里等着，自己忙着走了。一会儿，她跟在一个女同志的后面来了。那位女同志打开一个房间的门，我和沈力走进去。啊！沙发、地毯、电扇，好气派！那位女同志临走时说："外宾10点钟来。"哦，我明白了：借用，时间不能长。

采访中，我们俩都不时地看着手表。差10分钟10点，我们离开了这富丽堂皇的会客室。

又是走呀，走呀。在一个过厅里，排着几条相连的木椅，有几盏光线暗淡的壁灯。我提议：就在这里谈吧！她抱歉地向我笑笑。我心里想：她的办公室呢？

她说："我真是平常极了。"

她穿着蓝白格的衬衫、藏蓝色的百褶裙，一双极常见的人造革凉鞋，普通的发式。如果在大街上擦肩而过，谁也不会想到她就是电视屏幕上的沈力。

她51岁了。当她回顾自己走过的道路时，将种种感慨只熔铸成两个字：平常。

"平常啊！"她正是在这句话的前提下开始介绍自己的。

刚解放，她16岁，像当时许多热血青年一样，报名参军了。在文工团，又唱又跳；以后调到总政合唱队；1957年，开始在中央人民广播电台当播音员；次年，担任中央电视台的第一个播音员。至今，她仍在电视台工作，主持《为您服务》专题节目。

——她用平常的语调叙述着以上的内容，听不出哪一段经历，使她颇感骄傲。

就算平常吧，但熬年头，前后也长达34年了，该是那种退休可以拿“百分之百”的人吧！可是，她现在的行政职称只是个组长。科级干部吧！我思忖着。但当我提到这些，她却一摆手说：“比上不足，比下还有余。生活中有比这更重要的。”那说话的语气也仍是缓缓的，使我却顿感自己太强于计较了，而她，却有一种超逸的美德。

她属于那种严于律己的老实人。从文艺级改为编辑级，谁也不会乐意这样的向下靠拢，坚持不改就是了——有这样的先例，而且也并非全然没有道理。可是，她改了；后来，又有机会从编辑级改为文艺级，去力争一下，并非完全办不到。可是，她却顺其自然了。唉！这个在荧光屏上让人感到如此聪颖的人，在荧光屏外却被她的许多朋友叹为“傻瓜”。

“我觉得天天都忙得不可开交。”她是这样介绍她的工作情况的。于是，家里的事，顾不上，马马虎虎过日子吧，这样一过就是十几年、几十年。家里没菜了，下班路上，碰到个推车卖菜的，递过一块钱，接过一兜西红柿就走。“没排队就买上了。”她会这样安慰自己和家里人。人家问她：“这西红柿多少钱一斤?”她愕然：“忙忙叨叨，没想着问价钱。”

一个“忙”字，几十年来，挤掉了多少她自己的事——对自己的修饰，对生活的享受，对父母尽孝，对儿女尽责，朋友间的你来我往，家庭里的天伦之乐……在难以数计的“忙”中，留下了她的许多遗憾。而这些，她都会在继之而来的更多的忙碌中为自己解释：“终究，在工作中忙得充实。”当然，也有她难以解释的，这大约便成为她终生的遗憾——为她亲爱的儿子：

那时，她有多忙——天天泡在电视台。她只要一走进电视台，就在忙碌中产生一种异常的振作；而也在这振作中，忘记电视台以外的世界。可是，两个儿子呢?大儿子怎么长大的，她一点儿也想不起来，只是多少年来，一闭眼，总是孩子那哭肿了的眼睛；小儿子呢?生下来白白胖胖，简直是年轻母亲的骄傲。“多好的孩子，精心些养吧！”大概是有感于沈力对大儿子的“疏忽”，许多人都提醒他。儿子是母亲的天使，她何尝不想精心呢?但是，孩子很小就开始长了一身湿疹般的东西。她慌乱了，焦急了，她流着眼泪对不懂事的儿子说：“让妈妈替你生这场病！”各种治疗均未见效。医生说：“治疗的根本，是慢慢调剂饮食。”可是，沈力一日三餐都在电视台里……大年三十晚上，电视台正忙得陀螺一般；沈力的家里，也正忙作一团——孩子满身的疹疱化了脓，发高烧，她的两个妹妹连夜将孩子送到医院。“孩子的妈妈呢?”大夫看着病痛中的孩子，不无责备地这样问。可是，这难道是个该受责备的妈妈吗？她来了，她忙完了电视台的事，匆匆赶来了，一身汗，一脸泪。她看到她的天使——孱弱的小儿子躺在病床上，四肢都用绷带五花大绑着，为着防止他用小手去抓挠身上、脸上的脓疱。那一刻，沈力俯向病床时，滴在孩子脸上的眼泪，是从她——一个母亲的心上流淌出来的……可是，到了她该去电视台的时候，她深深地吻了吻儿子，又走了——她心里还有屏幕外的无数观众，他们是她的上帝。

那时，沈力多想为幼小的儿子调剂一下饮食啊！可是，她虽有做母亲的心，却没有做母亲的时间——她忙啊！只好让孩子带着这个病长了20年，而沈力也着实为此遗憾了20年。

谈到这些，沈力是动情的。她说：“现在，我偶尔也要抽空给儿子做个像样的菜，不管他是否想吃，那权当是母亲的忏悔吧!”

沈力太忠实于她的荧光屏了。她说：“荧光屏前，是神圣的。”她用自己美丽的青春、火热的心血和诚挚的信念，凝铸着这个“神圣”。

可贵的是，沈力并没有将这个“神圣”化作自己头上的光圈，她依然觉得自己是平常的，像我们举目可见的普通人中的任何一个。

“我真是平常极了。”我在采访中，她不断重复着这句话，而且，发自肺腑。于是，就发生了下面这件事。

电视台的有关领导通知沈力去参加一个会，并给她一个与会议联系的电话号码。匆忙中，她没来得及细问。可事后，她心里嘀咕起来：“让我参加什么会呢?”拨动电话号码，问问是什么会。“全国新闻工作者协会第三届理事会。”对方回答得很清楚。“请你们查证一下，可能弄错了，全国同名同姓的人很多……”沈力握着话筒急切地说着。话筒中传来对方礼貌的笑声，回答是可想而知了。

怎么会想起打这样一个电话呢?

“我觉得，这不会是我。因为，我……太平常。”她坦然地说着。这是一个在“自我”的天平上，不会多加一个小砝码的正派人!

算一算，从1958年到现在，二十多年的时间，25岁的沈力，变成将近五十二岁的沈力。这么漫长的时间，在她的履历表上，却只需填上“在电视台工作”几个字。“平常啊！”如果只翻看薄薄一纸履历表，谁也会这样说。可是对每天都步履匆匆的沈力来说，这是一段怎样的几十年如一日的经历呢！

她说：“我是个弱者……”

沈力说：“我是个弱者……各方面，都是。”这样说着时，她十分坦直，绝无矫揉造作。

也许是吧！她说起话来细声慢语，哪怕是说到命运的不公平，也绝无拍案而起的气势。据说，她若遇到伶牙俐齿的厉害人，只会退避三舍，默默去做自己的工作。

那么，她果真是个弱者了！我揣摩不透，只好请她转而谈谈她的工作。

谈起工作，她极有兴趣，笑容可掬，语言也活泼了。

她首先郑重地谈起她的一项最基本的工作——背词。20年寒暑相易，对此，她顽强甚至固执地坚持着。从节目之间的串联词，到一千多字的“梁祝小提琴协奏曲”的解说词；从天气预报，到不得有误的新闻广播。多少年来，凡经她播出的，她几乎都要一字一句地背会、背熟，背得能在屏幕前自如而准确地向观众述说。

“现在不是可以用提示器了吗？何况你已到了‘知天命’的年龄啦！”我对她这样认真地从事这个细巧而繁重的劳动，实在感到不解。

“那是一种精神上的慰藉。”她这样解释她对“背词”的看法，“当我要播出时，我眼前会出现许许多多我虽然看不见，却实实在在望着我的观众，我从内心里想用目光把我的感情传递给他们……总之，在这一刻，广播词不再是写在纸上的文字，而是我要向观众说的心里话。当然，我绝不非议用提示器。”说着这些时，她神态语调中都充满了感情。难怪屏幕上的她，亲切得如知心朋友。

她经常早晨四点多钟就起床，伴着白昼的序曲，就开始背词。不管多长多短的，只要是还没有播出的，她就反反复复地背，连逗号、句号的停顿，也不随心所欲。晚上，躺在床上，脑子里先是要再现一番忙碌的白天，等静下来，她仍然习惯地默默地背着将要播出的广播词。然后，将它们带到朦胧的梦中。

真够枯燥的了！这些词读起来绝少会如同话剧台词那么有韵味，更何况还要有些如何织补尼龙袜、如何储存大白菜之类。

可是，沈力却着迷于每一段词，认真得日夜不能解脱。她有一块自己的“天地”。每天，她都在这个“天地”间，超乎尘世地陶醉一番。这块“天地”，不在她家那平房比肩的院落里，也不在电视大楼那高耸的天线之下，它在西直门到复兴门的两座立交桥之间，是上班的必经之路。高高的蓝天，缓缓的流云，宽阔的马路，葱茏的花木，更有那秩序井然的车队和人流。一望见这条街，沈力顿感轻松，骑着自行车，悠悠的。她甚至这样想过：哪一天，我的工作也这样缓急有致？当然，这只是一瞬间，她没时间在这个念头上遐想。这条街，是她的“天地”，是使她全然能陶醉于她的广播词中的天地：

“××同志，您来信询问关于……”她忘情地呼唤着远方那位写信的观众。她想，那位同志早就等待着。当他看到和听到荧光屏上的播音员在呼唤他的名字时，一定会和全家一起呵呵地笑着——不是有位观众来信就这样写着，全家如何如何盼着他们的信在电视屏幕上得到回音……

“观众同志们……”有一次，她又开始背词了。怎么，从身旁骑车而过的人都回头望她，“哎呀，准是忘乎所以，声音大了……”她失悔着。是啊，人们认出了她：“这不是电视台的……”于是，一个个微笑从她身旁闪过。她感到很窘。

她平日是个极腼腆的人，从不愿被人注意。就连那一次，她刚当电视播音员不久，周总理来到工作室里看望他们，她激动得涨红了脸。人家当然要向总理介绍她，总理当然要问候这位我国第一个电视播音员。在那个场合，她理所当然的是大家的宠儿——也许按今天的时髦语言，应当叫作“电视明星”“播音新秀”之类。可是那一刻——沈力终生都难忘的那一刻，她只是站在人群中，她希望别人不要注意她，她只想好好看看周总理。

……那么，此刻呢？在这人来车往的大街上，因为背词而被这么多的人注意了。她无奈地笑笑，心想：“天一冷，赶快戴个大口罩；至于这炎炎暑天呢？……只好将‘音量’控制到最小，如果还惹眼，那就……认了！”她实在舍不得这个难得的时间和空间。

试想，屏幕上那神秘的几分钟，竟有不少是这样“制造”出来的。我们的沈力呀，她在进行着一种怎样的劳动——一种烦琐的却注入高浓度责任感的劳动。屈指算来，自1958年至今，这能不是一股令人感叹的滴水穿石的韧力么？

我不能不赞叹这位温柔的女性所表现出的力量！

不过，这只能是她生活中的一个方面吧，总不能除了背词播音便没有别的内容了。于是，我有意提了个问题："你们对面的长途电话大楼常放录像，您常去看吧？"是呀，如果她能谈起《莫斯科不相信眼泪》啦，《离婚》啦，那就会展现她性格的另一面——我这样希望着。

"没有，我一次也没有看过。我们没组织过这样的活动，我也忙……倒是有时在饭厅里，听有的年轻人谈录像呀，内参片呀……不过，我不知道通过什么关系，才能……""不知道通过什么关系"，她的这句话，开始让我哭笑不得。可后来，当我了解了这确乎是真的时，我对她，由愕然而肃然了！

我们自然而然地谈到"关系"——这个现代社会人们都会意的一个内涵无比丰富的词。

二十多年令人艳羡的工作中，她什么"关系"没有呢？美国大使伍德科克，令人瞩目的王光美同志，荷兰电影大师伊文思，著名女作家丁玲，还有杨振宁、赵浩生、贺绿汀……她能举上一连串诸如以上世人所知的名字，这些大都曾是她的专访对象。如果录像后，她要做私人拜访，也是轻易之举。还有，社会的各个阶层：电视机厂呀，洗衣机厂呀，服装厂呀，全市闻名的大商场、大商店呀，还有，乐团、大学，直至副食店、修理部，等等。这些关系，他们都联系过或采访过。把这些"关系"画成联络图，实在是纵横交错、无所不包。可是，沈力呢？她说："我采访完一个，就忙着考虑下一个采访对象……"

这实在是一个不会利用自己"优势"的人！

以电视事业说，在我们10亿人的大国里，她是第一个播音员，独占屏幕的历史，也有两年之久。但是，她却没有这"第一个"的"良好"感觉！当今著名电视播音员赵忠祥和吕大渝，在1960年时，还都是高中生。是当时作为第一个电视播音员的沈力挑选了他们，把他们带到电视屏幕前。沈力总可以以先行者的身份，回忆几件"传帮带"的事儿吧！可是，她摇摇头——关于这方面，她一点儿也想不起来，她只是不止一遍地说："他们都很有能力，我们曾经友好地在一起工作过。"

大家知道，有的电视播音员，曾随中央领导出国访问。这在全国，曾一度使人瞩目。可是，沈力却没有这样辉煌的经历。有的播音员出国，领导安排她代播新闻。当时，沈力是编辑，不是播音员，但是，她老老实实地去代播，并且，又早早地在深夜里，在那条大街上背诵着一段又一段的播音词。

“我要是你，就不管！”爱为她抱打不平的朋友这样说。

“怎么能不管呢！”沈力温和地笑着，回答却是毫不含糊的。

其实，沈力也有幸出过一次国，那是作为一个计划生育考察团的成员出去的，整天忙于参观医院，观摩人工流产手术。当然，又有朋友大大奚落她：“笨！不等个好机会。”沈力又只能无奈地笑笑，她不知道怎样才能使自己聪明起来。

在叙述以上的事情时，她表现了出奇的平静。望着她诚挚的眼神，我相信她的平静出自心底的坦荡。我忽然想起她那句使我揣摩不透的话：“我是个弱者……”

这是一个怎样的“弱者”呢？是一个保持了50年代的那种纯真，那种对事业的笃信，那种心安理得的所求甚少，默默而执着地、用强者的节奏生活的“弱者”！

她说：“我再干一件事吧！”

沈力经常说：“我再干一件事吧！”从年轻时说到现在。而且，至今她也不知道：从何时起，她不再说这句话。

她到总政合唱队时，刚20岁。她努力学习各种唱法，但最终她感到自己不会唱得很好。当然，做个普通的合唱队员也未尝不可。可是，沈力却想：趁自己年轻，扎扎实实地再干一件事吧！于是，她向领导申请：考大学也行，上北大荒也行。

她顺利地通过了广播电台播音员的考试。不久，又被中央电视台录取，成为我国第一个电视播音员。于是，她开始干这件在全国当时还没有一个人干过的事。艰难啊！对她，对任何人都是艰难的。那时，电视台只是直播，她看不到自己在屏幕上的形象。如果说，在此之前她曾与电视屏幕接触过的话，那是1954年她随总政文工团出访东欧，看到他们合唱队演出实况的录像。而这对一个电视播音员，简直谈不上有什么启示！

但是，沈力属于一旦要干事，便非要干好的那种人。她面对着镜子，开始了她电视播音员的试步：

她把那面过去并不常用的镜子，擦拭得干干净净，摆在桌子上，然后，对着它，练起播音来。那镜子，既是她的老师，又是她的观众。她对着它，仔细地端详着镜中的自己，一句广播词，口形、神态，挑剔好几遍。有时，练了多少遍，仍然不满意，“啪”的一声，镜子扣在桌子上；再重重地拍着自己的脑门：“真笨！”她埋怨自己。缓口气，扶正镜子，再来……

那时，每天晚上播音结束，已是夜里九点多钟。沈力端着饭碗，在上至电视台台长、下至一般工作人员都参加的播后会上，开始她每天的晚餐。播后会经常开得很热烈——那时，人们心齐，干什么事都像点起一把火，沈力就在这火热的锤炼中摸索着电视播音员的道路——她嚼着饭，静静地听着大家的发言，凡是涉及她这个播音员的，她都牢牢地记住。开完播后会，已是很晚，但她回到家，还要自己总结：对着镜子，将刚才的播音重演一遍，挑剔一番。

那时，她不知不觉地有了个怪毛病——见了熟人便问：“怎么样？”问得人家摸不着头脑。时间一久，大家便明白了。于是，跟沈力说话，得先说她的电视广播如何，然后再书归正传——谈别的事。

就这样，沈力在电视屏幕上，为我们创造了一个播音员的形象——亲切、庄重、大方、诚挚。这是我国第一位电视播音员的形象，她来自沈力那持久、辛勤，执着而又万分平凡的劳动！

“文革”中，她和许多同代人一样，狂热过、茫然过、思考过。往事流逝，只有一件事，她却至今不忘：那是最普通的一天，她像往日一样，默默地，远离人群。可是，人家却找到她，极其严肃地通知：“交出工作证！”她一下愣了！那个带着“电”字的工作证，是她精神的全部依托，失去它，她便再也不能进到电视大楼中的技术区——那里留下了她的青春、她的欣慰、她的追求、她的奋斗。可是，那个通知是无情的，她无力地托着那个带着她体温的工作证，交出了。于是，一阵空落落的感觉占据了她的全身，她觉得像生过一场大病那么难受。中午，她找到一个没人的角落，嚼几口自己带来的干馒头。晚上，一进门，她便重重地倒在床上。她想：我再不是沈力了，我再也不能干一件事了！从此，她更沉默了。

这样的痛苦，延续了六七年。当人们厌倦了争斗，慨叹时光逝去时，沈力最先想到的，却是“要再干一件事”！为了这个，近乎纯真的企望，她离开了酷爱的播音员的工作，先后到电视台的社教部和文化生活组当编辑。她以复燃起来的热情，又开始干一件自己不曾干过的事——

1977年—1978年，她和别的同志一起采访并在电视台播出的专访人物有十几个之多；歌剧《江姐》、民乐合奏《春江花月夜》，以及列宁喜爱的歌曲，这在当时刚刚解冻的文化生活中，无疑是一股春风。她在三十多度的高温下，组织新影乐团和中央音乐学院的同志们，录制了钢鼓音乐；她在春节前，赶往劳动人民文化宫，组织录制《新春乐》，每天抢拍几十个镜头……

这一切，都和安逸永远告别。她要定选题，亲自组织，三番五次地请人，五次三番地找场地、找资料，还要自己写广播词，连反光板、声音的输入、联系车辆、搭台子、拿道具，都在她一一关照或亲自动手的范围之内。

那些年里，散漫、疏懒无所不在。但从1976年到1982年上半年，作为编辑的沈力编辑录制的节目，多达73个，平均每年11个之多。有人友爱地叫她"高产"，许多人感动于她的勤劳和奋发，沈力也感到欣慰——又干了一件事，而且干得如此痛快，如此多彩！

她本想这样干下去，干到退休——再有5年！可是，1982年，当需要成立《为您服务》组时，领导任命她为组长，并且说明，这个节目要第一个试验"节目主持人"这种形式。

从第一个电视播音员，到第一个节目主持人！从25岁的沈力，到50岁的沈力！她长长地叹了一口气说："我想再干一件事。也许，我还能干好。"于是，她在有限的工龄中，又开始了一个新的起步。

这是何等艰难的起步啊！——以她50岁的年龄。

我又想到她的办公室——她迟迟未带我去，我想，从那里可以直接感受她的新事业。

于是，我终于弄清了她的办公室的"格局"——一间15平方米的房子，里面有两张桌子、一张床、两个柜子、几把椅子。在弄清这一切的同时，我也弄清了另一个情况——沈力暂时并没有自己的办公室！

电视台有限的空间，无法容纳成倍增加的人员。于是，沈力只好将办公室暂时放在楼道里。一位部主任深知沈力的老实，打开自己办公室的门，请她进来，还答应借给他们组一个柜子。沈力高兴极了——她终于有了立锥之地，于是，他们先占满了那个柜子，又将观众来信的纸箱抬进来，接着还有观众寄来的有苍蝇的酒瓶、不合格的衣服……加上他们七八个人开个会，也得"借"这间屋子，简直喧宾夺主了……

也许，沈力并不需要一个办公室，因为，她难得有安静地坐下来的机会。她要考虑选题：从文学、音乐，到做饭、裁衣；她要写串联词，要合成全部节目；人员不够，向外单位借，她要去联系、了解、安排调一个人，难极了；她要去上报节目、录像，然后再请有关领导审查；她要登记节目、造册，领盒订书钉也在她的日程上。她简直成了“不管部长”。

前一段时期，她还有一项很繁重的工作：看大量的观众来信。中午，搭几张椅子，躺一躺，可躺在椅子上，手里得不断地拆开一封封来自全国四面八方的信。“看了信，就得处理，该转的转，该回复的回复。”沈力把“为您服务”理解得如此广泛和具体：一位观众寄来带苍蝇的酒瓶，沈力看了，转信给工厂，厂方立即解决了问题；一位女同志来信说“丈夫怀疑孩子不是自己的”，沈力他们找医生、跑法院，问清了办法，回了信；武汉一位学生考大学，分数够，却被“后门”顶了，信写得那么气愤，沈力他们及时将信转给有关部门，这个年轻人被录取了……

这样一来，《为您服务》组的威望高了，而观众来信的数量也骤增了。1983年1月至8月，他们收到的来信已近三万封。所幸目前有个同志开始专门分管这些来信。可是，有些信，沈力仍要过目。

如果追寻一年来沈力和她的组员们的足迹，人们会发现，他们是在用责任感和紧迫感建造着事业的丰碑。一年来，他们已独立录制了一百多个节目，这个三位数，便是他们“为您服务”的写照。

我告别沈力，走出电视台。

她谈了这些，似乎都平常，我该怎样找到这篇文章的“眼”呢!？我这样想着，下意识地回头望了一眼已离去的她。

可是，哪里还有她的影子？这正是临近中午下班时分，人们从大楼里平房中拥向车棚、食堂、大门口。沈力呢？她那纤秀的身影，早已汇入了这滔滔人流之中。

我忽然想起那形成滚滚江河的第一滴水。当它出现的时候，它就希冀着江河的出现；而江河出现之后，它便融身于其中，再也分辨不出来了。

是啊，她不过是一滴水——从某种意义上说，是第一滴水。

1984年2月　北京

附 后

这篇作品发表在《报告文学》杂志1984年第1期，后收录于《中国荧屏第一人——沈力》一书（中国广播电视出版社出版）。

写这篇作品时，开始我觉得很困难，因为采访所得，几乎没有什么惊天动地的事情。但，正是这淳朴、天然和真诚，让我感到了平凡的分量，感到了采访时她的一言一行让我受到的教育。

以后，我们成为好朋友，过年过节，总要互相问候。起初，春节时，她会早早寄来一张漂亮的贺年片，上书我和爱人的名字；后来，提倡环保，她就改打电话，总是赶在我之前拜个早年。

后来，她爱人老吴得了癌，不仅病得不轻，而且情绪低沉得令沈力无措。于是她电话里对我说："怎么办？我怎么劝都没用，你来说说他吧！你平时说话就有条有理。"我慨然答应。

约好时间，我在家等他俩。那时我家住六楼，没电梯。我想不出她怎样扶着老吴一级一级地爬上来的。当我开门迎进他们，看到老吴额头上一层细汗时，眼泪在我眼眶里打转。

以后，老吴治疗，老吴转危，老吴去世……这所有的过程，都是沈力那副柔弱的肩膀担着。

后来，她搬回真武庙二条的住处。我曾向她约稿，她以《室雅何须大》为题，写了一篇散文，表达了她的平静、知足的心态。这让我很放心。

1999年，她送我一本书——《中国荧屏第一人——沈力》。那时正值她主持人工作40周年，也是中央电视台建台40周年，于是，一个关于沈力主持工作40年的庆祝和研讨会举行了。

这本书就是这个会议发言的结集。书的装帧，可用"简陋"二字概括。书的"后记"中还说是由上海电视台"慷慨赞助"。我拿起书，一通抱怨。沈力却笑着说："挺好的！"

我从这本书里看到白岩松在评价沈力主持风格时说："风格是最大的艺术。"他特别强调沈力形象给观众的"温暖"，使人们"第一次从电视上感到人性的关怀和温暖。”

敬一丹在发言中提到了我的这篇作品《第一滴水》，她说：这第一滴水已经很平静地融入了这片汪洋。她称沈力是“主持艺术的常青树”。

赵忠祥、倪萍等都发言或题词，称沈力是“表率”。

读完这本书，我对沈力说：你说的“挺好的”，我懂了。这么多人说“好”，能不“挺好的”吗？

她又是那么一笑。

3年前，我忽然找不到她了。座机无人接；手机关机。我预感到有什么不祥之事发生了。她从来没有这么长时间不理睬我，而且，这中间还有个春节，连个电话都没有！

就这么过了一年，有一天，电话里传来她的声音。我立刻大喊：“你上哪儿去了！”

她平静地说：“听我说，我现在就把发生的事一一告诉朋友们。”

她得了癌症；治疗了近一年，现在病情稳定了。所以她打电话：让朋友们放心！她还说：总结教训，就是我生活不规律，忙起来吃喝不顾，免疫力差了，病就找上门了。

于是，她嘱咐我，生活要规律；不要完全拒绝保健品。还把她吃的保健品告诉我，让我一定要试一试。

这次通话后很久，她又犹犹豫豫地说：觉得心绪不好……

我忙说：我在读《心经》，我寄给你，还有别的书，读一读，会宽心的。我寄去了一大包书；她回话说：这么多呀！够我读多少年呀！

这以后，我家有了危重病人，我陷入了她当年面对老吴重病时的状况……等我喘过一口气，再给她打电话时，又是座机无人接，手机已关机……

我知道这意味着什么。我辗转托人打听她的情况，知者甚少。好容易搜集到一点信息，是说她病情有转化，前些日子住院治疗了一段时间，稍稳定，现在住到儿子家了。

她有两个儿子，但我不知道如何能联系到他们。而我更多的是想到：沈力不愿因病惊动大家，她宁愿自己默默地挨着重病的日子……

这样想着，我泪流满面。但转念又一想：上一次她不是消失了一段时间，又回来了吗？这一次，也会是这样，一定会是这样。那么，我就每天每夜地开着手机，守在电话机旁，等她。

一定能等到她的声音从电波中传来的那一天。

2016年9月　紫芳园

明月行

——记女剧作家白峰溪

先写几行

50年代起，她就蜚声于话剧舞台，是被人们羡慕的名演员——那时，她是坚贞的刘胡兰（《刘胡兰》），是泼辣的春玲（《迎春花》），是热爱生活的桑妮亚（《曙光照耀着莫斯科》），还曾是可爱又可怜的鸣凤（《家》）。当田汉的话剧《文成公主》名盛一时的时候，“文成公主”便与她的名字连在一起。

当然，在后来那个漫长的动乱年代里，她和许多人一样，在困惑中沉默了许久；而在百废待兴时，当文艺焕发着朝气时，人们却在剧作者的行列中发现了她的名字——白峰溪。

那方言抒情诗剧《窑洞灯光照千家》情深意长；《撩开你的面纱》（与王景愚合作）充满时代的气息。待到《明月初照人》时，她融于剧中的见地，已使人刮目相看。近期，她的新作《风雨故人来》又以一种近于严峻的美，引人注目。

那么，她是一帆风顺了？不。当她站在“知天命”的年轮线上回首往事时，却选择了这样两个字来概括：跋涉。

她会充满深情地回忆起年轻时的一件事：

她随团演出，来到戈壁滩，那映衬着敦煌石窟的月牙泉实在令人神往。于是，她和几个同志相约去寻访。20里路，步步都是沙掩石埋，步步都要拔腿前行。在这热得连蚊子都难生存的戈壁滩上，走完这20里路，简直流尽了全身的汗！当月牙泉的清水洗涤着她的疲劳时，她回首望着来路，久久地寻找着那已被流沙淹没的足迹……

这段往事虽然平淡无奇，然而白峰溪却说：“从那以后，每当我要演一个新角色时，每当我要写一个新剧本时，我总会想起戈壁滩上的跋涉。我想，我的一生正是这样，经过一段又一段的跋涉，去寻找一个又一个月牙泉……”

芽儿和它的成功之花

“成功的花，人们只惊慕她现时的明艳，然而，当初她的芽儿浸透了奋斗的泪泉，洒遍了牺牲的血雨。”这段摘自冰心《繁星》中的话，白峰溪端正地抄在一方小小的白纸上。

幼年时，在“拉锯地带”，战火枪声是她人生最初的教科书；老祖母教诵的《千家诗》便是她的启蒙课。14岁时，她考上了华北人民革命大学，拎着个小包袱，只身来到北京。从此，她的生活有了五彩缤纷的颜色，她开始不断地为自己寻找新的奋斗目标。

半年后，她被分配到革大文工团。文化低，她自学着提高文化。

写文章，提笔成文，好难啊。她就要求担任小组会的记录，还争着每周去写那个别人不愿写的小组总结。周末了，别人相邀进城去玩，白峰溪却占有了这难得的清静。她字斟句酌地写着小组总结，不时翻着字典。草稿写完了，一念不好，撕掉——再写！好容易写完了，还要改几遍。然后，一笔一画地誊一遍。她双手将这份总结交给小组长王春元，那一刻，她忐忑不安地如同向老师交试卷的小学生一样。薄薄的几页总结，王春元几眼就看完了，随手还画出几个错别字，纠正几个标点。间或，还修改几个句子。末了，将这几页纸还给白峰溪时，还会赞许地一笑：这个小白，真认真！她回到宿舍，看着那总结上的圈圈点点，逐一地琢磨。把纠正过的错别字，认真地照写几遍，再翻翻字典，比较一下：为什么要用这个字，而不是那个字……就这样，白峰溪用了不知多少个周末加星期日，翻了多少次字典，认真琢磨了多少页被圈改过的小组总结，她终于能文通字顺地写文章了，又终于能写出些颇带文采的文章。后来，当她成为演员时，她终于在报纸上发表了创作角色的体会。如今，她终于写出了人们瞩目的剧本，而且是一个接一个。

岁月，就是这样伴着艰难和奋斗后的成功流动在白峰溪面前。在话剧舞台上，她的每一个成功的背面，便是成倍、成十倍的艰辛——

那是排练话剧《家》的时候，当时，她正在《刘胡兰》中任主角，演出尚未结束，她就得排练鸣凤的戏了。虽然她的身姿、神态酷似鸣凤，但她对这个角色却十分陌生——“干吗要去跳湖自杀，干脆和觉慧私奔算了！”她总这样想。也难怪，她在“革大”长大，怎么能体会可怜的鸣凤的苦楚。于是，投湖那场戏，她怎么也流不出眼泪。严厉的导演着急起来，是会挖苦演员的，而小“鸣凤”挨的挖苦最多。她并不怪导演的苛责。一个晚上，她决定到黑暗中寻找鸣凤的灵感。她悄悄地离开了灯火辉煌的东单大街，独自向南，走向崇文门的护城河边。深秋的风，冷飕飕的，路上已少见行人，偶尔擦肩而过的什么人注视她一下，她顿感毛骨悚然。她终于来到了护城河边。河岸沉寂，断墙、老树全在浓重的黑暗中若有若无。河水黑黝黝的，隐约可闻的“哗哗”声，使人不寒而栗。身后的黑影里，总像有谁在窥探。她目不转睛地望着那水，望着它自得地悠悠流去，她感到了它的阴森、冰冷，乃至可怕。遥想当年封建主义的如山重压，她忽然明白了鸣凤在湖边的悲哀和绝望，鸣凤的台词变成了她此刻的心声……

回来后，她病了一场。然而，从此那个小鸣凤却在舞台上演“活”了。

当然，白峰溪不是没有过成功的喜悦，但是，她知道浸透这喜悦的艰辛，更知道要得到第二个、第三个喜悦，就得重新付出第二次、第三次心血和汗水。“这就是人生嘛！”正因此，她将演文成公主时难以描绘的艰辛，视若正常的人生的节奏。为了文成那走起来耳环不动的轻盈步伐，她可以在自己小小的房间里走上几十分钟；在排练厅的镜子前，她从墙壁的一端袅袅走来，眼睛盯着耳环，只要耳环稍一晃动，就返回去，重新走。一晚上，光这一走，就是几十趟……这一切，都化作了上台时浇灌成功之花的雨露……

大海和来自它的一掬水

“一个艺术家，应当在生活的海洋里，浸泡自己的每一个细胞。”白峰溪的创作手记中这样写着。

她正是在这种“浸泡”中，分辨了真善美和假恶丑，萌生了创作的激情和灵感。

她时时想起桃园村那位大嫂。她下乡劳动时住在大嫂家，从第一天，便没有一点陌生感。那是因为，从第一夜开始，大嫂便在她枕边，家里院外，儿女婚事，直说到鸡叫。这些掏心的话，暖烘烘的，驱散了寒夜的冷清。当她该回城时，大嫂家套上胶皮车送她到火车站，给她安顿好火车上的座位。临下车，悄悄留给她一个包包——火车开了，她才发现。打开一看，是大嫂家自产的苹果、核桃，她连忙探头到车窗外，泪眼朦胧中，望着大嫂站在那小车站上的身影。她久久地回味着这一段生活，难以忘怀，她在这里感知到了人间醇厚的真诚。

还有一年，她在冉庄深入生活，平日就瘦弱的她，突然得了中毒性痢疾，差点儿送了命。在高烧的半昏迷中，她只知道一位大娘整夜守在她身边，那粗糙的手时时摸摸她的额头，端水喂药，脚步轻轻，她觉得那就是自己的母亲。住院治疗的几天里，来看望她的乡亲们连日不断，人们叫着“白姐!”把自己带来的礼物轻轻放在她的身边——一包红枣，一袋核桃，一捧小米，一堆小沙果……还有，一把酸枣面（这准是哪家的孩子送来的），有的用一层层报纸包着，有的用一小块旧布裹着。多轻的礼物哟！可又是多重的情意啊!

于是，这个在舞台上、宴会上都令人瞩目的演员，在这些满是泥土气息的庄户人家，获得了自己的地位——人们都叫她“白姐”。她在施过肥的水田里，一蔸蔸仔细地插着稻秧。她串门访问，总是随手抱起人家的孩子，不管那孩子的鼻涕、口水抹在她的衣襟上。她在长长的沟垄里捡花生，经常落在别人后边，可是你去检查她捡过的那垄，几乎一颗花生也没落下。她可怜一家孤儿寡妇，经常接济他们，临离村回城时，脱下自己的绒衣绒裤留给他们，而她却衣裤单薄地冒着深秋的寒风走向火车站……

这便是人们记忆中的“白姐”，她是他们之中的一个。她从“庄户人”那里感受到淳朴，她也把自己的真情留给他们。那时，他们不会想到，在她后来演春玲、春妮时，在她后来写范大婶和春嫚时（《明月初照人》），在她眼前纷纷聚拢的，正是他们——这些称她为“白姐”的“庄户人”。

她还记得武清县那位妇女干部。她刚下火车，找到这位妇女主任，想请她介绍一下妇女工作的情况——那当然是两个人坐在办公室或者招待所的房间里。可是，这位主任，并不顾及她旅途的风尘仆仆，一把拉住她说：“走，跟我解决问题去!”于是，她看到了这个基层的妇女干部，如何风风火火奔走于东家西舍，又如何为了排解纠纷而口干舌燥。对那些歧视妇女者，她横眉怒目；对那些自轻自贱的女性，她又恨铁不成钢。“好一个快人快语！”白峰溪想，“和下来前想的那种温文尔雅坐在办公室的样子，全然相反！”后来，当她写《明月初照人》时，几乎不费周折地为剧中的快嘴大嫂找到了生活中的原型。

当然，无限的生活与有限的创作不能那样一一对号。一位年轻人曾问过白峰溪：“您写一个剧本，深入生活用了多长时间？”白峰溪茫然了——从何时算起呢？她感到难以奉告。在生活这个漫无边际的海洋里，她时时都在切切实实地感受着。

记得在写《明月初照人》之前，她并不知道自己笔触所及，会是什么题材。她每天上班，要经过全国妇联信访室的门口，她看到过一个蓬头垢面的妇女，带着年幼的儿女等在那门口。她也看到过一个目光呆滞、形容憔悴的姑娘靠着小小的行李卷，蜷曲在那门口……这信访室异样的气氛吸引着她——她关心这些远途而来的妇女们。她凑上前去，试探着接近她们。于是，她们的悲伤、痛苦、愤怒、抗争，混合起来，开始擂击着她的心……几天后，她终于走进了信访室的大门。

在这里，她看到了什么呢？——被富贵者抛弃的孤苦的母子；为抗婚而只身出逃的年轻姑娘；为负心男人侍奉着年老公婆的苦难女性；为不能生育男孩而身受苦刑的母亲……

在这里，她听到了什么呢？——刚烈的女子被逼婚而跳崖殉情；好端端的姑娘比一口猪要便宜100元；夫权、族权的绳索在有些地方简直如同旧社会；拐卖妇女的罪恶在有的地方竟然是明火执仗……

她看着，听着，这个素来柔弱的女性，在激情中流出了眼泪，又在泪水中迸发了激情。几天来，她感到难忍的窒息，她觉得犹如一块重石压在胸膛。她带着沉重的心，迈着沉重的步，多次出入于信访室。几个晚上，她看着明月冉冉升起，又看着它缓缓西斜。而耳边却是信访室中那呜咽欲绝的泣诉……就这样，过去了十几个白天、十几个黑夜，白峰溪从困惑中看到了阳光下的黑暗角落（记得《中国妇女》杂志发表《妇女也是人》的社论时，她对重提这如此古老的口号，曾经十分不解）。她思考着：生活就是这样，将光明与黑暗相交织，将幸福与苦难相错落！不知是多少个晚上了，白峰溪仍然对着明月感叹着、思考着。“唉！‘江畔何人初见月，江月何年初照人。’”唐代诗人张若虚的诗句，骤然吟出——这是幼时祖母教给的，那时，并不解诗句的清丽中萦绕着多么缠绵的情丝。此刻咏来，却是她探求中的寄托。

就这样，她在信访室那眼泪涌成的生活波涛中，获得了切肤的感受，获得了下笔的力量。她觉得，她无法去一一擦干这些受难的姐妹们的眼泪，但是，她要用自己的笔，去为姊妹们抗争，去讴歌“半边天”。

如果说白峰溪也有得天独厚之处，那便是生活对她的特别厚爱。将她的剧作，比作她双手捧起的一掬水，那么，这是绝对来自生活海洋中的一掬水。

使命感和三个惊叹号

当“四人帮”走向历史的审判台时，人们长久的压抑，都汇集成爆发力，喜庆、狂欢，大快人心。而当一切都趋于平静，需要思考如何重新开始时，却有许多人经历了彷徨、沉默，甚至被惶恐的失落感所攫获。白峰溪也曾苦恼过：有什么比失去了舞台青春更能折磨一个演员呢？但是，她觉得，一个人总不能懵懵懂懂生活，就像年轻时自己不愿凑凑合合演戏一样。于是，她默默地拿起了笔……

1977年，她写了方言诗剧《窑洞灯火照千家》，寄托了举国万民一月的哀思；然后，又与王景愚合作完成了《撩开你的面纱》。而后来，当电影、电视摆出了优胜者的雄姿时，有那么一段时间，话剧界的人才流失出现了险情苗头：话剧上座率低（有的外地剧团，一个戏只演三五场）；有的话剧作者去写电影、写小说了；有的话剧演员上银幕了，等等。当然，这一切都可以不是白峰溪这个小人物所忧虑的，然而，她却深深地为此忧虑起来。

对话剧舞台，她有着如同对母亲般的赤子之情，从穿上“革大”那过于肥大的军装起，是党把她培养成一名话剧演员。她为自己指定了一块终生耕耘的土地——话剧事业。至今，她已谢台多年，但那丝绒大幕、五彩灯光，仍使她如痴如迷。面对“水土流失”的此情此景，她却横下一条心，在自己家那小小的天地里，开始了艰难的“耕耘”。

那是创作《明月初照人》时，酷暑的炎热，使人窒息，一阵小风都像上帝的甘露。然而，白峰溪却坐在家中那窄小的楼道里——只有这里才有一阵小风流过。一个小小的板凳，铺在膝头的稿纸，笔杆的一端已印上了重重齿痕。这样一坐，就是几小时、十几小时。有时，一天的劳动，会在一瞬间付之一炬。就这样，在不知不觉的过度劳累中，她得了直肠瘘管，而且已经十分严重。八月的暑热中，无法彻底做手术，只能临时性地处理一下。大夫嘱咐她："好好休息，天一凉快，马上来做手术！"于是，她又艰难地走回去了。

"病，看得怎么样？"在空政话剧团当演员的女儿，特意回家看看妈妈的病情。

"哦，我准备到桃园去，再生活一下……现在的农村人，到底不像十年前了……"她的所答全然非女儿所问。

她沉浸在她的剧本创作中，她顽固地按照创作的思维生活着，任谁也无法中断和改变。于是，她离开家，去桃园了。

本来说好，下火车有人接她，再给她联系好去桃园的车。可是，像是有意作难这个任性的病人似的，一下车，联系的人恰恰出差了。旅途的劳累该使她却步了？何况她还病痛在身！她蹲在青纱帐边，一筹莫展。一阵热风卷着沙土扑来，干燥难忍，连眼睛都难以睁开。她只好站在公路旁，询问着，等待着——总会有一辆开往桃园的拖拉机吧！可是，一辆辆拖拉机开来了，又开去了，竟没有一辆去桃园的……她一咬牙：今晚，走也要走到桃园去！

她真的沿着公路朝前走了。可是，忽然身后一阵"突突突"的声响，回头一打听，竟是去桃园的拖拉机！"心诚感动了土地爷！"她在费劲地爬上拖拉机时，这样和自己开着玩笑。可是几声"突突"之后，她的意外的欣喜消逝得无影无踪——直肠瘘管的严重病痛，在这坎坷的乡村公路上，在这颠簸的拖拉机上，严肃地提醒了只身远行的女作家：不要太罗曼蒂克了！于是，她只好又咬紧牙、皱紧眉，忍受着。一路颠簸而终于停车时，满身病痛的女作家，实在应当去招待所住下，那里总是这偏僻乡村的最佳所在。可是，几乎连犹豫都没有，满是尘土的她，提着旅行袋，选择了一位大嫂的家……

"这真是不要命了！"她的爱人无可奈何地说。这时，白峰溪已从桃园回来，病情加重，不得不立刻住院治疗了。加重了几倍的病痛，迫使她躺在了久负盛名的卢克杰大夫的病房中，并且做了手术。可是，在这简陋的病房里，她却让创作和疾病轮番折磨着自己……当然，后果是她没有预想到的，当卢大夫对她说："你手术后，出现了假愈合，必须重做手术！"这时，她慌乱极了，害怕极了，当然，也为时已晚了。她只好压抑着创作激情，挨到出院。

出院时，医生在证明上写着：继续全休。但是，她的台历上，却记录了这样的日程表：11月3日出院。11月10日—12月25日，剧本一、四幕写完。第二、三幕在住院期间已完成！

至此，话剧《明月初照人》的初稿，在作者的病痛中，完成了。

这真是泪水和心血的结晶啊！她要向人们奉献什么呢？

"真情！"这是她的肺腑之言。

一个多么严肃的笔耕者！

当然，创作的道路，并不因为她的严肃而变得平坦些。她既然要在创作这条路上迈步，她就应当尝到稿纸内外的艰辛。正因此，《明月初照人》带给她的欢乐如昙花一现，而沉重的思考却长久地留在她的心里。剧本问世后，接踵而来的便是一场争论。有人说：它是不良文艺思潮在话剧创作中的表现。有人说：它开拓了描写社会主义伦理道德的新领域。总之，毁誉并存。

无须披露在这场争论中作者所经历的日日夜夜。在一切趋于平静时，她写了这样一段日记："为了艺术，你不仅需要雨露、阳光，需要养料、土壤，你还应当需要暴风雨。当观众用掌声承认了你时，你的一切艰难、痛苦、泪水、心血，全都会变成你成功的基石。"于是，在《明月》争论甫息时，她已为自己找了一条明确的创作道路——从妇女题材中，探索人生的哲理。她带着清醒的使命感，迈出了更坚定的一步。

新的起步，从妇产医院开始——这里是女性会集的地方。穿上白大褂，戴上白口罩，人们叫她"白大夫"。在病床边，她娓娓地向产妇讲解着简单的医学知识。在产房门外，她安慰着焦急的产妇家属，还要宣传生男生女都一样。她铺好病床上的被褥；给呱呱啼叫的婴儿换尿布……

生活又让她看到了另一面：生了男孩，婆母、丈夫把巧克力送到产妇的唇边。生了女孩，产房外的守候者早无踪影……

白日所见，使她夜不成寐——她在构思她的新作。写计划生育？写重男轻女？尤其是那个嫁给侏儒的年轻姑娘，简直是一场现成的"戏"。那姑娘，是从农村买来的，生了个男孩，那侏儒丈夫和婆母喜得在病房里团团转。那男孩分明也是个侏儒——大夫们量过他的身长和四肢。可是，年轻的母亲含着眼泪说："他不是……他和他爸不一样……"生活中竟有这样情节起伏的戏！

但是，白峰溪几乎是在想到这一切时，便坚决地否定了它们。引人眼泪的情节，未必能引人思考。这几天，她一直在想着高尔基的话："多多重视思想吧，促进思想产生出来吧！"她不是想要在创作上"跨越"自己吗？那么，必须是在产生剧本的同时，产生思想。这样，她在许多现成的生活素材面前，绕道而行了——她迟迟不肯拿起笔来……

她又在一条难行的路上，经历着行路难的覆辙：每天早上的第一件事，便是对自己昨夜构思的否定；一个人在固定的地方，又是一坐几小时；也曾拿起笔，甚至写完了一场戏，可是念给爱人一听，一看他的神态，便将那几页纸撕成碎片……

是这样的"难产"——她习惯地用了妇产医院的术语。终于，有一天，当这种"难产"伴随她挨到下午1点钟时，她才想到该吃饭了。于是，站起来。忽然，壁角的书柜，房顶的电灯，一切都在她眼前旋转起来，从慢到快，直至倏然消逝……当她感到一阵冰凉而清醒时，她意识到自己是躺在水泥地上。

事后，女儿数着她的脉搏——每分钟140下，流着眼泪对她说："妈妈，你会把自己搞垮的！"爱人也劝她："不能这样拼命了！你50岁了！"并且每天早上在去排练场前，为她冲好一杯牛奶。

可是，谁能想象，在白峰溪孱弱的身躯里，竟能爆发出这样的生命力。当她跨越了这场疾病后，她又搏斗着更年期带给她的种种磨难，拿起了笔，开始进行这场力透纸背的创作跋涉：她勤奋地调动着自她懂事以来所记忆的全部素材，她兴奋地回忆着妇产医院里的一切见闻，她思考着在《中国青年》杂志编辑部看到的许多信件，她多方试探她的剧本应取的角度……凝聚，升华，她终于寻找到了："女人不是月亮！"这是年幼时就铭刻在心田的话语。"她不借别人的光炫耀自己！"——我们的女作家，在几十年后，这样完善了它。

她塑造了夏之娴和彭银鸽母女两代的动人形象。

当她完成《风雨故人来》的剧本，掩卷深思时，女儿望着憔悴的她，问："妈妈，创作得这样艰难，你要得到什么呢？"

"三个惊叹号！"她脱口而出。语气中，没有丝毫狂妄，却充满着执着和坚忍。

后 记

白峰溪以她的“女性三部曲”的问世，奠定了她在中国戏剧界的地位；她也以这三部话剧赢得世界戏剧界的注目，从而列入世界女剧作家的行列。当荣誉与光环使她光彩夺目时，知情的朋友们，却感慨着之前她经历过的被颠簸的日子。

那是1981年，盛夏之际，《十月》杂志当年第4期，全文发表了她的第一部大型话剧《明月初照人》，油墨未干，一场争论的风暴骤然袭来，让她和《十月》杂志防备不及。

报刊几乎每天都有关于《明月初照人》的文章，不仅北京的报刊，连陕西、安徽等外地的报刊，也卷入了这场激烈的争论。批判者的切入点，几乎都在剧本主人公方若明和她的女儿方玮身上。矛盾集中在方玮不知情地爱上了年长自己二十多岁的指导老师，而他恰是年轻时与母亲分手的情人。

其实，这个以十个女性角色组成的三代人的剧本，映示着现实中每个人物的命运和对人生的探究，但这么丰厚的内容，被推却在后，母女间的感情经历的巧合被提出来，放大成一些人文章中的“乱伦”等叫骂声。还有人打电话质问剧院，并要求公布剧作者的身份……

平时柔弱的白峰溪有些惶恐，她从未像现在这样，面对山一般的压力。

有朋友传来消息，说中宣部提出要批判“白色精神污染”，点了17部作品的名字，其中就有《明月初照人》。

几天后，白峰溪被通知到中宣部开会。会上，贺敬之同志说：有人说我保《明月初照人》，这不确切；我只是就有些人提出剧名“初照人”，难道过去就没照人？针对这个提法，我解释说，这剧名是一句古诗。

这个令人费解的发言，在那个陌生人环围的会上，让白峰溪莫名地感到一种平和的暖意。接下来的讲话，就变换了节奏。有领导严厉地批评了文艺界的精神污染，句句如利刃。虽然没点作品的名字，但白峰溪觉得句句都是冲《明月初照人》来的。

这是正式“争论”序幕的拉开，那些谩骂式的报上的豆腐块文章，此时倒显得那么没有力度了。

有一天，剧院里的人递给严忠颖导演一本《人民戏剧》，严导是白峰溪的爱人，他接过杂志一看，目录上用黑体字排着《评〈明月初照人〉的母女感情纠葛》，署名者是戏剧界赫赫有名的一位大人物。

老严掂着这本杂志，思忖着：要不要给小白看？光那署名就会吓她一跳！

但老严还是决定把杂志给白峰溪看，他说：让她变得坚强些吧！这就是风雨呀！

后来，又有中国文联内部杂志刊登了戏剧界重量级人物的文章，点名《十月》，并批评《明月初照人》探索方向的不正确。

接着，国家级的大报上转载了这些大人物的批判文章，一部话剧，被推到了风口浪尖上。

那时，虽然这些批判文章重磅推出，但对立的观点，也鲜明地陈述不止。

这部戏的导演陈颙说，母女感情的矛盾，并不是全剧的主要情节。它只是人物心灵的一个层面而已。她对白峰溪说：小白，我们的初衷是把希望和思考带给观众。

更有评论家王春元、王正，也先后发文，力陈《明》剧主人公方若明是舞台上不曾多见的人物，而作者精准细致的剖析，是对生活的深层探索，从而具有现实意义。

剧作家吴祖光，更是力荐《明》剧成为《十月》文学奖的获奖剧目。

在一片纷争声中，白峰溪在后门桥的家中，小小的房间成为话剧创新的讨论会场。剧院内外的朋友，经常三三两两地来到这里。除了激烈地抨击那些“抡大棒子”“扣大帽子”的文章外，讨论内容会自然地转向话剧创新的探索上来。严忠颖好茶好烟地招待着，他自己就是一个激烈争论者；白峰溪则笑眯眯坐在一旁倾听。当朋友们散去时，老严呵欠连连地收拾着，小白则打开台灯，整理刚才的记录。这期间，还有不少戏剧性的事情发生：

王正说，他到外地出差，有学生们知道他是北京戏剧界的，拉着他就讨论《明月初照人》；小白还在一天下班后，捡到门缝里塞进的一张纸，上面抄录着一位外国名人的语录，大意是说：如果你的作品让大家都说好，那大约没有什么价值；如果你的作品所有人都说不好，那或许还有些价值；如果你的作品一半人说好，另一半人想把你撕得粉碎，那你就完全成功了。

小白保存了这张纸，她小心地把它夹在剪报的贴本里，她知道，这是这一阵风雨的见证。

后来，《十月》的编辑来了。小白激动地拥抱了他们。因为小白知道，《十月》刚经历了电影剧本《苦恋》被批判的重创，《明》剧又让《十月》陷进旋涡，白峰溪心中一直为此不安，但《十月》的编辑并未谈《明》剧的争论，而是直问小白下一部话剧何时开始创作？

这似乎把小白一把拉上了岸，她是在《明》剧交稿时，就说过下一部剧要写一个妇产科医生呀！

或许就从这时起，那被争论的暴雨一度淹没的创作欲望，又渐渐浮起，她终于在风雨未息中，奔向位于骑河楼的妇产医院，寻找她第二部话剧《风雨故人来》中的主人公夏之娴医生。

1983年《十月》第5期上，又全文刊登了白峰溪的新作《风雨故人来》，这部有四女二男的大型话剧，重提千年老话题“男尊女卑”的观念，揭示它如何深藏在现实中，令人吃惊地左右着人们的生活和命运。著名产科医生夏之娴年轻时因为不弃事业，与主张她当贤妻良母的丈夫彭仑分道而行，几十年后，她的女儿彭银鸽又因学业优秀面临出国深造的机会时，遭到婆婆和丈夫的激烈反对。从风雨中终于回归的丈夫彭仑，反思了现实中隐藏极深的封建思想对我们隐形的影响，引起读者和观众的深思。

这个剧本发表时，并无太大风雨，有人著文说，这是压在箱子底的东西。但毕竟改革开放好几年了，观众中的大多数，都以开阔的视野看待了这部剧作。中国剧协还组织了有凤子等戏剧界名人参加的研讨会，使《风雨故人来》获得很高的评价。

1986年，白峰溪的第三部剧作《不知秋思在谁家》问世。《十月》又在第5期刊登了这部剧作，它仍以女性问题、女性角色为其特点，展示了两代人在现实中的困惑。母亲苏重远，事业有成，但她的三个子女却让她茫然面对：大女儿离婚，二女儿淡漠婚姻却热衷经商，小儿子爱上一个女模特。在苏重远迷茫困惑的同时，三个年轻人也在困惑寻找出路。

导演王培在阐述这个剧本时特别强调了它的现实意义，还指出它不是在写一家一人一件事，而是在写人生的困惑和冲破困惑的探索。

至此，白峰溪完成了她的女性三部曲。

剧协举办了“白峰溪作品研讨会”；朋友们自发地聚餐，祝贺她的成功。

席间有人说："白峰溪起步于《明月初照人》，又在《明》剧的大争论中百炼成钢，才有了今天这三部曲；而她的剧作，风格清丽典雅，意境深远，如明月一样，这真可谓：清雅如月白峰溪呀！"

严忠颖回来后想起了这段话，他说，这才意识到，小白的剧作，风格如月呀！

这三部曲后来连续获得三届《十月》文学奖，也使白峰溪的剧作不仅被国内戏剧界关注，国外的戏剧界也一致认为：白峰溪是专门研究中国妇女问题的剧作家。

自此以后，白峰溪的这三部剧本，不断被各种剧本集所选中，她也被邀请参加奥尼尔中心的戏剧盛会，从而走向世界。转过一年，在美国召开的第一届世界女剧作家大会，邀请她出席；与此同时，纽约州府欧巴尼大学又邀请她讲学，白峰溪带着重任出发到美国。

在第一届世界女剧作家大会上，白峰溪被列为"先锋剧作家"之一，而她的发言题目是"为什么女剧作家的作品常常引起争论"。从没想过自己的作品会列入"先锋派"的白峰溪，恰恰用在论坛上的发言回答和论证了这个现实。

这次大会上，美国大学生们演出了《明月初照人》的片段。她们流利的台词表达，让白峰溪体会了什么叫作艺术无国界。观众和代表们观剧的热情，大大鼓舞了她。当他们念着台词，问她：怎么会想到"忘记一个人比记住一个人更难"这样哲理的台词呢？她几乎忘记了语言的隔阂，用中文侃侃而答，连现场的翻译都为她竖起大拇指。带着女剧作家大会的激情，白峰溪应于梨华教授之约，为戏剧系的学生讲《家》中的鸣凤为何自杀？这个角色是白峰溪年轻时扮演的成功角色之一，尽管时间已遥远，可是她当年为此所做的功课却深记在心中。她生动的讲述，激发了学生们研究的热情，一场中美戏剧人研究讨论中国经典名著的课堂教学，让讲课者白峰溪获得极大的愉悦。

接着是几年后世界妇女大会的亮相。这个世界性的会议在北京的怀柔召开，这个并非戏剧界的会议，让白峰溪跳出戏剧界，将眼光投向界外，关注着全世界妇女在现实中的生存状态。她以《透过女性的眼光看世界》为题，站在一个新高度上，代表全世界妇女，对眼下的世界做了评判。

到此，梦想和光荣一起降临于女作家白峰溪，她反倒有些茫然失措。有人让她回顾成功之路时，她竟不知从何说起。中国青年艺术剧院的同行们代她说道：白峰溪简直是一个“奇迹”，她以最快的速度走完了一个剧作家的成功之路。

或许这个说法，提醒她记住三个时间点：1981年、1983年、1986年。这三年她的三部著作依次发表，这应是她一生中生命的记忆，它们记录了她的艰难前行，也证明了她生命的辉煌。

附 后

这部作品，最初发表于《文汇月刊》1987年第2期。编辑赐名为《女人不是月亮》。发表时没有现文中的后记。现文的“后记”中，补充了《明月初照人》发表演出后的激烈争论。当时（写《女人不是月亮》时），这些内容都在禁忌发表之列。

现在的白峰溪，已是81岁的老人了，她的爱人严忠颖导演因病去世后，白峰溪受到女儿的悉心照顾，但她不肯离开位于架松的青艺的这所住处，她觉得这里是她和老严的家，晚年的记忆，全在这个老屋中；有时，她会辗转坐车来到后门桥，远远望着那个排列在五层楼中的居所，怀念她一生中最艰难也是最辉煌的记忆——那是三个剧本诞生的地方。她记着那个只有21平方米的小屋，那过道里的凉风，连当年屋中的摆设和去过的朋友，以及他们高谈阔论的场面，都从她记忆的长河中流过来。

1981年，当我作为《十月》的编辑，到位于东单的中国青年剧院组稿时，我并不认识白峰溪，是剧本组的负责人余林把《明月初照人》的初稿交给我。带回编辑部一看，我就被吸引了。

但，它发表了，轩然大波也随之而来，当时《十月》正受批判电影剧本《苦恋》的冲击，刚刚平息；不想《明》剧又引火烧身，但是，作者的潜力使我们不能罢手，于是就有了她的第二部、第三部剧本的刊登，和连获《十月》文学奖的奇迹。

这样的经历，使我和白峰溪成了莫逆之交，我随戏剧界朋友，叫她“小白”。事业的困惑、家事的纠结，常是我们谈论的内容。甚至有段时间没联系，彼此都会说出“我很想你”这样温暖的“情话”来。

小白是个不事张扬的人，她好学、好思考，她的超人的敏锐和敏感，常是她高兴或痛苦的根源。“你这样的人不写剧本，谁还能写呢?”我把这句并非揶揄的话说给她，她低头笑了，笑容里我能捕捉出一点羞涩来。她对任何事情都用心极细，比如:《明》剧当年登在报纸上的小文章，她都剪贴成册，一直留到现在。前几天我为写“后记”到她家，她拿出那本剪报册，翻开来纸都发黄变暗，使我不忍取出——怕给她损坏了。

小白现在居住的这个院子，建于80年代中期，最初时，周围全是农田，孤零零的。那时，我到小白家去，在下公交车后，要穿过一个村子，村里的大狗狰狞，道路崎岖，冬天常常满村的路上都结着冰，让你心惊难行。

但几年转来，这周围已是高楼林立、灯红酒绿的世界。只有白峰溪住的这个宿舍院，被插掩在其中，兀自独立着。其实，这些楼中，青艺的故人们早已另选新址，风雨中也不会再来。但，可爱的小白却坚持不搬，她想守住的是这个院子里独有的清静。

楼里没有电梯，小白每天拄杖下楼，在院中走几圈，看看那棵参天大树，再看那根蔽日蔓藤，眼光慢慢的移动中，眼前会出现自己的记忆、怀念和希冀。

过路的熟人问她：等谁呀？

她摇摇手中的一本杂志。她等的是同住这院的一位和她一样读书的邻居，她把杂志交给对方，对方会把一份《作家文摘》递到她手里。小白对我说：珍颖啊！孤独是一种生活方式；孤独也是一种享受呀！

在明明是独自一人的孤独中，却找出一份不清冷的感受来，这是一种什么样的境界呀！

前几天，我们讨论过人的生死问题。我们都相信灵魂的存在。但死后的躯体、骨灰呢？我说：还是入土为安呀！她却说：树葬不好吗？草木有灵啊！随大海漂流不好吗？多干净！多辽阔！说完伸展双臂，做了个很夸张的表演动作。

我哑然。心想：这个外表纤瘦的小白呀，她不再是当年婷婷袅袅的小女人了，多么磅礴的哲理大气托浮着她呀！她还可以挥笔写出一部大型话剧，让我们再好好争论一下呀！

2016年9月　紫芳园

你在百花丛中

最后一次见到苏予，是在她的追悼会上。

灵床四周是红花绿草，苏予就那么瘦瘦小小地躺着，除了双唇紧闭的嘴角，还留着她平时的刚硬、决断，其他的都悄无声息地被她带走了。

我将手中的一枝白菊放在她身旁，弯身的一瞬间，忽然觉得心痛了一下。

90岁，她走了，应当是无憾的事。但我痛惜她的，是她那颗平日“怦怦”作跳的心脏。有时，你离她很近时，仿佛能听到她的心跳，那么剧烈，那么不停息。从她沙哑的声音里，从她清晰明断的语言里，你都能觉出她的心跳。

这就是这个身材瘦小女人生命的力量。

我到《十月》时，苏予刚任《十月》主编不久。她正在把这个新生的刊物整合起来，定制度、分工作、联络各方。编辑部小小的三间办公室里，每天都充溢着忙碌而有序的气氛。

我被分配负责剧本版面。我有些畏难，因为戏剧不是我的专业，我只是一个戏剧粉丝。

苏予看出我的心绪，她没有安慰，只干脆地说：干吧！你能行！

之后，她拿起电话，打给凤子大姐。于是，我就去拜访了这位戏剧界的名人；而后，她又带我到吴祖光先生家。从此，我就经常往东大桥的吴家跑；后来，我就白桦、沙叶新、叶楠、白峰溪、高行健、何冀平……一路跑下去，将剧本栏目办得扎扎实实。

记得有一天，我在楼道里刚接完白桦的电话，（那时，我们和文艺室合用一部电话，电话就放在楼道的窗台上）转身和苏予碰个正面，她笑着，拍了一下我的肩膀，一句话没说地进了她的办公室。

这就是苏予的风格！回忆起来，那笑容，是十分深厚的。

作为编辑，我和主编苏予的相处和交流，是在工作中加深的。

1982年下半年，我将高行健、刘会远的话剧剧本《绝对信号》放在苏予的案头。

那时，小说的先锋潮流已为社会所关注，而戏剧界似乎因其“小众”，社会的关注度远不如小说。但，《绝对信号》在当时绝对是戏剧创作中先锋派精品。我也是由此知道了布莱希特的戏剧理论。就这一点来说，当时可能还不是最大的障碍，障碍在于这个小剧场实验剧本不仅冲破了以往大剧场的戏剧经验，而且它在我们惯常的文艺创作思想中，也提出了新的考题，即：戏中的一号人物，他不是传统意义上的正面人物，而是一名被车匪胁迫着的犯罪青年。这是剧本本身的先天情况，除此，更有一种世情横在这个剧本之前，那就是批《苦恋》的风潮刚刚结束不久，虽说全编辑部天天依然，但阴影还未散尽，因此，送审时，我心怀忐忑。

但苏予和副主编张兴春，几乎是毫不犹豫地通过了这个剧本，并将它刊登在当年第5期的《十月》上。

若干年后，在报纸上读到关于《绝对信号》在北京人艺演出前的纪实，报载：第一次艺委会上，剧本读完，全场哑然，还有人拂袖而去。而演出本对原创本做了一定的修改，加上了拯救失足青年之类的内容。

我庆幸，《十月》保留了原创的精华，让它在文学史上留下了原本的样子。

这个剧本刊出后，得到普遍的好评，北京市文联评奖中，更给了它优秀剧本奖。

转过年来，到了1983年年初，我拿到了白桦的话剧本《吴王金戈越王剑》。剧本颇有郭、老、曹的风格，尤其是台词的精彩，让人读得热血沸腾。但这是白桦的作品——这是我将剧本送审前的最大顾虑：白桦正是《苦恋》的作者。记得我特别在送审报告上下功夫，从内容到形式，分述这个剧本之所长。有了《绝对信号》的先例，我相信，苏予会如我所愿地通过它。果然，在一天早上我上班时，办公桌上摆着《吴王金戈越王剑》的原稿，在我的审读报告页上，写着“发今年第2期”。

这个剧本刊出后，戏剧界给予肯定的评价，北京人艺的演出也热极一时。但我们出版社有权威人士说：这个剧本是影射！

对此，不能说我一点都不紧张。但我很快就释怀，因为苏予说：我们发出的作品，要允许人家有各种评论，关键是我们自己要自信。于是自信的我和副主编张兴春一道，去人艺剧场看了这个剧的演出，从观众的热烈反响中，我们检验了我们的自信。

就在《吴王金戈越王剑》刚刚编辑完毕时，我又拿到了高行健的小剧场剧本《车站》，几乎同时也接到了沙叶新寄来的剧本《马克思秘史》，这两个剧本形式都小而精致。于是，我一并送给苏予，希望都留下来，分期刊登。没想到，苏予的决定是：下一期（即1983年第3期）两个剧本同时发，而《马克思秘史》发头条。

当时，我确实很激动，觉得剧本栏目的旺盛，就是对我最大的鼓励呀！

那时，有人问苏予：为什么同期发两个剧本？为什么剧本发头条？她回答：我们选稿的标准是作品本身的质量。

不想，《车站》发出，兜头冷水泼来，上面让我们发批判《车站》的评论。

当时，我很意气用事，说：谁爱批让谁批，我们自己为什么批自己。

苏予却冷静地说：上面让发批判稿就发吧！我们不要把精力纠缠在这件事上，我们还要全力办刊物呀！张兴春支持了苏予的意见，让评论版的贺新创同志去组稿。不想，他跑了三四天，找了不下十位评论家，都拒绝写。最后，是中国作协创研部一位研究诗歌的，写了对《车站》的批判稿，接着，上面也派送来一篇批判稿。稿件由张兴春同志呈报市委宣传部。时任市委宣传部部长的陈昌本同志以“不宜”二字，使《十月》从批判《车站》的艰难进程中脱离一劫。从一定意义上说，这“不宜”二字对写批判稿的人，也是一种解脱吧！

事后，那位作协创研部的作者涉及稿费，老贺为难：稿子没刊出，稿费怎开？苏予却说：照发表了的稿费标准开给他！这事虽小，但足见苏予的大度。

关于剧本栏目发稿所遇曲折的例证不必再一一列举。现在回忆起来我只想说：从批《车站》的困境中脱出来的我，并未因此感到有压力。原因如下：1985年和1986年，我分别送审了高行健话剧本《野人》和《彼岸》，苏予和张兴春都分别签字通过，刊登于《十月》。至此，这位先锋派剧作家的新创作理论的实践，有了一个圆满的结局。

与此同时，另一位现实主义派的女剧作家，在《十月》这片沃土上，完成了她走向世界的历程。

她是女剧作家白峰溪。

“文革”前，白峰溪是中国青年艺术剧院著名话剧演员。鸣凤、刘胡兰、文成公主，都是她辉煌的舞台形象。“文革”结束，白峰溪挥笔转向话剧本的创作。她的第一部大型话剧是《明月初照人》。这时正是1981年4月，《十月》面临电影文学剧本《苦恋》的被批判，压力难以一时缓解，但编辑部的同仁们都更加努力地工作。我也努力地四处搜寻好剧作。恰逢白峰溪刚完成《明月初照人》这个本子，十个角色，全是女性。且奉沿郭、老、曹的风格，台词清新而朗朗上口。我读后送审，审读报告中申述它的现实主义风格，和面对社会现实的思考价值。这个本子在当年《十月》第4期发表，意外地让盛夏中的剧坛沸腾起来，报纸上天天有争论文章，支持者说它是现实主义的魅力；反对者劲势强烈，说它是“精神污染”。戏剧界的权威人士相继发表署名文章，对它加以批判，并且点名《十月》。更严重的是中宣部召开戏剧界创作会议，直点“白色污染”。编辑部内部也有人对此剧作提出批评意见。

此时，我担任剧本编辑不久，遇此大浪，自是心惊。可是，苏予和张兴春却镇定地对待那些铺天盖地的批判文章，他们把搜集到的有关文章交给我时，总是平和地说：留下，做资料吧！

那时，我知道白峰溪早有第二部作品《风雨故人来》的构思。当我向二位领导汇报时，他们一致说：要盯住啊！好作品一定要拿到手！

这样，白峰溪的第二部作品《风雨故人来》和第三部作品《不知秋思在谁家》，几乎是两年一部，前后发在《十月》上。作者也因此得到国内外戏剧界的关注，被邀参加了第一届世界女剧作家大会，并在美国等地讲学。

戏剧界有人说：白峰溪简直是个奇迹，六年完成了一个成功戏剧家的全部历程。

白峰溪则始终说：《十月》是我的恩人、贵人。

回忆此段历史，并不想炫耀《十月》推出一位现实主义女剧作家的功绩。我只是想用这个例证，说明苏予这些《十月》领导者的宽广的文化视野，他们确实以刊物的丰厚沃土，造就着如上所述的作家。

于是，我想起了谢冕先生为《十月》写的那篇文章的题目《一份刊物和一个时代》。我们怀念苏予这些老一代的开拓者，正因为他们用汗水和心血，浇灌了《十月》这片文学沃土，并把这份刊物捧给了这个难忘的时代。

有时，我会觉得苏予不大像我们思维程式中的领导，好像她更多地着力于在一个大时代浪潮中，展现她的独特的个性和出众的思想。

但那是怎样的个性和思想？是被怎样的时代造就的个性和思想呀！

看她怎样在年轻时代投身革命，活力四射，赤胆忠心；看她怎样在一夜之间因“胡风大案”的牵连，而被清除出革命队伍！李辉在《胡风集团冤案始末》一书中，记录了苏予在这个冤案中的经过，其中有两个数字令人震颤不已，那就是“29”和“54”。“29”是1955年苏予刚29岁时，被牵进胡风大案，从此噩运连连；“54”是1979年她54岁时，牵连她的姐夫阿垅被宣布无罪，她也因此得以平反。这是苏予在这场涉及了两千一百多人的通天大案中，所经历的岁月——从花样年华到白发苍苍。这并不只是一个由年龄牵构而成的岁月记录。在这个岁月的屏幕上，它不断闪现的是：苏予的“被控制使用”；苏予每临运动必被“批判”的境遇；苏予反复被下放农村劳动的过程；苏予受处分写检查的心灵创伤；苏予随意被冷落乃至被搁置一边的处境；苏予牵连了爱人、儿子，却束手无策的痛苦……

苏予就是这样被百炼成钢的。

当我们看到苏予为《十月》创造着一个创新的时代时，我们在这同时应当也看到《十月》是怎样地焕发和再造了苏予，怎样让她抚摸着自己的双肩并得知它们有铁一样的坚硬。

所以，当我挥笔写下对苏予的怀念时，我也是在写对那时《十月》的敬意，是在写对那种由苏予代表的精神的怀念和尊敬。

回忆我在做剧本编辑的时光，那是我一生中心情最飞扬的生命时段。所以，我感谢老主编苏予和副主编张兴春。当时这些剧本送审时，倘若苏予他们瞻前顾后；倘若苏予他们才学不深、视野不广；倘若……那在文学史和《十月》史上，会是一段怎样的记录呢？

苏予留给我的记忆，还有一道超过这些稿件发刊的深痕，就是关于长篇小说《废都》。

《废都》风波，起于1993年，《十月》在当年第4期全文发表。那时，苏予离休已近十年。

我始终认为，《废都》之风波，是世情大于文情。一部小说，愣是被放到世情的铁秤上颠来簸去。

当时，在未通知我的情况下，开会并由市委领导宣布对我——一个小小责任编辑的处分；而开始热捧《废都》是“当代《红楼梦》”的关键人物，却硬要被说成“事前未审此稿”。一些人辅佐演出了这场再荒唐不过的闹剧后，出版社对我来说，变得一片冷寂，如置身于洪荒旷野，想找一棵小树歇靠一下，哪怕它枝叶稀疏，甚至只有枯干。但是找不到！

一天中午，办公室内外寂静无声，桌上的电话响了，一位好心朋友告诉我，苏予听到我的处分，十分惊异，说：怎么能处分一个责任编辑？二审、三审呢？还说起当年批《苦恋》，老陆（元炽，党组书记）担当了所有责任……

电话未放，我已泪流满面。那是我因《废都》第一次为自己而痛哭。

以后，《废都》获法国龚古尔文学奖；再以后，《废都》于2010年，由作家出版社重新出版；再以后，《废都》又在《十月》35周年庆典时，被评为优秀长篇小说。这些如社会游戏般的事情，在我心中，少有波澜；只有苏予那句在风雨中送来的话，留在我心里，并时时拨动我的心弦。

自此，又是十几年后，我到太阳城苏予的家中看望她。这时，我已双鬓染白，苏予也已是满头银发。

我们面对面坐在她家的沙发上，她用冰凉的手覆盖在我的手上，我亲耳听到了若干年前电话中所传她的话。

她面对窗外的光线，丝丝银发都有着亮光，宽大的沙发，衬得她瘦小的身躯，让我想起她当年执掌《十月》的风采。我感到她虽年事已高，但内心依然那么强大。这是一个多么干净的人！

我面对她，握紧她的手，将眼眶里的泪水咽下去，让它们流到心里，“哗哗”地冲刷着我的心脏。

行文到此，仍有不尽的怀念未能表溢。我却又想起她的追悼会，当我向她遗体深深鞠躬后，走向门口时，想回头再看她一眼，却只见她灵床旁，花儿怒放，叶儿偾张，它们细密密地站在她的周围，将她藏在了茂盛花草的深处。

这或许就是这位90老人最心仪的归处。

亲爱的老主编，您就在花丛中安息吧！

附 后

这篇作品，收录在《怀念苏予》纪念册中。《美文》杂志于2017年第2期全文刊登。

苏予，《十月》杂志首任主编。

1926年，苏予生于四川。1947年参加革命，1949年入党。1979年任《十月》主编，1985年自《十月》离休。2016年病逝，享年90岁。

谢冕先生曾以《一份刊物和一个时代》为题，写文表述《十月》最辉煌的那个时期。这正是苏予任《十月》主编的时期。这一时期，《十月》发表了《苦恋》《小镇上的将军》《飞天》《沉重的翅膀》《三生石》《高山下的花环》《黑骏马》《大雁情》《公开的情书》《绝对信号》《车站》等有影响的作品，使《十月》在当代文学史上具有了特别的地位。

苏予的一生，无不打上时代的烙印。她虽早年参加革命，但也早早地受胡风大案牵连，而几乎付出一生的代价。“胡风分子”阿垅曾是她姐夫，但阿垅和苏予的姐姐，只有短暂两年的婚姻，这场婚姻因她姐姐的自杀而早无存在之迹，但，政治的桎梏并不放过年轻的苏予，从29岁她被牵连入案，一直到她54岁的老年，阿垅因“无罪”而结案，她才因此而宣布“平反”。但她付出的是一生中年华最盛的24年。这时，苏予选择了到《十月》当编辑的工作，才开始了她生命中最耀眼也是最后的辉煌。

苏予到《十月》工作不到一年，我也调到《十月》，有幸在她的领导下，愉快地工作了五六年，这是我一生中最意气风发的岁月。所以，当苏予病逝时，我在回顾她的经历时，也等于回忆了自己那一段的生命历程。

我与苏予，私交平平，但工作之交，却印迹深重。她的有别于他人的风度、风格、风采，都值得我回忆和怀念。

一个潜心工作的人，遇到一位开明的领导，他无私心地扶持你、放飞你，让你展开双臂去翱翔，这难道不是人生之大幸吗？

苏予一生爱花养花，花儿让她也美丽；她所住之处，无论逼仄与广敞，她都把阳光最灿烂的地方让给一盆盆的花儿们。我在她去世之前不久，曾到她居住的太阳城去看望她，那几乎是一屋书籍半屋花的环境，令我十分感慨。我想，这就是她生命的寄托，知识和美丽托举了她曾飘流大半生的灵魂，它们对她忠心无二地守护着。

苏予葬在北京天寿园公墓。黑色大理石的墓碑，以孙辈的名义刻着“祖母苏予”的字样，让这位一生难以欢乐的老人，平添了一份慈祥。这个公墓，广阔而肃穆，足以承载她那瘦弱身躯中强大的灵魂。

2016年5月　紫芳园

一位女艺术家的是非短长

“我这个人没有中等分数。有人给我打九十多分，可也有人给我个不及格。”她关上屋门，边说边来个半旋转，身体轻盈地落在沙发上。然后，我看到的是一副坦荡的表情，眼神里闪过孩子般的纯真。

这是我第一次采访资华筠时，她对我说的第一句话。于是，来不及环顾她的不算简朴、但也说不上豪华的客厅兼书房，我便联想起过去听到的有关她的种种议论，是毁誉兼存。

“这是个有争议的人物！”我心里暗暗想，也隐隐为这次采访有些发愁。

但是，几次采访后，我却积蕴了提笔的冲动。我本来是想写资华筠的舞蹈生涯的。采访中，却越来越发现，资华筠的全部内涵绝不只是“舞蹈家”，她太富有立体感了。

行路篇

有人告诉我：资华筠是个飞黄腾达的幸运儿。

但，当她向我沉静地叙述了她48年的历程时，我明白了：行路难，对奋争者来说，尤其难！

一个资产阶级的家庭，几乎给资华筠后天的有“争议”，带来了先天性的因素。虽然她戴着红领巾便参加了革命队伍。当资华筠放弃了升入南开女中高中的机会，而执拗地考取了中央戏剧学院舞蹈团的少年班时，她才14岁。那是天津解放的第二年——1950年。从此，她带着满脸的稚气和满腔的热情走在革命的队伍中了。

当她还是少年班的学员时，便有幸作为一名舞蹈演员参加了世界青年与学生和平友谊联欢节，并随团访问了许多国家，她是代表团中年纪最小的一个；16岁时，她成为第一个国家歌舞团——中央歌舞团的正式演员，并在戴爱莲女士的传世之作《飞天》中担任双人舞演员。以后，她的名字又与《红绸舞》《荷花舞》等连在一起……

这样，她就过早地跻身复杂的社会，并成了人们心中的幸运儿。于是，这些后天的机遇，又给她的有“争议”加上了一个重重的砝码，让她哪怕在舞台上舞动红绸时，也难以忘记脚下步履的坎坷。

“三反”“五反”时，她正在国外演出。一天早上，偶尔翻开《人民日报》，头版头条的大标题，使她一时难辨真伪：父亲资耀华的名字与“拒不坦白”这种字眼连在一起！她痛心疾首地以她的全部义愤给父亲写了封长信，斥责他对党的不忠诚。可是，这几页填满稚嫩的白纸，却引出两种截然不同的反响——有人感动于这个16岁孩子的赤诚；有人却摇头，说这孩子有心计。唉！16岁的资华筠若是当时就知道这高低悬殊的两个分数，她是否会选择一条中庸之道，慢慢地走到今天生命中这第48个台阶呢？

她不会！她是时代的产儿，她和她的许多同辈人走着同样的路，一条用赤诚和信仰铺设的路。

于是，这就有了1957年时，她的危在“悬崖”的经历。那时，她是共青团干部，自我感觉颇为良好。运动一起来，她理所当然地响应号召，闻风而动，而且，毫不犹豫地动用她团支部委员的权力，去发动团员参加运动。她的大字报题目一曰：《该撤者撤，该换者换!》，针对行政领导的官僚主义。二曰：《让群众做主人》，针对有关领导安排演出场次不与群众商量。当《人民日报》赫然登出《这是为什么》的社论时，整个中国都在风雨欲来之中。年轻的资华筠却无动于衷，带着她的团员们，仍然是小字报、油印报、黑板报，一起大鸣大放着。经历过那个时代的人，不难给她找顶“帽子”，她确已危在旦夕。然而，守护神保佑了这个赤诚的孩子——一个文艺界的领导挺身而出：“中央歌舞团担当出国任务，划那么多的右派，还怎么演出？”于是，在资华筠还未搞清这场风云突变时，她就随团出国了。回国时，“反右”已是低潮。补划右派时，团长和总支书都怜惜这个不懂世事的年轻人，他们帮她审看检查稿，教给她如何“上纲”检查，终于保她过了关。

这一个大的波折，当年的资华筠并未真切地感受到它的惊涛骇浪，她甚至没有为检查难过关失眠过，她太赤诚了。但是，当她已过不惑之年，再回头看昨天的路，这才深切地感受到，她始终在历史的涌浪中，在时代和生活的涌浪中。

也许，年轻的舞蹈家正是在这种频频回顾中，在回顾后的久久沉思中成熟起来的。因此，当她谈起那远远超过“反右”的十年浩劫时，态度能出奇的沉静。她已涤除了个人的哀怨，拂开受批斗的屈辱，来看取那在史书上留下重重一笔的10年。“那是一个惨重的失误。国家、民族、党，都遭受了无可挽回的损失。”她这样说。她把自己融汇在一个大潮流里了。“四人帮”被粉碎后，许多老一辈文艺家见面时，都痛哭失声。资华筠默默望着这个场面，“他们比我受的苦多得多。”她心里这样想着。当有人采访她问及“文革”中怎样受迫害时，她回避了这个问题。她觉得自己最迫切的是需要思考，思考整个过去了的时代和将要来到的时代，她不愿停步在抚慰心灵的创伤上。她想到，在这样一个大的失误之中，自己有没有失误呢！于是，她毫不回避地谈到了自己的轻信和轻生——

那是十年动乱中逼供最盛行之时，她恰恰刚做了母亲。一个抓“5·16”分子的运动，迫使她丢下嗷嗷待哺的儿子，去接受革命派的审查。逼供、诱供是作为先进经验推广的。专案组的人对她说：你坦白了，交代了，就让你回家看你的孩子。多么强烈的诱惑啊，它鼓动着母亲的柔弱天性。于是，年轻的母亲把眼泪咽进肚中，胡乱地承认了，屈从了，希望这天良的牺牲能换来见到儿子的欢乐。然而，残酷的是，这种违心的屈从，并没有换来信义，强权者用狞笑讥讽着她的幼稚，她仍然见不到儿子。她觉得这简直是自己的奇耻大辱，她忍受不了这种政治伎俩的欺骗，于是，在悔恨自己轻信时，倔强的资华筠，又开始陷入了另一个失误：用过量的药片来结束自己的生命。然而，命运之神缠羁了她想匆匆离去的脚步。第二天，批斗会及时地等待着她，要她承认是“假自杀”。连圣洁的死都要蒙上污秽的面纱，这实在逼人太甚！她愤慨了，从死的痛苦中愤慨了。她索性背水一战，全盘推翻了自己在逼供中承认的问题，并且坦率地说，自己屈从于强权是怯懦的。从此，她清醒了，冷静了，并且有了些“豁出去”的气魄——死都不怕，还怕什么！当林彪在温都尔汗丧命的消息传出后，她立即提笔给连部写了一封信，要求回家，并且声明：4小时之内不答复，我自己就走了。连部的人愣然了。他们在4小时之后，眼睁睁地看着专政对象资华筠大步地走上回家的路，却没人敢出来阻拦一下。

家里，等待资华筠的是两岁的儿子、病重的婆婆，和被怀疑患了脑癌的丈夫。迎接这一重重的苦难吧！资华筠啊，她再也不会用天真和眼泪去面对现实了……

时光倏然推移到1978年，当她步履维艰地踏入这个年头时，她被选为全国政协委员，总可以在一条平坦的路上稳稳地踱步了。可是，她却坚持着自己严肃的抉择，早早地递上了一份入党申请书。好心人劝她：无党无派，自由自在。她却说："一个能公开承认错误的党，是一个强大的党。"

她想起少年时代那纯洁如雪的愿望：入队——入团——入党，像学生升级一样，人人笃定要这么走。这不是少女资华筠独自的梦，是党为一切赤诚者画出的令人神往的蓝图。她13岁时，就破格入了青年团，然后才入了少先队。17岁时，她天真而自信地告诉妈妈："我快入党了！"她离18岁还有一年！妈妈深沉地说："不会那么快，孩子！"她一扭头："你是资产阶级，不懂无产阶级的事儿。"妈妈伤心了，却无法让年幼的女儿理解政治的复杂。于是，资华筠为了从家里拿了一盒饼干，三番五次地联系思想，划清界限；为了曾对一个党员有意见，她不断地检查自己，剖析自己……她等啊，从17岁就等，等过了青春年华，等过了而立之年。38年后，当她45岁时，她才摸到那张庄严的重比千钧的入党志愿书。

当她在这张表格上填上自己的名字时，她真该大大地松一口气——这是一次竭尽全力的飞跃，她终于到达彼岸！

然而，资华筠却滞留着28年前对信仰的纯情，她要做个正正经经的共产党员。当她和别人同台演出时，她表现了顾全大局的谦让；当团里组织演出时，她这个名演员主动地帮助搬道具；出国访问时，外事部门最头疼"伺候"名演员，而她的平易随和却给人留下极好的印象……在这一切之中，她都想到自己是个共产党员，她愿意捡起那些被"现代人"摒弃了的美德，在生活中纯洁自己。她真诚而自然地说：我首先是个党员，而后才是个演员。她真诚地维护着自幼开拓在心中的信仰圣地。

最近，为了填一个表格，有人问她哪年入党的。她一时语塞。人家替她算了算，说："八一年。"她犹豫了一下，最终还是点了点头。事后，在解释她的语塞和犹豫时，坦直地说："八一年到现在才三年多，我怎么觉得我好像入党好多年了。"

于是，她招来了许多非议。有人说她"假"；有人说她"太原则"；更有甚者，说她“业务上的损失政治补”，等等，不一而足。

那么，她该怎么办呢？一个舞蹈家，一个全国政协委员，一个想做个正正经经的共产党员的人，她该怎么做，才不受这种种无端的议论，乃至诽谤呢？

行路难！走一条不同世俗的路，一条永远向前的路，更难啊！

奋争篇

当资华筠清醒地意识到生命应当与事业相连时，她已是两个孩子的母亲，体重147斤。这对一个舞蹈演员意味着什么，她比谁都清楚。然而，在还看不到浩劫后的曙光时，她从长久的思考中，萌生出一线希望：也许有一天会重上舞台。

1972年，她给连部扔下那封最后通牒式的信，就“造反”回家了。她无暇陶醉在与家人的团聚中。她在狭窄的屋子里试着踢踢腿、弯弯腰，唉！一切全不比当年。她在焦急与痛苦中凝聚着力量。她在心里不止一遍地说：我要奋争，不管有多难。

她的奋争，自幼而始。13岁就在革命队伍中过着集体生活。严格的纪律，培养了她的自理能力。她看重时间，看重效率，从小就会严格地计划从早到晚的每一分钟。她喜欢读书，坚持写读书笔记，也经常看画展，以提高自己的艺术修养；她认真地对待她的舞蹈事业，排练时总有详细的札记；她学习着各种知识，甚至借来朋友的讲义，用两年业余时间，自修了大学中文系的课程……和我们共和国一起长大的舞蹈家，认为：充实自己是最大的快乐。

“文革”前，她严格地过着舞蹈演员式的生活。只有星期六晚上最自由，如仙女下凡，可食人间烟火了。但到晚上10点钟，她一定结束任何娱乐活动，为了保证第二天早上的练功。连谈恋爱，也不破坏几十年一贯制的规定。星期日早上10点以前是她的练功时间，和男朋友的约会，绝对得在10点以后。这样严格的生活，将她年轻的生命与舞蹈事业紧紧地扭结在一起。但那时的小资，未必清醒地意识到这一点。她只是觉得一个舞蹈演员，一切的中心就是舞蹈。然而，当近十年的时间阻隔中断了这一切时，无异于在她生活历程上画了一个大大的问号——告别那被鲜花锦绣簇拥的舞台生涯吧，舞蹈家，你已经38岁了！

可是，唯其38岁，才显出奋争者的勃勃雄心、浩浩气魄，她在应当急流勇退时，却非要做个弄潮儿。人家说，舞蹈是个残酷的艺术。这大约是指它要吞噬的汗水、心血和体力。可是，38岁的资华筠，却甘愿为它奉献出自己的一生。

1972年，一切还都混混沌沌时，资华筠却执意寻找着能练功的场所。这，谈何容易！何况她是专案上留着名字的人！她艰难地寻找着可以容纳她的地方，哪怕是个角落，只要能练功。于是，在挺远的长辛店二七通讯厂，她借为工人文艺宣传队辅导的机会，终于找到了她所希望的。当她在长久的中断后第一次伸展腰肢时，觉得仿佛有一个崭新的生命在她灵魂中复苏。工人们慷慨地把温暖给了她，他们给了她那个复活节般的夜晚。那晚，工人们锁上门，鼓着掌要她跳"孔雀舞"时，她竟觉得当年她跳得那般娴熟的孔雀舞，像是很久以前一个缥缈的梦，离她太远太远了。她又想，如今那铿锵作声的舞蹈节奏，已使人们忘记了舒缓、柔美的旋律。总之，她在掌声中犹豫，却又在犹豫中不自觉地舒开双臂，几个动作下来，她又变成了当年的"孔雀"。忽然，停电了，车间里一片黑暗。光明的倏然失去，使她猛然清醒了，她从孔雀的意境中走回现实。但是，在她刚有停顿时，掌声又响起了，随着，光明又倏然来到——工人们举着一支支蜡烛，掌声阵阵，为她击节助兴。资华筠全身的热血沸腾了。一瞬间，她忘记了自己，忘记了车间外的世界，闪现在她心中的意识，只有一个："艺术是人民的，孔雀是人民的。"……当她静止在"孔雀舞"的最后一个动作上时，她觉得她从来没有像这一晚上，在烛光下跳得这么惬意，这么自如，这么优美，这么尽兴。

自那个烛光之夜后，她心里总在想：艺术是永恒的，我没有权利忘记它，离开它。那一炷炷烛光总伴着她，无论白天、黑夜。舞蹈家从烛光，引发出对舞蹈艺术的更深的思考，又引发出为舞蹈艺术而献身的牺牲。

离开工厂后，她又来到北京大学；继而，又想法设法到先农坛北京体操队去代课。从三里屯的家里到先农坛体育场，横跨半个北京城。早上5点半赶头班公共汽车去，给体操队上1小时课后，自己再练功，一练就是3小时。多宝贵的时间和机会啊！资华筠不敢有一丝一毫的懈怠，每每练完功，汗水在体操垫上浸出体形的印迹来。

当她这样用汗水和心血浸润着艺术之花的时候，专案组里却留有她的“专案”，她的行踪被注意着。北京体操队接到过“上面”来的电话，叮嘱多“注意”她。体操队的同志，尽最大努力保护了她。正义保卫了艺术；正义的人们保护了舞蹈家的艺术才华。连她后来参加劳动的修缮队的工人师傅，也悄悄对她说：“别干重活，小心累坏了腰。”这一切，都发生在那个阴云密布的年代。资华筠在艰难之中懂得了，她属于人民，因此，她无论如何要为人民而奋争。

从1972年至今，她几乎没有一天停止过练功。

1981年年初，当资华筠与王堃、姚珠珠专场舞蹈晚会一举成功时，舞蹈家是把人民给她的艺术，又一次还给可敬的人民。虽然她从少年时代便驰骋舞台，虽然她在“文革”前就在舞蹈界享有盛誉，但这一次，这个在她45岁时举行的专场演出，却是她清醒地献身舞蹈艺术的总乐章，是她在经历了大波大折后的大飞跃，是她艺术生命史上的奋争篇。

45岁的资华筠，为这个舞蹈晚会付出了多少心血！她将这个晚会作为她奋争的新高度。然而，在现实中，你想要突破原有的，你就先得顶着“舆论”的压力。种种议论，不用亲耳听到，想也能想出那唾沫四溅的“公愤”。于是，这个“个体经营”的舞蹈专场晚会，只能悄悄地进行准备。

在自己团里排练，简直是冒天下之大不韪。只好求助于兄弟单位。著名艺术家金山同志慨然应允：晚上用戏剧学院的练功房，不收费。这是绝好的机会，一分一秒也不能白白放过。于是，练到深夜12点，回到家，机械地把鸡蛋、牛奶塞进嘴里，就迫不及待地倒在床上，真是精疲力尽了。

道具、服装，都向哪里伸手呢？自己出钱做！

晚会要有新的风格，节目就得排新的，动作就得练新的。为了排练新创作的舞蹈《醉塑》，穿上高靴，从3米高的桌子上往下跳，一次，两次……摔碰不计其数。好容易练会了，可是一排练，又觉得太戏剧化。删去！啊！简直是从汗水里淘金！

所有的节目，都必须在最短的时间里排练出来，真希望一天能有48小时。难啊，资华筠给自己出了这样一个大难题。开始的那段时间，简直是惨淡经营。

终于，汗水顿作倾盆雨。执着的艺术家们，感动了许多“上帝”。行家们愿意出任这个舞蹈晚会的总导演、总设计。总排练的经济问题，排练中的困难，领导一一来解决。当这场三人舞蹈晚会在天津首演的时候，人们承认了奋争者的成功。

由此，更多的人开始从另一个侧面理解了资华筠：现实中的她，并非如舞台上那般恬静、柔美。她浑身都孕育着火一般的爆发力，她绝不会静止在某一个终点上。任何终点，都会由她变成一个新起点，她是个无法安分的人！

这里，应当插叙一段她学外语的故事。

如今，正是忙得不可开交的时候，她却偏偏要拾起扔掉十几年的英语。她参加一个研究生的外语学习班，拜陈翰笙老先生为师。陈先生是由李大钊介绍入党的。如今双目失明，但凭耳力严格管教着每一个学生。每周一次课，上课时每人要交作业，并熟练地背诵老师上一次留的课文。资华筠在这个小小的班上是个特殊学生。她社会活动多，没有正式大学的学历，她年纪最大，并且是个并不是非学外语不可的舞蹈演员。但她在这研究生聚集的小小外语班上，却成了佼佼者。那是一次背诵课文时，她熟练地背着。老师认真地听着，待她背完，突然严厉地问她：“你是背的，还是照着念的?”她是背的。每天早上背；晚上临睡前背；骑车的路上背；一边按老师的门铃，一边还在背。年迈的老师被感动了，从此为她留着最好的位子。每次下课，摸索着送她到门口，叮嘱她：“千万别骑车时背英文，小心出事。”

学英语1年后，资华筠就能听广播电台的国际台，用英文做新年贺词的演讲。而今，她能借助字典读着《中国文学》英文版上刊登的张洁、王安忆的小说。

她确实忙，但她又确实给自己找了许多事，使自己更忙。最近，她成了最忙的改革者——中央歌舞团的综合歌舞演出队的队长，于是，在她的奋争篇上，又增添了新的节奏。

为盖一个公章，她要亲自去跑好几次；为抢到一个人才，她不顾170/110的高血压，蹬车如飞，几乎日夜兼程；为了将一个演员的爱人调到北京，以使这个演员能安心工作，她几次不顾暑热去谒见有关领导，直等到领导从北戴河避暑回来。

在这许许多多的忙碌中，有人担心她会忙乱。其实，她是个在当士兵时就具备了当将军才能的人。如今当了“将军”，正好大展宏图。而她心中最关心的是她的小分队演出的质量。她不排除经济效益。搞改革，不谈经济效益，等于零。所以她想方设法地为小分队的物质基础奔忙着；但她绝不为钱而玷污艺术。这样，她又给自己出了一个新的难题——小分队必须排练新的优秀节目。

她请长春的编导来排《刀舞》。早上5点，她亲自到北京站接人。团里条件差，她亲自为客人扫房子、安灯泡、打开水，还得加上十二分道歉的话。长春的编导感叹着这个大舞蹈家事业心的强烈。

《黄河船夫曲》，雏形是个三人船夫舞。在全国舞蹈比赛时，这个节目未能入选。但资华筠却从这个失败了的节目中发现了它潜在的气势，她捕捉和感应到那蕴藏极深的民族魂。她准备请原节目的编导来为小分队排练这个舞蹈。消息传出，许多人反对——谁肯为一个失败了的节目花力气！在众说纷纭中，资华筠思考过，斟酌过，最后，她自信地行使了队长的权力，坚持：“这个节目是我们小分队第一次演出中的第一个节目。”大家勉强接受了这个决定，排练开始了。舞蹈排到三分之二时，演员们振奋起来了。它的内在气韵终于征服了这些舞台上的行家里手。它那雄浑、坚毅、纯朴、凝重的风格，使大家相信，它会是小分队演出时成功的序曲。

就在这种比较、鉴别、抉择中，资华筠更加成熟了，经常沉于严肃的思考。她说：“我面临着考验：我在组织生产，而我的决策是否正确，将受到演员们和观众们的检验。这生产力是演员们的汗水、青春和生命。如果我判断错了，这样宝贵的生产力就付诸东流。我意识到责任的重大。我必须十分谨慎，但又要十分自信。因此，我很紧张，从心里紧张。”

她会加倍紧张的，因为她已经将工作日程表安排到未来的日子里。比如：为了提高演员的素质，她准备请人讲课，文学、音乐、美学都要讲……她想得很远很远。

而眼前，她对时间的安排，几乎已达饱和。午饭时，她照例要办几件公务。作为全国政协委员，她经常在这个时间接待来访，包括一些不相识者；这一切完毕后，她又要匆匆忙忙骑车赶到团里去叫醒那些午睡正酣的年轻人，让他们起来排练——不然，他们会睡上几个小时；她自己还要练功，每天都练，但近来这位队长经常在练功中间被人叫出去谈工作，全身大汗淋漓地听人家谈，听得全身冰凉，谈完了，再回去接着练，又练出满身大汗来；她还要抚慰新调来的演员，向人家道歉，检查自己工作做得不细、照顾不周；她又要赴加拿大讲学演出，可临行前两天了，一切还抽不出时间来准备……好快的节奏啊，全是快板，没有休止符。这样的节奏在资华筠的奋争交响乐中，要延续到何时？

我想起吴祖光同志赠给资华筠的四个字：巾帼英雄。这四个字，点透了资华筠的外在风度和内在气质。

然而，唐人骆宾王的《咏蝉》诗中，有这样一句：露重飞难进。

以我的平庸之心，我为资华筠奋争的沉重，深深地忧虑。不过，凡奋争者，鼓起的都是一副沉重的翅膀。

是非篇

她得罪了不少人，而且至今还在得罪着，将来还会得罪的。

关于她的好话，说得切切实实，绝不过分。而坏话呢？除了一些抬不到桌面上的窃窃私语外，大部分都能够上耸人听闻的规格。

从她发表的报告文学《疯子和骗子》说起吧！那是为“定位法舞谱”的发明者武季梅、高春林立传的。这种舞谱是用球面坐标的数学原理记录舞蹈动作的科学方法。一位科学家说：“‘定位法’的发明，将预示着人文科学与自然科学的结合。”舞协主席吴晓邦兴奋地说：“我们有能力去攀登世界文化艺术的高峰。”电视台、多家报纸都相继报道了这个发明；舞协组联部组织了“定位法舞谱”发表会；文化部为两位发明者颁发了奖金……这样一件天经地义的事，写成报告文学应当是无可厚非的。但有人说，这篇报告文学抬高了资华筠，让她捞了稻草。我找到这篇登在《人物》杂志上的报告文学细读了两遍，难以从字里行间找出资华筠对自己的炫耀，虽然在“定位法舞谱”艰难问世前，她确实及时地肯定了它，热情地为它的出世奔波过。那么，招致非议的原因何在呢？有人提醒她：在文化部嘉奖“定位法”的大会上，你偏偏发送登着《疯子和骗子》的《人物》杂志。“唔！”她敲敲脑袋，悟出了自己的不是。可当时是《人物》杂志一位青年编辑递给她一摞杂志让她发的。这一切都绝非事先“筹划”。

当然，谁让她发得这么及时！她应当学会四平八稳。最好，凡事都慢上一拍、半拍，看看别人的眼色。可是，她没有学会这些。于是，仅这一发，就发出许多规格挺高的非议来。比如："野心家资华筠""舞蹈界的江青"，云云……

当然，在这些陡然扑来的非议面前，她还顶得住。因为，对她的毁誉并存，是有历史的。

记得1978年，她随团出访牙买加。她在观摩中深深地喜爱牙买加人跳的"瑞盖"舞。这是黑人解放时跳的欢乐舞蹈，它在牙买加如同秧歌在中国那般普及。而后又是迪斯科的原型。那是1978年啊，一切都在乍暖还寒时。资华筠从舞蹈纯朴的美，判断了它的价值，她执意要学跳这个舞。问题一提出，就使人联想到香花与毒草一类的问题。分歧产生！于是权威者严肃地说："你要学这个舞，你要负责任！"这是可以理解的态度。可资华筠断然地说："你不让学，你也要负责！"在我驻牙买加大使馆的支持下，资华筠争分夺秒地学会了"瑞盖"舞。回国后，在一次舞协常务理事会上，她要求为理事们跳这个舞。她跳了，得到领导和专家的首肯。这当然是事情的结果，而且是一个理想的结果。但是，人们难道会由于结果的正确，而谅解资华筠当初的"跋扈"吗？

有位作家说，资华筠的认真像中学生一样，或者只具有少儿的水平（他是爱护她的）。这话引起许多熟知资华筠的人的同感。于是，许多善意的劝诫送到资华筠耳边：不要凡事都那么较真儿。资华筠听了感激地点点头。

可是，一遇到事，她仍是那种中学生般的认真劲儿——

比如，早上她来到歌舞团，看到哪个屋子的灯没关，她会气冲冲地一边关灯，一边吵个没完。诸如："昨晚是谁最后走的？""你家的灯也这么整夜开吗？"等等，一直吵到行政组。再比如：有的青年演员练功懒洋洋的，还有人会在练功房随便吐口痰。这些，都会招来资华筠的一通"说教"。虽则句句入理，但肇事者总是不愉快，而旁观者呢？有的说："资老师就这么严格！"有的则嘟囔："婆婆妈妈的，小题大做！"

资华筠连解决问题的办法也是招人议论的。比如：她直接上书给文艺界领导反映情况；她曾写信告一位副团长，状文一式几份，其中一份亲送被告人；现在，她当了演出小分队的队长，更有她请示领导的独特办法——她在歌舞团领导开会前，托哪个参加会的人带进一张字条，上面写着她要求解决的问题一、二、三……然后，估计会议快结束时，她便坐等在门外。会议一开完，她马上拦住有关领导，照着字条上写的项目，一一要求落实。“这简直太过分了。”有人愤然说。可领导理解了她，总是尽可能地按她的字条，给解决问题。她知道人家对于这种请示方法的非议，只好苦笑一下：“现在办事，不破例是办不了的。何况说时间就是生命。”

由此而来的，又是一片议论：“资华筠通天”啦，“资华筠专走上层路线”啦。但是，为自己的事，诸如提级、（两次提级调薪都没有她！）入党、住房之类，她却从没有找过任何一级的任何一位领导。这个事实为众人所知，却为有些人有意无意地忽略了。

当然，谣言是可以无所不在的。由它制造的氛围可以窒息一个意志薄弱者，并可以使许多不知情者毫不怀疑。

连她当了政协委员，也有人咬耳朵，说些莫名其妙的话。可她这个委员干了些什么呢？

一个徐州的普通女工，在电视屏幕上看到资华筠的“长虹舞”，断定这是个正直的人。于是，一封信把一个冤案送到了资华筠的面前。接到信的那天，她简直气愤得吃不下饭。她第一次对自己这个政协委员的头衔产生了一种神圣感。她提笔写信给邓小平、王震等中央领导，几经周折，在江苏省委的过问下，冤案得以平反。那个女工写信来说：“我想一个头一个头磕到北京来见你。”政协委员资华筠回信说：“是党为你平了反，不是我个人的力量。”

另一次，在中苏边境慰问演出时，她遇到一个含冤多年而无人过问的人，于是踩着齐膝深的雪去了解情况。回到北京，又是一番奔波。

今年夏天，她到火车站接远途而归的女儿。火车站混乱的情况，触发了她的素来认真的脾性。她顾不上接女儿，跑到办公室去一本正经地提意见，可人家一副漫不经心的样子听着。她火了，掏出全国政协委员的证件，待人家对这证件肃然起敬时，她又认真地提起意见来。女儿呢？在母亲去尽政协委员的义务时，自己提着沉重的行李回家了。

当这些材料一一排列出来时，似乎显得零乱，但稍稍用心，就会理出其中的脉络来。即：资华筠确实是个招惹是非的人，也确实常常出格，事事认真，她太不安分了。但是，连非议者也会承认，她绝不是个庸人，她有她做人的准则，她始终走着她自己认定了的路。

曾经发生过这样一件事：

资华筠等三人舞蹈晚会，在艰难时刻，曾得到一个市舞协的大力支持。她始终是感恩不尽的。但事隔一年后，这个舞协请她去看一个新排的舞剧，希望她写个评论宣传一下。她高兴地去了。可看完演出，她提出了否定意见，并声明她一个字也不能写。事情传开后，有人恨恨地说："此人真是忘恩负义！"可另有人说："资华筠是讲艺术道德的。"

自从她被任命为小分队的队长后，对她的议论比肩交错，你拥我挤，达到鼎沸：她为了保证演出质量，请来外团的编导，人家说她是为了抬高自己的地位不惜重金。她提出改革方案，想竭尽全力地工作，有人把流言散遍团里团外，说她要夺权。

她为这个新生的小分队的命运，付出了全部精力。但她不是机械运转的机器人。当那些谣言流荡到耳边时，她不能不为其所动。所以，她曾痛心疾首地说："我实在心力交瘁了。"她也曾撩开束在脑后的长发，惊叹在这改革的岁月里，白发增添得何其多何其快！一个已近知天命年龄的人，双肩承担着过重的负荷！难怪她竟也慨叹："涌比浪多啊，涌是能翻船的。"（据字典注：涌，水向上冒。湍，危阻也。）

"新松恨不高千尺"。这是黄苗子先生赠给资华筠的条幅上所写的。心比天高的资华筠，何日能离开纷纭的是非，寻到安宁的彼岸？

有人说，资华筠只应当是个艺术家，这才是她真正的价值所在。

但是，她为什么不能同时是个社会活动家？为什么不能同时为子孙后代创出条改革之路？为什么不能同时是个正正经经的共产党员？

资华筠就是资华筠！她属于这个多彩多姿的活生生的世界。既然她的才智是多方面的，那么，就让她做个多色调的人吧！

而人们，请爱护她的锋芒吧！请允许她多为社会做些事情吧！请诚意地帮助她更趋完美吧！

1985年年末

附　后

这篇作品发表在《百花洲》大型文学双月刊1986年第2期。

自采访的1984年夏天算起，我几乎用了一年多的时间才写完它，并非资料太多等原因，而是我拿捏不好这个人物的“尺寸”。

资华筠，这是一个太有个性的舞蹈家。当我决定放弃写她舞蹈生涯这个初衷，而用笔墨去描绘她的是非短长时，我已经认同了她的许多是非观，并确认她是个卓越的女性。

这篇作品的初稿拿给她看时，她的神情让我感到：她并不十分满意。这在我意料之中。传主很强大时，常会有这样的写作结果。

尽管如此，她很尊重我，并没有指指点点提些什么修改意见。我想，这就是她的修养了。

我知道，她后来进中文系深造，又去进修了英语；她写报告文学，写散文，写论文，创作近百万字，其中有作品还得过“五个一工程奖”和优秀图书奖。

后来，世界妇女大会在怀柔召开时，她以流利的英语担任一个论坛的主持人。与会者赞她：光彩照人！这次大会后，她和一些著名艺术家组成女艺术家协会，她任会长，郑小瑛和白峰溪任副会长，她们在全国乃至世界许多国家都开展了活动。

她的散文集《永远追求不到的“情人”——我心中的舞蹈》，曾签名寄我一册。一看书名，我就打电话告诉她和我共同的朋友白峰溪说：这个书名，只有资华筠想得出！

她担任全国政协委员，从第五届到第十届，我们都说她是艺术界的政协常青树。

后来，她调任艺术研究院，成为终身研究员；接着任舞蹈研究所所长。这使朋友们觉得：她有了最能发挥自己才能的舞台。果然，她的关于舞蹈的论文不断发表。当她关于“生态舞蹈”的立论问世时，我们简直惊呆了。因为此时，她和我们一样，都已白发苍苍了。

2014年，华筠因病辞世。她在药品的支持下，带病工作了4年，直到生命将尽时，还推开“停歇”二字。

想到后来的资华筠，再看我的这篇作品，我眼前出现她看初稿时的那个神情；我也忽然理解了她的那个神情。因为我知道，我的心力、笔力，都追不上她那风风火火向前赶路的脚步。

倘若有人提笔写《资华筠传》，请不要仅仅给她定位于舞蹈家。她最后攀登的高峰，是舞蹈研究的顶端，她是一位多才多艺的学者。

2016年冬 紫芳园

赵桔创业

当人们接受了“时间就是金钱，效率就是生命”这个新概念时，当技术革命的浪潮迫使人们如饥似渴地涌向知识的殿堂时，当历史把时代的使命感、紧迫感注入一代又一代热血儿女的躯体中时，人们最切肤的感受是：时间的贫穷。人们最迫切的需求是：占有时间。

当你每日步履匆匆，忙碌得仍然头绪万端时，经济学家却早已冷静地将你每日的时间，剖割为四个部分：社会工作时间（包括上下班往返及中午在单位的时间）；满足生理需要的时间（吃饭、睡觉等，用以恢复体力）；家务劳动时间；自由时间（包括学习、娱乐、社交等）。

然而，来自现实生活的一个统计数字，却显示了问题的严重性。城市职工每人每天用于家务劳动的平均时间：

天津：女职工用3小时43分多；

北京：女职工用3小时43分；男职工用2小时14分；

浙江：中年知识分子用2小时53分；女知识分子用3小时33分；

哈尔滨：女职工用5小时12分；男职工用3小时54分。

这么长的家务劳动时间，从何而来？据统计：每人每天用于社会工作的时间平均为11—12小时。这是法定而难以侵占的。

于是，家务劳动时间的庞大身影，只能去挤压人们的生理需要时间和自由时间。

于是，你在忙碌工作一天后，无暇学习，无暇娱乐，无暇访亲探友，也无暇充分休息。第二天，带着前一天遗留的疲劳和烦躁，再去上班。

于是，种种危机埋伏在每个职工和每个家庭之中，繁衍着，发展着，循环着。它不断地滋生着情绪的烦躁、精神的委顿、智力的迟钝、知识的贫乏，乃至家庭成员间的互相抱怨，彼此摩擦……

这一切，不可避免地汇集成一个突出的社会问题。

许多有识者，早就在研究着这个问题。从缘起到现状，从危害到发展；

然而，真要面对它，解决它，却是件万分棘手的难事！

解决的途径十分明了：一是实现家务劳动现代化。二是实现家务劳动社会化。前一个途径，限于我国目前的消费水平，还只能是个前景。后一个途径，便上升为目前可行的，却又崎岖艰难的途径。

如同做衣难、吃饭难、洗澡难一样，变革的时代，又出现了找保姆难。据推算：北京至少有几万户人家需要请保姆来承担各式各样的家务劳动，可是，却只能束手无策，唉声叹气。

这样，当朝阳家务服务公司1983年12月21日在北京宣告成立时，竟然轰动了整个京城；半年后，当这个公司发展为下设39个分公司的三八家务服务总公司时，上上下下对它刮目相看。当这个总公司终于将劳务来源的渠道疏浚到全国各地时，它就以自身生命力的顽强，向全社会展示了它的气势。

于是，一个新的公司自立于社会上诸多的各色公司之中。“保姆是个大行业！”人们在承认了这一事实的同时，亲切地称它为“保姆公司”。

伴随着这项年轻的事业，一个年轻的新人也顽强地站立起来了。

她叫赵桔。1983年毕业于北京经济学院劳动经济系。

在她刚刚分配到北京市妇联第15天，在距她30岁生日还差一个半月时，她接受了组织上交给她的任务，离开办公室，投身于从家务劳动中解放千万人的切切实实的事业。

她说：我一直想爬上那座山

那座山，在河北省涞水县白涧区。赵桔来这里寻找她的劳务大军的来源。

十一月的天气，山风透骨。赵桔住在群山包围之中，心急如焚。

山村的夜，静默无声。赵桔躺在炕上，闭上双眼，白日的种种忙碌，仍如潮水般涌现……

家政服务公司成立快一年了，事业兴旺如火，步履却沉重如铅。

从办公室走向社会，她和同事们在北京劲松区开始了社会调查。调查的结果像一副沉重的担子，压在这个刚毕业的大学生的肩头：每百户中就有四户要请保姆。她挑着这副担子起步，一开始就不顺利——

她是带着一幅蓝图迈出第一步的。她想：八里庄一带退休工人多，朝阳门一带历来闲散劳动力多。用这两个地区的劳动力，去缓解劲松地区找保姆的紧张。然而，现实是这样回答她的：待业青年宁愿多待几年业，也不去伺候人。退休工人，收入固定，该颐养天年，当保姆，儿女都嫌丢人。家庭妇女虽无职业，也不瞥这“下三流”的行当。有人干脆对她说：我们北方老太太，没有伺候人的习惯！

面对这一切，赵桔怔了。之后，她意识到，她面前是一个个活生生的人，和由这一个个活生生的人编织成的硕大无朋的一面网——习惯势力。

非得冲破这面网。

她挨家挨户去动员，一个人一个人地谈话。说服工作变得异常苦口婆心。她知道，不这样，她就将被这面网裹缠。

阎以庄是位退休老工人，亲属中多是有文化、当干部的，儿女也已长大成人，她有足够的退休金，谁也不会同意她去当保姆。然而赵桔却一眼看准了这位老人的深明大义。她对阎以庄讲家务劳动社会化和“四化”的关系；讲保姆是一种行业，并不低人一等；讲封建余毒无所不在。她鼓励这位老工人走到社会上来，做劳务大军的骨干。果然，阎以庄在反复思量后，勇敢地站到年轻的赵桔这一边。

56岁的赵俊英，爱人是离休干部。这样的社会地位，和保姆行业隔着几道层次。然而，赵桔偏看准了赵俊英对新事物有一股可贵的热情。于是，她登门动员，把自己办家务公司的设想，全盘托给老人。“这是一个新事物啊！”她满怀深情地说。赵俊英被年轻人的热情打动了，她使劲拍一下赵桔的肩膀：“咱俩都姓赵，我拿你当亲闺女看。”老人痛痛快快地来到服务公司。

还有那个漂亮的姑娘小魏，在家待业。赵桔劝她，年轻人就得有年轻人的闯劲，别听闲言碎语。小魏觉得赵桔心里有一团火，一团燃得很旺的火。于是，她也跟着赵桔干。她跑很远的路去照顾产妇，她一天要为几家做家务，每小时工价才两角五。她不是为钱而来的。

就这样，依靠居委会，一个一个座谈会开，一趟一趟地走街串户。那些日子，赵桔像在搬动一块一块的大石头。

当她在服务员报名表上逐一地写上55个名字时，她用极度的兴奋冲涤着极度的疲惫。但是，当服务公司为这些人举办第一期培训班时，坚持到培训结束并且真正站到劳务大军行列中的，只剩下27人——报名者的一半！

为这“27”，那几天，赵桔几次徜徉在夜晚的大街上，又几夜在办公室的灯光下扶额沉思。她苦恼，沮丧，思考，求索。这一切的最后聚合，使她更加坚强，更加振作。她甚至满足这个“27”。即使是“1”，也得干下去。

夜已深。赵桔躺在这山村的坑上，回忆着那寸步难行的事业的开端，许多人、许多事重叠在眼前。什么时候蒙眬入睡的，自己也不知道。

第二天醒来，天微明，夜幕上残星闪烁，那座大山的庞然身影萦绕着一层神秘。

从那个“27”以后，服务公司在艰难中蒸腾过兴旺的气象。但，它马上就在现实的重压下喘不过气来：用户需要保姆的，一登记就是几百几千，可是，能动员来当保姆的本市劳动力，真是屈指可数！公司曾贴出布告：停止用户登记。可要登记的用户却无视那布告，仍然天天挤满了服务公司那仅十几平方米的办公室。记者任红曾在《中国青年报》上以《这里无米下锅》为题，报道了服务公司面临的危机。

然而开拓者的希望，就在自己的脚下。赵桔和她的同事们，在几经波折后，毅然把寻找的眼光从北京城内，伸向了郊区县。密云、延庆、平谷土地上，印上了他们的足迹。

记得，初到平谷，踏着春节留下的爆竹碎屑。那次，市妇联主任李钢钟亲自带队。在县里组织的劳务人员动员大会上，赵桔上台讲话，她先向台下的山区姐妹们深深鞠一躬，说：“北京城里许多家庭，盼你们去，等你们去，真心地欢迎你们去。”她把经济学家对每日时间的划分，把保姆和社会发展的关系，变成平易热情的心里话，娓娓讲给质朴的山里姐妹。台下一片掌声，山里人接受了赵桔的诚意。

以后，赵桔他们曾七下平谷，在这里建立了三八家务服务公司的分公司。平谷县下属21个公社，赵桔去了17个公社。去县里最远的靠山集，翻山骑着毛驴，这是她有生以来第一次；她到夹在大山中的黄草洼，这里穷，大队部的窗户纸破得不遮风，但她和山区姐妹说着滚烫的话。她到哪里也不觉得苦，不觉得陌生，她心里装着全平谷的剩余劳动力。

那次，十几天奔波，他们从平谷一次就带回145名服务员。

如今，她跨越了北京的地界，来到河北省涞水县。手里拿着一个老同志的介绍信，就闯来了。

住处门外，就是一座大山，高峻，神武，虎视眈眈。11月13日这天，恰是赵桔的31岁生日。她天微亮起来，非要去登这座山。

当地老乡阻止她：闺女，这山看着不高，你爬一天也上不去！

入境随俗吧，不让爬就不爬。赵桔不敢一意孤行。她面对这山坐着，望着，想着，挺长时间一动不动。终于，她和大山心息相通了——

大山对她说：人生，就是在爬一座山。

她对大山说：对喽！我经常觉得累，其实爬山哪有不累的！

大山对她说：风光尽在山巅！

为不虚度这31岁生日，为不负大山的启示，赵桔离开住处，为明日的远行探路。

路本是不必探的。从这里到火车站走盘山公路四五个小时，安全平坦。但赵桔讲究高效率，喜欢走新路。明天，最后一批服务员将从四处会集到火车站，赵桔必须先于她们到达，她不愿在盘山公路上磨蹭四五个小时。

她出发了。不远，就是一片沙滩地。一步一拔脚，真费劲！然而，当她越过沙滩，爬上那仄仄的铁路桥时，她却留恋那沙滩了。这桥，雄踞两山之间，下面是让人晕眩的拒马河。桥面窄，只为火车通行，两边的栏杆早已折裂，连一点心理上的安全感都没有。火车从隧道中轰鸣而出，狂奔无忌，长啸而来，几乎擦着她的身体飞驰而去。她下意识地用手捂着脸，横下一条心站在桥边，她觉得那铁龙带起的风几乎掀她一个趔趄……她惊魂未定地走过了这座桥，手搭额前，望望火车站的方向，选择着该走的路。不想，踏入了坟区。黄土、老坟、荒草，还有时不时碰着脚边的骷髅，平日胆子不小的赵桔，只好大声唱着歌给自己壮胆……

她终于走到了那小小的火车站。一看表，行程用时两小时！“胜利了！”她冲着走过的路兴奋地跳起来。

回去的路，由于渐近黄昏，反倒显得更长。当她裹着落日的余晖回到住处时，精疲力尽地走到供销店买了二两白酒。老乡说，酒能解乏，又能压惊。她咕嘟嘟喝下去，倒头便睡了。

梦里，还是那座大山的庞然身影……

赵桔把劳务大军来源的渠道，从北京城里，延伸到郊区县，又疏通到全国各地。她和她的同伴们，七下平谷，四上怀柔，一访延庆，二赴河北，她们用双脚跑出了一个自己的天下。

那写在劳务大军历史第一页上的“27”，在若干页后，变成了“11800”，可谓气势壮哉！这一万多人组成的劳动队伍，活跃在北京一万五千多户居民的家庭中。她们之中，来自全国各地的占67.8%。

1985年12月21日。北京首都剧场。许多人陆续入场。

过路人问：什么会？这么多人！

知情者答：表扬先进保姆！

几双惊奇的眼睛：这会，从未听说过。

会场内，赵桔宣布：庆祝北京市三八家务服务公司成立两周年、表彰先进大会开始。

音乐骤起。台上，领奖的是经服务公司和用户按评奖标准选出的先进服务员。胸前的大红花和手里的奖状，标志着她们做人的价值。

台下，欢声笑语，南腔北调，热气腾腾。这是用户陪着自家的保姆来参加大会，他们人人手里有一张印有“优秀服务员标准”的卡片。

当赵桔从表彰大会的台上走下来时，她被一下子围在人群中，各种口音向她扑来：“赵大姐！”“赵大姐！”她步履艰难了，再过两个月她该做母亲了。

她仍然经常想到白涧乡那座山，那座曾那样吸引着她、撩拨着她的山。她一直想爬那座山，却总未如愿。然而，她却一直在爬着那座山。

她说：人民，就在我们身边……

这是一句似乎已经过时的话，抹着浓厚的50年代的色彩；然而，这是一句使赵桔选择了终生职业的话，是一句使她从千难万难中把一个“27”的小数扩展到万计大数的话。

年轻的厂长说：我拥有厂房、机器、工人！

年轻的经理说：我拥有上亿的资金！

那么，你呢？你拥有什么？有人问赵桔。

我拥有人民，许许多多普通人！——赵桔说。

她的资金可怜得不值一提。她的工作人员是临时聘用的。然而，她说："我拥有人民！"说得自豪、自信、自尊。

她怎么会想起搞个"保姆公司"呢？许多人揣摩不出这个从小学到大学都当学生干部的赵桔的心思。

大学毕业，她分配去的单位，庄严肃穆，掌握着许多人的命运。可她，偏偏选择了北京市妇联。她觉得这里能听到亲切的市民声。

那是她来到市妇联宣传部工作后的第15天——9月27日晚上，她值班。市妇联李钢钟主任和她谈话，就谈家务服务公司的意义和前景，谈赵桔应当去干这个事业。这场决定赵桔后来命运的谈话，就在当天晚上结束，第二天早上敲定，下午即在全体干部会上公布了。

对此，赵桔并不觉得突然，倒是觉得一切都来得痛快。她喜欢李钢钟的性格和作风。"这才是当代的效率！"她说。

她在当天的日记中写道："我觉得庄严神圣的时刻到了！我不愿平庸度过一生，我愿自己的一生是大起大落的，即便是失败，也是轰轰烈烈一场！"

于是，她扑入了这场"轰轰烈烈"。她整日和这些普通人混在一起，挤在一起。她要在这人的海洋中，求索她——一个80年代大学生的自身价值。

记得，十年动乱中，她在一个基层商店当了9年售货员。冬天卖大白菜，卖的人和买的人一样冻红了脸和手；平时送货上门，听惯了大婶大妈的絮叨。

如今，她的服务公司又面对着这些普通人了——

轮胎厂一位女工，孩子刚出生几个月，爱人在国外，她想上班，还想补习文化，得请个保姆照管孩子；酒精厂一位工人，正发愁刚上小学的孩子放假后无人照顾；昌平县一位教师，母亲瘫痪，找不到保姆，自己已请了3个月事假；沙河机电公司一位职员，独生，母亲身患重病，请不到保姆，真想辞职回家；一位司机的妻子，二月份临产，元旦刚过，夫妇俩就顶着寒风到家务公司找保姆；一位住宅公司的工人，为找保姆，请假、倒休，一个月来踏破了服务公司的门槛；一位将去深圳学习的青年，为找保姆照顾孩子，站在服务公司门口，急得想哭……

这就是赵桔事业的开端！

北京，8万户需要保姆的家庭，有一半以上难以如愿。

这就是赵桔大有作为的天地！

是这些普通人的呼声，把赵桔引向家务服务公司。她在这仅有两小间办公室的狭窄空间里，开辟了无限广阔的天地。她说，这是她的实验室，她将在这里充实和施展她的专业知识。

她说，这些来应聘当保姆的姑娘，都是自己的姐妹，她用自己的诚意，把她们引到劳务大军之中。

有一次，从外地招来许多保姆，可通知来接保姆的用户太少，以致当天有些姑娘无法分配到用户家中。姑娘们来时眉开眼笑，此时立刻冷言冷语：敢情你们城里人并不需要我们！有人干脆吵着要回家。赵桔知道，这时最需要一颗滚烫的心。她赶快向附近中学借了大教室，帮着搬桌搭椅，劝姑娘们打开行李休息。她说："我陪你们，还不消消气！"

一个挺有心计的姑娘将她一军："你赵大姐不嫌我们，今晚敢和俺钻一被窝？"

"有啥不敢？"赵桔走近那姑娘。

姑娘不紧不忙地抖开被子，一边铺，一边乜斜着眼看赵桔。

呀，这么脏的被子！赵桔抻抻那被，对姑娘说："这么大姑娘，真懒，出门也不拆洗一下！"

姑娘慢条斯理地说："来时，俺娘说了，就拿这脏被去。他城里人瞧得起咱，就留下干。瞧不起呀，卷铺盖走人。"

赵桔听明白了那弦外之音，二话没说，脱掉衣服，钻进那汗渍斑斑的被窝。

这一夜，姑娘们沉沉入梦。她们相信，天亮时，赵大姐仍在她们身边。

赵大姐，是这些外地姑娘的亲人。所以，赵大姐就得为她们格外地忙碌、操心，为她们排忧解难。

一个姑娘，把用户送给她的电子表丢了——那是人家给她掌握做饭时间的。她跑去找赵桔，说："赵大姐，我跳进黄河也洗不清了！"事态这么严重！赵桔又是劝慰她，又是跑去找用户了解情况，调解双方的关系。又一个小姑娘，刚到用户家两天，就想家，要回去，哭着去找赵桔。赵桔又是劝又是训，直到她懂得“工作要负责”这个简单的道理，点点头，回用户家去。

赵桔经常在心里叹息：把这些姑娘从家里带到社会上，有多难！

难，才要干。这才是赵桔的事业。

于是，开始那些日子里，设在北京劲松区一个地下室的服务公司办公室，每日里里外外都挤满了人。那些用户缠着你，向你诉说家中的苦衷，逼着你答应哪天来领保姆，或者非得在已超额的登记本上写上地址、姓名，末了还注明“急”！

那些日子，赵桔真不知道时间怎么一下就从身边飞走了，饭吃不上，水忘了喝，腿酸了，嗓子哑了。只有晚上，骑着车，顶着风，踏着路灯的光，从东郊的劲松区回到市中心的妇联时，她才想起饿，渴望睡一觉。这时，她最想妈妈，想自己的男朋友，想一切可以让她稍稍暖和些、舒服些的需求。可是，她知道，此刻，机关食堂早已关门。于是，她边骑车，边哭，哭得挺伤心。等到推开妇联办公室的门，白煞煞的日光灯照着她办公桌上那一摞摞群众来信时，她一边擦掉泪，一边忙着安排自己的晚餐——泡一包方便面，或是拿起昨天买的馒头，蘸着鲜酱油吃。边吃，边拆看那一封封信：表扬的，感谢的，更多的是诉说困难，要求尽快派个好保姆。

看完信，分类收好。又忙着翻当天的报纸，把关于家务劳动的剪贴下来。然后，再整理有关资料——每天都能从实践中记录大量资料。

这样，刚才被路途切断的忙碌，又接续上了。直到倒在办公室的床上，沉沉睡去。有时，半夜12点，电话铃响了，她一骨碌从床上爬起，莫辨白天黑夜地抓起了电话。对方说：白天，实在给你打不通电话，知道你住办公室，只好深夜打扰——要保姆！她边听边敲敲懵懵懂懂的脑袋：记下，别忘了。

1984年元月9日，赵桔在日记上这样写：“如果现在有人问我什么是幸福，我会毫不掩饰地回答说：最幸福的事莫过于躺在床上睡一大觉！我太疲倦了，天天跑很多路，说很多话，办很多事……”

然而，元月10日、11日、12日……她又骑车，往返于市中心和东郊，说很多话，办很多事……

服务公司所在地区的居民们，每日目睹着这个小小地下室的拥挤、忙碌、兴旺。他们知道：这里忙着几个记挂着普通群众的热心人。住在12层的一位老奶奶，颤颤悠悠地端来一锅刚蒸好的白薯，走下几十个台阶，来到地下室，对赵桔说：吃吧，你们可忙坏了。一位服务公司找保姆的青年工人，腼腆地掏出一包花生米，再掏出一包巧克力，说不尽的感激。一位侨眷，病瘫在北京，服务公司挑选了一位退休的老护士去照顾，家属感动地说："真是有钱难买社会主义好！"

赵桔不是那种会在赞扬中陶醉的人。相反，她从中觉悟出的是一种事业的庄严感。她想：共产党员是人民的公仆，不为人民办些切实的事，而奢谈"事业"二字，岂不怪哉！岂不悲哉！

于是，她带着新的追求，去扩大她这为人民的事业——她组织上万的劳务大军，去实现家务劳动社会化；她组织成千名大学生、研究生，为897户家庭的孩子辅导功课。大名鼎鼎的女排教练袁伟民，在奥运会上为女排"三连冠"鏖战犹欢时，他的孩子正由服务公司派去的大学生辅导着语文；服务公司还与一个分公司联合，在北京五个城区开办了儿童美术、音乐、英语等64个班招收了近三千名儿童；赵桔还在服务公司设立过搬家、换煤气罐等零散服务项目。总之，凡是群众之难，她都想方尽力纳入她的服务公司业务项目……

这一切，没有鼓噪呐喊，却要热情和坚忍。

她的一位同窗，对《资本论》颇有研究，据说其中的主要章节能背诵如流。当他得知赵桔一年内进山几次去招保姆时，曾不以为然。赵桔回答说："你等着瞧吧！将来我会是个专家——保姆问题的专家，社会学专家，劳务问题专家，虽然我背不下《资本论》。"

两年来，她在她的文科实验天地——家务公司总公司中，尽情地"折腾"，她在新的机会面前迎接着时代的挑战。她用智慧发挥着她的专业知识，为公司起草了若干份指导工作实践的文件，制定了若干份条例、章程、合同等；她与有关人员研究设计电子计算机管理方案，让年轻的公司步入了现代化管理的行列；她在实践中为专业研究的许多课题积累和整理了大量的资料；并在专业杂志上发表了《试论家务服务公司产生的因素及其现实意义》的论文；在繁忙的间隙里，她发愤自学，《劳务经济学》《社会学概论》《劳动社会学》《经济管理》《经济法》等，已列入她的书目中。

她劳累着自己，也充实着自己。

她说：社会的不公平迫使有事业心的女性变得坚强、自立，锲而不舍地去追求。我确信，成功者的比例，女性将高于男性……

她的性格，如同她走路的姿势。

她从小就不文静。她有一个短暂的金色童年。

当她还是个小学五年级学生时，“文革”的狂风席卷了她的学校、家庭和她自己。父母分别迁往干校，年幼的弟弟留给年幼的她照料。当她从清冷的家走向轰轰烈烈的学校时，黑板上已歪歪扭扭地写着：打倒当权派赵桔！这个全校闻名的少先队大队长，一夜之间被风暴挟裹得晕头转向。带着心理上的阴影成为中学生，在参加天安门盛典的组字队伍中，她被革委会主任叫出行列，去看管大家的水壶、衣物。民兵发枪时，她远远地看着，把眼泪淌在心里。然而她竟纯真地写过血书，要求参军。

残酷的时代的刀剑，屡屡在她幼小的心灵上刻下道道血痕。她变得沉默了。她经常独自坐在宿舍楼前的大树下，久久地望着夕阳惨淡的余晖。

初中一眨眼就过去了。毕业分配，她将面对更严峻的人生。好心的老师们为这个“政审不合格”的14岁的学生，费了许多心思，才把她安排到一个副食店。

那些天，赵桔愈加沉默了。她在想什么呢?

也许，是在去商店报到的前一天夜里，幼小的赵桔和庞大的人生进行了一场严肃的对话。当她一脚踏进商店的门槛时，她是昂着头的。

赵桔硬是承担了人生的重压。每天干十几个小时，闻着油盐酱醋的混合味；冬天，大白菜成山，又搬、又卖，棉袄里，湿了又干；连卖雪里蕻，都是一手伸进冰水里，抓出一把，上秤。赵心里拧着一股劲。

那时，她顽强地寻找着生活的公平待遇。她上业余创作班，她参加乐队拉提琴，她风风火火地参与各种活动，她非得去争得那些应当属于她的欢乐。她就在狠命的追求中长大了。

9年柜台的磨炼，炼出个铁铮铮的赵桔。她愤懑之声太多，却不沉沦。她总在积蓄力量，奔向一个新的目标。高校恢复招生时，这个实际学历只有小学五年级的赵桔，两进考场，两次落榜。种种闲话，重重压力，她仍坚持第三次报考。

她成功了，她昂然走进大学的校门，几乎与戴上校徽的同时，她又开始新的追求——在许多年轻人信仰岌岌可危时，她却在大学毕业前夕，加入了中国共产党。

这个服务公司带给赵桔的磨炼，比9年的柜台要多得多。而且往往是你意想不到的，使你瞠目结舌的。它又往往迫使你得像个有经验的社会活动家，去冷静地处理这一切。

那年，劳务来源的渠道刚打通，外地保姆刚进北京，几家报纸相继报道了服务公司的兴旺。这时，偏偏出了事：

一个来自旱区的小保姆，没见过自来水。到用户家，打开水龙头，看着哗哗流的水，高兴极了。用户说："那水，得花钱。"小保姆一气，当晚执意要出去寄信。一去就是一夜未归。恰巧，第二天是星期日，赵桔难得有闲，准备和男朋友一起去买家具。一个电话，召回了赵桔。接着是报案，查找，应付小保姆家乡人的责问……当赵桔他们在一个收容所里找到这个小保姆时，这个姑娘已经是一脸痴呆。于是，送医院。了解情况，分析原因，应付纠缠。干练的赵桔终于弄清了这个姑娘有癔病史……

这件事刚刚平息。第二个坎坷，已伏在她脚下。一个小保姆哭哭啼啼地找服务公司，说是用户的"大哥"欺侮了她，可又无论如何说不清经过。赵桔又是一阵忙。送医院做妇科检查，调查用户情况，直到弄清这是个未遂事件……

面对这一切，赵桔曾抱头深思其中的教训。但是，有风就起浪，刺耳的话从四处传来：公司不赚钱，搞什么劲儿！公司不务正业……

赵桔从疲劳不堪，陷入苦恼不堪。但是，在苦恼中，她却描绘出服务公司的蓝图：今后，保姆要事先体检，要办集训班教给她们用水、用电和用家用电器的知识。保姆要有登记卡片，卡片要存档。要和用户签订正式合同。用户要有单位介绍信，要约法三章，诸如：不能让保姆与异性成人一室居住、要尊重保姆人格，等等。

赵桔在挫折中磨炼，在磨炼中追寻着事业的发展和成功。在她的主持下，十条《家庭服务员须知》，十条《用户须知》，上万份《用户登记卡》《保姆档案卡》，以及有法律效力的《北京三八家务服务总公司服务合同》，从赵桔的屡次苦恼、屡次思索中，纷纷产生出来。它标志着服务公司的正规化，也标志着赵桔的成熟。

追求中，最多的感受是痛苦。赵桔为服务公司的坎坷哭过，为工作的忧愁，不止一次地喝过二两白酒。然后，她还是她——一个苦苦地不懈追求的她。

她觉得，生活中一切美好的，都在追求之列。1985年年初，当她终于有了自己的小家庭时，她同样去追求家庭的幸福。她精心布置自己的新房；用流行色的毛线学着给丈夫织件毛衣；她怀孕了，日记中多情地写下对未来孩子的希冀；她有两个日记本，一本记事业的脚印，一本记感情的历程——这本是只给自己和爱人看的。她被人称作“女强人”，可她觉得，一个不懂得爱的女强人是可悲的。

赵桔如今是个新闻人物了。

1984年3月，全国妇联在她所在的家务服务公司开了现场会；

三八家务服务公司被评为北京市“建设社会主义文明先进单位”和“五讲四美标兵”；

两年中，接到全国数以万计的群众来信，接待了56家新闻单位的采访，接待了7家外国新闻单位及访华团体，接待了全国近三百个单位的参观学习；国外报纸在报道赵桔的服务公司时，称她为“红色资本家”。

本文写完时，她已做了母亲。

然而，她仍然是个刚强的年轻人，是个有胆识的“红色资本家”。她将和她的事业一样，永远生机勃勃。

1987年冬

附 后

这篇作品刊登在《百花洲》大型文学杂志1988年第2期。

时过28年，近日趁秋高气爽之际，我前去寻访北京三八家政服务中心。

这个位于北京朝阳区劲松三区310楼的机构，远非当年那样简陋，而是颇有气势，规模已具。进大门后，就是一个停车场。进入服务大厅，一排排椅子整齐地摆放着，数有近百。主席台上坐着管理这个中心的女老师，和需求保姆的户主。排椅上坐满求职的外地务工女。

老师示意安静，由户主说明自家情况及对保姆的需求条件，愿应聘的保姆举手并起立，随户主走出大厅，进入谈话协商的小房间，仔细相互寻问，若双方达成协商，再找管理老师登记办理各种手续。一路进行，真是秩序井然。

这个自1983年创办以来的北京市妇联的事业单位，是全国第一个家政服务公司。创始人赵桔当年是个刚从大学毕业不久的学生，现已调任他职，但这个始终坚持为百姓服务的机构，仍然以公益事业的实质，屹立在北京百千计数的家政公司之首。它免费培训外地务工妇女，免费为北京市民提供家政服务，自创立至今，为三十多万外地贫困地区妇女，提供家政就业的培训和就业机会，得到它服务的北京居民超过六十万户。它制度健全，管理严谨，服务优质，在北京市民中有超好的口碑，17年连续被评为北京市先进文明单位。

看今天的三八服务中心，想赵桔当年创业之难，从小到大，足迹涉及全国二十多个省市，尤其是山区、边远地区及贫困地区。赵桔和最初参与创业的开拓者们，真正是用双脚走出了一条别人从未涉足的创业之路。

看看应聘的务工妇女，觉得天地运转之快，是人们无法预计的。这些务工女，从穿着上看，有贫困地区来的，但也有相当多的人，年轻，时尚，很职业化地和户主交谈，她们有文化，懂维权，语言顺畅。我听一位三十多岁务工女与户主谈话，务工女问：我住的房间是单独的吗？我晚上和你家人一起看电视吗？

另一位务工女问户主：节日加班工资是平时的几倍？

我看着她们，不由笑了。赵桔们当初教给她们的维权能力，今日已成为她们屏障自己利益的能力。

走在大厅之外，立即有衣着时尚的年轻务工女迎上来，问我：您需要小时工吗？我们服务质量很高呀！我又笑了，问她：为何单做小时工？她坦然地回答：挣钱多呀！身旁一中年务工女向我悄悄说：她们都干不长，有的是挣旅游钱；有的是挣孩子一年的学费，有的……

我听了有些惊讶：还有这样的保姆工种？但细想：这没有什么不好呀！生活中不断产生出新的需求的元素，保姆市场也会生出多种元素的服务方式。看样子，她们不仅被户主挑选着，而今也学会了确定自己的服务方式，向市场主动地寻求机会。

回头望大厅里坐满的务工女，服饰各异，花团锦簇，她们是怎样地千里迢迢加入了赵桔当年带头组织的队伍！虽然在这个可谓庞大的家政服务中心里，没有了赵桔的身影，甚至有的管理人员也不知道赵桔是谁，但栽树的赵桔呀，她栽了一棵多么繁茂的天天成长的常青树啊！

桔生北国亦为桔。这是北京人心目中的金桔、福桔，芬芳四溢的丰润之桔啊！

2016年冬　紫芳园

生命的火

——记一群高擎火炬的人

虽然我已是病残，
理想为我点燃火炬。
虽然病魔把我摧残，
青春的火花格外绚丽。

——摘自病残青年朱宪臣、司德林的诗：《希望的曙光》

这是北京西城的一条普通的胡同；

这是胡同里的一个普通的小院落；

这是院落里一间普通的小房，它的面积只有11平方米。

你给病残青年图书馆来送书？长长的胡同，从东走到西，再从西返回东，哪幢房子像个图书馆？

你要采访病残青年俱乐部？从1号门牌，走到144号门牌，哪里挂着俱乐部的牌子？

熟人会指点你：到那个小屋去问问。

"请问，病残青年图书馆在哪里？"

"在这里！"回答得沉静而肯定。

"那么，病残青年俱乐部在哪里？"

"也在这里！"同刚才一样的语气。

"在这里？"你会惊异。

"是，就在这里。"主人笑了。她理解你的诧异，这样的回答，对她已不止一次。

主人？对，她就是这间普通小屋的主人——那个躺在病床上和你答话的姑娘。她叫孙恂。22年病痛的折磨，使她体力极为衰弱，生命垂危过，但面容上却滞留着青春的活力。

当她19岁的时候，生命正光彩，可是，从天而降的“重症肌无力”，一下子把她推到死亡的悬崖上：全身的肌肉，竟无一处能自如地动一动！无力呼吸，无力吞咽，连眼皮都无力睁开。只有一息尚存，而这一息又随时可能悠悠而去！她痛苦过，挣扎过，也绝望过。然而，那19年的生命历程实在太诱人了：她在学校里，是同学们拥戴的班长；她驰骋在运动场上，是三级运动员；她爱写文章、作图，还在国内外比赛中得过奖。多么灿烂的生活呀，她怎舍得离开。于是，几次生命危急中，一个坚不可摧的信念支撑着她：“我要活！”她从那遥远而深不可测的地方，（她想，那就是死亡的深渊！）艰难跋涉回到了人间。当她能感知到一丝丝光亮的存在时，她用一个费力的微笑，安慰着为她忙碌丧事的亲人。

她活了，虽然活得那么费力。然而，她不想静静地躺在病床上活着！她不愿靠亲人一小匙、一小匙地喂她米汤那样活着！她要像个强者一般地活着。她让母亲扶起她无力动弹的右臂，放在脑袋一侧。她吃力地伸出手指，撑开那无力睁开的眼皮——啊，一线光明，一线希望！活着，多美好！她竟禁不住这样赞美。她把书放在胸脯上（她觉得像压上了一块沉重的砖头），再用无力的左臂勉强扶着。看呀，从那一线光亮中看呀，一个字，两个字，一行，两行……全身颓然无力了，那一线光亮倏然逝去……喘口气，积攒够心底的毅力，再来，撑开眼皮……啊，多么沉重、多么痛苦的奋斗！孙恂，你能经得起吗？“能啊，我知道，这只是第一步！”

这确实只是第一步，小小的第一步！然而，她从这第一步开始，已不停顿地走了22年艰辛坎坷的道路。她练会了气功；她自学英语；她为“肌无力”这个病因不明的绝症，积累了第一手资料；她大量阅读文学书籍；她和全国各地的病友们通信，交流着旺盛的生命的热流；她在自己这小小的房间里，迎接着来自四面八方的病友，用她微弱的声音，和他们畅谈理想，用友爱抚慰他们的孤独、悲苦的心……哦，生活竟用它有力的双臂将重病的孙恂扶上这般风光的顶峰——她成了病残青年的挚友。他们一推开她的屋门，就喊着：“孙大姐！”她必须为她的病友们付出她体力难以支付的代价！那么，孙恂，这你也能经得起吗？“能啊，我知道，这也只是第一步！”她勇敢地迎接了生活对她的挑战。

她的小屋里放着一辆轮椅，她扶着它走路；在她双臂尚能举起的高度，拴着纵横交错的绳索，它们通向房间的每个角落。她在体力较好时，扶着绳索维持着挪步时的平衡，以减轻亲人们护理的负担；她自己学会做最简单的饭食，也会歇息多次后，洗完自己的一件衣服……每天，当第一缕阳光透进窗口时，她便显露出由衷的微笑。

哦，请不要长时间地和她谈话。她是靠服用兴奋剂支撑着每一分钟的生命——每天服用10次“美斯的明”，而副作用则是心脏和肠胃难忍的绞痛！

啊，让她闭上眼睛，喘息片刻吧！她还有许多要做的事。你看，枕边放满了病友们的来信，案头是要写的材料、稿件。如果计算一下她的工作量，你一定会吃惊：一个残病人，一天这么多事情？然而，她没有职业，当然也没有工资，她只有靠哥哥们每月给的30元钱度日。

星期日，你要是坐在孙恂的小屋里，那么，你就休想有片刻的安静——

敲门声——轻轻的两下。“这是林达！”不等来人推开门，孙恂躺在床上也会这样断定。

林达，这么文静，这么秀美。长长的黑发，整齐地束在脑后。一双笑起来就弯弯的眼睛。她爱笑，然而，童年的欢乐只伴随了她6年，类风湿的痛苦却纠缠了她23年。躺在病床上，当连拉一下棉被的力量也没有了的时候，可怜的姑娘望着窗外偶尔飞过的小鸟，眼泪沾湿了枕巾。慈爱的双亲强忍住心中的悲痛，用那些病残而有志者的事迹感染病残的女儿，为她锤炼一颗经得起苦难的坚毅的心。当她终于在父亲的辅导下翻开课本时，她第一次忘记了关节强直后的疼痛，那多年来同关节一起强直了的欢乐，在她心里复苏了。不过，这是一种用痛苦煎熬过的欢乐，它与坚毅和信念紧密地融合在一起，伴着小林达走进了“而立”之年。

你想知道这个常年被风湿折磨的姑娘的近况和才干么？让我告诉你，目前她在中国大百科全书出版社《不列颠百科全书》中文版编辑室工作。在林达的办公桌上，堆满了中文、英文资料。她要看译文，查对译出的名词是否准确；她要核实英文条目中是否有重复；她要根据需要做出各种资料卡片……连中学学业都未能完成的林达，能胜任这样繁杂的工作么？我可以告诉你：第一，她是经过考试被录用的（虽然是个“临时工”）；第二，她如领导所期望的那样，出色地工作着。

对于林达的“职业”，多少人投以艳羡的目光！但是，当你翻阅她那一页页字迹清秀的资料时，你可曾想到：它出自一只腕部关节已经强直的右手！而且，这个总是对人笑眯眯的姑娘，早已不能像正常人那样坐着，只能半倚半站，每天紧张地工作8个小时！早上，天不亮，就费力地挪动着双腿离开家，倒换三条路线的公共汽车，提前来到机关。上楼梯时，要侧着身子，费力地将小腿向体侧抬起一点点，然后，双手用力拽着楼梯的扶手，咬牙！使劲！硬是用并不有力的双臂牵引全身，把两腿“拖”上楼去。她每天上班、下班回家都要有这样一番痛苦的过程。可是，当她揩去额上汗珠时，她从不爱呻吟。她全身的大部分关节都强直了，不能坐，不能蹲，不能弯腰，也不能轻易地翻身，无奈，只好用一个一尺多长的竹棍——“老头乐”，延伸了手臂所及，用它穿衣穿裤，拾起地下的纸片，不去麻烦别人。

病痛是难忍的；生活是艰难的。于是，有人劝林达：“就在家待着吧，你家生活优裕，何必非去上班！去了也不过是个临时工。”然而，林达笑着说：“不，我要贡献！”

多么痛苦的贡献！

林达有一满盒形状各异的小石子，那是一盒什么样的石子哟——梳着圆圆发髻的山东妇女，头顶“智慧包”的寿星老人，京剧舞台上的花脸，亭亭玉立的少女……都是林达的杰作，是她根据石子的不同形状，用颜色描绘而成的。

望着这些称不上艺术品的石子，没有人会说这是无聊的消遣！你会惊讶：她，一个病残人，有暇时，何以不抚揉自己疼痛的关节，却要将艰难的生活打扮得这样五光十色？

让我为你找一个准确的注释——在林达的小桌上，有一方雪白的小纸，上书：“跬步不休，跛鳖千里。（《淮南子·说林训》）”这就是她对贡献的追求，就是她欢乐的信念。

让我们再来认识另一位病残姑娘吧——随着重重的“突突”声，一位神态轻盈的姑娘出现在眼前。她腼腆地一笑，算是对你打了招呼。一双眼睛又明又亮，看得出是个精明细致的姑娘。

她叫卢力，一个誊印社的刻版工。

从来到这个世界上，小卢力从没有依靠自己的双腿站立起来过。长大后，当她知道自己再也无法有一双能站立的双腿时，反倒冷静下来。她决心找一条残而不废的道路。“我愿做一粒铺路的石子。”这是卢力的座右铭。初中毕业时，她毅然架着双拐来到街道办事处：“给我一个工作，只要我力所能及。”

她当上了刻版工。小小的誊印社，拥挤的刻版室，嘈杂的工作环境，枯燥的钢板工作。朋友劝她：“小集体，没劳保，千万别转正！”卢力沉默了，几个深夜里都睁大眼睛。然而，几个月后，她同意转正了。她想：我要做一粒铺路的石子。只要我能铺在路面上，我便获得做一个人的最大的自尊。

对卢力来说，做一粒铺路的石子也不容易啊！内心的自豪代替不了病痛的折磨——每天架着双拐，倒几趟公共汽车上下班；一天8小时工作，一分钟也不能少。回到家，累得一头倒在床上，不想吃也不想喝。但是，卢力毕竟是个自尊的姑娘，当烦恼痛苦接踵袭来时，她拼力摆脱：不是要当铺路石么？来日方长，这样下去怎么行？要当铺路石，首先要把自己锤炼得像石子一般坚硬。她照旧架着双拐上下班。咬牙坚持干完一天的工作。回到家，强咽下一碗饭。晚上，打开书本，学习，学习……

当卢力听说几个病残青年要组织活动时，她连忙拄着双拐找上门去。她想：天地原来这么广阔！和这么多病友在一起，一定能把自己锻炼得更坚强。她成了病残俱乐部的活跃分子，她成了病残青年出版的《朋友之间》这份小报的编辑和刻版员。当小报发到病友们手上时，卢力从油墨香中感到做一粒铺路石的无比欢乐和自豪。

在这个病残青年俱乐部里，孙恂、林达、卢力这三员女将，成了核心人物。

这里难道没有小伙子？

不，你听，来了。“突突”，“突突”，声音急促而稳重。来人是个宽肩膀、双眉浓重、身材敦实的小伙子。抛开那副双拐，他简直像个举重运动员。《朋友之间》这张小报上每期署名“白云峰”的文章，就出自他的手笔。

不必去追述幼时依仗着小竹椅走路的艰难了。白云峰的记忆中，竟没有太多的自卑和痛苦。也许是家庭的温暖，也许是师友的爱护，他从懂事起，就滋生着一个顽强的信念，做别人能做的事，高高兴兴地向前走。于是，他从小学会为全家人做饭；在学校里，他是集体活动的积极分子；因为没能在班上第一个入团，他责备自己“太没出息”；连打乒乓球也不甘示弱，他挽起袖子，一臂拄拐，一手挥拍，竟也能招架一阵……

当然，生活不能总像天空的彩云那样美丽、动人。高中毕业时，白云峰送走了插队的同学，眼望着双拐，陡然感到心里空落落的……

他不相信自己会活着而无用！于是，他去要求工作了，还补充说："不管多远，都行！"然而哪个单位肯正式录用一个病残的人！临时的也行啊！他只想实实在在为大伙做点儿事情。他当过保管工具的临时工，热情地为别人提供方便；他去一个小小的图书室当临时管理员，登记、造册、修补，尽心尽力地干好这个微小的工作。当生活的阅历丰富了他的心灵时，他觉得应当把自己的天地开拓得更广阔一些。为了自学日语，他架着双拐从西郊的家中远途来到市中心的北京图书馆，遨游在书海里，直到晚上闭馆；他和几个朋友攻读戏剧理论，讨论研究布莱希特的剧本；他喜爱文学创作，但并不轻易动笔，他相信不能感知生活的人，笔下不会响起时代的节奏。于是，白云峰架着双拐投入生活的旋涡——春天，他早早地感知着生机的萌发，不止一次地来到颐和园，而每次都要登上顶峰的佛香阁；他曾换乘四次汽车，从西郊来到东郊的首都机场，站在离机场尽可能近些的地方寻找着诗的语言，赞美创造，赞美起飞；他也曾架着双拐在那烟囱林立的工厂区，那禾苗油绿绿的田野边，深情地漫步，流连忘返。乐观的小伙子到处追寻着人群，追寻着生活，追寻着时代的脉搏。于是，当听说孙恂的小屋里开始聚集着一群病残青年时，白云峰也赶来了。

当他第一次推开这小屋的门时，一瞬间，他收敛起那经常绽露的笑容。他暗自对自己说：朋友们，看见了病残深重的你们，我的病比起你们来算什么？我要架着双拐，为你们做很多很多事情……他憨憨地笑了，用他那深沉的男中音，向他的朋友们问道："我该做什么？"那坦诚的神情像是在说：你们不能做的，我全部都应当去做！

门外这时传来了爽朗的笑声，那笑声感染着屋里几个年轻人。"这是朱宪臣，我们的诗人！"青年朋友们高兴得不约而同地说。

朱宪臣推门而入，带进了一串笑声。可是，他，双目失明，背驼着，腰有残疾，腿也有残疾，一手拄着拐杖，一手由他的朋友搀扶着。你睁大了眼睛：这爽朗而富有感染力的笑声难道是从这样的身躯里爆发出来的？一点不错。他，看不到这个世界，却用自己的心维系着这个时代。他在很差的环境中生活，在一片漆黑中，学会了自理衣食住行。他用盲文写呀，写呀。诗歌，小说，话剧……不懈地写。那首在病残青年中广为流传的《希望的曙光》，歌词就是他和一个叫司德林的病残青年写的。

司德林呢？

他来了。在门外，他正艰难地从手摇车上下来。只需几句交谈，你便能感受出他的热情。就是这辆手摇车，伴着他，为病残青年的事情，风里雨里地奔走。电台、报社、乐团的人都熟悉这个热情的病残青年。那只摇动车把的手臂啊，它每天发出的能量，就是小伙子的心血和热情。

还有，这刚刚进来的是吴国兴，乍一看，他既不架拐，也不摇车，是这群不幸者中的大幸者。他文质彬彬地笑着，可是那因工伤致残的双腿，正在隐隐作痛。他白天要上班，业余要完成病残青年俱乐部的工作，晚上要上夜大听中文系的课程。他有志于文学创作，当他拿起笔时，伴着他的，除了创作的冲动，还有疲劳和病痛。这样，他每天都要压缩留给自己的有限的休息时间，他已经习惯了这样的生活：在干着这件事情时，已经在想着下一件该干的事情了……

小室里济济一堂，椅子上、板凳上、床边上，全部坐满了。孙恂要宣布开会了——这是他们的例会，大家从四面八方来到这间小屋，研究病残青年俱乐部的工作。

核心组是八个人，怎么，这儿只有六个？

哦，还有两个，病友们开玩笑时叫他们是“社会名流”：刘京生，吕争鸣。报刊上报道过他们的事迹，登过他们的照片。

刘京生，工伤失去了双臂，两袖清风，连走路都难以平衡——一阵风就会使他几步趔趄。为了练书法，他硬是在肩上用帆布带绑着一个钢的支架——一只难以代替手臂的“手臂”，练呀，练呀，练出一手令人赞叹的好书法！人们惊异地看着钢支架带动的笔下，一派龙飞凤舞的好字体，却难以体会那带动小小笔尖的，是他全身的力气！他白天要上班，只能在厂休日或晚上来这里。有时，为了避免在汽车上摔倒（他经不起轻轻的一指之戳，何况人挤，刹车），他索性走来。一进屋，一身风尘，满脸汗水，有人用一方毛巾为他揩掉汗水（他没有双臂），他便又谈笑风生：“没事，我溜达着就来了。”可是没有人报他一笑，那是整整70分钟步行的路程啊！

还有，吕争鸣，腿残废了，却有一颗坚强的心——他是先进工作者，全国新长征突击手；还有，是游泳池中的“鱼”，是球场上的“旋风”。不，他其实是一团火，走到哪里，就把热情的笑声带到哪里。他以最快的节奏生活着：工作，开会，做报告；还有，到病友们家中访问。哪怕只能坐上几十分钟，他也会用热情温暖着病友们凄苦的心灵。他每天忙碌着，耳边总响着秒针“嚓嚓嚓嚓”的催促声……

开会了。今天的议程是研究下一期小报的内容，讨论图书馆章程，筹划元旦联欢会……啊！11平方米的小屋，陡然之间，无限地扩大了，扩大了……变成了广阔的天地！他们是一群病残的青年人，但是，他们首先是一群有志的人，奋争的人，自强的人。他们是一群高擎着火炬的人；那火炬，燃烧着旺盛的生命之火……

一项必将兴旺的事业

我在人生的道路上，用心血谱写着时代的颂曲；
我在人生的道路上，用奋斗加深着人生的意义。

——同上

有志者，志在事业 。

可是，这群身有残疾的年轻人，他们之中，大部分没有职业；有些人，只是临时工。他们纵然有志，事业究竟是什么？

这确是一个局外人难以回答得准确的问题。但是，请你读一读下面的一段文字：

“木条，修长、挺直、被强力曲成弓柄时，它从心底发出痛苦的呻吟。弓，做成了，它将永生弯着脊梁。但，它也得到了终生不渝的朋友——弦，和忠诚的伴侣——箭。

“痛苦和幸福化为力量：发利箭穿云裂石，杀敌猎兽；随勇士裹霜沐雨，越涧凌云。

“它的脊越弯，力越强。外形的改变，已被置之度外，它只感到力量的欢欣。”

这是从孙恂的一篇题为《弓》的散文中摘引的。多么博大的胸怀！

什么是事业，这是他们经常讨论的课题。他们仰慕病残的剪纸艺术家申沛农，他们为社会知名的病残朋友的成就而万分高兴。但是，北京市的病残人有三万多，全国有几十万人，不能人人都成“家”，人人都出名。于是，为千万个病残青年服务，便被他们视为崇高的事业。

还是回到孙恂的小屋来吧。在这里，你会感受到这些年轻人被事业激扬起的深情——

事业么？“看！”他们会指着桌上、橱顶、书架上排列的图书，对你说，“这就是！”你看，“事业”这个广袤无边的名词，在这里会变成如此实在！

你信手翻开一本书吧！扉页上，《病残青年图书馆》的红色大印赫然在目。不用数，图书登记本上准确的总编号是“335”。这个数字，当然算不得庞大。可是，开始时，它却只是“6”，是“10”；不，确切地说，是“0”。

那是好多年前了。躺在床上的孙恂真想看一本书！可是，足不能出户，哪里去寻？哪个图书馆肯给没有职业的病残人发一张借书证？她知道，有的病友为了到图书馆去看一本书，手轮车的路途是两小时！她从难过与渴望中激愤：没有书，我们会成为不折不扣的活死人！这不行！！她发誓：“我平生第一愿望，是要建立一个病残人的图书馆！”为了实现这个愿望，她顽强地奋争。她不敢奢望高楼大厦，但她希望书架能比肩而立。可是，现实却这样回答她：这个图书馆，只能在她的病床边。孙恂懊丧了？不，她笑盈盈地告诉你：“当我抚摸着这个图书馆的首批6本书籍时，我眼前出现的是未来的600本、6000本……”好一个顽强的姑娘，挫折竟未能碰折她的羽毛并不丰满的翅膀。当她提笔给吴运铎同志写信，倾诉这“平生第一愿望”时，充溢在字里行间的就是这种百摧不弯的激情。吴运铎同志十分理解这群有志者的雄心，他写信热情地支持了他们；他以长辈的现实精神告诉他们：图书馆要从小到大，要“滚雪球”；他捐款，他赠书，他向社会呼吁，他亲自来到这个11平方米的小屋。他知道，逆境中的有志者，尽管千回百折，最终是会“事竟成”的！

他们果真成功了，尽管仅仅是开始。

四川人民出版社千里迢迢，几次寄来了书籍；

《中国青年报》的黄国华、叶研等同志，捐款又赠书；

中国医史文献研究所的李经纬副所长派人送书来了；

中医古籍出版社送来了珍贵的医学书籍；

……

一批批的书，送到了孙恂的小屋里。桌上，床边，凳上，到处都是书，小屋里热气腾腾。这是温暖的热流啊，它从这小屋里流淌到四面八方的病残青年的心里……

病残青年自己呢？他们一向主张"自强""自救"。林达说过："最大的不幸是依赖别人。"——这是这群自强者的心声。他们在设计这个图书馆的蓝图时说，首先要自力更生！

天津的病残青年何灼人，寄来了35本美术书籍；

林达辗转坐车，提来了29本书，那关节疼痛的手指，早已勒得红肿；

酷爱文学的吴国兴，把自己珍爱的《文学辞典》，高兴地摆在图书馆的书丛里；

白云峰跑到书店里，精心地选购，要给图书馆捐赠最有意义的图书；

那个很少出门的刘立姑娘，让朋友推着车送自己来捐书，其中有她应报刊征文而得奖的书籍；

宋义，他开了个修电器的小店，但他牵挂着"自己"的图书馆，连忙送来了《近代电子学概论》这类书；

还有，那个四肢三残的王起立，执意捐出5元钱。可是，他刚刚到一个福利工厂上班，第一天的工资只有7个分币；

还有，繁忙的刘京生，一声不响，用自己无臂的双肩，背来了一捆书。汗，流在脸上、背上、胸前。一路上，他要怎样避开别人的挤撞。

是热流汇成了"335"！是力量聚成了"335"！白云峰，你在图书馆工作，按正规图书馆的方式，分类编号吧！哦，多么自豪的工作！白云峰，此刻，你应当写首诗！

这就是他们图书馆的书籍分类簿！

A.马列著作；B.文艺理论；C.小说……怎么？一下编了22大类，哪有这么多类书？

"会有的。按照正规图书馆的这些类别，我们会把它们一一填满的。"白云峰一口气写下这22个类别时，就这样想。

那天，白云峰和孙恂，从中午忙到夜幕下垂。每本书书脊上，贴上编号签；扉页上，盖上《病残青年图书馆》的红色印章。当这些书齐齐整整地排列在孙恂的书桌上时，白云峰激动地说："孙大姐，我们的图书馆成立了！"没有鼓乐齐鸣，没有欢声雷动，黑夜这般宁静。但是，激越的心潮，奏响了这个大典的礼赞：敬礼，顽强的病残朋友们！敬礼，勇敢的自强不息者！

想一想，去年的今天，他们还天各一方；今年的今天，他们有了自己的图书馆；那么，明年的今天呢？后年的今天呢？……

参观了这个奇特的图书馆。你会相信，在这个小屋里，孕育着一项正在兴旺的事业。

岂止是图书馆，在小屋的一个角落，放着一部自制的油印机，一摞摞白纸。病残青年俱乐部的小报《朋友之间》，就是在这个小屋里编辑出版的。

这是一个一文不名的编辑部。那油印机，没有商标，是他们自己制造的。那摞白纸，是造纸总厂的同志们捐赠的。就这样，他们编印出《朋友之间》，每月一期。

让卢力为我们回忆印出第一期小报的那个难忘的夜晚：

她，架着双拐，辗转来到孙恂这里。她不是油印工，何况面对着一台"土"机器。油墨吃不透，一片模糊；油墨多了，又是一塌糊涂。稳重的卢力，此时怎能按捺住焦躁！孙恂呢？推不动滚子，掀不动版，吞下十二次兴奋剂了，她陪着卢力，用自己的心分担这个小妹妹的艰难。她知道卢力刻这几页小报，一直到午夜12点；她知道为了这张小报，卢力每月要来这里几个半天，她上班的誊印社是计件工资，这一个月，卢力才拿到19元钱。印吧，一张，一张，慢慢地印，这是我们的第一期小报；累了，歇一会儿，反正离天亮还有好长时间……时间在失败中流走，时间也在成功中前进。印完了，不知是深夜几时。卢力垂下无力的双臂，今天她可是拼尽了力气。可谁能睡着？聊吧——红色的刊头字，装饰的尾花，下一期的规划……一直聊到入梦。第二天，卢力的双臂肿了，可仍然要去上班。

散发着油墨香的小报，送到病友们手上。栏目：专访，讨论会，自学园地，文学之作，国际友人。这不是拼凑的，他们分工负责，四处约稿，专门采访，一切，都像正式报纸的业务。

“专访”？病残人去采访，可以想见其中的艰难。可是，白云峰和吴国兴，却不计艰难和路程去采访了。

一个星期日，他俩从西郊，经市中心，拐个直角，再到北郊。

当小吴和小白迢迢而来，见到他们第一个采访对象宋义的时候，他们觉得：再远也值得。

这个许多人羡慕的个体开业者，绝没有轩昂的气宇，他竟只能用双手套着鞋在地上爬行。但是，他成功了。他从难以描述的境遇中，闯出了一条自立的道路——这不是一条仅仅为求温饱而活着的路，这是一条活着就要为社会做贡献的路。两年来，电视机、录音机、收音机，他修了二百九十多台。他凭着自己的热心，赢得了多少赞誉……

小白和小吴被眼前这个重残的宋义的事迹感动了。《走，路就在你的脚下！》他们商定了这篇专访的题目。他们要把宋义的力量传递给更多的病友们，激励更多的病友们。

你说，办这张《朋友之间》小报是不是也够得上一项事业呢？

让我们走到病残朋友们中间来，他们会告诉你这样一件事：

《朋友之间》第1期，刊登了病残青年杨玉祥的文章。这是个患脑病后遗症而肌肉运动失调的人。丑陋的外表，使他从小招来无端的辱骂。当他得到一个绑扎墩布的工作时，他焕发出了惊人的生命力：他不嫌工作劳累，他不计报酬低微（每月只有十几元），他在为《朋友之间》撰写的稿件上说：“精神上的满足比物质上的满足更幸福。”他在文章中热情地宣告：“我要以顽强的意志去生活，我热爱生活！”

小报发下去了，不少人赞叹杨玉祥这颗光彩照人的心灵。

一天，孙恂小屋的门被推开了。来的是熟悉杨玉祥的病残青年路金利。小路是靠手撑着地拖动弯曲的双腿的重残人，他曾经那样地厌弃生活。《朋友之间》把他带到了这群高尚的朋友中间来了。他坦直地说：“杨玉祥教育了我，我会重新做人。”他勤奋工作了；他在微弱的灯光下每天写日记了；他开始思考：活着，应当为自己，还是应当为他人……

《朋友之间》这张小报拨动了多少病残人的心弦。山西的一位病残人希望买到小报；本溪的一位病友闻讯寄来钱，要求从第1期补齐；更多的北京病残青年，他们从远途送来一摞纸，希望多印几张小报；为给小报投上一份小稿，他们几天几夜地写着。小报印数有限，一张报，几个人传递着看。他们说："我们原来是一只孤雁，现在找到了雁队！"

这就是《朋友之间》在病残朋友心里的地位。它已成为一支响亮的号角，激励着病残者奋勇前进。

一位病残朋友的诗里说："一棵嫩芽就是一面旗帜！"

是啊，这里，没有职位，没有资金，甚至没有一张办公桌，但是，这里却如此执着地、顽强地滋生着能成为"一面旗帜"的嫩芽。

看，小屋的墙上是吴运铎同志的亲笔题词"峰高无坦途，我当自奋力！"这，是他，是她，是他们共同的襟怀和追求。

摇起手轮车，架起双拐，忍住肢体的疼痛，他们从这间小屋走向偌大的社会。不是去只求温饱，不是去乞求怜悯。他们的心里，充满着自豪。他们要告诉人们：我们，有我们的事业——一项必将兴旺的事业！

一支正在集合的队伍

希望的曙光
在哪里？在哪里？
不是在梦中，不是在天际，
希望的曙光哟！
就在我心里。

——同上

"吴运铎同志来信了！"

"焦若愚市长派民政局的同志来看望我们了！"

"电台的同志来录音了！"

"报社的记者来采访了！"

"出版社的同志送书来了！"

"咱们病残青年俱乐部的信，《光明日报》登出来了！"……

生活的浪潮，就这样一排一排，"哗——哗——哗"地冲激着这个普通的小屋，它呼唤着这群倍经艰辛的年轻人，站在生活的大海边，望一望那希望的曙光吧！

希望的曙光哟，你在哪里，在哪里呢？

说不清那缕清亮的曙光，是从什么时候洒在这群病残青年的心田……

当然，在这之前，希望并没有从他们每个人心里泯灭。他们知道，千万名病残人应当组成一支自强不息的队伍，那时啊，曙光就会普照着每个病残人。

但是，组织一支这样参差不齐的队伍，谈何容易！往往办一件小小的事情，得来回扯皮，他们难啊！去找这个处、那个科，人家说："工作管的范围，从来就不包括病残人！"

在奔波徒劳后，他们懊恼过，沮丧过。可是，末了，他们之中有人说："国家有困难，我们应当体谅。""是啊，好比母亲有了忧愁，儿女应当分忧。"对，应当为国分忧，我们都是国家的儿女，尽管是病残的儿女。

于是，他们艰难而乐观地承担了这样一副重担：组织病残青年俱乐部，让千百个病残青年也能在"四化"的进军鼓点声中，和全民族一起振奋。

这样，就有了7月22日那次欢乐的集会——

集会是热心的司德林发起的。他请来著名作曲家谷建芬、著名演员吴国松等为病残青年演出。

地点？一个单位的食堂。通知？病残青年互相转告。会来多少人？谁心里也没数——他们住在城市的东南西北！他们行动不便！他们习惯了自己的小天地，离开那个小天地，连路线都不熟悉！

可是，一下来了四五十人！他们从广渠门、和平里、西郊、东郊赶来，他们架着拐，摇着手轮车从十几里、几十里路外，由父母陪伴来，由朋友相送来……

谷老师多么激动啊："看到你们这么顽强，我自愧不如！"吴国松说："看到你们，我才知道我为人民服务得多么不够！"欢悦的笑声，晶莹的热泪。病残的朋友们啊，这就是人间的温暖。

手风琴响了，吉他弹起来了，歌声飘荡了。哦，这些在舞台上让千万观众倾倒的名演员呀，他们把我们病残人也当作兄弟姐妹！

你听，那支《牡丹之歌》是唱给病残姑娘的；你看，多少只手轻轻击节，合着《年轻的朋友来相会》的节奏；《小小的心愿》多像我们想给妈妈说的话；《脚印》呀，《生命之星》呀，全是为我们唱的歌……

名演员吴国松和病残青年吕争鸣合唱了，他们唱的是《希望的曙光》。合上去，大家一起唱！这支歌，怎么人人会唱？那是我们病残人自己的歌！哦，几十个人怎么这么大的音量？那是人人都用自己的心在唱。你坐在轮椅上，我靠在长桌旁，你拄着双拐，我依着你的肩膀。对，我们就这样唱。唱得热泪长流，唱得心潮澎湃！

这是个传递力量的会呀！——生活在向我们欢笑，人们在向我们传递着力量，我们之间更要互相传递着力量。

"多开这样的会吧！"——送走了谷老师他们，这些第一次聚会的年轻人，是这样清晰地感到自己的活力。他们互相留地址，向刘京生、孙恂他们提出各种问题，诉说各种愿望……久久不愿离去。

可惜，在现实生活中，事情总不能那样遂意。在那次使人振奋的集会后，他们又组织过一次活动，却没有如愿。光是借会场，就让他们十分为难。"哪个单位？介绍信！"他们面面相觑，于是，人家一摆手，表示"请回"。任他们三个病残人在骄阳下焦急吧！大千世界，你们的事算什么。

算什么？算事业，我们病残人的事业！不信这么大的北京城，就找不到热心人。发动病友们，四处奔走，八方求援。你看，热流又向他们涌来。那是二龙路街道、团委的同志听说病残朋友要组织活动，马上把一个对外出租的正式礼堂借给他们用，不要租金，还事先为他们摆好桌椅、茶杯……

他们等待了许久的9月26日来到了。这天，刮着六七级大风，加上国际马拉松竞赛，几条大街要戒严。可是病友们都早早地从四面八方拥来，有人竟提前了一小时。他们用掌声、笑声迎接病残青年的榜样吴运铎、高士其。病残青年的老朋友谷建芬老师带着几名演员来了；播音员铁城同志来了；报刊和电台的记者们来了；劳动模范李玉梅同志来了；与癌症顽强斗争的钟铧同学来了；八里庄福利工厂年轻的厂长史佐才同志来了……多么巨大的一股热流，汇集在病残青年的队伍中，汇集在他们的心中……

尊敬的来宾，热心的朋友，今天的盛会，不光是你们为我们演出，我们病残人也要为你们演出。

你听，病残姑娘张秀霞的京胡独奏《夜深沉》；你看，双目失明的朱宪臣当场即兴填词朗诵；还有白云峰，用他那优美的男中音朗诵他的新作《梦中的七彩虹》……

哦，掌声如潮涌。会场上，男女老少都欢快地笑着。这天，是病残青年俱乐部早就筹划好的节目——为病残青年马秀凤和健康青年路江举行一个热热闹闹的婚礼。没有那些世俗的仪式，人们只是一个劲地鼓掌。这是由衷的祝贺。谷建芬老师代表大家为一对新人戴上朵红绒花，请林达代表大家送上一幅亲手做的布贴画，祝新娘青春常在，祝新郎英气勃发。会上，是谁说了这样一句话："是金子就会发光，发光的金子总会使人爱！"……

会在什么时候开完的？不知道。因为它从礼堂里，开到了礼堂外面，开到了大街上，开到了小巷里，开到病残青年的心田上……

如今，你去问问病残青年俱乐部的成员（他们已有51人）："希望在哪里？"

他们会告诉你：在我们心里，在我们脚下，在我们正在集合的队伍里……

自然，这支队伍并不只在集会时聚拢。他们的存在，并不只在聚拢时的浩浩荡荡。他们组织了几个小组，踏踏实实地走着生活的路。他们有医学小组、文学小组。那个电器修理部的小"经理"宋义，他想为病友们筹备一个电器修理组。还有小艺术家林达，她会用各种颜色的小碎布头，拼剪贴成美丽的图形，做成贺年片、生日卡片，她想组织个布贴小组，生产出来，打入国内外市场……这一切，都还只在想象中，可是，这是他们的事业。病残朋友们的队伍，正在集合，而且会步伐整齐……

这确是一支希望永不泯灭的队伍，一支燃烧着生命之火的队伍。我们相信，热流会不断涌向他们，在他们心里生命之树常青。

1982年12月

附　后

这篇作品刊于《时代的报告》1983年第5期。完成采访的时间是1982年12月。在这个冬天里，我多次跑到西四的羊肉胡同的西口——孙恂那个11平方米的小屋去，采访她和残疾人俱乐部的成员。他们留给我的最为震撼的印象，出现在他们的一次学习日，那是我见到他们人数最多的一次。推开孙恂的屋门，我惊住了：围着孙恂的床边，挤挤攘攘地有十一二个人。严格地说，他们大多数是下肢残疾，或干脆是截去了下肢，有人只能用双手扶着小木板，支撑着仅剩的上身；有人用后背顶着墙壁，以帮助残缺的下肢用力承担着全身的重量；有人无双臂；有人紧闭失明的双眼……

我推门进来，孙恂先喊了声“田老师”；接着是这些孩子们参差不齐地打招呼的声音。这是冬天接近元旦的时候，孙恂的小屋很冷，可是，这十几个肢体不全的年轻人，在这个小屋里听孙恂读一篇文章……

我几乎是擦着眼泪向他们告别的。

几十年过去，我一直忘不了这个场面。

前些日子，我重返这个曾令我感动的地方，但却再无过去的遗迹。

我从羊肉胡同东口走到西口，这里已没有了过去普通民居的景象，大槐树依然绿荫蔚然，但它遮蔽的是一些珠宝店铺。一位看车的妇女告诉我，这里早已变成珠宝一条街了。

是呀！当年地质礼堂那手绘的电视广告，还能寻到踪迹么？我看到的横匾上写着《开心麻花剧场》，多么时尚的气氛啊！

我疑心自己记错了胡同名，就又顺着紧挨着的砖塔胡同从西走到东，依然寻不到当年孙恂那个小院的痕迹。

据说：羊肉胡同自明代至今，已有四五百年的历史；而砖塔胡同，亦列在北京最早的胡同里。但今天，它们面目一新地站在那里，哪一个也不是当年我来过的景象。

记得，我把刊载这篇作品的杂志送给孙恂时，她惊讶地说：“呀！我也正想用‘生命的火’为题，写篇文章呀！”

还有那些残疾朋友们，掐指算来，你们现在也是白发苍苍。那么，那个“青年”的俱乐部和图书馆呢？

我心怅然。怨自己多年来对他们的遗忘。

但细想，谁能留住岁月呢?! 只有精神是可以留住并永存的。我想，孙恂那篇也题为“生命的火”的文章，一定写出来了。它并不一定要留在这条胡同，或那间11平方米的小屋里。它会留在你们、我们、咱们大伙的心上。

2016年9月　紫芳园

星儿故事

——记女作家陆星儿

她迈着与同辈人等幅的步伐，走过金色的童年的历程，又步入充满幻想的青年时代。

又与同辈人一样，当清醒代替了狂热和盲目的时候，她已走近青年时代的尽头。于是，她在彷徨中痛苦，于痛苦中沉思，从沉思中寻找；

然后，她选择了一条艰难的路，一条要用足够的勇气和成倍的坚毅才能留下脚印的路……

星　星

这是一段平直而冗繁的叙述，令人难以卒读。没有跌宕，没有奇特。甚至换个名字，那履历就可以填在任何一个与她同辈者的登记表上。然而，这又确是她的经历——像千万个她的同代人一样……

——你为什么叫星儿？

——妈妈说，当我来到这个世界上时，满天都是星星……

不是说，天上一颗星，就照着地上的一个人么？那么，这个在满天星斗时来到人间的小生命，照耀她的定是一颗缀在天幕上的顶小顶小的星星——她，从小就没有奇光异彩，也不生长在高门显第，普通得像我们在街上随便遇到的任何一个不起眼的女孩子。

童年嘛，是阳光普照的，她和我们年轻的共和国同年同月生。然后，她慢慢地长大了——也许，没有异彩的人都是这样慢慢地长大的。不知从哪天起，上海南京路1912弄的小石子路上，也"橐橐"地响着她的足音。当她还不会把自己浓密的头发梳成小辫子时，她知道了这里原是臭水沟——简直像繁华南京路上的一块疽痈，新中国成立后才填平了，铺成这样的石子路；她每每仰头望着自家的小阁楼时就想起大人说的，这原本是竹子楼，也是人民政府给翻盖的。于是在她小小的心窝里，总是洋溢着满足和喜悦——生活，在她看来，都是金色的。她也有过如云如雾的向往——那是放学时，走在这条早已走惯的小石子路上，望着尽头那幢漂亮的红色楼房，她曾不止一次笑眯眯地想：要是我家住在那里该多好！然而，当她必须拐弯走进那窄窄的过道时，一种在这样拥挤的住宅区所特有的气味，却使她安心地跳上自己家那仄仄的楼梯……父亲死后，妈妈就在这里抚养着四个儿女。星儿从小就懂得生活的艰辛，她很少有苦恼和不满足。每当妈妈发工资时，买上个又甜又脆的麻花递给她，她会笑眯着眼，高兴地谢谢妈妈。去少年宫参加活动，妈妈帮她换上虽不新颖却很整洁的衣衫，星儿总是高高兴兴地走出门……就这样，她在平平常常的生活中，平平常常地长大了。

学校的老师还会记得这个并不漂亮却永远笑着的女孩子吗？她是少先队的大队主席，开会时一本正经地站在主席台上；不开会时，往小伙伴身边一挤，说呀笑呀，谁也不会特别注意到她。她学习成绩优秀，却没有值得别人啧啧不已的天才。记得吗？去少年宫考刺绣组，让她绣个圆圈，她使劲地捏着小针，咬着嘴唇，歪着头，一针一针……最后却绣成个“冬瓜”；骄傲、清高、娇柔、优越，似乎从未叩敲过她的心扉。

她的确是这样风平浪静地长大的。然而，不平常的“文化大革命”却猝然地横在她平坦的历程上。困惑吗？惊愕吗？不，她还没有来得及变换脉搏的频率，就坐上了风驰电掣般开往北大荒的列车。当山丘、树林、原野一一从车窗外迅速地向后掠去时，星儿竟没有远离上海的悲哀。当北大荒的广袤无垠使她惊叹不已时，南京路上的繁华就只能偶尔出现在她的回忆里，1912弄小石子路面上的“橐橐”声也已遥远得像微弱的回声。星儿走在北大荒与天边接连的平原上，觉得自己陡然长高了，有了一副宽宽的肩膀；穿着长靴，踏着松软的泥土，“扑扑”地走着，像个坚强的男人。而最惬意的，无外乎坐在拖拉机的驾驶室里，“突突突突”，一直往前开，好像是向天边驶去。这时，星儿的心里总会升腾起一种难以抑制的自豪感。

当然，这一切都不是轻松的享受。像自己千百个战友一样，星儿在这样广阔的天地里，是在上着生活的课程：雨季里，光着脚泡在齐膝的泥水里，腿上的疮化了脓，注射着青霉素，仍然跳到泥里水里去。小伙子们向她和女孩子们吆喝，让她们回宿舍去，星儿感激地笑笑，却找不出自己应当回宿舍的理由，她默不作声地仍然站在泥水里；有一段时间，她当连队的文书，人家都说这是个“美差”，星儿却没想过要让肩膀松快些：白天，她在这个排那个排跑啊、了解情况啊。晚上，她趴在办公室的桌子上不停地写啊，抄啊——她难得回到宿舍去。于是，在宿舍里，她的铺盖卷被放到最冷的炕尾——天亮了，别人去出工，她才回到宿舍里，随便往谁的热被窝一钻，赶快睡一会儿。这样，几天，几个月，当她偶然想起打开自己的被子时，竟惊动了安然地躺在那里面的一窝小耗子——星儿简直啼笑皆非了。但她却依然笑眯眯地去跑连队，去开夜车写材料，去钻到随便哪个女伴的被窝里。

随着如水岁月的流逝，星儿这一代从懵懂中清醒时，经历了折磨心灵的焦躁和痛苦。可是，应当因此去诅咒北大荒吗？应当因此把生活本身发出的美好也涂上灰暗的感情色彩吗？不，在清醒后，星儿也十倍地痛苦过、二十倍地愤怒过，但是，当她走在北大荒坦荡如砥的沃原上时，她想到了勤劳的人们洒在这里的汗水，想到在泥水中人们贴在一起的心，想到严寒中激发的振奋，想到这艰苦的平凡中许多不平凡的人。她更想到，在这里，党旗召唤着自己，自己曾那样真诚地举手宣誓，难道这一切都应当随着岁月的流去而消逝！“不。”星儿思考着。苦难的北大荒曾经哺育着这不幸的一代。“不要在追悔中衰弱无力吧！不要在痛苦中沉沦吧！”

于是，她挺起了胸膛。

于是，当1977年高考制度恢复，她有幸参加中央戏剧学院招生的口试时，主考老师问她对北大荒这几年的生活怎么看，这个已经29岁的考生诚实地说：“十年，我们这一代失去的，无法量计……而北大荒，它教给我怎样生活……”星儿在思考着以上这样的答案时，她想起了那些说话粗鲁的机耕排的拖拉机手们，酷暑严寒，他们无一例外地贡献着自己的汗水；她想起和自己共一驾驶室的师傅，他整日默无声语，却在得知星儿眼睛近视、夜间作业十分困难时，替星儿上夜班（这是师傅们不该干的活儿！），成全了星儿想当一名拖拉机手的愿望。（不然，为这双眼睛，星儿理当立即离开拖拉机队的！）星儿想起这些年里和战友们亲如家人的生活；想起在简陋的宿舍里曾经怎样幼稚而严肃地争论着人生的重大课题……这一切，都使她不愿泄气。她相信，生活不会拒绝一个有志者的重新登程。她知道，重新迈步将是艰难的，然而，却必须迈出……

呵，这颗普普通通的小星星……

自　己

这段记录，全是反反复复。而她的可贵恰在这无尽的反复之中。也许哪个熟知她的人会说："我要这样做了，会比她成绩卓著！"可是，你做了吗？而她的可贵又恰在于她做了，而且还在做着……

据说，每个人心目中都有一个"自己"！可是星儿却说："我要经常寻找我'自己'！"

她的"自己"在哪里？在哪里呢？噢，在这里——在别人的眼睛里，在自己的作品里，在生活极普通的角落里……

星儿常常处于这样的精神状态中，她不相信自己会发光，但又顽强地总想发光，于是，她就不停地干呀，拼命地干呀。事情干出来了，人家投给她赞许、惊诧、羡慕时，她心里产生的第一个念头却是：这是我"自己"吗？于是，她又开始了新的寻找。星儿明白，正是在这种周而复始的寻找之中，她生活着，探索着，前进着，贡献着。然而，她也明白，这种唯她特有的循环，是总要依靠他人，依靠生活，依靠客观……

细心的读者，也许还记得《人民文学》1976年复刊时第1期的目录。在文坛上那时还少有人知的陆星儿是与蒋子龙等人的名字排在一起的。这对一个刚刚起步的年轻作者是何等的荣誉！那么，远在边陲的陆星儿是怎样迎接了这个荣誉呢？元旦，邮局休息了三天，她就坐立不安地等待三天；三天后，当星儿领走那卷印刷品时，它已被不知什么人拆了封。然而，星儿知道，那包在磨损了的牛皮纸筒里的，是一本新复刊的《人民文学》！她小心地握着它，心里忐忑着——有人已经从报纸上看到过目录的广告了，可是星儿仍是这样神思不定的。当她确信屋子里只剩下自己一个人时，才小心翼翼地翻开了第一页——目录，那行行列列之中，分明地用铅字印着"陆星儿"三个字。星儿应当高兴得跳起来了吧？不，她坐在那里，在心里悄悄地问自己："这，是我吗？"这个星儿哟！此刻，她竟想起了三年前的一件事：当时，有人提议要为纪念到兵团五周年而每人写篇文章，得到热烈的响应，星儿却大大地为难了。那些热心者，有的是什么名家的女儿，有的生活在艺术界的圈子里，有的就在出版社的大院里长大。而她陆星儿呢？只有南京路上

1912弄的那个小阁楼！于是，当别人朗诵着激情横溢的文章时，星儿简直羡慕得发呆了；轮到了她，她红着脸恨不得撕碎自己那篇疙里疙瘩的作品……可是，眼前这《人民文学》，这《枫叶映红》，难道是和“自己”连在一起的？她记起不久前《人民文学》那封毛笔写的约稿信，许是因为不久前她在《黑龙江文艺》上发表的那篇《牛角》吧！那封毛笔写的约稿信，曾使她惶惶了好几天。仅只是为了感谢这个大编辑部的器重，她才悄悄地写了《枫叶映红》，悄悄地寄给了《人民文学》，然后又悄悄地不再抱任何希望……是啊，这本《人民文学》带给她的，也许是至高的荣誉，是别人的另眼相待。不是好多人都说：“这个陆星儿，大智若愚啊！”噢，“大智若愚”，这就是“自己”?!

然而，这个“若愚”的“大智”，并没有给星儿铺平一条创作之路，她依然怀着忐忑的心情，艰难地探索着，一步一步……

是写第一个中篇《美的结构》吧，她在病中，躺在床上。可是已经纷纷涌来的思绪，实在无法遏止；已经进入构思的人物也总是恍惚在眼前。于是，她靠着被子，在膝头铺开了稿纸……写呀写呀，担心着病痛，却放不下笔。写好了，拿给自己的好友看，人家坦率地说：“这也叫小说！”这，叫小说吗？——星儿几天几夜疑惑着，病痛和文章，一同煎熬着她。她多么需要自信啊，哪怕一点儿也行，可是到哪里去找呢？她只有试一试了——仅仅是试一试！于是，她悄悄地将这篇作品寄给了远在陕西的大型文学季刊《绿原》——她希望依靠别人的仲裁找到答案。接着是等待啊等待，在不自信中等待。可是，居然让她等到了：编辑部来信，肯定了这篇小说！星儿一下从病床上跃起来，楼上楼下地走啊，连她也不知自己要干什么！与此同时，还出现了一桩“奇迹”：接信后的第二天，星儿在病中长的满脸的疙瘩，竟一夜之间退净了。见到她的人都惊异地说：“哟，你怎么一下子变好看了？”星儿笑了，却难以回答。她独自对着镜子，看看自己：“是漂亮了么？”也许那漂亮的脸蛋确是星儿的“自己”，然而，星儿说：“我找到了‘自己’，但不是在镜子里，而是在编辑们的眼睛里……”

她按编辑部的意见，三天之中，连修改带抄写，一份45000字的修改稿第四天就寄出了，一位编辑在回信中说：“第一次接触了一个这样性急的作者……”

这个性急的星儿，她总是这样性急地不停地写啊、抄啊，她没有心思注意自己的服饰——尽管她由衷地赞美着女伴们的新装，没有人给她买过香水啦、珍珠霜啦这类化妆品，她甚至在领到稿费时从不想流连在服装店，为自己买条合适的裤子——总是那条灰色的裤子，明天要穿，今天才洗！当一篇作品完成后，她又想着下一篇。那种一掷笔，“啪啪”一贴封寄走了，然后是“万无一失”的快感，她从来也没有享受的机缘——她无法从中找到“自己”!

那个被人称作“很有才气”的中篇《我们的心也像大海》(与陈可雄合作)，也许等动笔时，都不敢萌动发表的欲望，不然，为什么几万字的作品，却写在一角钱一沓的草稿纸上。当她惶恐地斗胆将它送给那个在全国享有盛名的《收获》时，她觉得自己简直在扮演一个浪漫而荒诞的角色。她怀疑，那样的草稿纸，这些老编辑们是否屑于一翻！几天里，她都试图用各种方式平息自己心头的惶恐，希望在“厄运”到来时，自己不致感到太意外。可是，在《收获》编辑部那里，当“很有基础，很喜欢”的评价送到她的耳际时，那并不强烈的声波却在她心头引起巨大的轰响。她甚至觉得，那一刻，世间的万物都静止了至少千分之一秒！在从编辑部走回1912弄的路上，她一直望着踩在脚下的路面：什么时候，那连蹦带跳的小姑娘，变成了这个稳稳当当的她？可是，这个“她”，真能写出这样一篇洋洋洒洒的小说吗？然而，那“很有基础”的话，不是很分明么？哦，她又找到了“自己”，一个能写出登载在全国一流杂志上的文章的“自己”!

星儿总时时回忆起生活中那个短暂的画面：那是她的《啊，青鸟》在《收获》上发表之前，编辑部不厌其烦地几次找她，几次谈话，几次提修改意见；星儿几次疲惫地走出编辑部，几次在半夜两三点钟披着毯子执笔修改。她懊恼过，烦躁过，甚至埋怨过，可是她终于改出来了。当她将最后的修改稿交给编辑部时，他们对她说：“这一稿，有了质的飞跃。”那语调，她像是早有预料。于是，当中篇小说《啊，青鸟》终于在《收获》上问世时，不少人都说：这是陆星儿的“力作”。星儿从兴奋中冷静，又从冷静中激动，她想寻找一句恰当地向编辑部说的话，可是，那位白发苍苍、很有资格的老编辑却对她说：“谢谢你!”以后，星儿怎么也忘不了这一幕，她十分后悔这句话不是由她先说的。她明白了在那缠人的磨炼中，这些编辑们在帮助她，鞭策她寻找着“自己”——一个真正的“自己”!

作品发表了，她从编辑部的鼓励中认识“自己”，而那些来自四面八方的读者来信，又像镜子一样地为她映照出“自己”。她喜欢在夜深人静时，一遍一遍地读这些不相识者的信，会用信中那各式各样的问题，一个一个地问自己。有的，在她思考后，释然了；而更多的，仍是疑团。于是，她要不断地思考着、寻找答案——用她的作品。她相信，当她寻到新的答案的那一天，她又会寻到一个新的“自己”！她会在这样艰苦的寻找中，感知生活的脉搏：又在这样的感知中，锤炼自己，完善自己，升华自己！

纤　夫

这里试图描画的，都是沉重的足迹。然而，已经进入“而立”之年的人，如果还无沉重之感，将何以“而立”!

——你对生活的感受……

——沉重!

这太灰色了吧？不，这是星儿对自己的社会责任感的一个奇特的归纳。

多少年了，她始终想准确地概括自己对生活的感受，但是，直到1981年，她在长江口的启东县撰写《啊，青鸟》时，这“沉重”二字，才在她站在水边的一刹那，陡地涌向她的心田。那是个初秋的早晨，她来到这里一间农舍写作已经几天了。每天，她要三次踏着小镇上坎坷不平的小路，去职工食堂吃饭，然后，再返回来。沿途，有农贸市场，国营店铺，人来车往的繁忙，你欢我笑的喜悦。这个并不富裕的小镇，在无限大的宇宙间，不过是个角落，然而，它也繁衍着，奋发着，生存着。“哪里没有生活呢?”望着这平常的一切，星儿这样感叹着，并时时放慢了脚步。她最愿意站在河边——这是一条流向长江的无名河，久久地望着那长堤上的纤夫。一根又粗又长的缆绳，连接着拉纤者的肩膀，他们“嗨哟，嗨哟”地唱着，臂上的肌肉隆起着，一步一步，艰难地迈动着脚步，齐心协力地将那庞然大船拖向岸边。每当此刻，星儿的激动总是难以言传的，她赞叹着他们的力量和意志，她更留心于那沉重的步伐，她相信它们留下的定是深深的脚印。星儿每天都要这样地站着，望着，想着。而这一天，当那为拉纤者们拉开雄伟背景的河水，比往日更加滔滔不息，而天际垂下铅色的帷幕时，那“嗨哟，嗨哟”的号子愈渐激越了、沉重了，就在这一刻，那凝重的旋律竟启动了星儿的脉搏，“生活本来就是像这样沉重！”星儿一字一字地对自己这样说……兴许是这样切肤地感知了生活吧，她回到那泛着潮气的农舍里时，觉得那写作的艰难里，注入了一股庄重感，使她在这里的连个半导体都没有的生活，不再显得孤独清冷；晚上，守着如豆的小灯，听着蚊虫的哼叫，钻在蚊帐里写作，她不再怀恋南京路上那变幻的霓虹灯；她撕碎了写给家里人，说要回上海过国庆节的信，她要在这里写啊，写啊，用那拉纤者沉重的力量，伴着那“嗨哟、嗨哟”的节奏，一章一章地写，不管多么艰难。她对自己说：不写完《啊，青鸟》的初稿，绝不离开这里！

不是说“三十而立”吗？星儿觉得当她32岁时，在这小小的启东县的河边，她“立”起来了。“生活本来就应当是沉重的！”她积三十多年的感受，终于认识了它。应当说，这是她成熟的标志。她觉得，唯其感受到这一点，才能在生活中保持庄重和严肃。

确实，生活从来都不会是飘若浮云的。星儿冷静地回顾生活的历程，能留在记忆中的，都是那些迈着沉重步子的人——

那个北大荒养猪场的姑娘，曾那样牵动着星儿情感的波澜。她生在画家之家，可是当养猪场的现实摆在她眼前时，她不厌恶这里色彩的单调，她投入了全部身心。甚至，一场大火毁了猪场，却没能烧弯她的坚毅。站在一片焦土上，她发誓，一年后的猪场，非比大火前还好不可！后来，她实现了自己的诺言。那时，她的出身使她有着可想而知的处境。但她只默默地说：“只要对得起国家对自己的培养！”于是，她顽强地日复一日，年复一年……星儿曾在《枫叶映红》中倾心地描绘过她。那时，星儿还只是钦佩她内在的坚忍，而今，当星儿已经学会咀嚼生活的滋味时，她禁不住深深地感叹：这个外表孱弱的姑娘，她要迈着多么沉重的步伐啊！

生活让星儿看到的“沉重”太多了，因此，她相信，这是生活乐章中最庄重最美的乐句。在戏剧学院的一角，星儿留下了她永远的赞美——为那些进修班、师资班的老大姐们。她们，已进中年。当年，她们从戏剧学院毕业时，雄心勃勃地想成就一番事业，然而，一个“文化大革命”，事业被剥夺，热情被泯灭。而今，当一切都要纳入正轨时，她们却发现了头上的白发、额上的皱纹。可是，当生活的节奏越来越急促时，她们不是懦弱者，她们想当一名勇敢的斗士。当她们再次踏进戏剧学院的大门时，那交集于心头的“百感”，竟拧结成她们坚毅的力量。56元的工资，把孩子扔给丈夫——她们怎能没有经历沉重的考验呢？可是，她们放下行李，开始了学生的生活——中年学生的生活啊！黎明，是黑夜临走时的脚步惊醒她们；课堂上，使劲敲着疲劳得发木的脑袋，一字一句地记下笔记；晚上，是一天最兴奋的时刻，自己搞小品、排戏，直到三更半夜。一天24个小时怎么够用！连走路都是匆匆忙忙的。丈夫说：“这简直不是女人！”她们只有苦笑而已。然后，又去忙，又去挤。这里，从不飘出慢板或行板的节奏，一切都是快得不能再快。

“如果将来我的生活也得这样呢？”星儿这样问自己。

“那，就照她们这样过！”几秒钟后，她这样回答。

她为她们写了《世界的一半》，多么沉重的“一半”啊！

星儿觉得：“沉重”，应当是生活的基调，只有当这种沉重感浸润着每一个细胞时，强烈的社会责任感才能在心中升腾。于是，她平静地迎接了生活中的各种“沉重”——

1978年她和陈可雄结婚以来，五年间没有一小间属于自己的住房，还记得那间7平方米的“新房”吗？不知怎么，一想起它，星儿耳边就响起“哗哗”的流水声。那小屋，窗外就是自来水站，从屋里地面下通过的下水道，两天就让星儿他们的新被褥潮得出水。星儿穿着妈妈买的绿棉袄，平静地搬进了这个新居。当邻居们好奇地想看看这个在“水房”结婚的新娘时，星儿正笑眯眯地迎接着来贺喜的朋友们。

还有那间抬不进双人床的小阁楼，星儿夫妇移居这里时，只能席地而卧、席地而坐了。小小的四方窗户，透过它能看到一块有限的蓝天。可是当楼下人家呛人的煤烟升腾时，只有赶快把那块蓝天关在窗外。就在这里，星儿和朋友们激烈地讨论过“人的价值”。而且，晚上，无须桌椅为依靠，与周围邻居的三台电视机的喧闹“抗衡”着，星儿和可雄合写了短篇小说《穿绿邮衣的姑娘》。

她还借住过人家的防震棚。连产假中借住的房子，由于空间有限，使产假的星儿不得不睡地铺。可是，她颇为满足地说：“这是我住过的最好的一间房子！”

对于这一切，星儿焦急过，但她并不埋怨。应当说，她是平静地应付着这一切的，她并不希求过日子的那种舒服。一坨干面条，一块硬烧饼，都可以充当她的一餐饭。她只要一席之地，能让她铺开稿纸，就满可以了。

她曾将稿纸铺展在上海思南路邮局的长桌上。那红绿闪光的邮票机，那人来人往的电话室，怎么能和星儿的稿纸协调呢？可是，她埋下头去，写起来了。人们开始惊异，继而就习以为常了——谁都看得出，这是个寻找事业的姑娘啊！连扫地的老大爷都只用笤帚轻轻地掠过她脚下的地面，不忍打扰这个专心的年轻人。就这样，在公园绿色的长椅上，在小小房间的床铺上，甚至在自己的膝头，星儿都能安然地铺开稿纸。她觉得，这一切，“都还可以”，何须一张平展的写字台！于是，她这样充实地生活着……

当然，如果星儿不食人间烟火，一切都会再简单不过。可是，她偏又是个七情六欲俱全的活生生的人。那种在她心目中日渐滋长的沉重感，也许正由于“沉重”而有时让她感到压抑，但她会不时调节自己生活的旋钮，甘愿在“沉重”之中陶冶自己。

那是在上海图书馆，星儿利用假期，又开始了艰难的写作。“几天了？”她放下笔，屈指数着“一、二、三……”实在是写乏了，她伸伸臂，信步走到阅览室的阳台上。啊，吸一口清新的空气……可是，一俯身，她看见了什么？——人民公园！前面就是人民公园。阳光，草坪，鲜花。挽臂而行的情侣，舒适地靠在长椅上的老人，欢愉的少男少女们，还有牵着学步的孩子的年轻父母……哦，星儿动心了：这简直是一曲撩人心弦的轻音乐！而我，干吗非像个苦行僧？她莫名其妙地有些愤愤然了。当她回到阅览室的桌旁，动手收卷她的稿纸时，抬眼望一下书案旁那些和自己一样的“苦行僧”们，周围的肃穆和专注，一下改变了她心灵的旋律。她觉得在这间屋子里，在“沙沙”的笔尖下，在窸窣的书页翻动中，蕴藏着一股非凡的凝重。如果说，这凝重也可以比作乐曲的话，那么组成它的音符，一个一个的，没有休止符，其间甚至也不夹杂一个切分音！更重要的是，她觉得这凝重的旋律，能使她产生长久的共鸣，铮铮地，持续着……星儿扶额沉思了：她不排斥生活中的轻松，但是她认为那不是基调，至少不是她陆星儿的基调。她想起，高考制度刚恢复，她从北大荒跋涉辗转，到哈尔滨参加考试，忍着炎热，忍着严重的腹泻。晚上，只能睡在桌子上，不就是为了寻找这个凝重的旋律吗？她也想起在人工流产的手术台上，大夫们轻声地议论着胎儿的胳膊和腿，她在极度的清晰中感受着肉体和心灵的极度痛苦，那不也是为了寻找这生活的主旋律吗？——星儿想着这一切，她平静了，她按自己的生活节奏，重新铺开了那摞厚厚的稿纸……

笔者十分想描绘她做母亲的那一刻，遗憾的是，除了大夫以外，没有人在她临产的手术台旁，更无法倾听她那一刻的心声。应当说，她是在稿纸上的墨迹未干时，迎来了她的小儿子的呱呱落地。当一切痛苦都消失后，那既陌生又熟悉的哭声呼唤着她，她衰弱无力地转过头去，看到那个与她血脉相通的小生命。“多么苍白！”她闭上眼睛，默默地计算着在这个小生命孕育的10个月中，她用什么来营养着他的肌体！一个庞大的数字出现了——

——写《啊，青鸟》，四易其稿，前后修改抄写了9万字。

——抄写中篇小说《我们长大了》，近十二万字！

——编选一本《萌芽》丛书（中篇集），过目的文字21万！

——写一个电影文学剧本，5万字！

——写两个短篇小说，两万多字！

啊，将近五十万字，10个月来与这个小生命一起孕育、诞生。难怪儿子的脸色这么苍白，哭声这么无力，他的血液中流动着妈妈50万字的劳累啊！

星儿做妈妈了，虽然她来不及消除往日积累的疲劳。她是在喜悦中迎接了儿子的降生，又在平静中迎接着随他而来的一切麻烦。还是在小生命刚刚孕育时，她就预见了将要承担的更沉重的担子。她要事业，也要爱情，她认为这两者是可以兼得的，只要你在“沉重”面前有足够的勇气。她这样描绘了做母亲后的自己：右肩上负着稿件，左肩上驮着儿子；右手拿着笔写小说，左手举着匙喂儿子。她这样勾画了自己的形象，自己的生活，自己的心！没有烦躁，没有遗憾，也没有辛酸……

星儿要一步一步地走自己的路，她时时想起长江口那条无名小河上的拉纤者，她赞叹着他们潜在的沉重的力量……

附 后

这篇作品发表在《花溪》1984年第1期上。

认识陆星儿，是她的《啊，青鸟》打动了我，我决定向她约稿。

这样，我和同事侯琪到了上海，登上了她那无法站直身体的小阁楼；体验了那阁楼上席地而坐的别扭；闻到了楼下邻居生炉子时升腾的浓烟……

从此，《十月》多了一位作者；我多了一位温厚的朋友。

星儿的温厚，是由内向外的一种气质，特别让人敬而怜惜。由于有这样一份怜惜，我常常听她沉沉地倾诉苦恼；也由于这样一份怜惜，在她从中戏毕业时，我到中国儿童艺术剧院推荐她，为她寻找工作。我去儿艺，是通过中国青年艺术剧院的女剧作家白峰溪介绍的。我跟儿艺的同志说星儿的创作好、人品好，等等。人家问我：这孩子是你的……？我直率地答：是我们《十月》的作者！对方笑了。星儿被录用了。这个接待我的人，就是话剧界德高望重的李丁先生。

后来，星儿婚姻破裂，回到上海做专业作家，千里相隔，我们来往少了。直到20世纪80年代末，我们《十月》与总后创作室组织笔会，才有机会叫上星儿，并在笔会的近十天时间里，与她朝夕相处，听她讲她在上海的生活。仍是沉沉而平静的叙述，她不想让人怜惜她的境遇。

再后来，传来她生病的消息；2004年，终于传来她去世的消息。那时，对星儿之逝，我并没有大悲恸，因为，之前病况下滑的消息不断传来，大家似乎都预计了后果。但星儿去世，在我心里引起一股潜在很深的隐痛，它久久难以流逝。因为我不时会想起星儿跟我讲过的那些需要勇气来承受的境遇。我知道，她心里太沉重，沉重得难以述说、说不出来，乃至不想述说……

2017年1月　紫芳园

第三章　低谷篇

筑成我们新的长城

枪声响处，一个生命死灭了。

一位刑场的目击者说：他扑倒时，显得很重很重。

因为，他一米八的个子，身材魁梧；

因为，他身负四罪——贪污、受贿、行贿、重婚。

如今，距枪声响时的两年之后，要提笔写这个死灭了的生命的未死时，到哪里寻找那些遗留下来的踪迹呢?

别人递给我一些有关的文章，我读后，曾对这个判处死刑的年轻罪犯感到惊异；

但当我仔细地读过检察院那16卷关于他的案卷后，我的心里充满了严肃和沉重。

于是，我寻找那些关于他的踪迹，。是为了寻求思考，寻到启示。

他，武克强，原北京皮件三厂副厂长，男，38岁。他留在这个世界上的最后的踪迹，写在北京市高级人民法院刑事终审判决书上。

这份标名为“（1989）高刑终字第102号”的判决书上，严正地写着：

武克强身为集体经济组织工作人员，竟目无国法，利用职务之便，采取弄虚作假、伪造单据、虚报冒领等手段，长期大肆侵吞公共财物，已构成贪污罪，且数额特别巨大，情节特别严重，应当依法从严惩处。……武克强利用职务之便收受贿赂，数额巨大，其行为已构成受贿罪。受贿犯罪的情节特别严重，应当依法严惩。武克强为了谋取不正当利益，向单位领导和有关工作人员行贿，已构成行贿罪，应以法惩处。武克强系有妇之夫，又公开以夫妻名义与他人长期非法同居，其行为已构成重婚罪，亦应惩处……

依照《中华人民共和国刑事诉讼法》第一百四十四条之规定，本院判处武克强死刑，剥夺政治权利终身的终审判决，由本院依法报请最高人民法院核准。

1989年9月11日，在北京市打击经济犯罪宽严政策兑现大会上，宣布了这个终审判决。据报端报道："宣判后，当即将武克强押赴刑场，执行枪决。"至此，结束了这桩震动社会的"特大贪污案"。

一、权力与金钱交易中衍生的罪恶

（一）

有人说，武克强是个能人；

有人说，武克强是个强人；

但，在法律面前，武克强是个罪人。

法律不宽容是罪人的能人，也不饶恕是罪人的强人。

法律是钢铁。

当武克强在这钢铁的法律面前，显现他作为一个罪人的原型时，我们从这个过程中，看到了他的演化和蜕变，看到了他的并不单一的颜色。

不能说他幼年时就孕育了犯罪的种子；因为，他有一个金色的童年。直到他已临近死刑的大限时，他还在铁窗下忆起了这难忘的金色时光，并留恋不已。

1950年出生的武克强，恰恰沐浴了共和国最和暖的阳光。上小学时，他戴上了红领巾，入队仪式是在日坛公园中的马骏烈士墓前举行的，他举起右手，庄严地诵念誓词："时刻准备着！"他当上了中队长，后来又当上大队主席。每当少先队的活动日时，他是站在前列的大队护旗手。那时，他心里充满了阳光。

首都北京，给他的童年生活铺设了一个光芒四射的背景：迎接外宾，向纪念碑献花，和英雄模范联欢，少年武克强面对的是五彩缤纷的生活。尤其在国庆节时，他和同学们能在天安门广场看到毛主席、周总理和许多中央领导人，那时，人们用来形容这个时刻的感受时，选择了"幸福"这个词汇。红领巾武克强就是沉浸在这"幸福"的感受中，一天天长大的。

阴云是在1966年时，扑向他的。那时，天翻地覆，人们在一夜间就推翻了昨天，踉踉跄跄地拥向了一个陌生而疯狂的世界。16岁的武克强困惑了，他再也无法找到昨日的位置。他每天到学校去，看着别人臂上的红卫兵袖章，看着那些过去远不如他的同学，叱咤风云地“革命”，看着别人一墙一墙地刷大字报、大标语，他心里升起一种难言的屈辱感——他被这股时代的热浪推到一个冷清的角落里，没有人再看重他。他明白，当资本家的姥爷是他头顶的一块磐石，他搬不动，连在工厂当工人的妈妈都因此不能参加街道的居民会。少年武克强在这个“革命”的时代，被打入了另册。昔日“好学生”的优越感，被他不得已深深地埋在心底。

他是带着不得志的压抑走进社会的。

1968年，当18岁的武克强被分配到皮件三厂时，他当了一名工人。但，职业的解放，并未使他得到心理的解放。像他看着红卫兵们“革命”而自己却蜷缩在角落里一样，当了工人的武克强，依然那么看着同时进厂的伙伴们入了团，提了干，唯独他仍穿着工作服在车间里干着单调的活计。此时武克强也许有过大鹏展翅的雄心，但他不能不面对“出身不好”的现实。

在丰台区检察院保存的卷宗里，有一段审讯记录，颇能揭示他当时的心理状态：

武：我不甘心现状，有向上爬的思想。我看到同学、同事，有的上了大学，有的入了党，有的提了干，都比我强。我出身不好，组织问题不好解决，我认为自己是有工作能力的，可在业务上有所作为……

一个18岁的年轻人，在困境中寻找出路，原本是无可厚非的。但武克强却走入了误区。在同一份审讯记录中，又有这样一段话：

在厂里，人事关系很复杂，要想站住脚，就得拉一部分领导……不管厂头之间有什么矛盾，我都送他们东西……他们谁找我办事，我都给办，我都不得罪……

应当说，武克强对于自己如何冲出困境，并不茫然，他希望在表现自己能力时，寻到被人看重的机会。

他在打篮球时，接近了一位厂里的中层干部魏×，他刻意奉承，经常陪着打球，看球赛。连魏×负责厂里宣传栏，武克强也认真地找材料、写稿子抄写工整。他的精明得到魏×的赏识。终于有一天，魏×告诉他，他被调到供销股当业务员，同时，也告诉他：这事多亏王书记力争。

这是武克强命运的重大转折。那年，他25岁。命运不仅让他结束了长达7年的缝皮箱的经历，命运还把他推到了金钱面前；而更重要的是，命运把王有知横在了他第二十五个生命年轮上，与他同行今后的路。

而这一切，25岁的武克强是无法全部想到的。那时，他只陶醉在命运转机的兴奋中，他不会冷静地思考人生。

写到此处，或许应当回转时光，追溯一下武克强幼年时可能埋下的不健康因素：

他自幼丧父，本应过着清贫的生活，但家境殷实的外祖父却接走了他，使他脱离了贫困的厄运。外祖父是个古建筑商，那讲究的庭院，给幼年的武克强提供了一个优越的氛围，他不必在大杂院的拥挤嘈杂中度日；石桌石凳、藤萝花草，让他从小懂得了优雅和舒适。他在外祖父家受到特别的宠爱，也受到严格的教育，他懂礼貌，爱学习，于是，他被不绝于耳的夸奖称赞包围着。在学校里，他也是佼佼者，同学们总在他的身边簇拥着，他从不感到孤独。甚至60年代初那些大饥馑的日子里，他不仅从未被饥饿折磨过，还经常从外祖父家带出馒头来广济同学。于是，小小的武克强成了个不小的人物。放学有同学背书包；不少小朋友跟着他想看看外祖父家那个阔气的院落；选“三好生”时全班都投他的票；春游时他前前后后都是听他神吹的同学……

少年武克强，周身都是花环；他年幼的心里，已早早地感觉到了自己的辉煌。

但，恰恰是这幼年时萌生的辉煌，使他在后来的日子里容不得暗淡，耐不住挫折。

心理学家真应当研究一下：荣誉感是否与虚荣心同生同长？在一个少年的心里，荣誉感是怎样会被虚荣心替代？

当青年武克强举步走上人生之路时，他已有了太多的虚荣心。

和他同时进厂的伙伴至今记着一件事：那时，武克强经济拮据，衣着朴素。有一天，他忽然穿了一件新上衣，细问之下，他挺不好意思地说，是借别人的穿穿。几天后，那件衣服又还给了别人。

这件小事不足以说明大问题，但它却从一个特殊的角度，窥测出武克强内心处的一种境界。

当供销股的业务员武克强一下扑入一个新的生命区域时，他肯定是意气风发地要大干一场。然而，那想要出人头地、一吐几年压抑的迫切愿望中，是否已微微浮动起他后来不择手段去犯下弥天大罪的信息？

不能说常在河边走一定会湿鞋；也不能说武克强从车间走进供销股后，就一步跨进了犯罪的泥淖。

武克强犯罪，确有一个过程。一个矛盾的过程，一个愈演愈烈的过程。

在皮革公司保存的有关材料中，我找到一份武克强亲笔写给党组织的思想汇报。这份长达五页的汇报中，有这样一段话：

……看到前一段社会上新的不正之风，我产生了不少顾虑。首先，材料不断上调价格，这样就直接影响了厂里的利润。在销售工作方面，就连百货公司方面也在不断提出产品价格倒扣，要销售费用，要宣传费，要提成，要礼物，有时不请请客也不好过关。以上这一切对我思想上有很大压力。依靠以上这些能够把厂里的经营搞活吗？难道我们想搞好厂里的经营和发展就必须要走这一步吗？我从主观思想上认为这样是不对的，也是不能长久的。可是我又想：有很多单位都在搞，我们如果抵制能行吗？……思想上有些动摇，开始在这些问题上动脑筋，也觉得要点好处问题不大……

这份思想汇报写出时，武克强已有了不少犯罪行为，因此，人们有理由把以上这段话看作他的虚伪、狡诈，乃至是虚晃一枪。但是，即使把这些作为蛛丝马迹也罢，假如这份思想汇报是交给了一个为政清廉的领导，一个坚强如堡垒的党组织，或许，犯罪的武克强可以被发现，他的罪恶行径可以早一些被制止。然而他遇到的是厂长兼总支书记王有知这样的腐败分子，是六个总支委员中四名与他的案件有牵连的党组织，于是，他只能走向深渊！

“没有王有知，就没有武克强！”我在采访中，听到皮件三厂的工人这样说，侦破武克强案件的丰台检察院的检察官们这样说，皮件三厂的上级单位——皮革公司的干部们也这样说。

我把这句话转告给二轻总公司纪委书记高增延同志。这位亲自领导和参加武克强案件的全部工作的纪委书记，毫不犹豫地点头肯定：这话是有道理的。

当刑事法庭宣判武克强死刑时，道德法庭却在更激烈地声讨着王有知。

这是一个长达7年的犯罪过程。武克强不无自嘲地回首这7年：他当了7年的工人，而后，又当了7年的罪人，时间如此地巧合！但，这是一个多么肮脏多么沉重的7年！

对王有知来说，这也是一个道德沦丧的7年。在这7年里，他不仅把自己变成了一个理当严惩的腐败分子，而且，他加速了年轻的武克强的演变，他眼睁睁地看着武克强走向深渊，并不时地推他一把，直到武克强堕入渊底！

无可讳言，武克强以“向上爬”的心理为起点，权衡过哪个人哪些人可以成为他上升途中的“东风”。王有知这个在皮件三厂“说了算”的第一把手，被武克强划定为巴结的第一目标，是丝毫不足为奇的。他开始只是送些土特产品、名烟名酒等作为试探，王有知一一笑纳；笑纳的后面，是对武克强的赏识；赏识的后面，是对武克强的重任——1981年12月，一纸通告贴在厂里的布告栏上：任命供销科业务员武克强为该科副科长。

这任命书，是王有知和武克强勾结一体的信号——刚当副科长不久的武克强，在和王有知闲聊中得知他没有彩电，就到大栅栏商店以900元人民币买了一台14英寸牡丹彩电，直送王有知家中，彼此都没有认真谈到钱。这种心照不宣的交易，使他们彼此撕开了间隔，都向对方长驱直入了。

于是，他们一起加快了共同犯罪的步伐：

距第一台彩电过去仅半年，王有知说：这国产彩电颜色不正；武克强立即买了一台18英寸日立彩电送去。在放下这台彩电的同时，王有知说儿子家还没有彩电，于是，武克强马不停蹄地又去买来一台夏普20英寸彩电。以后，则是每隔一段时间，王有知就对武克强说：女儿家还没彩电；给老伴看病的大夫要台彩电；二儿子结婚得买台彩电……于是，5年间，武克强分文不取地先后送给王有知彩色电视机6台。在如此大宗的行贿的同时，以同样的方式，王有知又收取了武克强送来的各式电冰箱5台，及收录机、洗衣机、自行车、摩托车、照相机等，连给儿媳的见面礼金戒指、儿子结婚的宴席，都一一吩咐给武克强去办，而分文不交。甚至，当武克强为他做了一件呢大衣后，第二天他交给武克强一张纸条，上面写着他的老伴、儿子等的大衣尺寸。

正如王有知在供词中说的：“武克强不仅使我的家电器化了，而且使我儿子、闺女的家，也都电器化了。”于是，他认定：“武克强比我儿子、闺女都亲。”

如果说，在这场交易中，武克强的欲望是在逐步扩大和满足的，王有知却是从一开始就知道，在他收取了如此大量的金钱财物的同时，他应当付出的是什么！

王有知心里刻着八个大字：有权不用，过期作废。他接近退休的年龄，给这八个字涂上了紧迫的色彩。于是，他制定了一条用人的原则：“反对我的不用；给我送东西、对我有利的，我就重用；谁送的东西多，我就对谁产生好感，就信任他……”

王有知正是用这条准绳量出了武克强的尺度。他说：“我同武克强接触中，发现他为了得到信任和重用，千方百计和我拉关系，不断给我送东西……我抓住了武克强想当官的心理，所以接受了他大量物品。他也看出来在厂里提谁当干部，没我点头，谁也决定不了……”

这些写在王有知供词中的文字，明白地道出了这场交易的性质，和交易双方的嘴脸。

于是，自1983年6月开始，一张张干部任免呈报表，填上武克强的名字，从王有知的办公桌上，送到皮革公司。两年之内，武克强从副科长跃为科长、厂长助理、副厂长，并且入了党，还连年被评为先进。

金钱和权力，就这样在光天化日之下，无视党纪国法地公开进行了交易。在武克强用27000元人民币买得一个比一个大的权力时，王有知把党和人民给他的权力变成商品，估价出卖了。他用他的权，保护着和促成着这场交易的顺利进行，于是，出现了许多令人惊诧的怪事——

他压制了厂内外群众对武克强问题的揭发，蛮横地斥责那些对武克强不满的干部；

他支持用1个月零4天的“重点帮助”后，快速发展武克强入党，置党章的规定于不顾；

他在厂里几个上大学的干部将要毕业回厂时，一手把武克强提为厂长助理，并委以负责供应销售的重任；

他在武克强任厂长助理5个月后，又迫不及待地将其提为副厂长，又在自己出国考察时，不与任何人商量，贴出布告，武断地任命武克强为“第一副厂长”……

孤立地看待这些事，只能认为是官僚主义、军阀作风；但揭去表象，看其内里，这权与钱交易的赤裸裸的表现，真让人感到惊心动魄！

什么是腐败？这就是腐败！王有知就是腐败的典型！激烈些看，是王有知在出售权力的过程中，造就了一个大贪污犯武克强。从道德意义上讲，到底是武克强贿赂了王有知，还是王有知坑害了武克强？或者，是二者同生共长，比肩交错！

受贿犯王有知，在宣判武克强死刑的同时，被判处无期徒刑。他在判处前的法庭公审时，曾因心脏不适而当庭服药。应当说，那时他的精神已全部崩溃了。服刑后，他病重瘫痪，因而保外就医。见过他的人都说，他几乎丧失了全部记忆，也不会说话了。有人说：这结果对他是一种解脱。有人说：这结果对他是罪有应得。但无论怎样说，人们总把他的名字和武克强联系在一起。

在权与钱的交易中，他们是交易的双方。

（二）

用笔端描绘出贪污、受贿、行贿、重婚四罪并罚的武克强，并不容易。

他曾是一个活生生的人。

应当说，他是一个极为复杂的人物。他不仅应当是犯罪学研究的对象，社会学、心理学、教育学乃至道德学，都应当剖析这个心理结构和性格特点十分复杂又十分矛盾的人物。

有人说，在经济犯罪的类型里，他是权欲型的；也有人说，武克强生长的时代使他们这一代人重名声，而功利和金钱的欲望是当今社会某些黑暗面教给他的。这些分析，不无道理。

犯罪者，不能与低能平庸画等号；武克强在用钱买权之时，也不排除想成就一番事业的积极心理因素。

他苦干过。出差回来，立即回厂上班；为了省时间，他出差时常坐夜车走，白天一到目的地就开始联系业务；来料卸车，他也和工人一起扛包流汗；他学历浅，就忙中偷闲地学习，上了电大的企业管理班；他到外地提货，货运到站台上，却不能立即装车，他找个草垫子硬是在货堆旁守了一夜……

他也能干。厂里生产用的五金件断档，他立即登上去广州的飞机，当天打个来回，把两大包五金件带回厂里……

他人缘好。对厂里上上下下，他几乎是有求必应。一个工人要回家探亲，中午，武克强顶着烈日骑着自行车直奔火车站为他买票；有个工人的孩子满周岁，他立刻送去蛋糕；连一个有大脑炎后遗症的工人傻老金，求武克强买辆自行车，他也风风火火地给买来了……

当武克强案件审理结案后，有几个数字，引导人们，透过他的苦干、能干、人缘好，看到了武克强不为人知的内心世界——武克强进行腐蚀拉拢的34人中，皮件三厂占26人；其中党员15人，干部18人。

受贿和得其好处在千元以上者，15人。而该厂党政领导班子的成员，多数列于其中。

这是一张何其大的关系网！但当这几十名涉及者以不同的形式，退赔出自己所占的便宜时，人们从金钱的数字中看出了层次薄厚，悟出了结网人武克强的心计：

除了王有知以外，对当时任总支书记的李福章，武克强在提出申请入党后，即以400元的低价，“卖”给李福章一台索尼18英寸彩电；接着，又以425元“卖”给这位书记一台夏普双门电冰箱；连日立双缸洗衣机，也只收72元的低价。

当时任副书记的王玉珍，也在武克强的彩电、冰箱、照相机、录音机的强大攻势下，连连败退。

于是，武克强用金钱从党政领导的手里买来了入党提干等权力，买走了一些总支成员的党性，也买走了党总支维护党纪的监督职能。

武克强在写给李福章的一封信里，曾这样说：“我给您办点小事，完全是应该的，您真正从我的前途着想，而且都是在关键时候，起着决定性作用……您就把我当儿子看，对于钱的问题，您就知道怎么办了……”这封信保存在丰台检察院的案卷里。其笔触之间，透露了武克强用心的良苦，也透露了李福章党性防线在金钱攻势前的崩溃。

武克强在向上张开金钱网络的同时，也向下撒了一张利益之网。不能排除，起初他帮人办些事，确乎是热心的。那时他年轻，压抑感使他想要寻求和创造一个和谐的生存环境，因此，他在师傅面前是个好学徒，他在同事面前是个热心人，连谁家搬家刷房的事，他都乐于相帮。但，当他从那些领导者手中买取权力时，他唯一需要的是金钱，贪污公款是一切想要攫取金钱的犯罪分子的必由之路。武克强掂量过在这条路上能遇到的关卡——仓库，材料库，供应科，司机，于是，他在这些关卡上，根据轻重缓急，一一留下了买路钱。打通了关节，便畅行无阻地大肆贪污起来。

这些小人物远不如那些掌权者那么欲壑难填。仓库材料保管员刘×的父亲病了，武克强亲自去看望，临走留下20元钱；小刘结婚时，武克强送了一台洗衣机，其情之重，令小刘感激不尽。于是，库房之门向武克强大开，凡是他派人拉料时，制度、手续都形同废纸，武克强的一张白条，就是畅通无阻的通行证。

在案卷中，保留着武克强亲笔写的一张白条：

材料刘×同志：请你付给张同志牛津革叁拾捆。由我负责结账。

武克强 17 / 7

不能小看这张小小的白条。正是它，在权力的保护下，冲开了制度的堤坝。武克强用这样的条子，仅给："张同志"一人牛津革一项，先后计198捆，得赃款六万元有余。至于"结账"二字只是掩人耳目。事后，那些条子被他从刘×那里取走，一一撕毁；幸而遗漏者，只有上面这一张。

就这样，皮件三厂仓库里的百余吨钢材、大量的五金件、拉锁和人造革，流出厂外，变价出卖，堆积成武克强贪污的25万元人民币。

这25万元，买来了武克强的地位和权力，铺成了武克强豪华享受的温床，更垫造起武克强笼络人心抬高自己的阶梯。

从案卷中，确实有据可查的确认武克强用贪污公款中的几万元，铺设了一个几乎无所不包的关系网。于是，有些善良者曾迷惑于他的广施恩惠，而以为他仗义疏财。

如果读一读以下的有关证言，似乎武克强仗义疏财的形象，又当另作勾勒——

广州三水县一个乡镇企业的主任说：我们担心皮件三厂不用我们的产品，就想办法和武克强搞好关系。1982年春，他要台电扇，我们买了，送到北京；他自己又买了一台，把发票给了我们，我们又付了钱；5个月后，我们送他一台录音机；1983年3月，在崇文门旅馆，我们给他500元；1985年初，在三厂楼梯口，我们又悄悄塞给他200元……这些钱，是经厂里讨论，从厂里的资金中提出的……

水边乡一个五金厂的厂长李××说：我们生产的皮带扣质量不合格，皮件三厂拒付货款，我们赶到北京，在武克强的办公室给他500元，货款就给了我们。后来，在崇文门旅馆，我们还给过他800元，他也收了……

另一个企业的董事长陈××说：我们多次给武克强钱，每次最少1000元。1987年他来广州，说钱不够用了，我们立刻给他1000元；1985年，他来信要5000元，我们坐飞机给他送到北京；他和王有知到广州玩，每人要一个席梦思床垫，我们买了运到北京……他调拨给我们三十多吨钢板，还采用我们厂的泡钉、提把等。

如此累积，武克强有了受贿29000元人民币的负荷。人们在谴责这些行贿者的同时，难道不能从武克强身上嗅出一些如王有知一样的贪财气息吗？

（三）

武克强如此集正面形象与反面形象于一身；而他用正面形象掩盖反面形象的办法，只有一个：欺骗！

武克强曾塑造了一个富有的“美国舅舅”，这个“舅舅”的“存在”，曾使他大大风光过。几百块钱的进口彩电，几十块钱的进口洗衣机，他能代人买到的一切紧俏电器，都低于市场价。当别人对如此便宜的价钱惊愕不已时，他却轻松地一笑：我不是有个在美国的舅舅吗？他每次回来都带几个指标……

现在已无法确认武克强这一笑的内里，是苦，是甜。但，令人们真正瞠目结舌的，是在案发后，人们得知武克强买电器的真相：

安外，出国人员提货处，常有武克强的高大身影，跻身那些京城“倒爷”之间，武克强，你怀有什么样的心情？你和“倒爷”们的价值观不同，当他们只鼠目寸光地盯着金钱时，你却越过金钱看到的是权力。于是，你逆转了“倒爷”们倒钱的方向，高价买进，低价卖出，或无价奉送，其间的差额，换得了你要的权力和声望。于是，在人们的夸赞声中，你笑了，你笑得轻松吗？

但，“美国舅舅”确实变成了武克强的一件漂亮的外衣，他挡住了有人疑惑的目光，使武克强在伸出犯罪之手时，自以为有一种安全感。“美国舅舅”又确实增添了武克强的身价——这个年头，海外关系与金钱等值。

实际情况又如何呢?

他在美国确有一个亲戚。但至今无人考证他们之间的血缘关系；而武克强贪污受贿的巨额数字，却千真万确地来自公款，绝不是“美国舅舅”的慷慨。

武克强用这样一个虚妄的弥天大谎哄骗了别人，实际上是为掩盖自己所做的肮脏勾当。

如果再从他的重婚罪剖开去，则令人觉得他心里的褶皱如沟如壑，难辨这个面目多样的武克强，哪时是真，哪时是假。

妻子A和他倾心相爱，但在A之前的女友B又是他母亲挑选的。他先和A结婚，欺骗母亲说，这是个形式，是为了帮A摆脱别人的纠缠，竟哄得母亲为了同情A，而去参加了婚礼。而和B结婚时，不仅瞒过了A，而且连不去领结婚证的事，也瞒过了B。于是，他奔波于两个家庭之间，奔波于女儿与儿子之间，也奔波在两个家庭与社会之间。两个女人在一个城市里如此咫尺天涯地为他撑持了两个家；两个女人和两个孩子的履历表上，都出现了他一个人的名字：武克强，北京皮件三厂副厂长。连那次兴师动众旷日持久的全国人口大普查中，也未查出些蛛丝马迹，武克强的名字依然写在两个女人、两个孩子的履历表上。于是，他住在A家时，就告诉B说：“出差去了。”反之，也同样对付A。他为两个女人都安排了阔绰的居室。他回到两个家，都恪尽己责，扫地洗衣，恭顺和气，从不闹些纠纷。他不让A看望婆母，推说房子窄，邻里关系不好，却又带着A和母亲一起春游，一起看演出，其间的应酬，他是如何费尽心机的？有一年，他想和A过个高兴的春节，就想方设法买了车票把母亲和B送到广州去玩。应当说，当他一手制造了两个家庭之时，他就心无宁日了。可这种日子的维持，几乎和他犯贪污等罪的时间，是同步的。

于是，在他用金钱供奉着贪财无度的王有知的同时，在他用金钱广为笼络人心的同时，他又用金钱支撑了两个家。如此超负荷的消费，使他负担何其沉重，但他竟在这种心与力的超负荷中，度过了7年的时光！

应当怎样来勾画38岁的武克强的形象？

金钱充塞着他的思维；权力支撑着他骨骼的框架；金钱与权力的错综相交而成了他的脉络，那么他那颗人皆有之的活泼泼的心脏呢？权力的枷锁套住了它，金钱的绳结绞碎了它，因此，他成了一个四罪深重的罪犯。

二、正义与邪恶的殊死较量

（一）

光明与黑暗格斗着，正义与邪恶厮杀着，这就是活生生的社会存在。人们往往感受不到这格斗和厮杀，其实它无声无形，无光无影，却是社会进程中不可避免的。

如果不孤立地看人和事，那么，就应当认定，在大千社会中，邪恶是一种势力；正如正义也是一种势力一样。这势力之中的人和事，不一定有具体的关联，但它们从实质上联结着。

武克强案件侦破的始末，恰在这样一个社会大背景之中。

正义的力量常常在开始时，显得弱小。但正义有韧性；韧性使正义变得强大而持久。

第一封揭发武克强的信，确实显得不起眼。劣质的纸张，笨拙的字迹，语句也不通顺。但是它却准确而完整地反映了一个事实：武克强私卖一包钢板，获利1800元。而且经手人（曹振生）时间（1981年4月）都准确无误。

但这封1982年5月寄给皮件三厂党总支的揭发信，却如泥牛入海。

时间为这封信的不公正结果泄露了天机：1982年春，刚升任副科长不久的武克强，把一台从商店买来的14英寸牡丹牌彩电，送到了王有知的家中。于是，对群众来信进行调查的严肃行为，被王有知等搪塞了过去，武克强反成了“没有问题”的人。

在武克强案件真相披露后，人们惊异地发现，这第一封用劣质纸张写成的检举信，恰是准确地画出了武克强第一次侵吞公款的真实形迹。于是，不少人设想：假如那时有个为政清廉的领导认真地对待这封不起眼的信，或许会挽救了武克强，留下他一条活命。

但，这是个善良的愿望。邪恶的势力不会顾及这个愿望。

于是，10个月后的第二封检举信，遭到同样的结果。

但是，时隔一年，到了1984年3月，第三封信，又固执地寄到了皮件三厂的党支部。同样劣质的纸，同样笨拙的字迹，但从字里行间透出的固执，却足以表现了写信者心中是有数的。信中对三厂前两封信的调查方式表示了极大的不满，质朴地表示："我们相信贵厂的支部是党的忠诚支部，"恳切要求："贵厂协助我们把不法分子揪出来吧！"其署名是"霸县康仙庄公社小辛庄三小队"。

李福章与王玉珍去调查此事。车行中途，未到调查地点，只叫来村里党支部的人问问情况，并暗示：老这么写信，可能会终止三厂与该村加工点的业务关系。他们回城后，一摞"证明材料"送到三厂，确认武克强"没有问题"，而几份证明材料上，竟都有信中揭发的武克强犯罪的同伙"曹振生"的签名。更令人惊诧的是，在这次浮光掠影的调查之后，霸县的县、公社、大队三级领导一起登门，向皮件三厂及武克强本人赔礼道歉，一时形成是非颠倒之势。

那固执的写信者，以同样的纸张、同样的字体，于一个月后，愤而投书给皮件三厂的上级单位——北京市皮革公司，分列九条事实，不仅状告贪污、受贿的武克强，而且状告皮件三厂"派来的调查人员"。这封信，由皮革公司各级领导批示，要求皮件三厂的领导"组织力量""查清汇报"。

而王有知等人，竟以过去调查的材料改头换面，敷衍欺骗上级领导。再次造成武克强"没有问题"的假象。

不能忽略的又是时间！

当这两封伸张正义的信问世时，武克强已被从副科长升为科长；而王有知、李福章、王玉珍等，都已是武克强彩电、冰箱攻势中的败北者，党性和金钱在他们的天平上，早已倾斜失衡，他们的党性早已被金钱锈蚀得体无完肤！

而在这两封信出现的同时和以后，即1984年从年初到岁末，王有知向武克强索要的是：彩电两台，电冰箱两台，洗衣机一台，全为进口货。王有知付出的是，答应尽快安排武克强为厂长助理。

也在此同时，武克强开辟了另一条犯罪的途径：向枣强县倒卖钢材110万吨，从中贪污公款7万元人民币。

邪恶与正义的斗争，几乎到了难分难解的关头。

1985年7月2日，一封署名“关心厂的群众”的匿名信，寄到皮革公司党委。信中直接说明：武克强从南召加工点获利一万元；行贿的物品“书记和厂长都分了”。信的最后写道：“像这样严重的问题，不知上级管不管？我们厂的领导是当然不管的。”

值得注意的是：这封信来自皮件三厂之内，所揭发的是与前四封信不同的问题，且数字不小——一万元。

更值得注意的是：这封信写于7月2日——党的生日的第二天。它是否反映了写信者的一种赤诚的愿望？

而不应当忽视的是，在这封信写出之前，武克强已于本年1月，提为厂长助理；4月入党；6月提升为副厂长。如此平步青云的得意，写信者是一目了然的。然而，这封信正值武克强得意之时写出，难道它不反映写信者的一种顽强和执着吗？

但是，在关于这封信的“人民来信登记卡的”处理结果一栏里，却令人遗憾地写上了“经初步了解及厂内掌握的情况，没有发现此类问题”的错误结论。

也许，我们有些领导太相信自己的威力了，殊不知到处盛行的“上有政策下有对策”的精神的延展，早已使不少单位放弃了原则和制度，这恰恰是对官僚主义的惩罚！

也许，我们有些同志没有想到一个基层的党总支——党的一级组织，竟溃烂得如此神速如此彻底！他们用党旗庇护了犯罪，用党员的称号装饰保护了犯罪分子！

如此，我们不禁想到，毛泽东关于“糖衣炮弹”的超前的论断，何其中肯！何其正确！何其英明！

而不容忘记的是，就在这封信写出之后，王有知收要武克强的财物，在一年之中又达到：彩电两台、冰箱两台、收录机两台等的惊人记录。

与此同时，武克强用副厂长的权力，又开辟了另一条贪污之路——利用个体户张春元倒卖厂里的材料，而贪污公款6万元；利用个体户王自忠等倒卖材料，贪污公款近2万元……

写到此，我们看到的是，由五封检举信串联起来的长达7年的正义与邪恶的搏斗。那其中不乏触目惊心的较量。邪恶是嚣张的，而正义是坚韧的！

（二）

时光的流逝是永远的，但生活中的存在并不都随时光而流逝。

谁能想到，那几封石沉大海的检举信，竟在几年之后，重见天日！

时间一下跳到了1987年4月。

丰台区检察院的王家驹因查一个案件，涉及皮件三厂某人，而来到这个有六百多人的中型企业。职业的敏锐，使他立即捕捉住另外一个人——副厂长武克强。他是在有意无意中听三厂的人说：武克强这两年发了；厂里有几十张支票在外面“飞”着，其中十来张是武克强拿走的……王家驹把听到的情况，汇报给科长王一俊和副科长凌开荣。大家一致认为：武克强的问题值得一查。于是，经检察院领导同意，经济检察科组成了一个实力雄厚的办案组，开始了一场艰难的侦破工作。

主要承办的担子，落在了检察员翟光明的肩上。

当我在丰台检察院的办公室里见到翟光明时，他正风风火火地办理着另一个经济案件。谈起武克强之案，他掐指算着：1987年、1988年至1992年，5年了！

对于这使他立了二等功的大案，谈起来，他语气平淡，只说：这是大伙儿一块儿办的案。那谦虚，发自内心。

他外貌平常，神情和善，只是那一双眼睛里，写上了许多一时读不清的内容。我想，那是他的智慧和敏锐的所在。

接武克强案子时，他正好30岁。我问他：对付比你年长8岁的武克强，你是否觉得吃力？

他宽厚地笑笑，不为我的欠礼貌的问题所动容，回答说：我1979年到检察院工作，1984年到经济检察科。

这时间的过程，自然记录着他的成熟他的精明他的经验。

刚进驻三厂，王有知就横在检察员们的面前。王有知当面笑着，背后却说：想在我这儿查经济问题，没门儿！再来，我把他们轰走！

障碍重重。要查业务合同——“没保存!”要盘库查材料——“抽不出人力!”想找几个业务员谈谈——“收个小礼品是有的，经济问题？没有!”口径如此一致!

检察员们不动声色，开始了暗中查访。

三厂有人悄悄告诉他们：前几年有揭发信!

他们在皮革公司领导们的支持下，找来那几封已封存入档案的信，细细研究起来：五份证明材料上，都签着被检举者“曹振生”的大名，这种怪现象中，定掩藏着未戳穿的东西。细看曹振生的“证明材料”，颇为蹊跷：“钢材是在去广安门的路上，碰到一个不认识的人，说能买到钢板；买了以后，一时运不回去，暂存三厂。”

弥天大谎！钢板是国家统销物资，想买就能碰上卖的？翟光明当天驱车霸县，未找到曹振生，留下传票，返回北京。奇热的天气，颠簸的路程，焦急的心情，轮番煎熬着检察员们。

而武克强们，也早已设下重重路障，向庄严的法律迎战!

检察员们在三厂的行踪，全在王有知、武克强眼里，他们心虚，行动却神速。先是曹振生、张万峰、张春元等事关重大者，被加急电报火速召到北京，统一口径，设法保武克强过关；接着，加急信件发往广州等近十个业务单位，嘱咐：如有人调查，不要讲任何经济问题；厂里的几个业务员也被告知：检察院来人，别怕，不要乱说！而王有知等人，也人人自危，千方百计找到一些电器发票，准备对付检察员的查究。一时间，三厂里人心惶惶。

果然，曹振生笑嘻嘻地坐在检察员的对面，背诵了他几年前就写过的那段买钢材的谎话。检察员们一连四天，向他交代政策，指出他的漏洞。他不笑了，却沉默着。

第五天，翟光明那双锐利的眼睛看定了他，又从那包钢材问起，问得越来越紧，越来越细，曹振生渐感难以招架。翟光明突然问：你买的钢材有多少？答：两吨！问：怎么装上车的？答：几个人抬的！问：几个人？曹振生顿了一下：四个人。翟光明不动声色：四个人？抬得动两吨？曹振生立即垮了。翟光明继续问：为什么那钢材和三厂的型号一样？那么重的钢材，好容易装上车了，为什么不拉回去，反而“暂存”三厂？为什么……

曹振生耷拉下脑袋，老老实实地交代了武克强倒卖钢材的事实，承认了货款自己留下30元，另1820元，在华北饭店交给了武克强。

这些情节，颇像哪个电影中的场面。可这场面的后面，是检察员们多少奔波调查的白日，和多少拧眉思索的夜晚。

下面的情节，则无曲折可言，全是检察员工作的艰难：

就在曹振生话音落时，车已备好。检察员们顾不上吃饭，一辆212吉普，带着曹振生，直奔霸县。一路上烈日烤，灰尘扬，风风火火到达目的地时，仍无饭可吃，立即开始查账。小小的乡村工厂，账目混乱，从老鼠咬噬过的一个破箱子里，忍着奇臭的霉味，才找到那张写有"一千八百五十元"并有四个人签字的白条。但这仅是取得这一个证据的一半工作。他们又马不停蹄，赶回北京，进入三厂，翻开账目细查，直到确认其中没有收入这"一千八百五十元"的账目时，检察员们才完成了这一个取证的程序。此时，饥饿、疲劳并没有被兴奋代替，因为，只有他们最清楚，这只是侦破此案的第一步，千百个饥饿、疲劳还在前面。

当翟光明面对武克强时，他一眼就判断出这是个工于心计的人；他也判断出，武克强侃侃而谈的外表掩盖着一个虚弱的心境。翟光明反倒更加沉稳了。

任武克强大谈事业心，任武克强表白曾拒收××单位200元好处费，翟光明不动声色地听着。待武克强话已说尽，才问他有无"经济问题"。武克强一口咬定："怎么可能有这种事？我是厂领导，是党员！"

第二天，在检察院的办公室里，翟光明和武克强鏖战到深夜零点，武克强在证据面前才交代了那几年未决的"一千八百五十元"的受贿款。翟光明有意不早早拍出证据，只和武克强反复周旋，这正是一场意志的较量，这场短兵相接，武克强败北了。翟光明正是在这较量中，探究着对手的深浅。

但当翟光明踏着月光把武克强送出检察院门口时，眼前的景象，立刻使他感到征途多艰——检察院门口，一辆小卧车静静地停在路旁。这是皮件三厂的车，奉王有知之命，来接武克强的。

翟光明叹口气回到办公室。他知道对手将彻夜不眠地筹划对策。他也得彻夜不眠地设计方案，打他们个措手不及。

第二天，武克强眼里充满血丝地按约定时间来到丰台区检察院。昨夜，王有知深夜为他压惊并议定对策。却不想，翟光明留下他交代问题后，直到快晚饭时才回来，并当即向他出示了拘留证。武克强一时怔住了。

翟光明留下武克强后，就和助手任毅一早驱车赶往房山县南召村取证，忙得顾不上吃饭，又赶往皮件三厂，终于取得了另一个证据。至此，武克强构成经济犯罪。翟光明在皮件三厂用电话向科长汇报了情况，又匆匆赶回，依法拘留了武克强。当晚，他和科长王一俊、副科长凌开荣及科里几位同志，又赶往武克强家——A的住处，进行了搜查。

此时，王有知乱了阵脚，他出面又一次设障。他硬让几位厂领导赶往检察院，以“厂里生产需要”为借口，要求对武克强“取保候审”。然而，一切都难以掩盖了。

7月21日，武克强被正式逮捕。

正义与邪恶的搏斗初见分晓。

逮捕后的武克强，似乎在一夜间换了一副容貌，往日的神采只留下浅淡的一层，眼光黯然而复杂。但他不肯交代其他的问题。

这无疑是一个新的较量的开始。

检察员们更加认真地捕捉每一个线索，寻找每一个漏洞。

查账中，张万峰的名字闪跳出来。武克强对这个名字的反应，使检察员们认定其中必有蹊跷。于是，坐上工具车，长驱七百余里，赶到张万峰所在的枣强县。这是武克强的故乡，风俗人情似乎都冷漠着北京来的检察员。于是，几经周折，有了检察员们五下枣强县，往返7000里的路程记录；也有了有关当事人竟可躲在当地刑警人员的家里拒不作证的艰难……然而，最后有的，是武克强卖钢材130吨，贪污公款146000元的证据。

另两张电汇单，成了新的突破口。于是，挥戈再战，得到武克强倒卖皮革，侵吞公款六万余元的证据……

连被人遗忘的三厂传达室的出门条，也是检察员们几经思索后，认定应当查一查的。于是从一个肮脏的纸箱里翻出长年无人翻动的出门条，一张张查对，终于查出了漏洞。连武克强都不得不惊叹：“出门条出卖了我!”

就是在这一个个确凿的证据面前，武克强才彻底地低下了头……

如今，这几十万元的数字，写在法律刚正无私的判决书上，但每个数字背后，检察员们的辛劳，却是难以用文字描绘的。连证人提到的交钱的小饭馆，检员们都一一涉足做过确确实实的调查。

我从皮革公司的卷宗中，看到一份厚厚的结案报告的影印件，它详细地记录了，丰台区检察院的检察员们是如何认真对武克强案件全部作案事实和性质做周密调查和反复核实的。最后一页“办案人”一栏里，签着凌开荣、翟光明、王家驹、任毅等10个人的名字。这些名字，我在“北京市人民检察院、中共丰台区委员会关于给翟光明等记功、给潘国兴等同志通报表扬的决定”中，见到过；在报纸和电台对武克强案件的多次报道中见到过。当我到丰台区检察院采访时，却无缘和他们一一交谈——他们每个人手里都有新的案件。他们的神情，与科长王一俊一样，都在对我说：案子过去几年了，当时，我们做的，都是我们应当做的。没有人对我提起过立功受奖表扬的事。但是，我知道，这个案件的侦破过程中，他们从北到南，跑了近百个单位，取证四百余人次，行程上万公里。我也知道，他们不仅奖金微薄，工资也微薄，翟光明至今住着一间“立体漏雨”的十多平方米的自盖旧平房。他们整日忙碌得无以为家，却为国家挽回几十、几百、几千万元的巨额财富。这贡献，与他们的所得之间，几乎无法找到合理的联系。但他们斗志不懈，意志不怠，整日整年地在侦破案件中送走岁月，流走年华。这种韧的精神，是一种境界，一种远远地超脱了金钱和物质的境界。

我曾在市检察院分院采访了检察员秦铁鹰。他是武案移交市检察院后的主要承办人。我和他讨论着关于正义与邪恶的斗争，关于检察员们艰难而辛苦的工作。这是个自信而智慧的年轻检察官，他说：我对罪犯从无恻隐之心！说时声音朗朗，确有正义的威慑之力。面对武克强案件的错综复杂，面对武克强其人的狡猾，秦铁鹰说：“我们的智商不比罪犯低。”他理顺头绪，扩大侦破范围，终于从速了结了这个当时北京市最大的经济案件。

而我对他的最深刻的印象，是在结束采访时，他颇具幽默地对我说：“我们是猎人，猎人还能败给狐狸！”我想，这又是一句正义的铮铮之言。

（三）

皮件三厂的上级单位是皮革公司；皮革公司的上级单位是北京市二轻总公司。而二轻总公司的纪委，是全国纪检先进单位。

当我坐在二轻总公司纪委书记高增延的办公室时，我的第一个问题便是：“你们是全国的先进纪委，武克强案件，你们感到有压力吗？”话音落处，自感问得唐突。

但高书记几乎没有停顿地回答说："有压力，但我们正视现实。"

这是个他思索了许久的回答；但这也是个他无须思考的回答。

1982年以来，他们查处违纪违法情况审查结案的共289件；给予125人党纪处分，其中24人开除党籍；203人受政纪处分。

我和高书记的话题，是从讨论如何看待改革大潮中的经济犯罪开始的。我的印象是：对于新形势下的新特点，这位德高望重的书记，有着清醒而深刻的认识。

当皮革公司汇报了丰台区检察院开始调查武克强问题时，高增延亲自到丰台区检察院了解了有关情况。他意识到这可能会是一件异常复杂的案件。除向党委汇报外，作为纪委书记，他以党性和原则性投入了紧张的工作。他果断地向检察院提供破案的人力、车辆等条件，以皮革公司为主，抽调二十多名人员，投入了案件的侦破。在武克强刚被拘留时，他亲自与王有知谈话，要他正视错误，交代问题。但王有知欺骗了这位来自上级的领导，无耻地说："我用党性保证：我没问题。"现在谈及这场谈话，高增延的愤然之情溢于言表，他痛心于这种受腐蚀的党员的顽固不化。

在二轻局纪委，我有幸和这个先进集体中的另外几个人做了交谈。我和纪委副书记王希尧讨论过权力商品化的问题。王希尧神色严肃谈到武克强案件的典型性和普遍性。这位军人出身的57岁的副书记，酷爱文学，然而严肃的纪委工作却使他的思维必须投入严肃的思考。年轻的纪委副书记张厚昆，干练之中透出沉稳，他几乎是武克强的同龄人，但他们却对峙于两个不同的阵线，这个现象的本身就包含着深刻的道理。纪委干部陈宝华，专门写文章论述了权力商品化的问题，他对金钱的思考，透着冷峻；刚从基层调到纪委工作不久的小邢，正当女孩多梦的年龄，但谈起武克强案件，她从钱与权的脉络中理出清晰的认识。

我知道高增延书记多病缠身，却无法从超负荷的工作中脱开；我也知道王希尧副书记的同龄战友早已升到军级，而他却默默地在这个处级待遇的岗位上，超量工作着，并无动摇之心；张厚昆是负着党组织的重望从工厂调来的，在这个岗位上，他除了工作量大于基层、而所得少于基层近百元外，几乎再无"优越"；而最年轻的小邢，在同龄的女孩们追逐时装时，她却要埋下头来面对纪委工作的复杂和严肃。

这些感受，几乎是题外之话；然而，我正是从这种感受中获得对纪委工作的认识的。我觉得，毛泽东所说的“糖衣炮弹”单个施放时，共产党人的清醒也许还容易一些；但当改革大潮排山倒海而来时，金钱的攻势是五光十色的、无孔不入的。应运而立的纪检干部们，是党的抵挡金钱攻势的桥头堡。而一旦战斗打响，他们又必须是在先锋队的行列中，率先应战的。

这支正义凛然的队伍，理当受到人们的崇敬。

当我来到皮革公司采访时，以上的感受，在延伸着。

武克强案件发生了。皮件三厂的党总支垮掉了。作为皮件三厂的上级单位——皮革公司面临的是一个复杂而具体的局面。现任党委书记刘长友同志至今谈起当时的情况仍不免重重地叹一口气。他说：教训也是财富！

我看过在武克强案发后，刘长友书记写给二轻总公司党委和纪委的长达9页之多的检查，笔迹刻重，表现出他当时心情的沉重。尽管有的问题发生在他任职之前，但教训的沉痛是皮革公司几位领导的共同感受。纪委副书记李直珣在谈到武案时，说：我们在起用王有知时，埋下了这场大案的祸根。

王有知，皮革系统最早的“老人”之一。或许，这“老人”的色彩，掩盖了他的劣迹，人们最容易从情感出发原谅一些“老人”的毛病，而使防微杜渐成为一句空话。

公平地说，王有知也有一个转化过程。他十几岁从农村进北京时，是个一文不名的穷孩子。他是随着穷人的解放而翻了身的。他能吃苦，也算得是个能人。皮件三厂如今的办公楼，就是当年他领着全厂上下义务劳动而盖起来的。但是，当他渐渐地升到领导岗位时，他的顽固的农民意识，使他把皮件三厂搞成他的独立领地，只有他才说了算。但对于上级，他又是毕恭毕敬的。他犯过经济错误，退赔了800元，也撤了职；但他用更勤奋的工作制造了一个假象，即：他有错必改，将功补过。于是，当市场竞争愈加激烈，而皮件三厂效益屡屡上不去时，起用他成为当时公司一些领导者的应急之策。

当然，如果领导们知道他在被起用时已扑倒在武克强的冰箱与彩电之前；如果领导们知道那些群众来信的调查结果是出自王有知等人的庇护，他们是绝不会起用他的。但是，事实的结果是，他被任命为厂长时，他已经受贿累累。

人们由这条线索追根溯源，而看到领导者的责任，这是无可非议的。

但问题的复杂还在于，我们的领导如何在当前如此复杂的情况下，准确无误地识别和任用一个干部。

这个要求，近乎苛刻。但它应当树立在每一个有权力的领导面前。

而如今，要面对现实，可贵的却在于毛泽东一再论述过的批评和自我批评的精神，在于正视已有的失误，吸取教训。而这恰恰是我在皮革公司采访中所感受到的。

他们当时面临的是上级严厉的批评，是群众不满的指责，是对如此严重事件所应负的领导责任。而更紧迫的，是必须他们亲临第一线处理这一特大案件，挽救皮件三厂的危运。

党委和纪委的领导，亲自带队到皮件三厂去，一要协助查案，二要稳定人心。李直珣是一直参加始终的，他熟知每一个过程。然而，一个共产党员，一个纪检干部，当时除了党性，别无他想，只想给党和国家挽回损失。

于是，人力、车辆、资金，只要是破案需要，皮革公司全部提供；当时，案件侦破中涉及了几十个人，全厂哗然，生产秩序难以维持。他们改组了三厂的党总支后，又着手协助新建的党总支开展工作。对三厂被武克强案牵连进去的人，他们和检察院一起，分清问题，从速结案，解脱大多数，处理极少数；全厂职工，在哗然中人心不定，他们深入下去，动员，教育，稳定人心，把工人组织到生产中去……谈着以上情况，李直珣副书记语气缓慢而平和，他把那么艰难而复杂的工作，谈得如此概括而简单。但，人们能够想象，他们当时所面对的是一个六百多人的工厂和二千多名家属。要把涣散了的人心聚集起，这是一项何其艰巨的工作。

可惜这个艰难的过程，没有曲折的情节可写，它就是那么一步一个脚印地踏在时间的旅程中。说它艰难，是毫不夸张的。就是因为他们面对的是人。

比如：王有知就是那么拍着胸脯对领导说："用党性保证，没有问题。"他们蹂躏了党性，却又用党性的大旗遮盖了自己的丑恶。

比如：王玉珍就是那么坐在上级纪委领导面前说："没有问题。"

比如：那些受此案牵连的不少人，虽然占了便宜，但他们不知道是赃款。可案发时，一时难辨真假，他们几乎是一瞬间全耷拉下了脑袋，这里面有厂级和车间的干部，谁还有心思去组织生产？

难题就这么一个个摆在他们面前。哪一个难题也不能轻易放过。

在一份手抄的有关武案的工作日程表上，密密麻麻地记录了二轻总公司纪委参加的皮革公司党委和纪委关于武案的工作安排。在武案刚露端倪后，半年中，他们去丰台区检察院主动联系工作六七次；在皮件三厂召开不同类型的会议13次；在公司召开的各种会议14次；在二轻总公司组织的各种会议汇报达8次。以上活动累计41次。我从这几页工作安排的记录上，不断看到高增延、刘长友、戴耀宗等领导的名字。

1988年春节前夕，二轻总公司党委在天桥剧场召开全系统党员、干部大会，皮件三厂除有值班人员外，全体职工参加了大会。二轻总公司党委书记韩少廉宣布了武克强、王有知的罪行，及开除他们党籍、交由司法机关惩办的决定。同时宣布了对皮件三厂原党总支三名成员的党纪处分，以及对皮件三厂党总支进行改组的决定，并责成皮革公司认真总结教训……

同一天，中共北京市纪委发出关于“从严治党，坚决清除腐败分子”的通报。该通报是市纪委1988年第1号通报。通报称“武克强一案，再次向我们敲响了警钟，它从反面提醒我们，在执政、改革条件下，每一个共产党员面临着金钱和权力的考验。”通报要求“各级党委和纪委一定要坚持从严治党的原则”，“对腐败分子要坚决清除出党，以保证党的队伍的纯洁性。”

那年，冬季的寒潮并未汹汹涌来。但武克强案件却搅动起人们的心绪，留下了一阵不安的波动。

当我结束这一系列涉及面甚广的采访后，我很想为我们的检察员们和纪检干部们写下些什么。有人歌颂他们“刚正不阿”，有人歌颂他们是“追赶太阳的人”。其实，他们更值得人们注目的是，他们是改革大潮中的一支正义之师，他们用手中的正义之剑，划开大潮中泥沙俱下的清与浊，分辨鱼龙混杂时的真与假。那改革浪涛的潮起潮落中，都有他们的正义之声。

三、越过死刑的思考

（一）

武克强的生命结束了。可他的名字被作为一种现象留下来了。他走了一条十分清晰的“用钱买权，再用权捞钱”的道路，人们从他的案件中，仿佛不再疑惑权力确已被那些腐败者当成商品出卖。

于是，引出的思考是全方位的。

二轻总公司纪委书记高增延说：这么多年来，我们就改组了皮件三厂这么一个党总支。

这确实是一个警钟！从另一方面讲，应当看出，当改革开放日益深入后，潜在的腐败并不因社会的前进而减弱。毛泽东关于敌人“你不打他就不倒”的论述，是对社会上一切矛盾体内在关系的阐释。

把金钱放在一个大社会背景中看，它的利弊就清清楚楚了。皮件三厂现任常务副厂长王炬这样解释了金钱的演变：过去，搞计划经济，上面下达生产指标，你厂里按计划完成生产，你没有可能和外界去接触，你想搞钱，未必能得到；那时，百货公司驻厂的业务员得自己带饭，想在你工厂熥熥饭，都得客客气气地对你说。而现在，市场经济，确实搞活了，但也有空子可钻——一下子不能那么快建立那么多制度，即使建立制度，也不可能堵塞一切漏洞。

于是，这形势的复杂，使我们必须有复杂的头脑，有复杂的对策。

高书记说：认真，一认真，什么问题都能发现，什么问题都能解决！武克强的问题，有人早有发觉，当时我们认真一些对待群众来信，何至有今日这长达7年的犯罪过程和这么大数字的贪污犯！

其实，武克强的问题，确实有不少人早已觉察。厂里有人向王有知反映过，王有知斥责说：别人有问题？就你能。

现任皮件三厂党总支副书记程少清，是武克强中学的同学，又与武克强同时分配到皮件三厂。他曾对王有知的用人标准提出异议，他说：王有知分不清好赖人。于是，王有知曾两次找他谈话，想把他调往外厂。后来，在财务科科长几经易人而不成时，他被任命为财务科科长，一上任，账目的混乱使他直感其中的蹊跷，他提出清账，王有知表面答应，实际并不支持。好心人劝他：好几任科长都清不了，你算了吧！但程少清是个思维不乱的人，他排除困难，能清多少就清多少。几十张支票飞在外面，其中不少是武克强领走的——这就是问题！

甚至连武克强用以遮人耳目的“美国舅舅”，在大家不解实情而深信不疑时，作为武克强中学同班同学的王炬，就对王有知说过自己的怀疑，他和武克强从小交往，从未听他说过有“美国舅舅”，他说：要有这关系，“文革”中他家还能过关？但是，这个疑点，无人理睬。以致武克强入党志愿书上只填上“表舅和表舅妈（非直系亲属）是美籍华人，定居美国，表舅妈在纽约联合国工作”的字样，当时的总支书记李福章竟然在这张庄严的表格上，写下“武克强同志家庭历史清楚”的鉴定，使其顺利入党。

人们由此还想到：在武克强自己设计的“向上爬”的路上，不是没有遇到关卡，但几张纸币，便买得了“通行证”，金钱的诱惑力不能不令人触目惊心！于是，由此，人们引出从严治党的严肃思考。高增延书记谈及这个问题时，十分动情，他说：“我们纪检干部收入微薄，但，牺牲自己，把党治理好，是我们最大的安慰。”

当人们纵观武克强、王有知的演变过程时，一个对于道德的思考，变得迫切而深刻了。

皮件三厂的不少干部都认为，武克强的虚荣心是他走上犯罪的一个引子。如果抛开外因来看，这个说法是有道理的。

中国人关于“洁身自好”的古训，对于一个人的修身养性，有着特别的意义。把“洁身自好”仅仅解释为消极地“自扫门前雪”，恐怕并不准确。能“洁身自好”者，是会经常洗涤自己的灵魂的。

现任皮件三厂副厂长冯平安，比武克强年长3岁，8年插队的知青生活，使他懂得了许多朴素的为人之道。他说：“武克强的事，真是个教训。人，应当只取自己的劳动所得。插队时，我带着有病的弟弟，经济拮据至极，我又学会了抽烟。没钱，自己吃苦去挣。那时，扛麦捆，扛一捆一分钱，我咬牙扛150捆，挣回一块五，作为生活费用。”这个一脸忠厚的老实人，感慨地说，“人，可不能引火烧身啊！”

这几位武克强的同时代人，在金钱面前的思考，是和对道德的思考，融在一起的。

我们无法改变金钱自身的能量，但，我们应当塑造自己的人格。当然，人不能脱离时代的特点去谈修身养性，但任何时代都不排除高尚的道德和人格。

比如王有知，50年代、60年代，他也热心于事业，也清廉。那时，他带领职工盖办公楼时，确也是身先士卒的。程少清在那场义务劳动中得了肾炎而住进医院，但没有怨言，因为领导者王有知自己就身先士卒地干。那时盖楼的劳动强度大，没有一分钱补助；后来，每人补一双胶鞋，价值4元，王有知说他自己不要，不然以后说不清。可是，到了80年代，金钱一拥到面前，有人就乱了阵脚，王有知就是这样，他穷，穷得没志气，所以金钱就能收买了他。他把权力出卖给武克强时，他的人格也卖出去了——这一段话，是综合程少清、王炬和冯平安的分析而来的。

三厂的许多同志说，武克强在撒开人事关系网时，他网住了别人，也网住了自己。他的结局令人感叹之余，也感到悲哀。他们又说：王有知的贪婪是令人憎恶的，贪婪断送了他，也断送了武克强。其实，权与钱一旦交易之时，他们就开始把自己送进法律的恢恢之网中。

人们更加关注的是：如何监督权力？这是制止权力商品化的一个关键。

但这似乎是个过于复杂和深奥的问题。高增延书记说："法律不健全，政策不配套，制约不得力，很多地方没钱不能办事，权力就能被这些腐败分子拿去谋私，权力就会变成商品。"

无可讳言的是：武克强一案，剖开了"钱—权—钱"这个危害极大的社会痘痈，它使人不得不清醒地认识商品经济中，我们所面临的严峻现实。

真正的共产党人，能不警惕么?!

（二）

A不愿接受采访，李直珣副书记事先做了她的工作，她才同意见我。

中午，她穿着工作服走进来，神情冷静。

我记得高增延书记说过："关心就是教育。"我还知道，武克强案发后，各级领导除了找A谈话，从未要求过她写一字检查。

谈话开始得直截了当：谈武克强。

她说：我没想到他会犯罪。当突然来我家搜查时，我不是麻木，也不是镇静，而是不知如何思考。我认为这一切不是真的。我也没想到，他就是在那一天早上走后，就再没回到家里来。

她说着，眼里盈满泪水。她声音哽咽地说：当然，现在我必须正视现实，我应当回过头来看他，看我和他的过去。

“他这个人虚荣心太强，无论办什么事，他老想办得漂亮，让人家说他能干，佩服他，他的路子不对。”她冷静异常地分析武克强。当时，她曾把自己对他的分析，写给在狱中的武克强，武克强回信说她分析得很对。

A认为武克强是个心里充满了矛盾的人。他不是没有事业心，也不是个碌碌无为的庸人。但他一走上用公款堵漏洞的路，他就不能不掩盖着心里的矛盾。A原来也在皮件三厂工作，1984年，调往皮革公司。现在回想起来，那时，正是武克强和王有知关系紧密之时；也是那时，武克强有了另一个家。这一切都不能让A知道，于是，武克强力主A调往公司。A回想起，武克强的入党志愿书都是她一笔一画给抄的，她记得那天他和她一起修改了底稿，由她认认真真地抄上——她写得一手漂亮的小字。那时，她真为他高兴。可谁想到，入党时，他已站在泥淖中。在狱中，武克强写信给A，说他不敢让A知道自己的罪行，怕她断绝两人的关系。

“可是，他犯了罪，这是我最恨的事，我不能原谅他贪污受贿。”A说得很激动，“我给他往狱中写信时说：如果我早发现你干这样的事，我绝不让你滑下去。”

可是，武克强却不可自制地滑下去了。他在A面前，也是用“美国舅舅”做掩护，又说家里落实政策后有钱。他把A隔绝在与母亲、弟弟、妹妹的范围之外，用各种借口欺骗她。A生了个女儿，武克强哄骗母亲去医院探望，A竟歉意地说，生的是女孩子。她觉得婆母的脸色不好看，以为是不喜欢生女孩；以后，她一直把婆母对她的冷淡归结为自己生了个女儿的原因，再也没有怀疑到武克强从中有骗。

那个B，更是一心在家带好儿子，她能出入婆婆家，这就是她最大的安慰。至于武克强经常不回家她并不愿告诉婆婆，只有自己黯然神伤。

两个女人都说：是武克强案子出来后，才知道他还有另一个家。

轻信，是女人的弱点。A和B都轻信了武克强，对于已出现的漏洞，都让它轻轻地滑过。比如：武克强与A结婚时，不让主婚人读结婚证；婚礼上，武克强只穿了件普通的衣服。A现在想起来，才明白其中的蹊跷。但，恰恰是婚礼上这件普通的衣服，使得武克强的母亲相信了儿子的话——和A结婚是个形式，为了帮她摆脱开别人的纠缠。再比如：武克强不让B往厂里打电话找他；B从未见过他们的结婚证，武克强推说放在厂里办公桌的抽屉里了，于是B就不再追问了。

其实，B和A的工作单位，只有三站汽车路之隔。命运就这么捉弄了两个女人。

武克强在供词里说："我害了两个人，她们都是无辜的，我的犯罪情况，她们都不知道。"

同时，武克强也害了两个年幼无知的孩子。

武克强被捕时，女儿5岁，却能粗读报纸上许多字。她从大标题上读懂了父亲是犯了罪。武克强伏法时，女儿6岁了。她问妈妈：什么叫死刑？A不忍让女儿面对严酷的现实，只好敷衍说：爸爸有心脏病，死在狱中了。

孩子一天天长大，就一天天懂得了爸爸。生活就是这样，A阻止不了。有一次，电视屏幕上出现了几个大案审理的镜头，A忙走过去想挡着屏幕；但女儿也走过来，不眨眼地看着屏幕，却不说话。事后，女儿问妈妈：那是爸爸吗？A摇头否认。女儿却说：我看就是他，他瘦了。

女儿6岁生日时，用幼稚的笔体给狱中的爸爸写了一封信：

爸爸：

您好。女儿真想您！

我听妈妈的话，好好学习，天天向上！长大上四中，上医科大学。

您一定要改好，我和妈妈等您回来。

女 儿

六岁生日

这封信送到狱中时，武克强案的侦破已近尾声，其贪污数额之大，已突破死刑大限。

A曾希望武克强能活下来，让他在狱中好好改造，她决心帮助他重新做人。她在1987年元旦前夕，写信给武克强，信中说：

我终于知道了你的真面目，全部的真面目，可我却不理解你的所作所为究竟是为什么？

……你为自己设计了美好的前程，然而却作为金钱的奴隶而沦为罪人！我失去的太多了，最根本的原因在于全心全意地相信了你。你失去的也太多了，而失去的最根本的是真诚！是世间最珍贵的真诚！

……你的一切罪恶都已经成为历史，都不会继续了。经济犯罪将由国法制裁；而道德上的堕落也是不可原谅的……不过，现在你对自己的罪恶已悔恨不已……那么，我现在最大的愿望就是政府能给你一个赎罪的机会，我相信你会珍惜这机会，会改造成有益于社会的人……

但是，武克强终于伏法。

有人说，最后那次宣判会，A是去到现场的。我没有向A问及此事。我想象得出，面对犯罪的丈夫，她当时一定不堪重负。

说到她现在的生活情况，A十分感谢她所在单位——皮革公司的领导和同事们。她说：大家都不歧视我，这是给我最大的温暖。

武克强伏法后，领导一面帮助A提高认识，一面问她有什么要求和希望。A几经犹豫，才提出一个要求：几位同事的孩子，都和女儿在一个小学上学，希望同事们不对自己的孩子讲武克强的事，好让女儿不因此而受到压力。当时，她觉得这要求似乎有些过分。但领导们却认真地对待了。至今，女儿的同学们没有人议论这个案子。A说到这里，又是泪水涟涟。

埋葬武克强骨灰时，她请武克强的母亲、妹妹及B母子都到场。这是一场难以用文字描述的见面。A说，她只希望武克强的灵魂能做个好人。

我把话题引到她的工作情况，她说：我参加函授学习，这是我最大的安慰；同时，我得好好教育女儿，不能她爸爸不争气，她也不争气。

我说：你用这种心情教育孩子，孩子会觉得压力太大。

她点点头说：也可能。但我希望女儿一生顺利。女儿常对她说：我想爸爸，也恨爸爸。每当此时，A心如刀绞。

她说：武克强自6岁时死了父亲，如今，他也这么狠心地让自己的女儿6岁时没有了父亲……

武克强一人犯罪，但却把阴影留给了两个无辜的女人和两个更无辜的儿女。如果他九泉有知，他当怎样赎回自己的罪恶？

（三）

进入皮件三厂的办公楼，依楼梯而上，心里有一种复杂的感觉——这座楼的混凝土里滴进了王有知的汗水，也滴进了武克强的汗水。那时，全厂上下几百人在这平地起高楼的工地上，挥汗如雨，都是希冀有一个振兴的工厂，容下这几百人的赤心。当时的王有知和武克强未必不这样希望。但是，岁月流逝，带走了他们昔日的热情，污秽填塞了他们心灵的空间，他们背叛了这些当时汗水流在一起的工友们，背叛了这座用几百颗热心筑起的大楼。

于是，大楼淘汰了他们；时代淘汰了他们。

如今，这座大楼里活跃着一支新的生气勃勃的力量。

现任党总支书记王景堂和厂长张杰、工会主席吴相如，都是北大荒兵团的战友，命运把他们的过去、现在和将来，都连在一条事业线上。

书记王景堂，温厚而沉稳。与一些党政干部不同的，是他并不只坐在办公室里，他十分忙碌，对事业的投入，使他心里装着全厂的几百名职工和全厂的许多巨细不一的事情。

我只能在这个每日运转不停的领导班子的工作中，在他们会议的间隙里，在他们不断处理各项工作的过程中，采访了张杰厂长。我想，他的锐气，他的雄心，他的胸怀，都是这个新领导班子所共有的。

令我惊异的是，张杰的童年竟与武克强有着许多一样的经历。掐指一算，张杰仅年长武克强1岁。“家庭问题”的阴云，同样自童年就遮盖着张杰，但他在穷困的环境中早早地懂得自强不息；他在命运沉浮中早早地懂得珍惜老师同学们给他的真情。小小的张杰，就活得真诚，活得坦荡。他用勤奋而获得许多荣誉，中队长、大队长、三好生、大队旗手，那个年代，一个少年所能得到的荣誉，他几乎都得到了。也许，他这个大队旗手在哪年的国庆节时，曾和武克强一同站在天安门广场，一同向国家领导人欢呼。但是所不同的是，他把这些荣誉看作人间的温暖，当作和煦的阳光，而不当作自己的资本。他幼小的心灵里常常涌起这样的想法：将来做个有用的人，报效国家，报答老师和同学。

幼年的张杰，每月只有顿顿吃窝头以维持生计的微薄的经济来源；当“有问题”的父亲被“管教”后，他被好心的老师留在学校，开始了艰难的求生的历程。“文革”中的“狗崽子”曾使15岁的他站到批斗台上去陪斗，但他凭着人格和一身的正气，又屡屡被老师、同学、军训团所保护。去北大荒时，他分文没有，是老师同学和军训团的政委为他买了衣物，捐了钱，大家又泪水不断地到车站为他送行。北大荒的岁月是难忘的，但“出身不好”的阴云总罩在他头上；他没有辜负岁月，他踏踏实实地在北大荒干了8年。但是，当他拉家带口，返回北京时，他袋中只有8元人民币。

长大了的张杰，没有幼时那么多的幻想了，但他有了一副男子汉的筋骨，他在这熟悉而又陌生的京城里，寻找他的生存机会。“一分钱难倒英雄汉”，张杰曾面对满街的人流车流这样感叹过。在繁华大街上，年轻的张杰，穿着破旧的衣服，当过看自行车的临时工；在工厂最繁重的冲压车间，张杰汗流满面地干着活儿，身边是蜷缩在角落里熟睡的儿子。

“那些苦，真是吃尽了。”张杰中断了苦涩的回忆，眼神中仍恢复了如今当厂长的英气。

当他调任皮件三厂的厂长时，他清醒地意识到自己面临的现实。

那时，1989年6月24日，他接到任命时，一场政治风波刚席卷而过。市场疲软得接近零点。而三厂是大案刚破的懈怠。银行顶账，当月就无钱给工人发工资。库房混乱，管理混乱，账目混乱，人心更混乱。材料涨价，无资金购买，生产无法流转；下半年的客户，无一张订货单；人们推测着三厂面临破产，于是，讨债者无情的面孔，一个个横在新领导班子的面前。国人传统的以道德为重的观念，深深地渗入经济领域：商场不愿跟三厂打交道，连花钱去登广告，也被报社拒之门外——一说三厂，人家就提武克强大案！

新班子的7名成员，面对困境，心情沉重，但必须迈出关键的第一步。“有情的企业，无情的厂规”的基调，就产生于这个困境中。“严格管理，从严治厂”，是他们求生存的第一声号角。

于是，几十条规章制度，陆陆续续出台，人们愿意或不愿意都得纳入这个轨道，全厂上下条条块块，开始理顺了。这之中的奥妙在于干部先行。所有的规章制度，一经执行，先在干部中试行3个月，然后推及全厂。书记上班路上自行车坏了，进厂时踩着铃声——奖金扣除；副书记脚崴了，骑车赶到厂里时，铃声刚过——奖金也扣；厂长晚上看文件到凌晨4点，早上急急忙忙蹬车进厂，过了规定时间——照样扣了奖金。按规定，领导们的奖金只有工人奖金的80%，可责任制一推行，件件事故都要追究到几位厂级干部的“领导责任”，于是，年终发奖，他们的奖金只及工人的58%。

一个年轻的领导班子，就是靠这样的形象站住了脚；靠这样的正气，严格管理了工人；靠这样的意志，运转了一个濒于倒闭的企业。

他们勇敢地把自己手里的权力交给职工们监督；他们建立职工的个人贡献台账，把每人的贡献大小遵章守纪情况一一记入，作为晋级和评奖的依据，结束了那种“干部说了算”的“一言堂”局面；厂长值班助理的出现，曾使全厂上下感到新鲜，这个由中层干部轮流担任的职务，每期15天，协助厂长管理、检查和处理各项工作，干部受到了锻炼，官僚主义也同时难以存在；民主监督岗，则彻底地交给工人，其职权是监督干部的遵章守纪情况。

对于权力，新领导班子有一个共同认识，即：职权只是尽职尽责的手段，责任才是领导者本职的象征。于是，恪尽职守，任劳任怨，就成为每个干部要求自己的标准。

我在一份资料上，看到如下的一组数字：

1990年，共处罚违纪207人次；1991年上半年，处罚违纪42人次。

……

1990年，年终奖金，7名厂领导中，5名为二等奖；16名中层干部中，12名为二等奖。

这是三厂许多资料中并不重要的一组数字，但它却折射出新领导班子从严治厂、严于律己的形象。

我听说他们在从严治厂中开除过5名工人。问起这事，书记、厂长和副书记都说，那不是轻易之举，但我们从严治厂，就得敢于碰硬。

我听说过企业家在创业中身受威胁的事例，问起张杰，他淡淡一笑说：“那是避免不了的。”闯进会议室举拳要打厂长的事，下班路上砖头砸过来的事，张杰都经历过了。年幼的儿子怕父亲受害而求他说：“爸，咱们不当这厂长了。”说到这里，一直神情冷静的张杰，稍有些激动。但略一停顿后，他又接着谈起他们振兴企业的各种打算，谈得很兴奋。

听说有的合资企业以月薪几千元聘张杰去经营，我问他：“不动心吗？”他明确地摇摇头。

张杰工资微薄，家庭经济很困难。但，三厂工人们的情义留住了他。他和新班子的同事们都说：这个职工队伍，经过那么大的挫折，仍然能振作精神，和我们领导班子一起绝处求生存，我们干不好，对不起这么好的工人们。

我案头有许多资料，记录着这个新班子和工人们的血肉亲情，读来令人热泪盈眶。

他们在一个普通工人的亲人病危，工厂里已无力借出医疗费用时，带头捐出自己仅有的钱，又在全厂募捐，终于解救了这个普通工人的危难。钱捧在手上时，这个工人发誓要为三厂干一辈子。

厂里有两部生活用车，但新班子的领导们一律骑自行车上班，厂长张杰每到星期日总要去了解市场情况，也是照例骑着自行车。

但是，一位职工的孩子病了，厂里却立即派车送往医院。

一位老职工，对比了两个领导班子的不同，办理退休手续时，感动地说："过去的领导班子，有钱往自己口袋捞；现在的班子，清廉，干实事，是奖金拿得最少的人，我们心里佩服。"他执意捐上200元，作为自己对企业的最后一次奉献。

厂规的无情，却造就了一个有情的企业。

皮件三厂新的领导班子，从前任领导班子中，吸取了深刻的教训，在全厂一心奋力开创中获得了重生。

他们用产品质量、用不断革新的品种，在市场疲软之中，打开崭新的局面；当不少工厂靠免税度日时，他们却冲出了皮革行业，在全市企业创利的名序中，也能与大企业争辉。

联合国的皮革专家组，曾偶尔从三厂一过，车间秩序的井然，工人操作的紧张，使专家们叹服。在专家们的引荐下，三厂在香港的国际皮革博览会上，打开了国际市场。

三厂的职工用产品的质量去取信，销售人员，尤其是厂长张杰，更是在大商场几进几出，用诚意和信誉占领市场。百货大楼、东安市场、西单商场等几个大商场，都被三厂绝处求生存的精神所感动，他们给三厂柜台，帮三厂掌握信息，有一个月，厂里资金周转不开，又正赶上发工资的关口，是西单商场慷慨相助，使三厂渡过了难关。

张杰说：我们没有给这些商场送礼请客，我们产品靠信誉；正是由于这一点，人家才相信我们，帮助我们。

在这篇文章里，我无法铺开笔墨，写尽皮件三厂的新生。我想以一件真实的事情做结束：

去年，皮革公司党委书记刘长友，亲自带工作组进驻三厂，考查新班子的情况。职工们以为公司来人又要调走张杰，调整领导班子，就纷纷找刘书记反映“情况”，要求“留下厂长”。

这件事是刘书记亲自对我讲的。刘书记边说边笑，那神情，分明也在分享三厂职工的自豪。

此文写完时，已是春暖花开。

但心境却难以沉入对春的陶醉。

一日，走过小巷，从一院落中忽然飘来《义勇军进行曲》激昂的节奏。一行重字跳入眼前：“筑成我们新的长城。”

附 后

这篇作品收录在三卷集《历史的裁判》一书中（法律出版社出版）。这部三卷集出版于1992年2月。是由中共北京市纪律检查委员会和北京市人民检察院组织编写的。北京市作协组织一部分作家参加采访和写作，我也参与其中。

这部三卷集的封面在书名之上，标有“首都反腐斗争启示”的字样。在前言中说明：“本书披露了近年来发生在北京地区的一些重大经济犯罪案件。”并强调了出版这部书的重大意义。

全书3卷，共62篇作品。每位作家分到的写作对象的资料，都是随机的。

我分到武克强的材料，厚厚的一大包。可是，这个犯罪分子已于1989年9月11日“执行枪决”。这使我知道了采访的难度。

当我交上《筑成我们新的长城》的完成稿时，我倒头睡了几乎一天一夜，我知道了什么叫“精疲力尽”。

组织和出版部门为这部三卷集召开了研讨会。纪委审稿的同志肯定了我的这篇作品，说它“细致，深刻，发人深思”，将它排在三卷集第1部的第1篇。

我没有把这篇作品投给杂志去刊登，因为在采写时，我对一位被采访者有一个承诺。这个人就是此篇主人公（已被枪决的武克强）的妻子A。

她是经过单位领导做工作，才接受了我的采访。而我们一见面，她的黯然神伤的样子，就让我心生同情。

她对武克强犯罪的事实，全然不知，所以她不是涉案人；她是受武克强欺骗才嫁给他，在共同生活的六七年里，她完全不知道他还有另一个妻子、另一个家。尽管她和那个女人的单位只有公交车的三站路，而那个女人在武克强犯罪事实被揭露前，也全然不知有A；当她埋葬武克强骨灰时，她叫来那个女人。她向我叙述了这些后，说：“一切都过去两年了，我和女儿刚刚平静，这么一写，我们家又要……”说着眼泪涟涟。

作为一个女人，我理解了她。我说：“这篇文章只收在纪委编写的书里，不在报刊上登。”

二十多年来，我信守了这个承诺。

今天，当这部作品将要收入我的作品集时，我又想起了这个女人，和她战战兢兢的生活。我也联想到，在我采写的反腐和其他犯罪题材的报告文学时，留在我印象中的许多犯罪分子的家属，他们在家人犯罪的阴影下，生活的艰难是难以想象的，这也是整个社会在低天空下的一个群体呀！

重读这篇作品，我还想到武克强所在的皮件三厂接待组的几位师傅，他们没有一个人在谈起武克强时不沉重，觉得厂里出了武克强这样的人，是全厂的奇耻大辱；我也想起采访翟光明这些检察人员时，他们取证之难、侦破案件之难，往往让我感动得忘了记录，而不得不再让他们把某个细节说一遍。

或许，这就是一个作家在生活中受教育的过程。所以，我的采访也愈加细致深入。为寻找武克强犯罪的心理线索，我前后采访了三十多个人，跑了十几个单位。那时的采访，是自己编辑工作之外的业余工作，所以，不仅时间紧张，跑来跑去都是公交车，有时要连续换乘三条公交线路，才能到达采访的目的地；甚至有时约定好了，但人家临时有事不在，就只能擦干汗水，怏怏而回。但一个报告文学作家，除了付出思考的代价外，为“田野调查”而付出的体力代价，是必须的。联想到现在一些大部头的报告文学，动辄就是网上搜、资料查，腿不动、膀不摇地就“敲”出几十万字来，似乎总觉得这样的写作有什么地方不对劲儿。

或许有人会说“此一时、彼一时”吧？但不管怎样，我为写这部三卷本的作家朋友们，当年那种吃苦精神而骄傲。这部书的“后记”里特别提到他们有的“年龄已大”，有的“腿脚不便”，但都“不辞劳苦地奔波于大街小巷”。试想那奔波的脚步中生出的创作激情，是多么实在而有分量啊！

我为自己有过和他们同样的写作经历而自豪。

2016年秋　紫芳园

迷离青春

——青年犯罪研究的一个课题

秋天。郊外一个劳改农场。

田野，现出扫尽金色后的疲惫。只有一条小河，哗哗地流淌在萧瑟的秋风中。刚望见河边的憧憧人影，汽车便在田边停下来。

下得车来，北京市劳改局薛文璞副局长，指着河边的人群对我说：那都是些年轻的犯人。

我随着他，走向那些穿深色囚服的年轻人——他们正在捕虾，一路上遇着各种各样的目光。一个瘦小的犯人从斜刺里跑来，经过薛副局长的面前。他显然不认识眼前这位严肃的警官。薛文璞叫住他，拍着他的肩膀说：去，快穿上棉袄，小心感冒了。小犯人眼中闪出一阵惶恐，点点头，跑开了。望着他的背影，薛文璞说：他们前面的路还长，我们的责任，是帮他们早一天得到新生。

沿着河边长长的一条小路，我跟随薛副局长一行人走着，仍然遇着那无数的目光。我迎着它们，发现那都是一双双年轻的眼睛，那里面充满了迷茫、朦胧，甚或还夹杂些阴冷。

从此，我走到他们中间，听他们沉痛的追悔；听他们剖开自己的灵魂，清算短短人生中自己的罪恶；听他们追忆邪恶和善良对他们几度的争夺；也和他们一起寻找他们明天的新生……

于是，我看到他们迷离的青春，和青春中的迷离……

金钱的怪圈

起初，他并不懂得邪恶，但在索取与给予的错位中，邪恶走向了他；最终，他跟着邪恶走向了深渊……

和一名罪犯认真地剖析他的犯罪过程和原因，是极艰难的。主观、客观，客观、主观，翻来覆去。如果最终能把那个“主观”剥剖得赤身裸体片甲不留时，那比“暴尸三天”还痛苦。

我和刘辰的谈话，却恰恰从这痛苦的剖析开始。

（一）

他递给我一张彩色照片——一个并不漂亮的姑娘，却显出一种特殊的温顺。她有一个诗意的名字——钟韵。

我看完，还给他，心里却被震动了。

坐在我面前的这个肤色白皙的年轻罪犯刘辰，是曾在1984年2月8日通过报纸和电视的媒介，使全国皆知的大贪污犯。“死刑，缓期两年执行，剥夺政治权利终身”的判决，与他贪污90万斤粮票的巨额数字，像是用铁链锁在一起，沉甸甸地挂在他的心上。

但这骇人的罪行，却是为了这个叫钟韵的姑娘。一个硕大无比的外衣下，包裹了一个如此屑小的内核。

初恋开始得并不早，他和她都是19岁。初恋本来是一道彩虹，七彩缤纷，却又缥缈如仙。但是，19岁的他和她，却都牢牢地攥住了这条彩虹，攥得实实在在的。于是，当他们还都该是多梦的年龄时，同居的生活，使一切负荷——精神的，物质的，都超前地陡立在他们的面前。

“她从小父亲早逝，母亲含辛茹苦地养大了她，她太娇弱，需要个依靠。于是，有了我，她就有了依靠。”刘辰如此解释他们过去的关系。

他帮她补习数学，让她考上电大；他教她骑自行车、游泳，使她有了许多生活情趣；她在他们过早具备了的居室中，为他烹饪可口的饭菜；每天晚饭后，他们去散步，聊天……他们厮守着，山盟海誓。除了因为年龄不够、不能合法登记之外，19岁的他和她，提前进入了23岁的规定婚龄。

他们这样甜甜蜜蜜地生活，只需一天一天地等待四年后的生日，到那时，办个登记手续，一纸公文，会证明这甜蜜生活的合法性。

时光如流云般飘走了几年，他和她却都没有等到那个幸福的生日。

事情的开始，也许纯属偶然。有一天，他被生活的浪头重重地撞击了一下，从此而失衡——

那天，他和钟韵去逛市场，一件漂亮的衣服使钟韵停住脚，刚要问价，摊主已笑盈盈地迎上来。一个漂亮，穿得“潮”，说话也“潮”的姑娘。这是钟韵上中学时的同学，现在的服装个体户。那一身珠光宝气，着实惊了刘辰一下。漂亮姐潇洒地把那件衣服递给钟韵，一副“只叙友情”的样子，收了很少的钱，还说，笑迎天下客，何况咱们是老同学。她把钟韵递过的纸币随便往钱匣里一撇，满脸施舍后的得意。

那天回到家，钟韵试衣服时，刘辰一扫平时的愉快，沉默地坐着，最后只敷衍了几句。

如果就此一次，也许，心潮会很快平复如初。但是，却有了第二次。

那天，他和钟韵走在街上，如梭的人群中传来了热情的招呼声。又是那个漂亮姐，一身新潮服，惹得满街注目。寒暄几句，漂亮姐邀他俩进饭馆。刘辰迈着滞重的步子，跟在轻盈的漂亮姐身后走进了餐厅。漂亮姐熟练地点菜，礼貌周到地让菜让酒，一副“场面上”混熟了的样子，使他拘谨得只盼这顿晚餐早早结束。临走，付钱时，他抢先掏出了口袋中全部整张的人民币——那几乎是他一个月的工资。可是漂亮姐两个手指轻轻地夹着几张兑换券，放在了服务小姐托着的盘子上。

一切经过，就这么简单。但那天，他和钟韵散步时，都感到兴趣索然。沉默良久后，钟韵说：“你说，那些上学时的劣等生，现在有了钱，就那么趾高气扬，真让人感到不是滋味。”他默默地点点头，心里早已感到不是滋味。但他已不再想那个“上学时的劣等生”，他是在想钟韵。和那“劣等生”的珠光宝气比，钟韵显得寒酸多了。他为此心里有些酸楚，平时以自己高大身材自豪的他，觉得自己仿佛矮了半截。

有一天，他突然问钟韵：“一个男人不能给他所爱的女人最大的幸福，他还算得上个男子汉吗？”钟韵惊讶地望他一眼，又为他那副正经八百的神情大笑不止。但是，他却沉着脸坐着。这些天，他一直都在想这个问题，而一想到这个问题，他就生出一股莫名的惭愧，并由此而隐隐有些自卑。

是否就是这么一想，成了他后来犯罪的缘由呢？他自己也说不清。过去，他曾很乐于清苦，在他们俩的屋子里，他觉得拥有她，就拥有了幸福。可现在，他却时时烦恼，那个关于男子汉的问题使他长吁短叹。煎熬他的，是那个即将到来的日子——他和她都企盼和等待了四年的那个日子。他原以为，它的到来会使他和她都欢喜若狂。可如今，它却变得黯淡无光。男子汉，两手空空，何以为家？他给那个即将到来的日子罩上了阴影。

就靠用微薄的收入积攒买下的这些普通的家什，让钟韵当新娘吗？父母一生勤劳积攒有限，能忍心再向老人们伸手吗？这样想着，常有一种紧迫感，使他时时冲动。

至于犯罪，那想法好像突然在一瞬间从哪儿冒出来，如诱人的魔鬼，牵着你的手朝前走……一直走到深渊。

但是，谁会想到，他的得天独厚的工作，竟成了他的深渊。

那天，他照常走进他的"王国"。这个坚固的地下室，位于繁华的街市，却并不惹人注意。但是那却是个对别人绝对"禁止入内"的地方。只有他，才能用一把把钥匙，打开一重重门，进入这个重地——这里存放着北京市19个区县1000万人口的定量粮、面、油票和全国粮票、奖励粮票、菜农油票、军用价购粮票、饲料票等。

那些设置这个机构并决定将这一切交给刘辰这个年轻人一个人来掌管的领导们，绝没有想到刘辰会在这个地下室里变成一个全国闻名的大贪污犯！当初，在精简机构进行改革时，刘辰从领导的手中郑重地接过那一大串钥匙，他曾有一颗洁如白纸的心灵。但今天，当快过23岁生日的刘辰走进这个票库，将一把把钥匙插进每个该插的钥孔时，他的心灵上却涂满了奇异的色彩。那票架上的一沓沓票证像轮番旋转起来，使刘辰产生了从未有过的不平静。他转眼盯着那几包发放后剩余的票证，恐惧、冒险、贪婪，接踵向他冲来。那一包用牛皮纸包装得方方正正的面票，放在这偌大的票库里，显得那么轻小。但是，只有他知道：打开牛皮纸，便是沉重难举的90万斤！

那个在他心里几度清晰又几度模糊的念头，此刻，突然巨人般地陡立在面前：票证本身就是财富！

于是，当他终于几经犹豫后伸手把那轻飘飘又沉甸甸的一包装进自己的书包时，他曾明确地对自己说：就这一次！但这念头闪烁的同时，他已一步踩进了深渊。

他走出票库，阳光分外刺眼，市声分外喧哗，酷夏的炎热，令他更加烦躁。他骑车穿越街市，来到一个农贸市场，寻找那个卖鸡蛋的农妇。前些天，他在买她的鸡蛋时，曾小心地探问过：要不要粮票？今天，当他寻到她，又一起走到一个僻静处，他把八开大的那张票证塞到她手里时，那农妇眼睛一扫，吓一跳。他也感到心跳加剧——他们都是第一次，笨拙而仓促地讲好价钱，他说，过两天就到这里来找她，就匆匆低头走了。

那两天，他心头像压着一堵倒塌下来的墙，他心神不安地过了48小时，就像飞蛾扑火似的，又去农贸市场找那个他连姓名都没问的农妇。他事先竟未想过：如果她骗了他，逃遁了，他只能两手空空，无可奈何。可是，那两天的他，不知怎么，像赌徒一样，血红着眼，一定要赌这一局，顾不得输赢。

来到农贸市场，那农妇老老实实地站在那儿。

一个月后，当刘辰戴着镣铐蹲在拘留所里时，他曾那么热切地幻想过：要是那个农妇把粮票拐走，再不露面，或许就没有这冷森森的手铐！但是，他忽略了被捕前的那一个月，他是赌红了眼，几乎来不及意识到是拿自己的前途和生命押赌。

他和那农妇有过10次顺利的接交——一手交钱一手交货。他陆续出手了17万斤面票，也陆续换得了八千八百多元人民币。于是，他有了能给予钟韵幸福的男子汉的自豪——首饰、裘皮大衣、高档的商品，使他陶醉在“高等人”的生活中。走在街上，看着那些服饰招摇的女士们，他已不屑一顾。她们有的，他都可以给钟韵。一切刚刚开始，他的财富是“90万斤”。他甚至神思飘逸地想给钟韵买架钢琴，想让钟韵辞去目前这个烦琐的工作……

“你这样盲目‘自豪’时，就没有担惊害怕吗?”我曾问过穿着囚服的刘辰。

“有，夜里更是心神不宁，出奇地烦躁，有时真想声嘶力竭地大喊一通。心里老堵着，即使坐在高级餐馆，看着灯红酒绿……”

他也曾有过适可而止的念头。但手里的面票总能激励出他的冲动。后来，他在铁窗下深夜难眠，面对冷月忏悔时，才真切地明白，那冲动就是一种贪婪，它把他一步步引向深渊。

终于，第11次时，命运之神愤怒地惩罚了他的贪婪。

那天，8月1日，闷热难忍。再过10天就是钟韵23岁生日。他和那个农妇约定今日接交。他需要钱，为钟韵再买一件生日礼物——一顶价值近千元的蓝狐裘皮帽子，好配上已陆续买好的昂贵的裘皮大衣、裘皮围脖。这些天，每当想起那顶蓝狐帽子，他就一阵兴奋。他想象着钟韵穿戴上这一切后的雍容华贵——这是他男子汉的骄傲，是他自身价值的标志。

但是，在农贸市场转了一圈后，仍未见到那个农妇。离约定的时间已经过了1小时，他本能地感到：要赶快离开这里！他觉得似乎身后有双眼睛盯着他。他打算走，却又牢牢地想着去买那顶帽子，好像迟几天会买不到了，那将是他对钟韵的一个永远弥补不了的遗憾。于是，他锁上自行车，又坐了一站公共汽车，想甩开身后那双似有似无的影子，然后再回来等那农妇。心，突突地跳着，他觉得兆头不好，却又觉得是自己作怪。想买那顶帽子的念头，总绊住他的双腿，使他不想赶快离开此地。

突然，有人一把抓住他的提包。“抢劫！”他本能反应并准备拼力护住提包。但是，一副冷冰的手铐使他顿时颓丧。身边四个身强力壮的男子汉团团围住他，像四面高大的墙，他再也挺不起那宽厚的胸膛。

他顺着便衣警察的手指看去，路旁的警车里，坐着那个他连姓名也没问过的农妇。

23岁的他，站在了公审的法庭上。

（二）

审理刘辰案件的警官们曾对他父母说，你的孩子，社会知识等于零，对复杂的社会，他根本没有抵御能力。

他的贪婪——对90万斤面票的鲸吞，曾使警官们吃惊，而他笨拙的作案手段——一次次地把如此大面值的票证只交给一个农妇去卖，同样使警官们吃惊。他倒卖了十几万斤面票，却连一句有关的黑话暗语都不懂。

他的父亲说，他平时连打架骂人都不会，没想到他会犯罪，要知道他会犯罪，宁可打折他的腿，养活他一辈子！

他的领导说，没想到会出这样的事，是我们没教育好。

所有的人都说，没想到刘辰会犯罪。

于是人们会一下子寻找到过去的刘辰——

上学时，他品学兼优。考大学时仅以两分之差落榜。后来，他努力地在一所大专院校读过经济专业，又上夜大攻读统计学。他对工作负责而严谨。起初，他进入票库，是和两位老同志一起管理，那如山如墙的票证曾使他一度感到肩上担子的沉重。后来，月月如此，这些没有灵性的票证又使他厌烦过，他甚至想过有朝一日离开这个警灯闪闪潮气扑人的地下室，去搞搞技术工作或经济管理工作。有一次他和一名老同志出差去外地，仗着身强体壮，一提包票证都由他携带，他坐在火车上，紧挨着提包，一种与这些票证共生死的庄严信念，曾使他一路上紧张而激动。后来，他又曾代表自己的单位参加全国性的会议，他的年轻、精明、能干，曾使与会者赞叹。那时，他也曾从心里升腾过一阵阵的自豪感。

于是，后来在机构改革中，那个由三人管理的票库，转由他一人管，他为自己能和全市1000万人民息息相关，也从心里自豪过。开始，他确实工作得兢兢业业，一丝不苟。有一年，下大雨，库里漏水。当夜，单位的同志坐着汽车来找他。大雨滂沱中传来同事们喊“刘辰”的声音，他从梦中惊醒，顾不得穿好衣服，冲进雨中，坐上汽车一路疾驶向单位。两天两夜后，他回到家，全身上下又是泥又是水。母亲至今记着那天的小辰，说起来，眼泪满腮。为眼前这个穿囚服的小辰，母亲一夜白了头发。

在监狱的接见室里，听着刘辰的父母流着眼泪的追述时，我也感到迷惘。

那么，仅仅是为了钟韵，为了在这个姑娘面前显示自己男子汉的力量，刘辰就一脚迈入深渊么？

是的，那是一种死去活来的爱。刘辰这样认可。当然，相联系的原因还有，比如信念，和父亲他们不同的信念。

和父亲几次在饭桌上小有争执，就是为这信念的分歧：父亲从年轻时参加革命，不足十八岁入党，任劳任怨地工作了半辈子。他教育儿子的多是那句话：为人民服务就得全心全意。儿子笑笑，只顾低头扒饭，并不接话。

这就是代沟么？

母亲从年轻时，也是一心一意地工作，大女儿都两三岁了，机关里还有人不知道她已是做了母亲的人，因为她从来不迟到不早退不因孩子请假。

可是，刘辰说，你们辛苦了一辈子，也清苦了一辈子。

刘辰说的是事实，刘辰不甘心也清苦！

婚期逼近时，他脑子里翻江倒海。他说：“我不能也像父辈那么清苦，我不能让钟韵也像母亲那样早生华发，我更不能让我的儿女们也过清苦的日子。”他要走出清苦。

“我没有别的途径，我自然而然地想到了我工作的便利。”他声音微弱地说完，耷下了头，手指下意地搓着囚服上的扣子，“当时我想，这是发放后剩余的粮票，不影响任何人的定量，好像从良心上还说得过去。”

“但是，它变成商品流入市场，能没危害吗？”我反问。

“当然，从整个社会看，是这样。”他理智地认可。

就这样，给予和索取，被刘辰如此扭曲地连在一起。他是带着这超重而颠倒的负荷走向泥潭的。

“那么现在，钟韵呢？”我犹豫地问，怕触动了他。

他默然许久，从一个旧的大信袋里翻了一下，抽出一封信递给我。那是两页已经揉旧了的信纸，我的眼光飞快地在这两页纸上扫过。我发现，这也是一颗淌着血的心。

当我把信递给他时，发觉他刚刚拭去眼角的泪痕。

对于刘辰来说，爱到如此褊狭的程度，不能不是悲剧。

他被捕后第10天，恰是钟韵23岁生日。那天在拘留所的他，吃饭时悄悄留下半个窝窝头。夜深人静时，他把窝头搓成条，整整23条，平行摆放着，面朝钟韵家的方向，默默祈祝：钟韵，这是我给你的生日祝愿，也许，这是最后一次……那时他觉得，90万斤足以构成死罪。

入监后，钟韵第一次来看他时，当着警官和父母的面，扑向他，失声痛哭。他说：“你必须有个依靠，你我到此为止吧！”钟韵说：“我等你。”其声哀哀。那时的钟韵，来不及想清这“等”的代价是什么。

可是，刘辰却把这“等”字看成了自己生存的希望。“我说不让她等我，是很勉强的，从心里我希望她等，我不能承受失去她的这个打击。”刘辰至今说起仍声音颤抖。

可是，“打击”是合情合理地来临了。在他入监三年后，钟韵离他而去，嫁与他人。当刘辰得知这一消息时，他暴怒得无法抑制，在他最后写给钟韵的信中，有这样的段落：

> ……我在人生的道路上跌倒后，第一个考虑的是怕连累了你。为了不影响你，我付出了“死缓”的代价……你是我生活中唯一的绿洲，如果当这块绿洲化为沙漠时，风沙撕裂的绝不是我一个人的躯体，世界是公平的……

据说，中队的警官们劝刘辰冷静些，不要寄出这封信。

我问刘辰："你恨她？"

他回避开我的问话，说："我知道，我从'死缓'改为无期，即使再减刑，也是十几年。从良心上说我不能让她等我。我不是想留住这个人，只是想留住这份情。哪怕她结婚了，但别告诉我，每月接见日来看我一次，前后不过20分钟。于她无损。或者，和她丈夫一起来，我也能承受……"

我难以使这场谈话继续下去。年轻的刘辰，沉溺在对爱情的自我构想中。这构想太主观，太虚幻，他完全无视爱情的现实性和社会性，而把它拘泥在自我的小天地中。

我看过他写的一篇带有自传性的报告文学，结尾就是过去的未婚妻和她的丈夫，带着新婚的喜悦来监狱看望成为囚犯的"我"，"我"向他们献上一束鲜花。我向他说明报告文学对真实性的要求，建议他删去此段；而在心里，我是感到他构想得太浪漫。

他在讲起过去时，说他和钟韵相约，都不单独和其他异性接触。但是，那间过早地属于他们俩的房子，只能封锁住他们的痴言梦语，他们忽略了他们终将要走出这小屋，涌向人生的大海。正是那海的颠簸，使他们眩晕了，再也回不到那个小屋去了。

我看过刘辰写的几篇小说、报告文学，都是他的经历。其中多次引用亚当、夏娃的典故，或引用《圣经》上的几句名言。他关于男人对女人的责任的断定，也许就来自于亚当与夏娃。可是，商品经济的浪潮却无情地冲刷着刘辰头脑中的远古之恋，还他一个铁铮铮的80年代！

也许，刘辰值得同情的，正是他的单纯。那个说他社会知识等于零的警官，倒是看了他一个入木三分。

（三）

当刘辰从昏沉沉的回忆中抬起头来看到天明时，他已是29岁。铁窗生活的6年岁月，铸成了他对人生的思考和他的日臻成熟。但是，这个渐进的过程，步履如磐。

他曾想过死。当他不能适应监狱生活而想入非非时，他曾戴着镣铐关在反省号里，他确想过活着的无望。后来，钟韵不再在接见日出现时，他猜测着担心着可能发生的一切。当父母终于告诉他钟韵已他嫁时，他悲怆地感到纯情的覆灭。那时他也曾轻生过。

但是，监狱的警官们却关注着他。他记不清几位队长多少次找他谈话，无论严肃的、亲切的，都能谈得让他从心底流出眼泪。

有位队长对他说：我是共产党员，我的岗位在大墙里，我的工作就是挽救你们，改造你们，我每天干着这些平常的事，觉着挺有意义。刘辰曾震惊于这些铮铮之言。他每天看到队长们匆忙的脚步、眼里的血丝、疲惫的面容，与犯人不厌其烦地谈话时喑哑的声音……刘辰想过：他们奉献，他们给予，他们索取了什么？

一位监狱办公室的女警官得知刘辰能写文章，专门到通道里找他谈话："从你跌倒的地方爬起来，才是真正的男子汉。"刘辰看着她整日到各中队了解情况，组织犯人写文章，他想过：她索取了什么？

他的父母，他热爱着，却并不佩服，他怜悯过他们那一整代人。但是，在他入监后，是他的老父亲每月除了向自己的领导汇报刘辰的服刑情况、自己做了哪些帮教工作外，再去向刘辰的组织做一次同样的汇报。父亲说，儿子犯罪，是父母教育的过失，只有加倍工作，替儿子向社会还债。父亲每次来监探望，都带一大包书，凡是认为对儿子有用的，就去买：文学的，人生的，织袜的，修机的……每个星期日，他从北郊的家跑遍市内的书店，戴上老花镜，仔细地看着摆在架上的书。精诚所至，使售货员都感动，不厌其烦地给他取来一大摞书。刘辰的文章在外省的一个刊物上发表了，父亲跑遍大小邮亭去寻，接见日颤颤地捧着杂志给儿子，说："这是你的文章。"说毕老泪纵横。

刘辰记得冬天的那个接见日，由于有记者采访，他被特许在一间小办公室里见到了父母。妈妈挨他坐着，青筋暴起的手抚着他的脸。他说："我在这儿挺好。"妈没说一句话，只是泪如雨下。他看着妈妈的白发皱纹，妈才50岁！"我的罪恶刻在妈妈的脸上，妈妈的皱纹增加了；我的罪恶写在妈妈的头上，妈妈的白发增加了。"他在一首诗里这样记述他看到的妈妈。在中队举办的"庆三八慈母教子认罪服法"的活动中，妈说她恨，恨儿子损害了国家坑害了人民也伤了做母亲的心；可妈又说，她也爱，爱犯罪的儿子有了觉悟想要自新。

爸爸妈妈都是走向暮年的人，他们还能向这服着无期徒刑的儿子索取什么呢？

还有，原单位的领导。刘辰一提到他们，就泪汪汪地说："我欠领导的情太多，他们几个人都为我的案子受了处分。"可是，每年春节，在他们忙着给职工们拜年时，从没落下监狱中服刑的刘辰。入监后的第一个春节，当管教干部通知刘辰，单位领导来看他时，他怔了半天，几乎迈不动步。一见面，领导向他伸出手，他竟犹豫后，才迟迟地伸出右手。他分明听到领导称他"刘辰同志"，可他又觉得是听错了，或是领导叫惯了脱口而出。可是，"同志"两个字却再次传来，刘辰听了，真想痛哭一场，他真希望这几位受他牵连的领导恨他骂他斥责他。但是，事情竟然发展到更使他意外的程度：1990年春天，领导们风尘仆仆地来到监狱，和监狱当局签订了关于刘辰的帮教协议。协议规定，原单位在刘辰服刑期间坚持帮助刘辰改造为新人；而刑满出狱后的刘辰，由原单位安排工作。这是多少年后的事，今日却早早画出蓝图。监狱中无期徒刑的犯人得到原单位如此关心的，刘辰是第一个。那天，协议签订了，刘辰却陷入了沉思。他自问：他们能从我这儿索取到什么呢？

现实不断地拨动刘辰僵木的心弦，他是被大墙内外许多人扶着搀着推着站起来，并迈出了新生的第一步。

刘辰写了一首诗，题为《过去的你》：

你拨回指针，却放过了流逝的时间；
你找到刺激，却丢失了做人的初衷；
你正在坦途，却有着弯曲的思想；
你只走错了一步，却落后了一个世纪。

应当说，这是刘辰从泥潭站起时的思考。

当他向监狱的小报投出第一篇稿件时，他急切地盼望着那稿件变成铅字，不是为了荣誉，只是为了新生。以后，五十多篇稿件问世，每次他都觉得自己又新生了一次。后来，他被安排到教研组，去教犯人的文化课。他焦虑过，他怕自己的罪行、过重的刑期，会被别的犯人轻慢了。但是，当他第一次克制着紧张站在讲台上时，迎着他的目光却是企望和鼓励。他拿起粉笔，在黑板上第一次写下板书，一笔一画，他觉得自己的新生就写在这笔画中。他所教的初中班的犯人们，在参加成人教育局组织的正式考试中，92%达到合格。那天，刘辰心里充满了兴奋。那92%，记在他向社会赎罪的记录上，他还要有一连串这样的数字。

刘辰终于活过来了，他背负着沉重的刑期活过来了。

现在，他整天忙着，写讲义，搞讲座。除了教数学、语文，他还组织了写作讲座。他在忙碌中勾画自己新的生命。

记得，刚开始采访他时，从他给我的旧资料中，发现了一个字条，是"计算机科学算命"的记录，那上面有几行字画上了加重号："恋爱是个可怜的人。"

一年后，当我还给他资料时，特意把那个字条还给他。他接过去，看了看，笑了。我拿起笔，在另一行字下面画了一道："将来，你在意外的事情中会得到成功。"

我送给他一本书：《沉沦与复苏》。

他送给我一首新写的诗：走进泥潭/呜咽/把必须踩碎的日子/踏在脚下/铺成曲曲弯弯的路/终于坦荡地走向平川。

弱者举起了刀

她只有三十多岁，但却像背负着三千多年岁月的沉淀。她面带微笑去追求事业，却要用双手托着胸膛里那颗跳动沉重的心……

林含英懵懵懂懂地来到公安分局门口，对传达室的老干警说："我杀了人，来自首。"老干警从桌案后面抬起头，惊疑地打量着她，直到她指指自己背着的书包，说："刀，在这里面。"老干警才疑疑惑惑地让她坐下后，拨动了桌上的电话。

谁能相信，这么恬静这么文弱的姑娘，会杀了人？

当她被带到办公室时，等待她的几名警官，肃然无声。她向他们交代了罪行。她把菜刀从书包中取出，放到他们面前，她把家里屋门的钥匙掏出来交给他们，说她不知道人死了没有。他们之中有人接了钥匙，有人匆匆出去了，好一会儿才回来，她听到小声地说话，人已经死了。

（一）

穿着囚服的林含英，回忆着几年前的那场噩梦——

那天，她在公安分局的办公室里坐了很久，却一直像在梦中。刚才发生的一切，全像是梦。可是，那迸然喷出的鲜血不是梦；妈妈惨白的脸上流下的泪不是梦；临出门抚着儿子的头在心里流着别离的泪也不是梦；此刻，眼前警官们严肃的面孔，更不是梦！

那么，到底什么才是梦呢？或许就只有这场婚姻才是梦，那在她有限青春中绵延了7年的婚姻，那一直牢牢拴住她并沉重地坠在她心上的婚姻。

女伴说她：小林，你闭着眼摸个男人也比他强。

可是，小林却嫁给了他！

那时候，都在一个商店工作。小林19岁，他18岁。小林出奇地兢兢业业，他出奇地吊儿郎当。单位里，谁管他，他都会梗起脖子；唯独小林管他，他才老老实实地低下头。就这样，小林是组长，把他分到小林这组，他乐意，领导放心。

“那时，我并不懂爱情。”时隔十几年后，坐在监狱女犯中队的办公室里，小林泪眼婆娑地对我说。

或许，小林和他都错把友谊当成了爱情。他事事听小林的，下了班也总想和小林多待一会儿。小林对他，好像从开始就掺上了怜悯。他从小养成一副野性子，横竖不论，好多同事都不爱跟他打交道，只有小林处处像个大姐姐一样关心他指点他。时间长了，同事中有人说，小林和他搞对象了。有人还当面和小林开玩笑。小林听了，不置可否。

独自一人时，小林却多少次地问过自己，我爱他吗？她回答不了自己。她真想找个人问问，可是，问谁呢？她从小性格内向，遇事都是自己默默地想，默默地做。何况这种女孩儿心里的事，对妈妈都不好开口。

日子就这样过去了。小林身边常有个他。可是，下一步该怎么走？小林茫然。

“也许，好多事都是命里注定的。”小林抻抻深色的囚服说。即使是囚服，她也穿得规规整整，她从小就这么规规矩矩地长大，妈妈总是要她和妹妹们衣服干净，家里什物各有归处，从不许乱七八糟。如今，服刑的小林已经三十多岁了，连头发都一丝不乱。端坐时，双膝并拢，顺下眼。偶尔抬眼望我一下，眼神都是温顺的。

她说："我躲不过命。"于是，这命不断地向她显示了威力。

那次，她不慎把胳膊摔折了，在家养伤，他几乎天天下班后去看她，陪着她，小心翼翼地照顾她。这样，养伤的日子，不再像无波无澜的流水，感情的波澜终于冲走了平日那种若即若离，把这两个年轻人冲到了一起。

他们结婚了。小林平静地嫁给了他。现在想起当时结婚时的心情，小林说："那时，我心里更多的是对他的义务感，除了我，没人照管他。"

婚后，平静延续着。他依赖性强，家里的事全靠小林。小林生性贤惠。除了照顾好他，还为他的兄弟操办婚事。他的母亲患了癌症，小林悉心侍候，是个好媳妇。母亲深知自己儿子的不肖，临终时对小林说：看在我的分上，对他多担待。这一切，都给小林留下了对他的责任。以致后来有了孩子，小林的心要分成几份：给他，给孩子，给自己的父母和妹妹，给他家里的亲人们。小林要对这么多的人都好。一个贤淑女性的形象，送走了小林的少女时代，她肩负着对这么多人的责任，默默地走她人生的路。

但是，不平静的日子终于来了，而且来得骤猛。

那是巨浪翻滚的1985年。当金钱这个怪物搅动整个社会时，他被金钱的浪涛卷进了赌博的旋涡。

小林知道后，惊怕得像大难临头。她想前想后，发觉自己专注地做着贤妻良母时，忽略了他早已出现的演变。

小林在单位是骨干，挺大的一个有名的餐厅，她分管名烟名酒，从未出过差错，经理很器重她的职业道德。可他的那些"哥们儿"，不少是练摊的，想走小林的门路，倒些紧俏烟酒。他一提出，小林断然拒绝，他气得骂她"死性"。后来，小林又发现他从商店里偷偷拿回过熟鸡熟肉，恨得咬牙，让他送回去，给他钱让他补交。从此，夫妻常常口角，有时会吵得昏天黑地。但这一切，都被锁在他们那间小小的平房里。小林好强，她觉得家丑不可外扬，她忍着泪，忍着气，想凭自己的诚意把他劝好、管好，她不能丢了面子，让人家笑话。就连爸爸妈妈也不知道他们的裂痕，每次回家去看父母，她都买好点心，让他拿着，一副和和美美的样子，父母挺放心。

小林只有在深夜里，为他辗转难眠时，躺在床上，睁着眼，望着黑暗，才觉得自己胸膛里那颗心，跳得太沉重。

日子过得越来越不平静，随着他赌博次数的加多，一切都在小林面前逆转。他输了钱，血红着眼，向小林要。小林把自己血汗挣来的钱，双手颤着交给他，同时劝他：还了账，别再赌了，改邪归正，好好工作，好好过日子吧！可是，一次次地让他拿走钱，一次次地好言相劝，换来的仍是他一次次地赌输，一次次睁着血红的眼伸手要钱……争吵升级了，他终于动手打了小林。当他第一次举起拳头砸在小林身上时，小林竟惊愕得看着他，她不相信这就是那个事事依赖她的人。当她一次次地被他推倒，被他拳打脚踢，当她抚着身上的伤痕哭到夜深，当她第二天用头发盖住脸上的青紫又去上班，当这一切不止一次地演了又重演时，她在他心里，早已不是当年那个19岁的组长；而他在她心里，也不再是那个有些野性却又单纯的遇事拿不定主意总要问她的小弟弟了。

她想过，这日子怎么过？可是，没有答案。她连回到父母身边的勇气都没有——怎么对父母说呢？她开不了口。而他，前一天打了她，第二天下班前又早早地来到餐厅的大门外，踟蹰着，等她。于是，她叹口气，又和他一起回去了，又循环那规劝、争吵、挨打的周而复始的日子。

这是我的命！她入监后，多少次回忆那梦魇般的日子时，曾经这样无奈地想过。

但是，终于有一天，“命”把她推向了难以勒马的悬崖！

那天，他输得一塌糊涂。他把几个赌徒聚到家里赌，赌得昏天黑地。小小的一间房，膨胀着赌徒们的贪欲，他们把这间小林收拾好的家，折腾得天翻地覆。这丑陋的景象，堵住小林的心。她在餐厅里，已学会给大宴会配菜，许多外宾来吃饭，都点名要这个文静的林小姐配菜；小林正有可能被提升为小餐厅的经理，还有可能入党。她心里正充满了光明，但是，这间小屋里的一切，却如此残忍地遮盖着她的光明，扼杀着她的生机。在单位备受重视的小林，一回到这本当属于自己的小屋，就被丑恶咬噬着——赌红了眼的丈夫，随时都会举拳挥向她。从什么时候起，她一踏进这小屋，就不再是堂堂正正的林含英，而变成一部机器、一个工具，给丈夫做饭，为丈夫赌博而争吵而挨打……

这一夜，是她多少个争吵的夜晚中的一个。然而，也许双方都是怒气怨气积蓄已久，争吵达到沸点，小林挨的打也到了她难以忍受的程度。天亮了，小林照旧抚着伤痕，要去上班。可是，他却突然野蛮地拦住她，吼着："从今天起，不许你再上班，我当个体户养活你，你老实在家伺候我打麻将。"说着，竟无端地又撕打小林……

也许，赌博能把人赌疯，赌得失去理性。小林涌不断的泪水滴在囚服上，回忆着那天的情景，一切像在昨天：

屋子里，桌椅翻倒，杯盏碎裂。他发疯地撕打着，小林拼力抵御着。不知过了多久，他打累了，才停手，顾自躺回床上。小林擦着泪抚着身上的伤痕，心里翻腾着屈辱、怨愤，又想着这是上班时间，自己却是这副样子……忽然，她仿佛听到他微微的鼾声，她向床上望去：他已坦然地睡着了，而自己却擦不干眼泪抚不平伤痕，一股怨愤突然成倍地膨大。他还算个人吗？小林咬着唇哭。她觉得，眼前这个人，毁了三个人——他自己，她，和儿子。她从没有受过像他给她的这种凌辱，可这凌辱还要无休无止……她越想越觉得热血冲上来，她一眼看到了那把平日并不惹眼的菜刀，几乎连犹豫也没有，她一跃而起，抓起菜刀，奔向了他：我和你同归于尽！她咬紧牙关举起了菜刀……

当鲜血一下染红了床单时，小林陡地怔住，她从来没见过这么多血，她没想到会一下子涌出这么多血……她颓然坐在地上，她明白眼前发生了什么事……

她没有哭叫，没有惊悸，脑子里一片空白中只闪过一个念头：杀人偿命！于是，她在懵懂之中，找了个书包，装上那把沾着血的菜刀。出门时，她反身把门锁上，她想，公安人员会来看现场。

门外，朔风扑面，她打了个寒噤，想：应当先去向父母告别，看一眼寄养在父母家的可爱的儿子。她木然而行，街上的人群，对她已不复存在。到了母亲家，她平静地把儿子支到邻居家，简言短语地向母亲讲述了事情的经过：我要去分局自首了，孩子交给您了，我不能孝敬您和爸爸，反给您二老添了麻烦。爸回来后您转告他，我对不起他老人家。她把儿子小床上的床单抻平，眼泪一串串地滴在上面，她又把儿子的小人书整理好，然后，镇定地对母亲说：别告诉孩子，他太小。她把儿子从邻居家叫回来，那该是一场肝胆欲裂的生死诀别，但，她只是搂紧了儿子，说，妈妈和爸爸都要出远门，好长时间回不来，你要听姥姥的话！她不再说下去，她觉得喉咙里咸咸的，都是自己的泪，她一口一口咽下去。然后，不让妈妈和儿子相送，独自走了。

"那一会儿，我很平静，我知道杀人要偿命。"她擦干眼泪，结束了对噩梦的回忆，"老人们说，人各有命，他就该活到这岁数，我就该为他去服刑。"她苦涩地说着。

（二）

法律是无情的。但执法者的通达，却让小林这个年轻的女犯，没有留下对法律的任何恐惧与惊悸的记忆，尽管她经历了开庭公审的场面。

在公安分局自首时，她手上有一道深深的刀口淌着血。她至今回忆不起她当时如何砍伤了自己，一如她难以回忆她如何砍死他一样。她觉得自己是罪犯，那伤口只用手绢胡乱缠着。可是，分局的警官说：先到医院治伤。给一个刚刚杀了人的罪犯治伤？——她一下涌出眼泪，泣不成声。她被带到公安医院，缝了五针，以后每天吃药打针，直到五天后拆了线。

提审前，警官们反复叫她说过程，每个细节都不厌其烦地叫她说几遍。后来，别人告诉她，他们是在证实她神经有没有毛病。但是，她老老实实地说着，四次正式的谈话，口供丝毫无二。

终于，向她发出了逮捕证。当她准备在逮捕证上签字时，那上面赫然写着的日期——2月3日，几乎让她晕了过去——7年前，那是她和他结婚的喜庆的日子；而如今，人鬼两分，这又是"命"的安排?!

在拘留所里，她按规定被戴上了脚镣。一位老狱警小心翼翼地给她砸上镣，关照她，走路别磨了脚。

在等待最后审判的日子里，她平静得出奇，只是为别人对她这个杀人犯的照顾，常常热泪不止。拘留所一位女警官和她同龄，人称袁队长，关照同号7个待审的女犯：要好好照顾她。晚上，女警官不时来看看她，怕她经不住，出了意外；几个女犯也都轮流值班，为了照看她。她们都说："她太文静，太弱，怎么会杀了人?"有一天，几个女犯互相吵骂，她吓得躲在角落哭。袁队长闻声进来说："没你的事。"又斥责那几个女犯说："你们别吓着她。"袁队长一次次地开导她："犯了罪，就面对现实，认罪服法，会得到宽大的。"春节时，袁队长用自己的钱买来饼干、糖果，捧给她。她捂住脸，哭了好久。

当她按法律程序，面对审判长时，开始她把头埋得深深的，她怕审判长的威严，她觉得那威严足以使她永远抬不起头。可是，审判长耐心地听她陈述，从不随意打断她的话；每个细节都反反复复地问个清楚。她终于抬头了。面前的审判长，父亲般的年龄，父亲般的慈祥。

终于，她知道要公开审判了。她也知道，英国的首席法官要来旁听，她还知道自己单位的党支部书记、经理和同事们，也要来旁听。那一夜，她没合眼，她无论如何也难以面对明天的现实——她，要站在被告席上，作为杀人犯被审判，她如何面对自己的亲人、自己的领导和同事们呢?

第二天来临了。当法警站在她身旁，等候出庭时，那个被指定为她辩护的年轻女律师匆匆跑过来，不顾法警的阻拦，安慰她："别紧张，千万别紧张!"然后，又对法警说，她性格太内向，怕她受不了。小林泪眼模糊地看着这女律师，她比小林还年轻。

一切程序都严谨而简明。法庭的旁听席上坐满了人，却静得悄无声息。但，当审判长允许她陈述时，她的一篇声泪俱下的陈述词，引得满庭唏嘘不止。

"……我一心想有个幸福温暖的家庭，一心想以自己的意志来改变丈夫的思想，改正他的缺点和错误，心想让他成为对社会有用的人。而当他越走越远、越陷越深时，当我的话在他心里不再起作用时，我所采取的态度，我所选择的道路，是违背法律的一条死路，一条断送前途的路。我现在正是应该报效国家，为社会做贡献的时候，也是应该孝敬父母养育子女的时候，但我却成了一名罪犯。我仿佛从噩梦中醒来，但是，一切都晚了。我对不起党和人民对我的教育，对不起单位的领导和党组织对我的信任和培养，对不起我那正是应该享受父爱和母爱的儿子……那突然萌发的简单而愚蠢的想法和做法，是多么自私和残忍啊！就在这一瞬间自己由一个人所周知的贤妻良母，成了一个杀害丈夫的凶手。不但别人不理解，自己现在想起来也不寒而栗，追悔莫及。这真是一失足造成千古恨。深挖自己的犯罪根源，首先是不学法不懂法，是头脑中没有法制观念造成的；再则，是自己头脑中受封建伦理道德观念的影响。那种嫁鸡随鸡嫁狗随狗、听天由命、家丑不能外扬等封建观念的残余，根深蒂固地影响我、毒害我，使我只能在委曲求全逆来顺受中生活，精神上难以有更高的追求。当家庭的矛盾激化时，就不能用清醒的头脑去分析和处理，而荒唐地做出蠢事，以致走上犯罪道路……

“在接受法庭审判时，我没有更多的要求，只是要求祖国母亲给我一个公正的评价，能得到政府和人民的一点谅解……

“我忏悔，我深深地忏悔，请求宽恕……”

至今，她仍能背出自己的这篇陈述词，那是她用血写出的心声……

10年刑期对一个杀人犯来说并不算长。小林屈指一算，她要在铁窗下迈进中年的门槛。

判决前，审判长和她谈话时曾问她：“你觉得可能怎么判决?”小林并不犹豫地说：“死刑！死缓、无期都不可能，杀人该偿命。”

宣判后，审判长问她：“要上诉吗?”她仍是毫不犹豫地说：“不，不上诉，我感谢政府给我重新做人的机会。”说毕，咬着嘴唇，簌簌地流下泪。

入监前，审判长开导她：“10年，对一个人的一生是很宝贵的，好好改造，争取减刑。”那语气中充满了惋惜，“一定要认罪服法，争取早日出狱，你还年轻，还要抚养孩子，还要重新组织家庭。”小林听着，深深地点头，说：“我一定会好好改造，出狱后一心一意抚养孩子，还要一心一意为社会工作，赎我的罪……至于重新组织家庭，我……不会再想这些……”她呜咽着，说不下去。

她详细地对我追述审判长和她的几次谈话；追述中，又几次顿住，哽咽不止。

好一会儿，我问她：“要是这一切都没发生，你还会和他继续生活下去吗?”

她立刻点点头，说：“还会。宁可这么凑合下去，我也不会离婚。”我惊讶地望着她，她用手指轻轻捋去额前的一丝头发，止住悲声，竭力平静地说，“我从来没想过离婚，就是他那么赌博、那么打我，我也没有闪过离婚的念头，我觉得，迈出那一步，太丢人，别人会怎么说我……何况，已经有了孩子……”

“那，你对他还有感情?”

她稍一犹豫后，说：“不，是义务，尽做妻子的义务。”

我深深地被她的回答所震惊，眼前这个年轻的女犯，有一颗不可思议的心。她用“义务”这块理智的长布，一层层地缠紧了那颗年轻的超负荷的心，缠得那本该活泼泼的心都麻木了。我决定追寻这颗心灵的过去。

小林生在布衣之家。幼年时，爷爷、奶奶、姑姑都偏爱她，却从不娇惯她。做人的道理是大人们用行动教给她的，对人和睦忍让，使小林从小就懂得了克己。爷爷是教书的，满腹学问，斯斯文文，小林从小最崇拜爷爷；爸爸像爷爷，沉稳持重，他对小林说得最多的一句话是：对别人宽容些，不要得理不饶人。于是，小林从小习惯了一个恬静、平和的环境，这个家里，人人都克己。

“文革”中，这个平和的家庭，一夜之间被打乱固有的秩序。爸爸因酒后失言而获罪，正当33岁血气方刚时，却成了“现行反革命”。全家的担子一下落在平时并不惹人注意的妈妈身上。妈擦去眼泪，对长女小林说：“你好好念书，家里的事你别管，有妈呢！”妈妈上有年迈婆母，下有未成年的三个女儿，妈用她弱小的身躯苦撑着这个家，却从不把那苦说出来。一下子就是10年，爸爸平反时，妈已白了头。

小林说起这事，苦笑了一下，说：“您看，我爸10年才平反，我的刑期也10年，多巧！”

从那时，小林学会了有事放在心里，她觉得妈太苦，可是妈从不说苦，妈苦在心里。她得管好自己，不能给妈添烦。于是，爸爸的事像阴影一样罩着小林，小林却默默地，从不对别人说什么。邻居们都是好心人，家里的事没人传到学校去。可小林自己想：在学校里，必更努力。她无形中承担了一副社会给予这个家的重担，添了一层少年愁。

那个年代兴“政审”。小林上初中后，这“政审”使她感到不堪重负。她虽然品学兼优，但却入不了红卫兵，一种入了另册的被歧视的感觉，常常困扰她。三秋三夏下乡劳动时，她拼命干活；上课时，她努力学习，成绩优异；她做了无计其数的好事；她写了无计其数的申请书要求加入红卫兵；她看着那些由她帮忙补习功课、由她做思想工作转变了的后进生也一个个地加入了红卫兵，可她却只能是在参加别人入红卫兵的庄严仪式后，晚上，在灯下，背着妈妈，悄悄流着泪，再写上一份申请书，小心地折好，夹在日记本里，准备第二天一上学就交给老师。

她没有红袖章，可那些有红袖章的同学们仍然认为她是出类拔萃的。除了学习、品德，连文体活动中她的出色，都令同学们羡慕。她是校篮球队的，跑得快，投球准，在球场上她不声不响地溜着边跑，瞅准了机会，冲上去，准是马到成功。同学们送她个绰号："黄花鱼"。在排练样板戏时，她又演沙奶奶，又踮起脚尖跳《红色娘子军》。女孩子们围着她说："你真棒，干什么都行！"她只有限地笑一下，她心里只有一个念头：她情愿用她被人艳羡的一切，去换取一个红卫兵的标志。就仅仅当一个最普通的红卫兵，不再像小学那样——上小学时是"文革"前，她一年级入少先队，二年级当中队长，三年级臂上戴的是三道杠。那个金色的童年，她绝不敢奢望再现。她现在是个"家庭有问题"的学生，她只想用几倍几十倍的努力，去换取那些家庭没问题的同学不用努力就得到的政治待遇。

直到初中最后一年，那红卫兵的荣誉，才迟迟地郑重万分地给这个十几岁的女孩子带来些欢乐。但是，初三毕业时，她的境遇，比入红卫兵时更严酷。那时，刚刚恢复高中。她实在想上高中，无论付出多少代价。但她本能地感到这幸运离她太远。她颤颤巍巍地把这个愿望藏在心里，她企望公平：她功课好，她也入了红卫兵——她心里悄悄地这样想。但是，上高中的名单中没有她，这是意料中的意外。接着，是一个个同学分到工厂、商店；最后，留给她的是去农村插队。她默默地走回家，轻声把这结果告诉了妈妈，就去收拾行李。妈妈要去学校说说情况：你是长女，家里这么困难……可是，小林坚决阻止了妈妈，她一下子成熟了，成熟得不再依靠妈妈："妈，给我迁户口，我去农村。"她从入红卫兵起已习惯了面对一切厄运，她反倒劝妈妈，"人家能去，我也能去；到农村，我也能干出个样子来！"

山区的水土硬，山里的人心暖。去农村刚一年，她被选派当了赤脚医生。农民说她不嫌脏不怕累，谁都叫她"好闺女"。她在这些山里人面前，获得的是做人的平等权利——没人问她家里有什么问题。小林整日忙着，忙出许多奖状荣誉，也忙出一颗更加内向的心。她常常望着远山白云兀自叹息，她想象着那些上高中的同学的幸福，她忘不了书本。可这些心思，她能对谁去说呢！

直到后来，调回城里，当了售货员，她才不得不打消上学的热望，但那愿望的空白，使她遗憾终生。她不歧视售货员的工作，她努力钻研技术，十几种商品的柜台，她都站过，服务都是优质。但是，年轻的她，心头总飘着一朵乌云，眉头总像锁着无限心事。有人说她“不爱暴露思想”，她茫然，她一心想工作好，心里就想着工作，她没有别的要“暴露”的东西藏掖着。每次发展别人入党的会，她都参加；会后，她又是在深夜写上一份申请书，只是不再如少年时那样流眼泪，她知道：考验是长期的。连经理都叫她“年轻的老积极分子”。

小林对这“年轻”与“老”的不和谐，开始曾感到别扭。可是静下心来一想，她觉得自己确乎有些“老”。比如：穿衣服，她总是规规矩矩的，有些赶不上潮流；舞会什么的，她从不问起。女伴们说她：“小林，你怎么像是穿挽裆裤、缠裹脚布的！”她听了笑笑，事后思忖：那个“老”，似乎早已从上初中申请加入红卫兵时就有了。

于是，克己，使她内向；好强，使她业绩昭然。当越好强使她越克己时，她便造成了内心的沉重，一道理性的堤坝封锁住她；当那沉重达到无法承受时，她便冲毁了这堤坝，走向无理性的冲动——我想，当她举起刀的那一瞬间，就是这种心态。我把这个想法告诉她，她沉重地点点头，又沉重地叹口气，最后她沉重地笑了一下，那是一个没有展开、也难以展开的笑。

好沉重的姑娘！

（三）

我仍想追寻小林过去的足迹。几天来，她的苦，她的沉重，纠缠着我。

她的案子在审理未决时，她的公公曾上书法院，要求对她从宽判处。

当她终审判决为10年刑期时，拘留所的袁队长忘情地对她说：“真为你高兴，到监狱一定要好好改造，早一天出狱。”

我想，他们的同情之举，也是被她的苦、她的沉重所感动。

我终于找到了她的家——她在这里降生，在这里长大。

那条古老的由灰瓦平房串连起的胡同，东西走向。北侧一溜古槐，枝叶茂盛，却一律从树干中段弯向南侧。于是，满胡同树荫覆盖，幽幽雅雅。

我去的那天，是初夏的一个星期日。休息日的喧嚷只留在大街上，走进这胡同，只有一片静谧。不多的行人，走路都是悄无声息的，偶尔出现的几个个体小店，也无喧哗之声。

小林长在这一片浓荫之下。

她家的院落，房屋已是多年经风沐雨。几户人家，已在小院的空间盖满简陋的小房。但，出奇地静。

小林的母亲，听到我敲门，鞋也来不及穿好就来开门，不问我姓甚名谁，紧拉着我的手让进了屋。待我刚一自报家门，一杯刚沏好的热茶已递到我手上。

母亲热情诚恳，父亲沉默寡言。小林更像父亲。

小林日夜思念的儿子畅畅去了亲戚家。小林的母亲把畅畅的书包递给我，书包带已磨出毛边，缝了再缝，现在的小学生们难得这样节俭，可外婆说：畅畅不让买新的，总说，缝一缝，还能用。

我翻开畅畅的作业本，上面画满红色的“优”字。墙上一个小铁夹，夹着一沓奖状，都是畅畅的。我让小林的母亲去监狱看小林时，带上这些奖状，小林见了它就像见到畅畅，会高兴的。

小林的母亲一边收着奖状，一边说：“畅畅跟他妈妈小时候一样，一放学，就带着几个功课差的同学到家来，帮人家补课。”

话题转到小林的犯罪上。

我说：“杀人，当然罪不可恕。但是，小林的犯罪，原因很复杂，有些原因是可以谅解的。”

小林的父亲说：“我不谅解她。一个国家职工，天大的事，也不能犯法去杀人。”

母亲泪水涟涟地说：“这孩子，从小有事就闷在心里，对谁也不说。谁想她会走这一步。老街坊们，亲戚朋友们，谁都说，这么个好孩子，怎么会……”

母亲记得小林上小学时的一件事。那一天，小林回到家，正写作业，老师带着一个男同学来了，进门就让这男同学向小林道歉，小林一边忙着给老师、同学倒茶，一边说没关系。母亲至今也没搞清是怎么回事。就这样，从小时小林就是克己的。

我说：“这是你们对她的影响吧！”

做父亲的点点头，说：“大伙儿谁都不容易，遇事不能涨红了脸。”

做母亲的说：“打从孩子们小的时候，我就说，对人要忍让，宁可自己吃些亏。”

这一切，浸润着幼小的小林，又扶植着长大的小林。

话题自然转向畅畅。

孩子只知道父母出远门了，好长时间回不来。

外婆一提到孩子，眼泪就不断，晚上，搂着幼小的外孙，悄悄流眼泪。孩子发觉了，问："您哭什么？"还拿小手去擦外婆的泪。外婆说："我想你妈怎么这么长时间也没回来看你。"孩子把头偎向外婆，一句话不说，也悄悄流泪。

"孩子真的不觉得有些蹊跷吗？"我问。

有一天，他对外婆说："我梦见我爸了，他爬山，摔下来了，他早晚得出事。"

外婆默然。

又有一次，他看着电视上有赌博的事，忽然说："赌博真是坏事，害了一家子。"

他每次写信，只写给妈妈，从不问爸爸。信写好了，交给外婆说："和您的信一块儿寄吧！"但是，前不久，有一天他写好了信，却拿来信封对外婆说："您说地址，我写信封。"外婆忙说："那地址太长，我都记不准，得找你姨写。"孩子默然。

我曾问过小林：孩子已经上小学了，为什么不把真相告诉他？

小林痛哭，说：他太小，他承受不了。

那么，以后他长大了，知道了真相，会原谅你吗？我问。

我想会的。从小我在他心里有威信。现在家里人都给他讲赌博是坏事。将来他长大了，会谅解我的。小林带着希望。

去年春节时，小林由于改造好，加上父亲病了，她获准回家一次。见到已两年不见的儿子，她真想抱住儿子大哭一场。可是，想到她走后，孩子会因为想念她而给年老的父母造成麻烦，她克制着自己，不和儿子过分亲热。

如此的克己，伴着小林铁窗下的岁月。今年春节，她又被评为劳改积极分子，也有可能获准回家几天。但是，小林主动表示，把回家的名额让给别人。我曾惋惜她失去了一个看望儿子的机会，她却说：我是积委会的主任，好事应先紧着别的犯人。

小林，一个克己的犯人！或许，正是有了这克己，她才很快走向新生。

当积委会主任，对她意味着义务和表率。女犯人心胸窄，有些人即使当了犯人也仍很任性，队长都敢顶撞几下，何况你个劳改积极分子委员会的主任——你也是犯人！小林面对这些事，很冷静，遇到犯人顶撞，她不急躁，也不轻易报告队长——犯人把这叫“扎针”，待犯人冷静了，她会细细地找人家谈。小林说：“服刑时候，谁的心情都不好，再说，和哪个犯人争吵几句，明天见面怎么说话?”

我把小林在监狱的这些情况，都详细地告诉了她的父母，我说：“她是个能严于律己的人，就凭这点，她会改造好，争取减刑的。”

她的父母听了，仍然神情黯然，谁也没有笑意。母亲轻轻地叹口气，起身为我的茶杯续水。我知道，小林的沉重，留在父母的心头。

我又告诉小林的父母，她原来的单位，十分关心她。在她刑期遥遥时，单位的赵经理，竟亲自到监狱去签订对小林的帮教协议，表示小林刑满出狱，仍回原单位。后来，赵经理又两次去监狱，让小林放心，说同事们都盼她早日回去！

听我说着，母亲流了泪。父亲说：“她犯了法，应当好好赎罪，大伙儿对她太谅解了……”

我和他们的谈话，始终笼罩在沉重的气氛中。

将要告别时，我合上小林母亲递给我的相册。那上面，小林每张照片的笑容，都是微微的，没有一张开怀大笑的。只有去年春节获准回来时，她才笑弯了眼。但我知道，那笑，有多酸楚。

离开小林的双亲，我踏着树影，走到她曾上过的中学。校门口纤尘不染，花团锦簇。星期日，校门紧闭，我面对校门站立片刻，真想从那围墙里去拾回小林学生时代的梦。

但浮现在我眼前的小林，却乃是穿着囚服的她，还有，她的泪眼，她的难以绽开的笑容……

歧途漫长

他和父母，两代人都觉出自己的沉重。这沉重加在一起，纠缠至今，已是两倍的沉重……

韩涛犯了盗窃罪。他盗窃的是一张支票；这张支票是他从母亲的提包里偷去的。

于是，他的故事显得有些离奇，像是写小说的人刻意编造的。

那天，他心烦意乱地回到家。他正参与一项承包工程，急需交出几万元，去做竞争的筹码。他无法在如此短的时间里筹措，眼前这场竞争即将败北。回到家，也是一筹莫展。他看惯了父亲那张总是绷着的严肃脸，他从小就不习惯和父母说心里话。此刻，他的焦虑也只憋在心里。

可是，鬼使神差，妈妈手提包里竟有一张支票露出一个角来，引诱似的冲他笑。他脑子里轰的一下乱了。那一会儿，他似乎也曾想到偷走支票的后果，但是想去承包工程赚一大笔钱的想法，像巨浪一样冲得他浑身热血激扬。于是，他终于偷偷拿走了那张支票，一阵忐忑惊悸，又强自镇定下来。临睡前，他竟然对自己说：如果明天早上我比妈妈醒得早，支票就悄悄放回她的提包去。

但是，第二天，他一睁眼，妈妈早已上班去了。

这过程，像是儿童游戏一般。但是，多少天以后，他在自己的单位，在和女朋友谈谈笑笑时，这游戏骤然而止，一切都变得真真实实。那时，进来几个人，问明了他的姓名，他被带走了。三辆吉普车，挺有声势地把他送到了拘留所，直到7个月后，判了刑，进了监狱。

我见到他时，他已服刑两年半。在监狱一间亮着白炽灯的房间，他语调缓和地向我叙述了这经过。

（一）

外表的文弱，谈吐的流畅，思维的清晰，都保留着大学生的痕迹。但是，他只上到大学二年级，就弃学经商。这或许是他走向犯罪的第一步——不自觉的第一步。我向他谈了这个想法。他略一顿，不置可否，却转向了一个意外的话题——他的童年。

"我从小就像棵长在石头下的小草，我从来没有按自己的心意成长过，我总是在石头下长。"他说着，低下头，遏制着泪水，"其实，我从来不爱哭，我对什么都能忍，无论多难的事都装在心里，只是现在……"他又顿住，片刻后才说："现在，躺在监号的床铺上，晚上睡不着，从小时候的事想起……想着想着，就泪流满面。"

童年，在他的记忆里留下了什么？

"我从小功课不好，老师讲的，我总不会，但我喜欢无线电什么的，可是这类书，家长总是锁起来，不让我看，他们不在家时，我就想办法用个小铁片打开抽屉上的锁，把我想看的书拿出来。"他回忆着童年的苦和乐。

他的爸爸是个挺有作为的军官，他的妈妈是个挺精明的干部，他们都忙着自己的工作。小韩涛觉得自己是生活在他们工作之外仅有的一隙小夹缝里，活得挺艰难的。

上小学时，班上组织春游，小韩涛真想去好好玩一天。回家一要钱，爸爸一脸严肃，说："带饭带水，花不了什么钱！"于是，只给他少得可怜的一些零钱。他伸过小手，接过来，一声不响地装在口袋里。那一夜，他梦见了春游。第二天，在同学们集合时，他躲在了别处，待他们走远了，才独自走在街上，逛逛这个商店，进进那个商店，或者站在十字路口，看过往的汽车。直到下午夕阳西下，春游的同学们一路欢笑地回来了，他才疲惫地回到家，并且对爸爸说："春游玩得挺好。"

我把韩涛这些带着眼泪的话告诉他的爸爸和妈妈。他们沉默着。

他的爸爸，身材魁梧的老韩，54岁。儿子入监后，他的白发日渐增多。他眼睛微微眯起，把思路伸向遥远的过去——

那时，他和妻子分居两地。小韩涛两岁多，由他带着。部队严格的生活中，他首先是一个军人，而不能首先是一个丈夫，或者一个父亲。

"天刚亮，我匆忙起床，就给小涛穿衣服，他闭着眼，任我穿着，只不断地小声哭着说我不去幼儿园。我一边忙活着，一边哄着他。收拾好了，抱起他，就往幼儿园跑。把他交给阿姨，他一下大声哭了，我转身往办公室的路上走，眼泪也哗哗流……"

"我怎么会不爱自己的孩子呢？我在青海山沟沟里待了好几年，每年的探亲假，我都把平日节省下的白糖、红枣，装两大口袋，几千里的火车，背回来，给他们母子。"他说着哽住了，"我期望孩子成才，或许是我对孩子太严格了，结果，他反倒走向了反面。"

记忆无情地涌到他的面前。

那时，小涛上小学，老韩每天晚上都必须到办公室加班。于是，忙着做好最简单的晚饭，照顾小涛吃了，让他做功课，自己胡乱扒几口饭，给孩子铺好床，就匆匆地去加班。晚上回来，已是深夜，孩子早睡着了。他看一遍孩子的作业，发现做错了，或者没做完，心里一阵火起，把孩子揪起来，严厉地斥责，有时还要打一顿，逼孩子揉着蒙眬的眼睛把作业写完。父子俩几乎每夜都要这样一起煎熬。

有一天，小涛的行为让当爸爸的大吃一惊。那次，也是为了作业，他如同往常一样风风火火地面对儿子；儿子低头等待那场暴风雨。适逢有人喊他接电话。回来后，儿子不见了。他到处找，后来才在附近的山上找到儿子。儿子孤零零地待在山顶，见到父亲，没有跑，没有哭，只紧闭着嘴唇，向父亲封锁了自己小小的心灵。回到家，儿子一声不响地用个小书包装了自己的衣服，说是要走。去哪？儿子茫然地摇摇头，但是，他要离开这个家。

"那一次，我没打他，心里很难过，也感到后怕。"做爸爸的详细叙述了这一幕，它们留在他心里20年。

如果从那一次悟出了父子间心灵的间隔，悟出些做父亲在教育上的缺陷，或许，一切会是另一个样子。但是，老韩忽略了这个契机；更主要的，是他忽略了小涛要长大。

至今，父亲的办公桌抽屉里，仍锁着一个小小的电动机模型，这是儿子上小学时的东西。那时，他不明白这孩子为什么总会有那么多让人意外的举动。比如，圆规，拆个七零八落；橡皮，切成一块一块的；一支钢笔，用不了多久，也会大卸八块。做父亲的料定这一切都是由于儿子不专心于功课，于是，凡功课之外的，都没收。这个小小的电动机就这样锁在了父亲的抽屉里。

那正是儿子被锁住的童趣。父亲现在每每拿起这个电动机，就想向铁窗下已成年的儿子说许多许多心里话，从儿子小时候说起。可是，一切都晚了……

父亲也好，母亲也好，至今都很难想起这孩子的性格是从何时起产生了难以扭转的变异。

我又用这个问题问韩涛，他苦笑着摇摇头，表示难回答。他说："我只记得，小时候老挨打，我已经习惯了挨打，就像习惯吃饭睡觉一样。从小，我很难对父母提出我自己的要求。我喜欢体育，好容易求家长给买个球胆，但是他们却经常锁进立柜里。我就设法爬上高处，把立柜的顶板撬开，把球胆偷出来。结果，当然是一顿打。这样，打的次数多了，我就这样想，豁出去让他们打吧！比如，我妈有个歌本，我借给同学了，她很恼火。可我想，凭什么家里的东西，我就没一点儿权利借出去。我索性把那歌本送给同学，心想，顶多挨顿打。"他说着，摊开双手，一副无奈而又无所谓的样子，"我性格倔，挨打也不讨饶，但我求我的爸爸，别在人家面前打我，要打回家关上门，怎么打都可以。到我考上大学的前一个月，我还挨过一次打，并不是为什么大事。"他说着，眼里忽然迸出了泪。

"我从小就穿得很不好，一直到上高中，还穿爸爸的旧军裤、解放鞋，连身运动服都没有。"韩涛叹口气说得语气凄然，"我从小就总想有一点儿能由我自己支配的钱。"

于是，考上大学的前夕，他去打工。是在一家乡镇企业，搞打磨机的铸铁件，活很累。18岁的小涛和三十多岁的汉子一起抬撬杠，肩膀压得紫红紫红。老师傅看了很不忍，把他安排到机加工去干活。这样，一个月干下来，挣了74元钱。拿着钱，他第一次感到自己的力量。他想应当孝敬一下父母。听说猕猴桃酒是滋补的，就买了两瓶，兴冲冲地回家去。当他把酒瓶举向爸爸和妈妈时，他似乎觉得心里期待着什么，可妈妈劈头就说：你手里是拿不得一点儿钱的，买这干什么？

"当时，我真想砸了那两瓶酒。"韩涛咬着嘴唇，又说，"但是，我忍了，我把什么都忍在心里。"他神情痛苦地顿住话，那痛苦一扫他的稚气，让我感到他的苦涩的年轻的心。

但是，父亲和母亲又有他们对生活的理解——

父亲说："我从小就在艰苦中生活，我能体谅我父母的艰辛，我希望我的儿子在这方面能像我。"

老韩生活在一个贫困之家。父亲只有几十元的退休金，母亲终日糊纸盒来贴补7个子女的生活。老韩从小知道生活的艰难，放学回家，先帮着妈妈洗衣服、糊纸盒。在学校里，他勤奋不辍，学业优秀。后来参军了，从老家来到部队，发了军装后，就把从家里穿来的衣服打个包裹寄回去，他知道那会给劳累的父母减轻些负担。

他们夫妇结婚时，只有一条床单是新的，还有一个帆布箱算件像样的东西，那是他留学苏联时带回来的。除此，真可谓一无所有。

像中国的许多知识分子一样，他习惯了知识的富有和物质的贫匮。冬天，买储存白菜，他只买七厘钱一斤的。星期日他才能回到离机关几十里远的家里，为妻子儿子尽义务，于是，这一天成了他最忙的一天。10平方米的小平房里，妻子洗衣，他忙着蒸馒头、蒸包子，做出好几天的饭菜来，减轻妻子的负担。筋骨累疼了，星期日也结束了。

后来，向部队申请住房时，他已经到了可以被人称为“老同志”的年龄。政委来看了他的“10平方米”，回去感慨地说：老韩住的是长工屋啊！当他带着妻子和一双儿女搬进部队分给他的新房时，站在空荡荡的屋子里，他长长地叹口气，仿佛一个跋涉千里的人刚看到路的尽头。

他和妻子精心筹措着，在晚于时代潮流的几年后，添置了彩电、冰箱。当这些现代化的物件充填了他家中的空间后，他们的存折上只剩下7块钱。

在监狱特许的单独接见时，韩涛的妈妈语气凄凄地向我说着家中经济的拮据。她说：添置完东西，存折上只有7元，而我们还借了债，我们有的是一肚子的忧愁。但这些，我们从不对孩子说。

做妈妈的，不愿多涉及那张丢失的支票。盗走支票的是自己的儿子，这个事实仿佛剥夺了她说话的权利。她只用忧郁的眼睛表达她的沉重。

（二）

话题终于转到韩涛的弃学经商。

韩涛略略沉思后，说：“我想寻找我的价值。大学的学习生活，引不起我的兴趣。当时社会上正刮经商风，挺吸引我，我觉得我能干好经商的工作。”

大学里，功课的压力并不大。但韩涛从小疏于学业，到大学，也屡屡出现不及格。当社会上金钱翻滚时，他也受到了冲击。那时，他只有些够伙食费的钱，生活算得上清苦。可是，社会上那些发疯搂钱又发疯挥霍的人，不能不使人动心。韩涛犹豫不久，心理天平终于倾斜了。最终他退了学，去了一家公司。他说：“我不光是为钱，我确实还想干一番事业。”公司的工作，使他感到自立的欣喜，他再也不是个可怜兮兮的小男孩，他是个堂堂正正靠自己本事挣钱的男子汉了。他尽心工作，为自己能胜任工作而从心里自豪。

他出差去外地，顺便就摸清了那里电脑市场的情况，信息带回来，公司很快赚了一笔钱；他做生意不吹不侃，凭着真诚陈述利害，人家相信他，合同就签订了。韩涛追忆着这短暂而辉煌的日子，脸上浮着微笑。

可是，做父母的对长大了的儿子仍是担不完的心，一如他们从小管着他一样。上小学中学，父母不知去学校多少次，聆听老师对家长的要求；上大学时，父亲也赶到学校，问问他的情况；及至儿子到了公司，父亲又赶去向领导表示对儿子严格要求。

老韩说："我不敢有太高的要求，我只希望儿子像我一样做个正派人。"

老韩确乎是个正派人。他前半生的分量是沉甸甸的。他留苏回来，风华正茂，就一头扎在了工作中。家在西郊，门前有一路公共汽车正通香山，可他多少年来也没去过香山。他是全局学习的标兵，他是模范党员，他一丝不苟地工作了几十年，可谓贡献甚多，所求甚少。他带出的学生，有的如今已是他的上级，但他仍然埋头培育新人。但是，他却没有把儿子培养成才。说到此，这个刚强的男子汉，热泪长流，他说："我不够做父亲的资格，我哪怕能拿出我对学生的十分之一、百分之一的耐心对儿子，也许他不至于到今天！"但是，"今天"，毕竟如此严酷地矗在这个要强的父亲面前，那原有的沉重，成倍地压迫着他。

韩涛开始入监时，老韩拒不来看望，只母亲来看望儿子。后来，母亲调往外地工作，只好托朋友的孩子来。

老韩说："那时，我恨他，我不认这个儿子。我没想到他会干这样的事——我自己从来不知道支票怎么用！我要知道是他偷了支票，一定会带他去自首！"

发现支票丢了的当天，母亲在无法查找时曾打电话问韩涛，但韩涛说没见到。父亲在家里到处找，把沙发挪开，把能找的地方找遍了，他确实没想到会是儿子偷走的，儿子在他心中，还是那个为不做作业而挨打的儿子。当法院的判决书送到家里时，老韩重重地跌坐在沙发上。他高大的身躯蜷缩成一团，他实在不敢相信，这厄运会降临在他的头上！一位同事说他："你平时总对孩子那么厉害，孩子犯罪，你就没责任?"听了这话，他蓦地一惊，几天几夜都想着这重如千斤的话。孩子判决前，有7个月的时间，有好心人劝他去托托人情，他却连部队大院的门都没出过。直到这张判决书摆在他面前。

在单独接见时，老韩声音颤颤地说："我也向儿子道个歉，我总用自己的想法套儿子，一套一个失败；我活这么大，没骂过别人没打过别人，但对我的亲儿子，我没少骂，没少打……"他说着，用手绢捂住双眼。本来坐在他身旁的韩涛，这时，猛然起身，快步走出去。透过门上的玻璃，我看到他面壁而立，好一会儿才回来。

何其沉重！父亲和儿子，谁更沉重一些呢？

老韩每次在监狱的接见日来看望儿子，从不向单位要车，尽管按规定他可以要车。他说："我生性好强，从不愿向公家伸手，何况我是来看犯罪的儿子，我拉不下脸面来要车。"于是，从西郊的山间，辗转而行，倒换几次公共汽车，来到繁华的市区；到商店，给儿子买些食品，慎而又慎，生怕超过监狱的规定，宁可少些，也别让人家管教干部检查时退回来。有一次母亲提议给儿子买只小小的扒鸡，不会超重，可老韩立时说："在监狱，他把骨头吐在哪儿？影响多坏！"做母亲的只好叹口气，罢了。她知道老韩这半生，事无巨细，都是先考虑影响。

严谨的父亲，想照自己做人的模式，塑造出一个同样严谨的儿子。但是却未能成功。这是父亲的失败，还是儿子的失败？

（三）

老韩夫妇曾悄悄对我说，韩涛有过一个女朋友，他退学经商，和这女孩有关。他们断定：这事，韩涛不愿意对别人讲。

有一次，我去监狱采访，韩涛正在乐队里排练，他是吹长号的。他随我从排练场出来，说着排练的情况，很兴奋。

我试探着问他；"小韩，交过女朋友吗？"

他几乎没有犹豫，十分坦率地说："交过。现在，吹了，这事对我刺激很大。"他又略略降低了声调说，"这是我的初恋。"

那个女孩叫英，是韩涛的大学同学，但年长于韩涛。韩涛说："她会体贴人，而我从小就没人这样照顾过；从结识了她，我觉得生活变得温暖，我的全部心思都在她那儿。"

初恋中的韩涛，沉浸在被体贴被照顾的温情中，对英的不能尽如人意的地方，他全不在意。英来自于小乡镇，到韩涛的公司和别人一说话，就露怯。每当这种时候，韩涛总设法带她走开，以脱离这尴尬，但从未因此而厌嫌过她。英的穿着显得土气，韩涛用自己的工资给她买衣服、买化妆品。后来，英去郊区实习，不能常和韩涛见面，韩涛就找了出租车，买了许多东西，让司机送到郊区去，光出租车费就一百多元。韩涛并未腰缠万贯，他说："这么花钱，我心里痛快，我花的是我挣的钱，我能让女朋友不寒酸。"

或许，这种大手的花钱，也是一种自我价值的标志，正如他的父亲用勤奋不辍一丝不苟的工作来追求活着的价值一样。只是二者如此地不相同。

但是，韩涛的价值的标志是短暂的，他是在英的面前被戴上手铐的。那是鲜花盛开的五月，几个月之后，当秋实累累的十月到来时，英已做他人之妇。当时，韩涛正在拘留所尚未被判决。韩涛是在将近一年后才知道英已他嫁的消息。他当时真想顿足捶胸，声讨人情轻薄。

他向我谈起这些事时，仍需抑制心里的激动。他说："我并不想让她等我，12年刑期，死活也没法等，但我想不到她这么快就和别人结了婚……"

我说："当初，你们的初恋或许就缺乏些基础。"

他说："我是初恋，她不是。但她答应和原来的男友断绝关系，她说那是家里给介绍的。我和她山盟海誓，怎么会变得这么快？"他叹口气，声音低沉地说，"至今我也不愿意认定她当时是欺骗我，可是……"

这是一个年轻罪犯平常的爱情故事。不少入监后的年轻人，如出一辙地重复了这样的感情变异。只是，韩涛的初恋，似乎是补偿他从年幼时想得到而未得到的温暖，于是，他寄托了全部的身心。当这一切破灭后，他所承受的是几倍的痛心。

我思忖着，要不要把韩涛这些话告诉他的父母，可这时，韩涛对我说："上一次单独接见时，父亲当着您的面说了自责的话；可是，前几天他来看我时又对我说：你别以为我检查自己，就以为你犯罪责任在客观，你还是要从内因检查自己。"韩涛说完，无奈地一笑，像是说：您看，这就是我的父亲！

是啊！沉重的父亲，父亲的沉重。在儿子服刑的铁窗外，父亲何尝比儿子轻松！他仍然担心着儿子不按自己设计的思路走，他仍是早早对儿子铸成模式，引儿子按这模式走。

我不曾主动和老韩谈到韩涛出狱后的未来，那确实是个为时尚远的话题，我想做父亲的还来不及考虑这问题。不料，老韩却对我说："将来他出狱时，如果我还活着，我让他去卖菜，我不让他再给国家增加负担；他卖菜，我帮着——那时，我早退休了，我让他卖菜也做个正派人，我们每天在菜摊上挂个小黑板，上面写上：进价多少，卖价多少。我绝不让他坑人骗人，总要童叟无欺吧！”他认真地说着，仿佛这是明天就要做的事。我当时很为他的耿耿之心所感动，他要的是坦荡做人。

后来，老韩还说过：“现在要能让我把小涛接出去，我一定好好带他，管他，把他教育成好人，我现在知道了怎么做父亲。”他说话的神情很严肃，我被他的拳拳之情所感动。

老韩夫妇都是好人。老韩更是堪称好干部，好党员。但是，他们却背上了儿子的重负。我想，这重负，伴他们终生，却不一定伴儿子终生。

谁能为他们卸掉这沉重呢？

一颗封闭的心灵

他向别人封锁了自己，在密不可及的“自我”天地中，他寻不到出路，于是，走向了绝望……

我见到了孙小伟的父亲，这是一个性格开朗、身材伟岸的中年男子。

我把孙小伟在监狱中写的一篇文章递给他看。我断定这文章中的许多内容，这个做父亲的是第一次知道。

孙小伟在这篇题为《走向深渊》的文章中，一开始就这样写：

我入监已经四年了，可说是又上了一次大学。这四年内，我时刻敏感地避讳谈及自己的犯罪事实，更怕别人问我：你犯的什么罪？实在，我不愿让人知道，我，一个大学生，却犯下了“强奸杀人”的重罪，这是个多么刺耳又可耻的罪恶呀。我觉得它像是一颗正义的钉子，永远把我钉在人生的耻辱柱上。

在监狱组织的历次认罪服法教育活动中，我一次次地认真思索，深刻反省自己的犯罪的严重性。然而，每当触及自己犯罪思想中那丑恶的本质时，我却没有勇气大声讲出来，大胆写出来，我没有勇气彻底地把犯罪前自己那肮脏的灵魂在阳光下毫不掩饰地曝光。

我知道，这是我那一度强烈到极点的虚荣心仍残留在我的心底，使我时至今日还在顾及着那丑恶的面子。四年来，特别是近两年，在铁窗的反省中，我曾一次次地站起来，向内心中的旧我宣战，试图冲破由虚荣构成的牢笼，可是，我一次次败下阵来。多年来沉淀在心底的惰性和虚荣裹住了我的双脚。我深深感到，战胜自我，真难！

长达万字的文章，句句如泣，写出了自己堕落为罪犯的过程。这过程，是在父母的眼皮底下演化和完成的；而父母，都是正直质朴的干部，并对子女管教甚严。

做父亲的，读着儿子亲笔写的“自己”，心潮不平，他终于看到了真正的儿子，这不是那个在他面前听话顺从的儿子。

看毕，掩卷叹道：“他终于说了真话！”

我问他：“孙小伟怎么会形成这样一种自我封闭的性格？”

他摇摇头，茫然无答。沉默后，说：“这个问题，正是我这做父亲的得认真思考的。”

（一）

我在监狱的办公室里见到孙小伟。一副款式陈旧的眼镜，整齐的囚服；谈话时，始终端正地坐着。这一切使我联想到他曾是好学生、好孩子的形象。

我回避了他作为“强奸杀人犯”的事实，把话题引向他的性格，希望他告诉我，他何时变成这样一个封闭的畸形儿。

他眨一下眼，表情肃然，慢慢地说：“这，也有个过程。”

童年时的记忆，充满了温馨的人情味，孙小伟至今仍怀念不已。

那时，他和奶奶住在一起。奶奶不识字，却用农村妇女特有的淳朴哺育着他。大杂院里，全是布衣百姓，大家处得亲热和睦，互相信任着依傍着。衣服晾在院子里就可以放心地去上班，下雨时准有人替你收了，回来时叠得整整齐齐地交给你；吃晚饭时，家家的小饭桌都摆在院子里，饭菜一目了然，一边隔桌聊着天，一边招呼着吃饭，还可以随时交换些饭菜。小伟在这种热乎乎的环境中长大，他以为，走出这个大杂院，社会上的人也如此。

上小学了，一个在家附近的不起眼的学校，却延续着大杂院中人与人之间的纯朴。黄帅“反师道尊严”的一封信，在其他学校掀起波澜时，小伟的学校里却小有动静然后就一切如故——学生的家长都是小小平民，嘱咐孩子的是：老师们挺不容易，别在学校折腾老师。那时，有个唐老师，二十多岁，孩子们去后海游泳，他总得跟着，坐在岸边，一边眼盯着水里乱扑腾的孩子们，一边还给不会游泳的孩子讲故事。直讲到游泳的上了岸，点点数，一个不少，师生们皆大欢喜地回去了。后来，小伟升入附近的一所普通中学，那时刚粉碎了“四人帮”不久，学校里破破烂烂的，老师们带着他们边上课边修整。做扫除，参加劳动，同学们都争着干，班上老是热火朝天的。小伟从小听话，在班上自然守纪律，学习也好。于是，他舒舒畅畅地上学，高高兴兴地回家，几乎没有遇到不顺心的事。

生活的转折，也许恰是从他上了一所闻名全国的市重点中学之后。那是父亲的决定。文化不高的父母，一辈子最大的遗憾就是没上够学，儿子则成了弥补这遗憾的寄托。父亲怕他在普通中学里耽误了学业，将来上不了大学——那时，高考制度刚恢复，父亲的焦虑陡然而生，费尽力气把小伟转到了市重点中学。于是，小伟每天坐将近一小时公共汽车，赶往这所离家甚远的重点中学就读。

初中时，小伟还能适应。因为那时班上的同学们也都不是择优录取来的。小伟自幼功课好，在班上仍排在好学生的行列。选三好学生时，小伟得票最多。班上的同学们，都童心未泯，友谊在孩子们心中是神圣的。（小伟入监后，来看望他的朋友，都是初中时的同学。）

转眼，小伟成了这所重点中学的高中生，他是带着激烈竞争后胜利者的自豪进入高中班的。那时，刚恢复高中录取的统一考试，这所市重点中学是竞争的中心。小伟所在的班级只有两个考上了这个千人瞩目的学校，而其中小伟的平均分是在90分以上。

高中生孙小伟轻看了生活的复杂，他在成功时的盲目中走进了陌生的高中班。不久，这个环境开始向他提出了挑战：

首先是人和人之间，骤然间隔加大。都是尖子，谁也不服谁，于是，学习上摽劲干，互相帮助之说，似乎是低能儿的呻吟，这里都是高智能的强人，八仙过海，各显其能。甚至，要彼此提防，免得别人超过自己。小伟对这一切，开始是茫然不知所措，继而就闭门苦读。在苦读中，虽然成绩并不十分逊色，但时间长了，稍一寻味，总感觉失落了什么。读书之余的空白，再也没有初中时的友谊来填补。久而久之，他便成了一个“自己”。

当他稍一留心周围的同学们时，发现大部分都是傲不可及的。而他们“傲”的原因，并不只是学习承接——小伟的成绩也并不差。那些值得他们骄傲的东西，小伟没有。那就是门第。那些干部子弟们，都有高官厚禄的父母，他们是班上最傲的，傲气程度似乎是以他们父母的官职排列；其他傲气十足者，除了长得漂亮，有一技之长——会唱会舞等，大多是些身外的原因，比如家长认识某某要人啦，或者家里有什么亲戚朋友是知名人士啦，等等。总之，他们都有可“傲”的原因。相比之下，小伟长在小胡同里，他没有与这些高傲的同窗相比的资本，他又不善言谈，于是，经常是在教室的一隅，或独自，或与自己差不多的几个同学冷清清地聊几句。教室的空气属于那些能言善道的少男少女们；小伟则经常到教室外面去吸新鲜空气。

当这一层苦恼使孙小伟变得心事重重时，他却苦于找不到诉说的人。

那么，父母呢？

父母，自小对小伟要求很严。小伟的作业，几乎是父亲伴着做的，稍有差错，父亲会严厉地训斥，甚至会动手打他，罚他必须认真重新做过。而母亲呢？她照管着小伟的生活，尽量不让他干家务事，让他一心一意地读书。母亲是勤俭的，两个人的工资维持一个四口之家——小伟还有一个小两岁的弟弟。在小伟的记忆中，母亲下班回来，除了做饭洗碗，还忙着趴在缝纫机上给孩子缝衣裳。小伟上中学了，穿的衣服多是父亲的旧衣服改制的。小伟上高中了，同学们都穿着的确良衣服，而小伟的衣服是妈妈亲手缝制的维棉小褂。这一切，曾使小伟稍稍感到过难堪，但他不愿违背父母，他从小就听父母的话；但是在全班那些出类拔萃的同学们眼里，小伟的土气，也磨损了他的光彩。

生活就该这么复杂。但，简单的孙小伟却在这复杂面前越来越不适应了。

终于，有一天，发生了一件事，这事刺在他心上的伤痛，终生难愈。但，这确是一件极简单的事：

那天，上体育课，项目是跳马。幼时的小伟，与同学难分高矮，上体育并不惧怕。可是，上了中学，尤其到了高中，小伟却常因为矮小而自惭形秽。这天跳马，他分外紧张，却偏偏有个高挑个儿的女同学站在他身边。这个女同学天分甚高，又是高干子弟，平日里总是比别人傲几分，又伶牙俐齿很善说嘲弄人的话。小伟克制着紧张，开始起跑，加速。偏在这时，身后飘来那女同学的话："瞧那两条短腿，跑得可真快。"这句话，伴着几个同学的窃笑，传到即将奔到跳马前的小伟的耳朵，他已经撑在跳马上的双臂，一阵瘫软，人也全身跌在垫子上，于是，引起更大的一阵哄笑。小伟不记得自己是怎么从垫上爬起来的。那天，直到放学回到家，他都觉得心很疼痛——他从来不知道心是会疼的。

这件事使小伟从此有了一种清清楚楚的孤独感。从此，他每天上学，进了教室，看到同学，都感到陌生。他从此不愿白天出门，即使上街都选在天黑以后。他觉得所有的人都在嘲笑他：瞧，这个三等残废！从此，他有了一个孤独和苦楚的内心世界。

穿囚服的孙小伟在回忆这段往事时，很有不堪重负之态。他说："高中这个环境，我不习惯，不喜欢；他们除了攀比，就是竞争，谁都会炫耀，我和他们合不来……"

我说："那总不能说只是因为环境造成了你的封闭的性格。生活本身就是那么复杂，能不能说，你对复杂的生活缺乏适应的能力？"

他稍加思考，点头同意了我的说法，并且说："从小，父母管我很严，我依赖性强，没主见，也软弱，无论做什么事，都以父母的话为标准，我要做的就是个'听父母话'的好孩子……"

我想起他治家很严的父亲。这个来自农村的人，是靠自己的苦斗奋争，成为一名称职的干部，他几乎没有享乐过。他把严于律己的生活准则，一丝不苟地用在教育两个儿子的过程中，他从不敢疏忽对儿子的教育，一切都亲自过问。他给小伟设计了"小学—中学—大学—研究生"的道路，那是他自己未能实现却梦寐以求的。

可惜，当儿子有了一块属于"自己"的心田时，父亲却未能发现这个属于儿子的领地。

（二）

孤独的孙小伟，曾那样热切地希望从事业的成功中获得做人的自尊，所以，他把自己全部年轻的活力都投入苦读之中。但是，又一个致命的挫折，在他高中毕业的当口，打击了这个性格软弱的年轻人。

那时，清华、北大是小伟的憧憬。以自己的学习成绩，他自信能考取。他和父亲都把精力集中在选择专业上。可供选择的专业很多，他只是要挑选一个最好的。一种事业上已望到光辉前程的激动，使他这个“三等残废”大有扬眉吐气的舒畅。

但是，厄运却在毕业体检时，挡在他的前面——色盲！这突然而来的打击，使小伟一下蒙了。这意味着成绩一流的他，只能去做理工科中末流专业的选择，而那选择的范围，狭窄得没有余地。他颓然地回到家，把这结果告诉父亲。父亲更是不敢相信。当晚，父亲从机关的医务室借来辨色卡，紧张而焦虑地指着那上面花花绿绿的图案，一个一个问小伟：这是什么？这是什么？……小伟揉着眼睛，说不上来。母亲在一旁急得几乎流泪，她一遍又一遍地问儿子：你真的看不出来？真的吗……小伟痛苦地摇摇头。

父亲承担了儿子的痛苦，或许他比儿子更痛苦，但他必须承担。几天里，当儿子忧愁得吃睡不宁时，父亲却找遍了老师、朋友、熟人，他到处打听、了解，也不断比较。终于，在儿子愁容不展时，他和儿子做了一次长谈，托出了力主儿子报考一个师范院校数学系的决定，何况那一年高考的录取比例是8：1，儿子应当求最高的保险系数。

面对父亲的真情，儿子还能说什么呢？父亲的决定是面对现实的最佳选择。儿子点头应允了，但是却把对未来的失望埋在了心底——这一点，父亲疏忽了。他把儿子送进了大学，也把儿子的失望送进了大学。

父亲不会想到，在首都体育馆举行的各大专院校的盛大迎新会上，儿子的情绪跌到了冰点——他看到别的同学佩戴的北大、清华的校徽，和他们由衷的喜悦，使自己胸前的校徽黯然失色。有些分数低于他的同学，却考上了好大学好专业。他觉得，自己不仅在形象上矮他们一头，连自尊心也矮他们一截。从那个大会后，他摘下了校徽，四年大学生活中，在没有佩戴过。

父亲说：虽然是师范院校，也是全国重点；再说，还可以努把力，毕业时考研究生。

可是，儿子厌恶数学，他觉得对这门枯燥的学问，自己打不起精神来学，何谈考研究生？他更不想当老师——那个清苦一生、只做蜡烛的事业，不是天才的事业。小伟这样想着，却不对父亲这样说。

踏进大学门，他的低沉延续着，周围的同学们几乎都是不愿学数学的，都是因为各种原因而不得不选择了这个专业，于是，一个厌学的氛围充斥了教室、宿舍。

但是，父母却对儿子放心了。严格管教到儿子上了大学，“望子成龙”的殷切之情似乎到此有了些寄托，还需要对上大学的儿子像从前那样一步不离吗？于是，驭手的缰绳松了，未成熟的小马跌跌撞撞地走自己的路了。

这是一条什么样的路呢？孙小伟回忆着4年的大学生活，他说：“连我自己也经常问自己，这还是我吗？”

似乎宿舍里不少同学都不准时上课，只有那些从农村、从边远地区考来的同学才有兢兢业业的精神。渐渐的，小伟也早上不起床，睡个昏天黑地。后来，他索性回家去住，白天父母一上班，家里就是他的天地。他越来越放纵自己，接连几天不去上课。父亲也问过他，回答说：上大学了，课时少，主要靠自己。或者说：今天的课9点钟才上，不必去那么早。没有上过大学的父亲，对这样的回答深信不疑，何况，他更深信儿子的诚实——他从不许儿子撒谎。记得儿子小时候，曾用一只新铅笔盒换了表弟的几本小人书，怕父亲责骂，谎称丢了；做父亲的最终知道这是谎话，一顿痛打，还对儿子说：记住，永远不许撒谎。可是，上了大学的儿子，却对父亲撒了一个弥天大谎，而且谎言一直维持到儿子犯了罪判了刑！

不去上课的时间里，孙小伟“创造”了自己的天地。在大学校园里，有个被松树紧围着的地方，少有人迹。小伟称这里是“世外松园”。他常来这里独坐，望着湛蓝的天，晒着和暖的阳光，甚而大雪覆盖下的一片白色世界，都会成为他慰藉自己孤独的傍依。他感到这里离人群远，静谧中他天高地阔地神思飘游，一坐就是几个小时。他的另一个天地在家里。父母上班之后，也给了他一片静谧，他在那有限的空间里做出无限的想象：爱情、生活、享受，等等。而这些想象的诱因，便是他买来借来的乱七八糟的书刊，从武侠到色情，无所不有。有时，当他要翻开一本污秽的书刊时，他也曾反问：这不是堕落吗？可是，那里面的情节吸引着他。渐渐的，他除了从侠胆义士中看到人间，他还从越来越期望的性描写中，寻找自己的青春，以至于不可解脱。从这些低级书刊中，他获取着生活中他难以获取的东西。这一切，成了他生活的一部分。

可是，父母却从未发现。父母不会想到：上了大学的儿子，在被褥枕下藏着那些他们决不许拿进家门的书刊。他们只满足于儿子从不到外面乱跑；他们相信在他们上班后儿子去上课了，然后儿子回家攻读艰难的大学课程。所以，他们回家后，连走路都是轻轻的，生怕惊扰了儿子。

就这样，儿子生活在父母身边，却远离着父母的轨道。

在回忆大学4年的生活时，孙小伟心情沉重。他说："我欺骗了父母，我常为此感到痛苦，我曾几次想向他们忏悔，向他们说出实情，但我没有勇气。就这样，我越走越远，父母却仍以为我是那个品学兼优的儿子。我内心充满了矛盾、痛苦、自卑和对生活的失望，可我对谁去说？父母期望着我成才，他们从没有考虑过，像我这样一个二十岁左右的大小伙子，整天闷在家里不出门，是正常的吗？"

（三）

如同高中毕业时的挫折一样，孙小伟在大学毕业的前夕，也遇到突如其来的打击。只不过，这打击是他4年来放纵自己的结果。他应当清醒地估计到这个结果，可他终日恹恹，竟等到这个结果明白摆在眼前时，才蓦然一惊。

那是他大学的最后一个学期中，初春的一天。班长将老师的通知转告他，他还有4门功课没有修完，从现在到6月中旬截止，如果修不完，他将不能毕业。早已学业荒疏了的他，何以能在这短短的3个月中修完4门功课？他蒙了，他以为自己平时顶多还有一两门课没修完，没想到毕业前的形势竟如此严峻！

他独自来到人迹罕至的"世外松园"，企望独自能冷静些，也许会绝处逢生。但是，当他置身于松树之间时，思绪纷扰，竟使他越想越烦躁，越慌乱。

即将毕业走人社会的恐惧感，早已在他心中浮现：对于当教师的前途，他充满了绝望。记得有个同班同学假期中回到故乡，火车上，别人听说他是师范大学的，颇为不屑地说，将来当老师，还用上什么大学，浪费时间。这个同学回校后叙述此段经历时，孙小伟的心疼痛得比当事人还厉害。他想起上高中时的班主任，也是这个师范大学毕业的，又在那个闻名的重点中学任教，几十年风风雨雨，头发白了，成就何在？有一次他去办公室，看到班主任正在吃早点，烧饼上的芝麻掉在桌上，连忙用手指沾起来放进嘴里。那时，年纪尚小的孙小伟就想过将来绝不当教师，过这么清苦的日子。可是，是谁捉弄了他，偏在中学的二尺讲台上给他空着一个位置！如今，情况竟糟糕到难以毕业，他想起父母的操劳和期望，他也想到自己还有何脸面见到亲戚朋友同学……

于是，在他离开这“世外松园”时，他为自己拟定了解脱的方案——死！

求得一死，对孙小伟来说，并不突然。在这之前，他曾不止一次地想到过死。活得无聊，就去死，他觉得这是顺理成章的事。他打不起精神活下去！

而现在，真要求得一死了，他在决心已下时，从慌乱中又感到镇定。我的天数已尽，只求来世了——他默默地对自己说。宿命论早已伴着他的沉沦，并成为他疏于事业的依据。

孙小伟至今也没有对人讲过他打算如何结束自己的生命。据说，他曾有一纸计划，被作为他的罪证而存档了。我是带着沉重的心情，寻求他犯罪的原因的，因此，并无猎奇之想。他不愿讲的事，我并不追问。但是，对于他决定死之后的行踪，他却明白而详细地告诉了我：

那段时间，前后约有一个月。其间，他忏悔过，从死的窒息中挣扎过，但最终都因为他自己力量的单薄，步履仍然走向死亡。

3月17日。是他决定面向死神的第一天。那天晚上，他照例在晚饭后坐在书桌前，父母的各种动响立刻变得屏息凝神。多少年来，只要他开始做功课，父母都是这样。而这一天，他却在这个父母为他创造的宁静中，心潮不平。他想转过身去，跪在父母面前说：儿子欺骗了你们，儿子对不起你们，但他终于没有说……没有说的心情是复杂的：没有勇气；不想再面对现实；对未来感到茫然；觉得活得太艰难，不如死去可得到永远的解脱……

3月19日，准备一死的孙小伟竟然到学校去领取报考研究生的准考证。这是为了使父母放心，他们一直幻想着儿子立业的最后一站，就是考研究生。小伟从来没打算考研究生。以他大学4年的学业，他也难以考上研究生。何况，一个将死的人，却要在生的竞争的起跑线上站一站，那到底是一种怎样的心情呢？小伟正难辨心中的滋味时，一次意外的相遇，却坚定了他去死的决心。他遇到的是同班的林丽蓉和她的男友。小伟立刻闪身躲起来，他不愿让他们看到。林丽蓉和小伟自初中起到上大学，一直是同学，9年里，小伟很少和她说过话，可心里却有一块神圣之地属于她。从高中时，小伟的心中对她萌发了爱的情感，那情感，越来越烈，使大学时的小伟难以成寐。但是，他却只能埋藏着情感，因为，他自卑，他自惭形秽，他知道自己是“三等残废”，他永远忘不了高中跳马时摔的那一跤——那次，林丽蓉也在场……而偏偏在小伟于生死间游移时，林丽蓉天仙般地出现在眼前，并且是和她的男友。几年了，由于压抑着对林丽蓉的情感，已经长大成人的孙小伟，为自己可怜的爱情寻到了一个寄托——淫秽书刊；如今，林丽蓉和她的男友姗姗地从孙小伟眼前飘走了，孙小伟颓然觉得：这世界不属于我。他决计去死了。

3月23日。神圣的研究生考试的第一天。早晨，妈妈已为将去赴试的儿子煎好了荷包蛋。望着那橙黄的煎蛋，小伟痛苦得难以下咽。几天来，准备一死的决心几乎动摇了。但当他强忍着眼泪，走出家门以后，熙攘的市声，又使他的厌世之情骤生。他觉得一切繁荣的生机都是他死的动力，他怕这熙攘的人群，怕这繁忙的人生。但是，他难道会去研究生考场吗？当然不会，他骑车来到电影院，一看，正演《三笑》，或许在死之前，还应当一笑！他自嘲着，进了电影院。就这样，三天研究生考试，他看了六场电影。

4月1日。小伟家又分到了一间房，就在楼下，和一对母女合住一个单元。小伟的父母十分高兴，这是他们多日盼望的——小伟大学要毕业了，他们为成年的儿子准备着成家立业的环境。这一间独住的房子，使小伟感到死的条件在成熟，他知道若去住了，也许，有了这个环境，死会被加速。小伟在这里详详细细地计划着他的死。（这是他现在不愿再谈起的事情。）那一定是个焦躁不安而又痛苦万分的过程。值得一提的是，在死的酝酿中，他终于不自觉地使自己成为了罪人——他决定在死之前享受他梦寐以求的性的发泄，那才能死而无憾。于是，他把猎取的目标瞄向了同单元的女孩……

4月15日。孙小伟选择在这一天死。下午，他把自行车搬到楼上。对正在做晚饭的妈妈说：“从今天起，我要到同学家去住几天。”说毕，不等妈妈回答，他转身走了，他满脸泪水地离开妈妈。在死的告别时，他最后一次欺骗了妈妈。他并没有到同学家去，他只来到楼下自己住的地方，实施自己死前的计划……

下午六点多，孙小伟失魂落魄地跑出楼门，慌乱地推起一辆女式自行车，奔向了郊外……

几分钟前的一切，若明若暗。他记不得他怎样扑向那女孩，他眼前只有那血的红色。他仿佛还记得他用石头第一下打那女孩时，她并没有像他预想的那样昏过去。于是，他慌了手脚，再打第二下，第三下——是那红色的血惊得他停了手，慌忙中跑了出来。现在，他疯狂地慌不择路地逃跑着，他心里只有一个念头：死。但是，当夜幕四合，郊外一片黢黑，他独自躺在田垄上，听着运河水哗哗流淌时，涌向他眼前的是爸爸、妈妈、弟弟，还有那受害者……死呢？也在明灭中向他招了招手，但竟失去了近一个月来的诱惑。当他揉揉发涩的眼睛时，他蓦然觉得，此刻如果真要死，他真不知道怎样才能死！一个从来软弱从来要依赖父母的他，又回复着他对生的渴求，使他感到死的念头在他心里原来竟那么不堪一击地崩溃瓦解着……

4月17日。早晨，太阳依然生机勃勃地升起。孙小伟在这远离城市的运河边，已徘徊了两天两夜。极度的疲劳，极度的饥饿，还有极度的思念，汇成了他对死的疏远，对生的倾向。于是，他推起车，向当地的派出所走去……

痛苦的回忆，是对灵魂的洗涤。在服刑的四年中，孙小伟进行和完成着这洗涤。他曾写信给办理他案件的检察长说：以我的罪，处以极刑也不为过，但是政府给了我一个新生的机会。他知道他曾有两次死的可能：一次是自戕，一次是判死刑。用两次死，换又一个生，代价的昂贵，使他懂得了生的价值。

命运并不饶过他。在他入监后，他被分配担任犯人文化课的教员。当他站在监狱教室的讲台上时，他曾闪过自嘲的念头，绕了这么大一个弯子，还是拿起了粉笔。然而，生命之于他，如今是沉重而又严肃。从绝路上，再一步步走回来，孙小伟要在大墙之内，走出那个封闭的“自我”……

翻看着厚厚一本采访记录，每一个名字后面都闪现着一张年轻的脸庞，每一页后面都有一个迷茫者的历程……

犯罪是一种社会现象；犯人是社会人等中的一类。如此，全社会都应当面对犯罪和犯罪的人。理智的人们，就不能对此仅是深恶痛绝，还应当有种责任，一种义不容辞的责任——让犯罪者早一天新生。

想到这里，我顿然感到，这篇报告文学是写给所有的父母们，所有的师长们，所有的年长和年少的人；是写给全社会中有责任感的人们的。

1989年冬

附 后

这篇作品发表于《啄木鸟》大型文学期刊1991年第3期。是我的长篇系列报告文学《罪与悔》中的一个章节。

收入本书时，做了修改和删节。我只将原作中的四个案例保留下来。其实，在我对监狱的长时间的采访中，青年犯罪的案例，是其中材料最多、分量最重、思考最深的部分。往往和年轻的犯罪的孩子面对面坐着，一次甚至几次的恳谈，看着他们迷离的眼神，想着他们十几年以上乃至无期、死缓的重刑背负，我常常会觉得沉重得喘不过气来。

离奇的犯罪过程，曲折的犯罪心理，有时会让你怀疑它的真实；但你却只能从他们忏悔的叙述中接受那匪夷所思的存在。

但在我斟酌为《人物纪念册》选文时，我排除了对离奇和曲折案例的阅读追求，只选择四个具有典型性的案例，将理性的剖析融入文中。

在对服刑孩子家人的反复采访中，我发现他们有着共同的情感经历，即：孩子犯罪前，对其蛛丝马迹毫无察觉；及至忽然孩子被捕，罪行暴露，家人则大惊失色，慌乱无措；当重刑判下来，家人该梳理一下思路了，而他们却往往陷入对孩子犯罪的偶然性的误区，而看不到深藏的必然性。

以文中四个案例来说：刘辰倒卖万斤粮票而获重刑，家人首先想到的，一定是：当初不让他干这管粮票的工作，他就不会犯罪了；他们不会想到，刘辰在好孩子、好职工的外表下，价值观早已与父辈背道而驰。

再比如，林含英的家人会这样想：那把杀人的刀如果不放在手边就好了，女儿那么柔弱，怎敢杀人呢？但他们不曾想，女儿的婚姻基础是一堆碎砖烂瓦，她错把义务当成爱情而煎熬了多年。

小伟的家人，定然认为：如果没有分到那间与别人合住的房子，儿子怎么会强奸杀人？他们不知的是，小伟自闭、孤独的心理状况，使他直到大学毕业的人生道路上，屡战屡败。他犯罪的那几分钟，是他已决定结束生命前，最后的挣扎！

尤其是孙涛的父母，他们正直、勤奋、要强，严管儿子，但孙涛犯罪获重刑时，他们一定想到那张鬼使神差被母亲带回家的支票，而他们却不晓得，儿子一直认为是生长在父母脚下的小草，长大了，他要伸展一下腰身，他弃学经商的这一步，就走歪了。

在以这四个典型的中国家庭的分析中，我发现他们的共同点是父母与孩子，从不沟通，他们的思想轨迹，永远是不交集的两条平行线。我把这种青年犯罪的“平行线现象”告诉警官们，得到了他们的认可。于是，在采访中，我主动地为这些犯罪孩子及他们父母之间的沟通，架起桥梁，我将采访到的孩子的心声，一点一滴地告诉他们的父母；再掉换方向，重复一遍。我想让犯罪服刑的孩子与他们父母共同认识罪行发生的必然性，而不再在偶然性的误区中“熬”刑期。

于是，在监狱的会议室、节目排练场、街道、办公室，我和年轻的服刑者恳谈；在他家、我家、公园的长廊，我和唉声叹气的父母交流。

那一段时间，我几乎没在稿纸上写一个字，完全沉浸在“桥梁”式的忙碌中，我甚至从中体会到一种警察工作的神圣，感到一种忘我境界的高尚。

这样忙碌之后，当我下笔时，忽然觉得笔下生风，写得痛快淋漓。

可能正因此，我比较偏爱自己的这篇《迷离青春》，因为它是我用心创作的果实。

2016年秋　紫芳园

站在悬崖边的弱者

——当代女性犯罪引出的思考

女犯们称她为“王中”。身材适中，思维敏捷，眉宇间透出一股英气。她是名女警官，这个女犯中队的中队长。

女犯们称她为“邵指”。端庄稳重，微笑中掩着一股韧劲。她也是名女警官，这个女犯中队的指导员。

两名女警官，同是32岁。两人搭档十几年了，把这个女犯中队管理得井井有条。

五十多名女犯人，罪行各异，年龄各异，性格各异。“王中”和“邵指”，带领着十几名女警官，面对这些女犯人，开拓着一项特殊的事业。

在她们拥挤的办公室里，我对她们说：我来采访，不是猎奇，是想探究些当代女性犯罪的原因——从个人心理、个性、家庭、社会等各方面，写篇报告文学。

女警官们一致认为：这很有意义。

犯人的情况，全在她们心里，不用翻卡片查档案，听她们分门别类地道来，就能自成文章。

我说：“看来这篇文章应当由你们来写。”

她们笑了，说：“我们的文章，就只会写在心里。我们给您当个向导。不过，我们对这里的犯人，都叫‘学员’。”她们加重了最后两个字的重音。我深深地点了点头。

于是，就有了以下的纪实——

女强人之悔

改革开放在当今是个时髦的词，它的涵盖面之广，使它几乎成为一个时代的界碑。谈政治，谈经济，谈文学艺术、意识形态，乃至政治思想工作，都无法离开“改革开放”这个国人皆知的词。它如此普通，像一首流行于街头巷尾的通俗歌曲，可是，它又如此至关重要地和一个国家、一个民族的命运相关相连。

在“王中”和“邵指”谈及她们管理的女犯的情况时，这个词首先被端端正正地摆在前面。但令我惊异的是，把它和每个犯罪者联系在一起，它便不再那么大而化之，反而变得真真切切实实在在，使人不得不感慨：这场改革开放的飓风，确是席卷了四面八方。

我在采访本的第一页上，写下了“经济犯罪”四个字，深感它复杂而庞大的内涵，却无法划清它的外延。

刘玉华喊“报告”后走进办公室，在迅速目测了她和我之间的距离后，退后一步，放下手中的马扎，经过管教干部的允许后，她坐下，双手规矩地放在膝头，等候问话。

“入监前，你是党支部书记?”我这样发问，是想表示她的情况我事先是知道的，希望她不要拘谨。

她沉默地轻轻点了一下头，眼睛顺下，望着地面。“王中”事先告诉我，她自尊心很强，但她受党教育多年，懂得认罪服法，能严格遵守监规。

“能谈谈你上学时的情况吗?”我望着她双鬓的白发，把话题拉向很远的过去。

她一怔，稍加停顿后，谈起来，渐渐放松了。

她是在家庭、学校的严格教育下，规规矩矩成长起来的。从上小学起，她就是班干部、三好生，荣誉慷慨地伴随着她，也使她比同龄孩子成熟。高中毕业后，她曾两次填写过入党志愿书，终因有一个亲戚的历史问题而未获准入党。但她没有把这当成挫折，她至今也认为这是党对自己的考验，她十分有信心去经受这场考验。12年后的1973年，她果真入党了。这12年，虽然经历着历时旷久的考验，但她工作顺利，心情轻松。1977年，她这个只有4年党龄的党员，忽然要去承担党支部书记的重担，这实在出乎她的意料之外。那时，她不仅是个新党员，而且已是3个孩子的母亲，她只想在工作中做个好会计——她有挺重的家务。万般无奈下，她答应代理3个月的党支部书记，等秋天改选时，另易他人。但是，3个月后的选举，却成了她命运的转折点——党员们仍投票选她当党支部书记。于是，在这个有一百多名职工的集体建筑企业里，她从一个小小的会计，跃居到了领导层。

她所在的单位，是个资金与日俱增的企业，在改革大潮的席卷中，它属于那种弄潮的企业——干得红火，利润高，买了一幢职工宿舍楼，每个职工都至少有七八千元的存款。

金钱在当代，是能增加一个人的价值的。俗话说：财大气粗。一个过去只在公社当会计的小干部，只管家中老少几口人的女人，只运转百元工资的家庭主妇，现在却参与了指挥上百人去赚几百几千万利润，这是一个大的令人心悸的反差。这个女人，离开锅台炕头，背后铺展的是改革开放的大背景，她是一种什么心境呢？

刘玉华似乎至今也没回味过这一段浪谷波峰的跌宕，她只是说："我一直老老实实地工作，连用公家一张纸，我心里都怦怦几下。"直到最喧哗的80年代中期，有人找她用支票换现金，她都断然拒绝，从不干这些越轨的事情。

但是，在她的判决书上，贪污受贿的罪行定性下，记录着万元的数字。

我提到这一万元时，她哭了，难抑泪水的流淌，一面擦着，一面流着，哽咽地说不出话来。

其中5000元，是为了给有关领导搞加班费，账目中自然不能见到此项开支的如实记载，5000元现款却是早就提出来放在她手中了。据她说，在审理此案时，有关的一条旁证是：有位领导曾对她说过，不能再搞加班费，不合适。这是一条对她的犯罪进行定性的至关重要的旁证。

当然，或许时间拖延着，这件事会是另外一种样子。但是，改革的急风暴雨中，到处都是各种各样的机会——发财的机会和破产的机会比肩并立，升迁的机会和坐牢的机会都虎视眈眈。是机会等着她，还是她撞上了机会？反正，一个经济大案恰在此时查处，并牵扯了她所在的单位，于是，查账中发现了这预先被称为"加班费"的5000元现金，可谓人赃俱在了。

这5000元，若倒退几年，可能是她和爱人四五年的工资总和，而今，在她的企业里，年利润已是七八位数，5000元的数字，或许并不令人咋舌。但是，罪与罪的界限，往往是划在一个缝隙间。人们总是事后去用各种设想去证明犯罪的偶然性，却无法改变犯罪的现实。刘玉华此时也痛切地说："我当了企业的领导，可是却不懂法，不学法，当法律的绳子套住我时，我一点精神准备也没有。我是辛辛苦苦地干了20年，到头来进了监狱，我能怨恨谁呢?”

我问及另外的5000元，她却讲了一段连自己也承认是说不清的故事。她说：“那是为大女儿筹备婚事，想大办一下，向人家借2000元，这是个和我们企业业务关系密切的关系户。”送钱时，人家搁在她家的茶几上，说“够你用的”。人走了，女儿一点，是5000元。

我对她的叙述不置可否。

她自嘲地说：“是啊，私人借钱，也得有个借据呀!”

我心里在演绎着这个权力和金钱联姻的故事。

我记起她说到拘留所时，同号的几个女犯，犯什么罪的都有。她一进去，铁门在她身后：“哐”地关上，她立时感到天昏地暗。虽然在惊惶之中还来不及有明显的犯罪意识，但已吓得浑身哆嗦。同号的女犯们，问了她的案情后，其中一个指着她哂笑：“这人还是党支部书记呢？瞧吓得那副样子……”

一个党支部书记沦为囚犯，一种人身价值的跌落，令她气短。在她反省自己那短暂的辉煌岁月时，她是否意识到，权力和金钱的结合，把她关进了铁窗!

我和“王中”“邵指”她们一起讨论金钱的威力，确感到它像个魔鬼，它可以一夜之间让一个穷光蛋变成百万富翁，它也可以一瞬间让腰缠万贯者穿上囚服，这其中有没有规律可循呢?

我见到另一个获罪入狱的女企业家任静文。她眉目舒展，皮肤白皙，举止得体，不卑不亢。看得出是个见过大世面的人。她曾在某区握有建筑材料的实权，多少幢大楼的崛起，都在她的大笔一挥间。后来，她又经营一个豪华的大宾馆，一年之内，扭亏为盈，使全区上下，皆大欢喜。她业绩昭然，年年是先进工作者。她出入的场所，均是各级领导的办公室和住宅。在改革大潮中，她是全区令人瞩目的女强人。

说到女强人，她苦不堪言地一笑，说：“什么女强人！工作逼到那儿了，不干不成。我家里有三个女儿，还有个病瘫了的丈夫……我一忙，就顾不上他们了。”说罢，她低下头，长叹了一口气。

她从外地到北京时，是个小人物。但是，家乡坚硬的土壤，养得她一副好强心，她不畏惧京城的波翻浪涌，干什么工作都要干得特别出色。于是，她的能力越来越显现出来，她的地位、权力都直线上升着。过去，她何曾这样风光过！她赶上了这个改革的年代。于是，要批建筑材料的人，就得围着她转，说尽好话，赔尽笑脸，任静文在这许多奉承之中，感到了自己的价值。她当了宾馆的女经理，那令人眩晕的高楼里，上上下下，唯她是听。她看到的，是一张张顺眼的笑脸，听到的是一句句顺耳的话，谁不佩服她的才干？谁不慑服于她的权力？于是，改革的风浪把她推到了远离她偏僻家乡、远离她五口之家的地方，女企业家的气魄充溢她的全身，这气魄恰是改革的风潮孕育的。

然而，那把她送到高处的风浪，却又在倏忽之间，把她送进了铁窗，使她分不清：女企业家和女囚犯，到底哪个是她的梦？

她犯罪的定性，是贪污受贿，刑期7年。

人生的大落差，使她在铁窗里长夜难眠。7年刑期，扫尽了她往日的风华。她无力地说："我实在是不懂法！有的事，虽然觉得可能有些闪失，但没想到就这么犯了法，就这么进了监狱……"

那夜，她被送到拘留所时，一下子蒙了。她说，没想到这犯法不犯法，就是一个门槛的界限……

说她事先全然不知罪，恐怕是令人难以置信的。但，那"罪"的概念，对她来说，或许真的是模糊的——她把它叫作"闪失"，她不相信这"闪失"会令她从总经理的宝座上跌落，她认为这"闪失"出的那仅够万数的钱，和她经营这个企业所上缴的利润是无法相比的。而那巨额的利润，才是她的价值。她就是带着这股似模糊似侥幸的心理，走进检察院的办公室。临去前，她还给下属们交代了几项工作，并嘱咐说，她一会回来要检查这些工作的落实情况，然后走了。全宾馆上下，谁也没有感到她走得有何异样；虽然她心里难免有些苦涩，却绝无一去不回的预感。

谈话开始，是在检察院的办公室。任静文当时的确认为，这就是"谈话"，尽管有两院的通告，尽管对面坐着的是穿制服的检察院干部，但是。平日都是本区的，大家都是熟人，人家也没有呵斥她——是人家和和气气请她来的，何况全区上下，谁不认识女企业家任静文。

直到天色近晚时，人家客客气气地说："今晚你就别回去了，给你找个住处吧！"任静文一怔，旋即又自己消除了不祥之感。此时，她竟然仍未意识到法律之剑已高悬在她的头顶。唯有人家给她安排的那个清清冷冷的住处，才让她顿感清醒，她才意识到，她很难再回到那间宽敞舒适的经理室了。后来，严正的法律，把她送到被告席上，那“被告”两字的标志，使她羞愧难当，但她已无法躲避了。接受审判；回答法庭的一系列问题；听取宣判。审判长那严肃的声音，似乎带着共鸣，轰响在她耳边，她不断地问自己：这是在“宣判”我吗？以后，是被送进这个女监——那天阳光灿烂，囚车在繁华的街道上呼啸前行，各种车辆避让两边，任静文觉得，她像是传染病菌一样，被人们厌恶着。

一场梦，曾使她一夜间变得神采飞扬；又一场梦，使她在另一个夜间，变得沮丧黯然。如今，她在反省自己时，感触颇深地说：“这个浪头，砸过来，打得我真晕头转向。”

是否只有这个陡然而来的浪头，才能令这些弄潮的女强人们骤然清醒呢？

当年轻的王绮云坐在我面前时，我向她提出的第一个问题就是：只有到了法庭上，你才有了清醒的犯罪意识吗？

她浅浅地一笑，没有立刻回答我的问题。她的聪明才智，充盈在那双会说话的眼睛里，轮廓清楚的双唇，充满了青春的活力。少顷，她对我谈起入监前的情况。

她年轻，能干，是合适的公关人才。单位的领导信任她，她无论干什么工作，都能干出令人羡慕的成绩来。那时，各单位都搞开发，她也在这个潮流中，接过重任，搞起开发来。起初，这“开发”对她是个极模糊的概念，但一旦踩进这“开发”的深河，她就明白了：这“开发”是个没边没沿广阔无垠的工作。开始，她小心谨慎地边观望，边“开发”，步子迈得挺小。渐渐地，她感到这浪潮推着你，不由你不迈大步子。说穿了，就是金钱的诱惑。有人说，那金钱，就像每天早上悬在高空的太阳，红彤彤，暖融融的，真诱人，不由你不跳着去够它。我把这个比喻告诉王绮云，她又是浅浅地一笑，认可地点点头，说：“这比喻，还真像。”

开发，像是进入处女地的拖拉机，凡是没有去过的地方，都可以开发它；凡是能赚到手的钱，都可以“开发”的名义赚它一笔。就这样开发起来，单位和个人都有了收益。年轻的王绮云，起初还感到眼花缭乱；不久，她就适应了，并且干得如鱼得水。渐渐地，她变得不仅有风度，而且有派头，她不大看得起那薄薄几张的“大团结”了；她也不再数着手中的工资过日子了；她的穿戴讲究进口的名牌货；她出入的场所也是那种靠兑换券标志档次的地方……又是一个“渐渐地”，她手中的钱膨胀了手中的权，她是分管单位财务的，开发所得的收入是她为单位奔来的，她觉得她无须每笔钱都要向领导请示。于是，有些进项，就由她一挥手分给了大家。那时，她确实感到了自己沉甸甸的分量。周围人对待她的眼光、笑意，都是殷勤的。有人当面夸她年轻漂亮又能干，她听到了并不觉得过分。

她说：“我们这一代人，认准了那个自我价值，我当时觉得很得意，因为我的价值就摆在面前，我在单位的作用，就是我的价值。然而，罪与非罪、法与非法之间的界限，仿佛就横在我最得意的那个时候，我越过了这个界限时，也是得意扬扬的，我几乎没想过会有厄运在等着我。”

那天，快下班了，她正给爱人打电话：“买只鸡，我回家烧个菜。”烹饪之于她，已不是家务，而是一种温馨高雅的享受。她觉得，一个女人，就得活得潇洒；要潇洒，就得像个女人的样子，她并不想让工作缠身，失去了家庭的亲情。她很不屑做那种全部倾力于事业的“女强人”。

但，几分钟后，几个穿警服的人把她的办公室搅得冷森森的。待她听清了她要跟着他们走时，她有一种恍若隔世之感。她脚步犹豫地走向门口，又伫步，转身，环视自己的办公室——这造就了她的地方，她心里升起一种预感：我将永远不会再回来！

那天，在拘留所里，她厌恶地望着同号的女犯们，她觉得她们个个低俗肮脏，她掩鼻而坐，任她们嘁嘁喳喳，而不和她们说一句话。晚上，她裹着那件高级的毛料大衣，蜷缩在角落里，眼泪才唰唰地流下来。她没想到，那个昨天还是上等女人的她，今夜却落魄如此。这一夜，她几乎没有合眼，往事如烟。她从迈出生活的第一步，依次想起，直想到这个被囚禁的夜晚，她觉得她走的路，是直上直下的……

王绮云说着往事，心潮起伏，额前的短发，不断滑下来，掩住她的眼睛。她一甩发，仰起脸，举止透着往日的潇洒。她是个自制力很强的人，说到动情处，她总是停顿片刻，不使声音哽咽。

“私分公款”“贪污”这些看来十分肮脏的字眼，现在与美丽、高雅的王绮云连在一起，这是一个残酷而不可推翻的事实。但是，走到这一步，总得有个过程。这是一个怎样的过程呢?

王绮云稍加沉思后，说：“我们这一代人，从上中学起，脑子里就印上了‘人生价值’四个字。那时候，是社会上正值价值观的转换时期。虽然对于这四个字众说纷纭，但是我们没有能力也来不及去辨别它，就一下子长大了，一下子拥到社会上。对于过去已有了的，我们都一概认为是旧的，应当抛弃；对于当时时兴的说法，我们都吸取，认为这才是新的。我们自以为长大了，其实是稚气未脱。其实，现在看来，我们是先天不足的，什么也没准备好，就一心到社会上闯荡。于是，一旦顺利，就头脑发热，忘乎所以，什么都不顾忌。我们刚到社会上的时候，正是金钱满天飞的时候，于是，自己的价值，就和所得的金钱画上等号……谁想到，这社会上，除了金钱、享乐，还有法律、监牢呢?”说到此，她顿然而止，一个挺长的沉寂，使我和她都说不出话来。

“听说，你在监狱里的讲演比赛中得了一等奖?”我努力地打破沉闷，转换了话题。

她怔了一下，慢慢地说：“我可能是那种不甘寂寞的人。老实说，到了监狱，我才有了自卑感。一个很骄傲的人，一旦遇到了挫折，自卑感也很强烈——我的这种自卑感埋得很深很深，恐怕一辈子也消除不了。但是，我刚刚30岁，我总得重新做人。我知道，我不可能再做过去的我，至于我能重新做个什么样的人，现在还想不好。我爱人对我很好，他来监看我时，总鼓励我，爱护我，但是，我却无论如何也没有过去那种争强好胜的劲头了。您说的那次讲演比赛，其实，是管教干部鼓励我参加的，我开始并不想参加——当了犯人，还讲什么演！但是，我不好驳管教干部的好意，她们是为我好，我就硬着头皮参加了。一看那些参赛者，我忽然觉得我比任何人都有把握夺魁。于是，一上台，我摆脱平日的思想负担，大大地发挥了我的优势——气质、口才和自信。后来，我果然得了第一……”

“那么，这也是在寻找人生价值了?”

她犹豫了一下说：“也算是吧。不过，当时我没这么想，事后，管教干部和犯人们都夸我讲得好，我心里似乎隐隐地感到一种……一种做人的价值……”她声音很低地说完这段话，神色沉沉。

结束了和王绮云的谈话后，“王中”问我的感想。我说：“一言难尽。”她说：“这类经济犯罪的比例，在女犯中增长颇快，而且，她们之中，有些人是手握实权的领导，有些人是精明强干的骨干，有些人是历年的先进工作者。社会上对她们统称‘女强人’，她们大多数文化不低，能力很强，工作成绩很大。”

我说：“改革开放，女性的才华得以施展，但这并不意味着女性的完善；其实，施展才华的过程，才是女性自我完善的过程，包括对社会的认识和适应，对法制的度量和其约束力的认识，等等。”

这段话，我曾对王绮云说过。她听后，说：“您说的这话，挺有哲理，要是我早懂得这个道理，也许就不会犯罪了。可是，那时，才干和成绩都让我昏昏然时，哪能冷静地想这么多呢？”

她的话，令我沉思。我想，许多女性，一旦用自己的实践证明了“男女都一样”时，就不再满足于获取男女平等时的平衡心理。不是有不少社会学家预测：未来的社会，很可能是女性统治的社会，因为自母系社会以来，女性天赋的管理才能，使她们很容易在当今这个繁杂的社会中，展示才能，处于优势。

我不知道这种预测的现实性有多少。但我想，无论这种预测是否实现，它都无可辩驳地承认了女性的才干。但是，人们不应忽视这一点，即：社会在为女性提供展现才华机会的同时，也同时提供了犯罪的机会；她们可以和男人拥有同样多的创业的机会，也拥有同样多的坐牢的机会。

如果有人能据此写出一部《女强人戒》来，恐怕会不失时机地挽救一些女中精英。

金钱诱惑了青春

我的采访，仍然沿着金钱这个既浅显又深奥的东西所涉及的脉络延伸着。当分析到另一类犯人时，“邵指”一语惊人。她说：“金钱的诱惑，对男女可都一样。”我们听后，都笑了。细一琢磨，又都点头认可。事实上，女人对清贫的承受力，并不一定比男人强，关键在于信念，而不在于性别。

我说：“惯偷中，有男有女，女的绝不比男的逊色——无论是偷窃的手段还是次数。”

“邵指”说：“您说的这类女惯偷，恐怕没有多少研究价值。我们有一类盗窃犯，她们的偷窃史很短，大多数只一次，但是，能从她们的盗窃，看出金钱诱惑力之强。”

于是，章娜被引到我面前。

二十多岁的章娜，身材苗条，面容姣好。脸上总带着天然的笑意，笑得甜蜜。这是个很容易招人注意的女孩儿。有人说她没入狱前，走到街上，回头率很高。

她是和女友一起入狱的。用内行话说，叫作同案犯。在说起同案犯时，他们常常略去“犯”字，只称“同案”。

章娜原是一家工艺品工厂的工人。她所在的车间，为工艺品镶嵌贵重的金丝。她开始当工人时，只望着那些漂亮的工艺品感叹不已，企盼自己也能像师傅们一样，做出这么漂亮的产品来。下班后，对过去的朋友和同学，她都显出那么一种由衷的自豪，她觉得，她的工作挺有艺术味，比那些开车床的棒多了。可是，从哪一天起，这些工艺品的金钱价值引起了她的注意了呢？她也说不清。只是，和男友在一起，喝杯咖啡呀，上趟游乐场呀，金钱的价值，渐渐镶在她心里了。但是，工资、奖金就是她唯一的财源，自己都工作了，再不好意思向父母开口要钱，何况，父母也是靠工资生活的。章娜的漂亮是出众的，从小到大，谁都说她漂亮。可是，当她真正感到漂亮是她的一种资本时，也同时感到她的物质的贫困。那上班时干净的工作服，再也不是她的骄傲；那下班后原本还可以的服饰，已使她感到寒酸。漂亮使她生出了种种苦恼和不满足。她太看重自己的漂亮了，何况，在她周围的少男少女中，不仅女孩儿把漂亮当成自己的价值，连男孩也以女友的漂亮来增添自己价值的砝码。于是，章娜为不能充分施展自己的漂亮感到委屈。就在她蹙紧眉头时，车间里那些她早已看惯了的物品中，竟有一个对她眨着诱惑的眼睛，这就是那些削剪下来的金丝的碎屑。这些有一定含金量的“下脚料”，自然不是可以随便拿走的。但制度却管不住受了诱惑的章娜。她偷偷地收集了一些金屑，把它们偷出车间，交给男友去卖。然后，金钱就笑盈盈地伴随着他们。

我问她：“这是你的主意，还是男友的?”

她用眼睛看着我，说："一块儿出的主意。"

我知道她不愿意谈论这个话题，或许这还涉及他们案件的定性。犯人们一般都不愿在入狱稳定后，再涉及案子。我问她："你后悔吗？"

"后悔。"她说完，深深埋下了头，如折断翅膀的天鹅。

我想，那车间里工作着的男女老少，都没有被那些天天摆在他们面前的金屑所诱惑，唯独漂亮的章娜，做了金屑的俘虏。可见，金钱并不能诱惑所有的人。我把这想法直率地告诉章娜，她听了，也直率地说："是呀，那时，我简直钱迷心窍。"

我婉转地问她："那时，和你年纪相仿的年轻人，下班后都去干什么？"

她想了想，说："有的交朋友，去约会，有的回家，有的上电大、夜大什么的。"她说到此，似乎对我的问题有所悟，表现出一副不愿回答的样子。

我不想伤害她，我只是想向她证实：青年人也并不一定都能被金钱诱惑。我转了话题，说："你的男友不是很爱你吗？将来出狱后，你们重新开始，还来得及。"

她惨然一笑说："不，出狱后，我不想和他在一起生活。我是那种需要有个依靠的女孩儿，他太幼稚，和他在一起，事事还得我拿主意，这太累了……再说，都蹲过大狱，两人再成家，别人更看不起……您不知道，一判刑，我一辈子都再难有自尊心，谁都看不起犯人……"她说着，泪光莹莹，嘴唇紧咬着。

去年春节，她由于在狱中表现好，被特许回家过年。但是，妈妈的防范，却大大伤了她的心。一回家，妈妈早就堆着一大堆脏衣服、被单，让她洗。她坐在洗衣盆旁，一件一件搓洗着，洗得腰酸腿疼。第二天，她想上街去看看，妈妈犹豫再三，答应了，却寸步不离地跟着她。满街琳琅满目的商品，使她时时伫步，妈妈却不断催促着让她快走。她顿时兴趣索然，匆匆地回到家里，闷坐着，再也不说一句话。

说完这段经历，她擦擦眼泪，说："我知道，妈妈怕我出什么事。可我不是那种惯偷，我还知道羞耻。妈妈都不相信自己的女儿，别人还会相信我们吗？"

我劝她："以后，再放假回家，好好和妈妈谈谈。"

"不。"她断然说，"再放假，我也不回家了，就在监号里休息；要不，回我姨家，我姨不像我妈那么监视我。”

我把章娜的心理状态告诉管教干部，她们说，像章娜这类犯人，很反感别人把她们和惯犯同等看待。她们希望别人爱护她们的自尊心。管教干部建议我和林小霞谈谈，谈她的犯罪过程，很值得做父母的深思。

身材高挑的林小霞，浓眉大眼，倒有些西方姑娘的风韵。她刚20岁，但谈吐间却像经历了些生活风雨。

高中毕业时，社会上的价值取向令她困惑过。有一个事实震撼着她：大学毕业生再也不是天之骄子，分配工作的艰难使他们刚一面对社会就显出尴尬，再加上每月薄薄几张“大团结”的工资，更难使他们神采飞扬。林小霞选择了进工厂当工人的途径，她觉得这比上大学要实惠得多。但是，一年下来，那分秒不差的上班下班，以及使她心急气喘的流水线生产，让她感到单调和劳累，于是，她另辟蹊径，终于去了一家合资单位，做一种服务性的工作。

那时，服务性的工作，已被金钱打扮得花枝招展，它不再像前些年那样为人们所不齿。一个大宾馆的服务员，月工资不低于一个部长。于是，当这些服务小姐穿着入时地走在街上时，或坐在酒吧，很帅地抛出一张张兑换券时，她们的价值，在商品经济的簇拥下，已非学者教授所能比。林小霞当时就是这种心态。她有了漂亮的衣服，她的少女风采无一遗漏地展现出来。她再不是那个每晚苦读于灯下的学生，再也不是那个每日步履匆忙的女工。她能风度优雅地走在繁华的街市上，与那些漂亮的姑娘媲美，一种发自内心的欣喜，常使她陶醉。靠自己的劳动所得而活得如此舒适，她甚至感到自豪。

但是，金钱从不把“满足”二字教给所有得到它的人；相反，它的魔力恰在贪婪。林小霞是在得寸又进尺中滑远了——有了漂亮的衣服，还得配以首饰。她偷了一个外商的首饰。这个过程，似乎是突变，其间并没有拖沓冗长的思想斗争。反正，那天，她就从外商的首饰盒里，拿走了这串项链。这并非一件价值连城的首饰，折合人民币不过几千元，然而它却轻而易举地把林小霞推到了悬崖边上。

我不禁说：“为了这么点钱，判刑坐牢，值得吗？”

林小霞眼光从我脸上飞快地掠过，移向别处。犹豫片刻，她叹息着说：“唉！每个人犯罪都有挺复杂的原因，我犯了盗窃罪，责任当然在我，但，事情也并不这么简单……”

她说出的原因，使我感到沉重——

“我的父母，都是小职员，工资很低，一家四口——我还有个弟弟，生活比较清苦。但父母对我们管教很严，他们总把自己的想法强加给我和弟弟，从不允许我们稍有违抗。直到我们已经长大了，仍然有时会遭到他们的打骂。我是承认父母的一番苦心的，正因为这样，对他们的苛责，我尽量忍受。但是，他们却从没有想过，这种不尊重子女人格的管教方法，恰恰产生了相反的效果，使我和弟弟都有一种逆反的心理。父母处处都按他们的想法来塑造我和弟弟，可我们一天天长大了，除了家，我们还要接触社会，还要和别人交往。父母好清净，我们就从不敢把朋友邀请到家里来做客；我和弟弟，都喜欢和朋友交往，大家在一起，吃吃喝喝，说说笑笑，很愉快。可是，一进家门，我们就得轻手轻脚，慢声细气地和父母说话，唯恐哪里不注意，遭他们斥责。这样久了，在家里就感到压抑，尤其是参加工作之后，我更感到回家很憋闷。女孩子长大了，都有自己的追求和爱好，可是，父母处处都盯着我。比如，我的工资，必须全部交父母，只给我二三十元零用钱。我们年轻人，兴趣多，朋友间常聚会，或者过生日什么的，都要花钱，我手头却很紧，别人怎么理解你呢？人家觉得你工资那么多，这么点钱都不舍得，小气！甚至觉得你光吃人家的喝人家的，占便宜，于是，就瞧不起你。每当这种时候，我从心里怨恨父母。再比如，烫发，我父母是不允许的。有一次，我烫了发，又削了，这样的发型并不过分，但一回家，父亲立时火冒三丈，动手就打我，我一气跑回单位，几天不回家。这样的纠纷闹了好多次……总之，我很苦恼，为钱，为父母粗暴的管教，和他们不给我生活的自由……”

她说毕，痛苦地手扶前额，半晌不动。

我想，这一番话，当然不能解释为她偷外商首饰的理由，但，如果她的父母能听懂这番话，是否可以从中至少感悟出自己教育的失败。

我问她：“现在呢？你和父母是否都可以从你犯罪这件事中，各自反省？”

她苦苦一笑，摇摇头，说：“我当然应当反省。可我的父母不会意识到他们在我心里造成的压力。这次春节时，由于我改造表现好，监狱批准我回家过年。家里人一起谈到我犯罪的问题，父母一口咬定说，是他们对我管教得还不够严。”

她只有一年就刑满出狱，问及她出狱后打算如何调整和父母的关系，她不假思索地说：“这很难。比如，出去之后干什么，我肯定和父母想不到一块儿。”

她想出狱后当个体户。她说：“挣钱没错，只要不犯法；人不能总过得那么清苦，自己想办法凭劳动挣钱，是社会所允许的。”

她想出狱后开个花店，鲜花生意是有前途的。她认为，人们生活提高了，就会追求更美的。说到这些，她有些沉醉，眉目舒展，笑容绽开。

“但是，我父母是不会同意的。”她说着，有些神色黯然，“他们早打算好了，说是准备拿出一些钱来，让我上个什么学校，学学打字什么的。他们很看不起个体户，你想拼命挣钱是不光彩的事。其实，挣钱多，并不应当受指责。如果……如果我们家里有钱，我也不至于像今天这样……您说呢?”

林小霞的身影消失在门外，她留给我的是关于金钱的困惑。讳言金钱，实在是太迂腐了；但追求金钱就是时代的标记吗？这之中，关键是有个度的问题。这个度，才是金钱带给人利弊的分界，才是在金钱面前，人的自尊、道德和良心是否存在的分界。

当朴实的姬丽丽向我叙述她犯罪的经过时，对于金钱及其度的探究，仿佛更明白了一些。

入狱前的姬丽丽是个中型餐厅的服务员，她的犯罪手段、情节都很简单。

这个出身于工人家庭的女孩儿，是以诈骗罪被判处7年徒刑的。由于服刑表现好，曾减刑半年。

我们的谈话一开始，她就说：“再有半个多月，我就服刑期满，可以出狱了。”

今年，她已29岁，入狱时，刚22岁。服刑生涯送走了她的青春，但她的直率乃至憨直，仍流露在言谈话语中。

她说：“我父母是工人，家里生活不好，但他们从没亏待过我，我有三个哥哥两个姐姐，他们很早就自立了，全家都没想到我会进大牢。”

父母为她安排的本是一条安分守己的路。领完高中毕业证书的第二天，她就到餐馆当临时工。上学时，她的成绩是中等，但对上大学，她没有兴趣，为升学要拼力付出的巨大代价，使她厌烦。她看到一些考不上大学的人，沮丧气馁，而即使去上补习班，来年再考，也是中榜者寥寥。于是，她从这个艰难的生存斗争中毅然退出，寻找一条适合于自己的生路。

她说："我父母是工人，我哥哥姐姐也早早工作了，我对上班工作，从小就有一种特殊的向往。"

父母把劳动者的质朴融入她的血液。所以，尽管餐厅的临时工是刷盘刷碗，她也干得认真麻利，从不偷奸耍滑；三个月后，她就被转为正式职工，当了前厅的服务员。姬丽丽对这侍候人的工作，毫不鄙视，她尽心尽力地做好。年终时，她总是被评为先进工作者。

但是，父母传给她的质朴也好，她认真工作的态度也好，甚至连她年年先进的荣誉，都未能筑成一道牢固的堤坝，挡住金钱对她的诱惑力——几个倒卖紧俏商品的朋友找到她，恳请她帮个忙：每天结账时留下1000元现金借用，第二天上班时就能还给她。这1000元就是倒卖的资金。她从中得到了好处费。

或许姬丽丽开始时没能弄懂：挪动公款作为私用，本身就是犯法的，更何况是倒卖。再或许，这种活动只有一次就中止，那么它的痕迹只留在姬丽丽的良心上。可惜，金钱的深河，水流湍急，姬丽丽涉足于其中，是难以自拔的。那些倒卖者多次的非法行为，从未失手过，这其中的一个锁链就是姬丽丽每天挪用的1000元公款。有了这个锁链，他们金钱的得来，就全不费功夫了。只是，天有不测风云，终有一天，提货的环节出了问题。于是，全线崩溃，姬丽丽和他们一起受到法律的惩罚。

当初涉足之始，姬丽丽也忐忑过。但几次顺利得手，使她忘记了这不义之财所包含的危险性。

被捕时，是一天的清晨，她还没起床，三个穿警服的人，神情严肃地来到她家，她一下子被吓蒙了。但，被带往派出所的路上，晨风使她清醒，她意识到自己面临一场大难。当晚，她被警察押送着回家取衣服，年近六十岁的父母，大惊失色，他们安分一生，怎想到最钟爱的小女儿会犯了法？

回忆往事，对已服刑六年多的姬丽丽，仍然是痛苦的。她说："我一共拿了2380元，我没给家里人说，全和朋友挥霍了。有时，开几天病假，到外地去玩几天，再匆匆赶回来上班。这样的日子里，也有提心吊胆的时候，也想过洗手不干，可是，钱那么容易就能到手，这吸引力是很难抵御的。"她说着，面有愧色。

22岁到29岁，对于任何人只有一次，但，姬丽丽的这“一次”，却在铁窗里度过。在即将刑满时，她十分感慨岁月的流逝。春节时，她回过一次家，她说：“家里变得陌生了，只有那张旧八仙桌认得我，其余的，组合柜、席梦思、电视、冰箱，全是我入狱后家里添置的。我挺惭愧的，这六年半，人人都在创造财富，只有我……”

问到她出狱后的打算，她坦直地说：“不瞒您说，我还想找个单位去上班。开头不是给您说了吗，我从小就向往上班。这回进了监狱，原单位开除了我，可我出去后，不想当个体户，还想找个单位，什么工作都可以……”

我对她的选择感到惊异，问及“王中”，她说：“姬丽丽的家中，全都是职工，在单位工作得都不错。她从小就生活在这个环境中，她喜欢在集体里。就说服刑吧，她不像有些犯人那样总想远离人群，她愿意在集体中发挥自己。有个班纪律较散，我们调她去当值星员，几天后纪律就好了；还有个班生产上不去，她到了这个班，合理分配每个人的工作，生产很快就上去了。”

面对姬丽丽的情况，我很感慨。金钱裹挟着她，使她失去了集体，也随着失去了自己。现在，她想重新拾回那失去的。或许，在生活浪涛的颠簸里，她日夜思量，终于感到，那失去的，比金钱宝贵。

对于如她这样的经济犯罪者，新生的路或许是艰难的，几位女警官都有这样的看法：和那些惯犯比，她们似乎更脆弱——感情、自尊心等都如此。那么，对来自客观的反应就更敏感，她们企望新生之路的平坦，对未来的坎坷有准备，但准备不足；她们特别怕别人把她们和那些惯犯看成同等，一旦这样，她们那脆弱的自尊心就承受不了。但是，女警官们又说：只要社会、家庭给她们多一些温暖，爱护她们尚存的自尊心，她们中的多数人是可以改邪归正，不会再重新犯罪的。

合上厚厚的采访记录本，“经济犯罪”四个字仍然在眼前跳个不停，仿佛说，这是回避不了的，它也打着时代的烙印。

我想起一位长者在给女犯讲话时的结束语：

“服刑的姐妹们，在金钱面前，我们应当记住六个字——自尊、自重、自爱。”

误区在金钱背后

当年轻的刘羽向我讲述她犯罪的经过时，我觉得金钱的脉络被延伸，我的视点落在了远处——这是刘羽的归宿，也是她为之犯罪的金钱的归宿。

这个仍滞留着一身学生气的刘羽，坦率地对我说："我想出国留学，于是，为了这个目的，我调整了我生活中的一切内容。"

我对她说的"调整"，甚感不解。待听她说完，才明白这是她企望走向目的的过程，也是她犯罪的过程。

大学毕业后，一走入社会，刘羽曾一度感到纷扰不堪，但几乎是同时，她又产生了一种想要投入的兴奋。她不断地思考着现实中的一切，却总也思考不出个所以然来。她被分配到一所高等院校教书，但这份工作，早已失去了它在几年前的光环，在各种价值取向纷纷亮相时，金钱于其中就显得亮晃晃的。但刘羽并不是那种能轻易地在金钱堆中醉倒的年轻人，她对人生、对金钱的思考，仿佛带上了些文化味儿，变得深远了一些。

父母都是在高等学府的教学中送走青春，引来双鬓染白的，他们不可谓学问浅，但对他们来说，知识和金钱的联姻是艰难的，靠教书成了腰缠万贯的富翁的，恐怕现实中尚乏其人。刘羽敬重父母，如同她敬重知识一样，但她绝不想效仿父母的取财之道——靠工资过一辈子。在她涉足的高等学府里，学生们的奋斗之道莫高于考托福，去出国深造，那优裕的生活会在这一举动中自然而然地到来。刘羽走的也是这条路。恰恰是国家分配给她的这份教书的工作，给她的个人奋斗提供了极好的机会——她每周课时甚少，自由支配的时间却多得令人羡慕。于是她把授课以外的时间分成两份，一份用来做生意，一份用来读托福班。她说，这两份合二为一，则同是为了出国留学。机会对于她，实在是幸运的；她无须去倒卖那些赚头不大的商品，在高校形形色色的经商热中，她从事的商道是上乘的——倒卖紧俏的生产原料，成交的全是大买卖。政策的不完善，使漏洞反而成了机会，他们几个人，挂在一个大部门之下，组成了一个"公司"，而且靠过硬的关系，做起了转手生产原料的买卖，并且没有太大的风险，所得又是优厚的。这是经商热潮中最令人羡慕的门道，刘羽曾在一次分成中，最多拿到一万元。一年多时间，除了她高消费的支出外，她的积蓄已达3万元。这个数字对于一个在知识分子家庭长大，又周旋于知识分子圈子的女孩来说，无疑是充满了新鲜、刺激和诱惑的，或者说它也是刘羽人生价值的一个标志，当她把自己那台9英寸的黑白电视换成“平直遥”的大彩电时，当她买来价钱很高的进口冰箱时，一辈子靠工资度日的父母，曾大大惊异过，他们战战兢兢地问女儿：“何以有这么多钱?”女儿只付之一笑，那神情的坦然，让父母释然。身居外地的父母虽然仍存狐疑，但又认为，从小认真读书成绩优秀的女儿，是不会走入歧途的。女儿留在他们心中的，仍然是三好生的奖状，和成绩单上一连串令人欣慰的分数。

出国留学，对刘羽究竟有多大的吸引力?

问及此事，她难堪地一笑，不十分情愿地谈了她的想法：“我不是那种才智平平的人，我从小好胜，不甘愿落人之后。那时，出国潮来势那么猛，铺天盖地的，为此动心的人很多，我也不例外。我没有什么国外的亲戚，我也不想依靠外来的条件，我想靠我自己的力量，我一定能出去。靠个人奋斗，走出一条通途，这就是我当时的想法。您问出国的吸引力对我有多大?这问题太具体，我说不清。但我可以告诉您，为了走我自己的路，我离婚了。”

她大学毕业后，就结了婚。双方父辈交情笃深，并因此为她的婚姻早早地铺设了桥梁。两个家庭门当户对，虽分住两地，但都在高校就职。在外人看来，这是一桩和美的婚事。但恰是这传统式的和美，埋下了这场婚姻的悲剧种子。婚后，这一对出身知识分子家庭的年轻夫妇，谁也不愿再走父辈的老路，去钻书堆。丈夫也在一家公司供职，紧促的节奏充斥了整日的工作，下班后回到家来，希望有个温馨的氛围。这希望自然是寄托在妻子刘羽身上，丈夫觉得，家庭的蓝图应当是这样的：自己挣钱，妻子持家，既有钱，也有家，才是现代男人的追求。他希望刘羽全心全意地来建立他们的小窝，使劳累的他每天能在这里栖息。可是，刘羽却偏偏没想这些，她想闯出自己的事业，走自己的路，她一门心思想出国。栖息在安乐窝里，虽然美好，但对她并无吸引力。她不能整天消磨在家里，等丈夫下班回来，为他端上一杯热咖啡，或者做一顿丰盛的晚餐，她全然没有做这种妻子的心绪。于是，家徒有其名，两个人谁都没有把自己拴在家里，回到家，只看到寂静的空间和冰冷的家具。

也许，破裂最早是从刘羽开始的，她不甘心于丈夫为她勾画的妻子形象，她毅然走出这个家，去寻找属于她自己的天地。于是，就出现了结婚9个月后的协议离婚。痛苦不能说没有，但那抵不过她对自己未来出路的追求。

再后来，她以盗窃罪入狱了。

我很难让她描述行窃的具体过程，她竭力回避了我对她行窃的有关情节的询问，只是这样说："我们公司赚了钱，另一个女孩，几次都多分了钱，这是不公平的，我心里不服，心想，你凭什么这样，凭能力，凭才干，凭所付出的劳动，我都不在她之下，所以，我心里对她积怨挺深。这一次，她又多拿了钱，我特别气愤。我想办法弄到她家钥匙，进到她家，把钱拿走了。"

在叙述这个过程时，她似乎愧疚不深。她还补充说："那钱，就放在明面上，我也没有翻箱倒柜……"

我不禁说："那个女孩肯定知道是你拿的？"

她说："是，我也想到这一点。只是，我没想到她会去报案，她家里的人坚持让她报案。公安局的人一找到我，我就全部承认了。我没想到我的行为会触犯法律。本来我想，我拿了钱，她肯定知道是我，她会找我，然后，我们私下解决……当然，现在，我明白了，我的行为是触犯法律的，法律是无情的，不管对谁……"

我默默地听她最后的这段叙述，已不再想去区别这个大学教师的女犯人，与惯窃犯的异同。我沉浸在对她蜕变的震惊中。那为了出国留学而从商而犯罪的说法，已经无法使我谅解眼前这个书卷气依旧的年轻女犯。我的惊讶，在于我实在难于想象：金钱的得失，可以使一个书香门第的女孩，变得如此面目全非。这是金钱的罪过，还是人的罪过？

我问女警官们，应当怎样看待像刘羽这样的女犯人？她们说："对于我们来说，犯人都是管制和改造的对象。我们还是利用她们自身的优点，去引导她们认罪服法。刘羽个性很强，好胜，骄傲，无论什么事，要是没拔尖，她就受不了。我们开始让她当值星员时，发现她能力很强，但有些地方，她不能严格按制度办事，于是，我们撤了她的值星员，让她上夜班，当个普通学员。同时又找她谈话，帮助她认识自己的不足，纠正她的傲气。过了一段，又让她当了值星员，这样，受点挫折，有利于她重新做人。"

我感慨女警官们用心良苦。刘羽也谈过她的这段经历，她也说："我太好胜，遇到的挫折太少。”

我对女警官们说：“刘羽这样的学员，是不是太复杂了？”

她们说：“几句话很难把她们的心里思想说清楚，经济犯罪并不都是个单纯的金钱问题。您找柯玉荟谈谈，她的情况比刘羽更难让人理解。”

坐在我面前的柯玉荟，只有24岁，一副漫不经心的样子，让你很难从她的神情里透视她的心里。我望着她，猜测着那漫不经心的神情，是没有犯罪的自卑感，还是恰在掩饰那囚服下的自卑。

“我犯的是贪污罪，贪污公款一万元。”几乎不待我发问，她就这样告诉我，我感到，在这出奇的坦率中，掩盖着她同时并存的自尊和自卑。

“一万元？干什么用？”我掩饰不了惊讶。

“挥霍！不，享受。”她说着，脸上分明飞掠过一层阴云，但旋即又恢复了那种漫不经心的神情。

这样一个生长在工人家庭的女孩儿，原本规规矩矩，所求不多，这很像她那辛辛苦苦的父母。初中毕业后，她并不想升学，一个意外的机会，她被介绍到一个和出国人员打交道的单位，以致亲朋邻里都觉得她这个布衣之家长大的女孩，真是交上了好运。做父母的，当了半世的小民，对女儿的工作更是高兴得做梦都在笑，千嘱咐万叮咛，让柯玉荟处处小心，好好工作。

生活如此奇妙地给柯玉荟展现了一个锦绣前程。她知道，这个单位进进出出的，都是有后台有靠山的。而他们录用她，也许恰恰在于她没有后台没有靠山。

工作，对于聪明的柯玉荟来说，胜任有余。从她手里每天流过近十万元现金。它们之于她，如同每天每月流过的许多报表一样，不曾使她动心。

但渐渐地，工作熟练了，人也熟透了，柯玉荟却感到了一种压力，一种使年轻的她再也不想笑的压力，一种随时存在，却又难以具体捕捉的压力。

这里进进出出的人，多是服饰典雅，见过世面的。这些，柯玉荟并无自惭形秽之感。令她感到压抑的，是这些人自视很高的气势，仿佛偌大的天在他们眼里不过是块巴掌；无边的地，在他们脚下不过是颗弹丸。他们谈论某个世界大国，那口气就跟说他们邻居的家长里短似的，好像跟人家的总统拍过肩膀一样。还有，他们拿着各种单据，精细无误地找柯玉荟报销，分文不差。他们边报销，边说着的话，好像富得全不把单据上的那数目看在眼里。

于是，小小的初中毕业生柯玉荟，在他们眼里算什么？她只有初中文凭。这个单位里，除了勤杂工，也许就数她学历低。她每天做着他们不可缺少的工作，可却没有人把她放在眼里。这种轻视，渐渐种在长大了的柯玉荟心里，生出了愤懑的果实。这个过程，也许演进了两三年。不知从哪一天起，柯玉荟产生了一种报复的情绪。有时，她愤愤地想，她的不幸，全在于自己低微的出身，这出身使她没有了文凭，没有了这些高等华人的机遇。至于才华，她绝不低于这些整日自视不凡的人们。

或许是后来突然听到了有人给自己造什么谣言，年轻的柯玉荟感到自己是不容被漠视的，那积蓄已久的报复心理终于变成了行动——那一天，她从保险柜里从容地拿出一万元人民币，又毫不惊慌地请了几天假，带着简单的行装，站在马路边，招手叫来一辆出租车，大方地讲好了价格，很有派头地钻进车里。黑色的漂亮的小卧车，疾驰而去，带走了一个已非昔日的柯玉荟。

终点——T城。

"你为什么去T城?"我问她，原以为其中有故。

不料她简单作答："不为什么！我从小没离开过北京，第一次离开，随便就想到了T城。"

我停住记录的笔，抬头望着她，毫不掩饰我的惊讶和不解。此时的柯玉荟，消失了那副漫不经心的神情，变得闷闷不乐。

在T城，她住进一家豪华宾馆。来来往往的人，都像她单位里的人那样有派头。柯玉荟在心里嘲笑他们：有什么了不起，手里有了钱，谁都能有派头。于是，她的派头，也使服务小姐们诺诺起敬，几天里，她几乎没有离开过宾馆到热闹的街市看看。她说："我是为享受而来的，既然要享受，就要按我喜欢的方式。我从来不喜欢喧嚣，只喜欢安静。我在宾馆的房间里，一切设备都是豪华的，我想躺就躺，想看书就看书，舒服极了，再没有人看不起我……"

我实在难以继续向她提出问题。我觉得，由愤愤不平的心态，到采取这样的报复手段，这过程中，柯玉荟的心里也许会有一种近乎变态的情状。

她打断我的联想，说："享受，谁不会呢！只要有条件，您说对吧！同样，只要有钱，谁都可以从外表上变得高贵起来……"

我终于轻轻地舒了一口气，说："你没有意识到这是犯罪吗?"

"当时……没有那么清楚地意识到……"她垂下头，缓缓地说，"当时我脑子里几乎是一片空白，但后来……我当然……意识到这是犯罪……不，应当说，我从保险柜里拿出那一沓钱时，就意识到了。我知道，这样做肯定会被人发现，而且肯定会知道是我……但，当时，我被一种情绪促使，很难冷静地想问题。我只想，和我们单位的那些人比，我才智不比他们低，人格更不比他们低，他们能享受，我就不会吗？只不过，他们有机会有条件，那些钱，也是公家的；我想，我有钱在手，照样会享受……"她说着说着，变得很激动。

我不敢说，柯玉荟也是为了一种追求而犯罪，但她又确乎是为了她心里所希望的，而以身试法的。这其中，包含了她的单纯和单一；也许还应包含她由于文化低、涉世浅而造成的思维方式的偏颇和执拗，以及面对复杂人世无以应对的愚顽。

与柯玉荟和刘羽相比，章世英的追求，就变得实际而功利。

她长得不漂亮，但不知从何时起，她不满足于自己工人出身的家庭，不满于自己的工作——收废品，于是，揣在她胸口的那颗心，变得不安分起来。

她的悲剧的序曲，或许从她的婚姻开始，只是，埋在她心底的幻想，在被现实打碎之前，她总是那么盲目地期盼着它的实现。

她今年已37岁。7年刑期中，曾减刑一年半。我见到她时，她再有5个月就将刑满出狱。但，对于这个犯人们盼望的日子，她却没有太多的欣喜，只是神情郁郁地对我谈起她的过去。

章世英在一个废品回收站，负责收钱开票。这样一个为人轻视的工作，却能使她贪污款数累计为一万元。她攫取金钱的数目和手段，都令人难以宽恕。唯有她的用心，却浸透了一个在社会底层的女性苦心经营的悲剧，给人留下种种感叹和一连串的探索……

她出生在一个工人家庭里，父母几乎没有文化，和废品打了一辈子交道，贫穷和愚昧，使他们举止粗鲁，连对自己的儿女，都是动辄打骂。章世英从小生活在这样的环境里，无奈地习惯了。可是，不知从什么时候起，她喜欢看小说，常常是一看就难以释手。她从小说里看到一个陌生而令她向往的世界，看到了一群绝不像自己父母的人。于是，渐渐地，她在心里为自己的未来描绘着一个如小说里写的世界——优雅、文明、富裕。但这仅仅是个蓝图，是个梦，她无论在废品回收站，或是回到家里，都只能把这个梦藏在心里，她觉得自己永远是个脏兮兮的灰姑娘。

但是，有一天，当他向章世英走来时，她觉得那如梦的向往似乎开始在她身边演幻。

他和她在同一系统工作，是个炊事员。他们同是“文革”中长大的一代，实际的文化水平不过是小学毕业。章世英并不喜欢他，她觉得他懒散，总想不费力就办成事，想走捷径，不是个顶天立地的汉子。但是，他的价值的砝码，在于他的家庭。父母在大学里工作，哥哥姐姐们，不是教中学，就是教大学。这个家庭的氛围，吸引着章世英，她常从这个家里重温小说中的所见。至于他为什么追求章世英，我无法采访他，是难以表述准确的。也许由于他们同样文化粗浅，也许在收废品的系统工作，使他失去了从家庭层次的环境中寻觅伴侣的条件。用章世英的话说：他追了我五六年，我们才结婚。

不能说这桩婚姻对章世英来说是勉强的，尽管她并不喜欢他，但她应允了这桩婚事，出于自愿。她双眼盈满泪水地对我说：“我想改换门庭，我不想总在社会底层生活，我更不愿意让我的孩子也生活在这么低俗的环境里。”婚姻，对于章世英来说，是她幻想走出低谷、改换门庭的起始。

婚后的生活，平淡无味。他家的人对章世英不冷不热，一个收废品的儿媳妇，能给这个家庭带来什么呢？章世英明白这一点，她并不苛求得到额外的东西，或者让他们格外地善待她。逢年过节，带上礼物，到公婆家里，与他的斯斯文文的哥哥姐姐们聚一聚。无论他们脸色冷暖，她都不计较。只是，直到儿子落地后，她觉得她的追求，她的新生，才开始变得实在起来。

一切都需要钱。用钱改变贫穷的环境，让儿子生活在一个富裕的小家庭里，这是他和她共同的想法。于是，她利用收废品开票收款之便，开始拿好处费，贪污公款。这一切，他都是知情的，因为除了家庭里较高的消费外，他们还有一个共同的目标——出国。他的一个姐姐在美国。于是，他和章世英商定，想法出国，哪怕开个小饭馆，也能挣出大钱来。这两个文化低浅的夫妇，自然无法走考托福的路，于是，他们需要攒钱，为出国做好准备。这个重担，落在章世英的肩上，她是甘愿的。她那么希望为下一代改换门庭，这希望使她的贪污数额很快地积累起来。看着这个数字，她充满了兴奋，她觉得离自己渴望的那个目标越来越近了。

不料，一切由他而败露。他到黑市去，打算倒卖车辆，也能捞些外快。一来二去，被抓住了，而且，和盘托出了章世英。

起初，对于他这种出卖的行为，章世英愤怒得难以抑制。但拘留时，他双泪横流地对她说："我这么做，全是为了这个家，为了孩子。"章世英慨然接受了这种交换，说："只要是为了孩子，为了这个家，我就全部承担责任吧！"他也慨然表示："我带着孩子，等着你。"

一切到此都还带着章世英幻想的光晕。所以，当她判刑7年锒铛入狱之初，她并不像别的女犯那样满是凄苦之情，她心里常常涌出一种自我牺牲的高尚感，令她欣慰。

使她清醒的，是在她穿上囚服不久，他突然提出离婚。这迎头一棒，打得她莫辨东西。她实在没有想到，命运竟这样戏弄她一个收废品的女子，而她梦寐以求的一切，竟然破灭得这么神速，这么不可收拾。

大墙内外的这场离婚案拖延了好几年。章世英说："他要离，我偏不离，法院几次都没判离，我想是考虑到我贪污的钱，他挥霍了，法律也是讲情理的。我服刑，他带几年孩子，然后再离，这才公平。"她说得愤愤然。

当然，他们仍然是离婚了。她后来提出，等她出狱后再离，但法院和监狱的干部，都给她多次做工作，讲明道理。她说："我坚持刑满后再离，是有实际困难的——是为了房子，那房是男方家里分的房，可我出去后，没有立足之地，我想出去后离婚的条件就是把房子留给我和孩子。"说到此，她潸然泪下。

"王中"对我说过："我们并不原谅她的罪行，但是，她确有困难，而且她改造表现很好。我们多次和法院同志谈过，他们很理解我们的想法。我们也多次和她原来的爱人谈过，后来感到实在无法弥合，就尽量做章世英的工作，让她有充分的思想准备对待离婚，我们鼓励她，依靠自己，不要把自己的命运寄托在别人身上。"

章世英很感戴女警官们对她的关心，她说："逢年过节，监狱里卖便宜的东西，队长总是先想到我。"

她的希望，仍然寄托在儿子身上。儿子8岁了，由外公外婆带到监狱来看过她。孩子对别人说："我爸当厨师，我妈织毛衣。"织毛衣是女犯中队的生产任务。8岁的孩子也蒙上了铁窗的阴影，他幼小的心灵上如何承担负心的父亲和服刑的母亲加给他的负重？然而，服刑的母亲说到儿子，却倍感欣慰，她说："孩子由我父母带着，也经常带到他家去过，但到了晚上，孩子就闹着要回我们家。"她说着，还笑了一下，我不知道从什么时候起，在她心中，她的贫穷的家与她曾追求的知识分子的家庭，又调换了位置。

5个月后出狱的未来，此刻正煎熬着她。她说："我不回原单位，没脸回去。我们单位是先进单位，我一犯罪，连累了大家，领导写了几次检查都通不过。人非草木，我哪忍心出狱后还给他们添麻烦。"

但是，出狱后怎么生活呢？她说："我还得去挣钱，来养活孩子，我只能当个体户，但我不干别的买卖，我要卖书，开个书店，这是为了孩子。卖书总比干别的买卖好。"

我目送她走出监狱办公室的门。37岁的她，已开始发胖，过分宽大的囚服，使她的举止显得笨拙。

在生活的道路上，她走了一条弧度很大的弯路。如她所说，入狱前，除了孩子能让她高兴外，从小到大，几十年，似乎没有什么让她感到幸福的记忆。出狱后，脱去囚服，她将混迹于大千世界之中，她选择了卖书的个体户作为她的社会角色，或许，这也算她改换了门庭！

对于刘羽、柯玉荟、章世英们，金钱似乎是拽在追求后面被牵引出来的。但是，她们手中的金钱，是否因为有"追求"的纱幕，而变得高尚一些？面对着穿着囚服的她们，我想说：这，不应该是金钱的卑劣！

少女的迷惘

有人说，当孩子们不再问自己从何处来、往何处去的时候，他们就成熟了，不再困惑了。

可是，面对这四个小女孩，我却生出无穷困惑。

她们绝不会再生出自己从何处来之类的问题，但是，她们成熟了吗？她们不再有困惑了吗？

不，那囚服，是生活误区的标志。走入误区的人，会没有困惑吗？何况，她们脸上那神情，确实还是稚气未脱。走在喧闹的街市上，她们是一群纯然天成的女孩儿，是年少不知愁的一群。可是，如今，囚服掩去了她们的稚气天真，那深灰的服色反射到她们那双大眼睛里，引起一片稚嫩的忧虑。

面对她们走过的路，谁能不沉入深思呢？

杨小莉走进办公室时，那脚步，那动作，都有一种积习很深的慵懒劲儿。待她坐定，面对着我时，我才看清她那张白皙清秀的孩子脸。

她只有18岁，看上去还要再小一些。但是，从13岁时，她就交了男朋友。也许正是这个男朋友的出现，才使她的命运从此拐了个弯儿。

她的父母对她管教很严，哥哥姐姐也都是堪称楷模的好孩子。可是，她却偏偏出了岔。那是她上初中一年级时，刚升入中学的新鲜劲使她每天都高高兴兴的。从戴上中学校徽起，她就觉得自己一夜间长大了。每天晚上，坐在灯下，开始写作业了，那些复杂的数学题，再不像小学的课本那么简单，她常常要咬着笔杆冥思好一阵。这一切，都概括在她“长大了”的感觉中。

可是，有一天——是个挺平常的一天，她下午放学回家，边走边张望，街上的商店热闹非凡，令她流连，但她不敢多耽搁，她要赶回家做功课，爸爸妈妈也从不许她放了学在街上玩。迎面走来一个二十岁左右的小伙子——比哥哥年岁都大，一直朝她走过来。走近了，她才感到惶悚，她从不认识他。可是他却冲她笑着，说了句什么话，她懵懵懂懂地觉得，是说请她看电影。她怎么回答的，连她自己也记不清，只是加快步子逃回了家。但是，那天，她没有像许多小女孩那样，把这异常的经历，惊慌地告诉自己的父母。只是独自感到一种心神不安。那一夜，她好久都没睡着。

第二天放学时，她忐忑地独自走着。她心里很想再遇见那个小伙子。果然，那小伙子又迎面走来，又说了几句什么。这一次，她没有逃开，而是跟在他后面走了。

以后，她的生活像翻了一个个儿，比上学新鲜多了。小伙子带着她去滑冰、看电影、下饭馆；她结识了小伙子的朋友们，经常是一群女孩子一群小伙子，到处玩，痛快极了。而且，她是他们之中最小的，她特别受到娇宠。

从此，家成了她的樊笼。她要寻取和那小伙子在一起的快乐，就得逃学。父母为这打她骂她，没有办法，只好让哥哥早上送她上学，下午接她回家。可是，哥哥送她到学校了，她却只上了一节课，又逃学去找男朋友玩。放学时哥哥来接她，哪能见到她的踪影。有时，她几天不去学校，老师到家里来找她，她却早早和男朋友出去玩了。

那时，她觉得自己是个自由人，快乐人。不上学怕什么，男朋友不止一次这么说。他带她玩，给她钱花，做饭给他吃，照顾她，但他不让她去上学。他说："你上学，赶明儿文化高了，还不甩了我。"有时，她玩腻了，也想去上学，可是男朋友挡着不让去，她和他打架，可最终还是按着他的安排做。

杨小莉说着这些往事，也不时地轻轻叹口气，但总有一种懒洋洋的情绪。甚至说到犯罪，也是这么一副懒懒的声调。她说："其实，这案子，我是主谋，是我给他们提供线索；是我提供的作案工具——手套、钳子什么的；最后，是我藏的赃物。但是，我的男朋友承担了全部责任。"说到这儿，她神色中才透出些忧郁。

不待我发问，她又说："我们好了5年了，他又承担了全部责任，我才判得这么轻……"

她的刑期只有一年半，出狱之日可望。可是，她说："出去后，我能干什么，真不想出去！我父母想让我上个职业高中，可我从心里不想上。我这人，特别懒，什么也不会干……"

杨小莉始终没告诉我那个小伙子的姓名和职业。从她讲话中，我听得出，她混在一帮不守法的个体户的圈子里。她说，她曾把男朋友的情况对中学的班主任说过，班主任断然说：这是一伙地痞流氓。

她是难以自拔了。望着她走出去的懒懒的脚步，我这样想。

和王旋旋的谈话，是十分痛快的。这个已近二十岁的姑娘，却像十五六岁的女孩那么真诚，一副依人的样子，让人生怜。

或许和杨小莉一样，是男朋友把她引向了生活的旋涡。

16岁初中毕业时，她已长成个亭亭少女。虽然上中学时她是班干部，学习成绩过得去，但她所在的那个普通中学里，想升学者寥寥无几。她借着父母的关系，到一家国内外闻名的餐厅工作，凭她的漂亮、气质和精明，她成了顾客注目的服务员。每月二百多元工资，加上其他的优厚条件，使她有了一种自立的骄傲感。在这种感觉的促使下，当长得挺帅气的大南向她走来时，她觉得自己是个成熟的姑娘了。那年，她17岁！

就这样，她的生活里有了大南。开始时，大南蒙着一层纱——他是一个宾馆的保安人员，他和她谈事业，谈人生。她觉得他高深莫测，于是对他非常依恋。时间久了，大南对她不那么高深了，她开始看到一个真实的大南——他家居住的地区，许多人都是刑满出狱的，大南和他们是一起长大的，自然不疏远，还和他们一起去打群架。旋旋很反感他们的交往，但只有17岁的她似乎还在崇尚英雄的年龄，她觉得大南发怒时，让她很着迷。但是，两人也有冲突的时候。那一次，大南约好了到朋友家去玩，却不带她，她心里疑惑，自己找去了。于是，她看到了一群赌红了眼的赌徒们，大南也在其中。为这事，他们激烈争吵过，但是，17岁的她还是吵不过大南，大南已经是个大男人了，他不听这小姑娘摆布，他积习甚深的一切，她能管得了、改变得了吗？于是，她屈服了，她只要在感情上依靠大南，其他的，随它去吧！

女孩儿一旦有了恋人，父母的话就再也没有约束力了，旋旋就是这样。她不但看惯了大南打架，容忍了他的赌博，她还把自己的工资给他花。最终，当大南提出两人辞职去“练摊”时，她也不顾父母的反对，而听从了。

此刻，说起这些往事，她凄凄哀哀地说：“要是那时能听父母的话，也许我们俩都不会进大狱。”

旋旋和大南从国家正式职工，一夜之间变成了练摊的个体户。这中间，他们似乎没有太多的不适应，因为，前面有金钱吸引着。可是，练摊的世界如一条不见底的长河，他们游弋着，也许感到摆脱制度束缚的自由，但那种深不见底、宽不着岸的感觉，旋旋又是很感心悸，只是有了大南，她觉得只能跟着他走。

走到哪里去呢？旋旋不知道。当有一天，大南被捕的消息传来时，她才切切实实地感到他们的船触了礁，撞了个粉碎。大南是和同伙到外地行窃而被捕的。那天，当朋友把这个消息告诉她时，她失魂落魄地怔了好一阵。然后，她静静地想了一会儿，她觉得命运开始惩罚大南他们了，她也应当被惩罚。于是，她没有告诉自己的父母，也没告诉大南的父母，自己默默地到拘留所给大南送日用品。直到5天后，她自己也被拘留为止。

她一直低着头对我讲述这个过程，讲得很详细。语调虽哀，却无怨。

大南判刑15年，可见其罪之深重；她也被判刑两年，她说：“我没上诉。”说时，一副听天由命的样子。

我屈指算着她出狱的日子，问她出狱后的打算。

“我等他。”她毫不犹豫地说，并且把掩在前额的头发甩上去，一双明亮的眼睛毫无遮拦地望着我。

我用眼神表示了我难以掩饰的惊讶：大南有15年刑期！

她猛地低下头，用几乎听不到的声音说：“您知道，我把一切都给了他……还有谁能要我呢？”她深深地埋下头，我看到一颗颗大大的泪珠，滚落在她的膝头，她用手指把它们抹去……

“也许，你对大南一味地屈从，根源并不全在于爱，而在于你把一切都给了他。”我想说这句话，却没有说出。这女孩，如此时髦的外表下，包裹了一个古旧的灵魂。她活得多么艰难！

从丽华一进办公室，就板着面孔。黧黑的皮肤，滞留着平原上风吹日晒的痕迹。

我请她坐下后，迎着她那双冷漠的眼睛，开始了艰难的谈话。

她来自农村，初中二年级时，就辍学在家。农村孩子成熟得早，一个摆蔬菜摊的同村小伙子成了从丽华的男朋友。从此，小伙子尽人皆知的盗窃史，并没有阻止从丽华走向他的脚步，父母的阻拦也无济于事。从丽华和盗窃沾上了边。

把她和男朋友同时送进监狱的盗窃事实，是确凿无疑的。被他们结伙盗窃的，竟是从丽华的邻居。或许按从丽华的想法，这次举动是为了报复。但是他们之中是谁想出用盗窃的方法去报复，她却不肯告诉我。

她极不情愿地对我说：“我们家和那家（指邻居）有仇。”

这仇结积已久。从家盖了几间房，邻居也盖了几间房，一个算命先生对邻居说：从家那几间房“压”着你们这几间房。于是两家冤仇从此结成。从丽华说：“他们（邻居）曾经在春节时给我们放过火。”

我没有顺着这冤仇的绳结和她谈下去。我觉得，那盗窃的积习是为时已久的，那么，“这一次”盗窃无须因“冤仇”而得以开脱。何况，他们是白天行窃，跳墙入院，撬锁破门，竟盗走了一台大大的电视机。这实在是无法无天的！

及至谈到自己的父母，丛丽华才稍有凄然之色。“我们家的人很恨我。”她抚弄着衣角说，“我姐来看过我，我妈急病了……我父母太伤心了……他们……连信也没给我写过……”她眼里闪出泪花，咬着嘴唇，这样子，倒回复了她18岁少女的神态。

我们的谈话进行得很不顺利，我感到她的抵触情绪。我从管教干部那里知道她的男友也在服刑，但当我问到她时，她却闭口不谈。

我客气地中止了谈话，送她出办公室门口时，我对她说：“你要真诚待人，要把心里想的对管教干部说，她们都是大人，会帮你认清是非的。”

她听着我的话，点点头，一只脚在地面上不停地搓着。她穿了一双红格的花布鞋。唯有那鞋才透露出一点点她少女的天真。

我从她那双眼睛里看到，少女的花季中最纯美的情绪，早已离开了她。她向世界封闭了她原本应当敞开的心扉。

汪小环走进来时，眨着一双大眼睛，端正地站在离我几米远的地方。我请她坐下。她说声“谢谢”，轻巧地放下手中的马扎，坐下后，双手规矩地放在膝头，双眼专注地望着我。这副样子，使我顿生怜悯，难以把她同档案卡片上的“团伙”犯罪连在一起。

“你怎么会犯罪呢?”我脱口而问。

“我厌学。”她细声细气地回答，双眼望着地面，似很愧疚。少顷，她抬起眼说，“也许，因为……我父母早就离婚了，后来……妈妈又死了……我……”她终于说不下去。

她上小学五年级时，父母就离婚了。在这之前，她在家里常听到父母争吵。那时，她总睁着大眼睛望着他们，她不明白他们怎么总吵个没完。母亲是大学教师，父亲在一个显赫的部门工作，姐姐是个好学生，这个家还有什么值得争吵的呢？可是，争吵持续着，直到有一天，她放学回家，看到家里很乱，而吃晚饭时，饭桌上没有了爸爸。那时，她无法判断爸爸和妈妈间的是非，她只是觉得，他们整天吵，谁也顾不了尚年幼的她。

缺少了爸爸的家，除了缺少争吵外，好像没有再缺少什么。但是，妈妈拼命地工作，拼命地干活。这个家，转向了沉默。小小的小环，感到憋闷。姐姐是个很争气的中学生，整天背着沉甸甸的书包上学去，回到家就摊开书本，作业写到深夜。人人都有自己的事，谁也没有注意忧郁的小环。再过了不久，爸爸结婚了。妈妈仿佛一下子苍老了，姐姐也更严肃了，这个家更沉闷了，小环感到更孤独了。她常常独自冥想，想来想去，觉得生活真没意思，整天只有唉声叹气。

就这样，小环进了中学。她没有兴奋，就那么随随便便地坐在教室的第一排，成了中学生。她依然感到孤独。

有一天，附近一个机关大院里开舞会，乐声飘来，让人心动。小环不会跳舞，但伙伴们说：去看看。她也去了，省得在家里觉得无聊。谁料想，这一看，小环却看出了另一番天地——一个个体户的小伙子，从此成了小环的男朋友。男朋友带她到处玩，小心翼翼地照顾她。小环看到了一个比上学有意思的世界，寻到了一个比家里温暖的窝。于是，逃学开始了，和母亲的矛盾开始了。这样，上完了初中二年级，升到了初中三年级。

“这之后，我妈妈病了。”她开始声音很低地叙述往事，“也许她早就病了，到这时，不得不住院。她是乳腺癌，扩散了，晚期。医院很远，在郊区。把她送到医院时，我觉得，这么安静的环境，至少，她可以好好歇歇了，她太累了……说好的，我每个星期天去看她……可是，才过了两个礼拜，忽然，医院里来通知，说我妈病危……姐姐慌忙地赶过去了，当我赶到时，我妈已合上眼睛，浑身冰凉了……”她就这么热泪长流地说着，也不去擦拭流下的眼泪，任它们沾湿衣襟。

“我妈是累病的，从离婚后，她就拼命地工作，晚上很晚才睡。她的学生们对她好极了，家里换煤气罐这些重活儿，全是她的学生来帮忙。他们还照顾我……可，我没给我妈争气……她临死时，让身边的人告诉我，叫我好好学习……可我，没好好学习……”

初中毕业后，小环像一片叶子一样飘到了社会上。她能到哪里去呢？只能跟着男朋友走。姐姐到外地上了大学，这个家就剩小环守着，但是，年幼的她，守不住妈妈和姐姐对生活的信念，对事业的执着。她终于陷进了男朋友的团伙，跟着他们去挥霍偷来盗来的金钱。她说：最多的一次，他们偷了6000元。偷来的钱，都挥霍得一干二净，然后，再去偷。

从她的叙述中，我很难猜度这段盗窃史在她心里到底打上多深的烙印？她是否能从中自拔？

我很想知道她的父亲对她入狱的反应，又怕她伤心，不便直问。于是，婉转地问她："那你现在最牵挂什么人?"

"我谁也不牵挂!"她一下哭出了声，哽咽许久，才说，"我爸在我入狱后五个半月时，来看我了，他说他对不起我，但他常出差，他顾不了我。我不恨他，恨他有什么用，全怪我自己。男朋友，对我来说，可有可无，他对我好，他家里的人也对我好，我没家没亲人，也就对他好了……他判了9年刑，我判了两年。今后出狱，我也不知道干什么，唉！去当临时工吧！有什么活儿，干什么活呗!"她说着，抹了一把眼泪，又说："干个体也行，反正……靠我自己呗。"她那么苦苦地朝我一笑，那笑，超越她刚满18的年纪，甚而流露出那么一点玩世不恭的样子。

女警官们说，汪小环太小，她所表现的思维、处世和生活能力，比她实际年龄还要显得小，什么事都要教她，慢慢地讲给她听。她的优点是很听话，不搬弄是非，她是我们这里年龄最小的，大家都爱护她。

汪小环眼泪汪汪地跟我道了"再见"，转身走了。她那头乌亮的短发中，俏皮地梳了一条细细的小辫，藏在头发中，或许这是留在她心中的童趣。

四个小女孩，一个个从我眼前飘走，却又留下一个个难以说清的思考和情绪。

她们几乎都是未成年时，就遇到了年长的男朋友，而这些男朋友，又多是行为不轨者；她们也几乎是早早地抛弃了学业，走向了纷繁复杂的社会，在难辨清浊的人世间，她们完全没有应变的能力，于是，外因形成的导向，使她们一步步走向深渊。

我和女警官们讨论着这几个女孩儿沉沦的原因。她们说："这些孩子，先天不足。"

这话说得极是。

家庭教育的先天不足，使她们苍白；文化教育的先天不足，使她们浅薄；道德伦理教育的先天不足，使她们轻浮和轻信。于是，当她们带着未成年的稚气走向生活时，她们是踉踉跄跄的，极容易摔倒。

这些女孩在未涉世事时，又过早地有了恋情，而她们初恋的对象，竟是比她们年长得多，并且都是行为不轨的男青年，她们崇拜他们的"成熟"，却辨不出这“成熟”深处的龌龊。女性对男性的依赖，对于先天不足的她们，则表现得更明显，于是，男友成了她们初涉社会的向导，歧途就在她们脚下……

我眼前仍闪着她们那一双双稚气却又掠过荫翳的眼睛，那眼睛里，记录着她们的过去。

我想起一个中学女教师的话。她说，她当班主任时，每个月要召开一次女生会，给她们讲一个题目，比如：在男生面前，你应当怎么做？遇到陌生的成年男子向你表示爱慕时，你该怎么办……

此刻，我佩服这位女教师的明哲。我想，如果父母、老师都能对青春期的女孩讲讲这类题目，那会是对提高女性质量这一社会事业的贡献。

报复者的噩梦

当我接过这几名女犯的案情摘录时，“王中”说：“她们都是为了报复而犯了诬陷罪，或者伤害罪；而报复的原因又都是婚姻的不幸。”

我翻看着摘录，心想：这是一群复仇女神。不免有些好奇，而表现出一种浓厚的兴趣来。

可是，“王中”仿佛看出了我的心思，说：“她们几乎每个人心灵的创伤都很重。”

于是，我默然。

杜玉文走进来时，我为她小巧的身材而惊讶，我难以想象她能犯了那样令人心悸的伤害罪。

她未曾开口就眼泪汪汪，谈话常因她的哭泣而中断。

看得出，她是从严格的家教中长大的贤惠女子，柔顺而通情达理。但是，命运却让她穿上了囚服，苦度铁窗下十几年的服刑岁月。

她和柴某，是自由恋爱结婚的。她娇小、温柔、内向，是那种很容易被男子选作妻子的女孩儿。婚后，甜蜜和幸福也曾使她满足于做个好妻子。

厄运是从她生下女儿芸芸开始的，她开始看柴某的冷脸，小屋里原来的温馨一扫而光，空气变得生冷而滞重。她实在想不到，在这么大的现代城市里，在年仅二十多岁的柴某的头脑里，竟然种下这么陈旧的重男轻女的根子。但是，为了女儿，她只有忍。只是，夜深了，看着女儿熟睡的脸庞，她常常把泪珠滴在孩子的脸上。如果柴某只仅仅是冷下去，杜玉文觉得自己也能忍下去，只等女儿长大吧！可是，柴某并不只是冷，他三天两头发脾气，进而动手打架。瘦小的杜玉文经常被他打得伤痕斑斑。有一次，他用通炉子的通条打了杜玉文，胳膊上一条条的血痕，疼得小杜一夜未眠。第二天在车间里，当小杜流着眼泪让小姐妹们看这伤痕时，大家都说："和他离婚。"小杜是个好工人，经常加班加点，多难的任务也不推辞；小杜又是个好女儿，她受了委屈，挨了打，从来不对自己的父母讲，怕老人为自己担心，急出病来。于是，肉体的创伤和心灵的痛苦，都要由她一人承担，如果因此而换来女儿的幸福，她也甘愿。可偏偏女儿受的鄙视，使她觉得比自己受欺侮还痛苦。柴某的哥哥有个儿子，大女儿半岁，在柴家这个老少三代的大家庭里，这个孩子是小皇帝。饭桌上，菜，满满地堆在小皇帝的碗里，他喜欢吃什么，爷爷奶奶就忙不迭地围着他转。小芸芸只配被挤在饭桌的角落，除了做母亲的默默给她夹点儿菜，她只是低头扒饭。每当这时候，小杜心如刀绞，眼泪和着饭一块儿咽下去。女儿经常睁着大眼，对这种不公平显出茫然。可做母亲的，除了把她搂在怀里，实在无法让她脱离这亲人间的冷酷。孩子慢慢长大了，三四岁的孩子早已感到了亲疏冷暖，于是，常常是带着委屈，流着眼泪，一头扎在妈妈的怀里。

也许是自己身上的伤痕积累得太多了，女儿的眼泪流得太多了，杜玉文，这个文弱的年轻女子，竟在心里寻找着反抗。内向的性格，此刻把她的心胸挤压得更狭窄，谁也没有料到，这反抗竟变成报复加在了那个无辜的"小皇帝"身上。那天下午，杜玉文等候在幼儿园的门口，她脸色苍白，一夜未眠的疲劳使双眼布满血丝。她神色僵冷，像是患着重病。当那个备受宠爱的"小皇帝"从幼儿园出来时，她猛地将早已准备好的药粉撒在这孩子的脸上——这是一包足以毁容的药粉！

一切，就在这一瞬间结束了——她的先进工人的生涯，她的孝顺父母的赤心，她对女儿的满心钟爱，她想要忍辱度日的眼泪，丈夫的毒打，公婆的冷眼，每日在家中感受到的不公平……全都变成了昨天。今天，她穿上了囚服……

我说："你怎么能用报复作为反抗呢？而且，是向那个孩子……"

她捂着脸哭着，说："我悔……好悔哪……"

我说："你报复的方法，实在是……"

她打断我的话，说："是，我知道，太残忍……也太愚蠢……那时，我没理智……我挨打，孩子挨欺负……我冷静不了……"

工厂里的姐妹们到监狱来看她，人人都说："没想到这么文文弱弱的小杜，能这样……"她们惋惜她。

车间的领导说："刑满释放后，还回咱们车间来。"他们谅解她。

年迈的父母说："玉文从小不用大人操心，我们对她没说过一句重话，谁想到她会走这条路……"

对这一切，杜玉文都用流不尽的眼泪作答。

进监狱后，柴某和她离婚了，女儿在柴某家。小杜日夜思念着女儿，悔恨自己不懂法，犯了罪，反而失去了女儿。柴某是不许女儿来探望她的。只有女警官们体恤她做母亲的一颗心，帮她买来布，让她抽时间给女儿做几件衣服，把母爱带给女儿。

我问她："出狱后，女儿已经十几岁了，她还能记得你吗？"我知道，她有10年刑期。

她拭掉眼泪说："会记得的，哪有女儿不记得妈的？"

我忧心忡忡地目送她走了。看着她那纤巧的身体，我想，她承担厄运重担的原动力，全在于女儿。可是，当她出狱后，命运会还给她那个曾与她日夜厮守的女儿吗？

卢小月现在思念的是她的丈夫——他们早已离了婚。而她犯法、判刑、进监狱，竟也是为了她的离了婚的丈夫。

生活在一个郊区县城的卢小月，原本是个快乐的人。她爱玩，喜欢那些新潮的东西，她年轻，总想赶上潮流干点什么，不愿意像老一辈人那样，一辈子面朝黄土背朝天，或者围着锅台转；她不喜欢读书，觉得那是事倍功半的事，当她初中毕业时，金钱的吸引力使知识的价值大为逊色，于是，她毅然离开了那令她感到束缚的课堂，急匆匆地奔向了社会。

生活应当是什么样子？卢小月曾试图思考过这个问题，但她终于没有想出答案，因而她也不太容易找准自己向前走的脚步。而最终，她如同她的长辈一样，早早地结了婚，早早地做了母亲。当她一胎生下那对双胞胎的女儿时，她高兴时的笑和烦恼时的哭仍像个孩子一样。但无论怎样，双胞胎的女儿使卢小月有了些淡淡的成年人的自我感觉，她得尽一切为人母者的义务，抚养一双女儿。矛盾正由这一双可爱的双胞胎姐妹而生——卢小月不愿意从此待在家里，围着孩子和锅台转，她不愿意从此守着家里养猪养鸡的营生。应当把卢小月的心绪，看作是现代意识对传统生活的冲击，在这一点上，她是没有错的。不是所有的母亲都必须为了养儿育女而局囿在家庭的小天地里，社会照样为母亲们开放着。于是，想要走出家庭小天地的年轻母亲卢小月，面临着重重帷网。丈夫是最不能容忍她如此不安分的，他在一个乡镇企业工作，兢兢业业，安分守己；他如同他的父母一样，满足于自己从土地走向车间；他认为他能挣到工资，而不再像父辈那样用鸡蛋到合作社换几个现钱花，这已经是个改天换地的变化了；他仍恪守着祖祖辈辈的家庭法则：男人挣钱，女人持家。所以，他很难理解妻子为什么生了孩子还惦记着往出跑？争吵几乎每天都有，谁也说不服谁。丈夫毕竟是丈夫，农村中丈夫的权威似乎比城市丈夫的权威保持得持久而有力。卢小月的丈夫脾气本来就暴躁，当妻子这般不听话时，他心中的怒火已烧到了极点，于是，传统丈夫们最具权威的拳头，砸向了娇憨任性的卢小月。在回忆这种状况时，卢小月用了最通俗的说法：他常常给我一个大耳帖子！当然，间或还用过板凳腿之类的。小两口打起架了，你喊我哭，不可开交。公婆是向着丈夫的，他们觉得：儿子体体面面地在外面挣钱，媳妇理当勤快持家，何况有这么一对累人的双胞胎。但小月的母亲是袒护女儿的，她看不得女儿的眼泪，尤其是当女儿诉说自己怎么挨了“大耳帖子”时，母亲更是指骂女婿的毒狠。于是，两个对垒就如此形成了，而且，这恰促成了卢小月的离婚。

离婚后的小月，曾一时感到十分痛快过：一对女儿交给母亲带，是再放心不过了。于是，她到社会上去谋生，当过临时工，学过缝纫。闯荡的生涯，很快让她从痛快中脱化出来，劳累和艰辛让她感到自己力量的单薄。而恰在此时，一个外乡的中年男子出现在她的面前——这是个被小城镇的人们看作大亨的人物，他手下有一个自己承包的建筑队，金钱支撑着他的骨架，卢小月觉得他强大无比。这样，金钱和爱情同时把卢小月拉向这个中年男人，他答应为她开个缝纫店，并且用她的名字在银行存了些钱。

小月由此所得的愉快是短暂的。当她得知他在老家有个强悍的妻子时，她已经很难从他的臂弯里挣脱了。她和他重复着她和过去丈夫间的相骂相打，打得难解难分。有时关系缓和了，她也曾勾画一幅新生活的蓝图，可是，他先于她画制出来了：同居。卢小月虽是在社会上闯荡了些时候，但她毕竟出生在乡镇的小屋里，传统道德潜移默化地养育了她，她不会把自己的青春和一生与这“同居”二字连在一起。但是，这中年男子确实给了她钱，给了她情。挣脱这桎梏，似乎比当年和丈夫离婚要复杂得多。她躲避过他，她也试图在一场激烈的打架后离开他。但是，他却多次去找她，找得理直气壮。

有人说，小月是不值得同情的。因为，她用了人家的钱，占了人家的情，最后却这样诬陷人家。这话不无道理，因为，卢小月确实是想用诬陷的手段了却这钱和情拉扯的关系——她在“六四”风波后，向公安机关投寄了匿名信，“检举”这曾经与她关系如此密切的中年男人抢过枪支，截过军车。这样的匿名信，在一封未能奏效后，她又连连投寄。

结果，令卢小月意外：锒铛入狱的是她，而不是他。公安机关从笔迹上判断出这些信是卢小月写的，依法逮捕了她，并且判刑3年。

卢小月在毫无掩饰地讲述了上面的事后，说：“我觉得对不起他，他确实对我很好，可我，不想和他在一起。我想用诬告的方法摆脱他……这确实很愚蠢。我一直想给他写一封忏悔信，但又很难写……”

我问她，“后悔不？”

她说：“看怎么说了，要是从摆脱他来说，我不后悔。”

我表示对她这种想法难以理解。她只是一笑，就转了话题，这话题使人意外。

她说：“您知道我现在心里想什么吗？我想我原来的丈夫……离开他以后，我才觉得他是个真正的男人。”

她的丈夫，工作积极，事业心强，已经当上了车间主任；她入狱后，丈夫把两个女儿接回去，一心一意地带着女儿过日子。卢小月说：“他就是脾气暴些，可是，他感情专一，对女儿有责任心，这样的男人，现在很少有。”

我问她是不是想复婚。

她说：“是。后来，我想摆脱那个人，也是为了和我丈夫复婚。”她忽然间低下了头，从肩头的抽动，我知道她哭了。我安慰她，并问她复婚是否有可能。她使劲地点点头，说："我丈夫来监狱看过我，他说让我好好服刑，他抚养孩子，等我出去……您说，我背叛了他，他倒不恨我……我都成现在这样了，进了大狱……他还等我……"她已经泣不成声。

我心里描摹着她丈夫的形象，那个在乡镇企业当车间主任的年轻人，什么力量使他如此宽容？他让一个失足的女人懂得了人间最纯洁的爱情。他从深水中搭救了一个落水者，也许，他这无量的功德，会换来他永远的幸福！

但是，卢小月呢？她是否用3年刑期换取了她对生活的理解呢？如果，她那不安分的天性，又使她难以安分于农家媳妇的位置呢？如果，这个她目前日思夜想的丈夫，将来又向她扇来"大耳帖子"呢？要知道，她已经能做一手好裁缝活儿，她曾经享受过高档次的金钱消费，她再也不是那个早早结婚，又早早生了一对双胞胎女儿的卢小月了。

我把我动荡的思绪，稍稍流露给卢小月，问她："刑满出狱后，复了婚，就待在家里照料女儿了？"

她一怔，才说："嗯。"

"那你的裁缝手艺不是白学了？"我又问。

"那，到时候再说吧！我没想得那么具体。我想得最多的，是我的丈夫，弥补我的过失；为我女儿，尽我的责任。您知道吧，我现在学英语——我们女队的干部特别支持我们学习。我干吗学英语呢？是为我女儿。将来我出狱，就教给我女儿，等她们上了学，我还要辅导她们功课呢！"她说得挺动情，看得出丈夫和女儿牵动着她的心。

"我这么看：是我玩弄了生活，所以，生活也玩弄了我。"她在临走时，忽然这样郑重其事地对我说了这句话。

我不想为她洒一掬同情的泪。我突然想到了那个给她钱和情又被她诬告的中年男人，如今，他怎样看卢小月呢？怎样看他和卢小月之间发生的一切呢？

程玉敏抱着一捆绣好的毛衣，送到办公室。她那一双大而无神的眼睛，引人注意，使你很容易感到她是几经坎坷的。她向女警官说明了毛衣的件数后，就垂手而立，眼睛顺下去。女警官忙接过毛衣，拍拍她的肩膀，她才默默地转身走了。

她犯的是伤害罪，被伤害的是和她丈夫鬼混的一个女人。女警官们都很同情她，说她有些缺心眼，干活劳动从不偷懒，可是，文化低，有些道理要慢慢讲，她才能懂。

于是，我听到了一个曲折的用法律条文难以断清的故事：

程玉敏生长在一个贫穷的家庭。贫穷的原因是父母的离异，她和姐姐都成了无人顾及的孤儿。父母都各自有了新的家，玉敏姐妹倒成了他们的累赘。继父也好，继母也好，更是从来都把冰冷的面孔给这一对姐妹看。于是，玉敏三四岁时，曾有一段辛酸的行乞生涯，繁华的北京站，留下她一串串小小的脚印。她在别人的推搡、辱骂中，讨得些剩饭菜，草草填饱肚子，便蹲在那个角落里，看车来车往，人流如织，直到饿了，再去乞讨。这段辛酸的生涯中，却给玉敏留下了一个温暖的记忆，那是一个比她大好几岁的乞儿，蓬头垢面的，却有一颗善良的心。她看出玉敏太小，不会讨饭，就把自己讨来的东西给玉敏吃。她有一把掉了齿的小梳子，小心翼翼地用纸包着，藏在衣兜里，每天，她用这小梳子费力地梳理自己那污脏的头发，然后，就给玉敏梳，小心地慢慢地梳，从不碰疼玉敏的头皮……后来，玉敏的妈妈也不许她再来讨乞，玉敏就离开了这个小姐姐。但至今，玉敏仍记着她，而且后悔当时自己太小，竟没有问过这小姐姐叫什么，是哪里人。

或许是由于太渴望温暖了，当玉敏遇到他时，竟很快地依顺了他。如今回忆起来，玉敏实在难以辨出这之中哪些是爱情。他是她遇到的第一个向她求爱的男人；她觉得建立自己的家庭是她从小到大唯一企望的。于是，尽管他是农村户口，她也答应了这桩婚事，心想：只要他对我好，只要有个自己的家……

然而，她的真正的悲剧，是在她日夜渴望的自己的家里形成的，这比她幼时行乞，要痛苦得多——那个农村户口的丈夫，竟是个拈花惹草的人物，她的一切渴望都被打了个粉碎。

女性对于婚姻的渴望，就是对于男人的真情的渴望，这渴望变成一种依赖，伴随着女人的婚姻和生活。玉敏毫无例外地呈现了这种心态，她无法容忍丈夫对婚姻的不忠。但在这种无法容忍中，她仍然为他生下一个女儿。小生命的出世，曾给她过别样的引导：有了孩子，就有了一切，随他去吧，就当从来没有他这个人。她曾经怀着这样的想法，想解脱自己。可是，现实却是硬邦邦的，她想躲也躲不开——他是临时工，经常是这里没工作了，她得托亲求友地给他找另一个工作。别的不说，光她一个人挣钱，怎么能又养活孩子又养活他呢？于是，连接起来的三个人——她、他和女儿，就这样拉拉扯扯地维系在一个叫作家庭的范围里，一时倒不容易分离开。

玉敏经常独自哭，哭自己的命运；玉敏也经常抱着女儿哭，哭孩子的命运。有时，为了去寻找丈夫究竟在哪里鬼混，她拉着孩子、抱着孩子走了一条街又一条街，走累了，坐在路边，她又想起幼时在北京站行乞的日子，她觉得，活这么大了，她心里装满了苦水，想到这儿，她又是一阵哭，孩子和她一起哭。

如果程玉敏毅然地离开她的丈夫，切断这条婚姻的藤，她也可以另外找到幸福。我把这样的想法告诉女警官们。

她们笑笑说："您说得也太简单了，也许文化高的妇女，能这么想这么做，但是，程玉敏从小没上过学，她没有文化，她想问题只走一条道，她觉得，那个男的是农村户口，靠了她才在城里有了家，可他背叛了她，她不能轻易饶了他，所以，她不离婚，她到处去找他，看他在哪儿鬼混。"

警官们是了解程玉敏的。程玉敏以婚姻作为幸福的归宿，一旦情况不是这样，愤怒会引她走向狭路。

果然，在她又找到一个与丈夫鬼混的女人时，她怒不可遏在大街上猛扑过去，和那个女人厮打起来。她的行为，除了发泄心中的不平和恼怒之外，恐怕是对自己权利的一种维护，而不一定是对维系这婚姻的期望。但是，她没有想到，理直气壮的她，受人同情的她——街上的许多围观者从双方的叫骂声中听出了事由，都叫喊着为程玉敏加油，长期受到欺侮的她，却在双方拳脚相加时，一下子触犯了威严的法律——她打伤了对方。

程玉敏没有文化，却有着率直和敢做敢当的禀性。当时，在对方被打得头破出血时，是她停住手，转身在马路上拦了一辆出租车，把对方送到了医院。当出租车轰地开走时，那些围观者竟静静地，仿佛还不能理解这个刚才还厮打喊叫的女人，怎么会又这样通情达理？后来，程玉敏又自己去派出所自首，直到被拘留、逮捕，直到审讯判刑，她都不曾隐讳过自己的过失。

服刑中的程玉敏，是接受改造的。她从未给女警官们找过一点麻烦。但是，现在，行将出狱的程玉敏，却给监狱的管教干部出了个大难题——她提出离婚，法院尚未判离，她犟着性子对女警官们说："到我出狱的那天，要是还不判离，我就不出去。"女警官们给她做工作，说："判不判离，是法院的事；出不出狱，是监狱的事，咱们把这两件事分开说。"她一梗脖子说："不，反正不判离，我就不出狱！"

当我和程玉敏谈话时，也开导她："该出狱就得出狱，出去再离婚，也来得及。"

她咬紧嘴唇，涌出了眼泪，恓恓惶惶地说："您不知道，我在监狱里跟他离了，出去就利索了；不然，我哪儿跟他纠缠得起？我一出狱，难事多了，再缠着离婚的事，我还怎么活？您说，我不得先找工作吗？就是没工作，我想去卖小人书，也得借几个钱，自己去张罗吧？我倒是卖过小人书，街口一站，把书摆在地上，吆喝呗！一本书赚个几分钱，一天能有几块钱，够我和女儿吃饭就行。您不知道，我这女儿够苦的，我入了狱，只好让我妈搭把手照看点儿，孩子住在自家搭的小厨房里，到监狱来看我时，就掉眼泪。我出去了，总得把她养活好……您说，我还能有精力和那个人纠缠吗？"

说着，她就不停地抹着眼泪。

我很难估计出两年刑期对程玉敏的震动。她好像从未以监狱生活为苦、以监狱人情为薄。也许因为她心里缺少温暖的记忆，她在谈了幼时行乞时那个乞儿姐姐后，就谈女警官们胜似亲人，谈着谈着，就眼泪涟涟的。

我问她是否在监狱里学了些文化？

她摇摇头，很不在意地说："跟着大伙儿，也学了点。不过，整天忙着绣毛衣，再说，我都快三十了，学了也记不住。"

我说："你将来出狱了，总要工作的，没有文化，怎么工作呢？"

她极其豁达地说："咱也不干那些高级的工作，当个体户、临时工，要什么文化？再说，咱也不想发大财，挣点钱，够我和孩子生活就行了。"

我想，或许应当理解程玉敏，她从小对生活的要求，就是温饱，这实际上只是生存的要求。恰是这样的要求，使她局限在一个较低的求生的起步线上。是否有了文化，就能让她从这个局限中冲出来呢！

卡片上写的名字是：段丽。

可是，她对我说："我叫段力，力量的力。"

冷眼看她，感觉到一个冷漠的外表和一个刚强的内在。或许就因为段力这种个性，我们开始时的谈话很难融洽。她两眼冷冷地望着我，问一句，答一句，让你感到一种拒人千里之外的抵制力。

我索性放下手中的笔，问她读书吗？读什么书？及至听到她读了不少中外文学名著后，又谈起了雨果和莫泊桑，说得虽然很浅，但她的神色温和了，我们消除了开始时的隔膜。于是，我问："能跟我谈谈你犯了什么罪吗？"

她痛快地点点头，说："诬陷。"

不等我问，她详细地向我讲述了她是怎样入狱的。三十多岁的她，总是用一双严肃的眼睛审视生活。但命运却仍然有隙可乘，使她不慎而失足。

那是婚姻介绍所组织的一次联谊会。她作为大龄女子参加了。她不喜欢跳舞，只坐在一旁静静地看着。自从在婚姻介绍所登记之后，"红娘"们曾给她介绍过两个男子，但，她不满意，她觉得人家太俗。或许是受小说的影响，她总是希望和自己生活在一起的男子，除了柴米油盐之外，还得懂得生活要有情趣。她平日很矜持，甚至有些落落寡欢，但她内心丰富。此刻，坐在这联谊会上，她也是这么一副矜持的样子。她不喜欢这种联谊会的形式，乱哄哄的，她好静。但是，婚姻介绍所的"红娘"们劝她：参加吧！联谊会交际面广。于是，她来了，也带着一线希望。也许是由于她天生的冷面孔，使求偶的男人们望而生畏，总之，联谊会已进行一半时，没有男子来打扰她。她心里觉得很不是滋味，想要找个机会早早溜走。可是，恰在此时，K走向她，和气地笑着，显得风度不凡。

有那么一段时间，她觉得是十分幸福的。因为K不仅外表很有魅力，而且谈吐不俗，他懂得音乐、艺术，也看过不少文学作品。这一切，使得段力几乎没有因他大自己十几岁而犹豫，甚至对他离婚后身边有一个刚上小学的女孩，也犹豫不多。已过而立之年的段力，觉得命运赐给自己的已属不浅。于是，她和K结了婚。

幸福竟截止到她刚做新娘的第10天——段力牢牢地记着这个日子。这天近黄昏时，K着急地梳整后，告诉她，自己要去参加舞会。段力不经意地答应了，就去忙自己的事。她知道K喜欢跳舞，她不愿限制他，而显出自己的狭隘来。她在他走后，忙着照顾他的女儿做功课——自从她和K相识以后，她很注意善待他的女儿，而这孩子竟也十分依恋她，她觉得孩子功课跟不上，全是由于K不会当爸爸，于是，她甘愿当了继母和家庭教师……孩子做完功课去睡觉了，她躺在床上看小说。夜，静静地，她喜欢这种时刻，何况，是在自己的家里。这种情绪一直蔓延到K回来那一刻，段力都觉得幸福像柔和的灯光，弥散在她的周围。可是，K动作笨重地进来了，那样子是喝了些酒，但并没有醉。当段力迎上去时，他竟然下流地说：今晚不过瘾，才搂了7个女的……段力惊呆了。她以为他喝醉了，或者说她希望他是醉的。但是，他是清醒的。

这一夜，她也清醒了，从“幸福”中清醒——她和K，在激烈的争吵中，结束了这短暂的“幸福”。K直言不讳地向她公开了自己的风流史，也直言不讳地说：这就是生活！并且向她列举和自己“风流”过的女人的名字、地址等，做出一副坦荡荡的样子说：你去调查！我不怕！

段力气晕了。她回到父母的家里，像遭了雷击一样地失魂落魄。几天后，她强打起精神来，思索着如何度过今后的日子。她的第一个打算就是离婚。但是，K不离，坚决不离。甚至K的一位同事也好言好语地对段力说：“别离了，你就算是行善，挽救一个灵魂！”就这样，段力觉得自己陷在泥淖里，拔不出腿来。为了给离婚寻找充实的理由，段力决定走出最艰难的一步：按K所说的名字和地址，寻找和K鬼混过或被欺骗过的女人，以证实K是个流氓。但是，段力却处处吃了闭门羹。那几个女人，都是有夫之妇，即使恨K的，也不愿公开不光彩的历史，谁能助段力一臂之力呢？有个受骗的女人对段力说：“算了吧，你能调查出什么呢？K是个有手腕的人，你斗不过他。”段力快快而归，她觉得女人们不乏软弱、下流之辈，生活全不是像她想的那么清楚明白。她段力就这么受骗受辱，岂能甘心！于是，内向的段力，发誓：“非要制服这个老流氓。”

适逢“六四”风波之后，“通缉令”拨动了段力思维中的一根神经，她向公安机关投寄了匿名信，检举K曾拦截军车等。

一封匿名信，仅使K在拘留所蹲了几个小时，却使段力自己要在铁窗下服刑3年。

说到服刑，段力拭去泪水说：“我犯了法，就该服刑，公安机关是公正的，他们执法，我服法。所以，判决后，我没有上诉。在监狱里，我也服从队长们的管教。但，我心里还有一把火，日夜不停地烧着。只是，现在，我不能给监狱找麻烦。等我出去，我不会让这个流氓得逞的……”

她在说这些话时，似乎全身都在颤抖，激愤之情，难以抑制。

我担心这种过盛的激愤会使她总也不能从痛苦中释解。可是，女警官们说：“她文化水平高，是中专生，后来又上了夜大，她对问题的思考比一般犯人要复杂。我们对她，主要是讲法，帮她懂得，社会无论怎么复杂，但有法来约束，犯了法，就会受制裁。我们相信她出狱后，对K的事，不会胡来，她会解决好的。”

和段力谈话的第二天早上，阳光明媚，天高云淡。我看到女警官们带领全队的学员们，到树林里去拔草，就也走过去。我有意地寻找段力，见她在野草最多的一个角落，独自一人，低头拔着，好久也不抬起头来。我又对女警官们提起段力的个性，王队长说：她昨晚写了一首诗，让我们转给您。

展开那写着诗的一页纸，能看到几处洇湿的地方，那诗写得很长。其中有这样的句子：

生活不是美酒，
生活也不是鲜花。
生活中处处有荆棘，
它常掩盖在红花绿草之下，当你看到那浑身带刺的荆棘，
你不要惧怕，
迎上去，拔除它，
即使满手鲜血淋淋。
只寻鲜花美酒的人，永远不懂活着的乐趣；
敢去拔掉荆棘的人，
才会是一块永远站立的石碑……

女犯人　段力

我把这首诗，小心地夹在采访本里。

我希望段力在出狱后，能有一条通畅的人生之路。但我又觉得，她的负

荷太沉重，她会不会在“拔除荆棘”的过程中，又陷入绝境呢？

我带着一种难以描述的复杂心情，结束了我在这个女犯中队的采访。

我避开了对那些惯偷及流氓成性的女犯的采访。我知道，她们的天地里也应当有些思考，但我觉得，她们的犯罪已到了泯灭天性的程度，那种思考或许会过于单调和滞重。

当我把上面一些女犯们的犯罪及她们的心理天地，用这支笨拙的笔记录下来时，我希望它能带给社会一些信息，和一些思考。

女性的犯罪，有着一般犯罪的普遍性，也有着它自身的特殊性。我是希望从后者出发，能引起一些研究犯罪的专家学者们的注意——有一次，我翻看一个市级劳改系统关于犯罪的几本论文集，竟没有一篇是关于女性犯罪的；我也曾向有关的监狱借阅过关于女性犯罪的资料，回答是：没有。我还想把这篇文章，献给我们的妇联，也许当改革开放越来越深入时，女性犯罪的问题，会列在妇联哪个部门的哪个文件的程序中。

我希望，大墙内外，从事各种工作的女性们，能关注铁窗下服刑的同性别者，来一个社会性的拯救，挽救失足的女性们。

附　后

这篇作品发表在《百花洲》大型文学杂志1991年的第4期。

原篇名为《红妆囚服》，收入本书时，做了修改和删节，并将题目改为《站在悬崖边的弱者》。

这篇作品发表时间在《迷离青春》之后，于是有朋友看后对我说：这篇不如《迷》篇，你写女犯，似乎有些同情她们。甚至说，犯罪的女人，是鬼，她们精得很，她们有几个能给你说真话？不像《迷》篇中的年轻人。

他的话，让我思考，我甚至和女警官讨论了他的话。

女性犯罪，确实情况复杂，她们生理、心理以及所面临的人际关系，都比男性服刑人员复杂得多。

女警官说：入狱后最大的坎儿，是离婚。女犯中十有九个在服刑不久遭遇离婚，而女犯心理狭窄而脆弱。警官说，她们不会越狱，但会自杀。逆境可自杀（如离婚），顺境竟然也可自杀。比如，一位年轻女犯，由于加入杀人团伙的重大罪行而判无期，她平静对待，入狱后表现出积极的认罪状态。正由于她表现好，改判成15年，她却割腕自杀。救治后，问她为什么，她说：无期没盼头，就不想了；改判15年，一算，出狱时四十多岁了，怎么活？

一个服重刑后的女犯，从入狱第一天就开始考虑：出狱后，已是白发染鬓，怎么活？她们的生存状况，确实比男犯艰难得多。

除了丈夫的抛弃，子女也会在家中成年人的引导下而疏远服刑的母亲。有一名女犯，刑满后，几个子女，无一人承担她晚年的生活。

有个女犯说："还不如在监狱中永远待下去；出去后举目无亲呀！"这最后四个字，就是她们对未来的描绘。

女人本来就是弱者；曾经在悬崖上站过的女人，她们心中的惊悸，更重于平常人。从犯罪学的角度看，女性犯罪是社会现实存在的一个必然现象，这之中有许多值得我们研究的特别课题。

我并不想驳斥我的朋友，我只是希望他认识女性犯罪的社会性。当我们将博爱当作一个时代精神提倡的今天，我们心胸的容纳中，无疑应当有犯罪女性的位置。

我刚进入女监采访时，一开口就是“女犯人”。警官提醒我说：“我们这里只称她们‘学员’。”我听了一怔，然后双眼湿润。我想，这就是一种容纳，就是给犯罪女性的一“位置”呀！

2016年秋 紫芳园

大墙无阻

——北京市监狱纪实

大墙，电网，封锁着一个神秘的世界。

指着大墙深处，北京市劳改局局长魏相如对我说："这里，正在进行一项工程，一项改造人的工程，把丑恶的变成美好的，把有害的变成有用的。"他神情深沉，"这项工程，浩繁艰巨，但它造福于社会、全人类。"于是，这神秘世界的大门，向我洞开。

北京。自新路。

一个不大的农贸市场，横亘在这条并不繁华的街上，整日市声鼎沸。

转过这街市百米之遥，迎面陡立的大墙，肃目凝神的持枪警卫，森然关闭的铁门，仿佛扫尽市声，独占一片静穆。

这就是北京市监狱的所在。

大门之内，花草扶疏，绿树茂密。灰色的高大瓦房，深红色的门窗，以及来往匆匆的穿警服和着便装的警官们，显示出办公区域秩序井然。环视四周，那格局规整的房屋上，几束摇曳的野草经风沐雨，它告诉你：这里许多建筑的最早标志，应当追溯到1909年（宣统元年）。于是，也许你极想越过这办公区的高房，去寻访这大墙之中占地十一万三千一百多平方米的范围内的其他所在，去探求那534名穿警服者和两千多名穿囚服者的神秘世界。

办公区的东侧，另一扇红色铁门，又一个持枪的警卫战士，封锁住一个并不封闭的世界。这扇铁门是办公区和监区之间的唯一通道。铁门后，5米远的路面上，一道白色直线，标志出"警戒线"三个白漆大字，犯人不可逾越此线。

这道白线之内，才是那个令人莫测的特殊所在。

北京市监狱有记载的数字表明：

一九四九年，收押犯人二千六百七十四名，释放六百零三名；延续至今的四十年间，平均每年收押犯人一千三百多名，释放三百七十多名；收押犯人最多的一九五五年，为四千一百八十四名；释放犯人最多的一九五〇年，为一千六百九十一名；累计推算，新中国成立后至今，在这里服过刑的犯人已过五万人。

北京市监狱建制严格而齐全。刚入监的犯人，要先到入监中队学习监规，端正态度，然后才分到各中队去。10个中队和1个女犯中队，构成了监狱中改造学习、生产劳动的实体。各中队中拒绝改造并扰乱中队正常秩序的犯人，被送到严管中队进行教育。到这个特殊中队的犯人，虽然因反省错误而不参加劳动，但也同时被取消了对家属的接见，不能接受家属送来的食品衣物，不许抽烟，取消每天改善伙食的一顿细粮，直到他们有了悔改表现，方可送回原中队。

犯人中的“反改造的尖子”，或滋事打架分子，或企图越狱者，等等，经过监狱领导批准，可送反省号。这个全监狱的特殊所在，对犯人有着无形的威慑作用。走进这个监管严格的小型通道，才看到名副其实的铁窗——像电影中所见到的那种铁栅。监号里简单地摆放着两个简陋的铺板和一个装污水的加盖塑料桶。监禁在这里的犯人，罪行严重而又不服罪者，要戴上镣铐。这里的犯人，不能随意交谈，但可以在各自的监号里看书、学习、反省罪行。

除了以上的建制，犯人还组成了伙房中队、修建队、缝纫队等，从事特殊的劳动。

10个建制严格的中队和女犯中队，每队一百多名犯人；每个中队有自成一体的通道、教室和被称为“三角地”的活动场所；每个中队属下，又分成几个小队，便于管理和开展活动。犯人们除了参加生产劳动要到车间外，其余的时间在通道范围内活动，不能逾越。12人一个屋子的监号，也在通道内，其间，被褥整齐，一应物件都有规定的位置，参观者往往叹之为“军营”。

严格规定却又多种多样的活动，为犯人们的服刑提供了良好的改造条件；而要使几千名犯人在这里脱胎换骨，却是一个难如跋涉的历程。

第一章　铁窗下的社会

囚服的单调色彩，使铁窗之内的世界罩上了一层朦胧的神秘。其实，走进去，你会看到，这也是一个社会，纷繁复杂。大墙之外的一切，在这里都有折射；而大墙为界，这里又有它特殊的氛围。

翻开监狱的记录，掀开每个管教干部的日志，每一页都是活生生的监狱生活的再现，每一页都是沉重的。

铁窗下的新生

通常，人们把犯人的新生，定为刑满释放时。但是，北京市监狱的管教干部却有他们新的认定。他们说："新生，一个犯人思想上发生质的变化，我们要努力帮助他们在服刑中开始新生。"

于是，我去寻找在铁窗下犯人的新生。

几位积委会的主任们，敞开心灵，让我看到了他们的新生。

积委会的全称是：劳动改造积极分子委员会。各中队设一个积委会，其中设主任一名，委员若干。他们成为全监服刑犯人中人数最少却极引人注目的一层。

监狱领导说，积委会是促进和管理犯人改造的一种形式，它不能造成牢头狱霸。各中队的管教干部们，都十分看重积委会成员的本质和品德，看重他们的认罪服法态度，看重他们渴求新生的愿望。

十中队积委会主任边棋，是经过犯人无记名投票选举产生的。他曾是某名牌大学毕业的工农兵学员。言谈举止，至今还留下些学生气，你很难相信他已35岁。

1983年的"严打"运动中，他从机关团委书记的位置跌为阶下囚。但是，这个身材并不高大的年轻人，在十中队却能稳稳地"镇"住犯人中的强横者。他说，那是凭一身正气。

或许，边棋的得人心在于他的不甘沉沦，铁窗之下他急切寻找着新生。

但是，刚穿上囚服时，他也曾黯然神伤，几日不语。入监队的管教干部，及时地开导了这个年轻人，让他没有走向沉沦。分到十中队后，管教干部又屡屡拨开他心灵上的阴霾。于是，从写通讯到编监狱的小报，从普通犯人到积委会主任，他穿着囚服去寻找自己在这个生命的特殊阶段的最大值，他被一步步地引向新生。

犯人江义，入监后，母亲气急之下，辞别人世。江义悔恨得痛不欲生。只要一触这桩心事，江义就痛哭不已。有一天，一个犯人和江义发生了冲突，随口骂出“他妈的”字眼，江义血红着双眼，扑上去就是一拳。边棋十分厌恶江义的野蛮，他本不想理江义。但静心想想，他用自己对母亲的深情理解了江义。他主动找江义谈心，说：“不忘母亲养育之情，说明你有良知。但，你这样打人，不好好改造，你妈在九泉之下能安心吗?”江义听着低下了头。边棋进而规劝说，“你懂得尊重母亲，那以后你也别用‘他妈的’去骂人，行吗?”理解，触动了江义，他从此改掉骂人的恶习。边棋用对别人的理解，帮助和团结了不少犯人。

改造成绩显著的边棋，在服刑5年时，被减刑5年。这是件轰动全监的大事，曾被列为1988年北京劳改战线的十大新闻之一。在北京监狱的历史记录上，一次减刑5年，也是首开其端。这个不幸而又幸运的年轻人，后来在劳改局和监狱各级领导的关心下，由法院复审后，改判为5年徒刑。15年刑期减去了三分之二，边棋又获得了10年的生命。当他披着5年铁窗风雨出狱后，又被聘为劳改局《新生报》的编辑。但是，他的新生，却已在服刑中开始。他编辑的一摞摞小报，他写的一篇篇通讯，他留在十中队犯人中的精神，都早已记录了他的新生。

与边棋几乎同龄的李伟山，是五中队积委会主任。白衫黑裤，黑鞋黑袜，显得洁净利索，文质彬彬。十年“文革”中，内蒙建设兵团的暴风雪，从外表到内心，几乎没有给他留下过多的痕迹。入监前，他有一个令人艳羡的工作：在进出口的单位里，整天和金银珠宝打交道，和外商打交道。或许正因此，金钱的飓风，超前地席卷了他，在刚满27岁的1981年，贪污罪使他要在狱中付出18年的巨大代价。

盛夏中的一天，他声调平和地向我叙述着他当积委会主任的感受：“我是犯人，要管的也是犯人；犯人和犯人又不一样……”他有分寸地一笑，不再说下去。

五中队以大机器生产为主，犯人的文化水平稍高一些，但犯人中年龄最大的五十有余，最小的刚满18；有上过大学的，更有“文盲+流氓”的。李伟山常感到难以应付。

曾发生了这样的事：犯人刘小力在学习时，故意在一张纸上画满了狗来发泄不满。李伟山提醒他，得到的回答是：“你管得着吗？”李伟山再次提醒：“按百分考核规定，这是要扣分的。”“扣就扣！”刘小力继续画他的狗。李伟山扣了他的分，按规定要他在扣分单上签字。刘小力拿过扣分单几笔一画，把扣“3分”改写成“300分”。结局是：中队干部明确地支持了李伟山。

“主任，不是当特殊犯人。队里每一条规定，你得带头做到。比如，我们规定，天再热，不许光膀子。我就得带头执行，汗流浃背，我也得穿着衬衫。”

入监的7年中，他由于认罪表现好，被减过刑，又多次被评为劳改积极分子，他是用严于律己的强大约束力，缩短了刑期，塑造着自己的形象。和所有的犯人一样，他企望着大墙外的自由，那里有他年迈的父亲、忠贞的妻子和可爱的儿子。他说：“我永远不可能再回到原来的岗位上去，但出狱后我会自谋生路的。”

他确有专长，听五中队的干部说，他用手轻轻一掂，就能断定一只戒指的分量和含金量。一手绝技，断送在金钱的诱惑中，令人扼腕痛惜。但是，在这断送之后，他却找到了做人之路，他说：“我懂得了许多过去不懂的做人的道理。这，比失掉的，更可贵。”

我曾经以“新生”为题，问过十中队的年轻犯人章言明。他稍一沉吟后回答：“我想，我在服刑期间，找到了我的新生，因为……因为我不仅认罪服法，而且……而且我……我还想出狱后再重新入党。”

章言明从部队复员后，曾在一家出版社当司机。1979年，“文革”中的混乱，使26岁的章言明毫无法制意识。他血气方刚，因为别人和自己朋友的妻子乱搞男女关系，他随着一伙“仗义”者打了人家后，扬长而去。他自以为为朋友出了气，直到法庭上审判时，才知被害人已死。后悔是无法获得法律宽容的，出身干部家庭的章言明，以12年的刑期来到监狱。他在经过极度颓丧的折磨后，渐渐恢复了做人的勇气。“我犯了罪，但我没有丧失做人的资格，我不是那些一贯危害社会的人，管教干部从我入监一开始就鼓励我说：

你能跌倒后再站起来!”章言明神情严肃地说。

他服刑期间，处处表现突出，已累计减刑3年半。如今，再过半年，他将出狱。我又问起他关于重新入党的想法。

他说：“我想过，一个刑事犯，再入党，那考验不是简单的。但我本质并不坏，我对党有感情，我父母从小教育我要跟党走，我犯了法，可政治信念没倒。出狱后，我要努力试一下，争取再入。”

我来到机声隆隆的车间，寻找新生的节奏。年已50的王希林，用汗水挥写着他新生的一页。

这个60年代毕业于某大学的工程师，曾把青春留在我国第一个化工基地的日日夜夜中。在筹建北京某化工厂时，他曾有7天7夜未下机台的惊人纪录。一个好端端的工程师，一个年富力强的车间主任，却被金钱击倒了。贪污罪和7年刑期，曾使他无颜于人间。接着，开除公职，妻子离婚，父母病倒，王希林绝望地哭倒在监号的床铺上。但是，管教干部却不让他倒下，他们以深刻的哲理语言和他讨论人生的质量。生命的长短有限，生命的质量却是无限的。这是管教干部的话。他记不清有多少次谈话，耐心的，深刻的，温暖的，于是，他从绝望中理顺了思绪，开始面对监狱的处于亏损的塑料厂——这个生产快餐盒的生产线，从试产以来，利用率只有25%。王希林开始了困难重重的钻研。管教干部给他提供了各种资料，他整日整夜地埋在这堆资料中。当反复实验而最终上机实验取得成功时，王希林从警官们和犯人们的笑容和欢呼中，感到了活着的价值。在新车间首次扭亏为盈的记录中，王希林写上了自己的新生。但他仍要寻取那生命质量的无限，于是，70天的日夜奋战中，他成功地改变了投料配比和工艺流程，使车间在1988年中净创利润89万元。

我直截了当地询问王希林对“新生”的理解。他稍微思索后，说：“我觉得，用我的心血和汗水向社会赎罪，这就是我的新生。”他在服刑三年多的时间里，没休息过一个假日，睡眠时间仅占1/5。有一次他带病上机台，监狱医生刚测过他的体温是39℃。

我想起跟他谈话时，他曾翻开日记的一页，那上面写着：“身后留下黑色的暗影，我开始面向火红的太阳。”

跌入深谷后的思索

摘下校徽，戴上镣铐。北京市监狱中不乏这样的大学生犯人。他们年轻，曾是社会之骄子。当一纸判决划掉他们生命中的青春时，当入监时严格的无一遗漏的全身搜查令他们感到无限难堪时，当通道、监号代替了自由自在的校园时，对于未来，他们感到迷惘和遥远。

"但是，不认识过去，不正视今天，又怎么面对未来呢?"监狱办公室白永顺警官的话令大学生犯人震撼。

于是，我追踪着他们的过去，发现了他们何其相似的脚印。他们恰在寻找"自我"时，丢掉了"自我"。"我们努力让他们在发挥自己的特长中，否定旧我，找到一个扎实的'我'。"白永顺警官用这句话作为我采访大学生犯人的引导。

严同，许多人从报纸上认识了他。1985年春节前后的熙攘中，《人民日报》上的一条消息，将这个年轻的罪犯曝光于全社会。他利用职务之便，贪污90万斤粮票的罪行，使人们惊诧不已。

但是，当严同在办公室门外喊了"报告"进来后，高大的身材，却衬着一张孩子般的脸庞。

他大学毕业后，分在一个至关重要的岗位上，北京市18个区县一千多万人口的粮、油、米、面票，全由他一人掌管。是制度的漏洞给了他犯罪的机会，还是他利用制度的漏洞造成犯罪的事实，这确乎不是个简单的问题。这个从小学到高中毕业一直当班长的好学生，这个从大学毕业到工作岗位上备受领导信任的好干部，这个父母和长辈心目中的好孩子，是怎样沦为被判"死缓，剥夺政治权利终身"的重刑犯?

揭开这厚重的犯罪的黑色幕布，展露出来的却是一个极简单的事实：为了爱，爱一个即将和他结婚的姑娘，一个职业平常、相貌平常，却和他爱得死去活来的女子。严同说："我是心甘情愿去为她犯罪的。那时我觉得我是个男子汉，男子汉就得敢于去爱，爱她就得给予她超过别人的幸福；为了这幸福 就得敢于索取。但是，我不是经商的，我的工作难以获取重金。我别无途径，我管粮票，就……"这个致使他穿上囚服的逻辑，是谁、在什么时候灌输给他的，连他自己也说不清。只是听他说："我的父母，老老实实地工作了一辈子，却都很平庸，我不能像他们那样生活……”于是，他有了如上的“追求”，大胆地向社会伸出他“索取”的双手。严同在情感的追寻中，走进了一个多么简单又多么危险的陷阱。

在严同穿上囚服后的第三年，他为之不顾一切的爱人离他而去， 和别人组成了家庭。他失去了用死缓换来的“爱”。年轻的严同在铁窗下悲恸欲绝，呼喊着过去的温情。

铁窗中的现实，向他展现了一条扎扎实实的做人的路。当那个曾使他魂牵梦绕的姑娘离他而去时，当他因此而感到精神的大厦坍塌时，是监狱里的管教干部为他支撑起精神支柱。中队长陈顺祥在从严同所在的八中队，调往六中队任职时，正是严同情绪未稳定之时，为了有利于帮助他，陈中队长同意把他也调到六中队。监狱办公室的李秀贞干事，知道严同喜欢文学，苦口婆心地劝他迷途知返，鼓励他拿起笔来，重写自己的人生。从此，监狱小报上常有“严同”署名的文章。回忆起这些，严同热泪滚滚，他说：“身在铁窗之中，才开始真正地思考人生，这确实为时已晚。但是，我终于开始认真地严肃地面对现实了，比起浑浑噩噩过一辈子，这又值得庆幸。”

现在的严同，已经一扫往日的愁容，开始他铁窗下的新生活。他担任了文化教员。每周要为三个中队的一百多名犯人上12节初中数学课；又为40名犯人开了写作讲座；还开始了文学创作，他和李秀贞干事合作的报告文学已在杂志上发表。他说：“每天除了睡觉外，时间总是很紧，要做的事太多。”或许，严同已在这忙碌中，开始算清了为那90万斤粮票他应付出的巨大代价；他又从这代价中学习着在学校中从未学过的知识，学习着人生。

就肖立个人而言，他走着一条悲剧式的路；若从社会的角度来看，肖立的判刑是教育的失败——家庭的，学校的。

父母期望儿子成龙；重点中学学生的桂冠，使他一门心思把自己的前途和清华、北大紧连一起，他踌躇满志，觉得胜券在握。但是，高中毕业体检表的“色盲”二字把他打得晕头转向，不得已报了师范院校，尽管录取他的师范大学依然是全国重点，但他觉得自己已从宝塔顶上跌落下来了。入学后，肖立从不佩戴校徽，未来“孩子王”的前途，使他终日恹恹，感到活着无味。他每日回到离校很近的家里，咀嚼自己的孤独；他把自己关在小屋里，做出认真读书的样子，瞒哄父母，而实际上，他正在无望中挣扎。他经常旷课，却经常告诉父母“今日无课”。没有上过大学的父母，在对儿子的憧憬中，被儿子欺骗，他们不知道，儿子的枕下已放满了武侠小说、黄色书刊。直到大学四年级快毕业时，四门功课不及格的现实一下压垮了肖立。茫然中，他想到死。在死前的犹豫中，他忽然觉得自己没有享受过爱情的欢乐，于是，他魔鬼般地扑向了邻居的一个女孩子——他在惊慌中残忍地打昏了女孩儿，自己跌跌撞撞地逃出了小屋……

“当我打那女孩儿时，我以为一下就能打昏，可是，她没昏……我慌了，束手无策……那一会儿，我脑子里一片空白……”他小声叙述着当时犯罪的情景，低下头去。

他以“强奸杀人罪”，被判“死刑，缓期二年执行”。他在血的事实面前是认罪的，尽管那女孩伤得不重。他给检察长的信中写道：“以我的罪行，处以极刑也不过分。”

在和他约定的第二次谈话时，我和他一起分析了他犯罪的原因。他说：“如果可能，请转告老师和家长，不要只用成功的荣誉激励青少年，应当让他们懂得，现实中更多的是挫折和失败。”他是怀着深深的痛苦说这番话的。

肖立恰是在“色盲”这个挫折中，折去了锐气，找不到“自己”，从此一步步地走向了深渊。

如今的肖立，已在铁窗下当了教师，他的学生是和他一样的犯人。

在反省号的一间办公室里，我和叶洪祥开始了谈话。

他个子挺高，曾是个运动员。是在上大学时弃学从商，而后犯罪入狱的。

在入监队学习期间，他被分配到反省号当杂务，犯人担任杂务的是认罪服法并且老实可靠的人。

入监时，他恰在一个多梦的年龄——20岁。

他说：“我小的时候和父母感情不好，父母管我很严。我从小功课差，但特别喜欢无线电一类课外书籍，可是这种书，家长全锁起来，于是，我就自己想办法拿个铁片把锁撬开。可以说，我从小就会偷东西，偷家里的东西。”他自觉难堪地一笑，笑得很苦。

当军官的父亲，学识很深；当干部的母亲，能力很强，但是他们都忽视了这个要长大的孩子，他们怕他学坏，就给他很少的零钱，以致使他无法参加班上组织的郊游。当同学们高高兴兴踏青寻秋时，他却独自一人在街巷商店闲逛一天，晚上再强装着郊游后的愉快，出现在父母面前。

“从小我就有很强的虚荣心，连父亲打我，我都求他别在别人面前，别让别人看见。关在家里打，怎么打都成。”

他考上大学后，每月除了国家发的16元助学金外，父母给他20元。那已是1985年的时候，商品经济把金钱这个活生生的东西，一下抛在人们的面前。叶洪祥在大学校园里思考着自己今后的道路。囊中的艰涩，常使他感到心里的艰涩。虚荣心使他不能安于大学里的清贫生活。于是大学二年级时申请退学，到一家公司任职。在公司他埋头苦干，颇有成绩。

把他送入监狱的是一张支票。那时，他正联系承包一项工程，急于用钱，于是，他盗用了一张不该由他支配的支票。这支票，是母亲单位的，由母亲拿回家放在提包里，准备第二天使用……叶洪祥就这样由母亲的书包里盗走了后来是他犯罪证据的支票。

刑期12年。叶洪祥说：“我从小到大，好像是棵压在石头下的小草，我从不能按我希望的样子长。我一直想自立，想发挥我自己的能量。但是，好容易挣脱了石头，可又横冲直撞地疯长。真没想到，刚刚自立于社会，又成了罪犯……”他苦涩地摇摇头。

告别叶洪祥，我忽然想把他的这番话告诉他的父母。他们或许从来不知道当别的孩子们郊游时，他们的儿子却攥着极少的纸币踟蹰街头，畸形的“自我”也许在儿子幼小时已萌芽……

劳改局副局长薛文璞，这位60年代的大学生，对穿囚服的当代大学生们深为痛惜：“用漫长的刑期做代价，到监狱来上‘人生价值’这一课，这代价太惨重！”

从反面走向正面

《刑法》第九十条：“以推翻无产阶级专政的政权和社会主义制度为目的的，危害中华人民共和国的行为，都是反革命罪。”在《中华人民共和国刑法》中，反革命罪列于各类罪行之首。

北京市监狱关押着三十多名反革命犯，他们分散在几个中队里，和其他刑事犯一起编队，没有特殊的监禁或隔离。但是，他们罪行的特殊，使警官们改造他们的担子，重了几倍。

三中队是个有237名犯人的大型中队，其中13名是反革命犯。警官尹志成介绍了他们的情况。

他说："对反革命犯的教育改造，要根据他们各自的情况，具体分析。有的反革命犯，有一种盲目的优越感，觉得自己不是奸淫盗窃，高别的犯人一等；还有的自以为有'思想'，连管教干部也看不起，可是为了多吃一个馒头，有时竟和别的犯人打起来。还有个反革命犯，是特务机关任命了的，判10年，不认罪，强词夺理，动不动还发脾气，在犯人中很孤立。大多数反革命犯，能认罪服法，表现好的，也减了刑。"

在尹志成狭小的办公室里，我和三中队的几名犯反革命罪的犯人进行了无拘束的谈话。

尤为民，方头方脸，身体结实，思想简单，他曾两次企图由厦门偷渡到对岸。

他说："第一次偷渡，是好奇，人家说，那边是花花世界，我想看看到底是什么样子。但游了一会儿，就转了向。"

第二次偷渡，是时隔一年后，他又跑到厦门。这次，他打听了路线，几经艰辛，好容易游到岸边，可是什么也没看到，就被撵回来了。后来，听别人说搞情报能赚钱，他连哪方面的情报值钱都不知道，就一心去设法搞情报。于是，情报没赚来钱，他自己却进了监狱。他仅有小学文化程度。当我问及他关于信仰问题时，他神情茫然，我想，他的信仰如同他的文化，也是一片空白。

我来到了六中队。这个队关押着6名反革命犯，在年轻的陈辉副中队长的陪同下，我和反革命犯于乃立的谈话，一开始就讨论了犯人对"人格"的看法。

21岁的于乃立，沉静内向，脸上还带着稚气，他曾是一个汽车公司的调度，当教师的父母做梦也想不到儿子会关押在大墙之内，而且是犯反革命罪。

但是，于乃立确实组织过反革命组织，散发过反革命传单，犯了反革命宣传罪；他又托人带信给特务组织，犯有叛国投敌罪。当时，他还不满二十岁。于乃立在亲戚家里看过不少他不该看的文件材料，过早地以自己不成熟的思维去思考和看待现实中的复杂事物，得出偏激的结论，从而埋下了后来犯罪的种子。

5年的刑期对宣判时只有20岁的于乃立或许还算不上漫长，但入监后，苦恼却十分现实地接踵而来：先是女友和别人结婚了，心里的压力是可想而知的；加上入监后对劳改生适的不适应，一切都使他感到抵触和失望，他失去了活下去的勇气，而想到自杀。他捡了块碎玻璃，悄悄地吞下去。在胃疼难忍时，被队长带到医院，一照片子，真相大白。现在，他的情绪已经平稳了。队里根据他的身体情况，减轻了劳动量。他在自学一本《政治经济学导论》。他说："将来出狱，想办个公司试一试。"在谈到犯人的人格时，他略一沉吟，说："面对国家政权，犯了罪的人，从自我的角度，总有一个自卑感，这是很自然的。"他说得颇有哲理，这或许是他的实际感受。

张一岩走进来坐在我的对面。他说话时的幼稚，与30岁的年龄不大协调。

他生长在异邦，长大了，却不能上大学；祖国接纳了他，在南方一所历史悠久的大学里，他攻读东南亚史，成绩优异，毕业后分到一个中央部门工作。他国内没有亲人，于是节假日同事们把他接到家，使他感受到人间的温暖。但是，年轻人的偏执，使他恨那个令他不能上大学的异邦。于是，他向另一个异邦提供了有关的情报——他觉得没有损害自己的祖国，就不是犯罪。但是，法律是威严的，当一纸间谍罪的判决书把他送进监狱时，他才知道自己触犯了刑法。他说："我对不起国家，对不起老师、同事、朋友，对不起养育我的还在异国的妈妈，所以，入监后和谁都不联系。"说到此，他泣不成声，"我是爱国的，从心里爱。从回国上大学到工作直至入狱前，这一段一共6年，对我来说，这是温暖幸福的6年，我努力学习，努力工作，有病从不休息，机关里的水龙头没关紧，我都赶紧关上，我觉得学校和机关都是我的家……我没想到我会犯罪，尤其是间谍罪；判我6年，我罪有应得。我认真改造，老老实实服6年刑，把国家给我的那6年恩德弥补上……不然我心理不平衡。"

他说不下去了，双手捂着脸，眼泪从指间流出来，稍微平静后接着说："将来我出狱，决不会让国家再负担我……我会自力更生，也决不会再犯罪。"

我说："我能理解你，一个受过高等教育的人，犯了罪，心情是很复杂的。"

他咬咬嘴唇，用手掌使劲抹去眼泪，说："人，都希望理解；监狱里的人，更希望理解。我觉得，我不是那种本质上很坏的人，我服刑改造，还能成为好人。但是，如果我出狱后，社会上不理解我，我也不埋怨，我会好好做人，做个守法的公民。"他把"公民"两个字咬得很重。

送走张一岩，小陈队长和我都沉默了。

算一算年龄，小陈队长比张一岩还小一岁。我说："严管反革命犯人，很难吧？"他说："反革命犯人一般违反监规的少，但转变他们的思想得有耐心。对他们，我们既当老师，又当父母，还要当医生——治他们思想上的病。"

走出六中队，颇觉沉重。我想，罪行虽只有单一的含义，但在一纸判决书的后面，监狱的警官们要持续记下一页多么长的关于人的质变的记录。

交错的折射

《刑法》共有8章103条，规定了各类刑事犯罪及量刑等。现实中的犯人，却都是活生生的人。在罪行、刑期之外，还活跃着他们的思想、文化、性格、经历，以及他们的家庭、亲朋等多种因素。犯人们，人各一面，可谓形形色色；警官们面对的每一个犯人，都是个多层面的复杂体，很难用简单的条文或较少的类别来划分。

郝立行，29岁。他已度过的7年铁窗岁月，恰是他刑期的一半，这个在农村长大的年轻人，说话中显出少有的直率。待我问话刚落，他就毫不回避地谈起他的犯罪经过，且声音洪亮："我14岁时，母亲喝敌敌畏，自杀了。长辈们说是我姐夫气的。那时我就决心报仇。但弟妹都小，我就先忍着，忍了7年，弟弟妹妹都长大了，我也21岁了，就去报了仇——我夜间进了姐夫的家，用刀砍了他，伤了，没死！"说到这儿，戛然止住，那神情，是等我问话。

我问："你为什么不通过法律程序去控告你姐夫？"

"我一个孩子家说了谁信？上哪儿找证据？再说，他是生产队队长，谁敢说他半个不字。"他急急地说。

"村中人同情你吗？"我问。

"同情。"他肯定地说，"我是千人大会公审的，台下的人我看得见，都同情我。"他用白衬衣的袖子习惯地抹了一下下颌，"人活一世，对于老家儿（指父母）不孝顺，成什么人?!我为我妈报了仇!"他表现出很有气概的样子。

刚判刑时他对弟弟妹妹说："你们好好过日子吧，别惦记我。"他原来有个妻子，是事实婚姻，还有两个孩子。刚入狱，妻子来看过他，以后就不来了；他也曾写过信，没有回信，他就不再写了。已经两三年了，监狱的接见日里，他都躲到僻静处。

"我不怕苦，也不怕没亲人来看我，我死都不怕，还怕这些？反正吃窝头，这苦我也不觉得。我表现好，也减了刑，将来出狱，就凭这双手养活自己。"他坦然地说，"进监狱，学了法，我认罪。反正，我给我妈报了仇。"

他几乎是文盲，但思想深处传统文化的烙印，足以使他不按法律却按伦理去盲目行动。管教干部说，他遵守监规，劳动表现好，但他思想太简单，和他谈话十分费力。

犯人黎育志。他高大的身躯中，包藏了一颗对别人封闭的心。这是个"三进宫"的犯人，数罪并罚，案情是十分恶劣的。一副看破红尘的样子，很难让他说心里话。

他拒绝改造的方式是屡次制造自伤自残：尚在收容所时，他就借机吞下钉子，被送往公安医院开刀。到监狱后，他又吞食机针、勺把、勺头，又被送往医院。再次送去医院，是因他又吞了玻璃、钉子。开刀时，需要家属签字，当监狱的警官们连夜赶到他家时，他父亲说："我们感谢政府的人道主义，但我们不为他动手术签字。"其言愤愤。于是，在应填的表格写上了管教干部的名字。他前后手术治疗花费的一万元人民币，也赫然记在北京市监狱的支出账目上。

家庭抛弃了他，监狱容纳了他，还要改造他。他曾用尖刀划破自己的肚皮，全身伤痕累累。管教干部说："我们连监狱领导在内，都多次和他谈话，我们希望打开他的心灵。"

詹为有，全监狱有名的"反改造尖子"，警官郭政陪同我和他谈话。

他36岁，拖着踢踏踏的步子进来，往马扎上重重地一坐，眼睛故意望着别处。郭政向他介绍了我，他瞥我一眼，转向郭政说："我管她是哪儿的！来个人就跟我谈话，我跟人家说什么？说假话，你们准说不好；说真话，你队长不信我也白搭。”他态度生硬地翻了翻眼睛，“我的问题，队长没解决，想不通！”

郭政不动声色，冷冷地回了一句：“说真话，怎么都行！你有什么想不通？”

“他是犯人，我也是犯人，他凭什么？”他没头没脑地说着，语无伦次，反反复复。费劲一听，方明白他是说昨天站队，有人挤了他，反说他挤别人，积委会要扣他的分。他说话时态度粗鲁，时不时地挥着手，一副理直气壮的样子。待把事情的经过说完，他又说：“我骂了他，按规定扣我的分；可他诬陷人，该扣他5分！”说毕，两臂一抱。

谈话很难顺利进行。待他晃着肩膀出去后，郭政沉重地舒口气，介绍了他的情况。

詹为有是个几进几出的重刑犯，抢劫、盗窃、强奸，无恶不作。在别的监所里，多次逃跑。刚调到五中队不久，他不能认罪。他是事实婚姻，爱人要离婚，他不离，跟管教干部说：“要离，我就磕了（指破罐破摔）。”

郭政颇为沉重地说：“这个犯人有突发性，爆发性，蔫人出豹子。”说这话时是1988年7月下旬的一天。

时隔一年多的1989年9月20日，北京市监狱召开宣判大会，詹为有在越狱、拒捕等一系列重罪难恕之下，被判处死刑，立即执行。同一个大会上，有64名改造表现好的犯人，被宣布减刑。由于詹为有的逃跑，五中队有3名管教干部受到轻重不同的处分。而我见到这些管教干部的那个冬日的早上，他们之中有人是昨夜3点才睡，天未亮就起床，集合、点名、带着犯人进入机器隆隆的车间，进行着他们日复一日、月复一月、年复一年的工作。

仅只我在通道里看到的犯人，我已为他们构成的如此一个繁复沉重的社会而感慨万端。我急于知道，那些穿警服的人们，如何在这个大墙内的社会里，进行如此浩繁艰巨的改造人的工程。

第二章　写在大墙上的业绩

我们曾经有过改造末代皇帝的奇迹。但，那时历史已给皇帝画过了句号。而如今，那掩在囚服下的几千颗活蹦蹦的心，却拽着时代风云的影子。绿色的大墙，你将如何铲除那根深如磐的丑恶，去翻新出一个真善美来?!

带着对犯人采访的沉重感，我急切地去追寻那些绿色的光点。我知道，他们默默地负着重担，开辟着一条条新路，共筑这大墙内外前无古人的事业。

于是，我看到了一个个灿烂的青春，颗颗比天空广阔的心灵……

没有奇迹

几位监狱长的日程表满满的。我难以追赶上他们的脚步，于是，我只能从警官们的叙述中，从犯人们的描绘里，从监狱长们匆匆留给我的片言只语，去构写监狱长们的故事。

当我问起监狱长们在大墙内的工作时，他们众口一词地选择了一个词：平凡。

监区里，一个眉目慈祥的老人经常出现在各处。尽管他眉宇间并无凛然之气，但他走到哪里，就把威严带到哪里。他就是现任北京市监狱监狱长、年已花甲的邢中和同志。在这所清末筹备，由日本人小滋次郎设计建成的监狱里，若抹去政权的性质的界限，按时间连续计算，邢中和应当是这座监狱的第30任监狱长。近八十年沧海桑田，风雨嬗变，这座监狱的大墙上，潜留着多少历史的印迹。

新中国成立后，在百废待兴之际，北京市监狱在史册中新的一页上，写下自己的新生。于是，一批穿着灰布制服的干部，分配到这座监狱，他们大多带着战场上的硝烟。那时，邢中和还是个二十多岁的年轻人。他于1946年在河北参加解放军，攻打察哈尔的战斗中负伤。1956年隆冬，他带着左腿的终生伤残，到北京监狱报到。当年雄姿英发的邢中和，而今已白发染鬓。当年，他从填写犯人卡片的细微之职起步，如今领导着这座中外闻名的监狱。他在大墙内送走了的那一万四千多个昼夜，记录了多少由他演化的故事。但他只对你讲他领导下的534名干部。他会明确地告诉你：北京监狱的稳定，全在于一批中小队长们尽心尽力地工作。接着，他颇为动情地说："去年，干部体检，去了400人，23%有病——近一百名呀！胃病，高血压，神经衰弱，有的才五十多岁，就因病故去。"他用了"故去"这个词，许是回避那"死"字的残忍。

作为监狱长，大墙内的人人事事都和他相关相连。他特别强调对犯人的严格管理。他用了一句俗话"是鼠都避猫"来比喻严格管理的道理。他说，干部管得严、盯得紧、管得细，犯人就不会出问题。他同时强调说：“犯人是可以感化的，不能整犯人，要给犯人希望，才不会使矛盾激化。”他讲了这样一件事：有几个犯人想结伙逃跑，为排除障碍，他们议定要杀死值班干部。杀谁？犯人竟颇费思考，因为“干部们对咱们都不错”。

在邢监狱长管辖下的北京市监狱，管教干部不仅不许打骂犯人，连讽刺犯人也在禁止之列。中队办公室里有电棍、手铐等械具，但不到万不得已是绝不许动用的，即使急需使用时，也要向监狱领导请示。

谈到工作时间，邢中和微微一笑说：常年住办公室，习惯了，这里的干部，没人提 “八小时” 。

于是，邢监狱长的身影随时随地出现在监区内。

他发现一个犯人独自走向监狱医院，会立时叫住，询问为什么没有管教干部跟随。

他在接见日出现在接见室，默默地察看家属带来的食品，研究物价上涨对犯人生活的影响。

1987年，接近年关时，监狱上下忙碌不止。1月15日晚上，邢中和穿着棉大衣进入犯人的通道巡查。六中队的犯人刘仁义正在值班。邢监狱长巡查了六中队的情况后，从刘仁义身边走过。当他已走近大门时，又回转身来，仔细察看着刘仁义的脸色，问他是不是病了。刘仁义说队长已带到医院看过，没检查出病因。邢监狱长一边嘱咐刘仁义“要爱护身体”，一边告诉六队的干部“要尽快地带他再去医院检查”。平时能说会道的刘仁义，此时竟说不出一句话来，只是不停地点头，不停地擦拭着眼泪。

慈祥与威严，和谐地在邢监狱长身上融汇，这并非奇迹，只因为他必须用双臂和他的同事们一起支撑着这巍然大墙。

副监狱长徐继庄，正值年富力强。但他已毫无例外地有着监狱里警官们日夜操劳的疲惫之色。他严肃中透着并不外露的睿智。

他是全监干部中唯一的一名“文革”前毕业的大学生。令人意外的是，他的专业并非社会科学，而是化工。但是，当1963年他走出大学校门后，没有去厂房高大的化工厂，却来到了这座用大墙封闭的监狱。后来和他同时分配来监狱工作的十多名大学毕业生，陆续调走，但是，他留下了。一留就是28年。时间无情地带走了他的青春。

在监狱的塑料厂里，他发挥着专业特长，倒也自如。他看着那个当年设备简陋的车间，如何变成今日的机器轰鸣。但当副监狱长的担子落在他肩上时，他几乎来不及犹豫。

几年前，他和另一名副监狱长王福涛曾组织了女犯的座谈会，想听取意见，也想交流看法，有人曾把这次会称作“对话”。会刚开始，气氛沉闷，犯人不习惯面对面地和监狱长们讲话，虽一再鼓励，犯人们仍你推我搡。

终于，有个入监前是工程师的犯人开了头。她说：“女犯人洗漱，一年四季都在院子里，能不能有个盥洗室?”说毕，犹疑地看着两位监狱长。其他女犯，无人呼应，都在心中嘀咕：“提这要求，不挨批吗?”可是，徐继庄平和地说：“这个意见很好，监狱领导已经注意了这个问题，并做了研究。”王福涛也说：“已经决定拨款，在女监通道里建一个盥洗室。”不久，那新建的盥洗室里，水声哗哗。

我曾就这个问题和徐继庄交谈：“犯人们这种要求不过分吗?”

他温厚地一笑，说：“对犯人也要讲人道主义。在条件许可的情况下，改善犯人的生活条件，是有利于改造的。”

“就说现在接见家属时送的东西吧！高级烟、熟肉、高级糖，应有尽有，以致出现了‘囚犯不吃囚粮’的现象，这个现象不正常，但这问题很复杂。犯人的伙食费原来由国家发22元，监狱里再补助4元，但现在物价涨了，伙食的质量就难提高。我们现在正设法解决这个问题，比如：粗粮细做，精打细算。但，也要限制家送食品的数量和品种，囚犯就应当吃囚粮嘛……”说这些话时，他微皱眉头，颇费思考。二千多名犯人的一日三餐，在徐监狱长的心中，是块多么沉重的石头！

两年多前，随着犯人文娱活动的开展，女犯中有人试探着问：“能不能做健美操？能不能跳舞?”

对这个问题，监狱上下意见不一。有人说：犯人来监狱是服刑改造的，有什么必要跳舞？也有人说：开展多种文娱活动，有利于改造。这个问题向徐副监狱长提出时，他颇为宽容地说：对美的追求，人皆如此。我们的任务，是在挖除丑恶后，塑造一个新的灵魂，从这一点看，让犯人感受真善美，感受文明，不会妨碍改造，跳一跳健康的舞蹈，没有坏处。

后来，北监参加《复苏心灵演出团》的节目中，女犯演出了舞蹈，她们毫不扭捏的腰肢胯臀的摆动，没有引起任何人的大惊小怪。

或许由于徐继庄对这些问题的表态，都颇有文化味儿，于是，女犯中有人又向他提出是否允许抽烟的问题。这个问题在男犯中是不存在的——男犯可以抽烟。徐继庄并不赞成女犯抽烟，但他只平和地说："抽烟问题，似乎也应男女平等。但是，从形象、从气质风度上说，抽烟对女性，总不是很美好的吧！"

犯人王林的陈述使我意外地发现了徐继庄包在严肃背后的醇浓的人情味儿。

王林，已经48岁，原为某化工厂的工程师，贪污罪已使他在铁窗下度过了三年多的岁月。许是由于都是学化工的，徐继庄特别关注王林在监狱塑料厂的技术工作和他的改造。王林留在大墙之外的，是一个破碎了的梦——和妻子离了婚，孩子都判给了妻子。他万万没想到，徐监狱长竟在去他原单位办事时，亲自找他离了婚的妻子谈话。王林向我讲述到此，已是热泪盈眶。

王林的妻子，开始并不愿意和徐继庄谈话，但她最终被这位警官的诚恳所打动，向这位从不相识的监狱长倾诉了内心的痛苦。徐继庄向她讲述了王林服刑改造的情况，希望她能虑及子女，接受王林的悔悟。他从她的犹疑不决中，看到了一线希望。他把这一线希望带给了王林。那一夜，王林辗转反侧直到天明。

后来，王林原工厂的领导，有感于监狱干部的精诚之心，表示要保释王林，为协助监狱改造犯人尽一份社会责任。

王林是流着热泪讲述这个故事的。那热泪里，映出副监狱长徐继庄一颗炽热的心。

韩士章的名字，我是在美国《时代周刊》上看到的。那上面附有他一幅照片，照片上的他，神情冷峻。及至在他的办公室和他相对而坐时，从那漾出的笑容里，却寻不到照片上的冷了。

51岁的副监狱长韩士章，精神奕奕。办公桌上，端放着一台监视器，这显示了他的权力，也标志了他沉重的责任——监狱围墙四周及部分车间的情况，随时显示在屏幕上，他也把一颗心系在这屏幕上。

这个从18岁就穿上警服的副监狱长，至今已在劳改战线上工作了33个春秋。

他目前分管全监犯人的管教工作。这是一项政策性很强的工作，33年中韩士章总是和政策条文打交道。在“文革”结束时，他还参加了局系统落实政策的工作，他亲自动笔为200名无辜者写下了落实政策的文字结论。目前，面对犯人，他说：“我们执行政策是一切工作中首要的。周总理生前说，不许打骂虐待犯人，并要求我们将此项条文向犯人公布。我们公布了，犯人就可以监督我们，犯人有权控告违反政策的干部。”

犯人刘双全控告干部一事，就是由韩士章参加处理的。刘双全在违犯监规后，被小队长吕××用绳子捆住双臂。3小时后解开时，双臂麻木，几经送医院治疗，均无明显疗效，加上犯人有情绪，不配合治疗，一臂在一年后肌肉萎缩。监狱处分了这个小队长，不久又将其调离监狱。犯人刘双全在调到延庆监狱后，向检察院提出控告。韩士章协同有关部门处理此事。他耐心地听取了刘双全的意见和要求。当刘双全得知对小队长的处理后，说：“政府已经处理了干部，我还有什么可说的。”

说到这件往事，韩士章有些激动，他说：“管教干部如果执行政策，就代表政府；如果不执行政策，还有什么资格代表政府呢?”

站在韩士章家的阳台上，恰能俯视监狱的围墙。分这套房子给他，或许正是考虑到他工作的特殊。这样，如果当晚他能回家休息，那么，到家后最重要的事，是在夜幕将合时，检查监狱围墙上的灯光。倘若发现那距离均等的灯光少了一个，他就立刻拨通监狱的电话。如果遇上刮风下雨，他从家里望着那灯火，坐卧不宁——这是犯人越狱的最佳时机，有时他索性顶风冒雨地赶回监狱去。他家距离监狱只5分钟路程。但是，在1989年夏季的动荡中，他和监狱其他领导一样，20天没回家。

“我们的工作，是坐在火山口上。”韩士章说着，从办公桌下抽出一把森森闪光的匕首。我不由一惊。他掂着那匕首说：“够磨刀霍霍的吧!”办公桌上，放着审讯制造匕首的犯人的记录。这个叫李全育的犯人，入监不到三年，是从死缓两年改为无期徒刑的，他利用监狱车间的原料、机器之便，偷偷打磨了这把匕首。

韩士章又抽出一把小菜刀，这是他巡查时从一个不引人注意的地方发现的，旁边还有一个小菜板。

他收回这些凶器，长长地舒一口气说："我们的工作，辛苦，艰巨，还有风险。我们不是狱卒，我们从事的是一项改造人的事业，能是轻而易举的吗！但是，人，总得有些奉献精神；有奉献，才有社会的前进。"

我未能采访所有的监狱长们，但他们的总体形象是，奉献。当我为他们这种无私的奉献深深感动时，他们却看得极为平常。他们淡淡地说：天天如此，太平常了。

但，宏伟的事业，并不由奇迹编织；平凡，才是它的经纬。

监狱记住了他们的名字

他们，一身警服，一身威严，却掩不住那日渐增多的白发。你在监狱的许多岗位上都能见到他们。他们几乎都是在这大墙内不知不觉地染白了鬓发。

身材魁梧、神情严肃、坦率刚直的张大宽，是他们之中普通的一员。

他不是名声显赫的先进工作者和立功受奖者，但他坦荡的内心，十几年如一日的作为，会使你看到北京监狱许多轻荣誉重实际的警官们的胸襟。

52岁的张大宽，是全监仍在第一线与犯人打交道的中队干部中年龄最长者。这位五中队的指导员，精神矍铄。他每天早上5点半起床，6点给犯人点名，然后带他们列队进车间。这一整天里，他就在车间、通道、办公室之间穿梭往来。晚上10点钟，才是他下班回家的钟点。他记不清这么多年来多少个节假日不在亲人之中，而在犯人之间；他也从未界定过哪些时间算是他加班加点。就这样，他从1972年，带着"文革"中的挫折来到北京监狱当中队指导员，至今已16年。此间他没有提过工资。这个已有34年工龄、30年党龄的老同志，若按国家行政级别划分，至今不过是个"副科级"。对此，他说他很难有怨言，因为，在他周围许多的同龄人，也如同他一样超负荷工作着，却所得甚少。

他原是北京钢厂的工人，1962年公安部门征招做"特殊工作"的人，他是从6000名工人中挑选出的三个人中的一个，被分配到少管所。"文革"后，他被分配到北京市监狱。从此，他开始改造犯人；而监狱也悄悄地改造了他。

他对犯人很严肃。这严肃，使他在犯人中建立起很高的威望。他说，在犯人中没有严肃就得不到尊重。

如同许多老管教干部一样，张大宽严肃的神情与他主张对犯人严格管理是一致的。在一次全监“转化反改造尖子”的演讲夺魁赛中，他以97分的成绩夺得第一名。那次，他讲演的中心就是“严、观、深、细”的四字经验。

严肃对张大宽来说，并非与生俱来。在有限的业余时间里，他却展现出另一种天性。他喜欢下棋，更喜欢打乒乓球，打起乒乓球来，愉快而认真，在敏捷的接迎、大板的抽杀中，他全无严肃的神情。在劳改局系统的职工乒乓球比赛中，他获得过第三名。他在繁忙之余，还酷爱种花。那通道外精致的花圃中，常见到他的劳作。站在这色彩纷繁的花坛前，令人很难把它和严肃的张大宽连在一起。你会隐隐感到，那警服，那几乎占据他全部时间的犯人们，那高架着电网的大墙，改造了这个天性活泼的人。

张大宽所在的五中队，1987年度完成各类加工件42695件，外加工收入达二十六万多元，产品合格率达99.5%，常常受到生产协作单位的好评。面对这一切，张大宽说：“这，费了多大劲！”再加上一句：“全靠严格管理。”这两句朴实无华的话，是张大宽他们求实精神的注释。

听说，五中队的干部，连吃午饭的时间都有限制。来去匆忙，狼吞虎咽，经年如此，习以为常。

一个日本记者在采访张大宽时，问他：“最大的愿望是什么？”

他不假思索地说：“我唯一的愿望是在余留几年的工作中不出错误；我希望监狱会记住我的名字。”

一个多么微小又多么坦荡的愿望。这也许是他的同事们的心声。监狱会记着他们的名字！

在入监中队当指导员的牛树桐，1985年，和犯人们一起过完他一生中最后一个春节，就一病不起；几个月后，默然辞世——癌症晚期。人们屈指推算，当癌细胞在他体内肆意扩散时，他正整日为刚入监的犯人们无止无休地操劳着。他去世的两年后，犯人邢天文在刑满出狱时，特别撰写悼文痛悼这位曾带他走向新生的老管教干部。他们永远记住了老指导员的名字。

六中队副中队长陈辉的父亲也曾在监狱 工作，不久前，患胃癌去世。谈到此事，小陈神色平静，只从语句的停顿中，让人感到他压抑在心的波澜。他说：“干我们这行的，都是胃不好、神经衰弱——职业病！”

我想，再过20年，当小陈也是白发满鬓时，他将以何种心情回顾他在大墙内奉献出的青春年少呢?

写到此，深感笔端流溢出一股苍凉之情，我担心这情绪会是对这些可敬的警官们的曲解。于是，我转而去了解他们最高兴的事情。我希望在谈到这个问题时，他们的思绪会延伸到大墙外嘈杂的人世去。

然而，当我问到“你最高兴的事是什么”时，张大宽给我的回答却是这样：“当我听到从我们五中队出去的犯人，在社会上取得成绩时，我最高兴!”说毕，他由衷地笑了。他说到马文立，他曾是五中队的犯人，现在是一个锅炉厂的厂长。他滔滔说起小马的许多先进事迹。那语言、那情绪，和说他自己时的简单朴实，全然不同。

在一本日本杂志上，刊登了张大宽的照片。我望着，总觉得在哪里见过他。他很像他的许多同事；他的同事们又十分像他。

那双永远思索的眼睛

李瑞林的魅力，在他那一双眼睛。

那是一双敏锐而深邃的眼睛。

十中队的犯人，都深知这双眼睛包含的智与力。他们从这双眼睛中了解了话语不多的指导员李瑞林；李瑞林用这双眼睛透视了十中队的每一个犯人。

犯人江育会最难忘李瑞林那双眼睛。

18岁的江育会是个判了“死缓”的杀人犯。漫长的刑期，如难以搬动的磐石，使他在铁窗下唯有绝望；与绝望同时折磨他的是妈妈的影子。他眼前总浮现着那一天的情景：他杀了人，踉踉跄跄跑回家，还来不及向妈妈说明经过，妈妈就瘫倒在地。到监狱后的第一次接见，妈妈的一头白发惊得他怔了好久；隔着接见室的长桌，他哭，妈妈也哭。后来，他觉得自己再也回不到妈妈身边了，于是，他想死。吃钉子，撞墙，用玻璃割断动脉，他都想过。但十中队管得严，想死也不那么容易。最后，他决定绝食，悄悄走向死亡。

就在他悄悄绝食的当天晚上，李瑞林叫他到办公室谈话。他已有些脚步不稳，但竭力掩饰着、支撑着。李瑞林让他坐下，单刀直入地问：“江育会，你为什么不吃不喝?”江育会一惊，却固执地低下头。李瑞林轻轻一笑，“你平日最爱喝茶，每天上午至少两缸子，可今天，你的缸子空空的；中午的白菜炒肉，你全倒给了别人；晚上的包子，你一口没动。”江育会满脸冷汗，他没想到指导员把一切都看得这么清楚。“有话就说，别憋在心里，要相信政府。”李瑞林轻声说着，把两个热腾腾的包子端到江育会面前。江育会失声痛哭，他说：“指导员，我想我妈，我以后还能出去吗?”

望着这个18岁的犯人，李瑞林想，还是个孩子啊！他缓缓地说：“你想妈妈，我理解；我像你这么大去当兵时也想妈妈。”

江育会被指导员的真诚深深打动了。他抬起头来，正碰上李瑞林那双眼睛。平日里，犯人们最怵这双眼睛，说它能看穿你的五脏六腑。可此刻，江育会看着那双眼睛，竟想起妈妈的眼睛。

李瑞林和这个绝望的犯人谈了两个多小时，从罪行谈到认罪，从受害人谈到他白了头的妈妈，最后，他说：“真想妈妈就好好改造，争取把刑期缩短，如果减成20年，出狱后还能干一番事业。”江育会连连点头，他觉得这世界上，除了妈妈，指导员是最亲的人。临走出办公室时，李瑞林忽然问他哪天是生日，他十分伤感地说：“2月4日。18岁，该是走向人生的第一步，我这一步却迈进了监狱。”李瑞林拍拍他的肩膀说：“别难过。我们给你过生日，再把你妈接来。”

江育会记住了入监后的第一个2月4日，这一天，他开始了真正的新生。

不苟言笑，几乎是犯人对李瑞林的一致评价，但他的凛然中，并无冰冷之意。他说：“跟犯人谈话，要实心实意，他们才不反感，才对你说心里话。实心实意，需要耐心。”

因流氓斗殴判刑13年的程兴发，是个“三进宫”的犯人，平时很难管教。李瑞林刚调到十中队时，就碰上他故意违犯监规，把烟递给一个正被严管的犯人。李瑞林指出他的错误，他脖子一梗，不承认；李瑞林经过调查，又叫来几个在场的犯人作证，程兴发仍咬紧牙关拒不承认。当天下午和晚上，李瑞林耐着性子找他谈话，程兴发竟摆出一副刀枪不入的样子；李瑞林一腔怒气，饭都吃不下去。可第二天，他又两次找程兴发谈话，程兴发蛮横地说：“我不愿意跟你谈！”李瑞林强压着火，让他先回监舍。犯人走后，李瑞林一支一支地抽烟，他知道此刻冷静是上策。他寻找自己的失误，发现是操之过急，他决定“冷处理”。

过了两天，他把程兴发叫到办公室，先递过一支烟，程兴发一怔，慢慢地接过来。李瑞林抽着烟，问他：“程兴发，有前科吗?”“有。来这里之前，劳教过3年。”程兴发答着，态度冷漠，但已无前几天的抵触。

“听说，你有爱人。现在怎么样了？”李瑞林诚恳地问。

程兴发咬住嘴唇，沉默良久，终于说：“孩子刚生下一个多月，我就判刑了。”李瑞林注意到他强忍着眼泪。

“程兴发，你就愿意这么混13年吗？”李瑞林目光锐利地看着程兴发。

程兴发心里的堤坝被撞开了，他捂住脸，泣不成声。

“你要是真爱你的妻子、孩子，就别这么自暴自弃，你要想像个男子汉那样爬起来，就首先得认罪服法，争取减刑。”李瑞林提高了说话的声音。

程兴发封锁的内心世界，骤然被打开了大门，他“咚”地跪在李瑞林面前说：“我还有13年，她能等我吗？”

李瑞林扶起他来。接着3个小时的谈话，程兴发流泪，擦干，又泪流满面。他29年的泪水聚合在一起，也没有这3个小时的泪水多。临离开办公室时，他竟猛地给李瑞林磕了3个响头，说：“指导员，你这么耐心帮助我，我还能说什么！今后，你叫我死，我二话都不说！”

第二天，程兴发在全队对自己违反监规的行为做了深刻检查，犯人们惊异地看着一夜之间变化了的他。

3天后，李瑞林和中队干部为程兴发安排了一次和爱人的单独接见。

从此，人们看到的是另一个程兴发，他默默地劳动，老老实实地学习。往日的蛮横，随着时间一起消失了。

一个叫王和声的犯人，因伤害罪判10年。他认为自己只是“防卫过当”，从宣判之日起，就开始写申诉书，每一两天必写一份。法院来人找他谈话，他大吵；别的犯人劝他，他大骂；还拒不参加监狱里的生产、学习，声言要申诉到底。他的申诉书加起来已过一百份。李瑞林不动声色地观察他、分析着他。

终于，这一天，他把王和声叫到办公室，直截了当地问：“你为什么一直申诉？”

“我是防卫过当！”王和声理直气壮。

李瑞林盯着他的脸，提高声音，一字一句地说：“你的受害人一家，儿子被你扎死了，父亲已经疯了，天天站在马路上喊儿子，汽车过来都不知道。你等于要了两条人命，你有什么理由申诉！”王和声躲避着李瑞林的眼睛，低下了头。

后来李瑞林又找他谈了十几次话。每次王和声都沉默不语，但他开始参加车间劳动了。到年终总结时，李瑞林并没有在表扬的名单里列上他的名字。他又沉不住气，去找李瑞林，问："我的劳动表现不是比以前好了吗？"李瑞林毫不通融："监规的头一条是认罪服法，你想受表扬，这头一条就通不过。"王和声垂下头，慢慢地转身走了。从此，他心里翻腾着，显得坐立不宁。

李瑞林把这一切都看在眼里。他在王和声举棋不定时，又多次谈话，分析犯罪的性质，说明无理申诉的危害。王和声思前想后，终于下决心：撤诉。

这个全监有名的"申诉大王"的撤诉，带动了全队七八个犯人，纷纷撤回自己提出的无理申诉。

在全中队逐渐形成一个群体意识，是李瑞林的苦心所在。走在十中队那绝无痰迹烟蒂的通道里，只见墙壁上挂满图表、壁报，监舍里被褥整齐、陈设有序。当管教干部或参观者走进通道时，犯人们就礼貌地肃立一旁。这一切都会使你感受到那个属于全中队的群体意识，它是一股无形的力量，集合着、约束着、促进着每一个犯人。

有一次十几个倒流犯要分到十中队，他们都曾被遣送新疆，刑满释放私自回京后，又重新犯罪入狱。哪个中队对这样的犯人都会感到棘手。李瑞林也不例外。但当这些倒流犯来到十中队的那天，李瑞林和干部们却带领着全队犯人，列队夹道欢迎。这个仪式颇使这些走过几个监所的犯人们意外，他们在整齐的队列前，在热烈的掌声中垂下了他们满不在乎的眼睛。

对于中队集体的建设，李瑞林和他的同事们付出的心血，是无法估量的。

他们曾登记过全中队每个犯人的生日。有的犯人从未记住过自己的生日，但生日这一天，队里的干部却端着一碗热腾腾的面条，上面卧着两个鸡蛋，送到犯人的面前。于是，一次心灵的震颤，留给了过生日的和没过生日的犯人们。犯人们说：队长这颗心，比什么生日礼物都珍贵。

"五四"青年节时，他们把曾是党员团员的犯人请到会议室，一杯清茶，一席鼓励的话，引出了这些犯人一行行眼泪，一片片掌声。他们感动不已地说：队长看得起我们，我们能自暴自弃吗！

他们还请受害者到中队来对犯人进行教育。然后，以"假如我是受害者”为题，引导犯人们算一笔罪恶账：全队117名犯人，杀害无辜生命13条；强奸妇女几十个；贪污盗窃123万元。还不够鲜血淋淋吗？还不够触目惊心吗？于是，满场低头，人人沉思，留下了多少个辗转反侧的深夜和扪心自问的白昼。

李瑞林就主张这种扎扎实实的教育，他说：“改造一个丑恶的人，不触动到他的心里，没用。让他知道自己有多丑恶，他才会认罪，才会幡然悔悟，才会重新做人。”说的是个平易的道理，为它付出的却是十中队警官们的心血、智慧、苦心和始终如一的韧力。

李瑞林是个勤于学习的人，整日在大墙内，却能和你大谈“参与意识”“竞争机制” 等新概念。于是，在他设计十中队的工作时，竟也那么强烈地带着时代的线条。

十中队曾是全监对犯人实行百分考核的试点中队之一。这项制度直接与犯人的减刑相联系，犯人们十分重视，它全面地将犯人服刑期间各方面的表现用分数标志，并以此规定，实行加分、扣分。其分数划分的细致可到小数点后。加分时，犯人眉开眼笑；而扣分时，除了忧愁不满以外，管教干部对犯人的思想工作量则大大增加。但是李瑞林说，扣分不是目的，每扣一分，我们干部的思想工作就有了一个新题目。

年终评选劳改积极分子的活动，是犯人一年中最大的企盼。因为评上了，就可能减刑、放假。李瑞林常看到评不上时，犯人情绪低落，一些闲言碎语也因之而起。于是，十中队决定增加评选工作的透明度，他们根据百分考核成绩顺序排列名次，张榜公布，让犯人们了解全中队每个服刑者一年内的表现情况。然后，名列在前的，应当提名为劳改积极分子。公布名次后，李瑞林发给每个犯人一张白纸，让他们对这些提名者未被发现的错误，再行揭发。十几分钟过去了，发下去的纸上，都是空白。

这种让犯人参与改造的先进之举，如今在十中队又大有进展。当监狱领导决定把“犯人减刑公开评议”的工作在十中队试点时，李瑞林欣然接受。这种减刑的公开评议，是要实行“两公开、两监督”：中队干部向犯人公开提名的减刑名单、公开减刑裁定结果。而两监督，则是不仅实行犯人对减刑工作的监督，还要让犯人家属参加监督工作。这将大大地增加了管教干部的工作量，但是，凡是对改造工作有利的，管教干部们都会欣然从命的。

这个减刑公开评议的试点工作，使十中队的犯人们震惊了。那个减刑由政府决定的几十年的惯例，今天，竟然也让犯人参加评议、监督？判刑14年的辛明全说：“这真是监狱治理整顿的一大突破。大墙外搞廉政建设，我们大墙内也搞，有了这个监督，对干部对犯人都有好处。”因抢劫罪判15年刑的国苑有说：“过去认为减刑就得凭干部的印象，现在什么都公开了，改造信心更提高了。”连“二进宫”的犯人薛达文也激动地说：“这么好的措施，自己再不好好改造，还等何时？”

十中队在第一次减刑公开评议会上，公布了10名拟报减刑的人员名单。几天内，收到犯人书面意见107份。李瑞林和中小队长们一一研究分类，准备进一步调查研究。他们接受了这又一个新课题，他们就又要付出几倍的汗水和心血。

我曾问李瑞林，愿意在监狱工作吗？他笑弯了眼，明朗地说：“我是转业时自愿来监狱工作的。我知道这是个和黑暗打交道的地方，社会上最丑恶的人都集中在这里；但我觉得，这工作神圣，它要把丑恶变成美好，把黑暗变成光明。”

李瑞林的警官生涯已经8年，他始终在工作中思考，在思考中工作。那个曾经是混乱一时的十中队，在他和同事们的心血融化中，已跃为先进中队。然而，他仍在思考。他的实力，在于他的思考；他的潜力，也在于他的思考。

青春也在大墙内

郭政脚步咚咚地走来。第一眼，觉得他像足球运动员。健壮的体魄，充沛的精力，敏捷的动作。只有那整齐的衣着，才显示出警官的严谨。在这酷夏之际，去男监的车间或通道，要事先打招呼，以使管教干部来得及通知犯人穿上衬衫。但在五中队，可免于此项。多热的天，连管教干部的衣着也不能有碍观瞻，何况犯人。郭政就这么衣着整齐地走来了。

1976年，郭政从部队转业到北京市监狱报到时，还是个24岁的小伙子。在大墙里一晃，就是十几年。

开始，许多犯人都不服这个年轻的队长。犯人们背后称他是“姓郭的小孩”。他经常承受着探询的、挑剔的、轻视的各种目光。他琢磨着，得需要威严。他从年长的警官身上看到，沉稳是一种内在的威严。于是，他昂然地站在一百七十多名犯人的队列前，迎着他们投来的各种目光，沉稳地说："我知道，你们每个人都在琢磨我；我也告诉你们，我，也在琢磨你们每一个人！"一席坦率的话，使那各式各样的目光收敛起来。

郭政从穿上警服的那天起，就开始"改造"自己。他原是个急脾气，但面对犯人，郭政首先必须沉稳。他到五中队不久，找犯人吕长岭谈话。这是个因盗窃判刑15年的犯人，进监后并不认罪服法。在违反监规而关反省号时，他竟在通道里唱《红灯记》中李玉和那段"狱警传，似狼嚎"。面对这样一个犯人，年轻的郭政在一开始的问话时，就竭力让自己冷静些。但这个犯人却故意摆出一副满不在乎的样子，使郭政几次几乎压不下心头之火。及至问到他犯什么罪时，吕长岭倒先发起了脾气："盗窃，就是偷，偷东西！"说毕还乜斜着眼。郭政实在想发作，但老同志早就告诉他：要以理服人，讲政策。难得血气方刚的郭政，迅速地调整了自己。他沉着而又理直气壮地告诉吕长岭：不认罪服法是没有出路的。那次谈话，使郭政明白了：一个警官的沉稳，是政策水平的标志，是凛然正气的标志。

至此半年后的一个晚上，他找犯人章宜华谈话。这个身高一米八的犯人，还不满十八岁，但却因打架等严重罪行判了死缓。郭政念及他年幼，耐心地开导他如何对待刑期长的现实。但章宜华脖子一梗说："我不怕，脑袋搬家怕什么。"郭政对他的冥顽不化非常痛心，就更耐心地对他说："家里人都希望你好好改造。"章宜华却打断郭政的话说："你甭说这些了，还不如让我到通道看电视去！"望着歪着头坐在马扎上的章宜华，郭政并没发火。当他继续耐心地讲着道理时，章宜华却冷不丁站起来，抄起炉旁的铁通条抡向郭政。郭政闪开身，然后转身按住了章宜华，几个队长闻声赶来，用手铐铐住了这个亡命徒。当时，郭政十分冷静。他想：此时，一个管教干部力量的显示，不是外在的，而是内在的。

后来，他找章宜华谈了9次话。这个曾顽固不化的犯人终于流下了眼泪，说："当时，我要打坏了您，脑袋准得搬家，您没动我一指头，还这么三番五次地找我谈，我是块石头也得化了。"

郭政每月的工资不足百元。有人说，凭郭政的能力，去办个公司，准发了；有人说，郭政少忙乎些队里的事，抽时间写几篇犯罪心理什么的文章，准发了。但郭政说："我的岗位，首先是在犯人中。"郭政在立了三等功后，把那块光彩熠熠的奖章悄悄收在抽屉里，他说："我的压力更大了。"

郭政生活的中心就是犯人。他把自己的一切都调整得适应这个中心，连父母、妻子、儿子都在调整之列。逢年过节，他几乎都不在父母妻子身边。父母疼爱而又无奈地说："算我们没有你这个儿子。"刚上幼儿园的儿子，就要接受郭政"自己管理自己"的训练。有什么办法呢？郭政一星期有四五个晚上在中队值班，爱人也经常上夜班。于是，孩子从上幼儿园日托起，最先学会的，是晚上自己独自睡觉。郭政在上夜班前，三下两下给孩子脱了衣服、盖好被子，然后命令他闭上眼睛。这样训练的结果是：儿子闭眼后10分钟就能睡着，并且一夜几乎不醒。后来，儿子上小学了，脖子上只好挂把钥匙。郭政则是每天早上起床后赶往监所，6点给犯人点名后，匆匆回家，做最简单的早点，送走上小学的儿子，又匆匆在7点前赶回监所。中午，他赶回家，做饭，吃饭，再赶回监所，最长时间是40分钟。这样，儿子的生活节奏，就没有别家的孩子从容，他也如爸爸郭政一样，变得快而急促。

如果略去最长的工作时间，郭政每周平均在监狱的工作时间总计为七十多个小时，大大超过了法定时间，他就在这难以有缝隙的时间里，反复琢磨着近二百名犯人。对犯人他们既是医生，又是父母，又是教师——犯人柳玉林反反复复的婚姻纠葛中，记录了郭政和他的同事们的心血流程。柳玉林犯的是流氓罪，判刑13年。柳玉林的爱人与公婆、妯娌的矛盾，使这对分隔在大墙内外的夫妇间，又加上了一层纷乱。接见家属时，妻子来监对柳玉林说，婆婆如何对她不好而偏向弟妹。接见后，柳玉林就愁眉紧锁，几天都唉声叹气。郭政了解到他的家庭情况，知道这是影响柳玉林改造的一块绊脚石。于是郭政开始劝说柳玉林的爱人，也同时劝说他的父母。他也让柳玉林照他这样做。一场难断的家务事，费去郭政不少时间。当柳玉林的父母和妻子终于在接见日一起出现在柳玉林面前时，在这一家人的激动中，郭政轻轻地松了一口气。这样的情况维持了三四年之后，突然有一天，柳玉林的爱人来到监狱，指名要见郭政。见面后直冲冲地说："您为我们家的事，费了不少心；可婆婆的许多做法，我已忍无可忍了。"说罢，历数婆婆的行为，然后直奔法院提出离婚申诉，理由是对柳玉林的犯罪性质无法接受、感情不好，等等。法院开始调解；郭政开始了更艰难的调解；柳玉林一再乞求法院保留他家庭的完整。在郭政的努力初有成效时，法院却因女方未撤诉及调解无效，为保护妇女儿童的利益而判决离婚。那天，法院的同志来监狱准备宣判，郭政却拦住他们说："你们再给我两天时间，我还能给他爱人做工作，或许这个家庭能不破裂!"

不必记录郭政怎样去做柳玉林爱人的工作，只须知道结果就能说明一切：柳玉林的爱人从监狱办公室告别郭政后，直奔法院撤下离婚申诉，又立即往监狱告诉郭政："对柳玉林要严格要求，让他好好改造争取早日出去。"当郭政安排了这对夫妇的单独接见，并要他们各自都说心里话时，柳玉林对妻子说："冲干部，冲你，我一定好好改造。"柳玉林是个不善言辞的犯人，一提起这事，他激动得难以自已，他说："法院来宣判，这前后就是两三分钟的事，郭指导员救了我的全家，我还有啥说的；干部把我当人看，我表现好了，就是不给减刑，也没一句怨言。"从此，柳玉林像换了个人。他被减过刑，如今，刑期已快满。他说，"出狱后我会告诉儿子：父亲走过弯路，但那时候，你有个叔叔，是管教干部……让儿子永远记住，我们这个家是怎么保存下来的!"

柳玉林和郭政是同龄人——今年都36岁。

这样的故事，郭政能讲十几个。仅1986年前后，郭政面临的犯人离婚的事就有17件。在郭政和五队干部苦口婆心的工作后，有16个家庭保留下来了。唯一离婚的一对，是女方要出国深造，男方刑期长，双方同意分手的。

郭政在英气勃勃的青春中，早早地练就了沉稳和冷静，这是大墙内的岁月留给这名青年警官的印记。

这一天，也在塑造

犯人的眼泪，竟也可以成为研究罪犯心理的一个小小的选题。这是警官们长期观察分析的结果。

犯人对法官、检察官乃至受害人的眼泪，主要是悔：后悔，悔恨，追悔莫及，这多是理性的；

犯人对自己亲人的眼泪，主要是痛：痛苦，悲痛，痛心疾首，这多是感性的。

关键并不在于这观察的结果，而在于由这结果引出的结果：警官们由此看到罪犯心灵上各种区域的划分。那对亲人的“痛”中，还保留着一块真情和良知的心田。

警官们要开拓这块面积奇少的心田。星期四这一天，就变得特殊了。

星期四，是北京监狱犯人们的休息日，犯人们可以在这一天接见家属。这一天，也是管教干部们最辛苦的一天，这一天，他们也在塑造犯人。

按中队排列，每个犯人平均一个月有一个星期四可以见到家属。家属按规定，来到监狱的南大门等待。在规定的时间里，家属领取牌号，顺序排队进入南门内东侧的接见室。于是，融融人情，簌簌眼泪，滔滔心潮，充满了这一天。

1990年1月13日，星期四，冬日常有的阴晦天气。然而，接见室内外，却是一片忙碌。

上午。正值六中队犯人接见。指导员陈顺祥在组织安排着这场大墙内外的交融。

接见室里，一个五米多长的黄色长桌，几乎从屋子里这端通向那端，桌两边是长条板凳。家属们列队进入，边坐下，边把带来的大包小包、食品书籍等交给管教干部检查。超过 二公斤重的食品被退回；洋烟名酒被退回；点心、方便面、书籍等，则被留下。近来劳改局对家属带给犯人的物品从重量到种类，都重新有了严格的规定。

当犯人列队从另一个门进入接见室时，会出现瞬间的寂静。继而，则是家属叫犯人、犯人找亲人，然后，犯人在对面的长凳上坐下。几个犯人间，设一高凳，有管教干部坐在上面，他们履行公务，监督犯人和家属的谈话。

甄耀生，因盗窃罪被判刑10年。这件发生在一家保密厂的兑换券盗窃案，曾轰动全市。他的父亲和母亲同来看他。由于有记者采访，他们被特许在接见室内一间小小的办公室内见面。黑而消瘦的甄耀生，并无沮丧之色。48岁的母亲一见他，便泪如泉涌，却紧咬嘴唇克制着，她拉着儿子的手说不出话来。53岁的父亲，显得冷静练达。他说：“厂里30年没出过这种事（指印刷的票证被盗），我们知道孩子犯了大罪；公安局的人到我家来一亮出逮捕证，他妈就晕过去了。”他指指身旁的妻子。

甄耀生坐在父母之间，沉默着。他父亲是个有30年党龄的老工人。显然，承受这样的打击，对他来说是难以预想的。他说："人家戳我们脊梁骨，我们也听着。"说时声音暗哑，"厂里领导倒不歧视我们——我们和孩子是一个厂的。我们老两口只有拼命多干工作，为儿子戴罪立功。"他停住话，脸上显出无限酸楚。

这时，甄耀生才插话。他说，前一天，有犯人打架，他把受伤的背出来，也挨了几下。队长说他表现好，可能要记功。他又说："我们陈队长，就是刚才走过去的，陈顺祥，他看得清犯人的表现。他帮我认识罪行，耐心极了，还让我当电工……"他眼里闪着泪花，止住了话。父亲欠起身来，望着门外，想寻找陈顺祥队长的身影，但那穿皮夹克的身影只一闪，就匆匆忙忙地消失了。

在小屋外面的大接见室里，一个年轻的犯人握着一个姑娘手，半晌，彼此都无言相望。姑娘眼泪汪汪的。坐在一旁的管教干部悄声对我说：这犯人判了死缓；那姑娘是他爱人——事实婚姻！姑娘要求与男友登记结婚，她想以自己纯真的感情，去换取一个犯人的新生。

这姑娘使我想起接见室一年前的所见。那是一个夏日的雨天，一夜大雨，下得早上清清凉凉的。雨幕也挡不住来接见的家属。一个略施粉黛的姑娘和一个身材高大的犯人在等待和管教干部谈话。姑娘白衣黑裙，衣着高雅。她说，她是为办结婚手续而来的。"先办了手续，他就安心了。"小伙子始终站在一旁，偶尔也插几句附和姑娘的话。陪同一旁的，是犯人的母亲，对姑娘的感激之情溢于言表。我想建议这个做新郎的人穿着囚服与盛装的新娘照一张合影，以纪念姑娘爱情的坚贞。我把这个想法告诉了李秀贞干事，她一怔，但旋即肃然敛容说："您想得对。向罪犯奉献感情，不容易。"谁都应当记住这个姑娘——她救了一个人，一个应当强于她，但却穿上了囚服的男人。

在接见室里情意沸腾之时，通道里却会飘出惆怅和悲切。有的犯人家属因痛恨犯罪者，而拒不接见；有的犯人没有直系亲属甚至孑然一身。于是管教干部的日志上就增加了许多内容：找这些犯人谈话，叙叙家常。

队长们还从不多的工资中分出些钱买些食品，送给常年没人探视的犯人；干部走出监狱，登门拜访，动员那些抛弃了犯人的家属们来监狱探望。

犯人贾玲玉入监后，母亲一病不起，父亲不认这个女儿，拒绝在接见日来探望。她的小妹妹背着父亲，每到接见日时，小小的身影挤在探视家属的队伍里。她没有钱给姐姐买食品，只能用两行热泪温暖姐姐的心。妹妹走后，贾玲玉添了更多的忧伤和哀愁。女队的管教干部们开导贾玲玉：“你是女儿，该先给父亲写信。”信寄出了；但父亲回信的第一行却是：“罪犯贾玲玉……”贾玲玉痛哭着，决心再也不给父亲写信了。于是女警官们又是写信，又是登门，不断向父亲介绍贾玲玉的悔悟与进步。终于，1985年11月19日，贾玲玉和父亲面对面地坐在接见室里了。屈指算来，这正是贾玲玉入监后的第8年了。贾玲玉总是记着这一天，女队的犯人也总是记着这一天。这一天，是女警官们长达8年的工作日志中的一页。

星期四，在延伸着，这一天警官们 给犯人们上“如何做人”这一课。“无私地为他人”这个生活哲理，犯人们是从警官无言的行动中学到的。

第三章　红装换囚服的思索

监狱，是社会的一个特殊窗口；女牢，从一定意义上说又是监狱的一个特殊窗口。并非所有的监狱都有女牢；而有女牢的监狱才可成为一个完整的社会窗口。

北京市监狱的中央，一扇深绿色的大门，锁住了一个方正的大院落。这扇门日夜紧闭，有事出入时才打开。

走进院落，自是另一番景象。庭院宽敞，房屋整齐。两棵茂密高大的海棠树，枝叶伸展，如伞如盖。即使冬天，绿叶落尽，那错综的枝杈，也给这院落增加了几分生机。院内的一排房子中，有桌椅整齐的教室；有机声轧轧的缝纫间；对面，则是机器成行的北京监狱袜厂的一个生产车间。车间的一端，通向通道，通道里有盥洗室和许多隔成小间的监舍。

这个自成格局的庭院，是北京市监狱的女儿国——一女犯中队。11名女警官和161名女犯人，构成了这个特殊的世界。

161名女犯中，有10名大学毕业生；具有中专文化程度的女犯，占20%。年龄最小的女犯刚满18岁，年长的已过了知天命的年纪。

11名女警官中，文化程度最高的是大专；有6名是刚从警校毕业的学生。年龄最大的45岁，最小的只有19岁。

这两个由不同女性构成的不同层次，年复一年地磨砺着，成为北京市的先进集体。这从不和谐中磨砺出的和谐，便是这女性天地的总体形象。

海棠树下的天地

一走进女犯中队的院落，那两棵海棠树惹眼地迎面站立。但是，匆匆走过的岁月，只留下风吹过枝杈时的凉意，只留下雨打过树叶时留下的细声。而海棠树却看到每一个女犯如何穿上囚服，又如何脱掉囚服；海棠树俯瞰着这个女性的隅角。

海棠树就在女警官李淑珍办公室的窗外。她每天无数次地经过这树下，却从不注意那树何时长得这样挺拔繁茂。她太忙，忙得没有时间抬头看那满树的枝叶和果实。

44岁的她，高个子，宽肩膀。穿上警服，英武飒爽，换上红装，朴素潇洒。

年轻时，她在部队里曾是篮球运动员，驰骋球场的拼搏，至今给她留下愉快的回忆。1963年，她开始穿上警服，和犯人打交道，那时她正是不知愁的年龄。现在，她已是这个女犯中队的一把手，人们亲切地称她大李。

谈谈你现在的情况吧！她一笑，几乎又同时微蹙双眉，说：整日整夜，神经紧张。

她面对的是这样一个现实："女犯一般的不会逃跑，但是，让你紧张的事却没完没了。女犯们心胸大多狭窄，一进监，不是惦记孩子，就是牵挂父母；有的还遇上丈夫要离婚——我们队的犯人，十有八九要过这个离婚的关。她们入监后，思想负担特别重，感情又比男犯脆弱。我们当干部的，就得耐心开导，有时，谈十遍八遍都不一定管用。"那么，只有回家休息时，才能松弛？她摇摇头，"除了犯人，还得操心生产。晚上刚睡着，蓦地就惊醒了——担心车间着火，或者出别的事故。电闸超负荷，电线老化了，设备也旧了；要不，又怕哪个犯人操作中出问题。这么一来，即使人躺在家里，心可还留在犯人这儿。"她说着，从办公室的窗口望去，一队犯人从车间里出来，正是换班的时间。

她着急去车间，边收拾桌上的报表、犯人的思想总结，边对我说："我们差不多是连轴转，吃饭睡觉都不正常。时间长了，大部分人胃不好或神经衰弱，这是我们的职业病。”她语气平常、神情平常地说完，匆匆地走进车间，桌上刚沏好的茶水冒着热气，她没来得及喝一口。

我和犯人李霞霞谈李淑珍队长，话题刚开始，她就哭得语不成句。

女犯李霞霞和女警官李淑珍在同一天失去了父亲。

那天，李淑珍一上班就忙得不可开交，李霞霞在车间的生产也正紧张。突然，家里给李淑珍来了电话。电话里，家里人哭声凄凄，告诉她，父亲已去世，全家等她回来向老父的遗体告别；同一时间，从又一个电话里，她得知李霞霞久病住院的父亲也刚刚去世。

李淑珍肩负起两份沉重：做女儿的沉重和当警官的沉重。该回家去奔丧，谁无父母？何况，父亲病重时，自己就因为工作忙，而未能在病榻前尽孝。可是，李霞霞呢？她对自己父亲的死，恐怕没有精神准备。前些日子，曾批准她回家探病，后来，她父亲病情好转，还出院回到了家里。那次和李霞霞谈话，她捂着脸哭着说：“父亲是因为我犯罪才一病不起的，要是他老人家有个万一，我还怎么活下去……”

李淑珍想着，走进了车间，她看到李霞霞眯着眼睛在干活——她眼睛有先天性疾病，发展的结果是可能失明。这个犯人由于流氓引诱罪而判刑，从沉沦到现在的认罪服法，管教干部们费了不少力。李淑珍绕过李霞霞的身旁，无言地走出了车间。她心头的两份沉重开始倾斜，一个警官的责任感使她克制着失去亲人的悲痛。她匆忙地为李霞霞奔丧办出监手续，又匆忙地通知李霞霞家里人来监狱接她。当她把李霞霞叫到办公室时，李霞霞还在懵懂之中。她尽量语调平和，缓慢地把噩耗告诉了李霞霞。她看到李霞霞猛一愣怔，她听到李霞霞悲恸欲绝的哭声。

那一刻，她想到父亲，想到亲人们的眼泪。但是，此刻，她是警官。她抚着这个年轻犯人的肩头，说：“你不能这样什么都不顾地哭，你还得为你妈妈想，你妈妈最难过，要是她有个三长两短呢？”一席话，暖了李霞霞的心。在一旁的女警官，知道李淑珍此刻的心境，这一席话，正是她们想熨帖自己战友李淑珍的。在李霞霞换上便服，抹着眼泪向队长们告别时，李淑珍又递给她一沓钱，说：“你用得着，拿上吧！”李霞霞攥着那一沓钱，眼泪又止不住流下。送她回家的警官老赵对她说：“大李队长的父亲也刚去世。”李霞霞从泪眼中猛抬起头，她真没想到，为自己这么一个犯人，李队长竟不顾自己家的丧事！

女警官终于没有来得及向自己父亲的遗体告别；女犯人在扑向自己父亲的遗体时，献上了双份的悲痛——那一份，是为女警官的父亲。

李霞霞抹着眼泪说："我犯的这罪，容易招人歧视，可李队长她们从不歧视我。我妈说，你得对得起队长。我眼睛不好，可一天争取干两个人的活儿，豁出去眼睛瞎了，也得对得起李队长她们对我的这一片心。"

我向李淑珍问起这件关于奔丧的事，她只淡淡一笑，说："我是队长，她是犯人，当队长的得为犯人想。再说，我们女队干部少，好多人家里有事，都顾不上……"

另一个犯人对我说："李队长平时真的顾不了家。一天早上，我听别人说，李队长的孩子病了，不轻。我以为李队长准没来上班。可是，刚走进车间，李队长就站在机器旁边；中午吃完饭，经过队长办公室，从窗口看见李队长正趴在桌上写什么；直到晚上，我看见她还在出出进进地忙。那一夜，我躺在床上，翻来覆去睡不着。我想，人家队长连孩子生病都顾不了，图的是什么?"

我想起李霞霞眼泪汪汪地对我说过的一句话：有时，我真想叫李队长一声"妈妈"，可，我不配，我是犯人，只有在心里悄悄地叫……

李淑珍从车间回到办公室时，才想起那杯已经凉了的茶。她咽下一口凉茶，说："要采访，应当找找李英她们。"

我找到李英时，她的第一句话是："要采访，应当找大李。"这位年轻的副中队长，清秀苗条。整齐的警服，短短的黑发，使她显出内在的威严。

但谈起话来，却文文雅雅。

不少女犯都怕李英。我用这个问题作为采访的开始。

李英微笑着说："我并不大声训斥她们，但对违反监规的犯人，处罚是毫不留情的。女犯中，小是小非多；有的女犯恶习较深，动辄骂人打人，不严格管理，犯人们就没有一个好的改造环境。去年夏天，犯人司惠英，为了洗澡时占地方，和另一个犯人吵起来，她把人家抓得满身都是伤，我立即把她关进反省号。监规是严肃的，处理一个违反监规的，教育了大家。"

35岁的李英，显得神采飞扬，没有警官们常有的疲惫之色。我问她如何肩负重担却不显得沉重?

她说："哪能不觉得沉重呢？我刚来时也不适应。见了犯人，心里也嘀咕。有个女犯，白发苍苍了，一问，是个杀人犯，我心里一怔。后来，翻看犯人的卡片，哎呀，犯什么罪的都有。我是从部队上转业的，哪儿见过这么多黑暗的东西。"

后来，李英很快胜任了工作。她说，犯人有什么可怵的。我们代表政府来执法，只要掌握政策，什么问题都能解决。

我问过一名女犯："为什么怕李英？"她"扑哧"一笑，极为坦率地说："不是所有的人都说怕，违反监规的才怕。李队长处事公平，我们都挺敬重她。"

犯人华丽芳，无中生有地在犯人中传了许多闲话。李英知道后，严肃地批评了她，并照章扣了她的改造分。华丽芳记恨这个铁面无私的队长，故意不跟李英说话，或者故意躲着李英。有的犯人说华丽芳找死，看李队长怎么治她！后来，有两个犯人打架，几个犯人来劝阻，其中也有华丽芳。李英知道后，照章给华丽芳加了改造分。对这事，犯人们看在眼里。她们说："李队长心地宽，不记私仇，待人公平，我们服气。"

我问李英是什么先进，立过什么功。

她一摆手说："我们女队是北京市'三八'先进集体；我个人，什么也不是。我不太在乎这些，我觉得只要工作尽心尽力了，心里就坦然。"她说得诚恳而轻松。

女队的警官们，似乎都很注重实际的工作，而不去计较个人的荣誉得失。

我和小孟海谈起评先进的事，她很豁达地说："总不能人人都评上先进吧！只要自己的工作做好了，心里就踏实。"

小队长孟海，像个高中刚毕业的学生。短发托着圆脸，仿佛稚气未脱。她爱笑，笑得爽朗而酣畅。她从警校一毕业，就分到北监的女犯中队。她刚当新娘不久，爱人也在劳改系统工作。

孟海业余还在政法大学函授部攻读法律专业，学制三年。她神情愉快地说，到1990年夏天，就能拿到文凭。

如同她的名字一样，小孟海有一个开阔如海的胸怀。她说："社会上说我们如何平凡又伟大呀，等等，我听了，根本不往心里去。只有我们自己知道当管教干部的艰难辛苦，那滋味呀，可不是几句话就能说明白的。"

于是，在女警官们指点下，我看到了海棠树枝叶掩映下的一块天地。

警官们说："女犯，情绪波动大，有时还会出现意外。不是每个女犯穿上囚服后都老老实实认罪服法。从她们踏入女队大门到她们刑满出狱，这条路，她们走得艰难，我们工作得更艰难。"

有个叫龚红英的女犯，是抢劫杀人团伙的。入监时，她的男友——那个团伙的首犯已被枪决。龚红英为此表现得十分狂躁，她隔几天就要大哭大闹一场，闹得犯人们心神不宁。警官们既要严厉地制止她哭闹，又要对她晓之以理。怕她出意外，晚上值班的队长几次站在通道里，听着她的动静。当龚红英的哭闹声终于从通道里消失时，当犯人们看见龚红英终于参加劳动学习时，女警官们的微笑却掩在疲惫之中。

女犯莫琳，性格内向。她因参与杀人而被判无期徒刑。入监后总是无声无息地劳动、上课，显得很平静。由于她改造表现好，不久，无期徒刑改为15年徒刑。宣布改刑的那一天，队长们、犯人们都为她高兴。可是，夜班时，她忽然悄悄地用小刀割自己腕上的血管，幸亏发现得及时。警官们一边为她包扎，一边耐心地和她谈话。她说："判无期时，反正没盼头，就不考虑刑期的长短；可一改有期，掐指一算，十几年后出狱，都快四十了，觉得实在没指望，于是，就……"

女犯杨立燕入监后，丈夫总是按时来探望，平时写来的信，也是卿卿我我，一片痴情。像这样没有破裂的婚姻，实在令不少女犯艳羡。那一次接见日，丈夫仍是真情一片，带来好多食品。可是，二十多天后，一纸离婚申请书飞到监狱，杨立燕简直惊呆了。于是，这纸绝情的离婚申请和杨立燕的眼泪一起，记在女警官们的工作日志上。

女队中有一对来自农村的姐妹金荣和玉英，她俩是同案杀人犯。被杀的是患脑囊虫病多年卧床的玉英的丈夫。姐妹俩进监后互相视若仇敌。姐姐一进监就申诉，她痛哭流涕地向警官诉说她的冤枉。妹妹却咬定那害死丈夫的农药是姐姐给的。复审这个案子，是法院的事。可监狱的警官们却不能在改造犯人时，绕过这个难题。

年轻的女犯杜莉，漂亮出众，她曾是工人，从车间盗窃金屑，和男友同时获罪进入北监。考虑到杜莉本质比较单纯，为了稳定她服刑的情绪，警官们安排她和男友在监区内见面，希望他们在互相鼓励中加快改造的步伐。警官们真是用心良苦。

最近，女犯王纹波进入女监。这个年届五十的女企业家，是某区赫赫有名的人物，经常从她手底进出的钱数，使女警官们惊诧。入监后，她表现出良好的教养，遵守监规，服从管理。但是，她经常生出困惑，比如：受贿和接受馈赠的界限是什么；比如：我辛苦半生，年年先进，就这样成为罪犯？等等。法院的判决，只界定了她的犯罪性质；而困扰她的种种问题，则需要警官们帮助她去识别……

除此以外，女犯们名目繁多的事情，使女警官们忙碌不堪。离了婚的女犯，分得的钱存在银行里，存折就交给队长。于是，无论定期、活期，到期取息、续存等一应事项，都得列入队长们的日程。东四、鼓楼，前门；风雨，酷日，严寒。女警官们要走出大墙为犯人们服务。

女队的警官们，像说家常话一样介绍着她们的犯人。许多故事，连缀着女警官和女犯人。这个海棠树覆盖下的院落里，法律威严，人情深长。

新潮犯罪的冲击

社会大变革中泥沙俱下，80年代的巨浪，把一批批经济或淫秽的犯罪者，推向女警官们的面前。女警官们惊叹她们的年轻，也惊叹她们堕落得如此之快。从一定程度上看，改造她们，比改造有的杀人犯还难。一名警官直言不讳地道出这项改造工作的棘手。

"新潮犯罪"的说法，并不见之经传或文件。这也许是警官们在探讨犯罪现象时的戏谑之称，然而它却道出了这类犯罪的"大气候"。

24岁的林岳实在显得太年轻了。她有着男孩的名字，也有着男孩的短发。她秀丽出众，柔美的声音使人联想起入监前她初入影视界的风韵。两年的铁窗生活，留给她许多对人生的思考——她过去只知道要快乐，而没有留出时间来思考人生。当金钱在这个漂亮的女孩面前显现魅力时，她确实一下就沉迷了。在一家公司当公关小姐的她，过早地看到了过多的金钱。她出入场所的路，仿佛是用钞票铺成的，她踩着它，超前地享受了过多的物质。她为这些而陶醉。她曾想过，如果她林岳一离开这灯红酒绿的环境，变成街上衣着普通的女孩，她是绝对无法忍受的。于是，在贪欲又一次以几何级数膨胀时，她掩去了平日的风姿，胆战心惊地把手伸进一位外商的衣袋中。到手的各种钱币曾平息了她一时的惊恐，换得了她一时的快乐。但随即一副手铐锁住了她的贪欲和快乐。她的案情简单，结案也迅速。似乎是一个白天与黑夜的周转，她就脱去了公关小姐的盛装，穿上了黑色囚服。那副使她改变命运的冰凉的手铐，锁住了林岳走在迷途上的脚步，令她骤然清醒。

林岳对我说："谁也没想到我会犯罪，我自己也没想到……但是，既然犯了罪，就面对现实吧！"

"您知道，犯人中，有许多……阴暗的东西。"林岳小心选择着词汇，"可我刑期短，我还年轻，我不能受这种影响……反正，我还得重新做人……"

她终于懂得了珍惜自己的年轻和未来漫长的时光。

队长说："她还单纯，我们也爱护她的单纯。"

陈英，28岁了。她22岁入监，10年刑期已过大半。判决书上对她犯流氓罪性质的界定，使她从不愿提起犯罪的经过。

她也曾是纯情少女。高中毕业后，有一份难得的好工作，使她将来能周旋在文艺界，亲人、同学和她自己都为她勾画出美妙的前程。可是，她"折"了进来，一"折"就是10年。

"我真没想到！"她皱着眉，几遍重复这句话，神情痛苦不堪。

那是一伙外表颇为文明的人，他们在哪个部或哪个单位有着可观的职位和收入；他们谈吐不俗，还经常说英语。在几个小流氓无理纠缠陈英时，这伙"救世主"解救了她。从此，在宾馆一餐丰盛午宴的优越，去舞厅灯红酒绿的陶醉，能坐上小卧车的舒适，一起裹缠了曾经文静纯洁的陈英，她心惊胆战地瞒着父母，混迹于这伙文雅男士之中，越陷越深，于是，当她在这伙人的裹挟下，告别了少女时代而走向犯罪时，她还弄不清自己是不是堕落。进而是黄色录像，丑陋的做爱……打开性禁区的陈英，早把12年的学校教育、22年严格的家教，当作旧衣裳脱掉抛弃了。法律，终于严正地使泥淖中的陈英看到一个丑恶的自己。

她仍然滞留着年少时的文静，悄悄地流着泪，声音很小地说："我对不起父母，他们都那么正派。从我出了事，他们一下子老了，刚四五十岁的人，看上去像六七十岁！"她哽咽着说，"我要是盗窃抢劫都比这好。"她悔恨地紧咬嘴唇，哭声压抑。谈到出去后的打算，她说："我正自学英语。出去后，靠自己能力挣钱，孝敬父母，我得报答他们。"

我注意到她一直没减刑。我问队长，像陈英这样的犯人能减刑吗？队长十分肯定地说："能，陈英的减刑，已在考虑之中。"

几名类似林岳和陈英这样的犯人，在谈话时，都不愿过多地涉及犯罪的情节。或许一身囚服唤醒了她们心中的耻辱感。警官们则说，我们的工作是要让她们懂得自尊、自爱、自重。

也有一个情感世界

心理学不会排除犯罪者与常人相同的心愿。

女犯们的情感世界庞大而复杂。女警官们把这个情感世界纳入了改造女犯的范畴，这是科学之举，也是人道之举。

当警官们慢慢揭开那感情世界的薄幕时，它的沉重，并不仅仅由女犯负荷；女警官们也甘愿去分担。

犯人曲贤珠，过失杀人，刑期13年。

这个曾在部队服役过的年轻人，正直刚强。在她刚入监时，青梅竹马的爱人，信誓旦旦，表示带好孩子等她出狱。这份感情，曾使曲贤珠在穿上囚服时并未失去对未来的向往。但半年后，爱人提出：为了孩子，办个假离婚。曲贤珠听了辨不出真假，竟想答应。女队的几个管教干部凭经验告诉她：这是骗局。

待曲贤珠弄清真相后，她悲恸欲绝——想不到最绝情的，是自己恩爱多年的丈夫。那时，她觉得心都哭碎了，她只想求得一死。曾做过医务工作的曲贤珠，吞过安眠药，割过动脉。女队的干部们，一边看护她，一边开导她。而后，干部们向法院陈述种种理由，要求法院对男方的离婚申诉缓判，以使曲贤珠能承受这个打击。案子拖了一年，法院的同志深深理解了女警官们的苦心。直到最后判离时，女警官们还去法院，为曲贤珠争得应有的财产后才罢休。有人说她们简直像曲贤珠的"娘家人"，她们默认了——犯人的事，她们不管，谁管?！后来，她们又忙着在小院里腾出地方来，让曲贤珠把分得的家具等存放着。"她在北京再无亲人。总不能让她出狱时双手空空，她还要生活啊！"女警官们为曲贤珠争得的是13年刑满后的未来。

罗馥兰，白发和皱纹都标志着她已年过半百。1977年入监，因杀人罪而判无期。过去，她是某大学的教师，在人们的记忆中，她留下的是勤勤恳恳老老实实的印象。她也曾有过一个虽不富裕却也安宁的家。但"文革"的涌浪，冲得这个家也掀起了波澜。爱人在运动中受到刺激后，神经错乱了，经常怀疑妻子整他，菜刀夜夜压在枕下；精神错乱时，常赤身裸体跪在毛主席像前请罪；有时，又摔东西又打人，一双大脚肆意地踩着只有6岁的小儿子，全家惊吓得手足无措。这样的日子，罗馥兰忍耐着，不知忍了多久，也不知还要忍多久。待她突然发觉自己难以忍耐时，她几乎在一夜之间做出决断：给他服用氰化钾。她是学化学的，她知道这样做犯法，但她又侥幸地想：他有心脏病，别人不会识破的。但是，科学是个铁面巨人。氰化钾宣告了丈夫的死亡，也确认了她的罪行。她并不再留恋生的欢乐，春节的爆竹刚响起时，她从四层楼上跳下来，企望以死来解脱活着的沉重。但是，命运挽留了她。当她背着“无期徒刑”的判决走进监狱时，已跛了一条腿。

杀人偿命。法院的判决，并不使她感到意外的沉重。但这一来，她却失去了儿子和女儿——她冒死保护的亲人。他们都不再来看她了。一包氰化钾，使她变得一无所有。

“我仅有的，是监狱里管教干部对我的一片真情。她们的关心使我有了活下去的勇气。”罗馥兰用苍老的声音叙述着。入监后，队长们特别关心她。帮助她认罪；劳动中照顾她；鼓励她当了积委会的主任；又给她减了刑。濒于绝望的罗馥兰，由这一切才相信人间温暖犹存。

如今，当她已届刑满出狱时，大墙之外的命运冷漠地等待着她——没有哪个子女愿意接受这个铁窗下白了头的母亲。

但是队长们不甘心，她们不能让自己的犯人走出大墙却失去人间的温暖。于是，她们多次奔走：总得给她找个住处啊！

罗馥兰说：“说真的，在监狱，倒觉得挺好。这么多年，习惯了。队长们就像自己家里人，离开她们，心里倒空落了！”

出狱后，在浩瀚如海的社会上，她犹如一叶漂泊的小舟，但那小舟载满的大墙内警官们的情意，也许能帮她找到一片停靠的岸。

金安然是怎样走上迷途的呢？用她自己的话说：“是为了自己的小家而背叛了国家。”

她45岁，一身合体的衣裤，使她透着精明利索。她是北京监狱中为数很少的三名反革命女犯中的一个。

电视、报刊多次披露过她的案情，以儆后人。那是1985年的一个震惊全国的要案。至今，时光的车轮已驶过四个春秋，金安然在铁窗下的反省已过刑期的三分之一。这个女工程师是烈士的后代。但是，当80年代的纷繁风云使人眼花缭乱时，她也萌动了出国的念头。她想深造，也想改变穷知识分子的境遇。于是她一面进修英语，一面向久居国外的哥哥提出要求。令她意外的是哥哥拒绝了她的要求，而哥哥的一位朋友却慷慨地答应了她的要求。但，她付出的代价是：提供情报，成为特务组织的一员。

“对于我的罪行，定性正确。”金安然平心静气地说，“我爱人受我的牵连，成了同案犯，也关在这里……”她边擦拭眼泪，边说。

而最使她日夜牵挂的，是她的儿子和女儿。父母双双入狱，留给这两个孩子的心灵创伤胜于他们生活上的孤寂。这一点，金安然比谁都清楚。她的案子是公开审理，并通过电视传播四方的。她最不堪的是儿女们看到了被告席上的母亲。

女警官们注意到这个个性坚强的女犯心中萦绕着的千丝万缕。她们安排她搞宣传，还让她当初中班的教员，在多次座谈会上安排她发言。对亲人的思念应当变成促进改造的动力。她们对金安然这样说。

那年春节，金安然18岁的儿子和读小学的女儿，一起来到了监狱，和穿着囚服的父母团聚。眼泪沾湿了四个人的衣襟。父母都被监狱评为劳改积极分子，孩子们又含着眼泪笑了。女警官李秀贞拿着相机赶来，为这一家摄下了难忘的一刻，还说，祝贺你们夫妇都被评为劳改积极分子。这张照片，金安然珍藏着，她从心里感谢女警官如此爱护她心里那一方小小的感情天地。

她说：她愧疚终生的，是她毁了这个静谧的家。

女儿来信说：妈妈，您有减刑的希望吗……

儿子来信说：妈妈，我不需要同情和怜悯，我最需要的是自立。

丈夫认罪表现好，监狱又考虑到两个孩子无人照顾，他被假释出狱了。出狱后的第一个接见日，他给金安然送来食品，也送来要她安心改造的希望。

儿子和女儿的来信，刊登在监狱小报上，金安然为此写了一篇题为《盼》的文章，抒写了一个作为女犯的母亲的情怀。

女警官们爱护着女犯们对亲人的情感，因为那往往能成为恢复她们良知的钥匙。一名女犯，虑及天气渐冷，无人给年幼的孩子缝制棉衣，整日唉声叹气。队长们特许她在监舍为孩子做了件厚厚的棉衣。另一名女犯患病了，想向爱人要些特效的药品，可爱人却准备向她提出离婚。女警官们来到女犯家，对女犯的丈夫耐心开导。终于，药送来了，离婚的念头也打消了，患病的女犯流着眼泪说：一定认罪服法好好改造。

或许可以把女警官们的作为称作“感化”。人皆有情，以情感而化之，是顺乎情理的。

扶她们站起来

法庭一宣判，自己就像一下跌入深渊。进到女牢，恍恍惚惚，觉得到了另一个世界，哪里还能想到明天？一个女犯这样形容自己的心境。

可是，那制服上有金色盾牌的人，却要让她从跌倒的地方站起来。

邵明娟，北京市监狱“心灵复苏”演出团的成员，在台上，舞姿婆娑；在台下，文质彬彬。我见到她时，正值盛夏的一个夜晚，她一身薄薄的黑衣裤，一双豆绿色的凉鞋，轻轻走进来，浅浅一笑，端正地坐在对面。

说起犯罪经过，她垂下眼睑，简言短语地说明白了：利用当会计之便，利用转账支票，犯了盗窃罪。第二次，是到邻居家盗窃后，又点火烧毁了现场，这个案一直未破，被捕后自己交代的。刑期20年，是1983年12月入监的，那时才21岁。

你为什么要盗窃呢？我禁不住问她。

“为男朋友。”她毫不掩饰地坦率地回答，“我喜欢他，给他钱，没有钱，就……”她顿然止住了，停了一会儿又说：“可是后来，有一次他和别人议论要什么样的女朋友时，他说要有钱的……我听了，很伤心，对他再也不像过去那样了。”

性格内向的邵明娟，很少和别人谈心里话。对管教干部，也是敬而远之。可是，队长们觉得她的心灵是能够尽快复苏的。

那年春节，邵明娟正思念亲人，队长却送来了录音带，那是姥姥的声音，邵明娟从小跟姥姥长大，情深似海。入监后，再也没听到她老人家的声音，没想到队长却到她家里录下了姥姥盼她早日出狱的声音。

安排她担任车间的调度时，服刑的生活仿佛有了股活力。每天深夜计算车间的产量、成本的工作，使她犹如注入了新的血液。

后来，她想自学些课程，报了一个法律的函授学院。讲义、材料寄到家里，由母亲再转给她。她怯怯地开始自学，担心监狱里严格的作息时间会挤不出学习的空隙。但是，队长们照顾了自学的女犯：可以学到晚上11点。当她几年如一日地坚持读书到深夜时，她开始觉得服刑生活中也能注入希望，她终于取得了结业证书。

平时沉默寡言的她，被队长们推荐到“心灵复苏”演出团。在教室的角落里，人们常常看到她练功的身影，汗流浃背。队长们要她在舞台上塑造一个美好的“我”。

她走得并不轻松，但终于走到了减刑这一天。减了两次，共3年。

1985年6月2日，她入监后第一次被批准回家。妈妈到监狱门口接她。一看妈妈消瘦的面容，她哭了。一路上，她不愿坐车，要和妈妈单独多说会儿话。

邵明娟依然整日默默的。她又参加自学英语的考试。这个肩膀瘦削的姑娘，站起来了，站在她跌倒过的地方。

刘秀华是女队中出名的人物。出名在于她的能干。

她犯的是流氓罪。对于她的罪行，她直言不讳。婚姻是父母强迫的，“他”是个很窝囊的人。于是，她“寻找”自己的所爱，终于在几次“寻找”后，找到了另一个“他”。而她“寻找”中的流氓罪也成为事实，这个地道的农村妇女懵懵懂懂地开始了服刑生活。她在这么多犯人中，有些自卑，她说自己是文盲加法盲。但是，她勤快，肯干，也能干，生产劳动总使她感到快慰。

给她面前铺一条什么样的路呢？警官们思忖着。

女队给犯人组织了一个裁剪班，想让犯人们学得一技之长，出狱后自立于社会。刘秀华在这个裁剪班里显示了她的刻苦和智慧。她认真听讲，不停地钻研，以突出的成绩获得结业证书。

刘秀华担任了女队缝纫组的组长。缝纫组连续三年被评为全监的先进班组。

我见到刘秀华时，她的刑期只剩7个月。工作案上铺着一块软软的绸料，她根据尺寸，几下画好了线，大剪刀在她手下犹如走龙一般。我惊叹她技术的熟练，问起她出狱后的打算。她说："我过去是个农村妇女，到监狱后反而见了世面，学了技术，出狱后，再不围着锅台转了，我要干个体——当裁缝。"

她说："由于表现好，减过刑，还放假回家了。可是，回家反而不习惯，家里比监狱脏多了，连洗脸的毛巾都满是汗味。讲卫生也是文明——这是我在监狱里学到的，出狱回村后，我得给村里人宣传讲卫生。"她说着，神态十分认真。

甄珍玉，整齐的短发，衬得五官分外端正。她聪慧而精干。10年前，她因杀人罪判处"死缓二年"而来到监狱时，刚刚20岁。

这个罪行深重的女犯，原本是个好工人。在家教甚严的陶冶中，也是个好女孩。但是，当她开始那如梦如痴的初恋时，命运却拐了一个弯。那个大她4岁的小伙子，曾被劳教过。一生正统的父亲怎么也接受不了这个现实。幼稚的甄珍玉走了一条幼稚的路——和男友私奔他乡，去寻找属于他们俩的乐土。他们需要钱做路费，在一个亲戚家歇脚时，两人决定伸出罪恶的手——偷。而在偷窃的惊悸中，偏被别人发现。于是，这一对丧失理智的恋人，一阵乱棍向别人打去，想打出他们的生路来。但他们双双成了杀人犯。

当甄珍玉穿上囚服时，男友已被枪决。

她面前是漫长的铁牢岁月，她不知如何挨过这沉沉的时光。

队长知道她曾是工人，就安排她当了车间的保全工。而当保全工的老犯人并不欢迎这个新犯人，她们不把技术全教给她，许多关键的东西，得让她自个儿去琢磨。这样，机器的毛病就加倍地多，于是，像串好了似的，开机器的犯人就去找队长反映，要撤换她这个新手。

队长心中是有数的，她鼓励这个年轻犯人：不要知难而退。

于是，甄珍玉又咬着牙站在机器旁，她整日地检修，整夜地摸索；别人去休息了，她把机器的每个部件都摸一遍。终于，当她得心应手地把机器拆来修去时，她再也看不到其他犯人那讥讽的目光了。

现在的甄珍玉已是五级保全工——这个工种中最高的一级；她还考取了电工的本子。后来，队长又让她当积委会主任，学会在人海中游弋。

她用自己的真诚，打动了许多犯人，尽到了积委会主任的职责，赢得了"公正"二字的评说。

我和甄珍玉讨论她为爱情付出的代价是否值得。她思考成熟地说："那时，我太年轻，凭一时的冲动，要是现在再遇到那样的事，我绝不会铤而走险的。"她感叹说，"我的青春已逝，但监狱教给了我如何生活，这总算有所得吧！这'得'，付出的代价实在太大。所以，我总想不停地干件新的工作、学会新的技术。"我知道她心里有一条汩汩流着的河，她用一个接一个踏踏实实的成功，疏浚着这条生命的长河。

走出"自我"

同许多女性一样，女犯用禁锢的心理，给自己搭设一个心灵的小窝，她们在这窝里自怨自艾。

海棠树的繁茂毕竟不是大自然广垠的绿色。女警官们要让她们从狭小的"自我"中走出来，为女犯人安排着"出走"的计划。

"三八"节时，女警官们忘记了这是自己的节日，却想到了入监时间很长的女犯人。于是，一大早，一辆大汽车驶进监区，30名女犯怀着复杂的心情，登上汽车。这辆车把她们带往阔别已久的大墙之外。

车徐徐前行，眼前高楼林立，街道宽阔，完全是个陌生世界！女犯们正在困惑时，管教干部开始一一介绍所到之处，一幅幅热气腾腾的生活图景展现在女犯们的面前。天安门广场变得如此壮观；只在电视上才看到的立交桥，就在脚下。

53岁的佟云英，入监已15年。此刻，她把脸贴在车窗的玻璃上，泪痕累累，却又不时露出欢笑。她掐一下自己的腿，说，这不是梦！

入监已12年的钱敏文，早已在接见日中悄悄地躲回监舍——儿女们不再来看她，生活对她仿佛一潭死水。监狱的门向哪边开，她都不清楚。如今，她坐在车上，眼前闪过的景象，撞击着她的心。她忽然萌发了生活的热望：这么多人在为社会忙碌着，我就不能再有个新生吗？这位具有大学文化水平的犯人，一路上心潮起伏。

连新纹，这个有着一双忧郁的眼睛的年轻犯人，默默地坐在角落的座位上。久违了，北京！一路上，生活的宏图总是掩去她对往日梦的回忆。当她终于随队来到一个大工厂参观时，工人们在机床旁忘我劳动的形象，深深震动了她。她记得，女队犯人在算罪恶账时有这样一笔：32人犯故意杀人罪，共杀死27人。这笔账，沉沉地压在她心上，那两个数字中，都有她占有的。忏悔的泪流了不知多少，但今天，她觉得，面对创造这美好世界的每一个人，她都愧疚终生。

30名女犯们，含着热泪回来了。三八节过了，心潮却未平。

女警官们说，让她们脑子里多装些“社会”，她们就会从小天地走向大天地。

国庆节晚上，女犯们破例列队走出大门紧闭的院落。一走出那扇铁门，心情豁然开朗了，尽管仍是在监区中。她们被带出来观看礼花，这是从未有过的事情。那扇铁门，曾封锁着她们的想象力。而今，它的开启或许已含有更广阔的意义——它会变作连接庭院内外的桥梁。

女犯们开始被来自社会的力量所搅动。那天，电影演员田华和陶玉玲来了，两人都说：相信你们会新生。

那天，作家柯岩来了，她和几个女犯谈了好长时间。她走了，女犯们仍是泪眼婆娑；冬日的一天，全国妇联的领导们来了，一番亲切的话语使许多女犯几乎难抑哭声……

从此，那铁门闭上的时候，女犯们再没有了锁禁之感，她们知道，女警官们会经常打开那铁门，把社会的滚滚热流引进来；或者，把她们引出去感受那热流滚滚的气势。她们终于通过那铁门，有了一个在“我”之外的胸襟。

第四章　八面来风

监狱，是社会的禁地。大墙封住的这个空间，在人们的种种想象中，蒙上一层灰暗的神秘的色彩。它又是罪恶者的集中地，人们像对待肿瘤痈疽一样厌恶它。

但是，这大墙的铁门，却洞开一面，向异邦的来宾们展现着它并不神秘的真面目。据1952年—1985年的统计数字表明，其间，参观北京市监狱的外宾，有一百多个国家的七千余人次。在这些络绎不绝的外国人的眼中，大墙封闭的北京市监狱里，简直发生着奇迹。

1957年7月11日，巴西参议员维拉斯古参观北京市监狱后说：“你们管理的监狱很好。这里没有监狱的气味，里边没有带枪的，监房也没有锁，像个工厂。”

1960年4月26日，美国作家斯特朗参观时，惊异地说：“你们的工作搞得很惊人。”

国际司法界称这所监狱是“围墙工厂”；盛赞我们改造罪犯的经验是“东方经验”。

但，我们的“大墙”对国人却沉默着。

后来，当时代的浪潮席卷而来时，中国潮涌浪的拍岸之声也呼唤着“大墙”的开放。

八面来风，造成“大墙”鼓帆驶进之势，北京市监狱在这个不平常的年代里，又掀开了它新的一页。

开拓一条前无古人的路

1983年，炎夏的闷热，随着轰轰烈烈的“严打”运动隐去。

9月11日，北京市监狱在黎明之前，笼罩在紧张和沉寂之中——遣送到新疆的百名犯人，将在天亮时启程。

当阳光普照着大墙内时，押送犯人的列车早已飞驰在百里之外。但是，一股黑色的洪流却仍然闪动在警官们的眼前。当他们转回通道时，犯人们今日的目光格外复杂：惊悸，庆幸，哀愁，寻觅——以及渴望与绝望的交织。望着这些留下的犯人，警官们的心情也格外复杂，他们在思考：将来出狱后，他们能做一个守法的公民吗?

这个思考，更早地是闪现在北京市劳改局局长魏相如的脑海里。这位恰在“严打”前不久上任的局长，英武，果决，沉稳，智慧。

他视察着管辖下的监狱、农场。一队队的犯人，引出他一串串的思考，而思考的凝点却在明天——犯人出狱后，是否已改造成有益于社会的人。局长认为，这才是劳改事业的症结。如果只限于把犯人拘囿在“大墙”内，刑满后释放，那我们的警官无异于“牢头狱卒”！我们既然承担的是改造人的重担，那就必须开拓一条新路，这条路通往犯人出狱后的明天。几经思考，局长郑重地提出：打开几十年封闭的大门，把监狱融进社会的大变革中，去开创劳改事业的新局面！

一个大气魄的决策，开创了一个大气魄的局面：在监狱大门豁然而开时，社会各界涌入监狱。他们带来知识，带来温暖，带来全社会对这特殊一隅的关注。警官们的视野开阔了；犯人们的思想活跃了。一个被称之为“帮教”的活动，在通道，在教室，铺开了一个个热烈的场面。

英雄徐良随英模代表团来到监狱，报告尚未开始，台下已是掌声和泪水的海洋。关于人生的探讨，是英雄对犯人“帮教”的话题。当年曾在徐良所在部队服役6年的犯人李晓生，声泪俱下地说：“看看英雄，想想自己，都是同龄人，还能不痛改前非吗？”

曾在狱中服过刑的王永祥、刘树品，现在一个是某建筑公司的经理，一个是区政协委员，他们送来的是重新做人的真谛和令人信服的奋斗经历，犯人们从中看到了明天。

许多工厂和单位的领导，纷纷来到监狱，看望和帮教本单位正在服刑的犯人。半导体器件十二厂的领导们，带着书籍来看望曾在本厂工作的犯人刘士涌，刘士涌惭愧得抬不起头来。工厂曾因他盗窃重要原料而停产的损失，使他至今记忆犹新。但厂领导仔细了解他的改造表现，鼓励他早日出狱，再回到建设大军的行列中去。

远在武汉的中国地质大学党委，派专人千里迢迢来看望服刑人员林汉生，而林汉生不过是他们学校教工的子女。他们温暖了林汉生的心，也温暖了所有犯人的心……

当老将军杨成武走进监狱时，大墙之内像在欢度隆重的节日。那天，许多犯人向队长交上了思想汇报，不少犯人写了悔罪书。

全国妇联王庆淑书记一行来到女队时，一句“服刑的姐妹们”的称呼，台下女犯唏嘘不已……

法院的审判员们，检察院的检察官们，更是经常登门，帮教那些经他们审理、判决过的犯人……

昔日封闭的监狱大门越开越大了：春节时，给改造表现好的犯人放假，让他们回家过年；再批准一部分犯人的家属到通道里，和犯人一起包饺子、演节目，高高兴兴过春节；还准许有的犯人的妻子进监与他们同居，事先腾出房子，准备好新被褥，管教干部们再把自己家里的电视机搬到这些临时新房中去……亲人们的规劝更能促进犯人的改造。

帮教活动使监狱上下激情沸扬，这个曾经封闭的一方天地，从未如此昂奋地投入社会的激流，一个风不平浪不静的局面，如此拉开了它的序幕。

然而，警官们在这兴奋之中，是冷静的，他们深知大墙打开之后的艰难。

他们的思考，是从犯人的悔悟引起——

在见到亲人时，在听老工人、老红军做报告时，在和干部交心般的谈话时，犯人们的悔悟是认真的。但，这就够了吗？这就触动了他们心灵中最深的地方吗？

十中队的干部们，发现不少犯人对认罪服法时时出现反复，总是埋怨法院判重了。只有在谈到受害人时，他们才变得理屈词穷，多蛮横的犯人也耷拉下脑袋。十中队的干部决定请犯人最害怕的人——受害者，来加入这个改造人的行列中来。

可是，哪个受害者愿意再见到可恶的害人者呢？十中队的警官们已多次碰壁。

这次，他们又带着希望踏上了通往通县一个工厂的路，想请一位受害的李工程师来和犯人们开个座谈会。

但是留在李工程师心灵上的那一页，写满了厌恶和憎恨。何况，那个害人者梁育曾是自己悉心教导过的学生，更何况他被盗走的古董、邮票是永远无法用金钱弥补的。当警官李瑞林刚说出来意时，李工程师就难以平息郁积多年的怒气。李瑞林默默地听完这位工程师的叙述，仍然再三诚恳地请李工程师前往监狱。他们把事先准备好的梁育的悔过信和积攒的50元钱交给李工程师，请他能宽容这个正在服刑的青年，能在他认罪服法需要帮助时，再当他的老师。面对这一切，李工程师还能说什么呢！

那天，十中队的气氛比往日严肃。犯人梁育更是心神不宁地默默等待着。当李工程师来到监狱时，他所在厂的刘厂长竟放弃了出国的机会陪他一起来了。李工程师真实地叙述了自己受害时的心情：那些天，神情恍惚，家里人和四邻们，也怕横祸飞来而寝食不安；被盗的古董文物，已流失国外，那损失岂止是他一人一家的？犯人们听着，低下了头，梁育更是不敢抬头看昔日的老师一眼。可是，李工程师在诚恳地规劝了犯人之后，竟爽快地说："只要你梁育真心悔过，我还把你当学生。"刘厂长也说："帮助监狱改造犯人，是社会义不容辞的责任，我们厂的大门是向你们敞开的，我说话算数。"他们让犯人看到了一副比天空更广阔的襟怀。

受害人像一面镜子，照出了一个个狰狞丑恶的灵魂。这样的活动在北京监狱的每个中队都开展了。认罪服法的教育，深入到那一个个留着黑暗角落的心灵中。那些日子，许多犯人吃不下饭睡不着觉，他们眼前常常浮现当初犯罪的那一幕，浮现出受害人的眼泪、鲜血。于是，悔过书、保证书，给受害人的道歉信，给法院检察院的认罪书，一份份地交到队长手里，又一份份地传递到大墙之外。监狱和社会从来没有这样紧密地相连相通过。

1987年，春天，当枝头还未现绿意时，一股春风却早早吹进北京市监狱、北京市劳改局所属的清河农场，在和门头沟政协开展的帮教活动中，双方把这个行之有效的活动，变成书面协议。从而使帮教工作变得扎扎实实，落地生根。协议中确定了双方共同帮助服刑中的犯人的条条规定；还规定了犯人刑满出狱后，社会将为他们安排工作等。这一举措大大启发了北京市监狱的警官们。他们开始延伸脚下的这条新路，要早早地迈步到犯人刑满出狱的明天。

当年寒冬，冰化雪融

11月24日，北京监狱的操场上，二千多名犯人、三百多名干部正在翘首等待一个闪烁着希望之光的时刻：北京市劳改局和丰台区人民政府签订全市第一份区局级《帮教安置协议》，它将以极大的权威性，保证着劳改成绩的最终归宿。至此，关于未来的第一个美丽的蓝图，在被激情融化了的严寒之中勾画出来。接踵而来的协议在劳改局和全市各区县之间依次签订。

后来，司法部部长蔡诚在一次隆重的大会上，郑重地将这帮教协议命名为“北京模式”。

从此，“北京模式”这四个字，成了大墙之内犯人们的希望和动力，成了大墙之外各行各业们的责任和义务，更重要的是它成了警官们肩上的又一副重担，比过去任何时候担子都重——它的一端在监狱，另一端却系在大墙之外的大千世界上。这些过去终日只面对犯人的队长们，如今不仅面对犯人，还要转过身去面向社会。于是，理解与不理解、支持与不支持、热情与冷漠、信赖与怀疑一起迎着他们。他们却甘愿为自己选择这样一条漫长而不平的路。

从此，在描绘北京市监狱面貌的记述中，多了无数感人肺腑的故事：

1989年9月1日，是犯人王怀恩的新生之日。这个曾被判处死刑缓期两年执行的犯人，已在铁窗下度过十八载时光。“文革”使这个无知的孩子泯灭天性，成了杀人犯；监狱却把这个死缓犯改造成了有用的人——他是电工、他学会修理各种家用电器，也在春节被特许回家过年时，免费为邻居们修理了各种电器。他终于从人们谅解的目光里找到了自己的价值。今天，大墙内外的人济济一堂，却是为了王怀恩尚未到来的刑满释放后的未来做安排。丰泽园饭庄的刘经理来到监狱，在帮教安置协议上郑重签了字。协议规定：服刑人员王怀恩刑满释放后将到丰泽园饭庄工作。监狱有关的领导也在协议上郑重地签了字。最后轮到王怀恩签字了。他的手颤颤地拿起了笔，却无法流畅地写下自己的名字——那笔尖蘸满了太多的激情。他囚服里那颗心跳得多么激烈！王怀恩签字后，深深地鞠了一躬，说：“我感谢政府……”就再也说不下去了。

那年春节，鞭炮裹着寒意响得好热闹。监狱的通道里，教室里，温度似乎都比往日高。大年初一，犯人和家属的联欢会上，歌正酣，意正浓。犯人连云福倚在年迈的母亲身旁，心潮澎湃。他快刑满释放了，他曾为出狱后的安置愁得夜夜难眠。但是，帮教协议却在他眼前开拓了一条新路——原单位同意接收他回去工作，连云福做梦也没想到会有如此的幸运。今天，妈妈一来，第一句话就告诉他：“单位的领导到家里来了，说是你在监狱初中毕业了，还学了一身本事，你出狱后的工作单位包了。”妈妈边说，边擦泪。这个入狱时还没小学文化的儿子，临出狱，快四十的人了，却具有了初中文化！老妈妈激动地叫着队长，想把拿来的一包袱礼物塞给队长。连云福望着妈妈，望着队长，一个男子汉的热泪，滚落在这改造了他的监狱的土地上。

刑满出狱的蔡明，在社会闯荡了一阵子后，这一天，忽然回到监狱。他孑然一身，如海潮般喧嚣的社会中，唯他感到孤独。他曾是中央广播艺术团曲艺团的演员。昔日同台的郝爱民，今日恰是曲艺团的团长。蔡明曾几次在夜深人稀时，踟蹰于广播大厦前。华灯灿烂中的大厦陌生地望着他，持枪的门卫使他连连却步。他曾在铁窗下狂热地希冀过出狱后的自由；但在人海中，自由离他却如此遥远。他回到自己熟悉的监狱，面对当年关心自己的警官侯勇，声音低沉地诉说自己的忧虑。综合治理办公室主任侯勇有副热心肠，第二天就请来艺术团的王副团长，开口就说：“您知道‘北京模式’帮教协议吗?”他热情的宣传，感动了谦和的王副团长，团长一再表示应当支持，但又为难地说：“我们这是要害部门，恐怕……”侯勇理解这种担忧，但却不让步，他话题一转，大谈美国等西方国家犯罪率如何高，“您知道这为什么吗？就是因为社会拒绝刑满释放的犯人，他们没有出路，只好重去犯罪!”

王副团长望着侯勇的帽徽，他理解这个精明警官的执着。回去后，他反复研究后拍板，收下蔡明，支持“北京模式”。

在排练厅里，曲艺团团长郝爱民握住蔡明的手时，同时把笑脸转向陪同而来的侯勇警官，说：“冲你们这种精神，我们也得为‘北京模式’，尽我们的力量!”

侯勇从那高大的建筑中走出来，又计划着下一个要去的单位。他知道，那写在纸上的帮教协议，要用他们的汗水、辛苦、脚步、热心，才能成为现实。

铁窗中的犯人，总为出狱后被帮教协议温暖了的犯人感到庆幸。对他们自己，却认为是几年、十几年以后的事，那未来的憧憬虽美妙，但却遥远而模糊。

但是，马红的事，却把他们的憧憬，一下推得近在眼前，清晰而明朗。

马红是杀人犯。她在忍无可忍的情况下，杀死了整日赌博无度的丈夫，然后去自首。刑期遥遥，走到尽头还需8年岁月，这几千个日夜使她屈指难数。她只想老老实实地改造，不敢描画8年后的自己。

可是，1988年7月12日——马红从此牢牢记住了这一天，老经理赵永海突然来到监狱女队。马红一时愕然，悲与喜撞击着，竟说不出一句话来。赵经理依然是往日那样的笑容可掬，他拿着一纸文书说：“马红，我是为这个来的!”那是劳改局与东城区政府签署的帮教协议。“这，这对我是8年后的事……”马红想着露出了疑虑。

女队的李淑珍队长早已想到她的8年之后，李队长和小马的原单位多次联系过。赵经理来就是为和监狱签署协议，不仅承担目前帮助马红改造的任务，而且待刑满后接收马红回原单位。此时，那从来也不敢想的8年后的景况，突然来到马红面前，似梦非梦。马红的幸运在犯人中掀起波澜，他们没想到那被称为“北京模式”的帮教协议，竟然近在自己的身边。

此后，马红的事又有一波两折的变化，而变化一次，“北京模式”就显示一次神奇的力量。那是赵经理签署协议后不久，他带来一位年轻的副经理，对监狱的警官和马红说："我快退休了，但帮助马红的协议不能断。这不，副经理来就是为继续接下这件事。"又过了一段，马红原来供职的单位改为中外合资，外方重新聘用中方人员。赵经理他们又去各处联系，为马红在同系统的一个批发站联系好了工作。马红每每谈及此事，就热泪涌流不止。她说："我，一个犯人，能得到监狱和社会这样的照顾，再活一辈子，也仍会勤勤恳恳报答这些给我新生的人。"

马红的事带来的冲击波尚未平息，《新生报》上的一则报道，使千余颗铁窗下的心灵又震颤了：正负着无期徒刑的判决在狱中服刑的严同，从帮教协议中早早地看到未来出狱时的前景。严同因巨额贪污而被判死刑缓期两年执行。入监后鉴于他服法认罪，而改判为"无期徒刑"。望不到尽头的刑期，使这个年轻人在刻苦改造中，仍忧心忡忡。他没有资格渴望帮教协议的光芒这样早地照耀一个"无期徒刑"的犯人。可是，这一天竟意外地到来了。他所在单位的领导亲自到监狱来签订帮教安置协议。严同望着协议书，耳边响着那句被单位领导和监狱领导都重复过的话："刑满出狱，由原单位安排工作。"严同觉得这像是在梦中，他多少次做过类似的梦，却悄悄把梦藏在心里，但是，今天，这梦竟变成现实。连爸爸妈妈也在场，严同分明看清了流淌在他们皱纹间的泪水。回到通道时，严同久久地在似梦非梦中沉浸着。

在这个重刑犯占70%的监狱里，严同的帮教安置协议，如同一把猎猎火炬，它燃烧在每个犯人的心里。

这样的故事，讲下去无数个，但如果以为"北京模式"的帮教协议就这样一路顺风地为偌大社会所接受，那却是盲目的乐观。监狱的警官们，在为落实帮教协议而艰难奔波时，没有一个眉飞色舞的。只有他们知道实现这协议的代价和分量。两千多名形形色色的犯人，在刑满释放后，在社会上有个再生之地，谈何容易！

优化组合，好人还安排不了！这是领导者们坦率的实话。北京一家名扬中外的企业，劳改部门担负着他们220名违法职工的沉重的改造任务，他们却至今不肯接收一个刑满释放的原属于他们的职工！

曾走进"大墙"，看到过这个改造人的浩瀚工程的各界人士，大声向社会呼吁：请伸出双手，为"大墙"内这个造福于全社会的"工程"，搬一块砖，添一块瓦吧！

美国女大法官纳尔逊1990年1月20日在参观了北京市监狱后说："美国刑满人员出狱后得不到安置，结果重新犯罪率很高。"她还说，"回国后要动员有关方面向中国学习，向北京这所模范监狱学习。"

宏伟的"北京模式"，就这样威武而艰难地在改革的大潮中涌现，历史将记录下它的每一个脚印！

这一页，写在明天

第一个提出在监狱办学的警官，足可以称为智者。智者的思考，来自现实。

九中队出狱犯人雷祥的来信，叙述了他刚出狱的3个月中，3个单位竞相要为他安排工作。他在信中说，只要真正改恶从善，学有一技之长，社会需要有技术有真才实学的人。

犯人雷祥在服刑期间，学会了机械制图，出狱后即被聘为技术员，后经考核成为助理工程师。他研制成功的热水混合节能器，获国家专利。

还有犯人顾桂生，原来是农民，服刑期间学会了烧锅炉的技术，并获市劳动局颁发的合格证书。出狱后即被某研究所招收为锅炉工，继而升任司炉班长。

这些出狱犯人的道路，引起了警官们深深的思考。

社会愿意接纳什么样的犯人呢？他们应当不仅是个守法的公民，而且要有一双自力更生的手，有一个自力更生的头脑。这种思考引出了警官李宝衡在监狱办学的宏图大志。

李宝衡非常认真地对我说："跟您说个数字吧，我们北监塑料厂五个中队，因严重违反监规警告、记过的，没有一个是高中生！"他又加重语气说，"犯人文化水平越高，改造的秩序越好，文化和改造，在监狱中是不可分开的，一定要在监狱走出一条办学之路。"

1956年元旦后的第三天，不满二十岁的李宝衡，从财经学校毕业，分到北京市监狱。他先后在监狱布厂、袜厂、塑料厂等部门工作过，整天和犯人打交道。1985年调任管教办公室主任时，他已近五十岁了。这时，一件从没干过的工作横在他面前——在监狱里办学。

文化学习，从扫盲班办起，还有小学班和初中班。技术学习，则是五花八门：机加工，塑造产品，电工，锅炉工，犯人在监狱车间干什么活，就学什么。

他们还搞起了技术训练，办了烹饪技术班和电器维修技术班。

当两个烹饪技术训练班公开表演时，许多家属、犯人都惊得目瞪口呆。一个班的表演中，3名学员在半小时里共炒出名目见诸菜谱的24盘不同的高档菜；另一个班在表演中，两分钟揉好20个分量均匀外形美观的馒头，7分钟切出4斤薄肉片，使到场者啧啧称赞。

李宝衡并不满足于监狱里已有的办学成绩，他说："我有野心——我不满足这些一般的职业教育，我要着手全面提高犯人的文化水平。现在办的是文化高中，但我想办职业高中；还想让犯人在这个特殊学校里，上了高中的，再上大学！"他说得情绪亢奋，颇有"不到长城非好汉"的劲头！

他走出大墙，向有关部门诉说监狱的困难、监狱的情况、监狱的希望，慢条斯理，颇能打动人。

于是，宣武区成人教育局、教育学院宣武分院都派了教师支援他们。就这样，文化高中班开课了。监狱提出了十六个字的办学方针：提高认识，加速改造，发奋追求，立志成才。并规定，犯人凡补习初中或高中文化课，考试不及格者，不能评劳改积极分子，不能减刑，以鼓励犯人学习文化。

后来，他们决定组织犯人参加成人高等教育自学考试，又打开了监狱办大学的新局面，从没有路的地方，硬走出了一条路。

李宝衡认定了办大学后，直奔宣武区成人教育局去了。他给成人教育局出了个难题——犯人要参加自学考试，上哪儿考？教育局的同志又给李宝衡出了个难题：把犯人押出来考试！这显然不行。

3个月后，教育局终于研究出了好办法：允许犯人报名，在监狱里单设考场。犯人考试全部及格后，不能立即领取毕业证书，待刑满释放后，再补发毕业证书。

李宝衡和其他警官们立即着手组织监狱里有史以来的大学自学考试，颇有些摩拳擦掌不获全胜不罢休之势。

先考的是统考课程哲学。那天：是1986年4月6日，80名服刑人员参考，其中岁数最大的54岁，最小的18岁。这是监狱服刑人员第一次参加国家统一的正式高等学校考试。80名服刑人员衣着整齐地列队进入考场。全监上下，都关注着这80名特殊考生，整个监狱都比往日肃静，仿佛怕打扰了这些特殊的考生们。社会上的参考者，20次辅导共80课时；监狱里的参考者辅导课时间却少了一倍。考试结果，监狱考生的及格率是11.25%，全区社会上考试的及格率只有11.23%。全区哲学考试最高分74分；监狱考生哲学成绩70分以上者共7人。这一系列数字都是李宝衡一口气说出来的。这是他用汗水写在心上的数字。

从此，服刑人员士气大振。自学考试在北京市监狱吸引着许多服刑者。

第二次考试在距第一次考试半年以后。是中文专业和新闻专业考逻辑学。北京市监狱52名犯人报考，34人及格，及格率为65%；而同科成绩，宣武区社会考生的及格率为56%。李宝衡说到此处，愈加兴奋。其他专业考试的及格率达40%。他补充这个数字后，就如数家珍地说："到八八年5月，已考了5次。先后有190名犯人报考，85人获138张单科合格证书。"

犯人蒋全文珍藏着10张单科考试成绩合格证，那上面除了标志他的单科分数外，还端正地盖有北京市高等教育自学考试委员会的印章和北京大学、北师大等主考学校的印章。抚着这几页薄薄的纸张，蒋全文感慨万端。在监狱里能够上大学，这是做梦也没敢想的事。

四中队犯人金林，1983年被判无期徒刑入监，妻子又离了婚，整日灰心丧气。当他被分到自学高考班时，已过不惑之年。他并不想去迈进大学的门槛，是管教干部把他"扶上马"的。对所学的哲学课的86个基本概念、32条基本原理，他一字一字默写过几十遍，还做了四百多道练习题，其中150道重点题的答案，他能全部背下来。他还用学到的原理，写了36篇关于改革开放及有关中国特色发展趋势的论文。

自学高考，目前在北京市监狱，是服刑人员文化学习的峰巅，攀登它的人越来越多。在每个参加考试的犯人的后面，都有一个个警官的扶持。

仅一年时间，北京市监狱组建文化班35个，含学员118名；各类技术培训班33个，含学员772名；新建扩建后的教室总面积，达960平方米，比原来增加80%，现代化教学设备——闭路电视系统已交付使用。

警官们充满信心地说，在犯人刑满出狱时，我们要力争交给他们三个证书：释放证，文化程度证，技术程度证。

这些数字连缀了一颗颗从沉沦走向复苏的心灵。它的耀眼，在于它提前标志出了明天。

呼唤社会的理解

当社会各界带着关心鼓励走进大墙时，由犯人组成的文艺演出队，带着悔悟和希望，走出了大墙。

北京市监狱在经常组织文艺演出活动中，挑选出一些优秀演员和一批优秀节目，参加劳改局的“复苏心灵”演出团。它载着全体犯人的重托，走出大墙，向社会呈献劳改工作的成果；向社会展露丑恶心灵渴求新生的经过；向社会呼唤理解。

在场场演出的掌声后面，在难以忘记的激动人心的场面的后面，铺垫的是男女警官们的心血。

41岁的警官侯勇，是这个演出队的导演和舞台监督。在排练节目的日日夜夜里，他不仅顾不上吃饭睡觉，甚至连坐下来喘口气也顾不得。

舞台上，灯光交映，乐声阵阵。

萨克斯管独奏“忏悔的心声”，浑厚低沉，如泣如诉：那由音符传递的心声，引出台下静默无声的热泪。

吉他铮铮拨出刚烈的节奏时，男声独唱送来了如下的歌声：“路，多么遥远……迈出新生的第一步，希望在召唤……”歌声不绝于耳，它和着这位特殊演员的眼泪。

当台上乐声欢快时，女犯自编自演的舞蹈“编织生活的彩虹”把观众引入对监狱改造生活的联想：纺织机飞转，汗水抛洒，污浊被冲刷，灵魂新生了。婀娜多变的舞姿，传递着这些误入歧途的女孩们对未来的描绘。

……

每一场演出，都伴着泪水与汗水。当台下掌声雷动时，后台的演员们正是泪流满面时。他们从掌声中，感受到温暖和理解。

1988年春天，这个犯人组成的演出团，两个月内遍走首都中央机关、驻京部队、高等院校、农村厂矿，五十多场演出，观众共达六万多人，社会反响空前强烈。

3月28日，预定到中国青年政治学院演出。那天，演出团上下浮现着阵阵担忧，那是因为美国男排访华的首场比赛将与演出同时举行。谁能相信，美国男排明星凯拉里的魅力竟然在青年政治学院的大学生中，让位给来自监狱的演唱团。不少人退掉了球赛票，坐在学院礼堂静静等待帷幕拉开。15个节目演完了，大学生们掌声雷动，演员们一再谢幕。最后，是大学生们拥进化妆室和犯罪的同龄人促膝谈心，他们还送上贺年卡、生日卡、小工艺品，以表达诚挚的心意。文质彬彬的学生会主席说："我们是凯拉里的球迷，但更没有忘记我们作为中国青年的责任——我们用掌声送去的是对失足青年的理解和鼓励。"

4月18日，在中央民族学院的礼堂里，此起彼伏的喝彩声几乎使每个节目都返场重演。

5月6日，中国政法大学迎接着这个特殊演出团的第33场演出。发票800张，但挤在通道、窗台上的大学生们就有六百多人。演出结束，大学生们迟迟不肯离去，他们要求礼堂工作人员打开全场灯光，以向这些呼唤理解的特殊演员再致谢意。演出团的车队离开时，正是深夜11点钟，但大学生们趴满宿舍楼的窗台，挥手高呼："朋友们，祝你们早日新生，愿我们早日在大墙外再见！"回监狱的汽车缓缓行驶在寂静的大街上，夜风瑟瑟，却吹不干演员们不断的泪水。

这，又是一个难眠之夜。

在丰台区，许多群众在观看演出时，一直流着眼泪。一位干部说："这些孩子实在可惜，他们犯了罪，我们不能甩手不管。"一位老干部找到区综合治理办公室，说："请转告孩子们，好好改造，争取早日出狱。就业先别发愁，我们百分之百地安排。"

全国妇联一位负责同志看完演出后，十分激动地说："孩子们是用文艺形式呼唤社会的理解，我们应当伸出热情的手，应该为孩子们创造一个重新做人的良好环境。"

演出团回来了。他们几乎载不动那么多的盛情和理解。新生吧，让新生的蜕变再快些，再快些——他们在心里谱写着新生曲。有位演员说："面对社会这么热情的鼓励，想想自己的罪行，再不好好改造，就没脸见江东父老。"

演出团让大墙外的人们，看到了被称为"东方经验"的劳改工作的卓著成效！演出团使大墙内外交融连接，这个大墙内的特殊世界，脱开它多年的封闭沉寂，终于融进大墙外的大千世界中。

当我在大墙之内徜徉已久时，我越来越感到这项塑造人的工程的浩瀚无边。

再回首仰视大墙，大墙依然威严，却不再沉默——我分明已听到它发自胸腔内的喧哗，分明已看到它在庞然躯体上描绘着一项亘古未有的大工程的蓝图。

大墙威严，但大墙无阻！

初稿于1990年春雪中

修改于1990年酷夏中

附　后

1988年酷夏之中，我进入北京市监狱采访。

一扇由警卫持枪站岗的大铁门向我缓缓开启。地面上一道白色漆线旁，“警戒线”三个大字，标识着一个神秘而陌生的世界。

起初，翻着服刑人员的卡片，听管教干部介绍案情，我带着一串串的惊奇、惊诧和惊愕，以至，有时面对一个杀人犯，采访常因我的这种情绪而中断。

后来，我开始接触管教干部，一个，两个……年老的，年轻的……每天，当我合上采访本时，总要陷入深深的沉思。人生，人的价值，人的精神……这些平时令我感到空泛无着的字眼，此刻全都变得实在而生动。在北京监狱临时为我安排住宿的那个小屋里，每当深夜，那大铁门开合的声音，总伴着我的思绪飘扬。我知道，随着那门声，一个值夜班的警官刚进去，或者，一个劳累工作至深夜的警官 刚下班回家，他们都踏着夜色来去匆匆。于是，白天去过的通道和窄小的办公室，又都在我的眼前闪现；那些穿警服的人的沉沉声音，又在我耳边响起……

渐渐地，我完全没有了“猎奇”的非分之想。我觉得，我面对的一切，都充满了一种严肃的色彩。这里，严肃的警官们，从事着一项严肃的事业——改造罪犯的“大墙”工程，而我，只有用一种十分严肃的态度和情感，才能理解和认识这“大墙”里发生着的一切。

采访，在经过了这样一番变化后，几乎是重新开始的。

犯人——警官们称他们为“服刑人员”，并不都如同想象的那样“驯服”。警官们常常面对违反监规的犯人——想要滋事的，打算自伤自残的，以及企图越狱的……而“驯服”，也并非是犯人们单一的本质。每个犯人在刑期中的长短不一的时间里，每日每时，从早到晚，他的言行神态无一不记在管教干部的心里。劳改局的领导们要求管教干部对犯人要当母亲、当老师、当医生，三重担子压在一副肩膀上，何其重！

我渐渐地走近了警官们，就渐渐地理解了他们的平凡和不平凡。他们使我常常想起愚公，但我觉得，他们面对的穿囚服的人，要比山石沉重多倍！虽然穿上绿色的警服，但，敞开胸襟时，他们都是普通的人。每天24小时，酸甜苦辣地感受着工作的艰巨与生计的艰难。

有名年轻的警官，一面言辞恳切地和一个几进宫的犯人谈着话；不远处的沙堆旁，他的三四岁的儿子独自淘沙扬土地玩着，泥水一脸，尘土一身。此时此刻，穿着警服的年轻父亲在想什么？

我实在没有听到过警官们有什么豪言壮语，但我却从他们每天早起晚睡不计时间的工作中，从他们由于成年累月地值夜班、连梦中都在牵挂犯人而患的胃病与神经衰弱中，从他们苦口婆心地与犯人几次、几十次地恳谈中，从他们用难得的业余时间走出“大墙”去寻求一点一滴对犯人转化的积极因素的奔波中，从他们的皱纹、白发，从他们的疲惫，从他们眼中的血丝和沙哑的声音中，感受到一种难以描述的冲击力。在令人眼花缭乱的现实中，我已好久没有感受到如此的冲击力了。

正是这种冲击力，使我在采访中，不知不觉地投入了警官们的角色。我极有耐心地听服刑人员谈犯罪、谈服刑、谈悔过、谈委屈、谈失望、谈奋起、谈新生，有时长达几小时，乃至反复几次地和一个犯人谈，谈得忘了采访，忘了记录，直到人家走了，我才发现采访本上只寥寥几字。对此，我并不后悔，因为我发觉在这样的谈话中，我把新生的催促送给了他们。“五四”青年节时，我想着给几位年轻的服刑者送上几本书，写上几句话；过年时，我也收到从“大墙”中寄来的贺卡和长达几页的信；我把我写他们的文章送给他们看，我希望他们从中能感到一种善意的推动；我曾拜访过他们的父母，转述狱中人的新生；我也曾看望他们牵肠挂肚的儿子，带去几包糖果，送去人间的温暖……

这样，我延长了采访时间，于近两年时间里，几进几出“大墙”，虽几次动笔，却又几次耽搁下来。这种耽搁，从时间上看，是延误；但从认识上说，却是充实，是开掘。因而，这延误是值得的。

文学，不是远离社会的孑孓孤立之物。写一篇作品，只围着一张书案，恐怕也难以成文。笔耕，其实是个立体的劳动。

《当代》杂志的同志们，在我动笔写出“大墙”系列的第一篇《大墙无阻》时，就热心地关注和扶植；《啄木鸟》和《百花洲》的同志们，又为“大墙”系列的第二篇《迷离青春》、第三篇《红装囚服》安排了版面。尤其是作家出版社的同志们，当“大墙”系列的第一篇刚刚刊发时，就催促我尽快完稿成书。这些关心和支持，无疑是一种认同，而由其演化出的推动力，足以让一名普通的笔耕者铭记终生。

这座闻名于世的北京监狱，如今已迁址到大兴区。它原址所在的自新路上，已是高楼林立，车水马龙。站在川流般的人群中，忽有穿越之感。心想：这些人知道这里曾是北京监狱吗？他们会想到这里在大墙屹立时，墙内墙外曾发生过多少故事吗？

2016年秋　紫芳园

被扭曲者的歧途

非人的遭遇，早早地扭曲了她幼小的心；扭曲了的心，又带着她走着一条无比崎岖的路……

我决定来访她，是因为偶然间看到她写的一首诗——《絮影之歌》：

没有花的香艳，没有叶的凝碧，
只是凭借风的柔情，追随飘零的花絮。
不必为我伤感，我自己也并不在意。
我是落絮的影子，时时追逐，处处寻觅。
尽管寻不到生我的根，尽管觅不到受我的印迹，
尽管名分微贱我无形体，也只叹命运难更移……

这诗里有太多的忧伤太深的怨，我担心这个女孩子承受不了。

见到她时，我却吃了一惊，她的一双出奇明亮的眼睛，竟看不出心上的阴霾。我先谈到这首诗，她浅浅一笑说："那是前几年写的。"

我问："为什么以絮影自喻？"

"取自轻自贱之意。"她轻声回答完，低下头，一头乌黑的头发，掩住了她那双出奇明亮的眼睛。

"是触景生情写的？"

她点点头说："那天，满院飘着柳絮，我隔着铁窗望见，就写了这首诗。其实，我平时并不会写诗。"

她又说："那是几年前了，现在，情绪好多了。"她又浅浅一笑，笑出一对酒窝，那笑只一闪，隐去了。她又垂下眼睑，头发掩向眼睛，掩去了明亮，也掩去了凄然。

一

她叫白容。

我知道她的身世，因而也知道她在成为罪犯之前，早已先成为受害者。而害她的，是她的母亲、她的父亲，和弥散在她周围的可畏的人言。

母亲从小对她的虐待，使她曾怀疑母亲是否是亲生的。她从懂事起，就勤勤快快地做事，小声小气地说话，脚步轻轻地走路。这一切，都是想让母亲忘记了幼小的她的存在，使她免去遭受母亲无端地打骂。但是，虐待却印满了她童年的路。

她记得，小学一年级时，母亲让她去端开水锅，她端不稳，开水洒了一脚，立时烫起了水泡，她咬着牙忍着痛不敢呻吟，只一把一把抹去成串的眼泪。母亲冷眼看着，还斥责她笨手笨脚。那天正下大雨，母亲厉声地让她上学去。她忍着痛，披着块塑料布，走进雨幕中。老师看到她痛得煞白的脸，发现了她脚上流着血水的烫伤，忙叫来和她同一学校的哥哥，才把她背到医院里。

那天回到家，看着烫伤的脚，她想，长大了，攒些钱，第一件事就是到农村去找奶奶，问问她：妈妈到底是不是亲的。她想念奶奶，妈妈生下她，曾把她扔给奶奶。妈妈和奶奶互相仇视着，奶奶宁愿在乡下受苦，也不再来城里这个家。或许由于她是奶奶带大的，妈妈就厌弃她，无端地责骂她。从小，她就总感到心里布满了乌云；每天醒来，就开始战战兢兢地，直到梦中，还常被妈妈的呵责惊醒。

在那个乌云密布的童年里，唯一给她安慰的是父亲。父亲常向她笑，常为她擦去眼泪；在她挨打后，父亲会悄悄塞给她几粒糖；有时父亲去买菜，特意带上她，走在街上，她会得到一根冰棍，或是一串糖葫芦，她吃着，边走边张望满街的花红柳绿，忘记了家里还有个暴戾的母亲。

但是，从什么时候起，她看到父亲就害怕了呢？她已很难从幼年的记忆中挖掘出那个日子了。只是，当她知道害怕父亲时，她早已失身于自己亲生的父亲。有一天，当她终于明白那一切的可怕时，她拒绝了走向她的亲生父亲。于是，她看到平时慈爱的父亲，此时竟有了一副狰狞的面目；她遭到父亲的毒打，吞下眼泪去忍受凌辱……

少女的耻辱感，胜于生命。她终于难以忍受父亲的凌辱，难以忍受她抗拒这凌辱时遭到的毒打。她把这一切告诉给一个和她一样年龄的女友。女友听了，大为震惊，断然说：去告他！

少女白容去向法律寻求她的安宁和尊严。17岁的她，站在铁面的法律之前，诉说自己的遭遇。她是带着热切的希望而走向法律的。

父亲被判刑入了监狱。

那些天，白容的心情是复杂的，她忐忑地回到家里，小心翼翼地探寻着这个没有了父亲的家对她的态度。她甚至幻想，母亲会由于同情她的遭遇，而改变十几年来对她的虐待。然而，现实在她面前变得更加严酷——

母亲痛恨她毁了这个家。于是，她被母亲所逼，退了学，早早地去工作。

工作单位的同事们，从各种渠道打听她的身世，而后是对她的指指戳戳。

街坊邻居，还有些她不认识的人，更看她如怪物，恶毒的话如浪潮般压得她喘不过气：千万别让你家姑娘招引白容；她连亲爹都告了，回头沾上你家老头子……

白容经常在蒙受如此奇耻大辱后，哭累了，就想去死。但是，年轻的生命毕竟是富于活力的，在痛不欲生的多次挣扎中，一丝渴望支撑着她活下去——她要向世人证明她的无辜。

“我错就错在我没有任何过错！”她在自己的日记本上一页一页地写上这句。

二

白容几经努力，考取了一所离家很远的中专学校，尽管专业不理想，但她是为了离开这熟知自己又窒息自己的家而去的。她想，那所中专，必是一块净土，可以让她轻松地呼吸。

但是，生活却有意地为难她。一个知道她情况的女孩汪英，竟也和她同时考取了这所学校。于是，随着白容踏进校门起，她就成了这些少男少女们中唯一的怪物，甚至连老师也对她另眼相看，好像她污染了这块净土。

白容又垂下了头。

可是，一个同龄的男同学，却那样纯真地爱上了她，爱得使她生疑。他叫辛力，他能大度地对待白容那段难堪的经历。白容呢？她也爱辛力，辛力给她的温馨使她像感到太阳的温暖。但是，亲生父亲带给她身心的创伤，使她不相信男人和男人的爱，所以，她对辛力若即若离。而这却恰恰是辛力不能忍受的，他千方百计地想证明自己对白容的爱。哪怕为你去死！他对白容说。

于是，在如此曲折的感情纠葛中，竟隐下了他们成为杀人犯的契机。

当辛力知道江英散布的种种流言令白容痛苦得难以活下去时，他拍拍胸脯，为了证实他对白容的爱，他一定要惩罚汪英，为白容出气。一个简单的逻辑，导致了一个无可挽回的罪恶。

那天，春光明媚，辛力和白容邀汪英去郊游，汪英兴高采烈，摆出各种姿势让辛力给她照相，白容却情绪忧郁。一会儿，辛力带着汪英跑到慢坡之下，白容望着他们隐去的身影，心儿却莫名其妙地剧烈地跳起来。一阵惶恐掠过后，她看到独自走来的辛力更是满面惊恐。她急着问：汪英呢？辛力颓然说：死了。白容一阵腿软，不由得跪下来。她在眩晕中只听见辛力说：本想为你出气，没想到反倒害了你……

三天后，汪英的尸体被发现了；三天后，白容和辛力带着仅有的一点儿钱逃到了南方一个古城。那时，他们是想去死。白容对辛力说：杀人偿命，我们与其被判刑而死，不如自己受良心审判而死。

死，对白容似乎并不难，但对辛力，迈出这一步，他却几经犹豫。他想死，是禁不住白容对死的无畏。而他，却有着太多的留恋——他有一个温暖的家，爸爸妈妈姐姐都宠爱着他，这一切把他从死的边缘拽回来，他又把白容从死引向了生。

那天，他们原本要在夜色中一起死在青草依依的湖边。尽管这是遥远而陌生的南方，白容愿意死，不想回故乡去。白容向辛力伸出一只手臂，指着可割断动脉的地方，闭上了眼睛。可是辛力拿刀的手颤抖着……

后来，他们又在夜色中来到一座凌空的大桥上，点点灯火闪烁，仿佛招示他们走向一个冥冥之地。他们双双跨过桥栏，再有一步，就可以按他们几次商量后决定的那样，葬身江中。可是，辛力说：江水太深，我怕。辛力还说：我想回家再见见我妈。白容理解辛力的种种牵挂，但她决计自己去死。可是辛力说：我为你什么都做了，你就不能为我活下去吗？

当他们终于来到公安局自首时，已是5个月后。

白容和辛力戴着手铐，在法庭上，她从检察官的起诉书中第一次知道了汪英惨死的经过："被告白容因与同学汪英产生矛盾，即与其男友策划报复，于1985年4月19日下午，以照相为由将汪英诱出，被告辛力持刀朝汪猛刺数刀，后将汪扔至水沟内，汪因失血性休克并溺水死亡……"检察官冷峻的声音像击打在白容心上的重锤，她没想到汪英死得这样惨。在这之前，她每每问起辛力如何置汪英于死地的，辛力都转过头去说："你别问了。"而今，她知道了这一切，她确信自己和辛力够得上"杀人犯"。

律师为她辩护："……白容是初犯，由于家庭的不幸，社会的歧视，使她悲观厌世。长期悲观压抑，使她的自卑心理转化为极端的自尊，以致走上犯罪道路。希望法庭考虑她的犯罪原因，考虑她自首的情节，对她从轻处理。"

她听到辛力短短的最后陈述："我有罪：我与汪英无冤无仇，却因一时冲动杀了她，我是死有余辜的，但我希望政府考虑我主动投案，给我一次机会，我一定全力向社会赎罪。"说完，那脚镣哐哐啷啷地响。

在白容被允许陈述时，她一反往日的孱弱，迫不及待地说起来："汪英是我让辛力杀的，我是罪魁祸首，如果没有我，辛力是不会去杀汪英的。如果一定要有一个人抵命，就让我去死，我在这个世界上无牵无挂，辛力还有爸爸妈妈，他以前也是安分守己的，让他活着也不会再有危害，求求你们，让他活着吧！"

1986年1月2日，白容从警车中走出，来到中级人民法院，这里对她并不陌生——5年前，她曾来过这里，那次她是原告，被告是她的亲生父亲；而今日，法院依旧，她白容却成了杀人犯。

她被判处"无期徒刑，剥夺政治权利终身"；而辛力被判死刑。

在复审法庭上，她被允许和辛力最后一次对话。她哀哀地望着辛力说："辛力，你别恨我，我没有办法……"辛力定定地望着她，声音依然温厚地说："别忘了我，千万好好活着，你要代我赎一份罪，尽力为社会做三个人的事——你的，我的，和汪英的……"

三个年轻的生命，都扮演了生活中的悲剧角色。在大悲大哀中，他们都失去了自己的青春，还有两个年轻的生命。

三

入狱后的白容，曾被哀愁和无望缠裹着。有一段时间，她日所思、夜所梦的几乎都是辛力和汪英。她痛惜辛力的死，怨恨自己给这个本是幸运的男孩儿带来了不幸，连同他的父母姐姐都被这不幸包围；她也痛惜汪英，责怪自己不该萌生对汪英报复的念头，致使汪英那样凄惨地死去。她觉得，最不该活在世上的是她自己，而汪英和辛力都是为她白白死去的……

更使她心碎的是，母亲终于与她彻底断绝了母女关系。母亲来探视与白容同监服刑的父亲，管教干部们想到白容的孤独，曾希望母亲也来看看同在大墙之中的白容，但母亲冷冷地拒绝了。她判刑时，留在学校宿舍的衣物被贴上封条后，转送到监狱，来人说，她母亲拒绝收下这些衣物。

活着使她感到无比地沉重，由此，她似乎常有些令人意外的想法和举动……

那是1988年，一纸应当使白容欣喜的裁定书，却几乎使她走上绝路，那张裁定书，是宣布她从无期徒刑改为有期徒刑17年。那天，别人都为白容高兴；而白容却悄悄躲开别人，陷入了忧郁。那晚，繁星满空，使她想起和辛力欲死不能的那些夜晚。星空依旧，人已做鬼——她低吟着两句临时想起的感怀之诗，忽然想起那裁定书上徒刑的期限，掐指一算，出狱时恰是自己40岁生日后的第7天。40岁，对女人是个可怕的年龄，而那时的自己，出狱后孑然一身无依无靠，望着年老力衰的前景，还有什么生的乐趣呢？脆弱的神经，难以把她的生命延展到十几年后，她又有了当初寻死的打算。

她在车间里，捡了一个小锯条，偷偷地打磨成小刀，一切准备好了，她给辛力和汪英各写了一篇祭文，就在上夜班时，用那把小刀割自己的手腕，小刀太钝，只割破了皮，血流出来，却不致命，被同伴发现后，她的生命又被挽留在人间。

也许就是从那次事件以后，白容才开始睁开眼看着真正的人世，吮吸生活中别人给她的力量。

那是她寻死未成后的第二天，她紧扼着包扎后依然疼痛的伤口，等待着管教干部的训斥，她知道按监规她应当关进反省号，她也知道女警官们对犯人这种自戕行为处理甚严。但是，当她进入办公室中，她却在队长那严肃的面孔上看到了一双慈爱的眼睛。队长语气缓和地说："你是怎么想的？大家都在关心你帮助你，你却想去一死？"

是啊，自己到底是怎么想的？白容自问。入狱后，许多被自己不在意的往事，竟一件件涌到眼前：

在车间里，队长让她当保全工，这是车间里技术性最强的工种；后来，又让她参加宣传组，她的名字连同她的文章，常出现在监狱的小报上，她不是从这之中感到一种被人尊重的幸福吗？

监狱里的接见日，只许犯人的直系亲属进监看望；可白容在接见日，虽然没有亲人来看望，却破例地见到同学和同事，这是队长特许的；甚至，从狱中刑满释放的人是不准再进到监狱来的，但队长们想到白容无亲人，破格允许了和白容交往甚厚的服刑人员刑满出狱后来探望白容。

她还想到几个月前的春节时，全国妇联的一位领导来看望女队中的服刑人员，听说她被亲人抛弃，特意把她叫到办公室，递给她30元钱说，听说，你的母亲抛弃了你，但是政府不会抛弃你，这30元钱，是我个人的心意，希望你早日出狱，重返社会……

想着这些，白容惭愧难已，她觉得自己活得狭隘，即使想死，也死得狭隘。一个朋友给她的信上写道："你虽然在物质上一贫如洗，但你是精神上的富翁。大家为你愿做一切事，只盼望你早日回到我们之间，你应当为所有关心你、期望你的人而有意义地活着。"

也许是死的实践使白容清醒；也许是队长语重心长的话说得她痛哭不已后，没有把她关进反省号的宽容，使她感到这爱护的格外宝贵。总之，从此，她摒弃了死的念头，开始一心一意地想着如何生得有意义、活得有分量。

她曾给县公安局警官章达写信汇报自己改造的情况，章达是白容和辛力一案的预审员。章达长长的复信，使白容在思考"自己"时，进入了一个新的境界。章达在信里写道：

……过去我对你讲过：对于你们的犯罪，凡是一个正直的有良心的人都是切齿痛恨的。你和辛力的犯罪给受害人和她的家庭带来灾难和痛苦，给社会带来严重危害。现在你判了刑，这是法律的正义惩罚。你此时的心情我是可以想象的。可你想到没有，一个人平白无故地死去，该是怎样的一种惨景，死者的亲人又将是什么样的心情？如果你能时刻想到这些，我想你会正确认识自己，也会正确认识未来的。

说到未来，你不应该觉得自己被判了无期徒刑就毫无希望了。只要你真心改造，党和政府会给你重新做人的机会的。

……不管怎样判刑，你都要重新开始，变消极因素为积极因素，如同“背石上山”一样，这不光指投入改造的客观环境，还包括精神上要战胜自我，一步一个脚印地在通往光明的路上走下去……

你在生活上有什么困难？买书买生活用品的钱够吗？如需要钱和物品请来信，我和我爱人都会帮助你的。我是审过你案子的预审员，但从年龄上讲，你又是一个小妹妹，帮助你真正改过自新，成为对国家有用的人，是一个预审员对社会应尽的职责，也是一个兄长应尽的责任……

这封信曾使白容认真地思考过人生，她从一个无亲无故的警官的普通话语中，看到了一颗博大的心，一个正义的灵魂。白容想过，从幼年时被扭曲的心理桎梏中走出来，自己必须有一双向前看的眼睛。

她去寻找了她的明天：她参加了成人大学的自学考试。当她捧起《古汉语》时，那些难解的句子，牢牢地吸引着她，她相信她能最终读懂这些拗口的句子，因为那是文化，是她未来赖以生存的文化。她想拿着大学文凭出狱回到社会上。

父亲刑满出狱时，曾见过她一面，留给她30元钱和一些书籍，以后，就再无音信。她望着那几张钞票，惨惨一笑，那就是她青春的代价么？然而，她已不是当初那个只会顾影自怜的姑娘了，她在铁窗下才开始感触生活的高深广远。她从被亲人抛弃的孤独中走出来，走向了人生，一个新而广阔的人生。

我和白容在监狱办公室中，曾有过两次长谈。她说话总是用最简明的词语，不擅侃侃而谈。有时对问话，只用点头或摇头表示可否。我从她的神情中感到，她依然沉重，真如“背石上山”，但那沉重中，是奋争，不再是哀怨。

我问过她，当别的犯人都由单位与监狱签订帮教安置协议时，她却没有这样的际遇，她会不会对未来有渺茫之感呢？

她沉吟后说：“有时，也确实感到渺茫。但细一想，路是人走出来的，我不会自己走出一条路吗？”说完，她忽闪着那双明亮的眼睛。

我理解她的沉重，她不是要承担三个人的工作——她的、辛力的，和汪英的吗？

1989年冬　北京

附　后

这篇作品原收在系列报告文学《迷离青春》中，是五个故事之一。其他四个青年犯罪者的故事中，有相当多的内容是采访他们的父母所得，并在分析犯罪原因时，对家庭教育的失误，有一定的辨析性。唯独本篇主人公白容在家庭的遭遇，是个个案。由于对白容父亲禽兽行为的愤恨，所以我打消了采访白容家长的念头，直接按白容和管教干部所述，完成了本篇的写作。

在采访白容后的第二天，管教干部对我说：白容让我们转告您，说她谢谢老师对她的爱护和尊重，因为您没有像有的采访者那样，深究她父亲的事。

管教干部说，她父亲这个禽兽不如的东西，给她造成的创伤，不揭她都痛，这孩子要把这个耻辱背一辈子。

我记得她减为有期徒刑17年时，是1988年。若无意外，她应当在新世纪的初期就可出狱。

她曾对我说，出狱后，她要努力奋争，一个人做三个人的事——被她男友杀死的同学汪英、为她而被判死刑的男友辛力，还有她自己。

如今，算起来她出狱已有十几年，这漫长的岁月中，她是怎样艰难前行的呀！

2017年1月　紫芳园

后 记

一位78岁的老人，又非专业写家，想出版一本自己的作品选，这是一个多么难实现的梦！

但，我实现了。让我梦想成真的是作家出版社的领导和责任编辑袁艺方，因此，我必须把“感谢”二字，写在“后记”的篇首。这是作家出版社第二次为我出书，如同让生命之花绽放一样，这样的扶助，值得永远铭记在心里。

在纪实文学中，我最钟爱人物特写和传记。除了《史记》等不朽著作的感召外，当代前辈的创作实践，是我在纪实文学中偏笔写人物的引导。记得读黄宗英大姐的《小丫扛大旗》时，对写作的懵懵懂懂的意识，就忽然被点化，知道了怎样去写人。

在纪实文学大归属内的报告文学，正是在许多作品中的人物屹立于文学画廊时，才被承认其“蔚为大国”的文学品类。这时，徐迟笔下的陈景润、黄宗英笔下的徐凤翔、柯岩笔下的贝汉廷、理由笔下的华罗庚等，都成了我们学习写纪实人物的教科书，它们榜样般地引导我们将人物写到深处，写到细处。

在这些以纪实手法将人物写到极处的作家中，我最敬佩的是徐迟先生。在当代报告文学的领域中，他除了以《哥德巴赫猜想》久盛文坛外，他的关于人物的报告文学，数量之多、质量之上乘，也是无人可比的。我在他的笔下，看到陈景润、常书鸿、李四光、马思聪，这些人物，如锦绣般精致地站在文学的人物画廊里，让我们品味了徐迟先生那工笔画般的笔法，及作品细密深厚的质地。

徐迟投入写作的状态，尤其令人神往，他那“像演员一样，投入境界”的“没日没夜”的写作实践，让我感到流淌在他血液中的神圣感。他喜爱一位友人的诗句：“去用清风写一首亮节的诗。”徐迟先生多次引用这句诗，来表白他文学的心迹……所有这一切，都影响了我投入写作时清理杂念、干净心境的状态。正是在这种圣洁的引导下，我完成了长篇系列报告文学《罪与悔》和长篇报告文学《风雨人生》，而后在近十年的积累中，于退休后，完成了传记文学《金色生命》。

但是，我的职业是编辑，我的精力的主要投入是发现别人的好作品、推出别人的好作品，造就别人的文学辉煌，这使我不能也不敢放手去写作，而懈怠了编辑工作。于是，我在职业的可能中，多尽力于中短篇纪实文学和小说的写作。在这样时间紧张的写作实践中，我发现了写纪实文学的心灵开掘的畅快，体味了与人的交流的那种心弦的被震动，以及进入写作对象的内心世界后，那种写深写细的笔力流淌的力度。于是，这种有限的写作实践，成了我生活中的一部分。当现实世道中的肮脏污秽损害来临时，走入写作对象的精神世界，会让我在人生的阻塞中，寻找到一片可以呼吸空气而不被窒息的天地。

于是，在我的纪实文学与小说虚构的作品对比时，我偏向了前者，而决定将这个出版作品的机会给予纪实文学中的人物特写，并题名为《人物纪念册》，以纪念我在写作他们的有限时间里，所获得的无限有纪念意义的感受。

这本题为《人物纪实册》的选集或许是我今生出版的最后一本书，但我并无遗憾，因为我已用它纪念了我一生中的一种生命状态。

最后，我要深深感谢帮助我出书的朋友们。

首先是三位著名评论家：阎纲先生、李炳银先生、丁晓原先生。他们积极精选文章，结集成序的“三人论”，为全书支撑起理论的风骨。

我还要感谢杨晓升、曹岩、脚印、温军和他的团队、孙品岩等一群年轻的朋友，他们都有繁忙的工作，却为我承担查询、复印、录入、校对等许多关键性的工作，让这本书的出版，成为可能。

从友谊的支持这一层来说，这些无私而温暖的帮助，使这本书具备了另一种纪念的意义。

纪念永远是郑重、动心而持久的。

田珍颖

2016年初冬　紫芳园

图书在版编目（CIP）数据

人物纪念册 / 田珍颖 著. -- 北京：作家出版社，2017. 7
ISBN 978-7-5063-9432-1

Ⅰ. ①人… Ⅱ. ①田… Ⅲ. ①纪实文学－作品集－中国－当代
Ⅳ. ①I25

中国版本图书馆CIP数据核字（2017）第070865号

人物纪念册

作　　者：田珍颖
责任编辑：袁艺方
装帧设计：丁奔亮
出版发行：作家出版社
社　　址：北京农展馆南里10号　　**邮　　编：**100125
电话传真：86-10-65930756（出版发行部）
86-10-65004079（总编室）
86-10-65015116（邮购部）
E-mail:zuojia@zuojia.net.cn
http://www.haozuojia.com（作家在线）
印　　刷：北京明月印务有限责任公司
成品尺寸：170×240
字　　数：400千
印　　张：28.5
版　　次：2017年8月第1版
印　　次：2017年8月第1次印刷
ISBN 978-7-5063-9432-1
定　　价：45.00元

作家版图书，版权所有，侵权必究。
作家版图书，印装错误可随时退换。